中华泰山文库·古籍书系

泰山风景名胜区管理委员会　编

〔清〕王价藩　辑录
〔民国〕王亨豫
齐焕美　点校

岱粹抄存合编（下）

山东人民出版社·济南

《中华泰山文库》编委会

立岱宗之弘毅

——序《中华泰山文库》

一生中能与泰山结缘，是我的幸福。

泰山在中国人民生活中有着广泛而深远的影响，人们常说“重于泰山”“泰山北斗”“有眼不识泰山”……在中国人心目中，泰山几乎是“伟大”“崇高”的同义语。秉持泰山文化，传承泰山文化，简而言之，主要就是学做人，以德树人，以仁化人，归于“天人合德”的崇高境界。

自1979年到现在，我先后登临岱顶46次，涵盖自己中年到老年的生命进程。在这漫长岁月里，纵情山水之间，求索天人之际，以泰山为师，仰之弥高，探之弥深。从泰山文化的博大精深中，感悟到“生有涯，学泰山无涯”。

我学习泰山文化，经历了一个由美学考察到哲学探索的过程。美学考察是其开端。记得在20世纪80年代，为给泰山申报世界文化与自然遗产做准备，许多专家学者对泰山的文化与自然价值进行了考察评价。当时，北京大学有部分专家教授包括我在内参加了这一工作。按分工，我研究泰山的美学价值，撰写了《泰山美学考察》一文，对泰山的壮美——阳刚之美的自然特征、精神内涵以及对审美主体的重要作用，有了较深的体悟。除了理论上的探索，我还创作了三十多首有关泰山的诗作，如《泰山颂》：

高而可登，雄而可亲。
松石为骨，清泉为心。
呼吸宇宙，吐纳风云。
海天之怀，华夏之魂。

这是我对泰山的基本感受和认识。这首诗先后刻在了泰山的朝阳洞与天外村。

我认为泰山的最大魅力在于激发人的生命活力。我对泰山文化的学习，开端于美学，深化在哲学。两者往往交融在一起。在攀登泰山时，既有审美的享受，又有哲学的启迪（泰山自然景观和人文景观的结合，体现了一种天人合一的艺术境界）。对泰山的审美离不开形象、直觉，哲学的探索则比较抽象。哲学关乎世界观，在文化体系中处于核心地位，对人的精神影响更为深沉而持久。有朋友问我：能否用一个词来概括泰山对自己的最深刻的影响？我回答：这个词应该是生命的“生”。可以说，泰山文化是以生命为中心的天人之学，其内涵非常丰富，可谓中国文化史的一个缩影。泰山文化包容儒释道，但起主导作用的是儒家文化，与孔子思想有千丝万缕的联系。《周易·系辞下》中讲“天地之大德曰生”，天地生育万物，既不图回报，也不居功，广大无私，包容万物，这是一种大德。天生人，人就应当秉承这种德行，对于人的生命来说，德是其灵魂。品德体现了如何做人。品德可以决定一个人的人生方向、道路乃至生命质量。人的价值和意义离开德便无从谈起。蔡元培先生讲：“德育实为完全人格之本，若无德，则虽体魄智力发达，适足助其为恶，无益也。”

“天行健，君子以自强不息；地势坤，君子以厚德载物。”这两句话深刻地体现了“天人合德”的思想。学习泰山文化要与时代精神相结合。泰山文化中“生”的精神对我影响很大，近四十年，我好像上了一次人生大学，感到生生不已，日新又新，这种精神感召自己奋斗、攀登，为人民事业做奉献。虽然我已经97岁，但生活仍然过得充实愉快，是泰山给了我新的生命。

泰山文化是中华民族优秀传统文化的主要象征之一，是我们民族文化的瑰宝。在这方面，历史为我们留下了浩瀚的资料，亟待整理。挖掘、整理泰山文化，是推动中华优秀文化遗产的创造性转化、创新性发展的迫切需要。

日前，泰山风景名胜区管理委员会的同志来舍下，告知他们正在编纂《中华泰山文库》。从书分为古籍、著述、外文及口述影像四大书系，拟定120卷本，洋洋五千万言，计划三到五年完成。我听了非常振奋！这是关乎泰山文化的一件大事，惠及当今，功在后世，是一项了不起的文化工程。我对泰山风景名胜区管理委员会领导同志的文化眼光、文化自觉、文化胆识和文化担当，表示由衷钦佩；对丛书的编纂，表示赞成。我认为，编纂《中华泰山文库》丛书，将其作为一个新的文化平台，重要意义在于：

首先，对于泰山文化的集成，善莫大焉。关于泰山的文献，正所谓“经典沉深，载籍浩瀚”（刘勰《文心雕龙》）。从大汶口文化时期的象形符号，到文字记载的《诗经》，再到二十五史，直至今天，在各个历史阶段都不曾缺项。一座山留下如此完整、系统、海量的资料，这是任何山岳都无法与其比肩的，在世界范围内也具有唯一性。《中华泰山文库》的编纂，进一步开拓了泰山文化的深度和广度，对于古今中外泰山文化资料及研究成果的发掘、整理、集成、保存，都具有无与伦比的综合性、优越性和权威性，可谓集之大成；同时，作为文化平台，其建设有利于文化资源和遗产共享。

其次，对于泰山文化的研究，善莫大焉。文献资料是知识的积累，是前人智慧的结晶，是文化、文明的成果。任何研究离开资料，都是无米之炊。任何研究成果都是建立在资料的基础上。同时，每当新的资料出现，都会给研究带来质的变化。《中华泰山文库》囊括了典籍志书、学术著述、外文译著、口述影像多个门类，一方面为学术研究提供了所必需的文献资料，大大方便了研究者的工作；另一方面，宏富的文献资料便于研究者海选、检索、取舍、勘校，将其应用于研究，以利于更好地去伪存真、去粗取精，提高研究效率和研究质量。

再次，对于泰山文化的创新，善莫大焉。文化唯有创新，才会具有更强大的生命力。所以说，文化创新工作永远在路上。新时代泰山文化的创新，质言之，泰山文化如何引领新时代的精神文明，服务于新时代的精神文明建设，是一个重大课题。就其创新而言，《中华泰山文库》丛书的编纂本身就是一种立意高远的文化创新。它有目的、有计划、有系统地广泛征集、融汇泰山文献资料，集腋成裘，聚沙成塔，夯实了泰山文化的基础，成为泰山文化创新的里程碑。另外，外文书籍的编纂，开阔了泰山走向世界、世界了解泰山的窗口，对于泰山更好地走向世界、融入世界，具有重要的现实意义。而口述泰山的编纂，则是首开先河，把音频、影像等鲜活的泰山文化资料呈现给世人。《中华泰山文库》的富藏，为深入研究泰山的文化自然遗产，提供了坚实的物质保障。

最后，对于泰山文化的传承，善莫大焉。从文化的视角着眼，随着经济社会的发展变革，亟须深化对优秀传统文化重要性的认识，以进一步增强文化自觉和文化自信；通过深入挖掘优秀传统文化价值内涵，进一步激发其生机与活力；着力构建优秀传统文化传承发展体系，使人民群众得到深厚的文化滋养，不断提高文化素养，以增强文化软实力。毋庸讳言，《中华泰山文库》负载的正是这样一个优秀传统文化传承发展体系。如上所述，集成、研究、创新的最终目的，就是为了增强泰山文化的生命力，祖祖辈辈传承下去，延续、共享这一人类文明的文化成果。这是一个民族兴旺发达的源泉所在。《中华泰山文库》定会秉承本初，薪火相传，继往开来。

更为可喜的是，泰山自然学科资料的整理和研究，也是《中华泰山文库》的重要组成部分，无论是地质的还是动植物的，同样是珍贵的世界遗产。

中国共产党第十九次全国代表大会报告中指出：“文化自信是一个国家、一个民族发展中更基本、更深沉、更持久的力量。必须坚持马克思主义，牢固树立共产主义远大理想和中国特色社会主义共同理想，培育和践行社会主义核心价值观，不断增强意识形态领域主导权和话语权，推动中华优秀传统文化创造性转化、创新性发展，继承革命文化，发展社会主义先进文化，不忘本来、吸收外来、面向未来，更好构筑中国精神、中国价值、中国力量，为人民提供精神指引。”这是我们编纂《中华泰山文库》丛书工作的指南。

编纂《中华泰山文库》丛书是一项浩繁的文化系统工程，要充分考虑到它的难度、强度和长度。既要有气魄，又要有毅力；既要正视困难，又要增强信心。行百里者半于九十，知难而进，迎难而上，才能善始善终地完成这项工作。这也是我的一点要求和希望。

值此《中华泰山文库》即将付梓之际，泰山风景名胜区管理委员会的同志嘱我为之作序，却之不恭，写下了以上文字。我晚年的座右铭是：“品日月之光辉，悟天地之美德，立岱宗之弘毅，得荷花之尚洁。”所谓“弘毅”，曾子有曰：“士不可以不弘毅，任重而道远。仁以为己任，不亦重乎？死而后已，不亦远乎？”故而，名序为：立岱宗之弘毅。

杨辛
2018年7月

王氏父子与泰山文献（代序）

周 郢

王退轩、王次通父子是近现代著名的泰山学者。两人一生主要精力都投入了泰山文献的搜集与研究，他们在这一领域所取得的成就之大，可谓是前无古人，后乏来者，很值得后人学习和借鉴。然而，关于两先生对泰山研究的贡献，至今还未见有较为系统的介绍和评说。因郢一向崇拜两先生学识，近年又陆续拜读了两先生传世的全部作品，所以在此不揣浅陋，撰此小稿，略作论述，并以此表达我对这两位学界前辈的景仰之思。

一、王氏父子生平述略

王氏祖籍四川，清季咸丰间，有王钊（朗然）者避乱山左，寓家泰山下，遂为泰安人。

王价藩（1865—1934），字荩臣，后字建屏，号退轩，朗然之子。父壮年病殁，遗腹生先生，遗产仅有山田茔地四亩，孤儿寡母相依为命，母张氏教之綦严。先生束发受书，即勤奋有加，二十五岁入邑泮，屡赴乡试不售，乃绝意进取，返益肆力于学，设帐授徒数十年。尝以三事揭诸壁间，一曰劝导青年子弟苦志读书，成为有用人才；二曰扶持贫家子弟守分务正，俾得自立；三曰联络同志讲明正学，保存读书种子。其生平行事皆严守此义。光绪二十五年（1899）起主办醴泉义塾，三十一年（1905）又襄助友人范明枢创办劝学所、宣讲所，教诲后进，夙夜无懈。时值德人觊觎山东矿产，乃作《保矿书》呼吁当道，俾寝其事。其后历充泰郡七属选举代表、教育会长及评议员，复公推为城区议长，先生整理财政，保存古迹，倡办商会，实行造林诸大端，无不勤慎将事，务求便民。民国初，复助李莘农创办女校，任第一任校长，先后五年。倡办商会以来，又掌其文牍二十三年，及萌退志，乃家居不出，自额其庐曰“知退轩”，故世尊之退轩先生。

初时先生每恨为乡僻所限，不获广览载籍，因发愤聚书，自三十岁后，年年购置，积得八千余卷，以草堂三楹为藏书之室，颜曰“仅好书斋”，并为之序曰：“望儿孙研读，至友传观，勉为有用之学。”其中藏泰山文献掌故尤富。赵新儒曾称：退轩先生晚年专意“搜寻地方文献，凡先哲之著述佚文，莫不收藏编录，泰山文献赖以保存。自乾隆年起赵仁圃先生以大学士归里，尽力搜罗，迄今将二百余载，继仁圃而起者，处士一人而已。然虽贫贱富贵迥殊，而致力者则同”（《处士王建屏传》）。民国十五年（1926）续修邑乘，文献多取自“仅好”所藏。

先生论学尚实践，不喜大言，读宋明儒书，颇不以朱陆之争为然，以为门户之见，出于学风末流之弊，无与于道义之大。及晚，日以校辑点读为事，虽盛夏綦寒，未尝废止丹铅之业，及弥留之际，犹作蝇头细书。冯玉祥曾挽以联曰：“著作名山，至老不知犹好学；感伤逝水，考终有命自归真。”平生所著凡17种，都60册。

王亨豫先生（1900—1948），字次通，退轩公之子。幼受庭训，亦酷爱读书。据其自叙“初通文义，喜读倜傥踔厉风发之作”，而尤嗜兴化郑氏（板桥）之作品。其后，举凡国策、南华之文，乐府之章、太白之诗、苏辛之词，与夫关、马、郑、白之曲，耐庵、雪芹之说部，史汉、左氏之记，“胥为所好，不忍释手”（《四十五自传》）。

先生中学卒业后，因读西洋教育史，慕裴斯塔洛齐、福楼拜及卢梭之为人，遂萌献身教育之志，民国十年（1921）主办七里埠小学，倡建校舍器具，研究教学方法与儿童乡村生活诸问题，一时校内书声琅琅、琴韵悠扬，彬彬学风布于乡里，为乡人称道。

“五·四”新思潮波及泰安，先生受其影响，披览各种文学革命书籍，对孙文“三民”之说，尤为推崇，称“彼以改革社会，而我以改革教育，盖不多让”。因感学无根柢，乃欲游学京华。遂辞亲远行，负笈北大。其间广涉中西著述，又亲聆印度泰戈尔氏及海内贤达关于诗学、文学、孔学之讲词，大受启迪，乃知中国学术实一源而浑一者。回乡任教之余，潜心于东西文化之探讨，先后成《述人篇》《空山朗月集》及

《情感生活》之文，皆为受业京华之所得也。

民国二十三年（1934），退轩公谢世，先生丁忧在家，为悼亡父，乃广求名流撰碑志传状，辑为《泰山王退轩先生清芬录》。复“继先人遗志，搜求岱献”，并发愤将先人所得岱籍编校剞劂，用久其亲，至民国二十五年（1936）刊出四种，题为《泰山丛书》第一辑。未几“七七”变起，战云弥漫，先生欲避兵入蜀，奉母至荆淮间，因道路梗阻而返，乃携家于邑东境之升仙岭下（今山口镇横岭村），遁迹荒山，以远世乱。先生于困顿之中，日望“江山之恢复”，仰恩师明枢范公与雅堂王公为仪型，坚不仕伪，惟亲笔砚以待清明，日夜钞辑《泰山丛书》，冀维民族精神于不坠，岁写四十卷，三十万言。

此后为谋生计，先生先后在济南、泰安两地之私立学校兼课，课间绝口不谈时政，课余重理笔墨生涯，在济则遍访书肆，考究目录版本之学；在泰则重寻遗迹，搜求山川人物掌故。虽藜羹不糁，而兴致不衰。

已而日人投降，先生闻讯悲喜交加，有“乍闻九州同，喜来泪欲倾”之句。于是思整顿国故，发扬民族道德，乃创为《文献馆计划》，以文献馆为全国省县之系统组织，萃一流学者于一堂，提倡道德，改良风俗，研究学术。民国三十五年（1946），先生上书国民政府主席，力陈组建文献馆之议。不意内战又起，先生之倡议遂化泡影。民国三十七年（1948）济战方亟，先生时执教于历垣，不幸殁于乱军之中，年未五旬。天不假年，未竟厥志，时论惜矣！

先生于风尘澒洞之际，以著述为己任，研精覃思，笔不停辍。其学术成就主要集中在两个方面，一是对泰山历史文献的搜辑与整理，编有《泰山丛书》及其他研究著作十余种。一是对中国传统文化与西方科学的重新评估。先生初受梁漱溟氏之影响，发凡中西文化之异点，认为科学之霸世界已亘有两世纪，流弊甚多，如欲驾驭得方，必须建设人学，“以中国哲学一以贯之”。唯有中国传统哲学，方可为世界辟一新途径。进而断言：“将来世界由科学转入中国文化之手，永久和平有望矣。”

先生尝有诗云：“波涛海上起，寸心吞舟鱼。敢将精卫精，来效愚公愚。宇中澒洞日，世外凄凉居。茅檐杞忧苦，郢歌自著书。”感慨之中，具见孤旨。平生共著书30种，今有12种传于世。

附：王氏父子著述目录

退轩先生著述：《岱粹抄存》八卷、《退轩旧闻录》一卷、《兵事日记》二卷、《桃源村艺文录》一卷（以上四种，收入《泰山丛书》）、《退轩自注年谱》一卷、《泰山王氏家谱》一卷、《退轩呓语》六卷（今存一卷）、《退轩日记》四十册（今存戊辰、壬申年各一册）、《节录格言》二卷（今存一卷）、《退轩诗文稿》五册、《退轩诗草》一卷、《退轩杂抄》八册、《建屏示儿书札》（册页）（以上九种原稿存山东省博物馆）、《六言俚语》一卷、《退轩说部丛抄》四卷、《先母事略》一卷、《女诫俚语》一卷（以上四种今佚）。

次通先生著述：《泰山王退轩先生清芬录》一册（有铅印本）、《岱粹抄存续编》七卷、《春晖草堂诗存》三卷、《丛花斋谈丛》二卷（今存一卷）、《茹荠秘记》一卷、《历下访书记》三卷、《岱臆》一册、《乡贤遗事初编》一册、《岵原杂记》一册、《中国民族与国风》一册（以上十种，原稿存山东省博物馆）、《春晖草堂文存》二册（原稿佚，王佛生先生新辑为二册，存泰山区档案馆）、《泰山王氏仅好书斋藏书志》一册（原稿存泰安市博物馆）、《挹远楼日记》九十册、《槲叶集》一册、《安庐小志》一册、《海岱谈故》一册、《古弹集》一册、《藏书杂缀》一册、《次通自著年谱》一册、《文献馆草案》一册、《怀旧雨话》一册、《岱下劫灰录》一册、《孙石年谱》一册、《空山朗月集》一册、《情感生活》一册、《国风篇》一册、《述人篇》一册、《落伍集》一册、《岱献小征》一、二集（以上十八种今佚）。

两先生合编《泰山丛书》四集。子目如下：

甲集：《泰山纪事》三卷（宋焘）、《泰山小史》一卷（萧协中）、《泰安州志》四卷（任弘烈）、《岱志》一卷（张岱）、《泰山图说》一卷（金简）、《岱宗大观》一卷（朱云熼）、《泰山纪胜》一卷（孔贞瑄）、《泰山道里记》一卷（聂剑光）、《泰山述记》十卷（宋思仁）、《岱览》三十二卷（仅抄三卷）（唐仲冕）、《泰山金石志》四卷（金棨）、《泰山图题词》一卷（黄经藻）、《游岱笔记》一卷（周公才）。

乙集：《春秋尊王发微》十二卷、《孙明复先生小集》一卷（孙复）、《石徂徕先生文抄》一卷（石介）。

丙集：《青岩居草》一卷、《落花全韵》一卷（宋焘）、《梅花诗稿》一卷〔释元玉（祖珍）〕、《皇华记》一卷（朱缁衣）、《云月研轩古体诗稿》一卷、《调皖纪行草》

一卷、《拙庵近稿》一卷、《塞外吟》一卷、《近游草》一卷（赵国麟）、《莒园小草》一卷〔附:《东堂诗存》一卷〕（范玶）、《柳园吟草》二卷（蒋大庆）〔附:《萧西园遗墨》（萧儒林）〕、《泮滨散人遗墨》（丁临甲）、《馨园诗选》一卷（沈桂清）、《东渠诗存》一卷（汪宝树）。

丁集:《和圣年谱》（佚名）、《夷俗记》一卷（萧大亨）、《光碧堂稿》二卷（赵弘文）、《自著年谱》一卷（卢汉倬）、《乔子遗书》二卷（乔子忠）、《桃源村艺文录》一卷、《契丹国志跋》一卷、《退轩旧闻录》一卷、《兵事日记》二卷、《岱粹抄存》八卷（王价藩）。

附集:《槐荫堂自叙题跋》一卷（魏祥辑）、《三朝圣政录》一卷（石介）、《学勤书屋诗草》一卷（赵锡程）、《含光堂诗集》一卷（缪润绂）、《仓山诗集》一卷（白毫子）（原稿存曲阜师范大学图书馆）。

二、对泰山文献的搜集整理

岱宗历代文献繁多，“可考者且百八十余制”，但散置各处，觅读匪易。至王氏父子始加意裒集，终成大观。

王氏岱献之辑，始于退轩先生，其自谓“居泰山下越五十年，泰山故茫无所知”，引为读书之深耻，乃有志搜求地方文献，至晚年弥笃。岱下藏书家若“宋氏青岩洞、赵氏岱阳精舍、王氏晚翠园、卢氏清俭堂以及下村程太守、治中李明经，各有遗帙散佚人间”。退轩“暇日辄辗转绍介，造门访览”（《丛书校刊记》），故所得岱献甚富。尝辟书室，颜曰“仅好书斋”，积书达八千余卷，“举凡岱岳掌故文字，与乡先正之编纂著作，莫不博访穷致，以故家藏卷帙之多，非邑中首藏，而泰山书之罗致，邑中藏家，殆无能及者”（《仅好书斋藏书记》）。退轩卒后，次通先生“爰本先志”，续加搜辑，并刊启报章征之海内，得愈富。经两代搜集，历三十年，“乃得如许孤本”，故其藏堪称吾岱文献之渊薮。

两先生岱献之辑，主要集中在四个方面:

（一）泰山史志

山经水志“亦舆地所宗，人文所系耳”（《丛书例言》），故王氏父子尤为珍视，搜讨甚勤，后来列入所辑《泰山丛书》甲集者凡十三种，不乏珍本秘籍。如清宋思仁之《泰山述记》，版本向不多见，先是退轩自济南图书馆获见是书，仅原刻四卷，嗣由邑赵庄李氏处得睹八卷本，续抄九、十两卷，始成完璧。明宋焘之《泰山纪事》，“初由市街故纸担上，以钱七枚得其一卷，又闻人言书三卷，乃询诸宋氏，果获余编，并得太史其他诗文，急携手民十里外装印成帙，遍享嗜者”（《仅好书斋藏书记》）。清朱云爆之《岱宗大观》，“诗、图皆备，较他之志泰山者独详，诚善本也。且是书镌版家藏，流传绝少”，惟清季柴纫秋学博旧藏一帙；又金简之《泰山图说》，传本亦稀，两书均归邑绅赵蕴琛，退轩以通家之好，得以借抄，偿所夙好。康熙《泰安州志》亦乏传本，次通“求之凡七年”，至民国二十四年（1935）“始由李洗陈前辈辗转得之，亟为校录，顾多残缺漫漶不可卒读。嗣从少时学友杨君丹忱家携来一本，虽仍有舛讹，较前则倍加完好，因互校录副存于箧中”（《重刊州志序》）。其他集入的还有《泰山小史》（清宋思仁刻本）、《泰山道里记》（雨山堂刻本）、《泰山图题词》（原刻本），版本亦均可宝。

王氏所收泰山史志中，多有一些不经见的资料，如《岱览》与道光《泰安县志》所收清王度《伪官据城记》，述大顺军之破泰安，作“俄而城内讹，遂失守”，语焉不详。而对照王次通校刊本《泰安州志》则作“萧启濬潜至北门，延贼登城，盖自为妻孥计，遂失守焉”，显然后世志书是出于“为尊者讳”（萧启濬为明末名臣萧大亨之曾孙）而进行了窜改，而王氏本则保留了事件真相。又如王氏刊《岱宗大观》中录有朱卉一跋，卉字草衣，乾隆间江宁诗人，即《儒林外史》中牛布衣之原型，世所传诗文甚少，此跋尚未见研究者引及，亦是很有价值的史料。

（二）乡贤遗书

泰安先正著述，因作者多非闻人，其书易于散亡，间存一二，藏于故家，王氏父子对此用力尤勤。退轩《仅好书斋藏书题跋》云：“吾泰夙号名区，文人学士代不乏人，年来欲搜先正遗籍表彰之，冀以流风余韵备后学观法之资。”乃勤访其后人，寻其遗著，域中片璞，多归“仅好”，且其中孤本秘籍，有聚合甚奇者。如退轩主乡校时，“突有老媪携故书多种望售于予（退轩），中有《契丹图志》抄本，计二十七卷，分订六册，略一检阅，半为相国赵国麟手泽”，不禁狂喜，亟为购下，遍示同好，请作题跋。明宋焘《落花全韵》则偶得于宋氏故藏，“丁巳（1917）春，东乡宋君道其先人遗书，犹有存者，越翌日携数卷来”，中有此帙，亟为录存。他如《和圣年谱》

得之展氏旧藏，赵国麟《塞外吟》“为赵氏家藏抄本，未刊行。先君（退轩）与修邑乘，得手抄”。朱缁衣《皇华记》为作者仅存之书，“亦竟无刊本”，亦自乡人处借抄。蒋大庆《柳园吟草》得自乡人，汪宝树《东渠诗存》得之膏腴村汪氏族人，乔子忠《乔子遗书》得之旧友乔云亭，王锡麟《晚翠园遗诗》则得自著者遗物中，沈桂清《馨园诗集》则借自沈氏之庋。为次通嗣得者，则有：明萧大亨之《夷俗记》，邮购于海上；清释元玉（祖珍）之《梅花漫兴》，范埒之《莒园诗草》，均得之赵筱圃之藏；王无间之《故妻杨氏实录》，借自王氏族人。郢尝复检济南、泰安、北京、西安四地之图书馆，列入王氏《泰山丛书》之明清集部十八种，除《光碧堂稿》《青岩居草》二种尚有留存外（后者系王氏所藏，捐赠于山东省博物馆），其余诸编均不获一见，谓先德墨妙多由王氏而得存，或尚非妄言。

在乡贤遗书中，保留了许多颇有价值的史料。如朱缁衣《皇华记》记雍正间在富顺知县任上，曾受檄押送军粮入藏，所记西藏山川道路及风俗物产甚悉；卢汉倬《自著年谱》、丁临甲《泮滨散人遗墨》详记咸同间捻军数次转战泰安之活动；王锡麟《晚翠园诗稿》记戊戌变法、义和团起义诸时事；汪宝树《东渠诗存》记甲午、庚子之役，皆为研究清史之有用资料。关于泰安乡贤著述，目前研究尚属薄弱，诸书丰富的史料，有待于日后进一步发掘研讨。

（三）艺文资料

泰山艺文资料，散布群书，较之专著，搜集工作更为繁巨。而王氏父子对此孜孜以求，次通先生称退轩公“生平得邑先正专著外，只字短章未尝以出自乡贤而有所去取也。自山巅水涯，金石碑版，以至家乘壁题，口耳流传，未尝不载笔于册。自四十岁后，豫每侍杖履，携手册，走数十里，访山水，求遗书，钩稽佚文，岁以为常，日积乃得诗文六百余章”（《丛书校刊记》），辑为《岱粹抄存》八卷，收文百七十六篇，诗三四一首。后次通先生又续加钩沉，复成《抄存续编》，收文百五一篇，诗词四七一首。其中以明清史料最为繁富，亦最有价值。所收诗文章中，有涉及史事考证的，如清李焕章《岱记》考无字碑为秦始皇立，宋翔凤《秦泰山刻石残字考》考今传秦篆为宋人江邻几所摹刻；有涉及史事的，如明黄道周《登岱诗》叙及清军攻掠泰安的情况，左佩弦、刘泽清《解围诗》叙及明末农民军围攻泰城的情况，清汪宝树《游黄崖纪》与《吊黄崖》叙及张积中与黄崖事变的情况；有涉及古代科技者，如清徐志定《周易说略序》叙及发明“泰山磁版”的情况；有涉及中外关系者，如明王圭《郭琰墓志》记录泰安人郭琰曾“督造下番海船”，证明正统八年（1443）明廷有重下西洋之议；又清王度《巡抚天津杜公传》叙及明末杜三策出使琉球王国的情况；有涉及重要人物者，如所收《萧公墓志》《李公雪岩墓碑》《金先生（简）墓志》等近百篇碑传，远较正史方志详尽；有涉及重要佚文者，如所收明萧大亨《夷俗记自序》、清孙廷铨《岱史序》，通行本多失载，颇为重要。

另外，《抄存》正续编选录的一些诗词，许多都是前人不曾注意或不敢引录的，如明遗民张怡（即《桃花扇》中的张瑶星）《登岱》诗有“老松死不撄秦爵”之句，充满了强烈的反清色彩，亦是可“以诗证史”之作。

通过以上举例，可以看出，王氏父子搜集的艺文资料是非常丰富而珍贵的。

（四）金石资料

王氏父子除了致力于文献的辑录，且注重实地考察，吉金贞琰，征于道里。退轩先生晚年喜携子搜讨金石，穷山水之幽阻。次通在《先府君行状》中回忆：“其搜录文献也，常率不孝亨豫远走山野，访断碑残碣，以剔剥苔藓，辨识佚文，命亨豫录归。”次通先生及长，金石之癖弥笃，常携锄荷斫，奔波于荒榛之内，寻古于空山之中，虽遇兵戈烽火而不止。且看其在抗战时期的几段访古记录：

民国二十八年（1937）先生避兵东乡期间，“西至门墅、麻塔，南至堑汶、姚庄、田村、古太平镇（郢按：应为古静封镇，镇址即今堑汶河村。太平镇在城西今宁阳磁窑镇境），方百里之内无不有其足迹。既谒赵巡按（弘文）墓，其他古冢则得张将军郁墓、单法师墓、金禹氏茔、宋孙氏墓、明吴氏墓。于寺观得二王庵、全真观、龙泉观、广福寺、洪福寺、白云寺、麻塔寺。于金石得张郁碑、金元全真观碑、宋嘉祐孙氏碑、元至顺禹氏碑、洪福寺元泰定碑、李氏泰定碑、禹氏敕牒、龙泉观敕牒，复畅览大云寺元魏、金源之刻。或订志乘之谬，或增志乘之缺，意外发现如获珍宝”（《茹荠秘记》卷上）。

又民国三十三年（1944）、三十四年（1945）任教泰安期间，“上课外暇日即以访古自娱。自（三十三年）十一月四日东郊得李朝聘墓碣，始历访摩天岭、五贤祠，十二月历访城内外祠宇。……今年（三十四年）历访山麓，二月得扇子崖王无欲碑、明堂泉得侯明经墓碣，王母池得萧治中（协中）题字，登潜仙庵，莅环咏亭，五月得寿骙、蒋芝田墓，携小儿游御帐坪，总录明清两代题石三十七则。七月廿四日再游。是月游三阳观，傅家庄访安科墓。八月八日三游御帐坪，由西山归。……泰山数年不登，四月中凡三游御帐，平生几两屐，特亦仅矣。志之为乱时清福之尤”（《秘记》卷下）。有时残碑掩于荒榛，断碑埋于废墟，尚需荷锄以随，躬自发掘。如后七里铺之明人寿骙墓碣“下截埋于土中”，遂与其子儒生再往发土视之，辨其石撰书者姓氏。

次通先生搜讨之勤，用力之专，可以概见。由此获见一大批石刻碑记，多为昔人所未知，堪补志乘遗珠。较为重要者有以下数十种：隋开皇罗宝奴造像记（得之岱庙图书馆址）；唐景龙残石（得之岱庙东御座），唐天宝祭岳使题名碑；后周广顺郓州献石盆题名碑、崇法禅院残石（均得之岱庙图书馆址）；宋泰山书院残字（得之五贤祠址）；元符、嘉祐岱岳观残刻（得之岱岳观遗址），绍圣青帝观道士杨若冲碑，宣和周显灵《真君殿记》碑（均得之青帝观遗址）；金大定修寺桥碑（得之普照寺）；元刘志文《全真观记》碑（得之岱东二王庵），徐世隆《赠天倪子诗》碑（得之岱庙环咏亭）；明清人环咏亭石刻“五十家六十一石”（得之岱庙环咏亭废址），明成化吴陵《登泰山诗》等六石（得之岱庙炳灵宫），嘉靖德府典仪邹旻碑（得之蒿里山），万历州守江湛然《萧公祠碑》（得之泰城萧公祠），万历鲁府泰兴王朱寿镛《一天亭记》碑（得之万仙楼下），万历名儒李朝聘墓碑（得之岱道庵），明万历名臣宋焘诗碑（得之三阳庵），明季学者徐楚和墓碣、宋之尤隶书碑（均得之五贤祠址），青桐涧明人大书摩崖（得之青桐涧），明末萧和中榜书刻石（得之法华寺），天启间萧协中题名（得之王母池东），崇祯间徐灵哉题名（得之后石坞），徐枏书智上菩萨碑（得之天书观）；清康熙学者张坦碑（得之关帝庙），乾隆学者江永誉碑（得之城北普慈庵），嘉庆诗人蒋大庆墓碣（得之十里河），等等。这些碑刻“俱有关史乘”，湮没百年，一旦重获，次通先生“辄为累日狂喜”，并多有诗文纪其事。凡此诸碑，后因历“文革”诸劫，十不存一，王氏父子的著录，有功于岱献者尤巨。

王氏父子的岱献集藏，除了以上几个方面，还有乡贤书画一类，如清代泰安画家艾汪、朱卿云、米介夫诸人，“仅好”皆藏有其作品。

最后申论《泰山丛书》的编纂。王氏父子辑录的岱献，后来大多汇入《丛书》巨编中。据次通先生自言：“全编各书，先子半生搜辑，粗具规模。”退轩公卒后，次通先生“爰本先志”，续加辑录。至戊寅（1938）间避兵荒山，遂将两代所得岱献，统筹体例，逐加抄校，汇为丛编。凡涵书四十种，百一十卷，是为《泰山丛书》。

《丛书》析为四集：以山经水志为甲集，内收《泰山纪事》《泰山小史》《泰安州志》《泰山道里记》等十三种；以泰山学派著作为乙集，内收《春秋尊王发微》《孙明复小集》《石徂徕文钞》共三种；以乡贤别集为丙集，内收《青岩居草》《落花全韵》《光碧堂稿》等十四种；以史料杂记为丁集，内收《和圣年谱》《夷俗记》《岱粹抄存》等十种。卷首列《例言》《目次》，卷末以《校刊记》附之。

《丛书》之编辑体例，先生在《校刊后记》中作了论说："《泰山丛书》一庞然粗略之志乘也，首集则邑乘之沿革、山川也，都邑、人物也；二、三集则艺文志；四集则杂稽逸事也。……是书既均为专著，其断章零篇将奚赖存传？乃依《岱粹》而存传。"故《丛书》除了是一资料汇编，而其编排匠心，亦俨然一泰岱之巨型方志。《丛书》完成后，次通先生生前仅刊出四种，全书1990年始由曲阜师范大学图书馆影印出版。这一泰山巨著的完成，是王氏父子对"泰山学"的最大贡献。

三、对泰山文献的研究

退轩先生因过世较早，除对个别文献有所考释外（其考证《道里记》《泰山述记》《塞外吟》《契丹国志》诸文，均见《泰岱文史丛稿》），未能广泛展开研究。对泰山文献进行细致考索的工作，主要由次通先生来承担（以下所称先生，皆指次通而言）。

（一）目录版本研究

先生因纂辑《泰山丛书》，因留心目录版本之学，对乡邦文献皆悉加探索。《丛书》卷首所列诸籍提要，皆考镜源流，辨章学术，对各书的价值、版本、来源均作了探索，有的论述富有创见。如《泰山纪事》一书，《四库全书总目》责其体裁不合，谓："所言神鬼冥报，已涉荒诞，至泰山太守、泰安知州为守土之官，柳下惠、王章、羊祜诸人亦不过生长其乡，并未岩栖谷汲，乃概行摭入，不知于岱宗故事何涉也？"而先生则以为"此评当析为二言之：考青岩先生之为是编，非仅山经水志已耳，亦更有寓意存也。……是编神鬼冥报，虽涉荒诞，不知先生劝善惩恶、经济文章正在于此；且观此作，更有备观风者省览与采择之意，故于循吏、乡贤详记，一为来守是邦者隐与思齐之地，一为岱下人士取方之资，先生苦心深意讵不可敬哉！观其命名曰

‘纪事’，则有以别于山志图经之应详地理而饰文景者”。此诚为知人言书之的论。又如先生论清代《泰山志》，“书中所志，大抵集《岱史》《道里记》等书而成，最精彩处则为金石之志。夫金石之学，胜于乾、嘉之际，此书经阳湖孙星衍先生鉴定，先生则乾嘉金石专家也，故志金石以详赡称。……吾邑高士聂剑光先生……《泰山金石考》今已不传……而《岱览》与此书均经引用聂书，虽聂书不可得，而是书则虎贲中郎耳”。故而《丛书》自《泰山志》中专析取《金石志》一篇，而以所辑聂剑光佚著《泰山金石考》残文附之，选材评析尤具手眼。明人查志隆《岱史》一书，版本繁多，有万历谭耀刻本、顺治张缙彦补刻本、康熙劳绳祖补刻本，此外见于载录的还有光庐本、吕纯如本、刘敕本。先生撰有《岱史版本考》一文，对其书沿革作了考索：“查志隆《岱史》，于慎行为之序。崇祯元年，吴江吕益轩司马（吕纯如，号益轩）托济南刘敕增修之，辑为十六卷。……又有光庐《岱史》，光与刘同时，或亦序之。总之……曰查、曰刘、曰光、曰吕，则一而已矣。”考证详明，一订昔人著录之混乱。

先生在济南时所著《历下访书记》，或胪列乡贤旧藏（书中有考证乡人藏书印鉴之文），或考证乡献，或著录手稿旧抄，都是有关版本目录学的有用资料。除此之外，先生还将乡献不见传本者分别存目，留记线索，以备异日访求，亦是很有意义的工作。

（二）金石研究

先生尝于《岱臆》中引证《春明梦余录》之说，谓石刻在世，可以考证逸事，补史之讹缺。故先生对此领域深予留意，其搜访金石之事已述于前，而于金石之研讨亦足可称道也。

如先生据新见岱岳观元符残碑，考岱岳观事云：“岱岳观南，农人掘田得瓦砾，弃道旁。余寻得残石五，有‘□□年岁次庚□’‘共施钱一贯’‘□湖南路鄂州通城’等字，体势韶秀，类宋元碑刻。……又细观‘三年’上有偏钩，或符字，当为元符三年（1100）欤？又有‘□东岱岳大庙’等字，是泰山中庙岱岳观，姑定名为宋元符三年修岱岳观残碑，距今八百十年。”后又续考云：“前由岱岳观拾残石六方，今又得六方。前定为宋元符三年物，今细观之，实为二碑，一为行书，有嘉宁大殿，第一重正阳门里，第二重门，重木钩栏百门百间等，则当日观之规模，可想见其若何壮丽也。”“《玉海》云：哲宗元符三年修东岳庙，命曾肇为碑，殿三，曰嘉宁、储佑、蕃祉。是所修者为岱岳观中庙，证以余所得岱岳观残石，有正阳门、嘉宁大殿，又曰□符三年庚□，更足证无疑矣。”（《岱臆》）按先生考曾肇记中之“嘉宁殿”在东岳中庙岱岳观，不确（曾碑文今存，见《曲阜集》。其所云嘉宁实在下庙。岱岳观残碑可能记中庙规制时，连带提及下庙门殿，并不足证此殿必建在中庙）。但其考出元符三年（1100）宋廷诏修东岳下庙的同时，还对东岳中庙做了整修，其规制比拟下庙，壮观无加。此对于研究岱岳观沿革极有价值，实为以石证史之佳例。

他若考环咏亭兴废，论半山亭秦篆，据罗振玉《俑庐日札》证大云寺石额为北魏延昌元年（512）物，记毛蜀云浚醴泉得北齐天统六年（570）碑，辨《寰宇访碑录》“二比丘、胡元方之混为一”，述王连儒先生所藏之秦权，均阐幽发微，多所发明，补正故纸文献之处多所有在。

（三）乡贤史料研究

先生自题《泰山丛书》诸诗，中有“敢将身世付先贤”之语，而纵观其学术，亦以乡贤研究用力最勤，所获最多（专著有《岱献小征》《乡贤遗事》两种，另有专文多篇）。今以关于明人萧大亨、李汝桂父子、宋焘、清人赵国麟之研究为例，略作述评：

萧司马：万历间兵刑两部尚书萧公大亨（岳峰），立朝凡四十年，“功名俱在疆圉”，曾予晚明政局以重大影响。但《明史》无传，所著《夷俗记》在乾隆朝被列为禁书，故其人传世资料甚少，邑乘所载不过三百字，且多疏漏。先生先是自沪上邮致萧公之《夷俗记》，编入《丛书》，乃立意搜寻其人遗事，自寿光友人赵东轩处得《岳峰墓志》，继之又觅到《岳峰生祠记》，均叹为意外之收获。复遍查明清史籍，采录其事，辑为《萧宫保年谱》，将大司马一生之事功基本理清。其中有些资料不经见，大有价值。如明代入华之西人利玛窦《中国札记》中载Siao（即萧大亨）有一侄为天主教徒，此人因利氏未记姓名，德礼贤等人均未考出。而先生《年谱》中记萧大亨有一侄名萧时中，为其兄大元之子（疑是据萧公墓碑题名，今碑已毁，不可复检）。利氏所言或即此人，而《年谱》所记恰可补其名氏之缺。仅此一点，可见先生研究之详赅。

北崖父子：明代名儒李钦（北崖）、李汝桂（少崖）父子，为王阳明学在泰山的重要传人。先生尝助北崖后裔洗陈先生辑二李著述为《北崖先生父子遗文》，复在书序中对二公学术思想及师承作了深入研究，如谓：“明嘉靖之际，泰州王栋司训泰安，出其性命之学教授生徒，北崖父子或亲炙之，然少崖之学是否直接姚江一派，未敢拟断。要之，观其平生所论，与其修学之法，固与闻阳明、东廓之旨者。”郢今考出李少崖确曾问学于阳明再传弟子王栋及邹东廓之子邹善，而观其《答肥城诸友》之议论，亦确属淮南格物手眼，其学固源出阳明无疑，可证先生所论不谬。先生另有《还朴弟子考》，考出少崖门人有张至发、王嘉宾、李朝聘、张邦彦等十五人，亦为了解泰山学术史的有用资料。

宋侍御：县志载万历间御史宋焘（绎田）“筑青岩居读书其中，与东林君子相往复”。是为研究泰山学者与东林党关系的重要关目。但相往复诸人，历来未得其详。先生觅得全本《东林列传》，参以《青岩居草》，考出绎田所交东林诸公凡三十六人，青岩社同仁凡九人。其谓“细读诗卷，略可寻之，其居燕之时有友蔡弘甫、王伯举、乔鹤皋等”，“而先生同年公文介鼐亦东林人”。“既罢，居青岩洞，来访者赵秉忠，次则汪济寰（若霖）给谏及胡慕东，均以韵语问讯”。“则先生东林往复之迹，盖可寻矣”（《东林往复考》）。

赵相国：清乡人赵国麟（仁圃），乾隆初历官文渊阁大学士，著述甚富。先生以与相国后人赵蕴琛有交，得尽览其家藏，编入《丛书》。于相国历仕、交迹亦考索甚细，如考出卢见曾、张希杰（此人为《铸雪斋本聊斋》之藏主）、朱玉（朱子后人）、李掌园、吴敬梓（《儒林外史》作者）、陈兆仑、庄复斋与仁圃之过从，均可补苴旧志。而考出著名古史考辨家、《传信录》作者崔述为相国再传弟子，更为畴昔乡人所未知。特别是丁亥（1947）冬在省图书文物展览中抄回的一赵氏册页，为友好酬答之作，诗文尺素皆具，从中可了解到赵氏思想的一些隐秘之处（如赵东暄书论及仁圃初不愿仕清之隐衷）。先生复对诸函作者逐加考证，洵为研究赵氏之珍贵史料。

此外先生用力较多的人物还有宋儒孙复、石介（有《孙石年谱》），金诗人党怀英（有《党承旨年谱》），清诗僧元玉（有《石堂老人年谱》），泰山学者聂鈫（有《剑光老人年谱》）（以上诸谱与李少崖、萧宫保、宋青岩、赵相国年谱合为《岱献小征》）。今除了萧氏等五种尚存草稿外，余俱失传，良为可惜！

（四）其他研究

除上述之外，先生的岱献研究，还涉及以下几个方面。

续修府志。《泰安府志》纂修于清乾隆二十五年（1760），此后直至民国二年

（1913）泰安府裁撤，迄未再修。而近百余年间之史料档案，日趋散亡，如不及时续修，必至往典不传。先生遂一意续作此志，拟先作《职官志》以统全书，因府署档册已无从稽考，《山东通志》所列“泰安知府表”又缺漏殊多，于是尽力搜罗历朝之《缙绅录》《爵秩汇函》等书，细为耙梳。惜不久因先生罹难，郡志之续未能卒业，即《职官》一考也已散亡无存。续修府志之役，尚有待于来哲。

史事考论。先生治学注重考据，对岱宗史事及人物多有考辨，史事考有《泰安明代封建考》《岱岳镇考》《泰山香税考》《金开元寺考》《古今誉案》等文（惜除《封建考》外，余篇皆佚）。人物考证，已见于上述。先生还有志贯通诸家，理其学术脉络，著成泰山学术史。其在《岱臆》中云：“余欲草《岱下千年学术史》，自孙石两先生而下，至清嘉道之学术团体，而金元两代缺然不详，遂欲缩为五百年，自李还朴育英书院，宋青岩惜阴社、赵仁圃青岩书院，蒋大庆柳园，一一考叙，深憾于文献不足，著述既多不传，而荒山石刻又复罕存。惆怅岳灵，长恨今古！”此一鸿著亦未能最终完成，更属憾事。

最后附带介绍一下王氏父子的乡邦掌故著作。两先生于古代文献搜研之余，对乡邦近代史事，亦颇为留意，每有闻见，遽笔于册，保存了很多难得的资料。退轩先生之《退轩旧闻录》，分懿行、轶事、轶闻、列女、游宦、宦迹、岱侨、联语、笑语九篇，凡七十余则，于清末民初文坛逸闻、仕宦治迹、诗词联话皆有记述，如《安监就擒真相》记同治间大太监安德海在泰安被捕案，《冯汝骥》记民初臭名昭著的贪官冯汝骥宦泰劣迹，皆出亲身闻见。次通先生之《茹荠秘记》两卷，记七七事变至日军投降之泰安时事。作者自云：“余为是记，只就岱言，盖世界战争自有通史，国家于役亦具正史，此蕞尔野记，仅一方之杂录耳。如此则一邑变迁，浩劫大端，乌容不载，以备异日修方志者征文考献也哉。”所载如范明枢先生发动抗日救亡活动，国共两军之抗日斗争，红枪会之起，日军对泰安的经济掠夺，投敌伪官之丑态，迫害泰安教师之冤狱，莫不详实可信。而爱国热情，时时洋溢于笔墨之间，至今读之，犹觉感人肺腑。

四、简评

最后对王氏父子的研岱成就及意义，作一点简略的评价。

先说意义。两先生于风雨如晦之时，潜心于泰山文献的搜集研究，并非仅仅聊存掌故，以资谈助，而是借乡土史志来唤醒吾人爱乡爱国之情，所谓“风雨如磐暗故园”，寓鸡鸣不息之意。两先生此一深意，由范明枢先生揭橥于《重刊泰安州志序》中（州志为次通先生重刊），范序云：“窃尝读史，而慨然深思，以为古今世业，其伟大成就，未有不自承先锡类之一念，所发扬而光大者也。……中华凡有血气之民族，读此州志，感念吾民缔造此山河，筚路蓝缕，不知费若何辛苦……其有不悠然而兴，愤然而起者乎？顽夫廉，懦夫立。彼，丈夫也，我，丈夫也，吾何畏彼哉？……是则此州志之重刊，慨然想见古之豪杰，而继志述事，力量为大，岂仅曰征文考献而已哉！”两先生寓爱国教育于乡献研究之中，对今天仍大有资鉴意义。

从学术方面来说，两先生取得的成就亦是巨大的。盖泰山之学，虽源流甚长，但将其从掌故游记这种一般性记叙文字中脱离出来，使之成为学术研究，首推清初顾亭林，其以岱宗金石文献来考史补史，或以各史资料来论泰山风俗、宗教，都为后世泰山研究开启先河。此后《岱览》《泰山志》《泰山道里记》等书，无论资料还是研究，虽水平较高，但偏重于记叙山水，史料辑录与考订非其重点。真正承亭林学风，而对泰山（及泰安）文献史料进行全面整理与细致研究，两先生可谓导其先者。

今将两先生文献学成果作一粗略通计：辑录校订的泰山著述共五十余种，辑出专著书目（未见原书者）十余种，辑录零散诗文一千一百余篇（首），新发现金石百余通，乡贤生平资料近二百则。这百万言泰山资料，已是在当时条件下所能取得的最大成绩了。而两先生对这些资料的整理、校订、系年、考释，也为泰山文献的研究奠定了基石。故泰山文献史料之学，到两先生之时，可以脱离山志、方志的艺文之属，而成为泰山研究中的一门独立学问。

而且，两先生治岱献之方法，还给我们今天从事史料整理工作指出了一条可行途径。诸如乡献汇刊，次通先生在《丛书例言》中曾云：“泰山文献浩淼无垠，可考者且百八十余制，此特六之一耳。其他正待搜访，豫虽不敏，敢承先志，赓续网罗，一俟成编，用次前辑。”惜此番宏业未就，今天应补其缺憾，将《丛书》之遗珠，汇辑出版。至诗文整理方面，亦有必要在两先生抄存的基础上，编辑《全岱诗文》。而乡贤研究方面，至今尚属一个薄弱环节，很有必要进一步挖掘，编出新的年谱传记。

两先生研岱虽殚精竭虑，但限于当时之条件，加之次通先生英年早逝，未能通订全稿，故不可避免地在其著述中存在一二不足。概言之约有以下诸端：与资料搜集的丰硕成果相比，研究工作稍嫌孤弱；特别是未能在所挖掘资料的基础上，对泰山之历史或文化做出系统评说。另外，有的课题研究不够深入，个别考证存有疏漏，几种年谱尚不完备。这些，都有待于后来者的继续努力。

点校说明

一、关于版本

本书以曲阜师范大学图书馆1990年影印原稿本《岱粹抄存》与泰安市泰山区档案馆1992年影印王佛生先生抄本《岱粹抄存续编》为工作底本，并参考相关资料，加以标点、分段、校勘。

二、关于篇目、标题

1.原书目录中收录的篇目及其次序、标题、作者，有的与正文并不一致，一般以原书正文为准径改，特殊情况出校记。

2.原书重复收录的篇目，保留最早出现者并出校记。

3.原书收录的篇目，作者标为“前人”“下同”者，改为该篇作者姓名；篇目标题为“又”者，指与上一篇标题相同，改为该篇标题。择要出注。

4.原书未标作者或作者讹误的，今为补正。

5.原书仅个别作者标注时代，未标而可考者，今皆为补，以其文成稿时代或作者卒年时代为准，跨时代者择要说明。原书的篇目次序大体按照文体顺序编排，个别有所出入，为保留原书面貌，今仍其旧。

三、关于正文

1.原书正文有被原编者删节之处，一般不作增补。原文内引用他书中的文字内容，一般不作校改。

2.原书的缺文，原文一般标识为“□”或“缺”字小字形式，保留该形式，缺者为补；有时为“△”，属于署名标记，可知者改为其名。

3.原书明显的脱衍讹舛者，据参校资料增删改乙，校改之处，出校记。凡是非难辨者，悉仍其旧。凡原书不误而他本误者，一般不出校记。

4.《岱粹抄存续编》羼入部分无关文字，今予芟除，并在校记中说明。

5.原书的作者简介或编者按语，依样随文录入；本书校记、按语，以脚注形式添加于当页之下，所参文献一般于第一次出现时加注详细的版本信息（包括作者、书名、出版者、出版时间），再出现时即使用简称。

四、关于文字

1.原书系繁体，今将繁体字转换为规范简体字。繁简字对应关系，以教育部、国家语言文字工作委员会研制的《通用规范汉字表》（国务院2013年6月发布）和中国社会科学院语言研究所词典编辑室编《现代汉语词典》（商务印书馆2016年第7版）为准。

2.原书系手抄，异体字、俗字等情况较多，一般均以目前通行的规范字予以统一。有的异体字、俗字，在《现代汉语词典》中未收，参考《汉语大字典》《中华字海》《康熙字典》等权威工具书，转换为相应的规范字，一般不出校记。可能产生歧义或为保留原文风貌时，酌用繁体或异体。

3.人名、地名一般直接使用相应的规范简化字。有词典规定为人名、地名用字的，或非一对一关系的繁简字，酌用繁体或异体。人名如曹霑、毕昇、徐宗幹，萧启濬，锺惺，使用其中的“霑、昇、幹、濬、锺”；地名如“渿河”之“渿”。

4.原书中的古今字、通假字一般保留，易引起歧义者出校记。

5.非常显著的手抄错误，根据上下文可以断定是非者，如“己、已、巳”“戊、戍、戌”“圮、圯”等的混同之类，径改而不出校记。但遇有特殊情况，则不作统一，择要出校记。

6.全书用字力求统一。比如“于”和“於”，作为介词，意义无殊，统一为“于”。

7.原文避本朝名讳及家讳者，一般不改，择要出校。

8. 原书中的小字，今采取小字下标的形式，在保留原书风格基础上，为做到全书统一格式，个别处径调。

五、关于标点

本次整理标点为主，校勘为辅。标点遵从中华人民共和国国家质量监督检验检疫总局、中国国家标准化管理委员会2011年12月30日发布，2012年6月1日实施的《标点符号用法》（GB/T 15834—2011）。

六、附记

因本书所用底本为影印手抄本，正编为楷书，续编则行书为主，夹杂草书，有些文字较难辨认，此类尽可能查证其所引出处，并求教方家学者，进行增补校正。比如《岱粹抄存续编》卷七明黄道周《登岱歌》“十六宅王谁为多”之“宅”与“徒与火齐金翅争权奇”之“火”“金”等字，原书因草书难辨而或缺或误（“宅”原书缺，“火”误为“谷”，“金”误为“禽”），今皆据黄道周手写诗卷予以补改。

本书尽可能寻找原书所引古籍等资料，进行比对校勘。比如文中多篇出自家谱，今寻获泰安市档案局藏《张氏谱书》（清光绪本）、泰安市图书馆藏《贾氏族谱》（清嘉庆本）、泰山学院周郢藏《泰安赵氏家谱》（清光绪本）、《泰安范氏族谱》（民国二十年本）、《泰安徐氏族谱》（清刻本）、宋绪猛藏《泰山宋氏宗谱》（清咸丰本）以及泰安崔家庄严茂亭、严茂群家藏《泰安严氏族谱》（民国二十二年本）等，一一进行比对校正。又如碑文，尽量找到原碑或其拓片进行对校。比如岱庙藏金重修天封寺记碑、清双龙池碑，三阳观南道士林之明昝云山道士墓碑，清释元玉《石堂铭》，泰安第六中学内清重修泰安中学堂记碑等。

另外，原书为竖排方式，今改为横排。包括诗歌在内的具体排版方式由出版社负责。

限于水平，难免有错误疏漏，敬请读者指正。

齐焕美

2018年8月于泰山学院

目　录

下　岱粹抄存续编

卷一　记述

卷二 序跋

卷三　杂文

卷四　杂文

卷五 传状 事略 墓表铭 碑文

卷六　诗词

卷七 诗词

下

岱粹抄存续编

〔民国〕王亨豫 辑录

弁言

王佛生

先祖退轩先生，一生热心地方教育事业，晚年退而致力于泰山文献之搜集整理工作。早在光绪三十一年（1905），曾印《泰山志》，后凡乡贤诗文遗著、泰山史志、掌故之书，无不收录，并遍访泰山刻石，亲自校抄。民国十五年（1926），出任《县志》分纂，重修《泰安县志》。赵正印新儒先生称赞先祖云：“凡先哲之著述佚文，莫不收藏编录，泰山文献赖以保存。自乾隆年起赵仁圃先生以大学士归里，尽力搜罗，迄今将二百余载，继仁圃而起者，处士一人而已。然虽贫富贵贱迥殊，而致力者则同。”

先祖每得稿本，辄恭楷手录，辑《岱粹抄存》七卷，民国七年（1918）付梓一卷。先父次通先生继承祖业，将两代人积四十年所得泰山文献，校抄编辑成册，为《泰山丛书》第一辑。《丛书》原稿存曲阜师范大学图书馆，经商定增补后，该馆于今年仲春胶版印制。《丛书》收书四十六种，计九十四卷六函四十八册，其中《岱粹抄存》先父增益为八卷，计八册。

先父在抗战期间，不论初避深山荒村，或后为生计迫，执教济南私立正谊中学，仍治理旧学。潜心著述之余，或走寻泰山古迹，或遍访历下书肆，无不注意搜求泰山文献。在解放济南大战前夕，见山东省图书馆文物展有邑人赵国麟一册页，知为相国所珍重之物，遂草抄，回寓誊清，凡八小时一气呵成，为《泰安赵仁圃相国两世苔岑录》，收《岱粹抄存续编》中。《续编》原稿存山东省博物馆，今得见六册，及《抄存诗编》一册，《续编》注有二编第三集，或第八册者，因其他著述中也散见有诗文抄存，不知凡几。另《岱粹抄存后集》一册，为先祖行楷精抄，其中诗文，《丛书》第一辑有未收录者，深知先祖得之不易，不敢取舍，均校抄编入之，今仍按《丛书》第一辑《岱粹抄存》分类，编为七卷，计得记述文三十七篇，序跋三十八篇，杂文三十一篇，传状、事略、墓志、铭表、碑文五十四篇，诗词四百七十一首。吾两代先人，为辑《丛书》第一辑，前后凡四十年。因家境清苦，先人虽忍贫积书万卷，但每因阮囊羞涩，不能尽收，故多手抄，时得一书，常历尽艰辛。如《泰山述记》，即数次亲赴济垣，辗转借抄，经八载始补齐全书。求书之难，可见一斑。虽今非昔比，但集数十种文献，亦非易事。

泰安有青年学子周郢者，参加《泰山志》编纂工作，并热心搜求泰山文献，编著有《泰山历史纪年》一书，告我有志辑《泰山丛书续编》，唯有志者事竟成，吾有厚望焉。为弘扬泰山文化，愿以校抄先人所集《岱粹抄存续编》七卷，以实《泰山丛书》(二辑)。

一九九一年仲秋，泰山王氏佛生谨记于历下山东大学望岳楼。

卷一 记述

新修广德桥碑记

〔清〕韩维熙[①]

峭峪村，吾里之首领也。自康熙辛酉创兴市集，百年来人繁而物滋。懋迁有无者，四方辐辏，则是村又为吾里一都会矣。其地东南枕岭，西北距河，夏秋霖潦所汇，迳村之前而西出，遂成横沟，底深而岸峻，归市者病焉。康熙壬申，里众倡建石梁，名曰“助兴”，盖谓非一人之力也。顾其制，穹窿凸出，形若龙，断旁无遮栏，尤易失足。兼以历有年所，势渐倾欹。故牵车有逆坂走丸之麓，负贩多悬崖坠石之惧。虽曰从桥，何殊乘险？都阃贾君岱岩，以所居密迩，每用感[②]忾，遂兴改作之志。谋之耆老，佥曰：“可。顾安所得？菩萨之力耶？”岱岩曰：“是在我耳，无烦佽助也。”乃于丙申秋杪[③]，出其余资，僦工伐石，撤而新之，量移故址，少变旧规，阅月而桥成，更其名曰“广德”。

岱岩属余为记，且曰：“聊述颠末，纪岁月可也。其勿署予名，使自为功。”余惟世之募缘修桥者，尚以领袖题表，而岱岩以独力成之，犹不欲自居，诚《大易》所云“有功而不德，厚之至者”欤？然其实究何能掩哉？故特书爵衔，所以昭其功，后不复赘，所以如其志。岱岩讳仰超，诰授昭武大夫、云麾使、正四品都司。

---

① 原书作者缺，据清贾启祥纂《贾氏族谱》（泰安市图书馆藏清嘉庆四年抄本）卷六补。《贾氏族谱》文末署：“庚辰恩科举人候选知县韩维熙撰文。”

② 感，原缺，据《贾氏族谱》卷六补。

③ 杪，《贾氏族谱》卷六作“秒”。

重修酆都大帝十王殿记

〔清〕□□

轮回之说，君子所不取，而其中有至理存焉。太极所在，是生两仪，阴生于阳，阳生于阴，一阴一阳，互为其根。夏之长养也，终于秋南；春之发生也，始于冬寒。设非阴而静，乌由阳而动哉？

泰山为五岳长，钟灵毓秀，实主发生。而西南麓有山骈连，西高里，东社首，即俗呼为蒿里山者。以泰山揆之，则在坤方。坤为老阴，初六一变而为震，则泰山居震位，发育万物，正于此资始矣。陆士衡《泰山吟》云："幽岑延万鬼，神方集百灵。"意在斯欤？

夫高里、社首为古封禅地，帝迹王辙，炳焕史册，而嗣于此地建庙，祀阎[①]君鬼伯，诸冥司悉备，中央一殿则酆都大帝。酆都，阴气之主，九地之枢机，于以敛死魂，拷罪鬼，节一元之气，凝万物之神，造众生之命，泰山下岂可少是殿哉？殿中配以十王，又非无说，盖惩恶务严，不使或漏；录善务悉，莫之或遗。不若人世之司刑赏者，可以苟且了事也。像教之设，其至矣乎！若乃以收捕追逮之说，剉烧舂磨之刑，使人触目惊心，反恶为善，犹其末焉者耳。

殿之创始莫考，有元明重修碑记。至今多年失修，殿全倾圮，仅存基址，并范铜神像，故宫禾黍。论者谓其不可复旧矣。乃羽流高仙涵等，面壁斋托钵募化，有善△△△等倡捐，而捐助者云集，共得京蚨若干。庀[②]材鸠工，营始于甲申七月，重阳告竣。监工则卜君国良，殿制比旧稍隘，而金碧丹雘，益加辉煌。

是固由人之好善，抑亦神之灵昭著于不泯也。倘瞻是殿者，参阴阳造

① 阎，原作"闫"，径改。"闫"古同"阎"。

② 庀，原作"庇"，径改。

化之机，知其相生不已，而继美增华，将来殿宇巍峨，终与泰山并峙矣，岂徒存历代封禅之芳躅哉？

泰安阜上张氏先茔碑

〔元〕杜仁杰

布山之阳有邸曰阜上，阜上之民有张氏者[①]，以[②]财谷雄里社。当前金正隆间，人夥地狭，往往无所资衣食，惟[③]张氏有田若干亩，有牛若干角，然能周急继困，过客无论[④]贵贱，馆之如一，当时遂有长者之称。

张氏冢男讳林者，因卜新茔于阜之东[⑤]南三里[⑥]，卜者尹通实相其事。林问通曰："是葬也，有何征兆？"通曰："比襄事时，有一缟免起巽方，走乾位。"及窆，果应。续谓林曰："君家三世之后，当有异人出，子不复能见矣。"

林生彬，彬[⑦]生仙，祚允[⑧]始大。仙生四子：孟曰荣，仲曰平，季曰山。其第四子方在孕，未期月，母刘氏见茹荤者，辄掩鼻而去之[⑨]，及劬劳之日，若昏瞶然，有人疾呼曰："长老在门首，汝当敬谒。"遂出，见一僧，坐马

① 者，元李道谦撰《甘水仙源录》（明张宇初《正统道藏》（中）第611—614册，民国十三年上海涵芬楼影印本）卷八《泰安阜上张氏先茔碑》无。
② 《甘水仙源录》卷八"以"前有"家"字。
③ 惟，《甘水仙源录》卷八作"唯"。
④ 论，《甘水仙源录》卷八作"问"。
⑤ 东，《甘水仙源录》卷八作"西"。
⑥ 《甘水仙源录》卷八"里"后有"许"。
⑦ 彬，《甘水仙源录》卷八无。
⑧ 允，《甘水仙源录》卷八作"胤"。
⑨ 之，《甘水仙源录》卷八无。

上[①]，且[②]合爪言曰："我必饭于尔[③]家。"觉而举一子，骨法殊不类凡儿。甫龀，并不饮食肉、人乳，亦异哉。六岁习神童，诵五经，略皆上口，然不乐居家，年[④]十二，去父母，入山学道，礼真静崔先[⑤]为师，得法讳志伟，号天倪子。发辞吐气，已不在了蓬老辈后[⑥]下。不数年，道价腾满齐鲁间。时[⑦]东西诸侯皆出于武弁，见之，无不屈膝。

东平严武惠公，以宁海范普照住持万寿上清宫。舆议以为[⑧]治军民如武惠，掌道教如普照，可谓无前矣，必得峻洁知办如张志伟者，以贰宫政，斯可矣，至三谒，然后惠然。居无几，废者兴，缺者完，惰者勤，慢者敬，凡所应用，无一不备。佥曰称哉！已而驿禀朝廷，赐号崇真保德大师，授紫衣缘以金襴，报之也。

于是慨然拂衣，复还布山之旧隐，间与故人毕清卿对榻以谈。方偃息间，缘[⑨]泰山之阿，入西溟[⑩]谷，若有人前导者。由渊济公祠至竹林寺，楼观参差，如在天上，从者四五辈，皆素[⑪]不识。觉而告之，毕曰："果有是耶？"

其年七月，武惠公以书来召，因论："泰安之为郡，盖前古帝王封禅之所，其宫卫、其辇辂、其祠宇，自经劫火之后，百不一存，良可悼惜。下官忝在其境，不粗为修葺之，甚非所谓事神之义也。敢以大师道荫为我

① 上，原缺，据《甘水仙源录》卷八补。
② 且，《甘水仙源录》卷八无。
③ 尔，《甘水仙源录》卷八作"而"。
④ 年，《甘水仙源录》卷八无。
⑤ 先，《甘水仙源录》卷八作"先生"。
⑥ 后，《甘水仙源录》卷八无。
⑦ 时，原缺，据《甘水仙源录》卷八补。
⑧ 为，《甘水仙源录》卷八作"谓"。
⑨ 《甘水仙源录》卷八"缘"前有"顷"字。
⑩ 溟，《甘水仙源录》卷八作"溪"。
⑪ 《甘水仙源录》卷八"素"后有"所"字。

纲维是[①]事，乃所愿也。”师伛偻致词[②]曰：“某一空山食菜道人，何敢承当？”武惠公答以“工匠之役，木石之资，与夫彩绘丹雘之费，我尽领之，师无让为”，遂诺之。经构迄今，三十余年无空日。故自绝顶，大新玉女祠，倍于故殿三之二，取东海白玉石，为像如人然，一称殿之广袤。天门旧无屋，又创立之。下至会真宫、玉帝殿及圣祖殿，方丈、廊庑、斋厨，皆不与焉。外则岱庙[③]、朝元等观，皆增修有数，抑亦劳哉！若夫师之寝处、饮食与役夫等，是以人忘其死而成师之志，虽国朝为之，亦不能齐一如此。有司闻之，特加崇真明道圆融大师之号，并提点泰安州教门事。复于中统四年，蒙燕都大长春宫掌教诚明真人专使赍奉圣训，委师提举修饰东岳庙事。

予自壬辰北渡后，往来于奉高者有年矣。夤缘得与师交际，其相与之意甚厚，且尝有同老泰山之约。一日，以乃祖先茔记见属[④]，予敢不敬从？如吾师者，退然才中人，癯瘁若不能胜衣，然问无不知，扣[⑤]无不应，若九[⑥]芥纳须弥，囊括宇宙，不足喻其胸次横阔之万一。乃以区区土木之功相溷，何其不知师之甚耶！虽然，谚有之：“一子受恩，禄及万家；一人成道，超升九族。”或有此理。向之所谓白兔之示现，老僧之托化，太[⑦]山之神游，今则验之。噫！信乎，其为张氏之异人也[⑧]。他日，委蜕而去，羽化而仙，凡为而徒者，如欲纪其出处之大略，请以《先茔记》为证云。《甘水仙源录》

① “是”后原衍“年”，据《甘水仙源录》卷八删。
② 词，《甘水仙源录》卷八作“辞”。
③ 庙，《甘水仙源录》卷八作“岳”。
④ 属，《甘水仙源录》卷八作“祝”。
⑤ 扣，原缺，据《甘水仙源录》卷八补。
⑥ 九，《甘水仙源录》卷八作“乃”。
⑦ 太，《甘水仙源录》卷八作“泰”。
⑧ 《甘水仙源录》卷八“也”后有“明矣”二字。

礼部令史题名碑大定十八年

〔金〕党怀英

初，大定乙酉岁，既刻题名，为诸部倡，犹以不能备纪始末为未足。至崔君颖士，乃更刻石，悉书乡里官品与夫入部及出职岁月，所以示君子仕进之难，持己既廉，从事既勤，而又积日累久，无簿书文墨之失，然后可以有立，非徒记[1]姓名炫阶秩而已也。夫仕宦穷达，固系时命[2]，□□在于自为者何如[3]？前刻谓今之贵显皆自[4]此出，如诸君奚患不荣？更在审其所以自为者，勉之。

戊戌秋八月三日，儒林郎、国史院编修官、武骑尉、赐绯鱼袋党怀英记。

棣州重修庙学碑明昌六年[5]

〔金〕党怀英

郡县有学，所以讲道艺、养人材、美风化也。士知从事于学，则必探讨六经，而游意于道德仁义之际，资之深固，可以师表天下。后世摭其华，犹足以立身荣亲，而庇宗族，自先达而劝后来，由一士而警一乡，渐染浸酿，久而成风，鄙薄消而礼让兴焉。此三代之政承流宣化者所当勉也。而

① 记，原缺，据原碑影拓（北京图书馆金石组编《北京图书馆藏中国历代石刻拓本汇编》第46册《礼部令史题名记》，中州古籍，1989年版，第134页）补。又参清王昶《金石萃编》卷一百五十五《金二》录文。

② 命，原缺，据原碑影拓补。

③ 何如，原碑影拓作“如何”。

④ 皆自，原缺，据原碑影拓补。

⑤ 按：清毕沅、阮元撰《山左金石志》（清嘉庆本）卷二十收此篇（文字有所不同，不同之处出校），其开头云：“明昌六年二月立，正书，碑高五尺四寸，广二尺八寸，在惠民县学。”

世之喜功利要近效者，方以刑名钱谷为务，顾教化为不急，是以州县学校多就隳敝[①]。

棣州州署东南为宣圣庙，即殿之后为横舍，制度严邃，旧冠他州。土木之工积岁欹倾，上漏旁穿，不庇风雨，州人学子相与叹息久矣。有客宦梁其姓彦珪其名者，来自黄龙，乐州之风土而家焉，为人倜傥尚义，士大夫喜称道之。其子栋肄[②]业学馆，有场屋声。一日谓栋曰："兹地不葺，日甚一日，弊极则新，理之必至。虽然，吾老矣，恐不及见，异时营缮役兴，尔当以三十万为助。"

明昌三年，大[③]中大夫郭公安民，由礼部侍郎出守是郡[④]，慨然有修旧起废之意。召匠计之，费当二百万，乃以文移计府，而有司之吝，七分其数，而才得其一。方复经度，会有移镇之命。

越明年，嘉议大夫石公阶[⑤]实始继来，亦既奠谒裴回观览，顾询诸生，思举前作，独念所得不足以给用。栋因进前，告以其先遗命。复有郡人荣昺，好事而乐施予，顷因赒济，尝授恩级，闻风欣然，愿因栋数。既又厌次进士曰李倩，亦以钱币为助，副以梁橑众材，值百千。公闻之喜曰："可矣。然不得才而通廉而干者，不可以依[⑥]办。"乃委教授王枢、司候李鲲同领斯役。枢既长于规画，鲲亦勤恪不怠。而公复以威重镇之，凡有咨禀，即为酬酢。

于是匠夫[⑦]献技，役夫效劳，不麾不诃，众事俱[⑧]举。崇殿基之庳，增

---

① 敝，《山左金石志》卷二十作"弊"。
② 肄，《山左金石志》卷二十作"隶"。"隶"通"肄"。隶业：肄业，谓修习其业。
③ 大，《山左金石志》卷二十作"太"。
④ 郡，《山左金石志》卷二十作"州"。
⑤ 阶，《山左金石志》卷二十作"玠"。
⑥ 依，《山左金石志》卷二十作"倚"。
⑦ 夫，《山左金石志》卷二十作"者"。
⑧ 俱，《山左金石志》卷二十作"具"。

台门之高，两庑加其楹，中门宏其构，讲堂、斋舍相继皆作。至于捏素图画之象，窗牖栏楯之制，髹漆丹垩之饰，圬墁扣砌[1]之工，无不各尽其巧。奠祭诸器朽腐无几，一一更新之。

初，功既兴，总度所费，而公私所得犹不能以半余，所不足，栋与昺皆与之，于是二君所输，前后各至百万。盖经始于五年春三月，而毕功于是年季秋。落成之日，士庶耆老感叹相贺，以谓庄[2]丽严敞，视旧有加焉。

六年春，栋来京师，属其乡先生太常博士姚君建荣，求鄙文以为记。盖尝谓事物[3]兴废，固系于时，而其成功，实存乎人。方今天下承平，圣上垂意儒术，礼乐[4]之兴，宜在今日。然非得郡守贤明，僚属廉干，能体上意，与夫向风好谊之士相与赞成，安能成之之亟如此哉？余闻枢之祖文正沂公，尝买田以与[5]郓学，岁久，多为田畔侵冒，石公贰漕东平之日，皆理而归之学，诸生至今德之。由是有以知石公有力于学校，盖其素也。余既高二守相继知承流宣化之本，两从事之能从[6]公命，数君子之赞助有成，复嘉栋之有始终也。乃叙其详实而书之，不自陋其繁焉。明昌六年二月七日记。

① 圬墁扣砌，《山左金石志》卷二十作“圬镘釦切”。

② 庄，《山左金石志》卷二十作“壮”。

③ 事物，《山左金石志》卷二十作“物事”。

④ 乐，《山左金石志》卷二十作“学”。

⑤ 与，《山左金石志》卷二十作“予”。

⑥ 从，《山左金石志》卷二十作“成”。

新补塑释迦佛旧像记[①]

〔金〕党怀英

上缺十三字中不舍一法，盖淡泊虚静。□旧为岳祠奥区，□僧缺五字孤洁，结庵而居。会庙□兴□殿宇百有余间，因赐额缺三字前有司奉旨，相其虚敞，可建□□备□构经营，崛起盈丈□□计其规模，或以不胜其任，于□□循因其旧址，缩大就小，建□[②]斋供堂位。而外隔隍城东北□□近积□相逼，道侣患之，以□三宫空洞之天，图籍所载□□由是释迦佛像主伴凡五位，并迁置于赐书阁之废基，跣露□无复生敬。有乡老曰赵璠，摄心归善，一念适然，不入诸相，复白□幸获轻安，仰佛开闵，洗□隐障。于是纹甓镂砌，琂[③]座华鬘，倍己施，无虑千数，曾不假人。众僧赞其发心归向，见索以□□英力因缘自有成坏，何乃远蹋百岁？正殿空闲，旷日滋久，今始□□，抑病者轻，安有待于□□欤？□众举[④]手作礼曰：“唯然，善哉！”泰和六年四月十四日。

泰安州均田碑记

〔明〕殷士儋

泰安依岱为郡，多山，故其田半硗确，五方民错居，俗渐巧敝。或附郭沃衍，更相诡匿规轻税，甚者十不名一，至有亡税之田。乃贫弱失业，横被洒寄。始惟圭撮畸零，不谓深病，因循转鬻，岁窜月易，里胥益滋奸利，版图舞舛，莫可核据。或税浮于田，或不田而税，盖逋负日积，讼牍繁兴，咸

① 清张金吾纂《金文最》（光绪二十一年刊本）卷三十五标题后有小字“泰和六年”。

② □，原缺，据《金文最》卷三十五补。

③ 琂，古同“宝”。

④ 举，原缺，据《金文最》卷三十五补。

职是之由。长吏间议振刷，又以群咻众沮，法卒格不行，州坐大困。

嘉靖丁巳，知州事徐君奉台檄，大括田于肥城，均其租额，肥城民称便。于是州父老子弟相谓曰："州田之不均，视肥城剧焉？非使君仁明，上下[1]孚信，后孰可卒是役者？"因请如肥城例行之州，上其议，抚台报可，复檄徐君，俾以便宜从事。君曰："均田之难，非稽其数之难，辨其等难也。《周礼》：'遂人掌邦之野，辨其野之土，上地、中地、下地，以颁田里大司徒，凡造都鄙，不易地，家百亩；一易，家二百亩；再易，家三百亩。'此计亩殊也。'载师掌任土之法，国宅无征；园廛二十而一；近郊十一；远郊二十而三；甸稍县都，皆无过十二，唯漆林之征，二十而五。'此定税殊也。即太[2]安税亩之旧，或六百武为亩，或三百武，或二百四十武，武或四尺，或三尺有五寸，其始盖以腴瘠为差，亦古意也。今徒数之核而不等之别，则上地减而轻，下地益而重，何以均为？"

乃酌道里所宜，总竟[3]内之地，定其区域，分为僚吏，若耆老义民之可任者，区数人，俾[4]先差其原隰、沃薄、沙卤、冈阜、窪坎之等，明著于籍，第而三之。然后立法均丈，服弦广袤，参互程算。计州田税原额五千九百八十五顷九十一亩有奇，乃定上地以四百[5]卅二武，征一亩之税，中地五百四十武，下地八百四十武，当上地亩之，一武以四尺为准。大归不失州额之故，轻重适中，常使各有饶裕。凡异时诡匿诸弊，苟自归正，一切勿问。时遣人察视，所任吏民敢受人一盐一蔬，辄痛惩，无少贷，有以中为上、易膏为[6]瘠者，令得相觉，言务求至当。又酌两税租入之数，亩

① 明殷士儋撰《金舆山房稿》（明万历十七年邵陛刻本）卷八《记·泰安州均田碑记》"下"后有"所"。
② 太，《金舆山房稿》卷八作"泰"。
③ 竟，"境"之古字。
④ 俾，原缺，据《金舆山房稿》卷八补。
⑤ 百，原作"万"，据《金舆山房稿》卷八改。
⑥ 为，《金舆山房稿》卷八作"称"。

为之准，州置总籍，里有册，户有帖，甲乙多寡，一定不得损益。

自戊午岁某月至某月，才数百日，政不妨，民不扰，田赋悉均，百年积蠹，一朝湔除，嘉与更始，州人大悦，谓可经久无累也。乃共建碑州治，垂示后世，俾无忘使君之德。因诣余请记，余既不文，则为直述其事，今刻以识岁月。

当是时，徐君治行，于东省为第一，行以显陟[①]，将去州矣。夫使继君者，知君所究，心谨守其法，无以臆见轻变易，使诸豪猾不便于均田而图坏之者，若有惮而不敢也。则斯碑之建，诚不可已哉！徐君名节，山西临汾人，癸丑进士。其为郡多善政，以兹碑记均田也，故不书。

义井碑记原石

〔明〕明心居士

自神禹底绩，而粒食之□开，凡兹有生，凿井而饮已，归帝力于何有？即今圣明在宥，而泽流溉，亦垂不□，共饮天下以太和。

但我泰居民稠密，资于井者甚众，当斯而凿井甚难。惟兹州治之阳，有小庵王君讳双者，家世儒术，乐善好施，特为义井之举。观形察势，期便于四方所酌□有无如此地为善，于时即土地一段，首率同志，并力齐心，穿凿遂及泉涌，凡挹尝者如获甘露，诚旦暮之不可缺者。迨井成之日，取者无禁，用者罔竭。夏不惮午熏者而有饮水之资，冬不苦于岩凝而有饮汤之需。行者不必切梅林之望，居者又无兴临渴之嗟。井之利益，亦得矣哉！

昔大舜以孝而汲井，而耿恭拜井，王公以义而穿井，井以义名。是神人之所共享，圣凡之所胥资者，实为国家之元脉，岂仅一区之微泓。自是

① 陟，原缺，据《金舆山房稿》卷八补。

而后，但愿龙德如灵，永浚丰美之源；民资日用，遍为尔德之风。王君义井，食其报者宁有既乎？因是以勒之石。

崇祯乙亥仲秋，岱下明心居士撰，浩然居士书。

重修观音大士院记南关庙门前[①]

〔明〕徐中行

尝谓观音之灵昭昭也，肇自于唐之贞观，吴道子因模[②]写而丹青之，遂传布天下。匪直邦国郡邑，寺宇鳞次，即荒村茅店，罔不建设莲台□□」[③]供养惟虔，谓其有裨于斯民，于祀典差合焉。

厥像跏趺端坐，而[④]六根神燮[⑤]，游衍自在，号曰观自在，又曰慈悲观世音菩萨。《内经》解曰："观世音□□□」济群[⑥]生者也。"迨后又有海潮、鱼篮、白衣观音之说，要之不过[⑦]化身百[⑧]亿，意触形随[⑨]，历千万劫而不灭[⑩]。譬诸云霞[⑪]之丽天也，朝东暮西，而聚散□□□；」江河之行地也，沿

① 据周郢《名山古城——泰山·泰安文史拾零》（五洲传播出版社，2015年版，第266页）考证，该《重修观音大士院记》碑原立于泰安老城南关观音堂庙门前，后庙毁碑佚，2009年前后在城建施工中出土，后被人移走。

② 模，原作"摹"，据原碑拓片改。

③ 符号"」"，原书无，据原碑拓片加，指此处原碑缺若干字。下同。

④ 而，原缺，据原碑拓片补。

⑤ 燮，原作"遐"，据原碑拓片改。

⑥ 群，原作"郡"，据原碑拓片改。

⑦ 过，原作"外"，据原碑拓片改。

⑧ 百，原作"一"，据原碑拓片改。

⑨ 意触形随，原作"蹋形随□"，据原碑拓片改。

⑩ 灭，原作"及"，据原碑拓片改。

⑪ 譬诸云霞，原作"慧迹阴护"，据原碑拓片改。

溪涨川，而巨细无常流。故凡慧眼爱肠，无论窅深奥[①]渫，能飞蠕动之微，而纯瑕毕昭。而众生一切燃眉之急，噬脐之难，剥□□□」七十二种恼障，随祷辄应，桴鼓不爽。

兹古今明效大验，斑斑可镜，烛昏衢而渡迷津，是优昙法门宗旨。质吾儒民胞物与之量，恰相似藉□□」典匪过也，宜矣！

夫泰安城南仅二里许，旧有观音大士院一所，中堂三楹，自左右，廊庑、门屏、墙垣，半已无墟。属岁，毗岚转毂，粉鹦调舌，一旦默警」本州[②]居民张承业妻王氏，至再至三，王氏乃矢心誓众，苦募于各檀越家，一倡[③]而十和。未几，而钱谷材器胥具，三赓星籥，蒇事告成，较前十倍其□□」。

而州之大众群生[④]数千指，咸志心朝礼，寻盟结社，共推善人张承业、王进业辈为会首，穆卜良辰，订于每岁仲春望日，将积收[⑤]金镮，罗释子道[⑥]」斋醮报赛，祝延」圣寿，祈禳丰凶，凡五阳乌。吾水陆俱陈，幡幢纬错，佛号嚷喧，嗔此□□。当是时，瑶光闪烁，花雨□□，此度世之观音者也；紫翠丛集[⑦]，张筵撷彩，锦幔朱[⑧]」□缨，欢呼谐谑。当是时，尘埃野马，帛烛两忘，此歆世之观音者也；其或夜阑人间，天籁无声，月澄银汉，水净玉瓶。当是时，一真自如，万境皆宜，此了世[⑨]□」之观音者也。盖众妙殊途，总归一理。明禋肆酹，岂曰淫渎。我愿诸社公益尔皈诚，永结善

---

① 奥，原作“泊”，据原碑拓片改。
② 本州，原缺，据原碑拓片补。
③ 倡，原作“唱”，据原碑拓片改。
④ 群生，原缺，据原碑拓片补。
⑤ 收，原缺，据原碑拓片补。
⑥ 道，原作“俱”，据原碑拓片改。
⑦ 集，原作“进”，据原碑拓片改。
⑧ 朱，原缺，据原碑拓片补。
⑨ 世，原缺，据原碑拓片补。

果。不然，吾道炳若[①]日星，宁能自外于仁育义正礼陶□□」之功哉！会善姓名，俱锲之碑阴。[②]

万历三十一祀岁舍癸卯夹钟吉[③]，竹园居士徐中行斋沐谨撰。

创建关帝庙配殿碑记山上关帝庙东庑下

〔清〕张坦

泰山一天门之下，旧有关圣帝君大殿三楹，原属吾晋人所创造，而东西两配殿则未有也。历年以来，凡我晋人之居于[④]岱下者日益多，其生计贷殖日益盛，念缺陷之未全，思有以继前人之志而补其所未逮。因以谋诸乡亲，无不欢欣踊跃，捐输恐后。

于是鸠工庀材，不数月而告竣。余既嘉众人之尚善，又深幸善果之速成。特[⑤]志一言，用垂不朽。且使后之君子又有以继吾等之志，或创或修，务期竭诚致敬。供奉圣贤，则福泽绵远，自当默享其报矣，岂徒在生计货殖之间哉？时康熙癸亥五月十三日也。

岱下庠生张坦沐手撰[⑥]。

---

① 若，原作“如”，据原碑拓片改。

② 《名山古城》录文后题名五行，原书未录，今亦从略。

③ “吉”后原有“日”，据原碑拓片删。

④ 于，原缺，据《泰山石刻大观》第十三卷（第六六页）原碑影拓补。此碑在关帝庙东配房前廊南侧墙上，立于清康熙二十二年（1683）。

⑤ 特，原作“持”，据《泰山石刻大观》第十三卷原碑影拓改。

⑥ “撰”后原衍“文”，据《泰山石刻大观》第十三卷原碑影拓删。此句后，原碑末影拓还有“督工善人、平阳宋晟熏沐叩书”（以下一百六十二人题名略）。

重修隆庆禅寺记过驾院庙内

〔明〕朱铎

古隆兴禅寺，在州治西南十里许下望庄，始于至正年间创设也，奈岁远风霜，殿宇倾颓，妆严暴露，僧舍荒芜，而基址存焉。盖形势平坦，四望巍然，北仰泰山，南接泮水，徂徕山居其左，安牛山峙其右。千峰竞秀万奇，寔释氏藏修之地也。

宣德以来，有住持智深掌其院，发心崇造，屡岁弗克。数载间，而殿宇告成，鲜见完美，至于殿宇、佛像、伽蓝、方丈、墙垣、廓庑，未举而辞世也。后改为隆庆禅寺。夫寺之兴废，亦必待其人也。

至天顺甲申，郡守咸集合郡僧众，推举其徒明顺，遂领劄书而住持是院。观其释性淳厚，戒行老成，恪守清规，而不迷宗道。乃自入院以来，教演玄机，锡传妙法，慧眼高明，禅心清正，沙门弟子悉受其诲。其令德播扬，达于遐迩。

由是，西南等保信官李恒、信士贾纯、刘瑄、曹山、李端之辈，毕力同心，喜舍资贯，鼓振乡闾，各出栋材，朋成料类，踵踵相呼，人人喜悦。迨及老稚，咸施工力，所以殿宇、佛像、伽蓝、山门、方丈、廊庑，不日成之，而焕然一新。

苟非戒行老成、有德有守之士，何克至于哉？又见名山大川之境，桑麻掩映之乡，寺宇峥嵘，而僧徒弥众；风淳伽美，而释教益隆。为住持者寡欲清心，无为守己，且著虔诚，赞皇图之巩固，祝圣寿以无疆。故述之以纪岁月云。

大明成化辛卯岁孟冬吉日，住持明顺立。

赐进士出身刑部员外郎朱铎撰，本州吏目弟金台孟诒。

前宁津知县奉高张琏书丹，本州作头崔浩刊，弟崔恕，男崔英、崔雄。

重修孙石两先生祠记康熙三九年

〔清〕刘炳

孙石两先生，宋伟儒也，理学气节，彪炳史策。而欧阳公所为《墓志铭》，其载生平尤详。海内之士读书怀古，闻两先生之风，每低徊景仰不忍去。况登□□之堂，而观俎豆之遗者耶？

余于庚午来岱下，石先生之裔奉祀生承基之子维岩诣吾学署。余揖之坐，而问□□先生其道其由，已而潸然泣下。余究其故，则以两先生之祠颓废而弗修[①]也。旋往观之，第见门垣尽圮，荆榛满地，而两先生之像更侵于风雨。维时两先生之裔窘于单寒，而孝思莫展；予拘于薄宦，表章未伸；州人士亦有志于鸠庀[②]，而恨其莫之倡也。

甲戌，会刘六皆先生督学山左，维岩受父命，以呈请葺，先生慨然曰："是余之责也。"□冬遂捐三三[③]千缗，俾予董其事。藩宪喻公亦允维岩之请，命州守章公会其土州人士，因跃然起曰："吾侪小子亲炙宫墙。"□□邑□咸□。于是，六皆先生新其堂，章公筑其垣，州人士爰绘遗像，而更附之以监守之室。工虽未竣，而风雨无患。差可以□□系诸宪之倡与？亦两先生之风有以感之然耳。

祠旧制，门□各三楹，祭库、神厨各二楹，后之君子因其遗而尽复之，则又诸宪□□与郡人之志哉！庚辰，维岩以后文请予□详著之，非徒□得不朽，亦藉以励后学云尔。

---

① 弗，原作"佛"，径改；修，原缺，径补。
② 庀，原作"庇"，径改。
③ 三，疑衍。

节孝碑

〔清〕刘肇亭

孺人为泰邑处士刘金峰妻，李太学廷漪公女，太学文英公子妇。幼娴闺训，事父母谨。十七岁于归，鸡鸣盥漱，事舅姑如父母。夫病数年，左右奉侍，举桉[1]齐眉。二十岁，夫亡，一女寻卒。夫昆仲四，以伯兄金函公子为嗣，时数岁，独与伯兄同居，子成立分爨。自离鸾，孺人与太夫人共处，一汤一饭悉尝，一寒一暑皆知。太夫人以此益形康健，暂离不慰。

噫！人孰无死，死非其时，有老而不能老，幼而不能幼，人以为死不如生矣，而岂知生者有以慰死者之心，且有以尽死者之分而无憾，则虽死犹生；生也不辰，夫为已亡之人，妻为未亡之人，人以为生逊于死矣，而不知死不必慰死者之心，且因以益生者之恨而无益，则死不如生。况心以死者为心，妇道、子道只一道；事以生者为事，母道、妇道无二道。一人生而举家安其生，且使死者如其生，则心安理得，又何生死之足云？

今孺人五十有一，太夫人八十岁，其子□□卅有八，含饴弄孙，犹时督家人操作，皆所以慰太夫人[2]之心也。

客冬督学按临，合学具禀，始得旌表。犹虑其不详也，故略叙生平，使后人知孺人之节，节在于孝，孺人之孝，孝即其节。

① 举桉：亦作“举案”。

② 人，原脱，径补。

重修法华寺碑记

〔清〕石维岩

岱城岳庙之西，古有法华寺。其创始不知何时，阅碑记，第知为斗姥宫比丘尼性江所重建也。余少时曾游此地，见其宫殿嵯峨，虽不得比于蕊珠阆苑，而崇隆辉煌，洵足为空门之胜地也，亦可见性江当时经营结构之苦心矣。

乃自康熙丙午重修之后，风雨飘摇，庙貌剥落，过而见者，宁无丘墟之虑耶？兹幸有先生直隶大名道赵公仁圃之弟国学讳国经字诚圃者，恻然勤首倡重修。由是，榱桷之缺者补之，埏埴之废者增之，丹垩之患者饰之，而此寺遂复焕然焉。

工将竣，诚圃以记请余，余曰："君滥兴工作，妆饰土木，得无有祈报之心欤？"诚圃曰："否，否，积善余庆，理固有之，但吾儒于天下事，凡分之所得为，与力之所能为者，惟竭其力以为之，斯已矣！至福田利益之说，夫固有所不计也。"余闻言，因揶揄而为之记。

雍正二年岁次甲辰，州廪生石维岩撰文，历山荷村黄允襄书丹，侯选州同赵国经立[1]石。

重修文昌帝阁记

〔清〕孔贞瑄

文昌见于《天文》，载在祀典，与文庙并建，天下之所同也。然而有不同者，山川向背之宜，城郭朝应之异，然义取文明，大约不离震巽者，

① 立，原缺，据上下文补。

近是焉。

岱郡帝君阁在圣殿之东，岁久荒颓，人文不焕。虽间有鹊起而登甲第者，亦落落焉。予视学篆，窃禄于兹六年矣，恧然于心。丁巳之秋，郡武举心孚张君谓余曰："曩余修棂星门、垣墙告竣时，即拟重修帝君阁。不期当建岱宗，大工继起，日不暇给，遂迟迟至今有志未逮。然今曷敢已焉？"于是，独力出资，鸠工庀材，不日成之。不佞典司俎豆，导扬美善，传之永久，非异人任也。为之购石，记其颠末，因至重有感焉。

吾圣祖为万世师，帝君司文治之籍，是以历代帝王并祀春秋。帝君司文治之，实司天下力学积善之籍也。士子力学，上格天心，斯帝君鉴观而眷顾之矣，垂戒士子，久与五经四书之旨相表里。今帝庙既已鼎新，多士观感激发，以力学积善为务，名世之兴，必有甲于畴昔。天人相与之际，甚不爽也。然而张君之功德远矣。是为记。

康熙戊午岁季春之吉，泰安州署儒学学正举人孔贞瑄。

新建玄帝庙碑记

〔明〕萧协中

人心好善，其秉夷也。无何，蒸黎贸贸，惟期快一己之私，浸而不顾人非，浸而不顾天谴，究将遭神之怒，罹天之刑。嗟乎！好生之德，人自违之于天也，何尤大都以利心误之耳！玄天上帝，垂训谆谆，诵之无不令人发竖悚，褫恶心而洗俗虑。第恐念不在兹，习气易夺，孰有如柴君讳时廉、黄君讳国栋者，祗奉神威，以自淑也。二君浙之江山人，挈资游岱岳间，不过为子母计。然二君则尝曰："不以利义之而已耳。"乃集众立会，各抽己橐，用生蝇头，不数年而千金寻积。意图武当建以功果，酹以神庥，未决，而翻然于泰山之地，宁不堪驻镇天之神节乎？爰以州城之北不半里许，阜高而平敞，钟岳之秀，遂卜基而谋筑焉。殿庑墙垣，经始落成，当载之碑阴，姑不具独记。

崇神者，必心存神者也。心存神，心即神矣；目瞻神，目即神矣；躬礼神，躬即神矣。若然，善日茂，业日消，神灵庇之，天道随之，岂其不可人而神耶？怒谴其何干之与？有因知二君者，重道而轻利者也，奉法以省功者也，请教以警世者也，德莫大焉！功莫宏焉！其与世之香焫所求者，诚不可同年而语矣，媢祝也乎哉！至若赫声濯灵，幽明感应，福善祸淫，昭昭不爽，二君当置不问。八识田中种苗畅，遂此秉夷也。二君其善护之，蒸黎其詧识之，是记。

天启五年岁在乙丑十二月，承德郎、顺天府通判萧协中撰文，文林郎、江西清吏司主事王楫篆额，太学生徐光祚书丹。

重修元君庙记

〔清〕唐仲冕

岱宗为观宇环集之地，而栋垣煊爚，殿阁巍峨。踞诸岳之长，镇东郡之雄者，则以东岳一祠为冠。然瞻[①]礼者祀甫毕，即勃窣山谷，扪萝天外，男女趾踵相错，南极吴越，北至燕赵，东西秦晋淮洛，无老稚，莫不膝前呼吁，震动鼎沸，雷鸣响应，达数百里外，争相梯级，以求叩所谓碧霞元君者。则元君祠与帝座通呼吸之灵，而又与东岳齐馨香之祀，藉非慈光惠照，覆及[②]海宇，安得顶礼罗[③]拜若是之盛哉？

① 瞻，原作“唯”，据原碑改。原碑今立于岱庙天贶殿南东侧。
② 及，原作“即”，据原碑改。
③ 罗，原作“膜”，据原碑改。

顾其祠不一，岱庙南有遥参亭，社首山有灵应宫，典祀亦盛。要皆朱[1]甍赪栏，寝帷绮丽，翠柏窅窊，障其左右，于以象珠宫贝阙、琼楼十二之华，于以拟琪花翠竹[2]、舞鹤蹁跹之致。故二庙之深邃崇闳，与岳顶祠几埒。其他一隅之地，一亩之宫，亦往往有奉元君而称泰山行宫者，盖遍河朔矣，而邑中为尤多。

予辛丑岁游岱，僭主讲知书院，西隅[3]有元君庙在焉，规制浅狭，且就荒落。摩其碑，为明隆庆五年州守翟君涛倡建，宫保萧公大亨篆，以地当入岱通衢，祈岳者先礼此也。明年，郡庠生魏从周等首倡修理。像设之漫漶者，金饰之，墙宇门闼之腐黑摧折者，饬材而赤白之，又增置醮棚五间、月台、影壁，庙貌恢然改观。予为颜其额，首事者又以记请。

夫是庙距今二百余年，创始者不能保其继，后完成者必能善其终，事固相待。特恐庙宇局于基址，无岩峦竹石之奇，无琼台翠幙、藻井雕楹之壮彩，未足驻云骈而拟灵府也。然予尝与诸子游憩其下，遥瞻仙云灵怪，朝夕百变，时缭绕于堂殿炉烟之外，则安知金丈翠葆，不与天风冉冉俱下乎？是又在瞻叩者之洁斋以祀，而修建之事为不可少矣。是为记。

甲午科人星沙唐仲冕陶山氏[4]谨撰。邑庠生郑鸿渐尚继涟沐手书丹[5]。乾隆四十八年岁次癸卯孟夏月立。

---

① 朱，原作“采”，据原碑改。

② 琪花翠竹，原作“琪竹翠华”，据原碑改。

③ 隅，原作“阡”，据原碑改。

④ 氏，原缺，据原碑补。

⑤ “沐手书丹”，原碑此处漫漶难辨。以下题名及施资钱数26列，每列20人，又左下角有题记6行，原书略，今亦从略。

创建马院记[①]

〔元〕王翼

伏惟国家近岁以来，侍卫乘舆之马驼，期以春时，散畜□郡，且管贸以刍粟，而防其掊克者，民甚便之。

夫泰安为治，去京畿千里，可于侯甸，岁畜之数，厥召常例。然而厩无定所，枥多散材，数致变更，而伤其财，且未免乎劳民。而奉符倚郭之县也，而民繁政剧，是以前政有所不暇及也。

兹者济阳郭公，以宽仁之德，果毅之才，来尹是邑，莅政有声，民皆悦服。发号施令，捷如影响，素有清廉之风，是诚而不可欺也。至若户婚冤抑，尤能理之。一日政暇，公虑及此，谓诸寮[②]佐曰："今秋已季畜马之期，比经制草略，徒费工而扰民。吾欲改作，未知其可？"□佥曰："惟命。"于是，公舍政而专为之。得地四亩七分于郡城之南少东曰"毬场"，以营焉。辄□□材，命匠鸠工，筑墙方里，中建正殿三楹，两夹室各三楹，东西□拾有四楹，而立其门周圜以厩百有二十六间，而覆之以瓦，枥易以石，如其厩数，墉高数仞。均责閤里所庑厩枥，分命乡社，争献其功。是故，创始于九月既望，落成于十月之中。抑期季之役，公亲董之勤，不日而成焉。语云："敏则有功。"信不诬矣。邑人刘福等实赞其役，式将达鲁花赤公洎主簿张公之命，属余为文记。

余谓缮修马院，治政之一事，然为岁时之课者，故无可纪，而公为久长之计，可遽□与后之登斯堂而睹斯役者，可不叹哉？余故不以鄙陋辞，聊为明公次第之，以传不朽，谨记。

马院地四亩七分，东至王教授，南至孙待诏，北至会真宫，北至大路，

① 标题下有小字："泰安州儒学直学王翼撰并书丹，奉符县儒学教谕贺颐中题额。"

② 寮，古同"僚"，义为官。

正厅两夹室东西□，周圜马厩共一百伍十一间。

大德九年十月□日，司吏齐世荣、刘裕、孙仁、刘璋、卢迪等，典史夏祯，奉符县尉卆应徵，登仕佐郎奉符县主簿张从政，进义副尉奉符县达鲁花赤兼本县诸军奥鲁劝农事泰不花立石。

监造头目刘福，都料□□，石匠周琼、高士忠刊。

重修泰山神庙碑记代丁文诚

〔清〕张昭潜

镇四方者莫如岳，自祁、姚柴望，具载秩宗，稽诸传纪[①]，而东岳神次最尊，位西华、南衡、北恒三神之上，号为岱宗。

康熙、乾隆间，神圣巡狩，莫不亲临祀事，陟高裒对，记以诗歌，而又岁时遣辅史赍帑金，修祠宇而饬灵承。当是时，八埏胪欢，百灵效祉，明德馨香，异世同轨，而气象丰隆，下蟠上际，磅礴而不可究极。故犹是东岳也，在今日为尤尊云。

承平日久，事有成规，嘉、道以来，国家重徭役，惜物力，职封疆者，不欲糜费以劳民，以故无明作巨工。而岁月推移，风皴雨蚀，十八盘道石阤级坼，祠庙七十余所多就倾圮。加以迩年欃枪肆扰，岱扼南冲，逆氛之所摧折，难民之所滓垢，梁桷陊剥，图像黓[②]昧，实不足以揭虔妥灵，岂非莅政服官者之责与？

余以同治丙寅抚兹东土，阅视封圻，至于泰安。躬肃明神，怛焉心恻。

① 纪，清张昭潜《无为斋文集》(《清代诗文集汇编》第七〇九册，第七〇六页，影清光绪刻本；《山东文献集成》第四辑，第32册，第1页，影清光绪四年徐继孺、郭恩孚刻本）卷十一作“记”。

② 黓：yì，深黑色。

又以奎章宸翰泐石摩崖，瞻拜悚惶弥增，促偪不即不图，其何以明列圣崇祀之意？而是时，疆圉弗靖，民生孔棘，粤匪[①]旁扇[②]，捻匪嗣蠢，齐鲁之郊，戎马旁午，夫不得耕，妇休其织，募兵筹饷，守关扼隘，十余年来，殆无虚日，民不聊生，遑恤其他。

今仰赖圣天子威灵，山川百神庇佑，渠魁就擒，胁从销散，编氓安枕，桑麻荫野。顾瞻岱麓，若有怦怦不容自已之思，然后知鲁僖当日，戎狄荆舒，既膺既惩，遂保凫绎，詹泰山以膺天锡之纯嘏，非以侈封域而耀武功也。大乱勘平，犹将藉明神而镇抚之，则古今一辙[③]也。

今年癸酉孟陬之吉，乃戒僚吏[④]，诹匠作，鸠工庀[⑤]材，自回马岭至玉皇顶，凡盘路之堋缺[⑥]者磐之，宫殿廊庑之彫敧[⑦]者葺之，黦者[⑧]垩之，巻艳[⑨]者髹之雘[⑩]之。六阅月而工告竣。是年夏，天子既遣部员来祭，而臣某亦先事斋袚，亲赍香帛，往申妥侑。既陟天门，风恬籁寂，神思肃穆，将事之辰，焫[⑪]萧焄蒿，晻薆咇茀，天帝冕旒，玉女珈笄，哱哱冥冥，窈窕深邃，精诚孔熇[⑫]，若通呼吸。诞祀既毕，祈氓踵[⑬]来，纷扰填溢，擎芗捧萁，不自知其渎且僭也。而是岁也，寒燠节风雨时，百谷用成，年丰[⑭]大有。于是，

① 匪，《无为斋文集》卷十一作“寇”。
② 扇，《无为斋文集》卷十一作“煽”。
③ 辙，原作“辄”，据《无为斋文集》卷十一改。
④ 吏，原作“史”，据《无为斋文集》卷十一改。
⑤ 庀，原作“庇”，据《无为斋文集》卷十一改。
⑥ 堋缺：“堋”同“崩”，“缺”同“缺”。
⑦ 敧：qī，崎岖，倾斜不正。
⑧ 黦者，“者”原缺，据《无为斋文集》卷十一补。
⑨ 巻艳：pōmò，无色或浅色。
⑩ 雘，原作“䨼”，据《无为斋文集》卷十一改。
⑪ 焫，同“爇”，烧也。
⑫ 熇：zhàng，炮，同“炮仗”。按此字疑误。《无为斋文集》卷十一作“熯”。
⑬ 踵，原作“重”，据《无为斋文集》卷十一改。
⑭ 丰，《无为斋文集》卷十一作“书”。

僚友百执事请予为文，以纪其事。

余谓民者神之主，岱宗镇东方，得造化生生之元，其触石出云，不崇朝而雨遍[①]天下者，亦好生之德为之也。凡我僚友百执事，起视吾民，犹有疮痍未复者乎？果尔，则虽宏殿宇而荐肸蚃，神且讶然吐之。余惟愿与诸君子治人事神，以永奠[②]我国家丕丕之[③]基而已矣。爰勒文贞珉，昭示来兹，而系之以诗。诗曰：

长白伏龙，蜿蜒南行。遁入沧海，蛟螭震惊。势不可遏，锋莫之撄。跳海而出，巍发菁英。凝为东岳[④]，齐鲁藩屏。逾万斯年，奠我皇灵。我皇祀典，厘定维精。曰兴云雨，维神之能。震方木德，功翊大生。人道事之，杰宇峥嵘。有其圮之，工师又兴。非壮观瞻，明神所凭。肃然风来，星轺云軿。祚我邦家，福我黎氓。降福穰穰，万世其承。

是碑勒于同治癸酉，越数载[⑤]灾毁。[⑥]

重修岳庙古井记

〔明〕李钦

钦垂老林泉，自愧无益于世，每月一集乡民老幼百余于岳庙，宣扬圣谕，僭为讲解，期以化民成俗，挽回鲁道之旧。民有李进卢士卿者，再拜

① 雨遍，《无为斋文集》卷十一倒。
② 奠，原作“尊”，据《无为斋文集》卷十一改。
③ 之，《无为斋文集》卷十一无。
④ 东岳，《无为斋文集》卷十一作“泰岳”。
⑤ 数载，《无为斋文集》卷十一作“数年”。
⑥ 按本句后《无为斋文集》有“自记”二小字。

告余曰："庙有古井，水甚清冽，祀事之濯溉、饎饎咸赖焉。曩以日久，滩淤尽为泥土，洞取庙外之水以奉祀，恐涉不洁。吾辈出资，掘而甃之，重加淘汰，水复清冽如故。请翁识其岁月于石。"

余曰：是可以观今日乡约之意矣。善者，人心之固有，非假于外也。私欲蔽之，则失其初。譬之井焉，壅于泥土，则泉不能达，然清冽之源固在也。一淘汰之，遂复其旧。然则吾民之蔽于私欲而丧失其本心者，可无以导之乎？乡约之设，固所以去吾民之泥土，而达其固有之良心也。况泰山五岳之宗，此水得山下正脉，将享神明[①]，其用贵且重矣。吾民生于鲁域，自古为圣贤乡人，人人诚知所以自新，一变可至道也。若其溺于私欲，而自弃其贵且重焉，其无靦颜矣乎！是用记之，以儆于有众。

修东岳庙记略

〔明〕李钦

嘉靖丁未冬，岳庙灾，殿宇、廊庑以及宾馆、斋居、门闼、楼观，荡然一空，其仅存者，后寝三殿与炳灵、延禧二宫而已。时守臣以状闻，上震异者久之，即[②]俾治有司[③]不戒之辜，而遂敕以亟修之议。然岁值累歉，未克兴事者垂十年余。

辛酉秋八月，皇上万寿，爰命太常缄祝函帛，恭诣岳神，虔修醮典，有司布席将事。惟时巡抚都御史镇山朱公承命主祀，大惧简陋罔罄明禋，乃谋诸藩臬庶正，展力亟图。而特委济南府同知翟公涛专董其役，盖选能

---

① 明，原缺，据明查志隆等撰、明张缙彦等补刻《岱史》（明万历十五年刻，清顺治、康熙增修本）第九卷《灵宇纪》补。

② 即，《岱史》作"既"。

③ 司，原作"词"，据《岱史》改。

也。公乃檄请当道，材木瓴甓金石之类，以至匠傭役廪，皆取给香帛，而秋毫不以烦民。

经始于壬戌春，迄癸亥夏，而①庙工告成。自殿堂而下，毁者以举，倾者以易，圮者以完，漫漶者以鲜以洁，丹雘②涂垩，辉光掩映。巡抚都御史石洲张公祭告祠下，乐观厥成。是日也，淑气洋溢，灵光下瞩，泰岳明神，既尊且安。自是而往，阴祐显相，雨旸时若而丰年应，灾病殄而民气和，以永保我国家无疆之庆。则神之功当与天地并，而君子谓翟公之有功于神也，其亦伟矣哉!

重修五峰山碑记《长清县志》

〔清〕李雨霑前进士礼部观政

县治③东南之四十里有古刹，曰五峰山。其形若仙人壁立，其势若碧鸾飞舞，且茂林郁葱，漩水瀑布，而远迩士女咸不惮千里而来观瞻者，盖数千年于斯矣。

既观历代碑篆，有汉武之封禅记焉，有李斯之小篆存焉。考历代创建，大宋封为洞真观，大元封为护国神虚宫，逮我明有淡然子周法师，奏请神宗，封为保国隆寿④宫，创建三元殿，历来增新。骚人题咏，称胜地也。时有明光宗替道史羽士讳和训者，修真于兹，殆于赵天雷、崔真人相伯仲焉。伊时奉命鸠庀，金碧辉煌，视向来之所⑤创建者，倍加流丹矣。

---

① 而，《岱史》无。

② 丹雘，同“丹臒”。

③ 治，原作“志”，据《五峰山志》卷下(清光绪二十一年刻本)改。

④ 寿，原缺，据清光绪本《五峰山志》卷下补。

⑤ 所，原缺，据清光绪本《五峰山志》卷下补。

迄崇祯十三年间，土寇蜂起，以及我大清顺治己丑，相继十三年有奇。所谓五峰山者，非真人驻节之处，实绿林盘据之薮也。至夏，有县公李父母讳维翰者，来镇兹土，传檄招抚，卖剑归农，已小康矣。乃遍求史道人而雅重之，得于岱麓之天书观，神像之彫残者金玉之，榱桷之风雨者丹雘之，募住持香火，给牛种，免赋役。十余年之蹂躏，今扫净矣；千余年之胜地，又复古矣。是李父母之口碑，不惟脍炙于茌县，而名山之恢复，又镌志于五峰山矣。想呵护之洪庥，自绳绳而未艾也。予是以志终始，大有望于后之君子云尔。

顺治七年岁在庚寅中吕既望之吉。

重修三郎君庙碑

〔唐〕将仕郎前守太安府大安县尉杨弘[①]

泰山岩岩，镇兹东土，宗长副[②]岳，峻极于天。天降明神，而[③]下缺天[④]齐王即其王[⑤]也，郎君即王之子也。别有庙宇，画丹下缺之立[⑥]变化无穷，阴阳不测，年代浸远，灵异弥彰。周环千[⑦]下缺藻棁之文，塑像图形，乞灵儌福，未有不如响之应声者。下缺难，遂罄俸钱，建立碑碣，怪异事

① 杨弘，清毕沅、阮元撰《山左金石志》（浙江大学图书馆影印嘉庆本，第十页）卷十四《三郎君庙残碑》署作“杨宏”，开头云：“无年月，正书，石高三二尺五寸，广一尺四村五分，在泰安县泰山王母池右老君堂东壁。《重修三郎君庙碑》将仕郎前守大安府大安县尉杨宏。”今据清陆心源辑《唐文续拾》卷七“将仕郎”前“唐末”二字，补此朝代。《唐文续拾》文末注引《山左金石志》，故以下皆与嘉庆本《山左金石志》对校。

② 副，《山左金石志》卷十四作“列”。

③ 原书“而”字之后空白若干，表示缺文若干字，今以小字“下缺”表示。（原碑仅存上段，故下部文字皆缺。）

④ 天，原缺，据《山左金石志》卷十四补。

⑤ 王，《山左金石志》卷十四作“主”。

⑥ 立，《山左金石志》卷十四作“音”。

⑦ 千，《山左金石志》卷十四无。

迹无不具载。顷岁，以藋下缺石文字错乱磨灭，不可复知，近有工人追琢翠珉，访寻下缺申使府请词以纪其事。下缺。

留后仆射瑯琊王公，乐善好文，稽古博雅，久安禄位，下缺誓[1]下缺龙[2]光。初临是邦，方思葺理，才[3]闻其事，忻然慰怀，上欲副下缺圣君，敬神明之心，下乃资生民，祈恩福之意[4]，遂令灵[5]簿下缺。下缺群岳之长，东岳[6]下缺三字[7]之维[8]下缺三字，天孙建卓[9]下缺。

建立三阳庵记

〔明〕萧大亨

庵以三阳名者，从全真道士王[10]三阳之号也。嘉靖辛亥，三阳率其徒云山昝[11]复明霞游岱岳，卜地修真。时大梁张乐峰者以宦隐，亦与三阳游，见其山川形胜，遂输资为市而居。德藩承奉龙泉于公复捐俸以益之，于是庵不数月而底绩。落成之日，云雾昼暝，大雨如注，石轰迅雷[12]，蛰龙震起，遂成一池，水甚清冽。未几，而三阳羽化登真。说者谓龙为纯

① 誓，《山左金石志》卷十四无。

② 龙，《山左金石志》卷十四作“宠”。

③ 才，《山左金石志》卷十四作“谗”。

④ 意，原缺，据《山左金石志》卷十四补。

⑤ 灵，《山左金石志》卷十四作“虚”。

⑥ 岳，《山左金石志》卷十四作“岱”。

⑦ “三字”，原缺，据《山左金石志》补。

⑧ 维，《山左金石志》卷十四作“雄”。

⑨ 卓，《山左金石志》卷十四作“号”

⑩ 王，原缺，据原碑补。

⑪ 昝，原作“咎”，据原碑改。按：此碑在泰山三阳观，立于明万历元年（1573）。（参《泰山石刻大观》第十一卷，第五六页。）

⑫ 雷，原作“电”，据原碑改。

阳之物，三阳遐升，而神[①]龙为之开先，是可知其为有道之士矣。复明庐于墓侧岁余，众强之归庵，乃祇奉师教，苦志玄修，觉照真体[②]，不为一毫尘缘系绁。由是道行益高，流誉远[③]迩。龙泉于公复谋于时庵陈公、南泉裴公，各捐金若干，增置殿阁，缭以石垣，益加胜概。既而事闻德王殿下，以为香火院，命典服松冈马公市庄宅一区，地三十亩，以为焚修道众衣粮之资。马公又导诸内相，各捐资以助其不给，而此庵益恢廓永赖矣。

隆庆庚午正月，宪台忠斋朱公、云浦黄公、少朴黎公、少参充庵潘公，以公余游览，序属三阳，云山满目，鸢鱼活泼之趣，真与先哲云谷之奇观相为后先。欲记诸贞珉，以垂永久，以言属余。余惟复之初九，一阳来复，君子道长，三阳者，固地天交而为泰之时也。则此庵之[④]所以名三阳者，岂专在于王全真之□哉？庆幸遭逢，又[⑤]愿从诸公之后者，故不揣而僭为之记。

明[⑥]隆庆四年岁次[⑦]庚午仲春吉旦[⑧]。

赐进士出身、奉政大夫、河南按察司佥事郡人岳峰[⑨]萧大亨撰。[⑩]

---

① 神，原缺，据原碑补。

② 觉照真体，原作“体觉真礼”，据原碑改。

③ 远，原作“遐”，据原碑改。

④ 之，原缺，据原碑补。

⑤ 又，原缺，据原碑补。

⑥ 明，原缺，据原碑补。

⑦ 次，原碑无。

⑧ 吉旦，原缺，据原碑补。

⑨ 岳峰，原缺，据原碑补。

⑩ 原碑此句后署：“万历元年岁癸酉仲春吉旦，本山道士昝复明刻石。徵仕郎前史馆事钱唐张天祚书。”

三阳庵新建门阁记[1]

〔明〕萧大亨

岱宗右趾将七里许，为宋儒胡安定先生传《春秋》处，乡贤孙、石二先生寔同业焉，今其地有投书涧、授经台，可考而知也。逶迤而上，崇冈峻岭，泉流清冽，二三里至绝巘，反宽平可宫。嘉靖间，道士王三阳率其徒昝[2]复明辈卜筑居之。历数年所，方外士黄冠羽衣寻幽栖止者[3]如云集，鸟窝蜂房□列上下，王公大贾亦多捐金橐粮以给其[4]饔飧，是以地僻而居孔安，人众而养不匮，裒然一道院也。然门阁尚无，出入未协，于□复明又断崖斩石，芟趾定基，为门而阁其上，展力颇劳，规制壮丽，庵视前益加胜概矣。工告成，元老于毂翁有文记之，可垂永久。道士且谓余邦人也，乞再申一言表其事。余时以节钺三镇，内擢秋卿，新命方承，钦恤在念，何暇文为？第旧游胜地，有难以固辞者。

按庵之正中为混元阁，肖[5]老子坐像。诸方士讽诵经[6]箓，祝圣寿于无疆；收敛精神，葆真元于有永。或索居而默照，亦旅聚[7]以谭[8]玄。门阁岿然，出入咸用，此固老氏道德之[9]门也。夫道德者，天下古今所共由，以太极为栋梁[10]，以阴阳为辟阖，以五行为往来，以六合为垣宇，以诚一为扃钥，

---

① 此碑在三阳观三官殿门前，今仆地断为二截，幸铭文尚完好，仅残缺十一字（参《泰山石刻大观》第十一卷《三阳庵新建门阁记》，第一三五页）。

② 昝，原作“咎”，据原碑改。

③ 者，原缺，据原碑补。

④ 其，原缺，据原碑补。

⑤ 肖，原作“有”，据原碑改。

⑥ 经，原缺，据《泰山石刻大观》第十一卷原碑影拓补。原碑此字今已磨泐。

⑦ 聚，原作“居”，据原碑改。

⑧ 谭，原作“谈”，据原碑改。二字通。

⑨ “之”后原有“为”，据原碑删。

⑩ 梁，原碑此字漫漶，似“稳”。《泰山石刻大观》第十一卷录文作“稳”。

以虚静为先容。入斯门也，然后可升道德之堂，履道德之奥，其广无外，其蜜[①]无内，一阳[②]来复，三阳开[③]泰，调燮元气，既和且正，盖[④]不必握朱草，跨白鹤，刀圭结而直超尘境矣。若曰披户而清风时至，开筵而明月可邀，登空[⑤]中之楼阁，俯眼底之乾坤，适成游客骚人之乐地，而非修真养性之隩区也，虽洞辟其门户，涂蔵[⑥]其垣墉，于道德何益哉！是用书付[⑦]来伻□□石以告之。

赐进士第、荣禄大夫、太子太保、刑部尚书、郡人岳峰萧大亨撰。万历二十三年岁次乙未仲秋吉旦。[⑧]儒学生员王应星书。

重修五圣堂记施家结庄东

〔明〕张经济

余闻之曰：明有礼乐，幽有鬼神，二者不可缺一。是以凡村落间，各有神祠，以行祈报事，其义由来旧矣。但俗之纯厚，其庙整洁；俗之凋敝者，其庙貌残毁。亦惟是神之灵名□因之，理固然尔。

今村五圣庙，原有旧址，但规模□□不堪。嘉靖间，余先大人为之新其神像，崇其殿宇，阔其墙垣，较前颇文且整。今又越四十余春秋矣，而金碧土木之类渐就圮败。余姻丈效斋翁顾而悯焉，因谋□余甥玄石子曰：

---

① 蜜，原作“密”，据原碑改。“蜜”用同“密”。
② 阳，原碑此字漫漶。《泰山石刻大观》第十一卷录文作“以”。
③ 开，原作“来”，据原碑改。
④ 盖，原碑此字中部漫漶。《泰山石刻大观》第十一卷录文为“尽”。
⑤ 空，原作“云”，据原碑改。
⑥ 蔵，《泰山石刻大观》第十一卷录文为“塈”。塈(jì)：涂饰。
⑦ 付，原碑磨泐，《泰山石刻大观》第十一卷录文为“其”。
⑧ 岁次、吉旦，原缺，据原碑补。

“庙貌贵整，整斯严，严斯感，貌若兹，非所以妥神贶而答灵宠也。”于是一举意，不约而同心者十几人，攘臂而首自任者，则中庵张君也，乃共约一会。越三年，而钱谷大裕。则复[1]为之贲其像，焕其堂，整其垣。殿后阔一园，建一静室，殿前铸一钟，起一钟楼。设地六亩，为司焚修者黄冠之香火费，大洗前陋，益焕然可观矣。

功完，索余一文以识之。时余以薄宦羁峄，闻之不胜大喜，而三思曰：“此果神之灵乎？抑地之灵乎？果诸君有意以徼福之举莫之谓，而为如所谓俗之淳厚者庙貌整洁之谓乎？”

余村居城南二十里许，□诗户诵，土厚人淳，一时环左右而家者，俱积德累仁□□之世族也。是以公余即聚首传觞，把杯话□，讲解因果，□□而少长之形骸尽释，退则阅耕耘，课诗书，各□其业，而本分外□□□□。昔白乐天曰：“黄鸡与白酒，欢会不□□。”“□□□与幼，相间□欣□！”余村似之矣。既不胶漆而自固，是以不戒人而自孚，以故所由成即无意，亦非有意，则然而然，亦自然而然也。若夫福善祸淫之说，谓诸君有祈禳之举，明和气致祥，即共是福，他更何求？祸生无因，何必祈禳。余因是知有神之神，有人之神。非人之神，无以感神；非神之神，无以应人。要知神即人，人即神，一机也。不修人而求之神，则神悖人，论神不先观之人，则人合神，□日之举，谓之神可也，谓之人亦可也。余曷敢多赘焉。

大明万历三十年岁次壬寅履端吉日，屏岳山人莲亭张经济撰文，泰山云从张子瑞龙书丹。

---

① “复”原作“复复”，其一当衍，径删。

重修光化寺碑记

〔清〕赵以鳌

有所为而为善，有所畏而不为不善，讲学家所窃笑也，然众庶□生概以圣贤律之，其率教也难矣！夫有为而为善，不可谓之非为善也；有畏而不为不善，不可谓之为不善也。先王神道设教，使人趋吉避凶，如《大易》之“比应承乘”尚矣。然赵宋之兴，以鬼神厌服群伦，而天下肃然太平。宁无说以处此，大凡人心敬，则善根生，敬心诚，则善根固。神像森严，具有肸蚃，氓之蚩蚩，知其能祸福我也，斯不敢不敬，不敢不诚，不敢不为善而去恶矣。

徂山迤东之光化寺，余弱冠时曾游其地，今廿余年矣。回忆殿宇规模，林泉佳胜，尚仿佛得之。丙寅秋，挂锡僧荣林重修工蒇，蠲吉九月中旬，集输资之善男信女，演剧而罗拜焉。期已迫，仓皇走百里，属记于余。余固辞不获，因述其护法之意，以勒诸石。

西石井重修关帝庙碑记

〔清〕郭朴山

放城之地多山，惟长山之名最著，盖以林放封爵为长山伯也。东北曰关山，山之阳，洙水出焉；正西曰高陉山，山之阴，盗泉出焉。二水合流，循陪尾山之左，注石井，入于泗。陪尾者，放城西南诸峰最高处，俗呼阁老顶者。是石井者，洙之渊，深无底，上旁有石矶，作楼台状，堪舆家谓为禽星塞水口。渊之上下，石壁嶙峋，亘十余里，关锁严固，盖洙水入泗之门户也。

渊北半里，旧有关帝庙，年深就圮。善士□等从而新之，而索文于余。余生是乡，忝有文献之责，谨述所闻，以勒诸石，俾后之修邑乘、录山水者有征焉。至于关帝之神，妇孺皆知，则有不敢赞一词者，惧亵也。

静林寺钟楼碑记

〔清〕郭朴山

盖闻根深者木茂，实大者声宏，二者不相蒙，而有时相病，盖离之则双美，合之则两伤也。

吾村静林寺，古柏参天，皆数百年物，而中一株尤伟。寺既圮，钟悬其上，青铜之柯以烂，而蒲牢之响亦铮铮细焉。里人耻之，构钟楼一间，俾钟得其悬而音愈畅，柏释其累而枝不枯。柏乎！柏乎！静以默乎！脱化龙而作霖雨，其无忘里人之德乎！

水音堂书音斋记

〔清〕侯哲衡

岱之南，逦迤皆山也，望之蔚然而深秀者曰水音堂。说者谓此山旧有泰山行宫，因夏月连阴，四围居人共闻此处隐隐有水声怒鸣，故以水音名其堂，后遂以名其堂者并呼其山云。

丁丑岁，余馆于许家埠闫氏宅。及夏，乃移居于水音之东斋。是斋也，东邻徂徕，北瞻泰岱，汶流环其左，泮水绕其后，杂以重冈断岭，古树长林。村舍之历落，阡陌之纵横，禾稼之行列，浓淡参差，掩映如画。至于物象意趣，触类而思，不一而足，则又览者各得焉，非笔墨之所能传。夫词人墨士，求奇闻壮观以激发其志气，往往周行天下，跋涉数千里之外而不足。而此直玩之几席之间，一举目而得之。盖泰邑兼有天下之大观，而此斋又尽收泰邑之大观，岂非天造地设，以俟来学之士开拓其心胸，而为激发志气之一助者也?

既得斯斋以为之馆，乃日与诸子朝而讲贯，夕而诵。维披吟之余，但见户牖以外，水明山净，林碧草青，与夫牧童樵叟，歌吟上下，以助我吟兴。而二三子亦自以为得发愤于此，志壹动气，津津乎长吟短咏而不可遏。既暮，则相与环坐于丹墀，取日所诵习者，寻章摘句，质其疑，辨其难。既悟，则微吟之，朗诵之，随其兴之所止而憩焉。少憩，复读不自休。余顾而乐之，因对诸子而言曰：

此堂旧名水音，吾来此今月余矣。曾几闻有所谓水音者，而书音而旦旦有是矣，爰以“书吟”名其斋。俾观者知我辈所以恋恋于此者，凡以为此学耳，固非若游人逸士恣情山水，仅以快登眺适箕踞之乐已也。吾因之有感矣！山川非灵，惟人则灵。兰亭已矣，梓泽坵墟，庐之草堂，醉翁山水，赤壁风月，其无主人矣久矣，而读其文，如在目前。是山水也，泉石日益古，草树日益茂，而吾数人者，将不日而去也。是所谓水音者，固无已时，而书音且有时而歇，歇将不可复续也。是不能不厚望二三子，何者？昌黎不云乎？“或以道鸣，或以诗鸣，或以文词鸣。”二三子于道无所窥矣，诚能奋发自励，寝食于六艺百家，浸淫乎汉魏六朝、唐宋声律之文，简练揣摩不懈，而及于古，异日者，歌鹿鸣，宴琼林，作为雅颂，播之金石，达之乡邦，其流播可及乎千百国之远。即不然，本其所学于是斋者，出而振铎四方，俾后生小子和其声，以鸣国家之盛，传衣钵，诏来学，其遗响亦可振乎千百年之久。彼水音者，所闻不过二三里之间，其闻于二三里之间，或日月而一遇，或一岁而数遇，固不若吾书音之大而宏，悠而远矣！此二三子之所亟宜自奋，而吾亦欲与二三子共孳孳于不懈者也。诸生勉乎哉！

既名其斋，因为之记，以励诸子，且并以勖后之来读于是斋者。

司家庄重修庙碑记

〔清〕叶荣春

傲徕一峰，分岱岳之岩巍，重冈叠巘，盘曲南下，越大埠岭，渐折转而西，旧名凤凰岭。右附清溪，一带蜿蜒，至岭侧，与泮水相汇，芹藻芬馥，足供薄采矣。北临通衢，存古庙三楹，创始无考，惟前明崇祯年记重建者有应武杜君。柏势参天，翠侵佛殿；槐荫匝地，绿覆山门。每当桑柘影[①]，枌榆阴茂，以及御灾捍患，恒于斯报土功而祈神眷焉。

自世代历夫星霜，金碧蚀于风雨，凡倾颓者何在？不当修饰哉。孰意天网下漏，豺狼之徒，肆其焚掠，室家变为灰烬，伤心兵燹，难议捐输；因之地宝不登，蝗蝻之属，乘夫旱乾，粟米珍于珠玉，满目饥寒，难言慈悲。所幸干戈平而丰亨卜，群情踊跃，鸠工庀材，瞻榱角而步阶除，非复萧条之景象矣。

斯地也，斯时也，设方丈，可悟道韵禅心；立骚坛，可助蕙纕兰佩；息野老，可话犂雨锄云。惟愿一拜、一跪、一遨、一游者，以为修真之观也可，以为讲学之庐也可，即以为醉翁之亭、狂士之舞雩也亦无不可。至于呵护报应之词，皆所不录，远媚也。

重修道房群墙记

〔清〕徐伯廉

人未有不畏虎狼者，以其敢噬人，而力甚猛也；人未有不恨蛇蝎者，以其能毒人，而性甚悍也；人未有不恶蚊、虻、虱、虮、蛩、蚤者，以其

---

① 此句疑脱一字。

善啮而质甚贪，种又甚夥也。然而虎狼之猛，人能杀之；蛇蝎之毒，人能捕之；蚊、虻、虱、虮、蛩、蚤之贪且多，人亦能熏烧克治之。独有各镇各村之蚀庙蠹、龈庙蛊，挥之不去，拒之仍来，其猛有甚于虎狼，其毒有甚于蛇蝎，其贪有甚蚊、虻、虱、虮、蛩、蚤之沟壑无厌。当是时，虽有端人正士腹甚腓之，究不能出一言以相救止，无他，小人道长，正不敌邪，谁敢撄其锋而抑其凶哉？

虽然人事若此，天道自有循环也。《易》曰："恶不积，不足以灭身。"《传》曰："多行不义，必自毙。"迨其恶贯满盈，或灾祸其本身，或促夭其孙子，或淫盗其家门，立竿取影，昭然在目，惜乎人多习而不察耳。特是，此风此报，到处皆然。

吾村之玄帝庙独不为然乎？盖是庙之受害，已三四十年矣，兼以庙祝庸劣，愈趋愈下，道房群墙基址仅存，家具什物荡然一空，有心者触目伤之。幸有田稔秋者，竭力经营，将庙中地租谨为储蓄。不数年，垣墉俱已版筑，乃造次物，故未及观成，可惜也。周殿魁、吕永照、田乐暄、吕春岩四君子，协力经营，二年之蓄，已足副修屋之资。于是鸠工庀材，自三月初兴工，四月中告竣。则向之荒凉可叹者，今则焕然重新矣。

噫！天道无往而不复，人事无极而不返，其信然乎？其不然乎？试回思前此之虎狼其猛，蛇蝎其毒，蚊、虻、虱、虮、蛩、蚤之贪且多，未死者见此四人当何如？既死者九泉之下当何如乎？特泐诸石，以为后来警。

重修羊娄大通桥碑记①

〔清〕徐之英

羊娄距城十八里，为东南一带咽喉，仕宦经商由斯地者络绎不绝。贴西穿庄为沟，跨沟为桥，沟自北迤而西南，宛若衣衽之右掩焉。阔丈余，盖合庄前后左右之水，俱灌注于是也。

创建伊始，不□工程未能坚实，规制亦未免狭小，缘期于近效故也。每当夏秋雨集，坡水汪洋，茫乎不知畔岸，而桥上或涨数尺，是以数十年来水潦所激，石皆为破裂，而桥桩亦苦塌陷。虽岁十一月、十二月沍寒，未真病涉，而车徒颇有不便焉。行役君子磐石憩息之余，时或嗟叹，以为此盛德所留也，不接续且坏。

仆等以为大美非一人所能胜也，愿与诸乡亲共勉之。爰于乾隆二十七年冬，公议运石起工。二十八年三月，共费钱粮一百余千。工竣，长二丈二尺，阔二尺三空，视旧制为加广焉。善事之兴，不独人人有鼓舞之志，而成功之速，亦各竭诚尽力，以图坚实，期一日可以百年也，亦可以见人心之好善，而足为一时之盛举也。

从此过往君子，志经猷者，快祖生之鞭；宣德意者，鸣大车之槛。芸生熙熙，皆为利来；众庶穰穰，皆为利往。睇清流而颂如砥，斯桥之通济为不小矣。向非大家同心协力，乐善好施，岂仆一二人凉德薄力之所能冀倖也。是为记。

① 此篇之前，原有清蒋大庆《徂徕礤石峪重修楼阁殿宇碑记》，该文在《岱粹抄存》卷一已收，故此处不再录入。

重修城隍庙记《退轩杂抄》[1]

〔明〕李汝桂

洪惟我太祖高皇帝，肇造区夏，首正祀典，以礼百神，自京国而郡而邑，莫不设有城隍之神。凡坛祀风雨、山川，城隍与焉，即厉坛之祀，亦以城隍主之。且吏于其土者，必先诣庙誓神，而后视政。或值水旱时疫，又皆奔走号呼，竭诚请祷，是盖以神为一方保障，而御灾捍患，祐善罚恶，吏治所赖，以底绩生民所依以为命者也。则夫崇饰其祠宇，致严于祀事，固非有司者之先务哉？

泰安城隍庙在州治西二百武，建自明初，屡修屡圮。嘉靖岁癸丑以来，广安星泉郑公、临汾颐斋徐公相继守州，始撤而新之，殿寝、门闳、露台、廊庑，制虽仍旧，而恢拓壮丽，视昔过倍矣。于今垂三十年，风雨侵剥，栋宇多就倾圮，金碧丹雘之饰，漫患[2]尤甚。

万历乙酉春，解梁约所刘公由元[3]氏尹擢守于兹，始下车谒庙，辄恻然兴怀，亟欲修葺，而未遑也。越二载，丁亥自春徂夏，久不雨，百谷皆槁。公忧形于色，躬率僚吏士民，徒步恳祷于神，天乃雨，槁者复苏。既有螟蝗遍野，禾几无秋，公复为文，引咎自责，泪涓涓下，螟蝗卒不为灾。公乃刲牲告谢，且谓僚佐曰："今日我民所以倖免沟壑，我辈犹得以终奉官常者，皆神之赐。然庙为神栖，像为神肖，顾敝陋若此，非我辈之过欤？"于是首倡捐俸若干金，付耆民王嘉才、韩东魁董修葺之役。时州之乡大夫

---

① 该篇收入《退轩杂抄》，原正文标题为《李还朴先生重修城隍庙记》。李汝桂（1514—1600），字少崖，号还朴。山东泰安人。

② 漫患，清颜希深、成城等纂《泰安府志》《重修城隍庙记》（乾隆二十五年刻本）卷二十六及明任弘烈、段廷选等纂《泰安州志》（台湾成文出版社"中国方志丛书"，1968年版，第136页，据明任弘烈、段廷选等纂、民国二十五年铅印本影印）卷四《李汝桂重修城隍庙记》作"漶漫"。

③ 元，原缺，据《泰安州志》卷四补。《泰安府志》卷二十六此字亦缺。

士民群然响应，输财效力。甫三月余，倾圮者易，漫漶[1]者鲜，庙貌整严，金碧辉映。落成之后，大雨如注，土膏沾润，穧麦尽播。来岁之丰稔可望，百谷之市价底平，民心可恃以安堵而无惧也。

君子谓城隍于是乎有灵，其所以福我烝民，奠我疆域者，岂有涯哉？佥请勒石记其事。桂[2]不肖，以衰朽从乡大夫后，乃拜手而述其颠末。功始于是岁六月二十二日，讫于九月之望日。其尚义捐资者，则列其名于碑阴云。

重修新泰八蜡庙记《退轩杂抄》

〔清〕卢综[3]

《记》曰："天子大蜡八，伊耆氏始为蜡，蜡也者，索也。岁十二月[4]，合聚万物而索飨之也。"

八者何？一先啬，二司啬，三百种，四农，五邮表畷，六禽兽，七坊，八水庸。既云八矣，而又索飨万物者何？惟岁之既终，凡物之有功于民者，例得飨之。祭不止八，而统乎八，以表其功之最著者也。

蜡之义为虫，螟、螣、蟊、贼，皆虫类也，举以为[5]明乎农之为[6]害莫甚于虫，而神之功亦莫大于驱虫。故八祭之中，爰及禽兽。《王制》："天子四时蒐苗狝狩，方除禽兽以远民害。"如猫如虎，亦属害人之类，而兹反

① 漫漶，《泰安府志》卷二十六、《泰安州志》卷四倒。

② 桂，原文为△，为作者自署名之标记，据《泰安府志》卷二十六、《泰安州志》卷四补。

③ 按清江乾达、牛士瞻撰《新泰县志》卷十八《艺文上》（清乾隆四十九年刻本），"卢综"前有"国朝"二字。

④ 十二月，《新泰县志》卷十八作"十月"。

⑤ 为，《泰安府志》卷二十六、《新泰县志》卷十八作"名祭"。

⑥ 为，《泰安府志》卷二十六、《新泰县志》卷十八无。

祭之者何？维鼠豕之害，亦皆虫类，则猫虎食鼠豕之功，宜居神列。每见蝗蝻丛生，群鸟飞啄而食，数日辄尽，疑神或使之，故蜡祭统言祭[①]兽，则祭亦似不宜专于迎猫迎虎也。

如先啬之为神农也，司啬之为后稷也，百种之为种神也，农之为田畯也。之数神者，以其开农事之始，载诸祀典，咸曰攸宜。至于邮表畷，以及坊与水庸，民虽祭焉，不知其义。

考八蜡之祭，南方无专祀，而北方都邑皆有之。惟兹祭创自伊耆，伊耆即唐尧氏，唐[②]尧起北方，都冀州。于时水患适甚，下民其咨，使禹治之，缮沟涂，植封洫，浚畎距川，民出垫溺。惟井田始于黄帝，迄乎尧时，不改[③]其制。北方地多平衍，处处可行。如《周礼》所记："遂人治沟洫，夫间有遂，遂上有径；十夫有沟，沟上有畛；百夫有洫，洫上有涂；千夫有浍，浍上有道；万夫有川，川上有路。"又《考工》所记："匠人为沟洫，耜广至寸，二耜为耦，一耦之伐，广尺深尺，为之畎；田首倍之，深二尺，谓之遂；九夫为井，井间广四尺，深四尺，谓之沟；方十里为成，成间广八尺，深八尺，谓之洫；方百里为同，同间广二寻，深二仞，谓之浍，专达于川。"此制至周始详，实皆古法。盖邮为亭舍，表为标表，畷为田畔；坊以畜水，亦以鄣水；庸以受水，亦以泄水。是即径、畛、涂、路之异名，畎、浍、沟、洫之异制。令井田不废，则经理有方，潴泄有备，雨旸时若，灾祲不生，永绝农患。自井田易为阡陌，而民不肯虚弃咫尺之土，以为疏通水利之区[④]。是以旱则赤地，潦则望洋，偶尔值灾，辄搔首而叹，莫云救。愚氓既不晓其义，而有司复不讲其规，灾之未弭，惟神是咎，不知天时地

① 祭，《泰安府志》卷二十六、《新泰县志》卷十八作"禽"。
② 唐，原缺，据《新泰县志》卷十八补。
③ 不改，《新泰县志》卷十八作"尚存"。
④ 区，《泰安府志》卷二十六、《新泰县志》卷十八作"渠"。

力[①]之与人事相为补救。人[②]事既阙，则坊庸之制不存，而仅存其祀，将畴任其尸祝，而为民降福也耶？

絃[③]宰新邑三年，[④]间尝苦潦，揆其本原，则皆坊庸不治之故耳。虽然，良法久坏，兴复维艰，向因霪雨，曾率坊民开治渠道，于民实便，于时心非而巷议者，顾亦不少矣。语云："非常之原，黎民惧焉。及臻厥成，晏如也。"兹庙之圮，始议修复，民或视为缓图，自落成以后，岁屡告登，民蒙其禔，则神亦何负于人哉？又考之《记》曰："四方年不顺成，八蜡不通。"言凶荒之方，则斯祭不为通举，虽举，神亦不飨也。又曰："顺成之方，其蜡乃通，以移民。"言因蜡通而民始得宽纵，否，则民物之谨于此有加毖也。

絃因是为记，盖以明有司之举斯祭也甚难，而神之飨斯祭也亦未易，神与有司交任其责焉。至于蜡祭，虽存而义弗著，比邑皆然。絃又因记兹庙之成，而并详及之，将以为天下之凡为有司者告也。

重修新泰文庙记《退轩杂抄》

〔清〕邓旭[⑤]

考古，学校与井田相表里，第至圣未生，患无专师。及赤帝子[⑥]扑灭

① 力，《新泰县志》卷十八作"利"。地力：土地的出产能力，又指土地的肥沃程度。

② 人，《新泰县志》卷十八作"之"。

③ 絃，原文为△，为作者自署名之标记，据《泰安府志》卷二十六、《新泰县志》卷十八补。下同。

④《新泰县志》卷十八此句后有"岁频告稔"四字。

⑤ 清乾隆四十九年《新泰县志》卷十八《艺文上》该篇标题作《重修文庙记》，作者"邓旭"后有小字"公山"。按该篇又见《泰安府志》卷二十六《艺文七》，全文仅四字有异。《新泰县志》卷十八《重修文庙记》则与该篇差异较多。不同处出校记。

⑥ 赤帝子，《新泰县志》卷十八作"汉帝"。

秦焰，不能治天下于马上，[1]初诣阙里，奠先师。唐高开国，他务未遑，[2]首建学校，躬行释奠礼。宋检点作天子，于干戈倥偬中[3]御制赞文，仍袭封圣裔，典厥祀事。故数代醇儒辈出，国祚灵长，彪炳史册。

国朝创制，息马投戈，[4]屡视太学，遣臣致奠曲阜，诚足追配前烈，远轶千古。一时人文蔚起，云烂霞蒸。况新邑密迩洙泗，仅百余里，先圣流风遗泽尚有存者，允宜秀甲宇内也。

丙申春，余衔命旋里，道出泰山，及门杨子作宰是邑，因观风焉，遂下榻论心，数日不能去。言及文庙自明令胡公修葺后[5]，继之者有人，然岁月迭更，殿庑圮毁，非以崇先圣、启后学，[6]急欲捐俸新之，余首肯称善。今[7]果臻厥成，走伻征言为记，且求所以诏多士者。

窃尝罕譬而喻焉：知化穷神，其极则也；尽性立[8]命，其奥窔也。存养省察，斯屋漏不愧；正心诚意，斯重门洞开。以五伦为柱础，以六经为桢干。砺名节，所以慎廉隅；谨言行，所以饰[9]牖户。蕴之为德行，茂如松而苞如竹；发之为文章，鸟斯革而翚斯飞。老、庄、杨、墨，则鸟鼠风雨也；桓、文、申、韩，则荆榛瓦砾也。诸生朝斯夕斯，目击道存，盍退而习静蓬荜，引绳削墨，[10]殚良工苦心而经营惨淡[11]。岂惟是，战艺风檐，夺锦文屋，必将对金门，步沙堤，[12]屏翰天室，厦庇闾阎是赖。不然，虽趋跄圣域，出

① 不能治天下于马上，此句《新泰县志》卷十八无。
② 他务未遑，此句《新泰县志》卷十八无。
③ 宋检点作天子，于干戈倥偬中，此段《新泰县志》卷十八作“宋兴”。
④ 创制，息马投戈，六字《新泰县志》卷十八无。
⑤ 明令胡公，《新泰县志》卷十八作“明杨子同邑胡令悦安”。
⑥ 非以崇先圣、启后学，此句《新泰县志》卷十八无。
⑦ 今，原作“余”，据《泰安府志》卷二十六、《新泰县志》卷十八改。
⑧ 立，《泰安府志》卷二十六、《新泰县志》卷十八作“至”。
⑨ 饰，《新泰县志》卷十八作“饬”。
⑩ “目击道存”至“引绳削墨”，此三句《新泰县志》卷十八无。
⑪ 淡，《泰安府志》卷二十六、《新泰县志》卷十八作“澹”。
⑫ 对金门，步沙堤，《新泰县志》卷十八无。

入贤关，[①]居然门内人也，其视宫墙外望者，岂相径庭哉？彼汉之江都，唐之昌黎，宋之伊、洛、关、闽，岂[②]伊异人？诸生勉旃，期无负朝廷作人雅化，并贤令育才盛心也。

杨子讳继芳，字仲延，[③]北直南和县人。署教谕事举人牟适，训导姜宏先。至于劝募[④]督工卓有成劳，如义官[⑤]巩应选、曹应魁，例得大书，以风来者。

---

① 趋跄圣域，出入贤关，《新泰县志》卷十八无。

② 岂，《新泰县志》卷十八作"匪"。

③ 此句后，《新泰县志》卷十八有"号颐中，由恩贡"六字。

④ 劝募，《泰安府志》卷二十六、《新泰县志》卷十八倒。

⑤ 义官，《新泰县志》卷十八无。

卷二　序跋

贾母贠太孺人六秩寿序[1]

〔清〕赵国麟

闻之《洪范》九畴，有自然之序，而亦有自然之本。本者何？皇极是也。则五福有自然之序，亦有自然之本，本者何？好德是也。盖天材推其原，五事从其类，以至庶征稽疑等，莫不自一极而推之。然则五福亦然，寿者所以永其德也，富者所以厚其德也，康宁者所以保其德，而命者所以全其德而归之也。故张子言九畴之序而重建极，非即以明其本乎？又曰"至当之为德，百顺之为福"，非即所以明五福之序与其本乎？总之惠迪从逆之故，出于天理之自然，而人事之征，应出于必然而不爽者也。

我泰安兴仁乡贾氏者，名族也。玉侯贾亲家，醇谨长者也，孝弟力田，善治生产，好行其德，而家道自裕。初娶于张氏，曰张孺人，生二子，长字功白，太学生，次字精白，邑庠生。张孺人早逝，亲家继娶于贠氏。贠氏显于唐，他无闻焉，而最盛于泰安。贠孺人生而聪慧，通章句，勤俭孝敬，翼翼如也。迨适玉侯亲家，保护子孙，尽诚尽慈，乡人莫不称善。孺人生二子，尚未成立，而亲家仙游，独赖孺人主持家事。孺人训子有方，每延良师友教之。宗鲁其长也，已入太学；其次崇甫，勤学业儒，足征远到之器。自是家道日丰，子孙益盛，而孺人年登花甲，福履康健。

人咸谓孺人何邀天之福之独隆也！人但知其家之裕，而不知其所以培其富之基者深；人但知其体之康健而吉祥，而不知其所以保其宁之由者厚；

① 该篇见于《贾氏族谱》（清贾启祥纂，泰安市图书馆藏清嘉庆四年抄本）卷六，标题为《大懿德贾亲家母贠孺人六秩荣寿序》。

人但知其鹤发童颜、子孙振振而未艾，而不知其积善余庆，自天佑之吉无不利者。盖无所往而不宜也。我国家培植风化，崇尚贤德，百年于兹矣，知必有人焉。积德深厚，以应气化之隆者。夫躬行节义如孺人，敦本勤俭如孺人，义方训子德行成立如孺人，则天之所以图报者，岂其浅鲜哉？彼于翁有驷马之门，晋国有三槐之树，古之人修德获福，如持左券，交相手付，固有如是其不爽者。吾意孺人必将为景福之介，而子孙之福泽绵绵，必将为难老之锡，而期颐之称祝无穷，且为国家翊盛运、裕人文，岂仅为一时之瑞、一乡一邑之光而已耶？

今兹岁在戊午八月十一日，乃孺人千秋初度，阖邑亲友共效称觞之祝，求余为文，以道达其意。予因其请，而乐为之称道不置云，是为序。

贺贾君实武闱荣捷序

〔清〕尹文麒[①]

予薄宦京师，一官匏系，不获与同郡士大夫游久矣。然桑梓之念无日去怀，故凡老成懿模之表著，少年英异之发皇，靡不乐闻而心藏之。盖彝好之隐人无异情，而向慕之私窃有独挚，匪敢谓能阐扬潜德之光，任诱掖后进之责也。

岁己酉，我泰安基翁贾老年台令仲器君实，荣捷于武闱，阖邑绅士将制锦称觞焉，乃专介走千里而请文于予，若将借词章增重者。夫予[②]拙于

① 此篇作者原缺，据《贾氏族谱》卷六补。按《贾氏族谱》中该篇标题为《大荣封基翁贾老先生仲嗣君实世兄武闱荣捷序》。文末署：“赐进士出身、诰授奉政大夫、掌广西道监察御史、署礼科给事中、前掌江南道御史、刑部福建司郎中、安徽司员外郎、河南司主事、年家眷弟尹文麒顿首拜撰。”

② 予，《贾氏族谱》卷六作“余”。

文，固不足生几筵光，然惟重违诸君子之命，以勉其所未能，盍即述素所乐闻而心藏者，以为基翁庆，且以勗君实之壮志，可乎？

盖君家自明初居岱下，二世以衡公遂以名进士起家，官侍御，多所建白，裨益时政。生平勤学力行，足为乡国矜式，故身后膺崇祀盛典。自是以来，继继承承，父老醇谨，笃实于第，温恭孝友，相衍为家风，因彬彬多文学之彦，世[①]为泰邑冠冕。

迨基翁缵承前绪，率由罔愆，而英姿伟度，更勃发其光，故头角早露，弱冠即蜚声黉序间。然能不傲物以气，而常爱人以德。惟其天怀笃挚，喜任侠，乐施予，以故姻戚族党多利赖之。又尝收朋勤诲，启迪无倦，其门下士得所指授，亦各英英朗爽，知名当时。盖自难兄景山公雄奇磊落，喜文事，善韬钤，故就职都阃，得以恩荣褒赠其亲，而文经武纬萃于一门，仰风流者益称盛事焉。夫积善以厚所蓄，固宜身享其隆。乃基翁既累于家政，不克腾达，以副其志，则有子象贤显荣光大，岂非天理所自致、人事之必然哉？因念国家长治久安，不弛武备，四征之功，超轶三代，正熊罴虎貔之士奋发功名之会也。

君实已得承景运，登巍[②]科，则凭藉有资，青云得路，又况世德之积累至厚，英年之鼓励方新，由是扶摇直上，建殊勋于万里，着茂绩于旂常，亦拭目可待。此固邦家之光，岂仅闾里之荣乎？由斯以谈，则予虽不获从诸君子之后敬进一觞，以伸欣慕之忱，而为略举世济之懿美，以顺推将来之树立，书之屏帏，亦可知基翁之诚足乐，而君实当愈加懋勉矣！是为序。

---

① 世，原缺，据《贾氏族谱》卷六补。

② 巍，《贾氏族谱》卷一作“魏”。巍科，犹高第。魏科：高科，指状元。

《贾氏族谱》序

〔清〕王应轸[①]

家之有谱也，今第目为一家之事耳，而不知古谓有关于朝廷者，至深且远也。

贾君启祥，泰郡知名士。其始[②]祖讳金兴者，明洪武间自直隶枣强迁泰之东偏北角谷里。二世以衡公，永乐曾桀榜进士，累官奉政大夫，称巨族焉。迄今子姓蕃衍，谱始重修，而请序于余。余何言哉？间尝闻程、张两夫子之言矣，两夫子言互相发明，大旨以朝廷为归，其端以宗法为要，然未有世系不明而宗法克著者也。今贾君之谱已成，谨举两夫子言，弁之于首，俾读是书者不徒以一家之事而浅近视之，其庶几乎？

程子曰："管摄天下人心，使不忘本，须是明谱系，收世族，立宗子法。宗子法坏，则人不知来处，以至流转四方，往往亲未绝，不相识。"又曰："今无宗子，则朝廷无世臣，若立宗子法，则人知尊祖重本。人既重本，则朝廷之势自尊。"

张子曰："宗法不立，则朝廷无世臣。且如公卿，一日崛起贫贱中，以至公相，既死遂族散，其家不传。宗法若立，则人人各知来处，朝廷大有所益。"或问："朝廷何所益？"曰："公卿各保其家，忠义岂有不立？忠义既立，朝廷之本岂有不固？"

两夫子之言如是。吾意贾君于此念水源而思木本，益迪前人光，歌鹿鸣而赓燕翼，行为世臣地也，又断断可识矣。[③]

---

① 此篇作者原缺，据《贾氏族谱》卷六补。

② 始，原缺，据《贾氏族谱》卷一补。

③《贾氏族谱》卷一该篇文末署："时嘉庆四年岁次己未蒲月下浣之吉，丙午科举人候选知县、丙辰恩简特授泰安府泰安县儒学训导济阳王应轸拜撰。"

表扬贾君岱岩懿行序

〔清〕韩维熙

盖闻表宅里以树风声，国家固有彰善之典，更品题而评月旦，里巷亦有褒善之情，则善行之重于世也尚矣。乃世之以善行著者，百不得一焉。其故何也？说者谓善之存乎己者，可以勉而能；善之施于人者，难以强而致。是以市门分与，全赖衡阳之钱；万安初修，半藉菩萨之力也。然吾尝见富厚之家，豪华相竞，非不夸艳一时，一遇穷乏之呼庚癸，众善之乞檀施，则龌龊猬缩，反以一钱为命。嗟乎！斗水至易，坐视涸辙之鱼；编竹匪难，莫渡暴雨之蚁。抑又何说欤？程子有言："士苟存心于爱物，于[①]人必有所济。"是知济人利物之事，亦视乎其心焉耳，苟无其心，虽有力，如不用，何乃？

若[②]大都阃岱岩贾君，其可为有其力而兼有其心者矣。君家嬴博，望出武威。治安策高，洛阳才子之裔；中兴功伟，胶东名将之风。乃祖玉侯公[③]，干略宏迈，崛起而成素封。赠君宗鲁公，器量渊雅，席丰而光前业，固已齐德同行，世有令闻矣。及君之笃生也，头角崭然，志气轩举，耸壑昂霄之概，步月梯云之姿，识者早卜为英物而果也。晋秩衔，膺褒封，诰命下逮，荣及先人，此不惟一门之庆，即吾乡亦觉生色焉！

乃君不以富贵骄人，而益以德行自励，敛才就法，一谢少壮时豪气，惟兢兢于光前裕后之谋。故其处家也，友爱诸弟，抚字子侄，敦睦宗党，施惠乡邻，种种盛德，不胜枚举。而其昭然于耳目之前者，尤在设粥以救荒歉，多所生全；修桥以便行人，不假丐募。此固其力之裕哉，亦由鄙吝

---

① 于，原缺，据《贾氏族谱》卷六补。

② "若"与上句之"乃"，二字原倒，据《贾氏族谱》卷六乙正。何乃：怎能，何能。

③ 玉侯公，"侯"原作"候"，"公"原缺，据《贾氏族谱》卷六及卷二清赵国麟《大懿德贾亲家母贠孺人六秩荣寿序》改补。

之萌不存于心，故积而能散也。试以此而求之古人，周急如黔敖，不闻失礼于嗟来；利济如蔡襄，未尝乞灵于封醋。又况世之守钱虏榷利子，视此当何如耶？吾侪逢人说项，觉犹未畅厥怀也，于是远近知交，公制匾额，请于邑尊张明府，赠之旌题，而叙以一言，既以昭国家彰善之典，亦以抒里巷褒善之情。虽然，君之为此，特善行之见端耳，遂足以竟其所为哉。

夫观凤一羽，则知五色之备；窥豹一斑[①]，则知全体之文。君既有爱物之心，则举而措之，其所施设，正未有艾，即他日出身加民，泽被寰宇，亦可于此卜之矣。洵如是也，将见名垂青史，形图麟阁，而吾侪今日之举，区区不足道矣。然独不可以为他日之嚆矢也乎？是为序。

迁泰安盱江青绥游氏重修家乘序

〔清〕侯芳苞

仁始于孝弟，而道重于礼义。敦宗睦族，所由为收人心，厚风俗之大端。此伊川程子于宗法之立、谱系之明，慨乎其言也！顾自封建废而宗法未易复，若夫谱牒，则举笔记注，似亦无难耳。然而读书能文之士，兴废不常，将作辍时，形而明灭互见，求其能订成书而垂永世者，盖或渺已。

吾邑游氏者，系出盱江姬姓也。原自郑穆公子偃字子游者，孙曰吉、曰眅，以其王父字为族，此分氏之所由来也。自春秋、战国、两汉、魏晋、南北朝、隋唐，名位迭登，代有闻望。迨宋元丰登进士讳酢字定夫者，立雪程门，与谢、吕、杨公并肩联迹，以先生著名，猗与休哉！道学之光、家门之瑞也。于后，居南城之青绥有讳海者，寿登百三，宸翰褒嘉，举朝誉庆，以老游村树之坊表。一德一齿，辉映后先，照耀乾坤，炳焕今古，

① 斑，《贾氏族谱》卷六作“班”。二字互通。

岂偶然哉？自是而后，绵绵绎绎，散处于江淮河济间者，蔓延数千里，经历几百年，里闬相望，阡陌交通，猗与那与，何其盛也！

且夫根深者枝茂，源远者流长。明德之后，类有达人；积善之家，必有余庆。天人感应之道，理数循环之常也。若游氏者，溯圣毓贤，光前启后，上追往昔，下逮近今，世传十百，支别万千，以似以续，永永无极，与山河并寿，与日月贞明，已谓非不朽之世族，而盛德之留贻也与？

粤稽旧谱牒，前明天启时，八十五代讳尔极者，由盱江青绥迁山东任城。数传至八十九代名泰宏者，由任城迁泰安焉。其仲子金垣领甲子乡荐，任濮州学正，厥后蕃衍，遂为泰邑望族。

顾自青绥而递迁而至此也，携谱牒以偕来，然为钞本，历世既久，而又经兵燹壁藏焉，断烂磨灭之余，难尽读矣。岁戊戌，有泉林者，余门人也，与其族从持以示余，且祈为之参阅整齐焉。余因为磨对，有据者补之，可疑者阙之，经年余而竟其事。

因为序其原起，且进其族众而谂之曰：人之有生也，由本而干，自源徂流，条分派别，远矣多矣！仰而溯之，今之各处而列居者，其初兄弟也，又其初一人之身也，兹籍记明备，岁时伏腊，萃族众，而时与展阅焉。晓然于某与某为同族，某与某为联宗，某与某为共祖，尊祖、敬宗、收族、孝弟、仁让之情，油然生矣。由是而有无相恤，患难相助，过失相规，德义相劝，共与力农劝学，敦本务实，积德累功，以昌其族而大其宗。将见培忠厚之基，衍诗书之泽，积厚者流光，实大者声宏，永休祥于万祀，留福祚于千年。猗与铄哉！不其隆与？是则谱牒之修，诚教孝劝善，率民归厚之要道也。为赞其成，而书以记之，以相慰且相勉云。

游氏谱附刊方正学先生宗仪四则，其目曰：“尊祖、重谱、睦族、广睦、奉终宗仪共九篇。”皆至理名言，足以善俗，惜篇幅太长，无暇抄录附记于此。异日略有暇晷，再将原谱借回照抄可也。建屏志于知退轩，时甲子春谷雨前一日也。

《泰山图》题跋[①]

〔清〕米介夫

时在己卯，梅雨初晴，遥望层岳耸翠，逸兴遄飞，俨然画图。奈笔墨久疏，又兼蹉跎惫懒，心虽有而手不能传，诚造化之罪人也。会有△△贤契索余云山，余爱其婉娈老成，淳实朴素，犹然□世家风，遂写云烟一幅。笔墨拙钝，其何以对大方也？愧愧！

白龙峪米希伊画并志。

米锋，字原明，号介夫，登《县志》。郡题“品重南宫”。

《竹溪先生文集》引

〔金〕赵秉文

文以意为主，辞以达意而已。古之文不尚虚饰，因事遣辞[②]，形吾心之所欲言者。间有心之所不能言者，而能形之[③]于文，斯亦文之至乎？譬之水不动则平，及其石激渊洄，纷然而龙翔，宛然而凤蹙，千变万化，不可殚穷，此天下之至文也。

亡宋百余年间，唯欧阳公之文，不为尖新艰险之语，而有从容闲雅之态，丰而不余一言，约而不失一辞，使人读之者，亹亹不厌，盖非务奇之为尚，而其势不得不然之为尚也。

故翰林学士承旨党公，天资既高，辅以博学，文章冲粹，如其为人。

① 标题原作“题跋”。今为补图名。

② 辞，与金赵秉文撰《闲闲老人滏水文集》（清光绪畿辅丛书本）卷第十五同；《四部丛刊初编》本《闲闲老人滏水文集》卷第十六作“词”。

③ 形之，与清光绪畿辅丛书本同；《四部丛刊初编》本倒。

当明昌间，以高文大册，主盟一世。自公之未第时，已以文名天下，然公自谓入馆阁后，接诸公游，始知为文法，以欧阳公文得其正。信乎！公之文有似乎欧阳公之文也。晚年五言古体，兴寄高妙，有陶谢之风，此又非可与夸多斗靡者道也。近岁寇攘，丧亡几尽，姑裒次遗文，仅成十卷，藏之翰苑云。

题竹溪篆

〔金〕赵秉文

李监之篆，蔡中郎之八分，虞永兴之小楷，陶谢之诗，六一公之文，妙绝一世。公兼而有之，抑可谓全矣。后数百年，不幸文字散落，独此篆[①]存，亦足以知予言之不妄。

题竹溪黄山书

〔金〕赵秉文

竹溪先生篆第一，八分次之，正书又次之，皆当为本朝第一。黄山先生擘窠大字，体兼颜苏，书画雄秀，当在石曼卿上；草书如行云流水，当在苏才翁、黄鲁直伯仲间，非但不愧之而已。

① “篆”后原衍一“泚”字，据《闲闲老人滏水文集》（光绪畿辅丛书本、《四部丛刊初编》本）卷第二十删。

《夷俗记》自序[1]

〔明〕萧大亨

北虏世为边患，非不侵不叛之臣也。远姑无论，弘正以后，战诎议守，守诎议贡，贡诎而复议战，竭天下力以奉之无宁岁。备左则失右，此款则彼攻。无他，虏情失也。彼之种类嗜恶、趋避短长，变态不谙，而我直以无算当之，鲜不愤矣。且夫物有宜适，事有经权，豢龙饲虎，下雁号猿，鳞介羽毛，尚可以情索而智制，虏虽异类，犹称人耳。是故武灵胡服以却匈奴，王吉黥面以入穹庐，得其情也。不得其情而漫与之角，是执戈以逐马牛，而使虎豹受辔鞅也，是以百为而百不当。嗟夫！先民神圣邈矣，虏岂神怪鬼魅难知欤？比岁以来，虏拊颔塞垣，廪廪焉得比小国属夷，何变之敢图？而过计者设为旦夕之忧。虏固野心，然嗜恶趋避之情，犹禽鹿视肉也。彼利吾饵，吾亦利彼款，要亦无失魏庄子思终之廉。险其走集，精其间谍，时以春秋练吾兵，无不足当匈奴之长技。脱使选懦观望，阻兵驰蹂，我浸假而为阴山之战，浸假而为雁门之守，彼情形在握，亦终必浸假而款塞。则我为刀俎，彼困几上，直以鞭策使之，而不辱军士，使寇令焉。譬之纪省子木鸡，德全而异鸡无敢应者，反走矣。又何必使边民父子日苦锋镝，侥幸出塞之功，快心狼望之北哉！顾虏情一也，得之则桀骜易驯，即胡服黥面亦可奏功；不得则变幻呼吸，即竭天下力奉之而不足。疆圉之故，此其大较可睹矣。不谷筹边之余，得虏情颇悉，爰取系俗记之，谬附末议，噃矢帷幄，非所望焉。语云："山有木，工则度之。"是在疆场之事，与有职竞者。若曰虏狐狸豹狼之与处，大小受爵，狙喜固矣，其风俗不与华同。兹编也，无乃画鬼魅、饰佌傕乎？覆瓿之嘲，不谷何辞。

---

① 原书此上眉注："万历甲午"。

万历甲午孟冬之吉，赐进士第、荣禄大夫、奉敕总督宣大山西军务兼理粮饷、太子太保、兵部尚书兼都察院右副都御史萧大亨识。

泰山王氏新修族谱引乾隆抄本

〔清〕王铸

谱之有裨名教也大矣哉！尝读《论语》，至“君子笃于亲，则民兴于仁”，辄绎之诵之，三复之，未尝不怦怦有动，而因知仁民爱物，总不出此笃亲一语中也。夫笃亲之念，动于心，过墓则生哀，入庙则起敬，而所以萃涣合离，敦亲睦族，而兴爱孜[①]者，莫先于族之有谱。顾谱之修也，难于创造，尤难于告成。由五世而上溯之卅代，近古而记取略；自六世而下递之十世，时趋今而加详。鼻祖绵邈，则远征之难；况儿孙遐逖，则近稽之难；门户各立，势既散而难属，习业纷攻，路又歧而难一。子姓繁，不无弦韦之异，则难在衡鉴；人文盛，或生雌黄之口，则难在从违。盖修谱固若斯之难也。

虽然，古人已有成式，今时各有纂辑，即如泰安赵氏、范氏，族姓繁衍，居不一处，业不一途，率皆支分派别，按谱可考。况吾族自明洪熙迁居县境，迄今二百余年，人文迭兴，云礽散处，而竟无一谱以系乎世次，致使子若孙大小异观，肥瘠相左，是固铸所惄然不安、蹙然摩[②]宁者。岂可避其难而忍而不肯修诸？第以才识谫陋，贻笑大方，兼之考据无从，莫由连络，缘是因循未果。

自甲戌春先君弃世，铸读礼余暇间，亦志切谱牒。又恐散佚莫稽，有

---

① 孜：力笃爱也。

② 摩，疑为“靡”之误。

初鲜终，考核未详，物议腾起，苟稍加附会，幸免口实，则既难今，何堪传后？因将此意谋之族叔静修泽永公，[①]静修出旧草本示余观。余阅之，词既不文，派多未悉，此际不修谱，将终阙，遂不揣弇鄙，窃参朱文公谱式，编次成帙，分为二卷。首曰世系，次曰实录，总其名为《泰山王氏族谱》。自一世至三世为总系图，自四世至七世为大分支图，自八世至十二世为小分支图。嗣是而后，又各以五为图，而衍其庆于无穷，俾后世子孙辈递衍而递征之，不独本始之不没，支派之不淆，尊卑上下之不混，而先世之积累亦披图而得已。藉曰不然，则同姓之比闾而处，或有不相识者，矧异乡僻处，瓜瓞绵长，日繁日疏，其不视为路人者几希。然后知之所系非浅鲜也。

吾知览斯谱者，水木之情浡然而生，孝弟之心油然而动，则笃亲兴仁岂虚语哉？铸生也晚，幸承先人余荫，不忘本源，每于涑水、庐陵、眉山诸公牒式，参互考订，编辑成帙，以俟后之继谱而修者。

乾隆二十一年岁次丙子四月下浣。

《山东通志》序《新修通志》

〔清〕施天裔

康熙壬子秋七月，上谕阁臣请勅天下勒职方以进，山左为股肱近地，义弗敢后。中丞张公实经理焉，裔得征诸郡邑所载，以次至，乃集诸儒生于校士院，逾年告成。今中丞赵公笔削纂定，拜手稽首[②]，献之阙下。裔敬以序附，序曰：

① 原书此行眉注："延基，字泽永，墓在结庄枢之墓前。"

② 首，原作"手"，据清赵祥星、钱江等纂、清王国昌增修《山东通志》（清康熙十七年刻、康熙四十一年增刻本）改。

禹画九州，山左一区，分青、兖、徐。秦汉来，立琅琊、齐鲁、东海[①]、北海、济南、泰山、千乘、乐安诸大郡国。其于天下三之一，或十之二。历唐宋金元，兼数节度军州，不啻侈然大矣。家著书，人立说，纵横纷纭，是非同异，学者务综其一。迩日老成告谢，图谱散亡，学士大夫之盛德大业不尽彰；忠臣孝子、志士仁人之峻节伟烈，名贤高隐，潜善幽踪，暨闺阁之伦，从一不渝，矢死靡他，不尽阐；碑版志篆、古文奇字，金石稗乘所逸，委翳于深林邃谷、野庙丛祠、荒村旧冢者不尽出；不若不常，如龙斗马山，乌化端门，犹犹怪怪，入诺皋、杂俎之录者不尽搜；启祯之际，门户分别，议多骑墙，传信传疑，所闻所见不尽确。今于浃岁之间辑成书，献含元而颁中外，俨然东国信乘，以备太史之采，得无疑其速其[②]疏。十年作赋，毕世穷经，非山左之逸[③]事乎？

余用是滋惧，谋诸荐绅父老。诸荐绅父老佥曰："是已，匪所论于山左也。山左汉大儒笺疏，唐宋人撰著，列在学官掌故。天下文学铅墨之士所童习日仰者，正不待搜之名山，访之佚宪，考之断碑残碣，已[④]厘然大备。况所集诸儒生，其于晏谟、伏琛、李胐、于钦、王闢之、沈亚之、阮叙之、虞孝基诸编，皆素能考其篇章，较其得失。近东省人物传称详称赡，诸儒生宁不识为腹鹄？更六郡百四州邑成书，前后捆载[⑤]至，故山左文献载籍，不患其不备，患其不核；不患其不征，患其不断。核在速，断在果，岂可与拘牵义例、淹忽居诸、徒倚[⑥]一字、阁笔经年、负圣朝锐求方策至意同日语哉？今日者，

① 海，原缺，据《山东通志》补。

② 其，原作"且"，据《山东通志》及本篇后文"又曷疑其速其疏耶"一句改。

③ 逸，《山东通志》作"已"。

④ 已，原缺，据《山东通志》补。

⑤ 载，原缺，据《山东通志》补。

⑥ 徒倚，《山东通志》倒。

造[1]逢圣[2]代，俯仰累洽。天子敷治兴文，媲美隆古。辅臣元老启沃，刍牧搏采。两中丞抚甸保厘，究心坟典，倡奋绩学，润色升平，与立陈十事，日进万言，不今昔合辙欤？旧志辑于陆公釴、陈公沂诸人，迄今百四十年。众推鸿雅，详略得宜。兹不过汰裁者十之二三，增补者十之一二。思廉非独造之编，延寿有家存之谱，成谟[3]在列，故宪可遵。又曷疑[4]其速其疏耶？于文定公慎行、锺大司空羽正每语人曰：‘曩修郡志，但取架上诸经史集，其事其人，已自充帙，非若他方钩隐致幽，旁搜别询，多费时日，政以此尔。’”

裔既拜嘉诸荐绅父老之辞，再为思维。裔滥竽兹土十五载矣，鸿雁甫集，百堵方作，幸天子轸念元元，赐赈赐蠲，渐乐承平，但年来灾沴频加，氓多忧岁。其户口登耗，生计多寡，藉舆地书以献，是裔之责也夫！是裔之责也夫！若云体例咸当，裁正得宜，窥三长之一斑[5]，免五失之交谪，裔与诸儒生所弗敢受也。兹役也，取具文焉已尔。

《七十二峰草堂诗》序以下《志壑堂集》[6]

〔清〕唐梦赉

苏文忠闻毛法曹“泪湿阑干”一词，曰：“郡寮有词人而不知，轼之罪也。”召与留连数日，而泽民之名以著；张乖崖不知其参军之材，至有“春云都似官情薄，山色无如归兴浓”之句，而后乖崖谢之。夫贤人之隐于散秩而名不达者，岂其少哉？

---

① 造，《山东通志》作“遭”。

② 圣，《山东通志》作“盛。

③ 谟，《山东通志》作“模”。

④ 《山东通志》“疑”后有“于”字。

⑤ 斑，《山东通志》作“班”。

⑥ 原书此上眉注：“康熙卅二年？”

泰山石堂大师一日携吴岫云贰守诗一卷，过余村墅，余读之三复，并询其居官敏介，为郡人所瞻，依状欲题数言简首，志向往之私，而师受别请以去。已而再约志壑堂看竹，比师来，余邑司寇高念东先生亦来，同观吴君诗曰：“似韦、陶、王、孟之作也。”余按其卷而叹曰：“此一语足以谢吴君矣！”夫张成都知其参军，知之于既去之时，故其“春云山色”之句，不无磊落低昂不知己之感。苏文忠虽好士如饥渴，然法曹之贤，得之于红牙紫袖、酒阑烛烬之余，抑何其晚也。博嬴贰守吴君，以江东之秀，开府[1]节钺之家，一时政绩为泰岱所推服，故其于诗，既温厚而彬雅，亦追琢而蕴藉，宜乎司寇先生[2]称赏不止[3]也。山左大吏以下一时皆贤，必有知吴君之文行最早者，吴君可以无不知己之感。即余与吴君相去二百里，而高山仰止，得之于秉拂竖指、茗碗香炉之间，其去端明学士何如哉？今国家右文远迈前代，红杏尚书、花影郎中朝端林立，亦远迈前代，吾恐公卿之知吴君，将且如东汉吴公、邺下吴质，循良文学之声或自此始矣。

而司寇公之言曰：“吴公[4]既从石堂游，愿益以学道为念。”余观吴君之诗，既于道最近，而余又非知道者，聊寄语而已。

《石堂近稿》序[5]

〔清〕唐梦赉

昔新安朱晦翁，当宋南渡佛法浩浩之时，虑道理只徒口说，都无实诣，

① 府，原作“守”，据清唐梦赉《壑堂集》（康熙二十年刻本）卷十八改。

② 《志壑堂集》卷十八“生”后有“之”。

③ 止，《志壑堂集》作“置”。不置，同“不止，不舍”。

④ 公，《志壑堂集》作“君”。

⑤ 原书此上眉注：“康熙廿七年？”

于是疏经注礼，力与象山之学相牴牾，深戒门弟子说玄说悟，理必引其可见者，道必著其可行者。此岂真与相违，盖有取尔矣。降而至于今，新安之学大行，学之者率能举章句以为指实，而或不能返之于中，扪盘为日，标植为月，分枝逐叶，漫无会通，久之则离，并其糟粕而亦失之矣。余尝谓此非晦翁之过也，晦翁亦不意其究至于此也。于是有心之士，厌训诂之无味，寻所为六经注我者，而栖心内典，冥游侅览者有之矣。

泰山祖珍禅师续西竺之慧命，振滹沱之宗风，宜其擎拳竖拂，截断众流也。乃斤斤以行解相应为第一义，深戒门人，不许捉虚掠影，妄招语句，盖其门头如此，所谓识法者惧也。岁当甲子，今上驾幸泰山，师对御谭道，有云“三教圣人，世出世法，皆不出此心，理上究竟之所致”等语，大哉言乎！公所忧者又在此，抑足以震慑诸方矣。师有《石堂集》四卷及诸诗刻，已经遵旨进呈。所有近诗数册，师一日来余志壑堂，携以示余，余竟读搁笔，推案曰：“是乃其南来薰风、殿阁微凉之句，莫将猿归青障，花落碧岩，尚作境会也。”夫天无二道，圣无二心，少室未西来以前，早有叻虞庭传心一大公案，不经历代诸圣证明，其不以为教外别传者鲜矣。而流布至今日，徒求之肇悦袭裼，象形会意之余，久而未闻颜曾，一查心会神聆之事，岂世界之大，遂无其人耶？抑今人远胜古人，可以得其皮毛而遂足耶？夫儒学病在枝叶，如人饮水，冷暖不知；禅学病在口头，如终日说饭，不能得饱。二者虽异，其实一也。此师之所以甚忧，而亦吾党之所大惧也。师来志壑堂日，适值月食，会将别，余谓师曰：“公微吟长啸，得无借大迦毘卢国月圆，来补东印度月缺乎？”师笑而不答，竟取诗橐投之古锦囊中，振锡而去。余伫立凝望久之，已偕其徒出般阳南门远矣。

江山名诗序[①]

〔清〕唐梦赉

泰山祖珍大师每谓余曰："淮阴江山名，今之林君复也。耄年好诗，不畜妻子，独教授生徒。往来石堂，与余酬倡往复。又好梅，与君复同。所咏梅诗百余首，居士幸为叙之。"

余览其诗，其佳者如："风过笔床香黯淡，月来竹坞影交加"；"怀人何必吹江笛，卧月无烦访戴船"；"寻香野径烟初霁，觅句归驴日半曦"；"香生黄月横塘外，花放岩冰白石边"；"荒山白坞烟空度，流水砖梁影乱交"；"檀心爱拍蝶黄板，磬石能含鸡舌香"；"珊瑚鞭引怜驴背，金谷旗摇招酒憨"；"茅檐短屋团团树，低砌高台簇簇花"；"何事送香双袖暗，无端写影半屏明"。不能尽载，以视君复之"雪后园林才半树，水边篱落忽横枝"，奚啻伯仲哉！

余乃报珍公曰："公如偕大迦毘卢国罗汉过我山斋时，当为一作。"已而罗汉不至，序亦不成。一日，师过志壑堂，云中印度僧业已游方去矣，然所述云汉之言，谓所述十余国山川景物，有有玄奘游记所不载者，如云："过流沙河，见大鸟来，天日为之昏，行人争伏匿石罅中，初不能名为何鸟。"余臆度之，得非漆园之所谓鹏乎？余家东海，闻海上人云：春来上琅琊台观海，大鱼如山，竟数月不能见其首尾，鲸吞细鱼，一闭吻浪击三千，背产海蔬如厓树。然不知即所谓鲲鱼否也。

山名与珍公往来名山中，见异人，闻异事，曳藜长啸，叉[②]手联吟于天门、日观之间，结浮丘、洪厓之好。余闻其踪迹，殆如南华老人所说海上鹍鹏耳。余方跧伏鷃巢蚁垤中，乌能知其待？然吾闻泰山之坳，向有孙

① 原书此上眉注："康熙十八年？"

② 叉，原作"乂"，径改。乂，古"叉"之异体。

明复、石守道先生其人者，唱明绝学，俎豆与泰山不朽。吾愿二公诱掖后进，以二先生为归也。若夫林君之渔钓圣湖，当时尚有赐粟帛、岁时存问之典，今山名独寐寤歌，抑又出和靖高怀之上矣。此间吾友有沂水刘乾庵者，所注《道德经》、纂《五代史》及诸文甚富，然既不令人见，人又乌从知之哉？

寄斋跋

〔清〕赵国麟

夫花生于树而寄于树，云生于山而寄于山，人生于世而寄于世，亦犹是也。虽然，邵子渔樵之言曰："天地何依？"曰："自相依附。"由是观之，天地亦寄也，而况于人乎？吾兄以寄斋，则寄也，自有不寄者存，还当质之邵子。

画跋

〔清〕赵起鲁

嘉庆壬戌五月望日，介邱钝翁写于萦浦之敬爱堂。时意有所郁滞，故假笔墨以抒发其胸次，畅达夫湮塞，腕运于健，力取其透，解衣磅礴，不终朝而成巨幅，掷笔几上，浮大白。观之，觉迩者怅触不可淘汰之郁积，尽发露于攒柯布叶间。而吾意以适，吾心以快。见者幸勿哂其有剑拔弩张之势，殊少从密渟蓄之概也。

《严氏族谱》序

〔民国〕王连儒

泰安以和圣之介为先导，不难以文章气节自奋，而以武功[①]世其家者实鲜。迨[②]胡元之初，乃有严谨者出，祖孙父子相继为将军，振迹乡邦，声施后世[③]。当是时，纪纲弛堕，冠盗纵横，有政治野心者兵戈驰逐，地方无人过问。严谨起民间，以乡兵护[④]邑里，闾阎赖以得全，乡人食严氏之德为不少矣。行实略载邑乘，所谓怀远将军者也。称于严实为疏属。严实周旋于金宋元之间，卒归于元，声势赫弈，大行以东，咸受约束。泰安以乡兵起家如时珍者，亦附严实，而达于元。时珍、严谨辈，皆人杰也！严实《元史》有传，时珍等则无之，知人物之见遗史籍者正多也。

民国廿二年五月，泰安崔家庄严丹卿以族谱之序请，具事状来。称上世迁自江西，怀远将军其后也，而不能得始迁之主名，仅能知怀远为远祖。无已，则以爽为始祖，不知后怀远几何世，特于爽以下，尽得其世次。族谱之修前此矣。清雍正年间七世伯祖子高公创为之，后虽屡经重修，仅录正副两册。咸同间，只副册存，正册则毁于匪爇，族曾祖岱琳及族祖勉亭照副誊正。至光绪间，丹卿及族兄汉卿、族侄子源各录一册。

民国初元，丹卿宦学四方，见巨族每将家谱刊版，心滋愧，决计刻谱。爰凂族叔锡镁[⑤]、族弟振厚、振盘、族侄承畬，并犹子承彦，负筹款采访之责。既价卖祖茔柏树，又募诸族众，以丹卿先拟出资，不敷用也。至编纂

---

① 功，原缺，据泰安崔家庄严丹卿等纂《泰安严氏族谱》（民国二十二年铅印本，严丹卿之曾侄孙严茂亭（该序中提及“承彦”之孙）、严茂群家藏本）卷一《序》补。

② 迨，《泰安严氏族谱》卷一作“逮”。按：二字皆有“及”义。

③ 世，原缺，据《泰安严氏族谱》卷一补。

④ 护，原作“获”，据《泰安严氏族谱》卷一改。盖“护（護）”“获（獲）”形近致误。

⑤ 镁，原作“瑛”，据《泰安严氏族谱》卷一改。按《泰安严氏族谱附录》“董事”名录有“十三世孙锡镁”。

之役，则丹卿与子[1]纲[2]、毅等任之，族祖仙亭、族弟振钰，亦均与其事，订刊五十部。状之所陈止此，更无能道怀远之详。

噫！在昔谱有专官之，世有贤达以知撰谱事，既有功于生民，其纪录也必详，国史既可资以载笔，家乘亦可藉以垂后世。徒知九品之法敝于门阀，而不知家族团结之力大也。拓跋[3]魏能蹂躏吾中原，而不能禁吾民族之复兴，谁谓家族无关人国之兴亡哉？怀远不得于国史与家乘，而后裔能整理其族谱，以期传示于无既，此亦晚近之盛事矣！

至严氏之源流，按郑渔[4]仲《氏族略》："严以谥为氏，其先庄氏也，因后汉明帝讳而改。"果尔，则明帝前应无[5]严氏矣。而六国之韩有严仲子，又前汉之严安，邓伯羔谓安自姓严，郑氏谓魏晋之际有复本氏者，立言亦属不当。其由庄改严者复之是矣，其原为严氏者，又将焉复？然则郑氏殆未考明帝前已有严氏乎？若前汉庄助之追改为严助，则由史家之怯弱，重违一人，而不惜轻蔑万姓，临文不讳，礼经具在，而不敢遵循，岂《礼记》果非正典哉？而《后汉书》之书严光为尤异，光与光武为同学，高节实所共仰，范蔚宗既为宋人，无为汉讳之理，而竟以庄光为严光，此必诬于后汉人之记述矣。刘子玄深斥史家之因习，范氏其亦不免[6]乎？吾为严氏道此，使知远而难稽，不如近而有征也。宁实毋荒，何善如之[7]，而不复沾沾于敦睦等语者，以其饫闻而夙行之耳。用敢质诸世之知言者。

中华民国二十二年，邑人王连儒撰。[8]

---

① 子，原缺，据《泰安严氏族谱》卷一补。
② 纲，原作"刚"，据《泰安严氏族谱》卷一及《附录》、世系录改。
③ 跋，《泰安严氏族谱》卷一作"拔"。
④ 渔，原缺，据《泰安严氏族谱》卷一补。
⑤ 无，原作"为"，据《泰安严氏族谱》卷一改。
⑥ 免，原作"勉"，据《泰安严氏族谱》卷一改。
⑦ 之，原作"久"，据《泰安严氏族谱》卷一改。
⑧ 落款原无，据《泰安严氏族谱》卷一补。

祝施泰瞻方伯寿序《胆余轩集》

〔清〕孙光祀

夫宇宙吉祥福绥之数，率皆人之自取，虽造物司之，而未尝靳所予也。世徒见名位之崇高，年寿之延长，人竟期之而多不能至，抑或营逐祝釐[①]而莫之能致。而持躬履道之君子，澹然自处，居易以俟，然弘济之业卒安驱驯至、优游渐渍而备于其身。似乎天之或有所私，而不知吉祥福绥因乎其量，造物之所予，即人之所自取者而已。

泰翁公祖自庚子来辖东藩，于今将二十载，教化翔洽，德洋恩普。凫绎之乡，蒙羽之野，亦越海表，颂声相接。凡六董闱事，其次第歌鹿苹渐鸿羽者几三百人，皆公及门士也。年来通籍[②]金阙[③]，扬历内外，彬彬称盛。今日天子侍从之臣，及台省六曹之彦，骈繁舄奕，各著声华，而且爱笃缁衣，好深彝秉。于是铁源、纶霞诸君作而向余曰："泰翁先生其所以保釐[④]吾东者，勤亦至矣，吾辈官京师者欲遥为称觞之祝。子久交先生，且习知其政事之本末，盍为叙以侑之？"余惟公姱节茂绩，虽累牍不能尽，即众见之操、共闻之媺[⑤]，亦既家传而户说，俱不必缕指以为公寿，姑举夫人所易略者，佐公一噱可乎？

当辛丑之后，风气变易，吏治泯棼。制抚大臣操威柄以绳其下，自监司[⑥]以及守令，竭蹶奉之，日虞不逮，一不应而谴呵随其后，故上既从其责于吏，而吏自不得不迁其责于民。由是毛举瘢索，诛求无度，闾左之间，

---

① 祝釐（xī）：祈求福佑，祝福。

② 通籍，"籍"原缺，据清孙光祀撰《胆余轩集·序·祝施泰瞻方伯寿序》（清康熙三十五年刻本）补。

③ 阙，《胆余轩集》作"闺"。金闺：指金马门。亦代指朝廷。金阙：宫阙。

④ 保釐（lí）：治理百姓，保护扶持使之安定。

⑤ 媺，古同"美"。

⑥ 司，原缺，据《胆余轩集》补。

萧然烦费矣。惟公守之以正，无亢容，无慑志。凡文牒上下、征发期会之事，应时辄办，无愆晷刻。而额外之需，法外之举，概不取以中其欲。又托同列者讽公，以为“苟肯示意州邑，俾各随正赋量增羡镪，较诸他端，力省而功倍。如是则彼此交利，会且有以报公。”公断断持不可，谓：“吾既表率群属，一与为缘，则不肖者有所恃，以恣其虐，挢虔之吏乘风而起，伊谁倡之？且黜陟之典，时以白简，进退有司，彼且有以扼吾吭，其何以戢哓哓之口乎？倘强以必从，宁以官徇之耳。”卒寝不行。当事虽[1]不悦，然心韪之。复以公处己浣洁，明练而达于政务，事无巨细，悉综理至当，无所间以求其短长，久而益信其无他，反倚之以为重。其隶公宇下者，无论守令倅尉，偏长必录，小类可宽，或无过失而罹愆尤者，必多方护持，而其人不知公，亦不欲其知之也。民有大眚大役，凡蠲恤减豁，力为请命，尤不待人之呼吁，而身自任之。当是时也，齐鲁人士方惴惴乎有火烈水濡之恐，而惠此孑遗，不至有颠覆之患者，皆公力也。计十余年来，藩伯才望无逾公者。倘稍一通方，则卿寺、节钺早已立获，而公澹穆自居，不屑枉道以贬生平之守。且各省藩臣以考成功令綦严，略不及额，则迁擢不得登启事，故会计之书率皆弥缝无阙。及其迁擢得代，然后补苴以文其弊，抑补苴之不足，因而致咎者有之。公于钱谷赢缩，既详且慎，纤悉多寡，必录而上之司农，曰：“吾不敢涂饰虚文，以侥幸于功过之际，非不知自贻淹滞，白吾不欺而已。”是以鞅掌蕃宣，安之若素，视他人之趫捷登进，一不足以动其心。至膏余脂羡，举不能浼，中园瘗兕宽之鹿，都市无苟晞之牛，靖共尔位，不易其常，此其品诣卓越，岂易测其所至者乎？

总之，公天姿醇茂，而器识明审。天姿醇茂，故忠厚和平，而常处于有余之地；器识明审，故洞达昭旷，而不惑于是非之衡。人之与公游者，止见其坦直易良，而习而安之，遂觉乖戾自融，畛域俱化，性情之感，殆

① 虽，原作“心”，据《胆余轩集》改。

不自知。若以公秉握锁钥，晋陟枢轴，必能翼亮邦国，滋培元气，聚为福绥，散为清宁，天寿平格，泽流百祀。余以卜公之为德，必有以取足于造物，其理不爽，如燧日之相召也。且公生于泰岱之乡，岱宗王于东方，长养万物，则公之性量含弘，而贞恒强固，盖其宜也。诸君子其以余言为有征也夫。

张坦公《岱史》序《沚亭文集》[①]

〔清〕孙廷铨

盖五岳并峙，而岱以宗称，言生物之府，群岳是崇焉。昔人云："王者受命著代，必臻乎泰山。"虞有时巡，周有明堂，郑有汤沐之邴邑，则古先哲后之有事[②]兹山也，盖略可考焉。迨乎秦汉，封禅事作，金泥玉检[③]之秘，白云青气之祥，史多侈言。而后之王者常效之，后之儒者顾常非之。今昔之论，不必一迹，而名山显位，神气灵昌，能令千古雄才之主更姓改物，罔不致事用虔，其为继帝出震无疑也。

余家颜山，南连莱芜谷不百里，间尝登泰山之颠而延望焉。古迹漫灭多矣，而近今为独详，且怪后世之事简略，其文不雅驯，不足以称兹山之神丽。继古观也，间取太史公书、应劭《封禅仪》、郦道元《水经注》，散见旧文，坛壝宫阙，碑版松云，犹足以仿佛昔容，想见盛迹。每欲采唐宋以还狩祭之事，文词尔雅，并其佚闻胜谈，与夫人物栖遁，可用为仪者，

① 张坦公，原作"张垣公"，据清孙廷铨撰《沚亭文集》(《清代诗文集汇编》第四二册，第三二一页，影清康熙刻本）卷下改。张缙彦（1599—1670），字濂源，号坦公，清顺治时期参与补刻《岱史》。

② 《沚亭文集》卷下"事"后有"于"。

③ 检，《沚亭文集》卷下作"简"。玉检：玉牒书的封箧；玉简：玉质的简札。帝王封禅、诏诰用的文书。

附缀汉魏之后，为《岱宗志略》一书，仆仆未遑也。

少司空河北张公博学洽闻，昔藩于东，是征是考，间投所缉《岱史》稿本以示余，因得纵览其略。则依旧史，而剪去繁芜。事无足传，则宁削其牍；文无足采，则宁略其人，斯则犹夫余之志也。若其事典而核，义严而辨，文丽而则，将必有以斟酌典文，考正得失，以助成议礼考文之治，而焜耀来兹者。岂第披图按牒，作山水吟啸之资已耶？其命以史也谅哉。属有顾生搜采山间异闻，录以贻余，兼余见闻所及，或偶遗于斯史者，间录数行，质之于公，请得附入，因并志而序之。

《吉礼简仪》序

〔民国〕宋文田

夫妇一伦，为万化之原，君子之道，造端于此，圣帝明王甚郑重之。定嫁娶之礼，制婚姻之节，具有深意存乎其间。后世不察，习非成是，恬不知怪。富家贵族，粉饰局面，徒逞豪举，往往奢不中礼；贫门贱户，潦草从事，不求甚解，又往往俭不中礼。知礼者忧之，无可奈何。

民国六年十月下浣，王君建屏为子完婚，根据《文公家礼》一书，采取加冠告祖，加冠醮祭，亲迎交拜合卺，见舅姑，庙见诸议，并参以汉儒《礼记》中所可行者，毅然行之。维时，余躬膺襄赞，爱其酌古准今，不奢不俭，简而易从，即手录一通，怂恿知交，是则是效。爰书数语以志缘起，用作纪会，或是或非，不暇计也。

民国十年岁辛酉十一月日南至日，宋文田拜识。

文昌帝君降笔跋

〔明〕吴希孔

文昌帝君降笔，吾郡太保大司马萧公梓之，以惠后学者也。孔小子获而藏诵之，穆然有咨嗟儆戒之思焉，即欲镌石置帝君座右，俾章缝之士，洞心骇目，共跻于光明，然犹疑其僭也。

会临海秦老师来牧吾郡，修举废坠，吏肃民怀，而于学宫尤加意焉。先是，文昌有祠，僻处庠之东隅，规制褊狭，甚不足妥英爽、示钦崇也。下车拜谒，意动其未广，乃请诸当道，迁之东城，易楼而阁之，岿然一巨观哉！于是，咸阳许老师、蒲州曹老师、全椒张老师庆逢盛美，镌石垂戒，此其会已。孔小子遂命工治珉，摹而置之壁间。噫嘻！帝君之训辞，洋洋洒洒，辉映来今，盖殷盘周户不炯于此，即云汉靡足喻其昭，日靡足拟其丽者，[1]孔小子愧匪能体验之，又乌能揄扬之？第以素佩太保公之德，意仰承秦老师之举，不能忘推广昭扬之念耳。至于祝祈之说，儒者灵台中澡香久矣，无容喙也。识是以纪岁月。

万历丁酉中秋望日，泰山后学吴希孔薰沐谨书，弟吴希孟督刻。

《赵相国印谱》题跋

〔民国〕王亨豫[2]

《泰安赵相国印谱》一卷，凡乔梓三人，存印共四百六十枚。是在丙辰后，先君得相国手抄《契丹国志》，后嗣由宋青岩裔孙得书若干种，内夹

① 此句疑有缺文。

② 亨豫，原书作者皆署其字“次通”，今统一改用其名“亨豫”。

败帙，余阅之为印谱，因乞先君藏之。十九年来历下，翌年有暇，遂装潢成册。按宋、赵累世姻娅，相国女弟为青岩曾孙妇，宜乎平生藏印留影宋氏也。且闻之乡人云，数十年前赵氏犹藏印石一箧，后为女子锤为石子玩具，则是册留影将为孤本，亦相国仅存之遗迹。又邑志载，相国长公子起震善篆刻，则四百方为公子手泽欤？甲乙之间，感遇身世，不胜怆然，辄寻古迹自遣，觅公子墓不得，日展此册，怀古追昔，尤有不胜情者矣。乙酉仲夏中旬手书。

《岱史》序

〔明〕王从义素公

岱岳为天东柱，雄峙于角亢之墟，为鲁邦之瞻，而称五岳之长。故春[①]祈秋报，所以答元贶也；犊牲匏器，所以明祀典也。而青灵始重于天下。自柴望世远，而矫诬者兴，称王称帝，奉策奉符，以邀神贶，遂至劳民病国不顾，且怀襄后，舜肇封山，顾谓黄帝禅云云，而谬为七十二君之说。不知世质民淳，安得泥金检玉？结绳而治，乌有勒石镌文？其所以误后世之人主者，非渺小也，载笔者只以辞章[②]饰固陋，而茫茫于疑信之间，无为贵史矣。

昔岱有史，惟取备物，而漫无短长，吴江吕益轩司马为是惧，托君授刘君修之。君授乃上稽虞氏之燔燎，下辟嬴秦之函筒，独取力谏[③]之许懋，严斥死不忘谀之相如，以垂万世之炯戒，俾后之人主勿听方士之言、信谀

① 春，原缺，据清胡德琳主修《历城县志》卷十九《艺文考》（清乾隆三十八年刊本，第二十七页）补。

② 章，原作“帝”，据乾隆《历城县志》改。

③ 乾隆《历城县志》“力荐”后有“封禅”二字。

臣之口，以杌陧[①]社稷。则休兹此史，宁独有功于岱已哉？至其瑰[②]奇特绝之观，登临啸咏之迹，见于仙经地志、残碑断碣之所记载者，莫不搜罗而次第之。

余镇抚东土，一日政暇，检书笥，得副本，披诵数四，乃知君授之所取义者大也。崇祯二年[③]季春，巡抚山东云中王从义书于历山之正己堂。

《删正才调集诗选》序

〔清〕王锡麟岚谷

予筮仕山左十有余年矣，丁丑之岁，始分郡汶阳，暇时与都人士游，始得唐韦縠所选《才调集》。噫！此盖予数十载求之而未得，今始得之者也。予披读再四，内有虞山、冯氏二先生评点，古吴殷元勋原注，长洲宋邦绥补注。韦公原本评之者已详且尽矣，及阅全注，不免玉石混淆。大凡性灵之作，无须训诂，间有涉于隐僻者，乃注家不考其要典而笺其秘事，初学读之，恐目迷五色，有泾渭不分之叹。王子肃然动容，不禁为之兴感也。

曰予生平论诗，以归愚尚书为宗师，除《诗源》、两《别裁》外，如《玉台新咏》诸选，无从物色。何义门学士以为自两京后，惟《玉台》《金荃》能得其意匠之工，及四处搜罗，即《八叉》[④]之集，亦有所未睹，于是以《才调集》一选为枕中鸿宝。今获是书，观之大要，以温李为归，间有风怀、香奁诸什，其巧不伤雅者，斟酌留之，其大伤名教者，一概删却，

① 陧，原为木部首，径改。
② 瑰，原作“琼”，据乾隆《历城县志》改。
③ 崇祯二年，乾隆《历城县志》作“崇正二年”。
④ 叉，原作“乂”，古“叉”之异体。八叉，即温八叉（温庭筠）。

去取皆本至当，庶不失蒙以养正之义。昔年见纪晓岚先生《删正方虚谷瀛奎律髓》，有裨幼学，至今耿耿不忘，因名之曰《删正才调集诗选》，重为刊布，一不失古人操觚之苦心，二不致黄口后辈知识未定，迷于向往，是则予重镌此集之颠末尔。

时光绪十有六年仲春二月，大梁王凫渚谨序。

《学勤书屋诗》序光绪己卯仲冬

〔清〕张兴思

梁甫赵子子健，家栗里，与予交最善。每以试事至郡，接其言论，丰采恂恂如不出，有古纯儒风，知其渐乎家学者深矣。既而出《学勤书屋诗》一卷，相视曰："此先君子生平心期所自托，小子志之，弗敢忘，恐其久而散佚，拟付诸手民，以遗吾后。顾念近世以诗文梓行者，类出显贵，先君子潜采弗彰，惧士林之议余之僭也。"予曰："诗以淑性情，资兴观，备劝惩。古者衢壤之谣，谐声喜起；游豫之谚，志美巡行。苟一言之有裨于教，未尝不与六经并传。下逮十五国风，播之管弦，用诸赠答，大半皆里巷歌咏之词。即世之论诗者，必盛称李唐矣，如之孟之与王，贾之与韩，其表表人口，何尝尽以显贵闻？惟七子之结社，初首茂秦，及于鳞、弇州辈，相继贵显，遂摈茂秦。然茂秦以一布衣孤行大河南北，声称籍甚，虽王李薰天之焰不能掩也。诗之传不传，岂系名位之显晦哉？且子之梓诗，以诗传先学耳，若哲于其先之一器一物，犹以手口之泽，慎守其失。先生诗原诸根器，深以学养，一展卷而性情、心术、容色謦欬毕现于豪素，无形无声之中，宛乎视听之可接。庄生有言：'薪尽而火传。'然诗之梓，亦吾子绵衣思于无穷也，夫谁议？况其时值兵燹，将帅之成败，井闾之义烈，士庶之流离，无不发诸诗歌，其一种忧国忧时之衷，即《七歌》《八哀》

诸别诸行之遗音，江湖魏阙，许身稷契，大雅不作，杜陵谁嗣？吾乃于先生重有感矣！世有知先生者，请即以予言质之，当不止一家之咏歌旧学已也。”是为序。

《周易说略》序

〔清〕徐志定

济阳稷若张氏，性至孝，文[①]笃实，洞悉天人理数，常耻帖括剿袭之弊。当崇祯癸未间，痛父变，即弃举子业，而以羽翼经传为事任。生平著作甚富，如《仪礼句读》，则勾勒明确，而节次了然；《春秋传义》，则矫诬辨[②]谬，而四传会归。至于《蒿庵杂作》《性命》等编，又直登理奥，而数百年未传之秘，赖以传焉。

及读《易》，复病时讲之陋，本《本义》而为《说略》，因象析义，销融偏[③]滞，非不言事而言事之理，非不言理而言理之象。迹其不沾沾[④]指事略矣，而理无不包；不斤斤辨理略矣，而象无不该。此其宁为略而不为详[⑤]，正乃所以为详而恐涉于略也。又何至如[⑥]说之言事则挂一漏万、言理则泛举失旨者之直[⑦]为略哉！读之者诚依以为揲策，可不失宓羲、周文、孔子[⑧]之本意，而依以为文章，即天下事物繁赜[⑨]之状，亦多能核其真。占法

① 文，原缺，据清张尔岐撰《周易说略》（影清康熙五十八年徐氏真合斋磁版印本）补。
② 辨，《周易说略》作“别”。
③ 偏，原作“伪”，据《周易说略》改。
④ 沾沾，《周易说略》作“占占”。
⑤《周易说略》“详”后有“者”。
⑥《周易说略》“如”后有“时”。
⑦ 直，《周易说略》作“真”。
⑧ 子，原缺，据《周易说略》补。
⑨ 赜，原作“颐”，据《周易说略》改。繁赜：复杂深奥。

制艺，庶几两得之矣。

吴门顾亭林先生阅其书，而遗之以诗，有云："缁帷白室睹风标，为叹斯人久寂寥。"又曰："长期六籍传无绝，能使群言意自消。"则其操行之卓越，著述之渊源，不概可知乎？惟[①]惜[②]什袭已久，未尝公世。戊戌冬，偶创磁刊，坚緻胜木，因亟为次第校正。逾己亥春，而《易》先成。既喜其书之不终于藏，而人与俱传，且并乐此刻之堪以历久远[③]也，遂为一言以识之。

康熙己亥四月春，泰山后学徐志定书于七十二峰之真合斋。

《锦囊集韵注》序略

〔清〕赵国麟

明楚中萧汉冲先生，著《龙文鞭影》字文一帙。门人张生希杰笃志绩学，读书务求会通，己亥客墨水，得是书，爱惜编次，句为疏解，殚精瘁智，阅五载成书，易其名曰《锦囊集韵》。

乾隆元年七夕。

乌龙山序

〔清〕郭璞山

山以龙名，象形也。山之象形者多矣，鹫岭凫泽，取象于鸟；熊耳羊肠，取象于兽；螺旋蛇曲，取象于虫。兹以龙名，何也？或曰以其居震，

① 惟，原缺，据《周易说略》补。

② "惜"后原有"借"，据《周易说略》删。

③ 久远，《周易说略》倒。

故称龙也，以其出云降雨，亦称龙也。而非也。

余尝陟其巅，观其势，而得其真形矣。是山来从天外，潜渡海中，起伏无常，蜿蜒万里而至泰也。左关山，右常山，云涌涛奔，气势益壮。天晴日丽，则奋鬣扬髻；朝晖夕阴，则鳞甲欲动。而且庙瓦参差，五云郁起，空中楼阁，如蜃气嘘成。远望山石之嵯峨，忽隐忽现，不啻修鳞巨爪出没于其中，故称龙也。岂第草长龙须，松作龙蟠，竹毓龙孙，石同龙尾，作微云之点缀哉？抑闻之，地灵者人杰，山之下果有卧龙其人乎？处为潜龙，遁世无闷；出为见龙，天下文明。伫见跃龙门趋龙阙，佐飞龙而为霖雨，膏流四海，泽润生民，是山龙也，人亦龙也。云路通矣，尚为蛰龙之睡乎？仆将登龙而拜之，仆将鞭龙而起之。

杨氏谱碑序

〔清〕蒋大庆

杨氏，徂阳望族也。散居沈村、柳里、汶西之间。虽世远年湮，不能穷流溯源，以归于一本，而敬宗睦族，联为一谱，盖数年于兹矣。今族中之贤者恐其久而忘也，结醵资，各立谱碑，书支派，以示后人。岂非先王上推下推旁推之盛心哉？因思集罇之伯起，校书之子云，训诗之景山，讵不足援为光宠，而要之谱贵征实，狄青何尝祖梁公耶？苏东坡云："著谱一事，乃孝子立言一端。"今杨氏之为此举，可知扬先人之清芬，诵世德之骏烈，陆士衡为不没矣。是为序。

赵明经漪轩先生寿序

〔清〕侯芳苞

世俗之寿定于天，贤哲之寿操于己。定于天者不可知，操于己者不可知而知，抑岂有异术秘方与气数争衡欤？盖惟一其心，而物不摇纯其性，而境不扰宏其量，贞其神，足以迓蕃釐而延和气，先正所谓：“福自己求，命自己立，己有权而天无权也。”

夫然窃尝穆然于吾同研老友漪轩赵君矣。君学籍涟清，世家汶阳，守历代儒熹之风，性忠和，笃于伦理。幼承家塾，长受业芳苞[①]先君子，君得其衣钵，弱冠掇芹，旋以异等食饩，屡膺鹗荐，见赏于宗工，既而积资充贡，士论惜之。君经术湛深，文章朴实，虽不规规于时趋，而理法兼优，声情并茂，以造就后生，传授师业。游其门濡其教者，英英济济，类多知名称佳士，与流辈殊。计凡尚论先正忠孝廉节者，必再三称述，以风示及门。嘻，亦可以觇其学与其教之所及已。

迄今年登八旬，而皓首庞眉，犹然规步矩行，为士林楷模。瞻仰者咸叹羡其寿，而因追述其德。其高第弟子感念师惠，俱欲醵金勒诸贞珉，以余与君少长同学，交君之习，契君之深，群然来谂曰：“知吾师者子，吾辈为此，子其云何？讵容默尔以息乎？”

余闻之，不禁欣然有感曰：此余先君子及门翘楚也！受业父师，历有年所，君之成德致寿，有由来矣！君少失恃，而家綦贫，赖砚田以为养，深得亲欢。竭蹶服事，而未尝妄取。侍继母如所生，终始无间言。叔父母乏嗣，养生送死，并力经营，卒为立后建碑，以示永远。昆季五人，于次为仲。伯氏魁翁勺岁即通十三经，时徐清惠公宰泰安，大加奖异，学使擢补佾生，不幸早世，君乃以次子为之嗣。群弟贫弱，赖君力

① 原文为△△，为作者自署名之标记，今为补。

以迄于成立。戚党孤苦者，君收养之，为之完家立业。自庚申、辛酉间，南匪屡扰，余先君子倡筑土圩，君参佐其间，数年内大兵大狱化险为夷。每众议哗然，君以片语折之，莫不帖服。此因其行之征诸内外，而焯焯称最者。若夫学修之懿，文章之雅，作后进之表率，为名流所器重，洵可谓行修言道之谊士矣！在昔，西山真氏上奏，推论致寿之道，一曰无逸，二曰亲贤，三曰孝，四曰仁，五曰有德。斯诚圣经之格言、周孔之大训！三复斯旨，未尝不叹君之耄耋期颐而长年永世者，诚非偶然，其积学敦行，卒有积善之余庆。观于德寿相因之理，知天之报施善人固不爽也。因略述梗概，以风世云。

云湄先生寿序[①]

〔民国〕杨谖

中华民国十六年丁卯四月日，为吾友云湄先生六秩揽揆之辰，周君健龙等邀余以言为之寿。余曰："与寿以砌饰之词者，毋宁述其足以自寿之心术，以寿之为当。"佥韪余言，因属余。

先生受其封翁容川公之庖训，弱冠入邑庠，以昭哔无致用之实，目利达有不屑之怀，习医于匮籍无所不读，术精确，活人无算。自是处人应世，皆不外医理医人之术也。清光绪末，自费渡东瀛，意参东西医理以自广，见法警之学，以为犹是医国也，乃潜心焉。回国后创办本县视学所，任泰安公学管理，成就甚众，虽至今泰人犹斗山视之。

当是时，清政窳腐，而山东士民情涣志苶，几不知国家政法为何物。

① 周郢于其《岱粹抄存续编》藏本中作眉注云："序中云湄先生不著其姓名，考之志乘，此公即张百源也，泰安人，入日本法政科，归国后任县劝学所副董事。"原题仅"寿序"二字，今以全书通例，补"云湄先生"四字。

德人攫夺五矿案起，热心者相与奋臂呼号，倡保矿会，群起以争。先生揞拄筹措其间，官府畏忌，而厌迫解散。吾省谈及与会人士之姓名，二十年来莫不健羡之也。盖山东人民集合研究政法以卫国抗外者，自是始焉。谘议局成立，孙慕韩抚山左，虞丛脞，得先生而大慰，俾任庶务，以仿先进国之制。迄今屡经变迁，而规模之基墉如旧。

辛亥革命军起，陈明侯率临淮健儿万人，扼利国驿，旋住徐州。疫盛行，聘先生长医院，病者皆起，军心以安。丁孔彰任山东巡警道，委长卫生科，防疫得力，保免县知事，意弗屑也。其余参赞密勿者，多非志趣所存，弗为之著。

自胜清光宣以降，凡为国家地方利害之举，无不与；后生小子进修之事，无不为；邻里乡党呻吟疾痛之人，无不疗；奔走往来困苦迫危之友，无不赡资而使之安。尝曰："医之上者，国人以无病，愧有未逮。至蔬食菜羹，药剂刀圭，手足口舌之劳，人群互助之分也，敢不勉乎？"近数年，生丈夫子三人，皆以为德业之报云。无赫赫之功，而收默默之效，其足以自寿之心与自寿之术正远也，谀赘何为哉？由是而至期颐之年，睹儿辈成立之厚以为乐。尔时再进一觞，尚掀髯述少年事，而忘其耄欤？

贾先生懿行序

〔清〕张凤翙

泰岱固多奇杰士，勋业如羊叔，文学如高堂，经术气节如孙石两先生，尤其卓卓者也。即下至草茅之子、市廛之徒，耳目未涉乎诗书，姓名不登于黉序，而古处敦，自亦能以俊伟之概、亮特之操，励风化而翼世运，至有为文人学士所弗及者。则意者岩岩之山，汤汤之水，钟灵毓秀于兹壤者，为独厚欤？如吾友荣轩先生，行谊盖可述焉。

先生世家子，少孤贫，瓶无隔宿粮，所居不能庇风雨，而先生处之怡然。既而权子母，丰资财，第宅一新，餍旨甘而被文绣，以视向之易衣而处，并日而食，相去何啻天渊？而先生处之澹然。

今上践祚之十有一年，先太守曹公奉简寄修治驿道，征先生佐其事。功竣，先生得五品职。既富且贵，闾里为之增荣，而先生处之夷然。盖惟其操于心者坚，是以贞于遇者固，惟其无所幸于前，是以无所惊于后。以视冠儒冠、服儒服，胶庠其身而市狯其行者，其为人贤不肖何如也？

先生多谋略，意趣闲雅，粥粥若无能。及事变当前，他人计穷而力窘，先生则不动声色，筹画井井，能使智者服其明，勇者逊其强。是以郡城诸绅耆推为乡长，公务待以裁决，盖不惟才具稳练，实以心精而力果也。今行年六十有一矣，其慷慨好施，排难解纷，以利济乎人者，不避嫌怨，不辞劳瘁，气象一如壮盛。时太守颜其门曰“急公好义”，盖实录也，岂虚语哉？

今先生葭莩谊与素所往来者，慕先生为人，谋所以表彰之，属余纪以文。余与先生相识久，亦颇悉其梗概，因节次为之序。

新建一天亭叙并歌，万仙楼下

〔明〕朱寿镛

泰岳南麓一天门有三元宫，予府香火院也。殿前建亭一区，为四方游衍之所，上接天门之□，俯临泰安之郊。泉流萦回，襟带于左右，磴径崎[①]岖，依附于远迩。朝岚时为断续，盈日可观林禽，每自去留，兴情□羡。春之熙，夏之凯，秋之爽，冬之彤，嘉趣四时无尽；日之白，风

① 崎，原作“碕”，径改。

之清，花之香，鸟之语，大宇万景豁然。天风□盘石，若迎蓬岛之真；泉琴奏涧，似迓遗之□□。鼎累列之家[①]，给足可封；高倍驱振之彦，麟萧骈集。可以□，可以壶，宜以觞，宜以咏。贤达寓之，顿起悠然之胸次；善信寓之，感思嘉遁之吉真。竹林之□，莫不引领而醉于斯；兰亭之士，莫不羽觞而赋于斯；游侠豪迈之徒，莫不遗世而游观于斯；羽衲杂□□卒，莫不洗心而养性于斯。奇哉！安乐窝乎！予一塈此盘桓弗置，欲安居而笑傲焉。第藩羈未遂，姑笔□□，以铭其盛，且为之词以歌之。歌曰：

□往高亭如掬许，清幽雅致难悉举。峰峙遥看当户明，溪流环抱如相侣。和风有待拂轩窗，野鸟无心口檐宇。香荨烂漫映苍苔，芳草萌茸迩疃墅。石经犹有松菊枝，柴门静掩天涯雨。喜无尘埃圬玄榻，时有道人来燕胥。院主泚泚西畴余，坐拥仙几拈玉尘。缓步徐行访清虚，黄庭道德发天绪。形存锻炼几□□，心无外慕怡神伫。枕石高卧日三竿，抱琴独奏风一缕。到此自是羲皇人，天地万物复何与。

住持徐；董美阳。

万历二十九年辛丑吉日，□□[②]九代孙鲁□[③]泰兴王安宁寿镛撰。[④]

① 此句疑脱一字。周郢《名山古城——泰山·泰安文史拾零》（第34页）作：“□鼎累列之家。”

② 据周郢《名山古城——泰山·泰安文史拾零》考证，此缺文当为“高皇”。

③ 据周郢《名山古城——泰山·泰安文史拾零》考证，此缺文当为“府”。

④ 原书此上眉注称：“肃王寿镛，鲁恭庶九子，初封泰兴王，崇祯九年袭封，十二年薨。重修万（仙）楼及三元宫墙。”

书《武安王传》后关帝庙东殿东壁

〔明〕吴希孔

孔家世奉王最毖洎孔尤不敢辍。每值五月十三日，佥谓为王诞辰，郡中肹蚃甚盛。孔夙兴瞻拜祀下，谓其云长囗囗，恍惚见之。偶友人李师曾氏言及，昔解梁刘师从仁家[①]郡中时，十三日祭，后甫逾月而再举祭，相与讶疑，已而归检先囗所藏王全集，知王诞辰实六月廿二日，则两举祭者，政谓此两诞辰耳。遂与二三同志暨众善信，是日肃肆牲羞礼者，观者诧为盛典。乃又先期假剞劂，点赫疏，揭于通衢曰："凡我善信，遇前诞日，各建醮祭为妥云。"至于忠烈显赫，振古铄今，孔乌容赘，惟是世系封爵之年历，父子生殁之真迹，仅见载于全集中，因并勒石，以讯钦崇者。

万历三十三年乙巳六月二十二日，泰山吴希孔薰沐书。

男定境、真境督办，主持杨清安同立。

《春秋尊王发微》后序抄自《退轩杂录》

〔宋〕魏安行

《六经》皆先圣笔削，而志独在于《春秋》者，赏善罚恶，尊天子而已矣。奈何传注愈多，而圣人之意愈不明。平阳孙明复先生，奥学远识，屏置百家，自[②]得褒贬之意，立为训传，名曰《尊王发微》。其辞简，其义明。惜流传既久，讹舛益多。安行[③]假守涤阳，公余获与同僚参校，厘正谬

① 家，疑为"官"之误。刘从仁，万历时官泰安知州。

② 自，原作"目"，据《泰安县志》（清乾隆二十五年刻本）卷十三《艺文·宋文》、《泰安府志》（清乾隆二十五年刻本）卷二十七《艺文八》改。

③ 原文为△△，为作者自署名之标记，今据《泰安县志》卷十三补。

误凡一百一十九，释文二百一十四，命工镂板以授学官。若先生操履学问，则有范文正公《荐章》，欧阳文忠公《墓志铭》，载之详矣，此不复叙。

绍兴辛未五月日，鄱阳魏安行书于卷末。

《醖檀集》序《退轩集录》

〔明〕李维桢

数岁前，犨邱邢仲子示余以萧公舳《绿远楼赋》，巨丽妍藻，类汉晋人手笔。余不知为何氏，意必老于文学者。已而知为泰山人，年财[①]十有八年耳，心窃异之。数岁后见公舳名已登籍，又间从坊刻得其诗文，读之，掩卷叹曰：异哉公舳！何遂升[②]作者之堂耶？繁缛之采，深沉之思，轩举之概，流利之致，词林耆宿无不骇服。昔济南终子云，少辨博，能属文，闻于郡中，年十八为博士弟子，知白麟奇木，必有解编发、削左衽而蒙化者，果如其言。[③]又请使匈奴，不果行。已使南越，功垂成而败。盖少年不胜伎俩，急于自骋。今公舳年少，而且以文章显，一意修文，其行事依仿绳尺，敛锋锐而归之雅驯，是非山东年少可例论也。其犹子应仕曰叔氏雅慕公，公所期望后日者不浅进于大道。请以是言叙其集。

---

① 财，通“才”。

② 升，原作“生”，据《泰安县志》卷十三《艺文·明文》、《泰安府志》卷二十七《艺文八》、《岱览》（清嘉庆泰山书院果克山房刻本）卷二十九《博览二》改。

③ “知白麟奇水”至“果如其言”，此两句在《岱览》卷二十九中仅为一句：“作白麟奇木对。”木，原作“水”，据《泰安县志》卷十三、《岱览》卷二十九改。《泰安府志》卷二十七作“水”。

卷三　杂文

赵仁圃相国两世苔岑录

丁亥冬，山东省图书馆举行文物展览，有册页一，观之，则相国两世友好酬答之作，诗文尺素皆具装潢钤印，相国当年极珍重也。其中如王屿似、王秋史、田同之，均为吾鲁名士。急为抄录，为东邦文献之一，并以实我《泰山丛书》。当时仅录数首诗，越一月，辗转倩友人得馆中袁、吴诸先生助，竭半晌力，草草录出，归乃清抄，快心之余，谨书颠末于此。尤可喜者，意外得相国兄赵钧衡先生诗数首，其集已不可见，今所见真吉光片羽矣！

丁亥岁暮，次通书于济垣赵氏寓庐。

一

〔清〕陈昌言[①]

忆自泰安旅次片刻晤谈，乃以漏促马嘶，匆匆就道。及次岁，复临旧地，而医寓已易，叩之不应，只得怅然而行。及随幕南，旋又从太原至浙，未能过访，至今抱恨不置。以我两人平时不离左右，探花问月，骨肉相亲者，何天涯远隔，欲一面而不可得也？怀思及此，能不悲哉？弟年来以所遇非人，两载生辰窘迫异常，今秋原拟觅伴入都，适河东运使有一席见招，亦即在重九后出门矣。

接读翰示深喜，吾长兄年齿虽繁，老而益壮，挥毫命句，倍见精神。

① 按山东省博物馆藏王亨豫原钞本《泰安赵仁圃相国两世苔岑录》（收入《山东文献集成》第二辑，第13册，山东大学出版社，2008年版），作者署名均在原信之末，而《岱粹抄存续编》录入时皆前置于标题之后。

膝前兰桂自能高大门闾，含饴之乐，吾长兄固有之矣。如弟儿蠢而孙幼，三女尚未于归，以发白齿落，犹为牛马，徒自苦耳！令弟二兄久已颓惫，只因内政森严，动辄掣肘，弟虽街头相见，偶问寒暄，然足不常入其室者，以避禁也。兹病而逝，实为伤悼。但田园将见零落，恐日后难于清理，爱君暂借枝栖，反致鸠居之诮，特属笔转请贤乔梓归里清楚一番，万不可缓。不然后阳既去，尔宅亦在难保。令甥至舍叮咛，故赘言及此，幸商榷行之。甲先今春从都下归来，亦欲与吾兄一会，而寻访至再，不能如愿，到家犹怅怅于怀。八月初三日，仍附舟北上矣。聚散不常，未知何时得叙阔情，扶筇往返，以共诉生平，博晚年乐事也。除夜作福饼羹，久而不饫，扰雪塘邀友嵩镇取巾，如昨日事也。吾兄岂遂忘之耶？千里心驰，寸函拜复，何任惓惓？

临若[①]大兄。八月朔之八日，弟陈昌言顿首。[②]

即我令爱属书于弟，故切切言之。二令弟归，携有前女在宅，衣食于母，欲尽卖现存园屋，毫无顾忌，恐将来不知作何究竟，望速回整顿，迟则为富家所有矣！再笔。

二

〔清〕东照禅师政[③]之　王屿似书

纸窗非窈窕，何事妒风姨。沾砚雪千点，窥人月一丝。借光壁莫凿，挥刺虎堪危。最恨惊归梦，深宵筚篥吹。

戏题破窗。

---

① 原书此上眉注称："临若名瑗，浙江上虞人，相国之祖，为石堂八散人之一，盖与普照寺石堂老人结生公之社云。"

② 此句（"八月"至"顿首"）原缺，据《泰安赵仁圃相国两世苔岑录》补。

③ 政：匡正。

三

〔清〕天老和尚句[①]　王屿似书[②]

鸟归沙有谱，人定月临溪。

四

〔清〕王屿似书

我始欲愁烟漠漠，谁能遣此草萋萋。一时雁过舟痕冷，半夜啼将客意阑。

五

〔清〕云门弘谕

登高望远，使人心旷。临流溯波，使人意爽。

临若道契兄。

六

〔清〕王苹[③]

十载科名尚黑头，抛将席帽出芦沟。送君一路枣花里，直到徂徕香未休。归来[④]桑深麦秀迟，讲堂门外草离离。承平高第为山长，勿漫清吟

① 句，原缺，据《泰安赵仁圃相国两世苔岑录》补。

② 原书此上眉注："屿似，字鲁珍，盖都诸生，父玉生，字稚昆，以贡生官四川阆中太守。屿似善画，客晋中甚久十余年，尝从父游阆中。康熙年人。天老和尚即王岸大师，尝卓锡于青州法庆寺。"

③ 原书此上眉注："王苹字秋史，历城人，康熙进士，与相国为同年。著《廿四泉草堂文集》，蓼村人。"按《泰安赵仁圃相国两世苔岑录》，原信之末作者署为："学年弟同郡王苹"。

④ 来，《泰安赵仁圃相国两世苔岑录》作"去"。

庆历诗。

已丑竹醉日送别仁圃年长兄，得弟东归，即求教和。

七

〔清〕赵国治[①]

闲携诗屐过溪东，喜值林逋逸兴同。十里山岚明霁雪，千村柳色动春风。长歌欲寄樵烟外，大道还期钓石中。世事波颓君莫问，且舒高眼对无穷。

路自东村东复东，纡回山势景物同。烹茶细品澄溪水，策杖高吟峭壁风。野草微茫春燎后，浮云晻霭夕阳中。已知齐瑟难逢世，主掌烟霞道未穷。

春日山行步林子亭原韵，书求仁圃大弟政之。

人日有怀

〔清〕赵国治

岁新暂喜俗尘捐，清兴婆娑此日偏。高卧未许人贴帐，加餐犹有饼熏天。空怀支遁诗难寄，石堂上人[②]逝已廿载，日阅其梅花诗，不禁怆感。欲访休文梦已悬。春将有吴兴之游，即沈约故里也，乃云。春到但祈身共健，好乘花发买江船。

数日郊行步友[③]人林子老原韵二首

〔清〕赵国治

东郊游屐尚萧条，何处春姑采蕨苗。带郭楼台三里近，隔林岚霭数峰遥。

---

① 原书此上眉注："赵国治，字均衡，相国族兄，有诗集，载邑志。"

② 原书此上眉注："石堂上人祖珍，字元玉，主泰山普照寺，筑石堂，三释五儒，徜徉山水间。"

③ 友，原缺，据《泰安赵仁圃相国两世苔岑录》补。

共来载酒乘佳日，恰喜寻诗踏小桥。寄语行春车马客，相逢漫作野人招。

寒入东风拂柳条，烟村宿麦半含苗。晴当谷日占年稔，游有良朋失路遥。清咏依迟经野寺，雄诗睥睨生溪桥。同君白首几高会，更约寻春莫待招。

后山居士治癸巳诗草。[①]

八

〔清〕玉棐

细读大作，文思俱妙，首篇反覆议论固好，但欠悠悠松畅，过于黏题，字法句法亦不甚雅练。文质篇[②]以时字为主，立论至透。末篇爽快，似超前数作。大抵时文一道，文章与平日口传心授讲说是两路。做文章元依不得议论，所谓时文要合乎时，前辈成一篇，任是层波叠浪，正说反说，只如一句句皆不离题要，看他笔端灵活处，别有一仙境也。须常常虚心请教[③]刘先生，方不误事，虽是敲门瓦片，亦要磨得光滑方好看。饶舌请恕。

九

〔清〕赵□□[④]

承赐制丸，谢谢！公郎高进大喜，已到见别驾公，叹美不已。宗兄素德，所感人事粗了便宜，发愤做乡试工夫，勿荒本业为属[⑤]。前欠已付吾生与公郎，容再补还。

另申贺松同学，后不客[⑥]。

---

① 此句原无，据《泰安赵仁圃相国两世苔岑录》补。

② 篇，原缺，据《泰安赵仁圃相国两世苔岑录》补。

③ 教，《泰安赵仁圃相国两世苔岑录》作“正”。

④ 原书此上眉注称：“相国入庠，维林为相国之父，善岐黄，以制丸见谢，此又称老宗兄，必亦赵氏。”

⑤ 属，《泰安赵仁圃相国两世苔岑录》作“嘱”。属，“嘱”的古字。

⑥ 客，《泰安赵仁圃相国两世苔岑录》似“宣”。

维老宗兄。弟赵草。[1]

十

〔清〕□□

接札即持修五张三哥看，已见当事者说注销矣。前有新伽领牌坊银之说，着巡司工兵带去，想已登览。如无的当人，可捎图书领状来，侄年内素逋于查养赈家，俱属[2]提塘康三哥着力可也。前后二札俱系修五张三哥属，因示记其卫，故以侄札代之，非掠美也。

十一

〔清〕田同之[3]

方自村中归，得接手教，如对素心。及悉尊体违和，心殊不快，闱期甚近，当可使高才积学者病滞途间也。承谕人参，弟虽善病，实无力蓄此，遍向他处寻借，复不能得，徘徊四顾，事出两难，伏祈老年兄原宥。倘得见信，不以鄙吝目弟，幸矣！遵命即不敢惊动起居，谨遣价叩候，并前途珍摄为望。上覆仁老年长兄会元。

---

① “弟赵草”三字据《泰安赵仁圃相国两世苔岑录》补。

② 属，《泰安赵仁圃相国两世苔岑录》作“嘱”。

③ 原书此上眉注：“田同之，字玉屋，德州人。侍郎雯孙，与相国同年进士，有文集，号小山姜。”按：眉注中“侍郎雯孙”之“孙”字，原作“子”，据《泰安赵仁圃相国两世苔岑录》改。柯愈春撰《清人诗文集总目提要（上册）》（北京古籍出版社，2001年版，第465页）载：“田同之字彦威，一字在田，又字砚思，号西圃，别号小山姜，山东德州人。肇丽子，雯孙。”

十二

〔清〕□□[①]

睽违三载，不知鲁山楚水，云树苍茫，每念芳徽，辄吟梁月之句。昨施逸翁南来，伏读瑶函，知先生绛帐高悬，延引后辈，将来自多法门龙象矣。特蒙垂问，深感注存。并闻台驾俶装入都，窃拟先生以董贾之才，而运太史之笔，固推一代巨手，则上玉堂而步花砖，此亦分内事也，乃阅邸抄，竟为称屈。或者天道有知，谅先生淡薄久矣，不欲令居清高之地也。且古来名公巨卿，其始基于司牧者，往往不少，先生当不必以此介意也。若弟者飘泊东西，身如萍梗，桑榆已迫，毫无生计，清夜思之，不知作何究竟。倘或有缘，不致老病，得以仰附青云，固亦毕生之所厚望[②]者耳。兹因逸翁之便，肃泐，顺候新祉，余情不宣。贱名正肃。[③]

十三

〔清〕田同之

前文旆西渡高津，未获一晤，后复羽稀鳞阔，又无尺素相通，怅歉殊深矣。弟毷氉以来，颓唐日甚，绝无善状，并鲜好怀，所幸者内有典型，外无[④]杂扰，惟优游于重庆之下，是以稍抒[⑤]郁邑。讵意二月念三日，先王父忽焉长谢，愁苦惊痛，种种难堪，月来书卷尽废，情兴消磨，腾腾兀兀，日与愁魔病鬼为邻，穷措大命乖福薄，一至斯乎！吾兄闻之应笑。惫矣！田郎不知积何辜愆，独种此潦倒因缘最深也。

① 原书此上眉注称：“此函称先生，不知何人手笔。”

② 厚望，《泰安赵仁圃相国两世苔岑录》倒。

③ 此句原无，据《泰安赵仁圃相国两世苔岑录》补。

④ 无，《泰安赵仁圃相国两世苔岑录》作“乏”。

⑤ 抒，《泰安赵仁圃相国两世苔岑录》作“释”。

去春接手教，曾有谋席敝地之说，弟处处留怀，奈无一当。兹因三家叔索居寂寞，伐木兴思，使弟向同胞中择一积学长才之友，窃思文章风雅兼擅孔长[①]，克当此者非兄而谁？况夙昔钦慕，而欲别访旁求，不亦误耶？故专价敦请，万祈命驾。至于馆金，以岁俭不克过丰，五六之数，是所酌定者。总之弟与年兄情非他比，此后聚首，自尔关切，宁敢旁观漠视，遗素心人以内顾之忧乎？馆金先奉三分之一，以为薪水之助，伏冀哂存，勿拒为幸。东望岱云，曷胜延伫。

秋岳[②]老长兄先生史座。年小弟春田同之拜手上。孟春望前五日。[③]

十四[④]

〔清〕田同之

去秋多承雅爱，感不去怀，匆匆归里，未获与年长兄把臂谈衷，作数日快游，怅歉殊甚也。前令兄持手教至，弟适有清源之行，及归来，欲图一晤，而行旌已发矣。诸凡疏慢，开罪良多，不识老年兄原宥否？所谕事自当领命，但弟书生习业，门外事曾不与知，且投香店者衣冠[⑤]甚少，市儿俗子只可倩人叮嘱耳，来与否未能定也。家集四种奉上，缘印装未完，故迟迟至今耳。肃此率覆，凭缄依驰，不尽欲布。弟再肃，左慎。[⑥]

---

① 长，《泰安赵仁圃相国两世苔岑录》作“兼”。

② 原书此上眉注：“秋岳不知是否相国别号，或相国兄弟行。”

③ 末两句原无，据《泰安赵仁圃相国两世苔岑录》补。

④ 原书此上眉注称：“此通文系田同之手笔。”

⑤ 《泰安赵仁圃相国两世苔岑录》“冠”后有“中”。

⑥ “弟再肃，左慎”，五字据《泰安赵仁圃相国两世苔岑录》补入。

十五

〔清〕赵东暄[①]

都门判别，距今二载余矣。忆时京华把臂，时同榜三百人中，相识者何限，而文章道谊以心相照如年长兄者，指数难屈。乃复山河修阻，溯游无从，且至欲一附书问而不可得，其劳积当何如也！

弟得旋里后，守耕读故业，闭户乡居，了无善状。想年长兄迩来德业日[②]崇，教思益广矣。值此盛年清时，乃淡于进取，端然坐学舍，以守先待后为事，此其志岂易量哉？弟辈对之，当[③]自汗愧也。前云刊刻诸书，未审就绪否？弟及舍弟亟欲捧读，便中祈见示为望。贵乡所出茧绸[④]佳者颇不易得，更祈代觅一二端，价值所须多少，容开岁专人奉寄也。兹因张舍亲入闽之便，拜附数行，专候兴居舍弟，统此致念。外附土产蘑菇二封，希哂存之。临楮不胜驰企。

平原姚年兄无由致书，便时相见，并祈道意。

十六

〔清〕赵东暄

丑春一别，倏及三载。形迹阔绝，动如参商。暮云春树之思，何能已已。客春舍亲南下数行，奉候起居，未审曾达记曹否？不但关山修阻，瞻

① 原书此上眉注："以下三函不知何人，系北平人，与相国同年，又三托同谱之谊，或亦赵姓。"按：据周郢考证，赵国麟殿试同榜有赵东暄，顺天府宛平人，致函者当即此人。(《泰山文史丛考·赵国麟生平系年》）下同。

② 日，《泰安赵仁圃相国两世苔岑录》作"益"。

③ 当，《泰安赵仁圃相国两世苔岑录》作"常"。

④ 绸，原作"细"，据《泰安赵仁圃相国两世苔岑录》改。(《泰安赵仁圃相国两世苔岑录》作"紬"，同"绸"。)

晤莫由，至于[①]时通音问，亦不可得。契阔当何如耶？比岁以来，闭户乡居，了无善状。遥忆老年兄绛帐皋比，设教东鲁，固为斯文深幸。第值盛世清时，而仅以著书立说为事，犹非弟所望于年长兄者也。况且语言文书，亦不可不过于详慎。弟托同谱至契，故敢直陈鄙见，想老年兄必不笑为迂阔耳。向所选时文诸集，已付梓人否？便中乞邮寄一二，为儿曹读本。嗣后凡有书问，寄至都门何澹庵年兄处，便可直达敝乡也。外附舍弟试卷二册呈政。临楮东望，不胜驰切。

十七

〔清〕赵□□

张敝友旋里，即惠德音，蒙老年兄奖借之过，期许之殷，捧读数四，徒深悚愧。愚兄弟自承先人遗训，夙夜疚思，欲幸博功名，少慰先志。所谓功名禄位者，皆世虚荣耳。如老年兄上承年祖家学，任重致远，守先待后，固非弟辈所敢望其肩背[②]也。然既不我鄙弃，示以隐衷，犹欲一广其说。窃谓出处多途，本难一致，亦顾所遇何如耳。今年长兄既受知遇之恩，倘时至事起，安得过于诿避？即年祖当此，亦难固守前辙，此所谓禹、稷、颜子易地皆然者。况年兄再传学后，犹抱此耿耿之怀，似亦可以不必矣。传曰："善继善述。"夫所谓善者，非执守之谓，而爱通随时之谓也。若执守之，则不能尽善矣。然此特鄙人之卑论，知不足以当一噱也。特以知已之前，不敢不径披露耳。如何如何？所示选文[③]甚精，寒家子弟读书者颇多，批本渴欲见教，便中邮寄为感。附到茧绸银五两，外苏绸一端，聊申鄙意，惟祈照入。关山阻隔，欲面无由，特因便为布候兴居，临颍不胜驰结，舍弟均此致念，不多启。外家刻一册。

---

① 于，《泰安赵仁圃相国两世苔岑录》作"欲"。

② 《泰安赵仁圃相国两世苔岑录》"背"后有"者"。

③ 文，《泰安赵仁圃相国两世苔岑录》作"日"。

十八

〔清〕□□

去夏见会榜，老年台与焉，雀跃至狂，可见有志者事竟成，地灵而人益杰也。殿试未与，想别有佳兆，稍迟为必欲得大魁也。亦先云“有志者[①]事竟成，地灵而人愈杰也。”遥贺！预贺！

前以邠州白广文赴京，曾有一札相候，想已达台览，但白年兄已归彼家，尚未到署，弟于五月初旬已起身矣。以未接回示，兹舍弟赴京会试之时，弟甫到原藉，匆匆之际，附此数行，以道闻喜之意，并申叩贺之私。

弟卜葬事竣，即便束装，由岱下走秦，冀图一晤，以倾积愫，不知彼此忙乱，天赐一良晤否耶？如驾或滞京都，仍望赐一示，以慰饥渴，何如？临笔神驰，不禁依望。

赵氏印有：飞鸿、赵氏国麟、子孙保之、奇花初胎、古色苍然、拙庵心赏、莫厌轩图书、赵氏珍藏、拙庵、云月研轩主人、大麓山人老跛翁、大麓山人、大麓书屋、跛道人秋月堂印、拙齐、云月研轩珍玩、拙翁、泰山赵氏、赵起鲁[②]、佩素。

民国三十六年十二月十三日，录草于明湖图书馆，凡二小时竣事，即晚回寓誊清如上，凡用六小时有半。独一气完成，恍若神助者，一笑。[③]

---

① 者，《泰安赵仁圃相国两世苔岑录》缺。

② 原书此上眉注：“赵起鲁，相国季子，此册页当在嘉道时流落济垣。”

③ 此段原无，据《泰安赵仁圃相国两世苔岑录》补。

《雪峤日记》(摘抄)

〔清〕王培荀[1]

丁亥初夏之朔，偶赴曲水亭访书，书贾郑以《雪峤日记》一巨册示余，为道光二十六年闰二月至十月所记，多掌故，为淄川王雪峤先生手迹。后见全部共六巨册，为道光廿二年，廿六、十八、十九，余不知年分，册尺许方册，每页廿八行，字殊草草难辨，中录上谕，则恭楷端整，倩人书也。用将首见册中掌故摘录于下，百年旧作，世无刊本，可不宝诸？[2]

登岱诗李杜以前，先有谢灵运之作。康乐游山诗无不传，独缺游泰山诗。仇沧柱云："上半古秀，下却平浅。"盖非巨灵劈山手，殆难于称题。少陵《望岳》一首，笼罩一切，遂使前贤畏后生也。

汉应劭《封禅仪》一篇，叙事详，用笔古，状泰山之高大，形容绝妙，是游山记之祖。

工部《题张氏》[3]："石门斜日到林丘。"张为叔明，或作叔卿，与李太白隐居徂徕山，石门自是鲁城内云阳山，后改石门。注杜者引临邑济水之石门，齐会之石门，邵氏所谓在兖州平阴县，皆非，仇沧柱谓石门从[4]言，不必确指，其他亦模棱语耳。

赵松雪《鹊华图》，查他山犹得见之，云："蚕尾一山青，出云表蚕尾"。山左东平州去济南远，不知何以连及。

孔东塘尚任作《桃花扇传奇》，一时风行，自号云亭山人，未知所本。按泰山旁有二小山，一名云云，一名亭亭，意或取于此。山名去重字者，

---

① 原目录作者署为"王雪峤"，原正文处标为"王次通辑"。按：王培荀，号雪峤，山东淄川人。

② 此弁言为辑者王亨豫撰。按：原书移录《雪峤日记》大量无关泰山的内容，系王亨豫之子王佛生先生摘编时误入，今并芟删，仅保存泰山内容。

③ 按：此指杜甫《题张氏隐居》。

④ 从，疑为"泛"之误。

亦仅见焉。

济宁州判黄小松善画，[①]自绘《登岱图》。四川李墨庄骥元登泰山，亦倩其画《登岱图》，复作雨景写意一幅，袁子才首为题诗，继题者四十余人。其从兄雨村名调元亦题云："昔年曾独[②]上峨嵋，驭气排空让尔奇。今日又闻登岱[③]岳，阴昏阳晓[④]独君知。烟入齐州青未了，收入君[⑤]图天下小。崔灏[⑥]题诗在上头，只恐凤楼亦推倒。"

《水浒传》小说家言，不足凭。而宋江等实聚于梁山泺，一名梁山泊，自今观之，又大山外望平陆，疑其铺张。过其地，皆合汶济之水，承大注泽，下流与南旺、蜀山诸湖相连，环山弥漫数百里。金时有盗屯据，赤老晖破之，获舟千余，又斜耶河里破贼船万余，其声势较《水浒传》所云加数倍。自元时，黄河南徙，大野泽竭，此水遂涸。明崇祯剧贼李青山作乱，梁山贼应之，其伪元帅为侯严化，伪副元帅为冯文运，召同青山共破东平，皆先登，为骠贼。盖其初恃水为窟穴，无水，犹倚山为巢。近来雨多，犹积潦，沃壤宜麦。昔王安石讲地利，东坡谓去梁山泊可得地加赋，安石欣然问计，东坡曰："再得如梁山泊者贮水，则此地出矣。"谁知当日戏谈竟成实事。今日山上设都司一员弹压。

王元美游泰山，[⑦]见玉皇祠前有石柱，四方色黄，石理细，高丈许，故传秦皇无字碑也。其石非山所有，或云中有碑石冒之，而碑稍下百步，复

---

① 此段原于《岱粹抄存续编》卷四王亨豫《〈岱故〉卷一》篇中重录，今只保留此处。此段所收李调元诗又录入《岱粹抄存》卷七，标题作《题墨庄弟登岱图》，与此诗文字有所不同，当非出一源（卷七诗盖出自清孙桐生编《国朝全蜀诗钞》卷十四，此诗则与清李调元撰《童山诗集》卷三十七《寄题墨庄登岱图（并序）》相类）。

② 独，《〈岱故〉卷一》中作"数"。按他本多作"共"。

③ 岱，原缺，据《〈岱故〉卷一》《国朝全蜀诗钞》《童山诗集》补。

④ 阴昏阳晓，《国朝全蜀诗钞》"昏阳"二字倒。

⑤ 君，他本多作"尺"。

⑥ 灏，《〈岱故〉卷一》《童山诗集》作"颢"。

⑦ 此后三段原于《〈岱故〉卷一》中重录，今只保留此处，不同之处出校。

上百步，有石室高如玉皇祠，中有黧色石，盖方丈，莹润可鉴，云汉武帝藏金泥玉检地下[①]也，所云“白云起封中”即此。玉皇祠南柏树，记云汉武所种千株，今十不存一，犹有孙枝在耳。

论者泰山以中干发脉，本朝尝命大臣由长白山过旅顺口，察其脉穿海而过，自此突起，是为泰山，非自中干也。

泰山麓有庙倾圮，铁像甚伟，中为后像庄严，宫女、宦寺旁列，传为万历太后祠。露于风日星夜之下，无寸茅覆盖。九莲菩萨生平好佛，名山古刹多施宫中珍物，或藏其画像，见于名流题咏，独此无过问者，盖为游踪多不及，仓卒偶遇，亦未遽详其源[②]委，故尔寂寂。

丁亥腊八写竣。

郡斋读书志

〔宋〕晁公武[③]

《春秋尊王发微》十二卷，右皇朝孙明复撰。史臣言明复治《春秋》，不取传、注，其言简而义详，著诸大夫功罪，以考时之盛衰，而推见治乱之迹，故得经之意为多。常秩则讥之，曰：“明复为《春秋》，犹商鞅之法，弃灰于道者有刑，步过六尺者有诛。”谓其失于刻也。胡安国亦以秩之言为然。

《徂徕先生周易》五卷，右皇朝石介守道撰。景迂云：“《易》古文十二篇，先儒谓费直专以《彖》《象》《文言》参解《易》爻，以《彖》《象》《文言》杂入卦中者，自费直始。孔颖达云：‘王辅嗣又分爻之《象辞》，

① 下，《〈岱故〉卷一》无。

② 源，《〈岱故〉卷一》作“原”。

③ 原作“退轩老人辑”。按：《郡斋读书志》为南宋晁公武撰，今据以改署。

各附当爻。’则费氏初变古制，犹若今《乾》卦《彖》、《象》系卦之末欤？古经始变于费氏，卒大乱于王弼，惜哉！今学者曾不之知也。石守道亦曰：‘孔子作《彖》《象》于六爻之前，《小象》系逐爻之下，惟《乾》悉属之于后者，让也。’呜呼！他人尚何责哉？”家本不见此文，岂介后觉其误而改之欤？

先谦案后志旧抄无而字。陈振孙曰：“所解止六十四卦，亦无大发明。晁景迂言守道曰云云[①]。今观此《解易》言王弼注《易》，欲人易见，使相附近，他卦皆然，惟《乾》不同者，欲存旧本而已，更无他说，不知景迂何以云尔也。按宋咸补注首章，颇有此意，晁殆误记耳。”[②]

贾氏家训

〔清〕贾启祥纂[③]

家人风火，道本物恒，法且难施，空言奚补？然而祖宗彝训，不可湮没。虽无老成，尚有典型，是所望于后人之聪听也。述家训第二。

张公九世同居，其要在忍，然知忍而不知所以忍，则藏蓄于中者，久而仍发，必不善也。与其忍而蓄之，不若忍而忘之。曰：此未之思耳，否则无知失误耳。即稍有未宜，所关亦能有几何哉？如此则心气和平，虽日有犯我，自处之泰然矣。

养子不拘贤愚，自幼教他读书，使之明白理义，变化气质，朱子所谓“子孙虽愚，经书不可不读”是也。

---

① 按：“陈振孙”指宋陈振孙《直斋书录解题》。

② 按：此为王亨豫之父王价藩抄录此文时附识。

③ 作者原作“前人辑”。该家训为王价藩节录于清嘉庆四年贾启祥纂《贾氏族谱》卷二《家训》。

孝弟为万事根本，以之居家，尤为切务。大凡人家父子乖离，兄弟争讼，皆是不知亲亲长长道理。若会孝弟，则人自然感发天良，何至犯上作乱？

自古兄弟析居，多由信听枕边燕语，遂致手足视如仇雠，高明人须打破这个关头，使长舌妇人计无所售，庶几埙篪协应，紫荆树不至时荣而时枯也。

骨肉失欢，初本至微，终遂负气，各不相下，有能于失欢之后，先下其气，与之周旋，不存芥蒂，岂不渐如平常乎？又何藏怒[①]宿怨之足云。

人家惟妇人最难处，其性既殊，其心更毒。小或传递言语，离间骨肉，大则性情悍暴，仇翁詈姑，虽圣贤亦不能安之若素。此须衣食器用使之充足不缺，而又均平无私，以杜其口，再反复开导之，晓谕之，俾嫌疑无自生。

养子务令有常业，贫寒而有业，可不至于冻馁，富厚而有业，亦不至于为非。语云："劳则思善，逸则思淫。"此之谓也。

圣经云："欲齐其家者，先修其身。欲修其身者，先正其心。"是治家第一要诀。今人不自修省，徒以绳墨律人，而人卒亦不服其条理，脱令心正身修，则家人妇子自有所观感而为善矣。观《鲁论》"道之以政，齐之以刑"数语，其理自明。

一家之中，父子、兄弟、夫妇不必皆贤，须宽怀处之，从容谕之，优游以俟其自化。

幼见崇甫公遗集，有居家格言数端，相传为御史公手著，未辨真赝，今并存之，以为子孙法守。

癸亥严冬，由《贾氏族谱》抄来。[②]

---

① 怒，原作"恕"，据《贾氏族谱》卷二《家训》改。

② 此段为王价藩之附识。

岱臆《备忘录之九》摘录

甲申冬春间，早闭校，家居清贫，馀闲辄访古，岱麓多所发现，已草《岱故》一卷。尝忆考古之难，文献不足，深为憾事。文献之征，则不尽在正史，稗说野记往往有裨[①]史证。余已据宋人琐记辑《孙石年谱》，然而元明以来能资岱人者鲜矣。乃不揣浅陋，随笔录臆，有千虑一得之益，盖所记虽属琐细，但非稗官小说，只图文字细快，亦惟信史是求，否则意义何存？且只写其臆耳。

乙酉春元之八日晨记。[②]

访岱庙环咏亭[③]

〔民国〕王亨豫

岱庙环咏亭，旧存历代碑刻九十五碣，其魏致和司马《槐荫堂自叙题跋》五十二方，徐青浦《岱宗祷雨》十二，当不计也。自戊辰北伐，武夫莽昧，将亭舍毁为旅廨，名刻败坏，俱[④]为之尽，千古瑰宝，永归天上。

今春正暇日，携儿辈往观，见四壁光辉，龙飞凤舞，犹多存在，为之点，喜计存五十家，凡六十一石。内乾隆四十八年何人麟书杜诗亦石，尚余五十五方，其原九十五，计缺四十方。春末，又检炳灵宫残石，又得九方，计缺卅一方，不知尚在他院否。[⑤]但余见此亭已成食粮局地，上尚有残

① 裨，原作“稗”，径改。

② 此为《岱臆》著者王亨豫所记。以下摘录其中四篇。

③ 标题原缺，据《泰山区文史资料》第二辑王次通遗稿、王佛生供稿《访岱庙环咏亭》（政协山东省泰安市泰山区文史资料委员会，1990年，第137页）补。

④ 俱，原作“惧”，据《泰山区文史资料》第二辑改。

⑤ “内乾隆四十八年”至“不知尚在他院否”一段，《泰山区文史资料》第二辑缺字若干，仅为一句：“内乾隆四十八方，不知尚在他院否。”下文《泰山区文史资料》第二辑亦有个别缺字，于文意无碍，不再一一补注。

石，字迹宛然，且李先芳《登岱》一刻，曾见于遥参亭[①]，而《槐荫题跋》散见于炳灵宫荒草，知所佚永无完日矣。曷胜浩叹！且炳灵宫所存，已为愚民盗去作磨础鸡埘矣，呜呼！

环咏亭兴废考

〔民国〕王亨豫

环咏亭不知创于何时，余臆断盖在天顺修岳庙时[②]，毁于嘉靖廿九年。按其碑刻，成弘以后方夥，而前代碑刻，除《种[③]放诗跋》外，无一焉。其种跋则万历四年移于此者。观明题署，皆嘉靖[④]中叶以前。范惟一于嘉靖丙午谒岱庙，得观先文正题墨。至万历十四年，修于桑东阳，毛在《环咏亭记》云："今天津兵备查志隆奉檄修《岱志》，檄所司计工，因以基垣中创一亭，仍扁环咏云。"按查志隆《岱史》成于十五年，则此次修建，即与东阳为一举。查有《表章韩范名迹议》。是举也，查倡之，毛主之，董其事东阳也。东阳时官济南通判。至云亭距庙数武，乃竟陆沉于荒烟芜莽之间。

又据《岱史》云："亭久废，诸石刻沦于荒秽中。"则嘉靖而后倾圮，惨淡之状可想。万历三十六年，黄克缵修记全庙缮治，则此亭亦在修列。又七十年，康熙十七年张所存重修，遂易亭为堂，所谓张心翁不欲国[⑤]贤诗刻之泯然也，乃集石刻为垣，中列以堂，若守石刻然者也。杨霖、吴云皆有《环咏堂记》。后此则乾隆十二年重新之后，卅五年屡修岱祠，则兴修建亭，复旧名焉。

① 遥参亭，原作"遥草亭"，据《泰山区文史资料》第二辑（旁注"草参亭？"）改。

② 时，原缺，据《泰山区文史资料》第二辑补。

③ 种，《泰山区文史资料》第二辑作"钟"。

④ 嘉靖，"嘉"字原缺，径补。《泰山区文史资料》第二辑作"清"。

⑤ 国，原缺，据《泰山区文史资料》第二辑补。

东林往复考

〔民国〕王亨豫

《青岩居草》凡缺十五页，其胡虏等既经剜毁，缺页恐亦抽毁者也。初，余考青岩罢官、东林往复之迹，久之不得，今细读诗卷，略可寻之。

其居燕之什，有友蔡弘甫、王伯举、乔鹤皋等。按弘甫名毅中，伯举名元翰，俱东林同志。而先生同年公文介公，亦东林人。文介有赠青岩诗《宋绎田兄抗疏归田诗以问之》，载《问次斋稿》。迨退隐青岩，胡士奇宰新泰，与先生同赋《范高士归隐诗》，其米万锺、毕懋康、锺伯敬均游泰山，或不无有关青岩。然此皆东林学友，是则先生东林往复之迹盖可寻矣。

《岱史》版本考

〔民国〕王亨豫

明嘉靖间，汪子卿辑《泰山志》，吴伯朋侍御裁定，济南守项氏请雍焯为之序，洪章序云："汪子卿撰，凡四卷。"

万历三十□年[①]，谭耀属查志隆重修之，易名《岱史》，凡十七卷。内考三：图考、星野、形胜；表二：疆域、山水；纪三：狩典、望典、灵宇；志五：宫室、物产、香税、灾祥、登览。于慎行为之序。

崇祯元年，吴江吕益轩司马托济南刘勅君授增修之，辑为十六卷。巡抚王从义序之。或又吕纯如《岱史》，疑即刘氏纂受命者，天启间巡抚山东。又有光庐《岱史》，光与刘同时，或亦序之。总之，汪子卿、吴伯朋一《泰山志》，查志隆易辑为《岱史》，曰查、曰刘、曰光、曰吕，则一而已矣。其董又询、张坦公《岱史》，见称于孙文定等，不知其书，未敢妄断焉。以上抄自《岱臆》。

---

① 万历三十□年，今考当为"万历十五年"。

登岱笔谈

〔民国〕王献唐[①]

客有谈岱宗者，酒阑灯灺之际，亹亹不倦。余于去岁亦曾凌岱绝顶，颇欲为文，以写其奇趣。游屐初停，心灵微息，文章之事乃一时冲动所致，境过情迁，遂尔搁笔矣。然此一度之观感潜伏胸中，遇有相当时机，又隐然跃动。当座客纵谈之际，吾之心灵从记忆上感受一种不可思议之暗示，前尘历历，涌现心头，兴来如泉水勃发，不可遏抑。乃借楮与不律，以写我款曲。体裁庞杂，如李广之将兵，不知纪律，然又奚必计此耶？

“暮春三月，江南草长，杂花生树，群莺乱飞”，古人寥寥数语，写尽三春风物。余于车行未抵泰山之先，沿途所见，觉山左风光与江南略同。群山历落，夹道并峙，若树若云，若岑若崖，以及坡上之花，林中之鸟，如电光影戏，随火车之风转，而变更其象征。又如展一山水长卷，且卷且阅。此宇宙自然之美，于车声轳轳中，澄心体会，觉内在生命与之自然融合，似无在而非美，亦无在而非善。即车上草绝句三什，啸咏之余，亦不觉乘客窃笑其后。人乎？我乎？余此时已不能为之划一町畦矣。诗曰：“桑田十亩自闲闲，行过花湾又水湾。一带暝烟初到眼，东风吹去露春山。”“放眼山河倒转行，车声似雨雨如倾。莺花十里长城路，碾碎潮心波未平。”“一幅烟云一画图，随天随地入平芜。山行未了尘心醉，不向人间倒酒壶。”

既而车抵泰安站，岱宗北亘其前，望之巍然，而目中之泰山较心中之泰山，其广袤似不及十分之一。当谓旅伴：“泰山之名，不符泰山之实。向

① 原署“献唐”，据周郢考证，应为王献唐，号凤笙，近代文献学家。此篇首发《山东商报》，后佚，幸录存于此。（参周郢《名山古城——泰山·泰安文史拾零》，第180页）。文内显示此篇刊发于壬戌年（1922）。

观吴縠人之《泰山游记》[①]，其初见一段似煊[②]染太过也。”是晚下榻于矿政局，局长李幼石为余旧友，通宵清话。

次日乘舆登山，愈入愈深，愈深愈高，千峰万壑，包裹一渺小之我，踽踽以动，长岩巨嶂，摩天凌汉，举目四望，宛然在石[③]壁中行，惟当空一盖，为青天白云耳。是时，余之耳识、眼识、鼻识、身识、意识，一一为所吸收，一一为所摄服，顿觉吾之心灵乃更无所有。片草拳石，落花流水，随物随时，各分得吾心灵之体，物我兼忘，惟人天中之一种化机，益当显露，不知其然，亦不求其然。过后自思，惟于冥冥之中，乃臻如斯妙谛，一落理知，便失自然之真矣。至时身历实境，乃知泰山之大，觉前时所言悉成妄语。世间事物，凡不从中经过一次之阅历，皆可作吾之游山观也。以美学之名词批评泰山，只可谓之壮美，不能谓之优美。在形体上，壮美、优美似不能并立，然精神方面既感受壮美之暗示，无形之优美亦不觉流露以出，能与壮美调和。盖心之一物，时时在变化中，即其由对象发生之概念，亦以心理变化之故而随时不同。吾于游览泰山之际，觉心物两端，其吻合之程度，与其所发生之观感，乃前后不符。《起信论》云：“一切法皆从心起。”山之性质何常变，惟未识之变幻不定耳。

入山行六七里，为斗母宫，有老尼住持，弟子数十人，过客中之好事者多流连于是，情缘既投，或竟与之参欢喜禅焉。就中以△△为最得名，张勋之所眷也，色不佳而工应酬。余以幼石之媒介，曾造其室，陈设雅洁，迥异堕俗。有伧夫某方卧吸阿芙蓉。泰山之大，竟无所不容，妓寮烟馆，荟聚于是焉。余有句云：“尘心一刻去来今，散后天花悟后身。未能参禅还入俗，红鱼清磬更何人？”佛法末流，乃见此弊，甚足怖也。

---

① 按：吴縠人，即吴锡麒，字圣徵，号縠人，钱塘人。登泰山，有《游泰山记》一卷。（《续修四库全书总目提要·游泰山记》）

② 煊，疑为“渲”之误。

③ “石”原作“石石”，其一当衍，径删。

过斗母宫东行，有经石峪，为一广大之石场，经文平镌其上，浸墨半黑。余至，适有帖工数人，以棉纸拓经，每字平方尺许，审视原石，皆旷逸圆美，较之平时所见拓本，尤为奇特。摩挲一过，胸中突发奇想，即古人当时与我同一触手处也。石场东南两边，均为经文，北有石亭，亭下水流潺潺，清而洁。场之四围，均裹以石壁，矗入云霄。万籁寂寂，余仰卧石场之上，看往来云影片流动于极静之中，微有水声，似从远地传来，其两岸野桃亦飘有异香，杂峰音而进。斯时无量色相，声味冉冉，从心上经过，皆能领得其趣，一丝不乱，久之亦随自忘。漫然起立，见帖工方捣纸作响，似不觉有人窃睨其后，一种恬静之致，至今犹存心目间也。

余所刻刻不忘者，即为山半之一带红桥，地险而石峻，舆行其间，几成仰势。俯首下窥，则万丈深涧，碧石嵯峨，飞泉如练，由半空中之苍壁跌落。软风吹来，飞花沾衣，稍一动摇，花片坠入涧中，随水而去。余有句云："悬崖倒泻水成麻，绿树丹岑一带斜。堪笑白云遮不住，春风天半落山花。"此情此景，梦寐以之。

山中居民有一恶习，无论男女老弱，见游客行过，必向之乞钱，即家中衣食足给，亦不克免此，儿女偷惰，或以呵骂从事，熏染成性，几视如金科玉律，不以为羞耻矣！可知性之本原，无善无恶，惟在所习。其惯性之养成，半归家庭，半归社会。若辈之家庭社会，几完全为一乞丐化，父母之所规教，兄弟之所劝戒，妻子之所仰给，在在以乞丐为是，自少至长，悉在此陶冶之中，自非特异之士，乌能出淤泥而不染哉？古人论性，或曰善，或曰恶，或曰善恶混。吾于泰山道上，乃知孔子"性近习远"之说为得要也。

入南天门，已将届绝顶，居高而风紧，回首下望，全山半浸云中，无量数之峰石树木，皆化归乌有。茫茫一片，若万顷白海，充满眼底。觉我之一身在此天下山上，为其庞大之气魄所夺，愈逼愈小，然苟竭尽吾之目力，四周一瞬，所有人天景象，如捕鱼之网，一一为吾目网摄尽。若大乾坤，竟逃不出双眼中哉！

东坡诗云："人生到处知何似？好似飞鸿踏雪泥。雪上偶然留指爪，鸿飞那复计东西？"余于泰山道旁见题名镌文者，几不可指数，审其名字，十九不识谁氏。雪上爪痕与飞鸿何与？只为后人凭吊之资而已。京师同仁堂费数百元，在石壁上刻一药店之广告，为颜惠庆所见，立命鸠工磨去。又有王正廷大书"戮力报国"四字，镌之石崖。清胜区域，忽闻此头巾语气，殊为不类，殆同仁之流也。闻徐世光游山，初时细雨，行及山腰，天气放晴，徐氏即以成句"既雨晴亦佳"题之，颇风趣。余有诗云："嵌山题字各编年，过眼茫茫欲化烟。莫问商周论心术，好名突过古人前。"有慨乎言之也。

山有五大夫松，似近百年树，非秦时旧物也。又有"孔子[①]小天下处"，亦不知何以所据。古人谬妄，真堪失噱。山下有庙，明末某真人修道于是，神化蜕留，历数百年而完好无缺，惟面部为赝制，服红衣，坐木龛中，揭衣而视，皮骨宛然，每一度参观，必掷于香火钱数枚。仙人遗体，乃为道士赚钱之资，何胜浩叹！

吾笔至此，时已三钟之久，精神微倦，可以休矣。游山归来，曾补诗数绝，附录于后，以当尾声。

咫尺仙家路未遥，宠车小住雨潇潇。老臣不解长生术，寿过先皇十九朝。五大夫松。

剩水残山破梦痕，交情落落到琴罇。钟期死后知音少，独立苍茫一断魂。史称伯牙鼓琴于泰山之阴，钟期听之。

欲从仲父论封禅，十二皇王不计年。我向千秋开口笑，青山如梦梦如烟。

振衣直上三千尺，吹帽飞来万里风。天若有灵天亦语，欲将身世叩苍冥。

① 子，原缺，径补。孔子小天下处，位于泰山岱顶玉皇阁的石碑，上书"孔子小天下处"，相传为孔子当年俯瞰天下之地。

眼下风云足下尘，侧身天地一嚬呻。可怜滚滚三千界，同是乾坤梦里人。

天开地豁总无私，独立青山不自知。何处东风吹雨过，杏花零落燕归时。

盘空石磴摩青铜，身入春山软笑中。夹道长松千万树，半程鸟语半程风。

绕体白云拨不开，青山如翣隔尘埃。恒河沙数游山客，谁识千秋有我来？

醉卧人间旧草亭，长空一笑万峰青。平生不负山灵诺，踏遍天壤当户庭。

右《笔谈》壬戌之秋分载《山东商报》，作者符号为凤笙，究不知为何许人也，俟访明补入。另见《山东商报》载《游岱杂咏诗》十四首，皆文中诗，署名献唐。

请照公和尚开堂疏

〔金〕党怀英

谨请照公和尚就济州普照寺[①]，升座为大众演法，上祝圣寿者。

窃以千百亿佛，同证妙明；二十五轮，俱修圆觉；正真既立，语默自融。然而驰求者，将头觅头；演唱者，以指喻指。世道交丧，源流益微。故对病用药，须赖良医；而运斤成风，必归善斫。不离于坐，乃有当仁。

照公和尚，临济真宗，晦堂嫡派。从虎须边得法，向镬头下乘机。宗说俱通，性空双泯。现庄严王作佛事，开沤和门为道场。有为而未尝为，常住而无所住。阳春白雪，久阏妙音；明月清风，独游胜境。不露作家手段，谁提古德心宗。而况祇陀树自有余荫[②]，优昙花难逢一现。今则师祖推

① 普照寺，清张金吾纂《金文最·请照公和尚开堂疏》（光绪二十一年刊本，卷五十八；中华书局1990年版（所据底本为光绪八年粤雅堂刊本），卷一百十五，第1644页）作“普照禅寺”。

② 荫，《金文最》作“阴”。

出，从林耸观，虽堂下从来草深，而户外行将屦满。休慳一雨，普润诸方。振扬最上佛乘，仰祝无疆圣寿。谨疏。明昌六年二月日疏。

姚醉轩先生哀辞

〔金〕党怀英

望西山以驰吊兮，其下维德人。抱明月以螭盘兮，宁终屈而不伸。天昏廓以四辟兮，群飞纷其上翥。将搏挚以并征兮，惜冲风之落羽。兰为佩兮桂为帷，谁招余兮余从与归？青云岂难振迹兮，顾揵结之不素。玄豹自媚其文兮，亦何嫌于隐雾。诗书与友兮，琴尊与游；适意自安兮，犹足以比素封之侯。清闲为秘福兮，非有力能兼取。虽神仙犹可畏兮，曾莫乐于下土。数与相乘除兮，常此夺而彼与。陋岩栖之下概兮，心实往而迹藏。出非缴而处非隐兮，吾独蹈古人之所常。随时委顺以终老兮，噫先生为不亡。

卷四 杂文

秦泰山刻石残字考

〔清〕宋翔凤

余按聂氏《泰山道里记》所载，疑明人所得秦刻石二十九字为江邻几辈所摹，而非元石。乾隆初，碧霞元君祠灾，此石亦失。嘉庆间，泰安知县蒋君浚玉女池，得残石七字，或疑或信。取旧拓本廿九字验之，笔势纤毫[①]不异，知蒋君所得，即二十九字仅存于火者，然终不敢谓此即秦刻也。

按《集古录》曰："余友江邻几谪官奉符，尝自至泰山顶上，视秦所刻石处，云石顽不可镌凿，不知当时何以刻之[②]也。四面皆无草木，而野火不及，故能若此之久。然风雨所剥，其存者才此数十字而已。"

又按《金石录》曰："秦泰山刻石，大中祥符岁，真宗皇帝东封此山，兖州太守模本以献，凡四十余字。其后宋莒公摹刻于石，欧阳公载于《集古录》者皆同。盖碑石为四面，其三面稍磨灭，故不传世，所见者特二世诏书四十字而已。大观间，汶阳刘跂斯立亲至泰山绝顶，见碑四面有字，乃模以归。"

又按《宋文鉴》刘跂《泰山秦[③]篆谱序》曰："《史记》载，秦始皇帝及二世皆行幸郡县，立石刻辞，今世传泰山篆字，可读者唯二世诏五十许字，而始皇刻辞皆谓已亡，莫可复见。宋丞相莒公镇东平日，遣工就泰山摹得墨本，以庆历戊子岁别刻新石，亲作后序，止有四十八字。欧阳文忠

① 毫，清宋翔凤撰《朴学斋文录》（清嘉庆二十五年刻本）卷三作"豪"。二字通。

② 之，宋欧阳修《集古录》（即《集古录跋尾》，文渊阁四库全书本（以下简称四库本），第二十一页）卷一、《朴学斋文录》卷三无。

③ 秦，原缺，据《朴学斋文录》卷三、《宋文鉴》卷九十二补。

公《集古录》亦言：‘友人江邻几守官奉高即奉符，亲到碑下，才有[①]数十字而已。’余以大观二年春，从二三乡人登泰山，宿绝顶，首访秦篆，裴回碑下。其石埋植土中，高不过四五尺，形制似方而非方，四面广狭皆不等，因其自然不加磨砻，所谓五十许字者，在南面稍平处，人常所为拓故，士大夫多得见之。其三面尤残阙蔽暗，人不措意，余审观之，隐隐若有字痕，刮摩垢蚀，试令摹以纸墨，渐若可辨，因此益使加工摹之，然终意其未也。政和三年秋，复宿岳上，亲以毡椎从事，校之他本，始为完善。盖四面周围悉有刻字，总二十二行，行十二字，字从西南起，以北、东、南为次，西面六行，北面三行，东面六行，南面七行，其末有‘制曰可’三字，复转在西南棱上，每行字数同，而每面行数乃不同。如此广狭不等，居然可见。其十二行是始皇辞，其十行是二世辞，以《史记》证之，文义皆具。计其缺处字数，适同于是泰山之篆，遂成完篇。宋欧、江[②]二公初未尝到，惟凭工匠所说，无足怪，人多以二公为信，故亦不复详阅。既得墨本，并得碑之形象制度以归，亲旧闻之，多来访问，倦于屡报，乃为此谱。大凡篆字二百二十有二，其可读者百四十有六。”

按此序记，刻石尺度、形制甚详，石既四面，岂能以一面镶置玉女池旁？且石似方非方，则必大而正，岂能火毁遂成片片也？又按《广川书跋》曰：“泰山篆[③]，庆历戊子岁，宋莒公惜其残剥，磨[④]石于东平郡，凡四十七字，江邻几治奉符，患四方来者日至[⑤]，厌于供命，则又刻其字于县廨。”按东平地远，盖好事者移江邻几所刻于山上，碑材既薄，易于破碎，弃榛莽中。

---

① 《朴学斋文录》卷三“有”后有“此”。

② 江，《朴学斋文录》卷三作“阳”，《岱粹抄存续编》原抄作“阳”，王佛生于行右改作“江”。

③ 按：宋董逌撰《广川书跋》（四库本）“篆”后有若干字。《朴学斋文录》卷三未录，原书亦未录，今不再为补。

④ 磨，《朴学斋文录》卷三该字似已被改为“摹”。

⑤ 至，原缺，据《朴学斋文录》卷三补。

明人始搜得，置于碧霞元君祠中玉女池旁，遂传为秦刻。且《集古录》明言："石顽不可镌凿。"而今存旧拓二十九字后刻许[①]氏跋语数行，尚工整，知别是一石，非难镌凿者，盖秦石粗顽，故文易模黏，其存而稍剥蚀者即不可辨，此江氏[②]、刘氏同时所见，而字多[③]悬殊，所谓"残阙蔽暗，人不措意"也。

自宋迄今，又六百余年，所谓稍平处人所摹拓者，既易磨灭，其三面残缺者，久久字更不存。则今泰山顶有无字碑，疑即二世所刻，久而无字，非当时即无字[④]，故旧来记载不言泰山有无字碑也。今存琅琊[⑤]刻石，其三面字全磨灭，仅存西面十三行八十六字，而其尺度形制与今无字碑同[⑥]，按之刘氏所言亦合。则无字碑者，可定为秦刻石之磨灭者也。

《秦泰山刻石残字考》全文载嘉庆宋翔凤著《朴学斋文录》，未见此书，查《岱史》第八卷内有欧阳修《集古录》、刘跂《秦篆谱序》全文，经校，先君抄文有误，故将错处注行右。佛生抄后记。

《泰山石刻记》序[⑦]

〔清〕阳湖孙星衍编

盖闻终古藏古今之图，孔甲缉黄帝、姚、姒盘盂之铭，而其传于终古、孔甲者流，此又近世《金石录》所由昉也。秦泰山石刻为后世珍，观欧阳

① 许，原作"徐"，据《朴学斋文录》卷三改。
② 《朴学斋文录》卷三"江氏"后有"与"字。
③ 字多，《朴学斋文录》卷三作"字之多少"。
④ 字，原作"意"，据《朴学斋文录》卷三改。
⑤ 琅琊，《朴学斋文录》卷三作"琅邪"。
⑥ 同，《朴学斋文录》卷三作"相同"。
⑦ 按：原书摘录清孙星衍《泰山石刻记》之序言及前五条，且不全。依《岱粹抄存》体例，不收专书，故此仅存其序，《泰山石刻记》前五条芟删。标题"序"字原无，今补。

修与刘跂所称，则尔时毁缺已多。顾自宋迄今，摩挲又几七百年，而始毁于火，何其久欤[①]？顾炎武谓唐刻之存，亦惟岱岳观双碑及元宗[②]时摩[③]崖，则前后之摩灭不可识者凡几与？夫人之功德，欲寿之于石，而石有时而泐也，然而石固不以是为存亡也。

《岱故》卷一[④]

〔民国〕王亨豫

向大资敏中祥符四年十月为东岳奉册使，奏："奉册前十日，雨雪日甚，至十一月五日诣本庙奉册，忽然景气晴和，宛如春意。"又得兖州状称："据黄岘铺人员夏兴状，今月四日，将兵巡至马岭，见五人各服黄、紫衣，执旛，盖兴等恐是册使，向前迎接，忽然气雾渐起，即不见。"又得天贶殿[⑤]道士孙守一状："册使诣本殿烧香毕，有皂鹤两只，至殿盘旋飞翥甚久。"词臣各进颂。《湘山野录》。

二贤祠建于岳庙之东南，金党怀英、明吴宽皆有碑记，今俱在。岱庙有方碑一通，系元时祭碑告文，剥蚀无字，道士漫以无字碑名之。

北丈崖北为竹林[⑥]寺，寺前清流夹道，银杏参天，最称名胜，今废矣。银杏为程明府伐去归休宁矣。以上《太山志略》。

---

① 欤，清孙星衍《泰山石刻记序》（南京图书馆编《南京图书馆珍本图录》，江苏人民出版社，2007年版，第115页，影印稿本）作"与"。

② 元宗，当为玄宗，此为清人避玄烨讳改。

③ 摩，《泰山石刻记序》作"磨"。下一"摹"字同。

④ 该篇中原有数段已录于《岱粹抄存续编》卷三《雪峤日记》，此不再重录。

⑤ 殿，宋文莹撰、郑世刚、杨立扬点校《湘山野录》卷下《向敏中为东岳奉册使》（中华书局1984年版，第59页）作"观"。

⑥ 林，原缺，今为补。泰山竹林寺，位于北丈崖之北。

《温承惠传》有平反泰安徐文诰狱详情，时知县为汪汝弼。《山东通志》。

忆丙午春，予与章丘高亘中孝廉登岱，至黄岘岭，遇一鹤发道人，善相人，熟视予曰："子于法不当贵，十年后来此长松下，与子为世外之谈。"《安静子集》。

王叔明洪武初为泰安知州，泰安厅事后有楼三间对泰山。叔明张绢素于壁，每兴至，即着笔，三年而成，傅色都了。时陈惟允为济南经历，与叔明皆妙于画，且相契厚。一日胥会，值大雪，山景愈妙，叔明谓惟允曰："改此卷为雪景何如？"惟允曰："如傅色何？"叔明曰："我姑试之。"即以笔涂粉色，殊不活。惟允沉思良久，曰："我得之矣。"为小弓夹粉笔，张满弹之，粉落卷上，俨如飞舞之势，皆相顾以为神奇。叔明就题其上曰"岱宗密雪图"，自夸无一俗笔。惟允固欲得之，叔明掇以为赠。陈氏宝此图百年，非赏鉴家不出。松江张学正廷采，好奇之士，亦善画，闻陈氏蓄此图，往观之，卧其下两日不去，以为斯世不复有此笔也。徐武功尤爱之，曰："予昔登泰山，以知斯图之妙，诸君未尝登，其妙处不尽知也。"后以三十千归嘉兴姚御史公绶。未几，姚氏火，此图遂付煨烬矣。何良俊《四友斋论画》。

先生名奎，海虞人，学博辞昌。曾未数月，著《泰山纪行》数千言，泰安名士李文瀚、马载道、高民悦相与倡和。

查志隆撰《岱史》，毕于万历十四年十月[①]十四日。告毕，登览岱巅，晴霁凡三日，遂得[②]以遍历诸形胜，果符所祝云。以上《岱史》。

岳宫有石刻，十六字，盖万历辛丑岁洛人李士登笔，其[③]文云："登岱

① 十月，原缺，据明查志隆等撰、明张缙彦等补刻《岱史》（明万历十五年刻，清康熙、顺治增修本）卷七补。

② 得，原缺，据《岱史》卷七补。

③ 其，原缺，据明锺惺撰《锺伯敬先生全集·隐秀轩文辰集·记又一》（明崇祯年书林近圣居重校订二刻新版）。

巅兮，色光莫纪。想太初兮，山生[①]之始。”高深简远，似汉人诗。今人作岱游，不知豫储几千言以往，而十六字外，不肯益一字。吾最畏服其立想之孤。《隐秀集》。

崔震，成化明经，授山东泰安州判官。孙元尚宪宗女永康公主，世宗入，以迎立，功封京山侯。《涌幢小品》。

宣德四年，陈瑄奏：“徂徕诸山，旧有湖塘，乞加浚修。”从之。《宣德别录》

宋戟门，泰安布衣，家颇富，不专读书，好为斜狭游，其父规之严，郁郁以亡。记其佳句云：“到枕钟声同入梦，闭门窗月共看花。”雅似黄仲则。《匡山丛话》。

人有性灵，其风姿雅度、动静语默之间，恰得诗情，不必其能诗也。余过泰安，偶读《袁霁楼诗集》，有“灵性无诗亦妙人”七字，真能先得我心，掩卷喟然久之。及游岱峰，偶立御帐岩远眺，时已久春，适有牧子数人，聚石阪斗草，一小儿视余笑曰：“君看山色乎？夕照虽好，可笑不能留住。”余遂依其意成四句，题石壁云：“山上夕阳囗，山下夕阳暮。夕阳无限好，夕阳留不住。”[②]

廉广采药泰山，夜遇一人，谓广：“我与君一笔，但密藏焉，随意画去，即能通灵。”后用之颇验。益都令固请之，不得已乃于壁画鬼兵百余，若赴敌状。其尉亦请，又为鬼兵，若迎敌状。其夕，两处兵俱大战，令、尉见此异，遂毁其壁。后广画龙致雨，令疑有妖术，收下狱。夜梦泰山神告之曰：“盍画大鸟乘去乎？”及晓，广如其言，鸟负广飞远而去，不知所终。[③]

福建杨蓉峰先生守泰安，多善政，察吏安民，两得其宜。其品学真醇，为翰林前辈。学者钦仰，翕然如鸟归凤。予过泰安，曾经晋谒，猥承厚饮，

---

① 生，原缺，据《隐秀轩集》补。

② 此条原书未注出处，诗缺一字。无从校补。

③ 此条原书未注出处。按：此条可见于《太平广记》卷二一三《画四》引《大唐奇事》。

献诗云："翰墨传风雅，文章拜丹山。"[①]屡求其诗稿不得，容续补。

乙巳夏，予欲登岱，及济宁而病。客有挟少君[②]之术于旅亭者，能召美人帐[③]中，临镜易衣。予喜而赂其术，甚弇鄙可笑。《西河诗话》。[④]

碧霞元君者，其说起于华山，上有小石池，水[⑤]冬夏不涸，因名之[⑥]玉女洗头盆。附会者因谓玉女为王母第二[⑦]女，又转讹为泰[⑧]山玉[⑨]使，岳宗之神降为侍卫，可笑也。《宛委余编》。

元好问《东平新学记》[⑩]："学门之左有沂公祠，泰山孙明复、石守道配焉。"自宋迄元，其名著集帙[⑪]者，及今不为搜罗，将遂为灭没可惜。故[⑫]每从他书中[⑬]随所见剔出，补缀成编，以存大概，如孙明复、刘原父、范蜀公等，颇可观。曹溶《绛云楼目序》。[⑭]

河间王仲颖，名之锐，万全教谕，乾隆四年，赵泰安相疏荐其学行，擢国子助教。[⑮]

---

① 本条可见清王偁《历下偶谈·续集》卷五。丹山，《历下偶谈》（道光十一年自刊鹊华馆三种本）作"斗山"。

② 君，原作"年"，据四库本《西河词话》卷一改。

③ 帐，四库本《西河词话》卷一作"帷"。

④ 此条可见于四库本、唐圭璋编《词话丛编》（中华书局，1986年）所收清毛奇龄《西河词话》。

⑤ 水，原缺，据四库本《弇州四部稿》卷一百七十四《说部·宛委余编十九》补。

⑥ 四库本《弇州四部稿》卷一百七十四"之"后有"曰"。

⑦ 二，四库本《弇州四部稿》卷一百七十四作"三"。

⑧ 泰，四库本《弇州四部稿》卷一百七十四作"太"。

⑨ 玉，四库本《弇州四部稿》作"至"。按四库本则此段为："附会者因谓玉女为王母第三女，又转讹为太山，至使岳宗之神降为侍卫，可笑也。"

⑩ 一作《东平府新学记》。

⑪ 帙，嘉荫簃写书《绛云楼书目·题词》（刘喜海清嘉庆二十五年抄本）作"佚"；道光三十年（1850）《粤雅堂丛书》刻本《绛云楼书目·题词》作"帙"。

⑫ 故，原缺，据《绛云楼书目·题词》补。

⑬ 中，原缺，据《绛云楼书目·题词》补。

⑭ 按：《绛云楼目序》当指清钱谦益《绛云楼书目》曹溶所撰之序文《题词》。

⑮ 此条原书未注出处。按此条可见于清俞樾《荟萃编》卷十《戈涛集》。

望海峰在太山顶元君庙南，其峰上镌“望海”二字，予故名之，以视旧志所谓探海石者，名与地盖兼胜矣。《瓣香录》。

李学道，东阳人，嘉靖壬戌进士，授丹阳令，补监察御史，以部郎补山东青州府。尝登太山，观日出，飘然有遗世意。会入觐，感疾卒。卒之夕，故人俞生梦公冕旒袍笏，曰：“上帝命予主岱宗，缺风雷使者，愿以相烦。”俞寤而恶之。未几讣至，益恐，不数日亦卒。《金华徵略》。

余登泰山，观秦相斯所刻，退而按史迁所记，大凡百四十有六字，而差失者九字。政和七年，刘跋《金石录后叙》。

赵鹤，字叔鸣，江都人，山东按察副使，又督学山东。有登泰山、金、焦诸篇，言言自作，更不□人，真凌驾千古。《皇明小说》。

岳刻诸名家可为书法者，篆则李斯二十八字玉女池后，宣和、大定二碑额岳祠，会真宫李白诗四面碑。八分则开元摩崖御书，叶彬补书百八字；回马岭三字崖岭有开元“纪泰山铭”，四字如斗；申旞补书秦始皇纪泰山铭，皆有古法。[①]楷则张待制宣和修庙碑岳祠；宋真宗御书青帝赞阴字碑。行则钱袭庆[②]游览记；尹待诏祥符四碑俱岳祠。草汪广洋诗刻延禧殿前；魏闲、许应元诗刻环咏亭。陈眉公《太平清话》。

老子云：“东岳，柳下惠展禽主之。”

密州赵德正云：太山如坐，嵩山如卧，华山如立。俱《清话》。[③]

---

① 原书此行上有眉注称：“句有误。”申旞，原作“檖”，据明嘉靖本《泰山志》卷四《杂志》补改。参明汪子卿撰，周郢校证《泰山志校证》（黄山书社，2006年版，第643页）。

② 庆，原缺，据《泰山志》卷四补。

③ 《清话》指明陈继儒《太平清话》。

《陈于廷传》云：公按江西[①]，方报命，归已趋按山东。……登泰山[②]，作《咏怀》诸什寓志[③]。民间传青龙神吐火[④]自焚，耳食者因妄讥朝事，一时以灾异闻。盖方在挺击、告变之后也。公廉得妄男子凿空语，下禁严止之，作诗辨诬，讹遂息。《楼山堂集》。

伶官臧贤为武帝所眷，尝奉敕祠于泰山。

流贼初至济南，知泰安朱某惧，祷于真武庙神，神附一隶曰："我玄帝也，贼以今日申时至，宜谨备之。"朱惶怖拜谒，卒即苏。至申时，果有百骑，入自南门，执朱将杀之，朱曰："我商人也。"出所假布历示之，乃释。至州，州判曰："我道士也。"贼令诵经，州判诵《三官经》，甚熟，乃使祝东岳天仙玉女求福，封犬豕，祭毕，释之，曰："神仙之国，不容杀戮。"掠其财而去，州得以完。百日后，知州王导至，教民以战争，及贼再犯济南，惟贼扫城王及说者二人至，王命壮士射杀其从，扫城大恸，杀马而去。刘六等尤其懦，斩之。《甲申朝事小纪》。

泰山没字碑，《七修类稿》以为石套，其言甚辨，泰安州守曲三山语予曰："碑不甚厚，石复粗粝，断非石套。"按没字碑一曰石表，又曰石套，俗曰神主石，此石当泰山绝顶，正封禅望祭地，神主石之说，为当礼失而求诸野，未可以俗为无稽也。

秦始皇下泰山，风雨暴至，休于树下，因封其树为五大夫。初不言其为何树也，后汉应劭作《汉官仪》，始言为松。盖松柏在泰山之小天门，至劭时犹存，故知其松也。五大夫盖秦爵之第九级，如曾参赠爵七大夫，迁为五大夫是也。后人不解，遂谓松之封大夫者五，故唐人松诗有"不羡

① 明吴应箕撰《楼山堂集》(《续修四库全书·集部·别集类》，第570页，影清刻本）第十八卷《传·太子少保左都御陈公传》"江西"后有"满年"。

② 泰山，《楼山堂集》第十八卷作"泰岱"。按：此句前之省略号原书即有，指《楼山堂集》"请孔庙问理乐器"一句。

③ 志，原作"时"，据《楼山堂集》第十八卷改。

④ 火，原作"焚"，据《楼山堂集》第十八卷改。

五株封”之句，盖循袭不考之过也。又《汉书·汉高帝纪》：“七大夫、公乘以上，皆高爵也。”注：“公乘，第八爵。”

管子述古封禅之君七十二人，孔安国撰孔子弟子七十二人，刘向传列仙亦七十二人，皇甫士安撰高士亦七十二人，陈长久撰耆旧亦七十二人。以上《书影》。

泰山凡三至。嘉庆已巳，侍先大夫偕梅小瘦春、殷星桥瑞、王澹渊庆麟三同年登日观峰观日出，有诗纪事。南天门以下至回马岭，皆御道。中间对松山，偃盖万株，苍翠相接，为一山之胜，其实幽邃处在山后之黄华山。道光戊子，余典试闽中，经泰安，登山，又谒岱庙。道人出观温凉玉，色青，形如圭，约长五尺许，上温而下凉，相传高庙东巡，高丽进此玉，上赏留镇庙中。余得青圭礼东方，圣意盖取诸此。嗣全[①]监司山左，再谒岱庙，则以天雨，未及登陟。张祥河《偶忆编》。

《板桥集》：常君名建极，字近辰，旗下人。有《登泰山绝顶》[②]诗云：“二三星斗胸前落，十万峰峦脚底青[③]。”又云：“烟霞历乱迷齐鲁，碑版零[④]星倒汉唐。”皆警句也。

赵鹤《登岱诗》云：“日抱扶桑跃，天横碣石来。”

① 全，疑为“官”之误。

② 登泰山绝顶，“登”原作“顶”，“绝”原缺，据《板桥集·词钞·送顾万峰之山东常使君幕》（清刻本）改补。

③ 青，原作“清”，据《板桥集》改。

④ 零，原作“寒”，据《板桥集》改。

石堂题壁普照寺万个山房刻石[①]

〔清〕徐宗幹

岱麓普照寺后为石堂，古翁禅师所居也。师法名元玉，号祖珍，康熙年间卓锡于此。与江山民名天屿[②]，淮阴人、孔璧[③]六名贞瑄，曲阜人诸君诗酒徜徉，时称泰山散人。著有《石堂集》《金台随笔》等书。尝读孔璧[④]六《菊圃诗序》，称师[⑤]为广陵崇川人，始知其[⑥]为吾乡先达而[⑦]隐于禅者。所作文词皆极醇粹，且于居心行政讲论，切中法语之言，释而儒者也。又有《菊花百韵[⑧]》《寒香草百廿[⑨]韵》，及手批江山民《梅花百韵》《桃花卅韵》各册[⑩]，朱墨点窜，古香盎然。《石堂集》遗刻尚全，属[⑪]僧人明璿搜辑之[⑫]。询其手泽，所留有小影一幅[⑬]，自题云："生我者天地，成我者尼父，知我者释迦。且道我是[⑭]谁？善财参遍处，黑豆未生芽。"鲜能解其旨。幽厓空谷

---

① 此碑今嵌在普照寺石堂院北墙上，刻于道光九年（1829）（参《泰山石刻大观》第十六卷，第三三页）

② 江山民名天屿，"天屿"原碑影拓（《泰山石刻大观》第十六卷，第三四页）及清道光十年刻本《石堂集》作"天玙"。原书卷五清赵国麟《外祖江山名先生配黄孺人墓表》则曰："先生讳天屿，字山名，号希翁，江南淮阴人。"

③ 璧，原作"壁"，据原碑影拓改。《石堂集》亦作"璧"。

④ 璧，原作"壁"，据原碑影拓改。《石堂集》亦作"璧"。

⑤ 师，原缺，据原碑影拓补。

⑥ 其，原缺，据原碑影拓补。

⑦ 而，原缺，据原碑影拓补。

⑧ 韵，原作"咏"，据原碑影拓改。

⑨ 廿，原作"二十"，据原碑影拓改。

⑩ 各册，二字原缺，据原碑影拓补。

⑪ 属，原作"嘱"，据原碑影拓改。属，古同"嘱"。

⑫ 之，原缺，据原碑影拓补。

⑬ 幅，原作"帧"，据原碑影拓改。

⑭ 原碑影拓"是"前有"即"字。

间[1]，尚多题识，惜漫漶不可读。僧人指某处为构庐之所，某处为种荷莳菊[2]地也。复得《塔铭》钞本，内称师生于明[3]崇祯戊辰七夕日，卒于康熙乙亥二[4]月十九日。集中称其母氏居，兄衍侄[5]奚，卒未详其名氏。观所作[6]《三教图歌》云："释迦不是瞿昙氏，振振姓共汉相如。"复证以塔铭，知师为江南通州马氏子云。

拂尘曾经侍翠华，《石堂集序》称师有《圣遇录》，恭纪圣祖临幸时[7]问答语。瑶编郑重尚笼纱。非无妻子同和靖，独向诗书悟释迦。朱墨应将松作管，寺前古松为千余年物。须眉未解豆生芽。而今衣钵随云散，剩有梅花与菊花。

道光己丑腊八日，知泰安县事徐宗幹识。

环咏堂记石刻在岱庙

〔清〕杨霖

环咏堂，古名环咏亭。张心翁不欲□[8]贤诗刻之泯然也，乃集石刻为垣，中列以堂，若守石刻然。予于是有所感也[9]。

昔吾郡欧阳[10]文忠公爱金石，遗文[11]积至数千卷，不知者以为书嗜耳。

---

① 间，原缺，据原碑影拓补。
② "菊"后原有"之"，据原碑影拓删。
③ 明，原缺，据原碑影拓补。
④ 二，原作"三，据原碑影拓改。《石堂集》及《岱粹抄存》卷一〔清〕徐宗幹《石堂记》皆作"二"。
⑤ 侄，原作"弟"，据原碑影拓改。《石堂集》《石堂记》皆作"侄"。
⑥ 作，原缺，据原碑影拓补。
⑦ 时，原缺，据原碑影拓补。
⑧ 此字原碑拓漫漶，似"前"字。
⑨ 也，原缺，据原碑拓补。
⑩ 阳，原碑拓无。
⑪ 遗文，原作"书又"，据原碑拓改。

人生于世，百岁为期，或百余岁为[1]希觏者，乃勒诗于石，或偏有数百年、数千年之久。然则石之重于人也，文忠不思古人之不见，见[2]金石如见古人焉。何况金石之上又有其言，可以探手[3]，不止其笔法之可传也。若[4]泰山之[5]环咏堂，帝巡圣登贤望以来，文人骚士、名公大儒，莫不有诗[6]，今[7]李谪仙之亲笔，范文正之真迹，韩魏公之□[8]书，俱为好古者窃去[9]，亦[10]或为不知字者毁之。今若无此堂，凡咏皆为无字碑矣！岂可乎哉？此堂之有功于古人者大也！乃为之记。柘翁霖书。

环咏堂记[11]

〔清〕吴云

大庙[12]有古柏奇石，每坐石上，而听柏声，有于穆之思，其声浑如也。有历代诗碣，摩苔而观[13]，古人如在，具[14]上世之想，其色又朴[15]如也。礼庙

---

① 为，原碑拓漫漶，似“必”。

② 见，原作“其”，据原碑拓改。

③ 探手，原碑拓漫漶，似“称呼”。

④ 若，原缺，据原碑拓补。

⑤ 之，原缺，据原碑拓补。

⑥ “诗”后原有“与书”二字，据原碑拓删。

⑦ 今，原缺，据原碑拓补。

⑧ 此字原碑拓漫漶，似“手”。

⑨ 去，原作“知”，据原碑拓改。其后原有“好焉”二字，据原碑拓删。

⑩ 亦，原缺。据原碑拓补。

⑪ 原标题为《又》。该篇上有眉注称：已载道光《县志》。

⑫ 大庙，原作“大朝”，据原碑拓、《泰安县志》（道光八年刻本）卷十一《金石补遗》改。“大”与“太”通。

⑬ “观”后原有“之”，据原碑拓、道光《泰安县志》删。

⑭ 具，原作“其”，据原碑拓、道光《泰安县志》改。

⑮ 朴，道光《泰安县志》作“浑”。

者存浑穆之心乎？

予来礼岱宗，谒阙里，赋一诗曰："三年依阙里，七次上天门。有愿诣青帝，非关看白云。松高多岁月，鹿老长儿孙。一物且如此，苍生共祝恩。"后之君子，若或以予言为浑朴可采乎？听之足矣。

吴舫翁云书。[①]

晴雪楼记《惜抱轩集》

〔清〕姚鼐

辽东朱孝纯子颍，知泰安府之二[②]年，境内既治无事，作楼于居室之东，曰"晴雪之楼"。又一年，余自京师来游泰山，偕子颍登其上。思昔子颍西在巴蜀，以军兴使云南永昌，后又逾美诺之岩，入小金川之阻，冰雪所沍，师旅所屯，往来常数千里。今年贼起泰安邻郡，子颍最先造大府幕，为[③]出方略，亲战临清城下，巨炮越头上，手射毙贼首一人，率士入城，遂定余孽[④]。

余诚伟其气！方[⑤]其出入险难之地，履锋镝之所，交忠谋勇，气谊不顾己，固不知复有燕游之乐。及事定时，夷口不言功[⑥]，萧条登眺，澹若无为。此所挟持，盖过人益远矣。余驽怯无状，又方以疾退，浮览山川景

---

① 道光《泰安县志》此句后有小字："右草书在环咏亭"。

② 二，原缺，据清姚鼐撰《惜抱轩文集》(《清代诗文集汇编》第三七七册，第四三一页，影清嘉庆三年刻本）卷十四补。

③ 为，原缺，据《惜抱轩文集》卷十四补。

④ 孽，《惜抱轩文集》卷十四作"櫱"。櫱，通"孽"。

⑤《惜抱轩文集》卷十四"方"前有"然"。

⑥《惜抱轩文集》卷十四"功"后有"伐"。功伐：功劳，功勋。

物，以消其沉忧。与子颍仰瞻巨岳[①]，指古明堂之墟，秦汉以来登封之故迹；东望汶源西流，放乎河济之间、苍茫[②]之野；南对徂徕、新甫，思有隐君子处其中者之或来出，慨然者久之。又相视而笑，余之来也，大风雪数日，崖谷积满，霁日照临，光辉腾映，是楼之名若独为余今日道也。然则楼之记，非余而谁[③]宜为？乾隆三十八年十月作楼，始成三十九年十二月。桐城姚鼐记。

泰山游记略《漫游纪略》节抄[④]

〔清〕王澐

泰安州治在山麓，东岳庙当城中，规制洪敞，渐就颓圮。庭中古柏森挺，尚可摩挲。观其碑版，皆宋元下物矣，盖自宋真宗以后，封禅之礼久废，举天下奔走而祷祀者[⑤]，皆奉碧霞元君。

余先在州治中，夜望山间，火光蜿蜒若烛龙，自上属下，终夕不绝。问之，曰："为元君供香火者也。"诘朝，升舆登山，行久之，私怪山中曾无拱[⑥]把之木。既见道旁遗燎，及丛枝樯列，云以照行客，乃知木皆薪之，夜间所睹即是物也，宜其为童山矣。访五大夫松，指一枯桥，大仅两握许，后人附会耳，是当薪之也。至三天门，乃上盘道，舍舆而步。道殊宽广，

---

① 岳，原作"狱"，据《惜抱轩文集》卷十四改。

② 茫，《惜抱轩文集》卷十四作"莽"。

③ 谁，《惜抱轩文集》卷十四作"孰"。

④ 小字《漫游纪略》之"纪"，原作"记"，据清王澐著《漫游纪略》(《笔记小说大观》第十七册，江苏广陵古籍刻印社，1983年版，第8页，影清光绪间申报馆铅印本；上海新文化书社，民国二十三年樊尔勤校本，第14页)。以下二本统称《漫游纪略》，二者不同之处出校。

⑤ 而祷祀者，《漫游纪略》作"祷祀而至者"。

⑥ 拱，民国樊尔勤校本(第15页)作"供"。

阶级平正，左右各列锁[1]絙，以供攀援。然不甚峻绝，与汉马第[2]伯所纪不类。当是唐宋以来，修治驰道，日就如砥也。

元君殿在天门内，庭[3]之铜碑，万历时中官所立，辅臣祝釐之辞也。殿制微狭，冶铁为瓦，以御大风[4]。范金以为像，铁门封鐍为谨，以防盗也。中门微启，以听瞻礼，阻以铁栏，士女阗咽，从门外谛窥，手掷施物以为幸，或登人肩遥望，掷之辄喜。若道塞不得前，不及睹金像，则叩首叹息而去，甚至有泣下者。愚妇愚夫[5]上下口诵佛号，与乞丐呼号之声，喧然应和，至动山谷，尤可姗笑。每岁春秋二时以为常。予登山时在九月，累日道塞不得前，赖州守先为辟人，乃坦行矣。

上至青帝宫，则阒无人矣。宫后石壁刻《泰山铭》，唐元宗[6]隶书，俗称“摹[7]崖碑”。摹拓者架木以登，天寒则爇薪其下。铭之右即《东封颂》，张燕公文，颜鲁公书，觅之不可得。先朝有闽人林焯者，官于此，刻“忠孝廉节”[8]四大字于其上，刊落殆尽。予就壁摩挲，点画之隙，间存一二。吁！可怪也，夫此四字，何地不可刻，而必于泰山？泰山何处非石，而必刻于是壁？遂使鲁公墨妙永绝，千古而下，犹有遗恨焉。余与同行客向石唾诟，久之乃去。

再上，至封禅坛，今祀上帝，俗称玉皇顶，庭中巨石嶙峋，此泰山之巅矣。秦皇无字碑正当其前，碑形方直。仰视其上，有若盖者，以手度之，四方适均，石色杂黄白而润，非泰山石也。予笑语客：“彼焯有胆，何不凿

① 锁，《漫游纪略》作“铁”。
② 第，原作“弟”，据《汉官六种》改。
③ 《漫游纪略》“庭”后有“中”。
④ 《漫游纪略》此句末有“也”。
⑤ 愚妇愚夫，《漫游纪略》作“愚夫愚妇”。
⑥ 唐元宗，即唐玄宗，此为清人避玄烨讳改。
⑦ 摩，《漫游纪略》作“磨”。“摩崖”同“磨崖”。
⑧ 节，原作“洁”，据《漫游纪略》改。

无字为有字？始皇余威，犹可慑伧父耶？”访日观，旧有行馆，宿客观日出，今存废址，惟见石上累累大小凿字，大率焯属耳。野人薪山者[①]，髡之也，文士凿山，真黥之矣。

闻有黄花洞及山后奇胜，会薄暮，未及探，遂升舆下山。山舆纬绳[②]于木，乘者如坐畚器中，舆夫革带垂肩，以手握乘[③]木，有若御车。其上山也，由旧盘道横行如郭索，归自新盘道下，道险仄，乃雀跃相踵，客每失色。及至平地，足反缩缩，不若横行之捷矣。

泰安在古为奉高，封禅礼成，蠲租赐复，泽至渥也。自元君之祀兴，而始有香税。先朝税额岁一万六千金，以六千金供上，其赢皆贮州库，以备地方城池缓急、水旱不时之需。往时四方承平，香火络绎，税额之外常赢数倍。又有掷施钱帛及冶金[④]为男女形者，充牣殿中。春秋二时毕，乃取之，名曰“扫殿”。扫殿之人裸体出入，官吏监视惟谨，数复不赀，亦输州库。以是州有脂膏名，而大吏之往来齐鲁者，亦往往蚕食其中。合州之民，以及四方商贾，朝夕辐辏，莫不曰：“此元君赐也。”迨先朝之季，兵荒相继，香火遂稀，而岁额如故，有司不得已，而责之逆旅主人，名曰“店户”。香客之至也以二时，而有司以期会亟，常先期征之，输不及，则曰“店户侵渔也，我知取盈而已”。于是有敲仆[⑤]死者，有缧绁死者，甚至有自缢死者，而岁额又日溢也。以予所见，六年之间，加至三万金矣。每□一岁，大司农檄下，充给明岁兵饷矣。夫香客者，非若土毛之有籍可稽也，非若关市之货可取也，四方不知谁何之人，未审其来与否也，而悬征

① 者，原缺，据《漫游纪略》补。

② 绳，原作“树”，据《漫游纪略》改。

③ “握乘”二字《漫游纪略》倒。

④ 《漫游纪略》“金”后有“银”。

⑤ 仆，《漫游纪略》作“扑”。

之，且溢征之。今军兴以来，又不知若何矣。呜乎[①]！三百年来无益[②]之征，未有如香税之厉民者也！

岱记《织斋文集》

〔清〕李焕章

马第伯仪注非记也，后人取以为记，似非伯不能记岱者。呜乎！[③]曷其啬哉！自汉来至岱者多矣。口有舌，笔有颖，腕有灵光，奚必伯？然记莫巨于正名，以名，孔子始曰登，王者始曰祭，以功德天子始曰封禅，侯国瞻尔、望尔。墨渖于笔画，泐于石，下泽之谣，娑娑拜舞，名曰游，异哉！余离岱三年，弗敢成一记，记出三年，弗敢定一名，终名以《岱》而已。

岳镇祠摩崖碑出张说，文字华丽，见开元景象。

岳顶危如剑形，四视诸峰，蹲蹲其旁。汉武立玉皇祠，或曰上帝畤，宋徽宗始改玉皇祠，以林灵素表有玉皇字也。

元君祠，按[④]古记：元君，黄帝女，炼修岱黄华洞玉女潭。宋祥符中，真宗东巡，仙人贺元季真伏道奏："臣蒙山道士，勤息百年，遇陛下翠舆，愿备扈跸，玉女潭开，当得像。"如其言，果有像，端丽，旋灭。造玉像，祠之曰"碧霞元君"。或曰汉民间女子，年十四为女道士，仙去。

岳神，名圆常龙[⑤]，南岳神寿逸，西岳神浩郁狩，北岳神丹灵峙，中岳

---

① 呜乎，《漫游纪略》作"呜呼"。

② 益，《漫游纪略》作"艺"。艺：准则，限度

③ 乎，清李焕章撰《织斋文集》卷六《岱记》（《清代诗文集汇编》第四五册，第六七三页。影清光绪十三年尚志堂刻本）作"呼"。

④ 按，原缺，据《织斋文集》卷六补。

⑤ 常龙，原作"长龙"，据《织斋文集》卷六改。本篇后文亦作"常龙"。

神[①]登僧，咸尊常龙为群宗。

五观峰，曰周观、秦观、吴观、日观、月观，日观最著，见日出，又能望大海，空明微茫，或曰隐约即汶水。

无字碑，《别记》：“秦皇帝舁徂徕石，命丞相斯篆文记功德，以阻暴风雨罢。”此可信者。后人种种凿空意见，碑无疑，疑碑者疑耳[②]。

岳神有三灵侯，周姓兄弟三人，其家博姑，殁，神于岱，真宗封侯爵，祠南天门。

五大夫松，秦皇帝避风雨其下，封五大夫。盖秦爵有五大夫，非松有五也。

歇马崖，俗呼回马岭。真宗驻跸、孔子遇荣启期，即此。北朝阳洞，属大、小龙口，自水帘至此，始有水，细流琮琮[③]。壁有“自无怀、葛天七十二代封禅”，剥落无一字，如蚯蚓痕。秦皇帝欲以泥简傲山灵，愚矣。

黄华洞，即后石屋，幽栖别一意致。岱无松，至此始有，松籁疑自天半来，谡谡落涧底，画家所谓泰山松涛。

明堂，址[④]岱东南麓，久湮。齐人公玉带图上汉武帝，今觅其铜雀玉凫，鲜有存者。曲阜桧孑然独存，谁谓王者功[⑤]儒者德也？

岱永镇石敢当，五代汉高祖牙将，有强力，日驰数百里，没为道路之神，群慑服，人多书其名于衢。

岱洞天之二，帝孙所居，群灵之府，又临湖长史别治。虽外家之纪不经闻见，学者《博物》《尔雅》所不废也。

---

① 神，原缺，据《织斋文集》卷六补。

② 耳，《织斋文集》卷六作“尔”。

③ 琮琮，《织斋文集》卷六作“淙淙”。

④ 址，《织斋文集》卷六作“趾”。二字通。

⑤ 《织斋文集》卷六“功”后有“及”。

岱祠，汉有眭[1]弘，宋有孙复、石介。

南徂徕、云云、亭亭、汉明堂，诸封禅遗迹宛然，旁有竹溪六逸草堂。

李焕章曰：岱何以首五岳？以建在东方，王者所初有事，以云如绵兜罗，不崇朝雨雪遍天下，以秦皇帝封禅，圆常龙以暴风雨阻之，它岳主不能也。或曰：自孔子三级石，而岱愈显。

东游记（节录）[2]

〔明〕张元忭

孔林距泰山百五十里，泗水环其后，洙水萦其前，九山其障，而泰山其祖也。名山大川，钟毓灵秀，素王亿万载，与天罔极，岂偶然哉？

于是涉泗水，越浊河，抵泰山之麓。肩舆而上，逶迤二十里，当山之半。宋真宗尝驻跸于此，为御帐岩。旁有大夫松，仅存其二矣。黄子曰：“甘棠勿伐，思召公也。是松也，则奚宜存哉？”张子曰：“当秦政时，诸大夫皆洟涊取容，或反助虐焉。独此数君子，挺然不屈，默然守元，不为出一计，画一策，爵而不有，禄而不食，卒以免祸，谓秦之廉靖正直大夫非耶？则千载而下，人犹爱而卫之，与甘棠埒，宜也。”

由岩而上，出龙口，陟十八盘。山益陡峻，如蹑丹梯、凌霄汉，还睇平野，奚啻万丈。又上则为天门，稍复夷坦。山巅有碑，曰“孔子小天下处”，乃舍车而徒。升其巅，徘徊四望，俯视八荒，诚不知天地之大，吾二人之小也。始皇封禅碑亦在其处，乃无一字可读。其右为日观峰，遥望东海，渺在烟雾中，将遂宿焉，以观海日之上，而山高风烈，

---

① 眭，原作“睦”，据《织斋文集》卷六改。

② 原书此上眉注：“隆庆四年庚午三月。”

不能久留。询之守者，云："春夏云霾，日升多不可见。"而[1]赍兴而止，以俟他日，秋高气清，庶几一快睹也。峰之前为舍身岩，深窅不可测。愚夫匹妇往往舍身供佛，须臾立死，佛卒无救。教化不明，而邪道惑人乃至此，良可慨已。

是晚返，宿于山麓。旧闻灵岩之胜，心甚慕之，乃绕出泰山之右，逾长城岭，游于灵岩。

岱记《隐秀轩集》

〔明〕锺惺

登岱者必十八盘以上，而后为岱也。然世所为岱者聚焉。予以万历丙辰九月廿九日丁酉，自临清释舟，四日至岱。登之，凡二日，为十月之壬寅、癸卯，其自盘以下，落落散处者，今漫然以为岱之路，然而莫非岱也。予升降其间者亦二日，为辛丑、甲辰，所与偕来者，歙吴康虞惟明暨其孙昴念，闽林茂之古度，与惺而四也。

先一日庚子，去泰安州二十里者而望，望山之蔽岱右者以为岱，度横至不十里。行二十里而后为州，出登封门，为岱之足，以四人腰舆，背徂徕、汶水并涧上。涧周于左，壁不周于涧者尽五里。至一天门，意为岱，岱犹未也。又三十里而后，为世登之岱焉。惘然悟所望之山，十里可至者，傲来也，非岱也。

由石经峪至水帘洞，予亦漫然过焉，以为岱之路而已，俟其反而覆之。然傲来自此以往，时与岱一，时与岱二，人各以其所至所见一之、二之，而又一之，实俊物也。过此则歇马崖，然未至崖，亦谁能马者？稍上，饰

① 而，《张元忭集》卷八作"乃"。

其磴。磴穷而阁者，以祠玉皇。登之，面徂徕焉。降自阁，以岭名，傍[1]见傲来而能曲且邃者，曰黄岘。降而至此，始知之，升者未之详也。从岭上未至小天门，然计其端与岭[2]略相亚，乃更数上下，复凹其中而平[3]者，快活三也。

又上，乃得小天门，秦五大夫松在焉，具[4]官而已。至朝阳洞，岱过半矣。亭于洞上，登焉。望其上亭者为观，石而栏者为崖，梁者为桥，而不敢以为何观、何崖、何桥也。至此反顾[5]松，松加[6]泉，石承之，雁次相传[7]。坐而临听，如不欲上。计水所以帘，而石经峪之石不能尽有其经者，皆此物也。大要自一天门至此，直以为岱之路而不[8]必留，即不敢直以为岱之路，待其反而留焉者，皆过而去之。余则留，留不必久。留而久，又若欲待其反者独此耳。不知十八盘以上之[9]松、之泉，视此何若也?

又上，出大、小龙峪，为盘之始。斗上，度可四三里，念舆差逸而听于人，且神惧焉，与形劳正等，毋宁步而听于己。乃以其身与童与杖并而步。前其杖，则步追之。步前，杖亦追之。身所不能得于步，则视童与杖，步所不能得于童与杖，仍视舆。舆始四人，去其半，横行如蟹。已射而代，则旋如螺，自成思理。如是者更端，[10]乃为盘之终，曰“三天门”，则世所

① 傍，原缺，据《隐秀轩集》卷第二〇《记一·山水》补。按：如不特别指出，该篇均与李先耕、崔重庆标校《隐秀轩集》(上海古籍出版社，1992年版，第333页，所据底本为明天启二年沈春泽刻本)和明崇祯年书林近圣居刻本对校，统称《隐秀轩集》，不同者出校记。

② 岭，原缺，据《隐秀轩集》补。

③ 平，原缺，据《隐秀轩集》补。

④ 具，明崇祯年书林近圣居刻本作“且”。

⑤ 顾，《隐秀轩集》作“能”。

⑥ 《隐秀轩集》“加”后有“于”。

⑦ 传，《隐秀轩集》作“得”。

⑧ “不”后原衍“比”字，据《隐秀轩集》删。

⑨ 之，原缺，据《隐秀轩集》补。

⑩ 原书“乃为盘之终”至“则无(字碑)”大段，误置于“石壁百”之后，今正。

为岱之始也。

数上为碧霞宫，礼元君焉。憩于署，俯五花崖。不[①]必五而能花，徂徕北面益庄，傲来侍焉。向能于数十里外蔽岱使不见，今反俯，力不能自蔽。然其鳞爪面面，岱亦无以禁之。依夕，观日落，反景万光，光中陵谷一气，焕烂之极，乃见混沌。异哉！语具《登仙[②]诗》。

玉女池、李斯碑皆并署左右，暮不及观。明日，由署东上，出其后，为东岳庙，摩崖铭在焉。唐开元[③]十四年御制并书，书作汉隶，字专数寸，暗然而光，留不欲去。而其旁有苏颋书颂，俗子以四大字夺之，恚不欲观，去。循玉皇顶，岱所止也。念日观峰去此近，待其反而宿焉，以候日出。至孔子崖西折，并壁下，则西天门。岱之为天门者三，西天门者，石自门焉，真天门也。呼茂之题石，有“风定烟归，目恬心霁”二语。门可出，蹙其下，万笋怒生叠起。最外，予自题云：“立石如扉，下视楂枒。忽忆白帝城望江中滟预石时也。”计其处当在十八盘下，可直龙峪，越观峰隔之耳。释其峰不登，反，而登玉皇顶。有石焉，高广不数尺，然终以此冠岱。稍下，则无字碑，碑无字，作《无字碑诗》。从其后，俯黄华洞，所谓后石屋者也。松戎戎岩上，欲往，计其邃广，可专一日，遂不往。宿焉[④]，风定观月[⑤]，作《宿顶候日出》诗。

夜分[⑥]，童报气兴于东[⑦]，盍气也，以为日，急往登峰。万光而碧其下，星不能光，光不能尽如夜，而犹不失为星光。趋盛，又以为日。此而日焉，

① 《隐秀轩集》“不”前有“花”。

② 仙，《隐秀轩集》作“岱”。

③ 开元，原作“天宝”，径改。

④ 焉，原缺，据《隐秀轩集》补。

⑤ 风定观月，《隐秀轩集》作“风甚而月”。上海古籍本（第341页）注云：“翠娱阁本作风定观月。”

⑥ 分，原作“色”，据《隐秀轩集》改。

⑦ 《隐秀轩集》“东”后有“方”。

是日于夜也。久之，有赤而圆，其端从碧中起者，日也。脱于碧者半，天海所交，水风窘之，反不能圆。赤尽而白，白斯定，定斯圆，圆斯日矣，则下界日出时也。大要光下属碧，落日亦然。而落者畅，出者艰，落之前万象混，出之后万象分，此其候也。反于署，作《观日歌》。

乃观李斯碑，得二十九字，世恨其残，而予犹疑其整。玉女池，石甃之，肃焉冲照。稍憩，定黄花洞。计则循所由至顶者，得仙人桥，壁不属者丈计[①]，三石丸钩连而桥焉。桥旁石如砥，坐而望汶、泮居徂徕间者，厥势殆交。茂之榜“双流翼注”四字于石。过舍身崖，视桥加危焉，栏之。其上垒石，有类人为。读宋政和间题名。再经日观，欲题“海日生残夜”五字于石，不果。

至玉皇顶，不入。北折其后，磴栈者数里，黄花[②]路也，皆从上下矣。石壁百仞，松腋之左，左而半上为八仙洞，不及登。对而壁者，有若庙、若寝、若垣、若林者焉。数折视之，皆石也。茂之寄题曰：“笋城。”中阙为壑，石万其峰，错以松。松聚则涛，不以风也。其中烟霏所荡，层峦听之，偃仰牵拂，不能自止。飞流自日观下者，望齐冰雪。大要泉被于崖，日被于泉，松被于日，风被于松。仰日观诸峰，如向坐朝阳洞时也。度其处，又当为岱[③]之半。降观于壑，可直岱足，如水帘、石经何？然亦无所得径。壑穷，亭之，声光相乱，水木莫敢任。自亭入，弘整可屋，屋之。屋后为壁，洞在壁下，泉出焉。渊而不流，竟日乃出。择石题之曰：“岱不无松，松至此始涛焉。泉壑映蔚，奇为幽豁。”题讫，反，仍作《黄花洞诗》，沿径而半，仰八仙洞，欲登焉。日入矣。予与康虞中反，以茂之往，

① 计，《隐秀轩集》作“许”。

② 黄花，《隐秀轩集》作“黄华”。按：“黄花”“黄华”，原书二词混用，凡作“黄花”处，《隐秀轩集》皆作“黄华”。“华”古同“花”。

③ 岱，原缺，据《隐秀轩集》补。

得所谓峰如脊[①]者，蜿蜒属之傲来，而傲来从此以之岱，所顶皆袝中，其声趾趾，至孔子崖而径合，为予诵之。宿于署。

明日，登越观峰，见西天门而下至十八盘，得一意面徂徕矣。悚然内省，不敢尽以为岱之路也。循二龙峪至朝阳洞，覆所谓松与泉者，童指其上：亭者曰“日观”，石而栏者曰“舍身崖[②]”，梁者曰“仙人桥”。予听之，始不惑。计其处半岱，宜与黄花洞诸处直，若胸背然。向所念十八盘以上之松、之泉，视此何若者？当以黄华洞松泉一[③]之，然不可谓十八盘以上物也。

过此无不壁者。壁阙为涧，折而壁复焉，则涧在壁外。至黄岘岭，径益折，往往以下所视之径为涧，所谓曲且邃，降而至此始知之者也。而所见傲来，视登岭时一之二之，又自为一傲来[④]矣。

稍下，覆所谓[⑤]水帘者，泉扼于石，冬啬之，劣得不绝。为联句题石曰：“晴雨所覆，白云之上。冬爱其原，厥流斯养。石穹其中，俟时而响。岱实为之，劝登弘奖。”题毕而下，复其径，得石经峪焉。石经者，镌汉隶《金刚经》于石，字如斗，随石所之，经尽而止。石仰负天，顶踵于泉。泉枕履之，便其腹以受经，坐立无所。书成而其人不著。念作者血诚，礼之。月矣，归而为颂。

计四日而卒岱事焉。在十八盘以上者，专壬寅、癸卯二日。盘以下升降者，首尾于辛丑、甲辰，而升则分辛丑之夕，以礼碧霞，觌五花，益登岱始事。降则分甲辰之朝，以登越观，益登岱终事。

锺子曰：予舍舟而岱，登日观峰，岱止矣。能使人意若未至岱[⑥]者。归

① 脊，原作“眷”，据《隐秀轩集》改。
② 舍身崖，原作“舍人”，据《隐秀轩集》改。
③ 一，《隐秀轩集》作“实”。
④ 来，原缺，据《隐秀轩集》补。
⑤ 谓，原作“为”，据《隐秀轩集》改。
⑥ 岱，原缺，据《隐秀轩集》补。

循泮、汶所注，济水受之，意已无岱。察其原，皆出岱，厚其力以达于漕，漕告缓急焉。负舟之水皆岱所畀，是身已入舟而岱犹未已也。呜呼岱哉！

予登岱，于山不敢言吴门、周、越也，断自徂徕诸[1]峰乎？于水不敢言海也，断自汶、泮、泗、济乎？于典礼不敢言羲、黄也，断自虞狩乎？于石不敢言李斯也，断自摩崖石经乎？远而疑，勿宁近而信。

无字碑，秦所以疑万世也。后人师其智，移而之冢，冢不可见矣。疑之以所不见者浅，疑之以所见者深也。予作《无字碑诗》曰：“民不可使知，亟亟欲其愚。”噫，谲而劳哉！

帝王文，前代鲜佳者。明高皇帝征蛮，《告泰山文》略云：“但欲瘴疠之方，化烟岚为清凉之气。”又云：“予未敢轻告上帝，惟神鉴之，为予转达。”又云：“万冀神灵转达上帝，赐清凉之气以消烟岚！”御制《岱山高文》略云：“影照东海，巍然而柱天。”又云：“冬则寒气时出，岩壑杂然而有声。百川林薮，森然而如雷。”又云：“俄而风生，万壑云起。诸峦隐隐，雷动百川。倏忽电掣，万里长虹。此岱山之神至也[2]。”又云：“其苍松也，始天地而生，倚丹崖而长。”又云：“盖由太古之日月，以至于今。苍松扫丹崖，而莓苔不秀。丹崖映苍松，而五色文辉。猿啼云树之杪，鹤并日观之东。雕鹄盘旋乎深谷，虽扶摇不可得升峰。”大哉王言！高厚古直，自不必论。其造语森秀，思路崎岖，出其余以作游记，夫岂文士所敢望？

应劭《汉官仪》非记也，然而人不能为记矣。今其语为人所称引者，姑置之。如云：“石壁窅昧，如无道径。远望其人，端如行朽。兀或为白，石或如雪。久之，白者移过树，乃知是人也。”又云：“初上此道，行十余步一休，稍疲，咽唇焦，五六步一休，牒牒然遽顿地，不避燥湿，前有燥地，目视而两脚不通。”其心目之灵，手口传尽，且读且思，为之绝倒。可

① 诸，原作“猪”，据《隐秀轩集》改。
② 也，原缺，据《隐秀轩集》补。

为至静至慧人道也。

碑者，山川之眼也。碑不易佳，佳者尤不易古。今泰山自李斯碑后，有古于摩崖铭、石经者乎？“虽无老成人，尚有典刑”。告守者审定佳恶，自当别论。至其古不古，一覆其时代而得之，初无难事。诸[1]从元、宋以前[2]，虽不以为佳，亦念其年寿而保存之。如苏颋书颂，夺于林焞四大字。然当去其字，仍大署石云：“此林焞毁苏许公碑颂处。”明正其刑，以告愚忍者。后有所犯，按所坏碑之久近，为其刑之差可也。

摩崖铭，铭因乎崖，石经，经因乎石。崖与石之奇，奇于不碑[3]也。予之奇夫经也，何以过于铭？铭竖而经仰，崖与石为之也。竖斯壁，壁非碑，而疑于碑，疑于碑，斯恒矣，然犹贤于碑也。仰则地耳，地而经，乌得不奇？碑不如壁，壁不如地，书之恒奇，不于书而于崖与石，事有不可以理求者，至理存焉。

游何以不及西天门、后石屋也？人人而言登岱也，西天门下矣，石屋又下矣。乌乎登？登非不下，下者十八盘耳。下西天门，下石屋，不成其为下。下而又上，而又下，是其为下上者二，而无与于登岱之数也。有事于岱者，一上下之为多，而二乎哉？

岳宫有石刻十六字，盖万历辛丑岁洛人李士登笔。其文云：“登岱颠兮，色光莫纪。想太初兮，山生之始。”高深简远，似汉人诗。今人作岱游，不知豫储几千言以往，而十六字外，不肯益一字。吾最畏服其立想之孤，而自作《岱记》，未免至二千余言，诗若干首，内省愧之。归检仕籍，君为河南洛阳人，举万历庚辰进士，官至大参。生嘉靖癸丑，长予二十余岁耳。予不游岱，遂不知世有李公。吁！诗文宁少而不见知于人，勿多而不自慊于己。世固犹有人哉！

---

① 诸，《隐秀轩集》作“请”。

② 前，原作“三”，据《隐秀轩集》改。

③ 碑，明崇祯年书林近圣居刻本作“碑”。

小塔记原石刻

〔金〕安升卿

古博之废城北东三里许，有石塔，不大，人以“圣塔”谓之者，盖遇旱干、水溢之变，祷之必消，但有所恳，未尝不应。又岂非素为古佛之道场，阴为众圣之所护持之云耳耶？不然，则能致□乎？□有横阜，甚大，其状类龟，故其北之田曰“龟阴”。自田望之，势若□而徒伏，不数十步，稍稍复起，果若其首。是塔也，适据其上，世或有专置之□，意将与城作镇，以求当日居民之安者，□之望耳。岁久无据，莫可考其实也。近将摧败，土人敬而去其瓦墉，纯易以石，庶可久也。高圆之制，稍增于旧，所费之资，众皆乐而集以成。

故人李公德元欲仆记之以文，使见渠乡好事者之姓名也，故仍以居处附之于后。

时明昌三年三月十有六日，泰山三溪逸人安升卿记。

全真观记二王庵原碑

〔元〕刘志文

功德主银青光禄大夫、上柱国、泰安武穆王太尉府君定女。

夫玄黄未结，得丧无涯；名质既分，圣凡是显。故冥心于圣者，则顺道以无为；缮牲于凡，则不忘以待尽。凡非自误，须积学以求真；圣救无遗，必投机而设教。以是以先觉法□，□轩皇立观之规，建太上崇真之馆。奉安□像，宴息名流。贻训方来，□契重玄之起；昭光不朽，普开黱阁之天。所以藉伪修真，缘尘入妙，跻仙品出凡笼者，代不乏人，皆仙籍明说，信不可诬。

今全真观者，在奉符县治之东六十里之祝阳保。其地腴而宜筑，其川平而可沃。□麓东基□葱乎佳木，清溪荡漾乎流泉。祝山突起于兑方，石门耸拔于坎位。至于灵禽异兽，瑞草奇花，于夏雨冬雪之阴暗，旦夕云烟之变化，储祥萃秀，弗克殚言。其修仙之胜概，养浩之奥区也。时岁癸巳，饮真子策杖而来，意其可以栖迟，方且丐食于侧。越是岁秋，遂市地于吕氏，于是卜筑，既茨与居，使者俱臃肿鞅掌，住持三次，于观侧四置土田，以佃以赡，足以供岁计、馆方来。延坐进，一日师资协谋董役，将广其营建焉。噫！功才十二三，而饮真子恬然解化。知观李志通与郑志平、定志通、王志诚思戮力茹力含辛，日就月将，踵成厥绩。邃宇绚丹青之彩，真容灿金碧之辉。周之以垣，树之以木，云斋厨库，轮奂一新。俾居者晨昏参礼，朔望焚修，祝圣寿亿万斯年，祈士庶百千其福，岂小补哉？今之观额，盖出于真常大宗师真人特旨许而赐之也。是观之兴，饮真子草创于前，李志通守成于后，经始于甲午，功毕于癸亥，以□观之，有一见饮真子之德最居其右，李志通等因亦福不浅矣。

饮真子者，王其姓，法讳志谨，泽州高平人。奚从壮岁，稔慕虚玄？悟浮云世事之定，叹流水年光之速，脱身俗网，□迹烟霞，礼莘县上清宫圆明真人李仙翁为师。进退洒扫之，久得尽其秘，固能假营建补仙功之阙，借焚修而裨玄行之完。又得其人即李志通也。公睢州人，公弱冠入道，含纯抱素，苦己利他，建德若偷，成功不宰。闻私于寂寂之内，见晓于冥冥之中。师德不忘，胜缘克就，可谓能子矣。

阏逢困敦之季春，予因市书于奉高，闻丁仙先达祝山，与文之望既容长恩果，李志通、王杰诚踵门而相告曰：“弊观营缉稍具，碑石已砻，尚阙纪述，子其为我文之！”予辞曰：“螳螂之才，庸讵当拒辙之仕？请硕儒。”彼请之愈坚，弗获已。故扩其末以书之，用刊翠琰，庶寿其传，乃系之以铭曰：

玄黄未结得奕无，名质既分凡圣殊。缮性于凡造物物，未同大道死难逾。重阳之教大无隅，学人比比出三途。水崔处瑞烟敷[1]，饮真卜筑正勤渠。俄然解化息于于，玄功耳遂庆灵枢。有美李王志相扶，踵成曾不惮斯须。焕然琳宇壮清都，岁时新诗诚有孚。遐迩慕化竟奈趋，伟矣老师真范模。侗然入妙维缘尘，从来仙路自蓬壶。惭愧树石诸门徒，庶保联芳与道俱。

恩赐孚真明道大师，东昌路道判提点莘县上清宫刘志文文，济南路历城县上落口苏谅书。

承务郎泰安州达鲁花赤兼管本州诸军奥鲁、劝农事哈刺不花，承信校尉、泰安州事同知木八刺沙。

奉议大夫、泰安知州兼管诸军奥鲁、劝农事马贞。

敦武校尉泰安州判官栾友。

超然总真葆光大师、东岳庙提点监修所同提徐居仁。

至正七年十一月，王志诚立石，周琼、周□刊，周德书。

游白鹤泉记

〔清〕汤奕雋拙馀

泉始荒迳，湫然一方井耳。余尝慕名泉，见必有台池亭榭之附丽，骚人逸士为之登临歌咏，以相取重。兹何阒寂如是？道士以详其旧，具道兴废。知封氏之疏泉为池，尝美矣。

阅两月，复过其地，井周以槛，其前有桥梁，有竹木之杂植，魏然杰阁起于左，顿尔大改其观。为之者谁？蕴山程明府也。夫泰山之麓跨数百

① 此句疑脱一字。

里，以一泉而欲使造物神灵之巧尽集其胜，未易以致也。顾公之规模大势，则天开地辟，雅合自然，岂徒可侈壮观已哉？阁倚太山，揭一亭，以临徂徕，俯汶泮。游目其间，城郭足以审形□，田畴足以占丰歉；雨蓑烟笠足以课勤惰，樵歌牧唱足以察风俗。四方游览之士，或吟或咏，足以利□而详教化。是盖深于经国治民之意，可以知公之政矣。或谓封氏子以游观之扰，遂闭其泉，公不忍胜境之湮灭而疏浚增治之，则浅视乎公也。

癸未秋，公携鹤来，作幔亭，会余指鹤曰："泉之灵，又将以公而名，是固可传也已！"

规赌说

〔清〕郭朴山

谓客曰："子亦闻猩猩乎？封溪人以酒与屐置道侧，不知其诿己也，尝酒著屐，因而擒之，刺其血，寝其皮，而猩猩残矣。今子好与无赖者赌，不亦猩猩类乎？"客曰："无伤也，予多智，人不能欺也。"答曰："子之智也，正子之不智也。若不恃其智，敢入罟擭陷阱乎？"客曰："子言过甚，何至如此？"予曰："然世无麋鹿鱼鳖，渔猎者皆饿死矣，宜乎子之迷而不悟也！"

规鸦片说

〔清〕郭朴山

女乐归而鲁衰，西施进而吴亡，晏安酖毒，为祸烈矣！然一人之惑，非尽人之惑；一国之殃，非天下之殃；一时之毒，非数世之毒也。自世有鸦片，则是家家归以女乐，人人进以西施，戕生于衽席之上，毙命于反侧之间，其祸愈无穷矣！上焉者视若荼堇，自无腐肠销骨之患矣，其次能于火坑中翻身跃出，先迷后得，亦贲育之流也。乃纨袴子弟为钱神所祟，往往戏猛虎之爪牙，而幸其不噬，是以仁人君子发菩提心，运广长舌，剔灯救蛾，惟恐其焚，意至厚也。虽然，曲木恶绳，顽石恶攻，再三之渎，亦以贾祸。故吾所规者，必至亲之人，而又系贤明之士，异于此者，则去之不脱冕耳。何则？惧其属镂我也。

炮台记

〔清〕贾同乐

古称有备无患，凡事皆然，而护城之台为尤巨。盖虑贼之冲突也，则借城以卫人，又虑贼之攻城也，则借台以卫城，台成而城是恃矣。第台有虚实，实台从上击下则易，横击则难准，虚台则上下留眼，凡上下用炮，皆顺墙平击，百发中，其得利之多，迥非实台可比。或曰："天下城台何皆实而不虚？"余应之曰："备因攻生，亦缘器变，夫台虚，惟利用炮。炮始于元，而盛于明。天下之城，多唐宋以前旧基，其时未有炮铳，守城全凭矢石，台虚无益，所以不用，非古拙而今巧也。"

余村围成之明年，岁乙丑，捻匪犹未平，余约村人增修空心炮台，村人乐从。富者出资，贫者出力，遂以四月初二日兴工，建空心者六所，因旧基建实心者一所，五阅月而工竣。是果有备无患乎？非也。千丈之堤，溃于蚁穴；合抱之木，摧于蛀蠰。千密不敌一疏，备道岂易哉？亦学善守如环焉耳。凡本村、邻村董事者，并志贞珉，以著其绩。

申明亭记

〔清〕蒋大庆

此古申明亭，乡闾间往往有之，俗乃呼为团瓢云。接亭有斗室，祀观音大士久，己亥夏渐圮坏，村人重葺。事竣，并欲记姓氏。余曰："修庙不足记，况区区庙乎？然备列一乡姓名，俾后人览而指之，以为某也良，某也诈，未尝非申明亭遗意也。"故援笔以表其说。

与友人书[①]

〔清〕郭朴山

前接手书，至今未答，顽钝无礼，可谓甚矣！而家藏《参同契》本终不可得，友人处虽有善本，而远隔百数十里之外，为非当务之急，故未专丁去取。所赐《玉皇心经》祖述老氏，又止述其四言，所谓"绵绵若存，用之不勤。元牝之门，为天地根"者，反覆言之，别无他说。而卷首诸序尤属惑世诬民，似不可读。

夫道一而已矣，四书、六经之外，岂复有他道耶？虽圣言幽远，猝难究寻，而经大儒发明，固已昭如日星矣。《大学衍义·明道术》一册，其于庄老之学，条分缕晰，而推极其效征诸事，实则自秦汉以迄后五代皆有确证，而历朝各名儒名臣论著、奏议，亦即附著于其间，剀切详明，至矣尽矣！外此，则唐有柳柳州《送娄秀才将入道序》，宋欧阳子《删正黄庭经序》，宋五子《近思录》第十三卷，国朝施虹玉先生又附以前明薛、胡、

① 此篇前原有清郭朴山《孙石两先生学术志行论》，已于《岱粹抄存》卷四录入，此处不再重录。

罗、高四先生之说。以上诸书，不下数千百言，而要其旨，不过发明吾道之一而已。吾兄于诸书早已透过，故欲他有所求，窃恐失于贤智之过矣。弟所言，悉具于书中，窃以为无可易也，敢为知己披沥肝膈，狂直之性，见多固滞，幸勿见责。看完即付丙丁可也。

留主说

〔清〕郭朴山

歌舞娱尸俗始于元，洪武定律“十恶”，一曰居丧作乐之条，八议所不赦。国朝因仍明制，未之或改。乃恶习易染，恬不为怪，自官府以至士庶，鲜有不用乐者。一或不用，则群起而非之，已既牢不可破矣。至留主一节，乃人子之至情，万不容已者。魄则归土，魂兮何托？一旦弃亲于外，而家人妇子团圞于内，于心安乎？如谓死而无知，则祭扫何为？骨肉未寒而遽死其亲，罪更不容诛矣。由是言之，则家无论贫富，皆须留主，无可说也。乃吾乡举行甚少，亦自有故。凡成主必预先书就，留主字不点，葬之日，延显仕点之，名曰“点主”。聘请之费，筵席之费，棚场陈设之费，犒赏驺从之费，奔走执事供给人役之费，动须数十万钱，而鼓吹优伶，竖孥厮贱，更思饱其溪壑。稍不遂意，便云彼有旧例，若功令然。此所以视为畏途，而忍弃其亲也。

夫丧葬大事，古人所谓尽心者，衣衾棺椁之谓也，刍灵明器皆可从省，况此同于儿戏之事乎？是而谓之孝，则凡谓请僧超度，诬其亲以弥天罪孽，破地狱以救之者，皆可谓之孝矣。朱文端公谓世俗点主，岂徒无稽，竟同儿戏，此特始于一二市儿借端依附权势，以夸耀乡里，不谓遂成风俗，士大夫家亦复为之，其惑甚矣！此论先得我心，窃谓吉服临丧，已属不雅，况繁费无算，生者破产，死者何安？又此等大事，竟成戏场，获罪于亲，更何可逭？

今拟酌用家礼仪节，书主不用显仕，以亲友知书者为之。赞行虞祭不用绅衿，以戚友知礼者赞之，通不用乐。至扶持孝子，则至亲之责也。提筵后先，则疏远子弟之职也。拏竖亦可不用，省去一切造孽之费。务使家家可行，永无就馁之鬼，庶天理王法，皆无背谬，而人子已无不尽之心。至于庸夫俗子肆口讥讪，皆可不恤也。尤可怪者，反虞不反哭，堂上披坫纯用大江，祭毕，相礼者唱曰："断杖释服，入祠堂奉祀。"一时亲宾皆向孝子作揖，名曰"道喜"，丧心灭理，莫此为甚！乃乡先生皆习而不察，其故何也？

岱东浇俗辩说

〔清〕郭朴山

窃闻风贵返淳，德宜归厚，礼关丧祭，从俗还当从宜，道在睦姻济急，非以济缓。吾乡介在岱麓，居近圣人，沐浴周孔遗徽，自当重礼教，以兴行服，习邹鲁雅化，岂可与陋俗为浮沉？情切一方，忠告二事：首在陪奠，借人丧以肥己，几于白手得鱼；次曰告助，指己事以损人，辄似清水打网。试言其弊，请酌其宜。

匍匐救丧，赙奠舒哀，自属戚谊至情，何事亲友广筵？人非关切，虽临丧而不哀；事同游戏，强望灵而作拜。且也公服私用，辄敢借重云云，甚至虚往实归，不顾人言啧啧。既而奠主席，量我客之少多；丧家燕宾，视彼赙之薄厚。处处打点，无异衙门之穿通；声声要壶，俨然酒肆狂态。既威仪之媟嫚，亦坐起而喧哗。致使哀戚之家，竟成谈笑之场。情亦伤矣！礼安在哉？况夫害贻丧家，利归奠主，或因疏客，辄肆讥谈，小而怨尤之开端，大而雀角之启衅。此尤人情之凉薄，实乃世道之浇漓。若夫取给六礼，因有告助一端，事即有因，还当视其缓急；家非乏凑，何得徒责往来？奈何无因而因，借名色以求值；非乏而乏，为媒囮而侵渔。大之在聘在婚，小而餪馈亦致客；内之为子为孙，外而甥婿亦助宾。由是主惟得财，不顾事图下次；客亦塞责，那得钱有十成？竟如争利于市间，不思存厚于心上。此二者之大弊，实一方之厉阶。方夫时当秋冬之交，事从吉凶之烦，此风一唱，群起效尤。农人竭终岁之勤劳，不足偿人事之取携；士子抛有益之岁月，尽以供事故之周旋。

呜呼！名为情而无情，往必来而来必往，并不问贫，不货财，老不筋力。因行礼而废礼，薄者厚而厚者薄。□□□□□□耳濡目染，岂能得造有小子德？有成人今约各存恕心，以敦厚道，是当举世皆浊，君子有独醒也。岂曰鲁人猎较，孔子亦猎较乎？彼丧具且当称家之有无，而吊庆何不量力之厚薄？仪行赙奠，止宜偕骨肉几人，事待赒恤，亦惟识宗戚所便。如借人丧以肥己，虽讹请而不陪，或指己事以损人，纵屡告而讵助。伏愿高明者见远，长厚者思长，务秉礼以制宜，非矫枉而过正。与奢宁俭，哀益自有权衡，革薄从忠，轻重不至倒置。盖尚节俭以惜民用，乃裕衣食之大源；而明礼让以厚风俗，斯见国家之郅治。岂特无愧圣人之治，抑且有光盛世之风。礼教兴行，仁渐义摩。东山泗水，犹然圣门弦歌；化日光天，臻于淳古浑穆。伊可怀也，跂予望之。

重修跻云桥募疏

〔清〕郭朴山

盖闻编竹渡蚁，上天默降其祥；乘舆济人，举世争传其惠。从来小善犹著美谈，矧属宏功，讵宜坐视？村南实连泰泗，河上旧有桥梁。犬牙错接之区，往来甚众；雁齿倾颓而后，跋涉维艰。牵车而鉴覆车，未免临河返驾；荷担亟思驰担，何堪涉洧褰裳。久已限咫尺于天涯，易坦途为蜀道矣。

某[1]等望切河清，情深利涉。人非天上，讵期乌鹊填成？势异周王，安得鼋鼍架就？投鞭有志，驱石无方。伏祈同郡高贤，乐倾扑满；更愿邻封君子，各布金钱。石凿龙山，不倩神功鬼斧；桥横鸭涨，何患鸟道羊肠？义可凌云，功成不日。千岩竞秀，将与盛德齐隆；一水常盈，且并恩波不逝。请登台款，用勒贞珉。

① 某，原缺，径补。

卷五　传状 事略 墓表铭 碑文

赠正奉大夫袭封衍圣公孔公墓表①

〔金〕党怀英

至圣文宣王五十代孙，讳揔，字元会。曾祖讳若蒙，袭封奉圣公，赠朝奉郎。伯祖讳端友，朝奉郎、直秘阁，袭封衍圣公。宋建炎二年冬祀大礼，赴扬州陪位，值兵火隔绝，其弟端操之子璠已袭封讫。长子拯皇统二年三月补文林郎，袭封衍圣公，无嗣。其弟揔大定三年七月补文林郎，袭封衍圣公，管勾先圣祀事。

公三岁而孤，幼稚警悟。及长，力学自强，通《春秋左氏》，尤喜韩愈诗文，谈论简尺，多引二书，先辈多称誉之。公职在严奉林庙草木，居人无敢辄犯。宗族之间，少长有礼，人敬其勤，复畏且②爱。一日顾瞻郓国夫人殿，私自言曰："生为人子孙，谬③当其职，使之隘陋如此，宁不愧于心乎？"乃亲率佃户，携斧斤之具，入④东蒙之山⑤，躬亲指画，采伐中椽桷者，旬有余日，连车接轸以归。起西庙、尼山庙⑥两处，郓国夫人殿及大中门、家⑦庙、斋厅、祭祀库，计⑧五十余楹，彩饰图绘毕备。

朝廷闻公名，召赴阙，欲留随朝任用，公力辞，职专祀事，不宜防职，

---

① 按《孔氏祖庭广记》（张元济等辑《四部丛刊续编·史部》，1934年上海涵芬楼据蒙古刊本影印）卷十二标题中"赠"前有"金故"二字。
② 且，原作"其"，据《孔氏祖庭广记》卷十二改。
③ 《孔氏祖庭广记》卷十二"谬"前有"而"。
④ 入，《孔氏祖庭广记》卷十二无。
⑤ 东蒙之山，《孔氏祖庭广记》作"东之蒙山"。
⑥ 庙，《孔氏祖庭广记》卷十二无。
⑦ "家"原作"家家"，其一衍，据《孔氏祖庭广记》卷十二删。
⑧ 计，原作"记"，据《孔氏祖庭广记》卷十二改。

任之不专，则特授曲阜县令。未到任，岁大旱，既到任，甘雨三日而止，稼穑益茂，岁仍大熟。公精勤吏事，县署至所居，往返十五余里，及晚[①]治县，无一日稍阙。差科甚均[②]，诉讼无滞。亲族有讼，即移佐官，无少长皆[③]向意。诸村[④]当首人旧验物力差当，公预令定夺，相次明以公文告示，比至其人[⑤]，已自承认交替，不复更至庭下。每岁夏绢，凡丈尺小户，旧例合并，全匹输纳，随村首目皆自敛掠，公止，令依市价积算和买，使并起纳，尽革旧弊。县城摧毁[⑥]，官计工修筑，公戒董役者曰："慎勿[⑦]拆[⑧]庐舍，坏[⑨]冢墓，若庐舍有碍，当随地筑之，冢墓颓坏，当以己俸完之。二者既安，吾心亦安矣！"其有不成葬穴，无主暴露枯骨，当遣使厚葬之。有碑曰丛冢[⑩]，邑人春冬祀之。葬毕，是夜梦众人来谢，内一人稍前云："嗟哉！墓[⑪]云之弗及。"既寤，遣人搜求，又得千余副，复梦来谢。

公年历四十，得数子，皆不育。一日，夜梦异人，衣冠伟然，告曰："今此非尔子，后丑年庚月丁日所生，真尔子矣。当名元措。"公俭于奉己，厚于宾客，周惠困穷，不问家之有无。娶泗水孙氏，宋副枢密孙传[⑫]之女[⑬]

① 晚，《孔氏祖庭广记》卷十二作"晓"。
② 均，《孔氏祖庭广记》卷十二作"匀"。
③ 长皆，《孔氏祖庭广记》卷十二作"看"。
④ 村，原作"材"，据《孔氏祖庭广记》卷十二改。
⑤ 人，原作"父"，据《孔氏祖庭广记》卷十二改。
⑥ 毁，《孔氏祖庭广记》卷十二作"坏"。
⑦ 勿，《孔氏祖庭广记》卷十二作"毋"。
⑧ 拆，《孔氏祖庭广记》卷十二作"坼"。
⑨ 坏，原作"怀"，据《孔氏祖庭广记》卷十二改。
⑩ 冢，原作"碑"，据《孔氏祖庭广记》卷十二改。
⑪ 墓，《孔氏祖庭广记》卷十二作"莫"。
⑫ "传"字上原书有眉注："传疑为傅字。"
⑬ 女，《孔氏祖庭广记》卷十二无。

孙，后赠鲁郡太夫人。又取[①]泗水侯氏，后封鲁郡大[②]夫人[③]，二子：长即元措，今袭封衍圣公；次元纮，业进士；女一人，适兖州宣武韩昺。公享年五十三，终奉直大夫，以子贵，赠正奉大夫。

呜呼！孔子之泽及于无穷！国家褒崇之恩，方自此始，又岂止五十传哉？《祖庭广记》。

中大夫翰林学士承旨文献党公神道碑

〔金〕赵秉文

先秦古文篆籀，淳古简严，后世邈乎不可及矣。汉之文章，温醇深厚，如折枯蘇以为明堂之楹，驾騄骥以遵四[④]达之衢，不忧倾覆，使人晓然知治道所归。韩文公之文，汪洋大肆，如长江大河，浑浩运转，不见涯涘，使人愕然不敢睨视。欧阳公之文，春风和气，鼓舞动荡，了无痕迹，读之亹亹不厌。凡此皆文章之正也。至于书亦然，秦相、李监之篆，汉魏之八分，虞、褚、鲁公之楷，见者莫不敛衽而敬。其下作者，如零珠片玉，非无可喜，要非书法之正也。本朝百余年间，以文章见称者，皇统间宇文公，大定间无可蔡公，明昌间则党公。于时，赵黄山、王黄华俱以诗翰名世，至论得古人之正脉者，犹以公为称首。

公讳怀英，字世杰，泰安州奉符人。十一世祖宋太尉进。公少颖悟，日诵千余言。及壮，以文名天下，取东府魁。大定十年，中进士优等，调

① 取，《孔氏祖庭广记》卷十二作“娶”。取，“娶”的古字。

② 大，《孔氏祖庭广记》卷十二作“太”。

③ 后封鲁郡大夫人，此句在《孔氏祖庭广记》卷十二中位于“业进士”后面。

④ 四，与金赵秉文撰《闲闲老人滏水文集》（清光绪畿辅丛书本）卷第十一同；《四部丛刊初编》本《闲闲老人滏水文集》卷第十一作“五”。（以下《闲闲老人滏水文集》统称此二本，二者不同之处出校）。

城阳军士判官，迁汝阴令。十八年，充史馆编修、应奉翰林文字[①]、翰林修撰、翰林待制[②]。明昌元年，迁直学士。六年，预修《世宗实录》及《辽史》，改翰林学士。承安二年，出知兖州泰定军节度使，为政宽简，不言人自服化。三年，入为翰林学士承旨，致仕。大定二年九月，以寿终，享年七十有八。是夕有大星陨于家居之阶上，众视之，公已逝矣。官至中大夫。公性宽和[③]，众犯而不校。未第时，乐山水，不以世务撄怀，箪[④]瓢屡空，晏如也。夫人石氏，徂徕先生之后，亦能安贫守分。

母始娠[⑤]，梦唐道士吴筠来托宿，既而[⑥]公始生。及长，仪观伟异若神仙然，其文章字画盖天性。儒、释、道、诸子百家之说，乃至图纬、篆[⑦]籀之学，无不淹贯。文似欧阳公，不为尖新奇险之语；诗似陶、谢；书[⑧]有魏晋，篆籀八分[⑨]，李阳冰之后，一人而已。尝谓唐人韩、蔡不通字学，八分自篆籀中来，故公书上轨锺、蔡，其下不论也。楷[⑩]如虞、褚，亦当为中朝第一，书法以鲁公为正，柳诚悬以下不论也。古人名一艺，公独兼之，亦可谓全矣。铭曰：

文章非能为之为工，乃不能不为之为工也。非要之必奇，要之不得不然之为奇也。譬如山水之状，烟云之姿，风鼓石激，然后千变万化，不可端倪。此先生之文与先生之诗也。至于篆籀之妙，后数百岁复有一阳冰，则不可知；后数百岁无复一阳冰，则书止于斯。噫！

---

① 字，原作“学”，据《闲闲老人滏水文集》卷第十一改。
② 制，原作“旨”，据《闲闲老人滏水文集》卷第十一改。
③《四部丛刊初编》本《闲闲老人滏水文集》卷第十一“和”后有“容”。
④ 箪，原作“簟”，据《闲闲老人滏水文集》卷第十一改。
⑤ 娠，原作“振”，据《闲闲老人滏水文集》卷第十一改。
⑥“而”后原衍一“生”字，据《闲闲老人滏水文集》卷第十一删。
⑦ 篆，原作“象”，据《闲闲老人滏水文集》卷第十一改。
⑧ 书，《闲闲老人滏水文集》卷第十一作“奄”。
⑨ 八分，《四部丛刊初编》本《闲闲老人滏水文集》卷第十一作“入神”。
⑩《闲闲老人滏水文集》卷第十一“楷”前有“小”。

党承旨传略《中州集·党竹溪诗抄附传》[①]

〔金〕元好问

公讳怀英，字世杰，宋太尉进之十一代孙。父纯睦，自冯翊来，以从仕郎为泰安军录事参军。卒官，妻子不能归，遂为奉符人。

公之在孕也，太夫人梦道士吴筠来托宿，及公生，仪观秀整，如神仙然。少颖悟，日授千余言，师亳社刘岩老，济南辛幼安其同舍生也。尝试东府，取解魁，是后困于名场，遂不以世务婴怀。放浪山水间，诗酒自娱，箪瓢屡空，晏如也。夫人石氏，徂徕先生之后，亦能安贫守分。既久，乡豪杰有知公者，稍料理之。大定十年，擢进士甲科，调成阳军事判官、汝阴令，入为史馆编修，应奉翰林学士，出为泰定军节度使。为政宽简，不言而人化。召为翰林学士承旨，致仕。

大安三年九月，年七十八，终于家。是夕有大星陨于所居之堂，众惊视之，而公已逝矣。谥曰文献。礼部闲闲公墓志云："公之文似欧公，不为尖新奇险之语；诗似陶谢，奄有魏晋；篆籀入神，李冰阳之后，一人而已。尝谓唐人韩、蔡不通字学，八分自篆籀中来。故公书上轨[②]锺、蔡，其下不论也。小楷如虞、褚，亦当为中朝第一。书法以鲁公为正，柳诚悬以下不论也。古人名一艺，而公独兼之，可谓全矣。"

皇叔永蹈伏诛，公作诏云："天下一家，讵可窥于神器？公族三宥，卒莫逭于常刑。非忘本根骨肉之情，盖为宗社安危之计。亦由凉德，有失睦亲，乃于间岁之中，连致逆谋之起。恩以义掩，至于重典之亟行；天高听卑，殆匪此心之得已。兴言及此，惋叹奚穷！"论者谓公之制诰，百年以

① 按：此篇原置于该卷清宋玉琦《封君海川墓碑》之后，今据其内容前移至此。

② 轨，金元好问编《中州集》（明末毛晋汲古阁本，第三十六页；四库本，第三十二页；《四部丛刊初编》，影上海涵芬楼藏董氏景元刊本）卷三作"轧"。《闲闲老人滏水文集》卷第十一作"轨"。

来亦当为第一。闲闲公作碑偶不及此，故表出之。

《金史》党怀英传

〔元〕脱脱等

党怀英，字世杰，故宋太尉进十一代孙，冯翊人。父纯睦，泰安军录事参军，卒官，妻子不能归，因家焉。应举不得意，遂脱略世[①]务，放浪山水间。箪瓢屡空，晏如也。大定十年，中进士第，调莒州军事判官，累除汝阴县尹、国史院编修官、应奉翰林文字[②]、翰林待制、兼同修国史。

怀英能属文，工篆籀，当时称为第一，学者宗之。大定二十九年，与凤翔府治中郝俣充《辽史》刊修官，应奉[③]翰林文字移剌益、赵沨等七人为编修官。凡民间辽时碑铭墓志及诸家文集，或记忆辽旧事，悉上送官。是时，章宗初即位，好尚文辞，旁求文学之士以备侍从，谓宰臣曰："翰林阙人如之何？"张汝霖奏曰："郝俣能属文，宦业亦佳。"上曰："近日制诏惟党怀英最善。"移剌履进曰："进士擢第后止习吏事，更不复读书，近日始知为学矣。"上曰："今时进士甚灭裂，《唐书》中事亦多不知，朕殊不喜。"上谓宰臣曰："郝俣赋诗颇佳，旧时刘迎能之，李晏不及也。"

明昌元年，怀英再迁国子祭酒[④]。二年，迁侍讲学士。明年，议开边防濠[⑤]堑，怀英等十六人请罢其役，诏从之。迁翰林学士。六年，有事于南

① 世，原作"事"，据元脱脱等纂《金史》（清武英殿本）卷一二五《列传》第六十三改。

② 字，原作"学"，据《金史》卷一二五《列传》第六十三改。

③ 奉，原作"俸"，据《金史》卷一二五《列传》第六十三改。

④ 酒，原缺，据《金史》卷一二五《列传》第六十三补。

⑤ 濠，原作"壕"，据《金史》卷一二五《列传》第六十三改。二字通。

郊，摄中书侍郎读祝册，上曰："读册至朕名，声微下，虽曰尊君，然在郊庙，礼非所宜，当平读之①。"

承安二年，乞致仕，改泰宁军②节度使。明年，召为翰林学士承旨。

泰和元年，增修《辽史》编修官三员，诏分纪、志、列传刊修官，有改除者以书自随。久之，致仕。

大安三年卒，年七十八，谥文献。怀英致仕后，章宗诏直学士陈大任继成《辽史》云。

光禄大夫少傅兼太子太傅兵部尚书萧公偕配封一品夫人刘氏合葬墓志铭《赐闲堂集》

〔明〕申时行

万历壬子正月二十有二日，少傅兼太子太傅、兵部尚书岳峰萧公卒于家。讣闻，上辍一日视朝，优恤且有后命。而公配刘夫人已前数月卒，得并祔焉，制也。于是公之伯子工部郎和中，以公太史状来，告葬期，且以铭请。余与公同籍而升朝，公周践边陲，而余在政地，所为措画边计，控揣虏情，壮国猷而翼庙算者，多往复商订，从公决策。盖公在疆圉为长城，在岩廊③为柱石，身系安危之重者，历有岁年，而今已矣，悲夫！

按状：公讳大亨，字夏卿，岳峰其号也④。其先江西吉水人也，及公父赠少傅，公始侨居兖之济宁。梦岳神降其室，乃徙泰安岳祠下，遂为州人。

---

① 之，原作"者"，据《金史》卷一二五《列传》第六十三改。

② 军，原作"郡"，据《金史》卷一二五《列传》第六十三改。按：泰宁军当为泰定军。

③ 岩廊，原作"严廊"，据明申时行撰《赐闲堂集》（明万历四十四年刊本）卷三一改。二者义近，皆可借指朝廷。

④ 也，《赐闲堂集》卷三一无。

曾祖某、祖某、父某，皆以公贵，赠少傅兼太子太傅、兵部尚书，妣皆一品夫人。

公生有异质，目光如电，声如[1]洪钟，见者知其为伟器。少孤，治丧葬如成人礼。嘉靖辛酉举于乡，壬戌成进士。为榆次令，俗尚嚣悍，而公治以宽简，一变其习，去而人[2]民尸祝之，如畏垒。秩满升户部主事，监兑浙江。已，升郎中，治延宁饷，并以敏干最其列，遂擢河南佥事，分巡河北。值大旱，便宜赈给，虽灾不害。

寻以边才调陇右，再调榆林，以卓异加四品服俸。寻转参议，分守大同。丁内艰，服除，补神木兵备，转山西副使，驻岢岚。叙功加参政。所至皆冲边，逼虏庭，而公抚御皆有名迹。在神木，虏初议款，东西约束未定，公严兵内备，参酌抚赏互市，著为例，虏遂帖服[3]。至大同，广储偫，缮甲兵，城州县边堡凡十余所，不半岁而军政一新。在神木，墩台斥堠校联不绝，虏不敢渡河而牧。居岢岚，数岁内外晏然，声益起。

万历庚辰，擢右佥都御史，巡抚宁夏。公大兴屯政，浚汉唐以来诸渠，修筑灵州、花马池、玉泉诸城，以壮声势。虏酋市赏悉据例裁之，所省帑金以巨[4]万计。议者言宣[5]府翼蔽陵京，称重地，宜得良抚臣镇之。上知公才，乃调公宣府。初款虏时，边臣如奉骄子，渐不可制，公以精神折冲，颐指色授，具有操纵。虏部有所请乞，不辄予，而时召其豪酋以峻词折之，皆俯首以听。将校有廉勇习边事者，常降意接纳，委以腹心，人人乐为用，虏中动静辄诇知之。以故，抚驭机宜，十不失一，即黠虏闯边，敛手受罚者，以公先得其要领也。

① 如，《赐闲堂集》卷三一作“若”。二字通。
② 人，《赐闲堂集》卷三一无。
③ 服，《赐闲堂集》卷三一作“伏”。帖伏：折服，顺从不反抗。帖服：顺从。
④ 巨，原缺，据《赐闲堂集》卷三一补。
⑤ 宣，原缺，据《赐闲堂集》卷三一补。

壬午，晋右副都御史、兵部右侍郎。丁亥，协理京营戎政，寻还部。己丑，送潞王之国，公严禁令节供亿，藩卫廪廪奉法，所过安堵。既报命，擢右都御史兼兵部右侍郎、总督宣大军务。两镇多公故部曲，皆喜公来，而虏款亦益恭。西虏侵掠洮河间，廷论蜂起，谓虏王实阴助之，宜令九边罢款决战，而责公并力西讨。公言："今国家御虏，当以抚顺剿逆为长策，即西虏内讧，声其罪而剿之可耳，虏王无他端，而并绝之，横挑边衅，委边氓于锋镝，令军兴耗费无已时，非胜算也。"会上召问阁臣，余对如公言，而上所遣经略大臣亦与公议合，遂趣虏王东归，逐西虏远遁，两川空无虏帐，而洮河谧如。人谓公练达镇定，得大体。宁夏叛卒戕抚臣，勾套虏入犯，公檄宁武[①]诸将守关隘，遥为声援，而以计縻虏酋，使不得出，诸部为贼诱者皆数挫，大败贺兰山下，宁夏遂平。史车二逆[②]叛出边，五台多矿盗，皆不烦兵而定。

甲午，叙功晋兵部尚书，加太子太保，玺书褒赉，公控辞不允。上念公劳苦边事，召为刑部尚书。大内火，诏推问火所由，当死者数人，公皆释之。倭夷破朝鲜，司马石公主封贡，举措烦扰，已而东师失利，上震怒，按诛一偏将军，欲并论司马，公力救之。上不怿，至切责公，镌宫秩，公卒不奉诏。当西陲主战，东事主款，司马皆与公抵牾，而公卒全司马，其秉公持平如是。已奉上命，兼署兵部。令关白死，釜山诸倭悉遁去，东师屡捷。有以蜚语撼当事者，公言："倭已穷蹙，我师乘胜逐之，众可尽覆也。"以语经略邢公，乃决策进兵，擒斩万计，我师奏凯饮至，而朝鲜以宁。上乃诏复公宫保，予锦衣世荫。维时南北奏捷以十数，赏荫及公，皆力辞。暨满九载，始受少傅兼太子太傅之命。寻抗疏乞休，凡数十上，上特优诏褒美，赐乘传归。归三年而卒。是岁元日，有鹤降于庭，翔舞移时，

---

① 武，原缺，据《赐闲堂集》卷三一补。

② 逆，《赐闲堂集》卷三一作"夷"。

人以公为仙逝云。

公为人爽朗阔达，量宏而识敏，与人交，逡逡自下，常与少贱者均礼，人不知其贵且寿也。既久历边陲，延揽诹度，凡地形险易，军储赢缩，将吏能否，虏情向背，皆洞若烛照。或叩以疑事，及计画所出，应答如响，娓娓缅缅，若倾囊出物，必尽而后已。其推贤奖善，惟恐不及，有睚眦则忘之。里居不践公庭，而兴革关利弊者亦不惮谆复，有司奉以为楷式焉。今海内幸无警，而边事尚多隐忧，安得起公于九原，而与之决大疑、定大计，此余所以重为公悲也！

公配一品夫人刘氏，阳丘人，其父善禄，命家言，知公必贵，遂妻以女。夫人有内德，既归公，则椎布操作，以佐公于学，事姑色养备谨，终始无憾，以孝称。治家课子，皆以勤俭为率，而不吝施舍。尝欲为公广继嗣，则置姬侍致公邸中。公历仕垂五十年，夫人从之者仅七年耳。盖采蘋、樛木，著于风诗，夫人有焉。公生于[①]嘉靖壬辰，年八十有一。夫人生壬辰，卒于[②]万历辛亥，年八十。子男二，长即和中，工部郎中，娶高氏，刘夫人出；次协中，官生，聘马氏，侧出；女一，孙男一，曾孙一。葬以某年月日，墓在某。铭曰：

奕奕岱宗，神灵所宅。钟庆发祥，是生名硕。显允司马，颙颙邛邛。令德令闻，如圭如璋。始以望郎，治军督饷。继践藩臬，声猷弥扬。捍圉需才，简在宸衷。载命而西，建隼[③]凭熊。既殿朔方，遄移上[④]谷。桑土绸缪，毡裘詟伏。遂开督府，兼制三垂。屹如金城，身寄安危。洮河绎骚，疆事孔棘。剿逆抚顺，公有石画。岛夷崩摧，东师

① 于，《赐闲堂集》卷三一无。

② 于，《赐闲堂集》卷三一无。

③ 隼，原作“准”，据《赐闲堂集》卷三一改。

④ 上，原作“山”，据《赐闲堂集》卷三一改。

欲休。乘敝捣虚，公有长筹。帝谓枢臣，崇勋茂绩[①]。何以酬之，孤卿世职。公曰归欤，我其明农。优诏赐闲，恩礼始终。公不少留，溘然厌世。降岳而生，乘鹤而逝。岂不寿考，岂不显荣。皇有愍恤，所眷老成。展如邦媛，偕老媲德。并荷殊恩，俎豆窀穸。坊斧新封，云亭故墟。标懿有铭，贲于玄庐。

莱芜萧公祠碑记《莱芜县志》

〔明〕少詹事顾起元江宁

莱芜令吴昌侯者，余壬辰同选士籍，共试大廷，联袂游京，均共笔砚，称兄弟者[②]。令莱芜两月后，即使使渡江，持尺素问[③]余。另缄道莱人士戴司马萧公德，无以报，父老子弟各捐资，倡建生祠，专祝公寿、志永思。祠成，例应有记勒贞珉，非太史笔无以垂不朽，非区区同籍谊，不敢[④]徼此于太史，惟太史图之。余读之卒业，敛衽叹曰："大司马之品定于此矣！"夫稽人品格者，必于父母之邦，盖以父母之邦之人，耳目狎而议论嚣，每求多于乡缙绅先生，而间中忌之，以故德难见而怨易起。非若宦其土者，权足以[⑤]制其荣瘁，感足喻其颐指，或可虚声借[⑥]誉，无功食报也。况于乡之邻邑，感慕尸祝，若斯之勤乎？尤典籍所未载，耳目所未睹记也。祠之义，

① 绩，原作"续"，据《赐闲堂集》卷三一改。

② 清锺国义主修《新修莱芜县志》卷八《艺文志》（清康熙十二年本，第四十页）"者"后有"也"。

③ 问，原缺，据康熙《新修莱芜县志》卷八补。

④ 敢，康熙《新修莱芜县志》卷八作"能"。

⑤ 以，康熙《新修莱芜县志》卷八无。

⑥ 借，原作"供"，据康熙《新修莱芜县志》卷八改。

尽于全[①]公三善之说矣，余复安所飏言[②]，以记岁月。惟是伏读疏略云，莱人阴受公赐不可数计，余乃知公之得[③]于莱人匪侈也。大率为地方禔福者，阳示而显造之，必有所指之事，所覆之人，其事其人之外，所逸者尚多，惟不[④]洞悉下邑小民痛痒何在，即中抱隐忧，潜谕当道，就中调剂，措一邑于衽席而不知其所自安，其中[⑤]又有难以语人者。公之意良厚，公之心良苦，寔心寔惠，所及□□人深矣。莱人素慷慨负义气，恩怨甚明，安肯受公真切赐，而不图真切报也。公不任德，莱人自德自举也。□□天理之在人心，若或驱之而不能自已者乎。无暇诵公[⑥]之高标清望，丰功伟烈，为当代名臣翘楚，即乡之邻邑，家尸祝而永蒸尝，恐跻位卿相，垂光竹帛者，不能不为[⑦]论公筹也。余故曰"公之品定于此也"。

是役也，肇工于丙午八月望前，落成于是岁十一月望后。为堂三楹，中塑公像，东西庑共[⑧]六楹，大门、仪门各一。坐落城西门外一里许，大道之北。士民乐输，黄白急趋，盖不暇计其所费若[⑨]干云。

公讳大亨，号岳峰，济南泰安州籍，江西吉安府吉水县人。登壬戌进士，官至兵刑两部尚书。文载康熙《莱芜县志·艺文志》，乙酉五月下旬，次通抄于市中寓斋。

---

① 全，康熙《新修莱芜县志》卷八作"令"。
② 康熙《新修莱芜县志》卷八"飏言"前有"藉手"二字。
③ 康熙《新修莱芜县志》卷八"得"后有"此"。
④ 不，康熙《新修莱芜县志》卷八作"公"。
⑤ 康熙《新修莱芜县志》卷八"其中"前有"或"。
⑥ 诵公，原缺，据康熙《新修莱芜县志》卷八补。
⑦ 熙《新修莱芜县志》卷八"为"后有"此"。
⑧ 康熙《新修莱芜县志》卷八"共"后有"计"字。
⑨ 若，康熙《新修莱芜县志》卷八作"如"。如干，同"若干"。

宋汝阳先生墓碣石刻

〔清〕赵起鲁

先生讳煦，字汝阳，号绪田，太史青岩公之胞兄也。天性孝友忠信，自少及壮如一日。暮年喜吟啸泮奂林泉间，自号啸傲山人。配张孺人，生四子：之偁、之抃、之光、之韩。卒葬斯土，墓碑岿然，题曰“汝阳宋先生之墓”。其石为风雨剥蚀，两旁细字漫漶过半，仅存“万历四十年十二月日”数字而已。其裔孙深恐久而失考，更以新碣，仍遵旧式，乞余题志。敬为序其颠末如此。

嘉庆三年，武定府蒲台县儒学训导赵起鲁书。

道士秘冲辉墓碣石刻

〔清〕李希沆

盖闻教立三门，鼎峙岂分乎高下？道无二辙，朝宗总汇于汪洋。岱下玉皇阁秘老法师，讳冲辉，字天机，生于顺治壬辰年，原籍武定阳新县人。性厌尘凡，志归仙道，自幼出家，投孙真清法师门下为徒。已近名师，遂通明诀。云母蒸成，香竽铛内云□；菖蒲练出，新芝鼎中丹转。终年辟谷，宁须曼倩之桃；尽日熊经，并却安期之□。六十年来，如同一日，道洵极于无名，学允超于有象。于乾隆二年，特授皇恩，领给度牒，号为全真。至乾隆三年十二月初九日戌时，端然坐化。

呜乎！孙清真遗骸至今如生，秘法师道貌亦千载不朽矣！真所谓曾翻金母之觞，暂辞天上；久侍玉皇之案，偶寄人间者也。是为记。

乾隆六年，岱下贡生李希沆拜撰。

道士刘正玉墓碑墓碑

〔清〕柴兰皋

君讳正玉，字兰田，城西七里铺刘氏子也。童年以疾故，舍身于白鹤泉，师事炼师道会宋德元为道士。有夙慧，于道家经典妙奥皆能会通。师深为嘉许，为衣钵弟子。德元歿，其承守弟子柴正乾等无状，不能守清规，遂将本庙田地产业典卖殆尽，庙中道众皆纷然四散矣，时正玉主持东平土山庙。于乾隆五十年，柴正乾亦赴别庙住持，道众乃赴东平，邀正玉回本庙掌持，家计一皆听命于正玉。庙之四周乃荒田数段，皆山石荦确，不能耕种，正玉乃日率道众负畚荷锸，开辟荒芜。其有崖石阻碍者，皆治平之，使可以耕，获得地约二十余亩，本庙道众可以得饱暖矣。稍有余资，可以修治寮舍，皆复故观，佥谓非正玉之力，孰克□□□。

道光十年，羽光[①]坐寂，已择地安葬矣。道众张本秀等不忍其没没无闻也，爰立贞珉，以纪其功，亦饮水思源之意也，征文于余。义不获辞，乃濡书而为之志，以告本庙之嗣行住持者。

道光元年庚寅，环溪柴兰皋撰，刘学贵书。

昝云山炼师碑记三阳观[②]

〔明〕程守训

云山昝炼师，陕西渭南人也，于嘉靖壬子年来住此山。时以三阳真人

① 羽光，疑为“羽化”之误。

② 昝云山，“昝”原书皆误作“咎”，今皆据原碑改正，以下不再一一出校。原碑位于泰山三阳观南约60米道士林昝复明墓前。

羽化[①]兹山，殿守倾颓，榱椽毁缺，所存者不过旧基荒址、庵屋数椽而已。炼师行洁珪璧，驾鹤来游，见本基山水回环，遂欲于此爰居安籍，养正持盈，以了性命。乃发心□□妙提，复兴营建。未及一载，州众以悦来，工以心兢，庀徒揆日，因故就疑，绍前人之[②]令典，酌先檀之[③]故实，远宗近守，于是乎在[④]。而仙庵[⑤]既构，列室俱兴，遂为红尘一大玄关矣。

守训以甲午年因谒岱宗，遂至本庵，特访炼师，便蒙□□，以□□世间之法，性命双修之理，超阴阳之表，复元始之乡，不惜玄理绶□□□□□子之礼久矣。奈何师以戊戌年[⑥]正月十九日羽化超丹，委蜕而去。藏□者止洞中孤琴、遗像、藤[⑦]床、石磴而已。兹以壬寅岁首因谒岱宗，遂复访问，俨然如恩师面，其精英道气不殊在日，非所谓神交凝契，旦暮之遇者耶？于是信宿兹山庵，追[⑧]惟道范，高山景行之心，曷能自已？乃[⑨]勒石建碑，以传不朽。遂为之诗[⑩]曰：

再到玄关访炼师，云居寂寞思凄其。寒庵只见孤琴在，夜月还应一鹤随。雪印空坛无鸟雀，水流绝涧有蛟螭。遥知碧简[⑪]雕名姓，次第丹[⑫]止可待期。

---

① 化，原缺，据原碑补。

② 之，原缺，据原碑补。

③ 之，原缺，“之”前原有“越”，据原碑补删。

④ 在，此字今缺，为原碑断裂所补处。

⑤ 庵，原作“厂”，据原碑改。下同。

⑥ 年，原缺，据原碑补。

⑦ 藤，原作“药”，据原碑改。

⑧ 追，原作“退”，据原碑改（原碑此字除部首“辶”磨泐外，其余清晰可辨）。

⑨ 乃，原缺，据原碑补。

⑩ 诗，原碑此字大半磨泐。袁明英主编《泰山石刻》第六卷（中华书局，2007年版）作“赞”。

⑪ 简，原作“涧”，据原碑改。

⑫ 丹，原作“舟”，据原碑改。

万历壬寅年献春吉旦[①]，武英殿中书舍人佛弟子无念程守训撰。

静虚道人墓表墓石

〔明〕侯贵

道人王姓，名一山，秀峰字，号静虚，家世于岱。蚤从黄冠，长精黄岐[②]。始居石碑，继迁郭庄。道人术多奇验，四方就医者无虚日。尝已郡之巨姓危疾，乃为结庐于南墅，迎致以居焉。门外益多辙[③]迹，久之厌其喧杂，复徙[④]兹山，遂有终焉之意。道人之行卓然，亡名缕缕也。其尤可称者，亲贤友儒，寒士辄周之。以故，士大夫乐与之游，而达官贵人无不宾礼，由是名闻四方。

洎疾革，余往省之，道人执手歔欷，悲不自胜。余悲而止之曰："奚以悲为？天地亦块物尔，会须有尽，肯形于两间，未有超然而独存者。水才沤性，我何与焉？知生之为生未为有，则知死之为死未为亡，生寄死归，圣人所以委顺于大化也。修养家务，长视远引，竟不知所终，亦理之不可诬者。南华谓[⑤]生为行，死为休。解庄生之玄旨，寤谭子之秘理。死生之际较矣。"道人颔之，逾三日而蝉蜕焉。弟子卜日而瘗之，复请余纪其事。於乎！生死殊途，道人已矣！后之观者，其有感于斯文。

明嘉靖四十二年，白云居士侯贵识，少南张承业书。

孝弟张一任　孝徒张礼朴　徒孙刘来绪　孝侄韦教余

赵一登　韦阳安　韦思忠　韦岐[⑥]

① 献春吉旦，原作"献吉春日"，据原碑改。

② 岐，原作"歧"，据原碑改。原碑位于泰山三阳观南道士林。

③ 辙，原作"辄"，原碑此字漫漶，径改。

④ 徙：原作"从(從)"，据原碑改。

⑤ 谓，原作"为"，据原碑改。

⑥ 岐，原作"歧"，据原碑改。

头陀道人传白鹤泉上

〔清〕赵国麟

头陀道人武乙真，字纯元。莫详所自来，或云宣化人。年可五六十。发常覆额上，终年不剃，冬或着布冠，发仍外垂。来游王母池，乐而寄栖焉。不烟火食，食柏叶，杂以枣果，饮水，久之□弱不支。后素食，仍时时采树木之菌服食之，以为可以飞升□脱也，卒无验。因筑室池旁老柳下，圜其门，日静坐其中。客来不得见，叩关数，始启关，坐柳下，客亦于圜外坐对，谈出世语，但云神仙非可强学也，只自降服其心耳。刻四字于牌，挂胸前，客有请者，即指牌示之。

居数岁，复出圜。会徒邱阳虚建迎旭观，园将成，请为静室居之，遂复闭圜，竟终迎旭。其化也，盖八十有四云。少司农阿公锡鼎过岱，游王母池，见道人，执弟子礼甚虔，厚为遗赠，道人一无所受。又岁时数致馈奉，皆却之。道人化去，阿公为营葬事。

予识道人且二十年，予不读老子书，未悉道人窍妙，第自王母以迄迎旭，初见以五六十许人，后岁岁见如是，岂非服食之效耶？至于清静无为，萧然不染，虽不得为神仙，亦可称有道之士矣！

阳虚字云昇，曲阜人，少出家，遇乙真，师事之。勤于建造，迎旭初草屋一区，今殿阁巍焕，雄于岱下。乙真名动公卿，强致之，欲为迎旭重，而乙真淡然无欲，殊非阳虚矣。乙真殁，阳虚走京师，告阿公，阿公厚赙之。阳虚归葬乙真于青帝观旁。后二十余年，迎旭观成，阳虚始殁，年六十七。予尝论阳虚虽不及其师之恬然寡欲，然辛勤数十年，铢积寸累，不一自营其私，使城隅寂寞之滨，成清虚洞府之规，若阳虚者，曷可少哉？因乐为道之，而附书于乙真传末。

时乾隆乙丑冬日，岱农逸人郭阳惠德乾氏书。

咸安宫行走回籍泰山拙庵赵国麟仁圃氏撰。

前礼部儒官赵公暨孺人墓表武马庄南[①]

〔清〕陈明新

余读赵公墓志，而得其家世之详也。曰公讳弘修，字成宇，侍御朴庵公从弟也。少孤，依季母[②]。侍御公微时，专儒业，弟仲幼，田事独听公。公勤于事，间治生商贾[③]，为侍御公游学之资。侍御公成名竟贵，公盖有功[④]。公乃贫[⑤]，及[⑥]娶孺人宋氏，鬻簪珥为资[⑦]，视时贵贱逐什一，后遂裕。

公豁达洞[⑧]精，敏于事，好济人缓急。里中每有大徭役，公先出资为主办，既办，里人乃知之。及输租，群心期亦进里人谕诫[⑨]，里人多假后期，[⑩]公即出己资而代纳，徐收其积。里人感[⑪]，亦无负责[⑫]；或有焉，公亦不之过也。岁以为常，以故，里人感公，如恃父母然。郡守亦以是辩[⑬]公德，公

---

① 此篇可见于《泰安赵氏家谱》（第六页）卷十二《墓志》，标题为《明礼部儒官成宇赵公暨元配宋氏合葬墓表》。

② 依季母，《泰安赵氏家谱》卷十二此句作“依季父续溪公”，且后有“与侍御公同居”六字。

③ “公勤于”至“商贾”两句，《泰安赵氏家谱》卷十二作“公勤于事务，治生兼商贾”。

④ 有功，《泰安赵氏家谱》卷十二作“有力焉”。

⑤ 公乃贫，《泰安赵氏家谱》卷十二无。

⑥ 及，《泰安赵氏家谱》卷十二作“公”。

⑦ 鬻簪珥为资，《泰安赵氏家谱》卷十二此句作“以勤俭善治家”。此句后有“公与孺人”四字。

⑧ 《泰安赵氏家谱》卷十二“洞”后有“彻”。

⑨ 此两句据上下文，似应为“及输租税，先期亦进里人谕诫”。

⑩ “公先出资为主办”至“里人多假后期”数句，《泰安赵氏家谱》卷十二无。

⑪ 《泰安赵氏家谱》卷十二“感”后有“公”。

⑫ 责，《泰安赵氏家谱》卷十二作“债”。责，古“债”字。

⑬ 辩：同“辨”，判，别。或为“感”之误。

亦[1]不有德色。后[2]有事于长安[3]，卒于道，舆榇归，里人哀思[4]。孺人抚诸孤，独立而人无侮者，以公德留于人心也。

孺人[5]济人缓急，略如公。值岁饥，孺人煮粥食人，人之就食者日益众，孺人食之不怠[6]，活者以千数[7]。及李自成之党及郡[8]，搜财逮人掠治，[9]郡[10]中多为孺人耳目者[11]，得预脱，入深山避之。[12]有群丐依险为劫遮道[13]，孺人[14]既前，识孺人，曰："是活我赵母也！几惊我母！"因卫之入深山，曰："恐有他无及。"[15]事平，复卫之出。孺人曰："何[16]乃相全我耶？"皆曰："母尝煮粥活我也。"曰[17]："母无恙，后再饥，我等犹赖以活。"乃辞去。

夫势会多变，故旧家往往不[18]如前，非遭巨寇之暴，即[19]劫败于群不逞，孺人以未亡人抚诸孤儿，历艰难险阻，有泰山之安而物无害者，为人固闺阁之贤豪也！

陈明新曰："侠士仁贤骨，布衣卿相才。"泰山之下多艳称此语。然非

---

① 亦，《泰安赵氏家谱》卷十二作"竟"。
② 后，《泰安赵氏家谱》卷十二作"其后"。
③ 长安，《泰安赵氏家谱》卷十二作"燕都"。
④ 《泰安赵氏家谱》卷十二"思"后有"之"。
⑤ 《泰安赵氏家谱》卷十二"孺人"后有"好"字。
⑥ 孺人食之不怠，《泰安赵氏家谱》卷十二无此句。
⑦ 以千数，《泰安赵氏家谱》卷十二作"无数"。
⑧ 及李自成之党及郡，《泰安赵氏家谱》卷十二此句作"甲申，闯寇置伪官郡中"。
⑨ 《泰安赵氏家谱》卷十二此句后有"孺人独无事"之句。
⑩ 《泰安赵氏家谱》卷十二"郡"前有"以"字。
⑪ 者，《泰安赵氏家谱》卷十二作"也"。
⑫ "得预脱，入深山避之"，《泰安赵氏家谱》卷十二此两句作"孺人避盗入山中"。
⑬ 道，原缺，据《泰安赵氏家谱》卷十二补。
⑭ "人"原衍，据《泰安赵氏家谱》卷十二删其一。
⑮ 《泰安赵氏家谱》卷十二无此句。
⑯ 《泰安赵氏家谱》卷十二"何"前有"公等"。
⑰ 曰，《泰安赵氏家谱》卷十二无。
⑱ 《泰安赵氏家谱》卷十二"不"后有"克"字。
⑲ 即，原作"因"，据《泰安赵氏家谱》卷十二改。

成宇公，谁能当之？奈中年以没，不及竟其所为，而止表表于乡里[①]间，命也。孺人廓充前徽，恢张扩大[②]，而家世益显，子姓累累，多科第名人，固其内功茂哉！要亦厚德大度，洽于闺壶，服习有年，是以前后相与，以有成耳。诗曰："天作之合。"岂偶然也耶？

清康熙二十五年岁次丙寅，莱芜举人陈明新拜撰。[③]

岁进士侯公中立碑铭 谢过城村东

〔清〕赵国麟

赐进士出身文渊阁大学士赵国麟顿首拜撰。

公讳祄，字中立，原籍登州府招远县。时值清初，而又大父从年，遂卜居岱麓。下缺者余故人也，赋性刚直，天资淳朴，下缺是以约其生平而为之铭。下缺

清故先考戊戌科岁进士侯公讳祄字中立、先妣应授孺人童氏合葬之墓。

乾隆十一年春三月吉日，孝男侯文基、仁基、□基立石。

清太学生凤羽府君行述 节家谱

〔清〕王复基

府君讳灿，字凤羽，先王父佩弦公之仲子也，与叔祖佩觿公诸伯叔行，

① 里，《泰安赵氏家谱》卷十二作"闾"。

② 扩大，《泰安赵氏家谱》卷十二作"旧业"。

③ 《泰安赵氏家谱》卷十二该篇文末署："顺治辛卯，科举人候选知县年家眷晚生陈明新顿首拜撰。"

列居五。才识英敏，聪慧过人，先王父母每器爱焉。不意府君年方十一，而先王父谢世。上有胞兄行三，讳煓，字子飞，前王母李太孺人所生，继王母梁太孺人生府君一人。姊妹三人，长适范尧章，次适房松年，三适于钦若。祖母梁为本邑旧家女，娴内则，多义方之训。而府君和气婉容，出入进退，未尝稍失祖母之欢心。府君年至十七，而先王母寿终。呜乎！府君以年幼之躯遭此大故，哀痛倍加，昼夜哭泣，日不一餐，虽伯父总其大概，而衣衾棺椁，一切丧具，又必亲身检阅。与伯父同居，克尽悌道，孰意伯父雍正甲辰年正月初二日申时忽中痰火，遂成瘓疾，未及二载，溘然长逝也。

府君行止之端方，待物之款洽，济人急难，悯人孤寡，笃亲情而重戚谊。遇族党有讼，必急为排解，有危难，必力为扶持，则又指不胜屈。

后庄二伯，讳煦，字象元，家有逐出逆仆王松，度日无了，心怀不良，持刃自蹈，二伯束手无策。府君惟念手足，宿风沐雨，不惮劳苦，上下周旋。寄监数日，而劳疾忽犯，恳恩保出，自始至终，不受官刑，伊谁之力？不料官事方完，堂伯旧症复发，一卧长眠。二姊尚在闺中，未及适张，堂兄廷勷年方十七，犹未聘娶，上无慈母，下无兄嫂，茕茕姊弟，伶仃孤苦。府君朝夕与之管理，不殊己事。二姊出闺，堂兄完婚，无不周详。

大伯讳烈，字採臣，与伯母宋太君早逝乏嗣，寄葬荒野，未得合葬。唯有一女，适郡庠张健庵公，常怀过继志，未得遂。府君与之经画区处，酌议四伯讳熏字虞南三子盛基出嗣，又为计产管业，无不分明。于乾隆十九年合葬于羊娄村祖茔之次。

前曾王父与继曾王母龚太恭人停柩在城，先曾王母杨太恭人寄葬上高祖茔，年深日久，犹未合葬。诸伯叔各居一方，置若罔闻。府君甚所忧心，自卖城宅，为登丧之资，移灵于羊娄茔中。自开丧以至安葬，尽诚尽礼。

堂叔行六，讳杰，字英若，打死女仆，罪在敌命。吾府君念及昆仲皆属手足，岂有殊情，下莱邑寻其尸亲，托人与之讲财息讼，竭力为挽，不避祸患。使叔父不致有囹圄缧绁之苦，坦然以终天年，皆吾府君之力。诚哉！智可及，愚不可及也。是非笃亲情而重族谊，又乌能若是之肫挚也哉！且胞伯父母丧葬大事，伯兄讳俊基字秀千当为分忧，而犹然待哺之赤子，府君仍自经营，不少推诿。至于六姑，虽适于姓，奈家道贫寒，不时稍有顾恤。适至乾隆十四年春间，年景稍疏，姑丈抛尽遗其孤，府君偕姑迎养在家，为甥女谋家适徐，待甥男如同己子。

呜乎！府君持己接物，莫非至诚，里党皆称仁人长者。即待子侄辈，爱之以德，诱之以理，劝以读书孝弟，虽无疾言厉色，而子侄无不降从。奴仆、佃户、雇工之人，莫不感德。又兼瘫疹绕身，无论亲疏、富贵、贫贱以及远近，逐日奔波，不殚跋涉之劳，莫不尽心调治，至于聘礼谢仪，毫无取焉。其家无钱，自出己财，为之切药。呜乎！府君之事，莫不彰彰在人耳目间也！下略。

大明盛庵寿公墓碑后七里埠北原石

〔明〕文卿

太学生门下婿海石子郡人文卿撰文。

奉训大夫泰安州事莆田需斋郑豸篆额。

文林郎知贵州清平县秀峰王文通书丹。

寿公讳骙，字德隆，号盛庵先生。配王氏。蚤游郡庠，志气薄斗，持丰裁，有凛然不可犯之意。声价场屋，屈科第，以拔贡成名，宦游怀庆经府，人皆谓负大才而屈下僚，国人惜之。翁曰："泾阳一邑之小，杨大历言其政，唐天子每倾听焉，行道不在乎位□也。不见王荆公偏学，卒为万世之嫚骂。夫人惟在心之端与不端，不计爵之崇与不崇。"国人矜之。观其翁介如寒霜，行必迈古，忠诚贯日，真奇士也。少年有确石不可□之操，正直足与。有一权豪，扶俳优而滥庠序，翁则当道处极力排斥，人皆仰其□正士风。

及其壮也，按部河□，有冰清不淆之守，夙夜惟寅，修桥梁而省千金，□人皆被其福泽，得民心。至于老也，泮涣[①]优游，推正宾而享郡筵，温经史而课子孙，人又皆目其全福。

年登七十有三。生于成化戊子，终于嘉靖庚子。有四男：岳、华、恒、崐；为顾名。十孙：汝、汉、淮、汧、泗、泾、渭、济、沱、□。主丧独崐，拜典术相，汧、沂、泗饱[②]郡庠员。一女号二栖，归海石生。

呜呼！潞公题一川□墓曰："孟轲死千载，无真儒。"夫何怪后世无真儒也？盖轲以仁义为尚，杨墨为非，揭其能辟异端也已。盛庵翁之正气士风，其亦淑诸轲之明教也哉！孔子殁，百世无善政，亦何小后世之无善政？盖孔子以贪得是戒，利民为生，取其事物当而已矣。盛庵翁□惜民财，其亦乃所愿，则学孔子之仁也哉！况地之相去邹鲁连封，接孔孟之山川，溯孔孟之波澜，私孔孟之明教，虽非当代之琏珠仙子、瀛洲上士，翁亦人杰也哉！

岱刺史侯公像赞祠内像刻

〔明〕刘宗权

亦人貌其貌，而乃天行其行。据其月俸几何，鹔鹴酿酒，以为豪举之公荣；据其子郎婚嫁，山经水澳，以为游兴之向平。或以为避世之墨□，或以为栽花之河阳，或开府之轻裘缓带，或太尉之南楼故床。曰："非也。

① 泮涣：自由放纵，无拘束。
② 饱，疑为"补"之误。

是雍丘侯佩之千秋事业文章！”

大梁刘宗权题。

泰山连岗李公碑阴记岱道广东墓碑

〔明〕张至发

公讳朝聘，号连岗。少有侠骨，尝从学还朴李先生门。侍御马公诚所[①]旌□亭曰：“布衣向学，宁贤录士，不为一身一家计。”负郭二顷，逢年所获，惟以赡亲。识之不给，而□上□，时亦屦满户外。有别业在万山中，远近操觚之士，率假以卒业薪水，公为之外府不第，无倦色，且相忘也。忧人忧，急人急，解念息争，不惜倾资，而然诺不易贯金石，相向托孤寄金者十余辈。有张姓者以二百金寄公，张殁，金无归，公以施僧□，至为栋梁资，其宅心不欺如此。至于输赡田以助寒素之饘粥，设公馆以苏闾里之烦扰，凶年施粥、施药、抚恤种种，不可殚述。郡侯高其行，具簧宫宾宴，辄敬请以光大典。公深自逊谢，迫之始一赴会。公以耆逸，蒙恩命受一级爵。

生于嘉靖辛亥六月初八日，殁于崇祯六年五月十九，得年八十有三。配吴氏，继刘氏、汪氏。伯子起瀚，府庠生，配孙氏、丁氏。仲子起泮，配胡氏，先卒。季子云程，举人，配徐氏。瀚生一子明信，聘举人王公度女，一女幼。程生一子□，年幼。公居州治之西，以崇祯六年十二月十二日，葬州北五里大乙山之阳。铭曰。

赐进士第太常寺正卿通家弟完松张至发顿首拜撰。

---

① “诚所”为马经纶字，“诚”后原有空格，径删。

泰安严氏迁葬之碑《严氏家谱》

〔元〕杜仁杰

先东平大行台公之疏属、泰安州司户曰严荣者，一日以书抵予，且□右乃祖乃父登先陷阵，屡捷之战□，践历□□超迁之□级，彼终将下缺十三字保完之□思□者备矣，可独无文以志诸石。予虽不敢厕当代秉笔之列，读之毅然，遂有发扬潜德隐功之举，于是略论次所闻所见而书之。

君讳谨，字孝先，本下缺四字力田，家躯下缺五字骨[①]硗然，有古名将之[②]风，微时已为人所敬惮。当贞祐甲戌之乱，郡城失守，君率乡民避地于天[③]平砦□，扞御四□□□，得与官下缺十字主其砦[④]。已[⑤]而黄山群盗来攻袭，君亦会在州，以计坑杀无噍类，州复申东平□行省蒙忽里刚，□迁怀远将军[⑥]，遥领淄倅而宰清平。居未几，河[⑦]朔诸郡无坚城。下缺四字总领张山，归盟国朝，杖策谒先公于青崖下缺五字以腹心见委，充东山招抚，俾守天胜。宋以于江攻天胜，君坚拒者累日，力殚被执。江壮其果勇，欲贷以死。□□知公族，辄不留。父讳显，字子明。丙戌之春，复从张帅，为先公拓地抚民，与有力焉。因录前后之勤，承制拟加武略将军，授兖州泗水县令，仍充本郡军民弹压。甲子，以疾殁于牖下，荣得袭父爵，改今州司户。

予谓中州板荡以来，不翅四十余年，其间锐鉏首、持棘矜，□各□□稚脱祸之计，至于一乡一邑一墟一落之间，不得不立之长焉。如此散在□下，亦无虑数千万人。若辈初未当道为王、为侯、为伯、为子男，下缺四字

① 骨，原缺，据《泰安严氏族谱》卷一补。
② 之，《泰安严氏族谱》卷一无。
③ 天，原缺，据《泰安严氏族谱》卷一补。
④ 砦，《泰安严氏族谱》卷一作“柴”。
⑤ 已，原缺，据《泰安严氏族谱》卷一补。
⑥ 将军，《泰安严氏族谱》卷一作“大将军”。
⑦ 河，《泰安严氏族谱》卷一作“何”。

既久，□割壤渐□，得民浸繁，其势必至颛城方面而后已。虽然，朝为里豪，暮为磷鬼，或死于敌，或死于仇，蹂躏磨灭，复不知几千百人得完首领。至于下缺六字庆流子孙，□□诸侯之地，四分中原之一，如吾严氏者几家耳！故首列[①]有连城之封，偏裨列校不失为附庸之臣，虽奔走御侮，下及疾足五百人□，次第以下缺四字。父祖□□，而且□□□镂功□□以表其墓[②]，亦宜矣。仍系之以词。词曰：

泰山岩岩，鲁所瞻兮。左界汶水，来渐渐兮。万古明秀，堆闾阎兮。其□大家，有一严兮。生子魁伟，仍戟□兮。忠□义□，如□□兮。燎原下缺十五字。赖君平生，智勇兼兮。垂白龆龀，获安恬兮。议勋大府，出乎佥兮。列德曾被，汉德沾兮。青崖先公，众所觇兮。仍搜死节，书厥籤兮。通年宅兆，协吉占兮。有孙曰荣，忠且廉兮。丰搜合制，无留添兮。磨□□石，□□黔兮。大书功下缺十四字公族[③]，渠自□兮。春秋歌祝，谁属餍兮。[④]

济南杜仁杰撰。

泰安州司户[⑤]司管民官子荣立。

岁舍阏逢摄格律中夹廿有九日。

---

① 列，《泰安严氏族谱》卷一作“将”。

② “其墓”二字，原作“基”字，据《泰安严氏族谱》卷一改。

③ 族，原缺，据《泰安严氏族谱》卷一补。

④ 原书此上眉注：“缺百廿六字。”按：此指全文所缺总字数。《泰安严氏族谱》无此句。

⑤ 户，《泰安严氏族谱》卷一作“侯”。

严节母郑孺人墓表①

〔民国〕王连儒

泰安处士严公士岳妻郑孺人，于归六载，所天即世，虽痛不欲生，以夫兼祧，故家门之寄甚重，不得不以未亡人自任，于翁姑之存殁胥尽心力。生遗腹子锡魁，教养兼至，卒以有闻，得列邑乘《孝义传》。孺人以廿[2]四岁守志，以清光绪二十年七十八岁乃终，既以节孝闻于朝，得旌如例。及老而处分后事，以夫葬福地不可复启，而地又隘甚，乃遗命不用合葬故事。其志状所载略如此，有不禁闻而起敬者。

於虖！妇之谊有可以综其全者，曰妻同地道而代有终，曰苦节不可贞，曰妇义事也。试观士岳公之身世，一门血胤不绝如缕，且父母在堂，既须孝养，又无黄口之息以延嗣续，使孺人身随夫[3]逝，是死其夫也，是不有其家人也。所幸孺人未殉，得缘遗腹而有后，即双亲迟暮，亦有所托。士岳公虽早卒，而可告无罪于先人，实赖孺人肩其责，妇道子职萃于一身。微孺人，门户其不可知矣！继继绳绳，食谁之报？曰唯孺人其有功于严氏也如此。此而质之有终之明训，庶可当之无愧色。且夫妇道，达道也，妇之于夫，终身不改，已可质鬼神而泣风雨，即堂前芳徽，亦终不能以相尚。必谓身殉而复可，特贤智之过耳，天下惟中庸之道为能行之而不敝，过事矫激，又何当于大法？况三合然后生之朕兆，天已持阴阳之全以相符，尤不可不善于迎承乎。昔夫子赞《易》，岂不重视乎节者？而必斥苦节为道穷，知此意者其知孺人之所以自处矣。妇与女异，女待人者也，既妇矣，则从宜焉可也。使从父母而外，必继之以从夫，又必继之以从子，是所谓女而不妇矣。合葬虽则

① 原书此上眉注："嘉庆二十五年生，光绪廿年卒。"

② 廿，《泰安严氏族谱》卷七《次支墓表》作"二十"。按原书此篇作"廿"者，《泰安严氏族谱》皆作"二十"。下同。

③ 夫，原作"妇"，据《泰安严氏族谱》卷七改。

云礼，而礼以义起，刻舟胶柱，岂能悉合？夫葬已久，既安固而利其后人，因圹域偪仄，不得同穴故，致或从事迁葬，摇动佳城，当非美事，孺人顾虑及之，遂有不合葬之主张，而卒能伸其志。谓之义事，谁曰不然？噫！孺人行事，权衡得当有如是者，是不足以矜式乡党乎？

文孙丹卿请予表其墓，予就志状所及之事端而论著之。名者实之宾也[①]，信也！民国二十一年二月，邑人王连儒撰。

清处士严公惠民墓表[②]

〔民国〕王连儒

公讳怀保，字惠民，姓严氏，世居泰安县崔家庄。祖升，父立邦，皆有隐德。公生有至性，稍长，自知力学，而不骛荣名。以故，词章之习未有以中之，于《论》《孟》诸书之朱注，尤所笃好。有清汉学蔚起，有志自异者，往往视朱注为不足，治以繁征博引之功，为抱残守阙之实，极其所诣，于名物象数则有之矣，至论道德性命之指归，朱注未始非不可夺之席也。公潜研既久，成《朱注集解》一书，为家庭课幼计，曾孙辈犹及读之，迨经兵燹失去，遂不可复见。清功令以朱学为正宗，科场取士，《论》《孟》诸书，制义特定一尊。工揣摩者，就朱注为讲章，朝脱于腕，暮锓于版，虽则汗牛充栋，大抵不过口耳间[③]了之，盖为利禄所驱也。公则一反诸身，言行之间，不敢有违，所谓《集解》者，盖亦只疏其率履有得者耳。当是时，力行既久，德望大孚，于是乡之子弟多归之，虽无意开门授徒，来学者究亦不得而却之。人知公可以取则也，事苟不可解，亦多因公决之，

① 也，《泰安严氏族谱》卷七无。

② 原书此上眉注称："乾隆三十八年生，道光二十年卒。"

③ 间，原缺，据《泰安严氏族谱》卷七《次支墓表》补。

公其王彦方之流亚欤？里有萧氏昆弟，曰道南、图南、鹏南，皆以童试冠军游庠，品学为乡里重，人目为萧氏三杰，公与之上下其间，老于林泉而不悔，时以“徂阴四皓”称之。此足以见公之风概矣。

娶赵氏，无子，以犹子士岳兼祧。士岳未弱冠，因本生母丧，以毁卒。妇郑氏柏舟自矢，遗腹生锡魁。郑氏既以节行得旌，锡魁亦子孙绵衍，公于是为不殁矣！公卒葬已□[①]年，民国廿一年一月，曾孙丹卿假介执贽，请予文其墓上之石。予习史家言，乡邦之隐君子不可不有以彰显之也，遂据来书状而述之。世有欲知公者乎？请视此辞焉，斯可矣！民国[②]廿二年六月，邑人王连儒撰。

高广文介石墓碑

〔清〕王怀曾

且自功利之学中于人心，举世以辞章相尚，苟舍此而以道是谋，鲜不斥为迂阔，尤可怪者，执雕虫之技，往往遂其所求以去，而经学名儒，恒郁不得伸，甚或不终其天年，而中道殂谢，岂庸庸者果多福而造物好忌欤？抑人各有所乘之运而不可强欤？余因是于介石公不能无惜焉。

公姓高，讳英之，字实中，介石其自号也。父讳希曾，耆宾，累赠奉政大夫；母张氏，赠宜人。兄树之，附贡生，候选府同知，授奉政大夫；弟庆之，国子监典籍，赠昭武都尉。公端凝孤介，言笑不苟，跬步必严，寡交游，少许可，见之如临高山，气为之肃。于书无所不读，如天文、地舆，食货、河渠，兵农、礼乐，以及医卜之事，皆竟委探原。尤精经史，考据辨证，多出常解之外。字守率更，兼工篆隶，诗文鸿博，不名一家。

① □，《泰安严氏族谱》卷七无此空格。

② 《泰安严氏族谱》卷七“民国”前有“中华”二字。

及壮，始入庠，前高广文或南以优行举士，论翕然，取优等食饩。课书院，主讲宗瀛涂大中丞许为岱下一人。不意槐黄七度，五荐不售。自维博士固微职，虽不能大展经济，亦吾道小试之机，遂浼友捐纳，迟三年，始得由乡贡教谕邹县，并因协办饷务，赏及五品衔。未几，逢覃恩授奉直大夫，追赠两代，俱如公官，乡人荣之，而不知公究非为荣计也。公为学以修身为要，知行并进，座有箴，户有铭，衣服什器俱有题勒，肖物寓意，借以触目警心。每有所作，必以簿记功圈过，大勉则较其多寡，终身不懈。公律己之严，类如此。著有《高氏家训》，切要精当，为世不可无之书。

同治庚子，病脾胃，不甚剧，忽言："待三日，可具吾衣冠。"及期，手书《训子篇》数百言，语不及私，时六月二十日也。生于嘉庆丁丑八月二十六日，享年五十有四。娶吕氏，候选州同恒俊公女，无出，早逝，赠宜人。继石氏，太学生立诚公女，孝顺慈慎，时称贤助，晋封太宜人，享年七十岁，终于光绪己丑二月二十六日，以次祔祀也。

甲子冬岁，试有期矣，公震器奉公年谱来署请表，将以差务辞，转念与公为同寅，四少君又有一日之长，何可辞？爰略具梗概，俾读者可想见公之为人，至公之孝友睦姻任恤，载在志传，详之家乘，此不再赘。

呜乎！我公往矣！有下学为己之实，而不得施大用；有清虚完粹之养，而不获享遐龄。此固公之不幸，亦邹鲁之不幸也！然非第邹鲁之不幸，而实吾道之不幸也！悲夫！

李君玉章行状

〔民国〕王连儒

君讳坤符，字玉章，姓李氏，泰安城东指挥庄人。父讳广惠，业商，能自给，恨己不为读书人，君就外傅，必使从名师游，虽重费不惜也。家中落，不能具束脩，君年十八，即为童子师。清光绪廿五年，父病殁，家益不支，馆杨氏家塾。不以贫故自馁，时以名节自磨砺，抗心奋力，视浊而富者如无物，气概嶙峋，是诚有以充发其志矣。

光绪三十一年，补博士弟子。宣统元年己酉，拔萃科，获隽朝考，复以直隶州判分发河南。民国元年，长渑池学堂。二年，在乐亭办理税务，清介自持，奉公外丝毫不以自私。五年，岁饥，支持家境已甚不易，而从弟盛彬病殁，无他兄弟，其父恃以为养，君不以贫苦为辞，竭力代盛彬谋供子职，为盛彬父赎出田，俾种植自食，得不寒饥死。九年，君与同学华卓云游幕湖南湘阴县。十年，考入北京内政部自治讲习所，毕业任济南道自治讲习所教授。十一年三月，母闫太夫人卒，守墓半年，饘粥有缺，本"毁不灭性"之义，出任济南道自治[1]指导员。是年冬，从子长存在奉天遭暗杀，家遗老母寡妻，无所藉以生，时君尚未偿清母丧费，仍设法周济长存母妻，并代为赎出所典田地，以免其姑妇流离。十三年，本县重修《县志》，以君负责成立志局，泰安志之失修百年矣，故实散落，搜采为难，君筹议倡导，昕夕无间。予时滥竽编辑，亦赖君供给。下缺[2]泰安新志之克底于成，君之力也。

十六年，盛彬父病故，殓葬悉君任之。十七年春，下缺[3]。十九年，还居乡园，患腰痛，然不肯坐废，每日写大字及读《易》，以事修养，君作字下缺[4]以自体验，程子谓"作字是学，而戒玩物丧志"，君于此得力为多，而不务华藻以炫世，所谓为己之学，固如是也。

自廿年，患胃痛，延医诊治，时愈时作，而写字读书仍不废。比廿三年，延冯君仲谦为诊治，服药二百余剂，终不起，于废历十月二十七戌时

---

① 治，原缺，径补。

② 此处原有空白约七字，今为补"下缺"二字，下同。

③ 此处原有空白约十字。

④ 此处原有空白约三字。

逝世，年六十四岁。

君娶苏氏，生子三：长舆、长辅、长依，长辅早卒。女二，适居麟村王姓，一适山口镇王姓。君生非华腴，而克自振拔，忠于所事，诚以待人，穷达不以撄其心。终其力无人无己，未尝一涉讼事，以是自持，亦以是戒其子。长舆力耕，不虞冻馁；长依佐治，有声政界。清白传家，吾知君之有以昌其后也。

中华民国二十五年十月，如弟王连儒撰。

清赠奉政大夫卢君志铭

〔民国〕张永源

君讳衍庆，字云图，姓卢姓，泰安楼德镇南泉村人。祖讳延明，字光陞。父讳运常，字彝卿，清道光甲辰恩科举人，恩县教谕。母李氏，继母周氏，生母吴氏。兄衍龄，君其仲也。

自幼静穆寡言，读书为深沈之思。年十六，遭教谕君丧，继丁母忧，家运屯邅。君与兄延聘名师，孜孜向学，未尝稍懈。服阕，应童子试，知县事吴公士[①]恺奇赏之，置第一，岁科试冠其曹，文名籍甚。而君是时笃好濂、洛、关、闽暨张、陆之书，尝诵朱柏[②]庐之言曰："读书志在圣贤，为官心存君国。"以为一命为文人，即无足观，而慨然于陆宣公、范文正公之为人，有尚友百世之思。永源时与君共学，常相与谈天下事，辄高自期许，同学嗤之，两人者相视而笑，以为解此者天下之至豪也。

年三十，登光绪癸巳恩科贤书第三人，屡试春官不遇。丁继母忧，教

① 士，原缺，径补。吴士恺，光绪间任泰安知县。

② 柏，原作"伯"，径改。

授乡里，成就后学甚众。卅一年科举停，诏举人引见，以知县用。及君赴都，改以盐场大使，非正途。君谓盐课关系财政至巨，苟得人，上裕度支，下可造福于民，乃于卅三年赴两淮候补。

宣统纪元，委界沟缉私。二年，委丁溪场正堂，携幼子居贞、一仆之任。淮南自同治后，积弊甚深，灶户生活等于牛马，君以重职守、裕民生为职志，下车即除食俸两万余缗，商人有用大筒私收夹带重斤等弊，尽革除之。灶民始庆更生，去任后，刊石颂德。

初，泰州山海望族袁元者，因熊成基兵变被诬拿办，无以自白，君到任，奉命查办。有主持罗织成狱者，君一再鞫审，无实据，遂照实禀报，冤沈得伸。翌年，任满回扬州。共和告成，翛然旋里，书簏外无长物。

君素工吟咏，自是漫游京、济间，与傅绍虞、陈柯亭、赵子开诸老友，诗酒唱和，极友朋文字之乐。而忧世悲人之意，一寓其中。十七年，任山东大学文科教授。永源时兼任法科国文讲师，同寓育英中学东楼上者三阅月。课余纵谈，意气犹昔时。君得气蹙症，尝从容谓永源：“吾衰相已见，身后墓志付之君矣。”余笑曰：“倘君先我，为之奈何？”相与抚掌大噱。

无何，惨案起，同车归里，君旋任泰安县志局总纂，楮墨纷繁，心血亏损。志成而君病，回里休养。道会纷扰，君深矉太息，虑世变之无极，蹙症转剧，以十九年八月十三日酉时端坐而逝，寿六十七。生平著述《县志》外，有《乾一楼诗集》，稿藏于家。下略

永源少与君同学、同师、同志，申之以道义，继之以婚姻，知己之感，始终弗渝，身后之属，畴昔已诏我矣。乃流涕而为之铭曰：

志在兼济，而道不逢时；文足传世，而寿不至乎期颐。其德虽被于一方，其学之蕴而未施者，曾不可以数计而周知。学古之道，而止于此，谁使为之？呜乎噫嘻！

中华民国二十一年，清宣统制科孝廉方正直隶试用府经历泗水张永源拜撰。

故中顺大夫贵州思州府知府郭府君墓志铭

〔明〕王圭

天顺三年冬十月朔后五日，有神州郭氏孝子三人，身被衰麻，手执行杖，来于予前，跪而泣曰："我父灵柩在家停久，今卜良辰，安葬祖茔之中，丐先生为文，以志我父之行止，可乎？"予感此言，不容有辞，谨按行状所载，以道其实迹耳。

府公祖讳原，字良陈，故不仕；祖母吴氏。考讳居仁，以府公旧职赠奉政大夫、修正庶尹、福①州府同知；妣赵氏，赠宜人。子四人：长曰恕，次曰琰、曰珪、曰玘。

琰，府公讳也，字瑰宝，生于永乐甲申四月二□□日。及长，以礼部送郡庠中。宣德十年，乡举经魁。正统六年，除福建福州府同知。八年，上命工部侍郎焦宏督造下番海船一百二十只，委府公为八府总提调官，督造有法，军民蒙其利。不□月，海船□完，八府军民吏至府拜谢者以万计。十三年，延平贼寇聚众二万余人以叛，河道不通，府公运粮万石以□军。十四年冬，总兵官宁阳侯陈懋、保定侯梁瑶、平江侯陈豫统士兵十万，至城以剿贼，时府公独负任事，□米供需不乏。都布②按三司咸具本，奏保允福州府知府，未允。景泰改元，宁德县贼寇聚众无算，蒙委府公率士

① 福，原缺，据周郢《明正统朝修造"下番海船"与下西洋之役——〈郭琰墓志〉中的相关史料初探》(《碑林集刊》，2010年第十六辑）补。

② 布，原作"部"，径改。

兵千人，夜半至贼所，厥明与贼交锋，连战皆捷，贼遂败走，擒获者千余人。时刑部尚书薛希琏镇□□□及布按二司具结以闻，上嘉其功，遣礼部验封司主事余子英赍币、帛四段以□之。二年，将满，布按二司及巡按御史、闽县等□□三县军民复保府公知福州府事。三年秋，遂以九载通考至京；冬十一月，升直隶池州府知府。而考为□[1]，□受诰命，封赠如仪。未几，丁内艰，守制，还家。六年，服阕，改知贵州思州府知府。七年，民遭苗寇之扰，府治皆焚，府公立松山寨以救民，而民复业来归者千数。是年，民艰于食，赋税不完，遂以请于上，蠲免者万石，民方得苏，远近称扬。天顺二年八月十一日，卒于官舍，享年五十有五。三年十月十九日葬于祖茔。

呜呼！古之人有大功德于民者，后世子孙必食其报，今我府公出身勤劳如此，其不矜不伐又如此，将见孝子不匮，永锡尔类。《易》不云乎？"积善之家，必有余庆。"况府公次子名旻者，中乡举，任陕西巩昌府儒学司训，近闻府公丧，守制回家。余子曰盈、曰云，亦皆聪明俊秀，有可用之才。此非余庆而何哉？予也既志其实于前，仍系以铭于后，铭曰：

伟哉府君，早入黉宫；经魁多士，名冠山东。及任府佐，秩满无过；平贼有功，未尝稍挫。文武兼全，莫与争先；我思古人，亦可骈肩。功勋赫赫，本于一德；欲知其详，观此石刻。

时天顺三年冬十月十九日，石匠作头李勣菖刊。

① 据周郢《明正统朝修造"下番海船"与下西洋之役——〈郭琰墓志〉中的相关史料初探》，"□"当为"最"。

处士张海楼碑记

〔明〕李伟

处士讳邦彦，字南夫，海楼其别号也。曾祖聪，祖泰，父皋，世居益都县之颜神镇。从父徙居泰山，寄迹廛市。貌朴而秉慧，心慈而情和。笃志孝亲，殚心济众。凶年煮粥施衣以救饥寒，即罄囊不顾也。晚年潜心性命之学，颇透其旨。本省大参甘公欲延公署问学，以名分难于为礼，坚辞不出。

先君还朴翁与之谈学，曾教以诗曰："面目本来空，诸有真如梦。根断苗不生，风息波自定。常照而常寂，常应而常静。明月在寒潭，谁能捉来弄？"先君得孔孟正脉，观其可与言，此则处士之学可知矣。

处士无传，卒之□年，其义子栋征文于予，以识不朽，因书此以概其凡。处士生于嘉靖辛亥六月初七日，卒于万历癸巳二月十四日，得寿六十三。配宋氏，继配潘氏，皆合葬。

呜乎！处士之道，乾坤之大道也，斯道不朽，则处士亦不朽矣。即无传，其何伤？

万历二十九年三月初三日，通家弟李伟撰并书。

同志友生李朝用、李朝聘、义男张栋同立石。

大司马少傅萧公生祠记

〔明〕江湛然

聿观载籍，贤士夫祀于乡者不多概见也。若楚相之孙叔敖，蜀相忠武侯亮，皆有大功德于当时之民，之民没齿而思之不衰，□时虔祀以通其诚，而庶几享之也。彼庚桑氏则生致畏垒之民，尸而祝之，俎而豆之，是遵何德哉？余于萧少傅公，重有感斯民其犹行古之道也。

公禀灵岳之精英，当名世之间气，禄食几五十年，书功百千万事，纪于太常，思在乡里。举泰安缙绅先生，若韦布蔀屋牖枢之子，翕尔合资，易地为堂，严范公而谨祀之若畏垒者，乃不谋而自合，不期而无违，子来趋事，不日落成，是岂声音笑貌为哉？盖公德泽仁恩，所以沦肌浍髓，于泰安之人者，且世世计矣。视彼楚、蜀二相君，且不可同年而语，矧卑卑庚桑之为德乎？诸学士之志感也，谓公新饬圣世之庙，鼎立尊经之阁，翻版诸书，嘉与来学，嗣是泽官云汉，无论捉衿之在畴矣。诸里甲之志感也，谓公悯斯民之重敝，忧旱潦之荐臻，风诸有司，调剂徭役，宣德意，折解役马，俾吾大东之人得以聊生，无论黔敖之饱德矣。至若市廛田野之间，感公不依势以作威，不自广以狭众，家监门竖，奉法唯谨。居邻让荫，在道逊肩，取严一介，予恒倍来。以及百工事事之夫，若不知役于大府者。即虞部公，敬守画一，居有万□家风，无论伛偻循墙之士鼎矣。嗟夫！此可以尽公乎！而何可以尽公也？公功卫九庙，德覃四海，仁及万姓，记功宗，以功作元祀，《书》不云乎？公固清朝世享之贤也，泰安岂能颛有之。虽然，高山仰止，景行行止，后之视公，亦犹今之视昔也。泰安为东土，国称神明焉，贤者连兴。我公在望，登公之堂，睹公之象，有不肃然喟然，思所以嗣鸿烈而配明德，为泰安都人士庶几事公者事之，非士君子矣。则斯祠虽不足以尽公而报公乎，斯民尚犹行古之道而志畏垒之志哉！不肖守吏，方幸有斯举也，遂顿首述都人士言为之纪。

万历三十六年戊申秋九月望，知泰安州事新安江湛然顿首拜撰。后学罗文瑞书。同知贺本昌，判官陈文学，吏目王崇仁，学正刘有源，训导刘湕、贾确然、胡光宇督工。旌善义士□□李朝聘。

山东泰安州庠生王无间妻杨氏墓志铭

〔清〕杨义

故杨氏，予族姑母也。一十五岁适王公为糟糠妇，和同律吕，调若琴瑟。奉侍翁姑十有七年，勤顺畏惧，曲尽其谊，一时有孝妇之称，父母昆弟无间言。

善琴书，工诗画。德性温良，驭群下而无嫉妒之私；才略英明，主中壶而有井然之绪。勤以生财，俭以足用。事夫则柔顺而中，教子义方以正廉，以孔孟儒学、孙吴兵法及夫大象天文、占云候气，太一符使之理、逢升遐举之秘，无不一一毕殚焉。盖有超然出世之资，不特为王公内助已也。

戊寅之岁，清兵入境，氏与王公皆安然无恙。迨及甲申，两朝鼎革，泰安失守，士女任其杀掳，氏与王公先几避之泰山扇子崖，得以无玷。

丁亥之冬，丁贼为乱本州，复有失城之惨。氏与王公先几避之肥城。己丑春，与王公犹在肥，周贼有夜袭之祸，与王公复免于难。

庚寅以来，干戈稍平，兼以翁任钦差江、安、山、徽、宁、池、泰、庐、凤八府，滁、和、广三州恤刑，本部四川司郎中升[①]一级，姑敕封恭人。以宦家之子妇，正宜若多福，顾何颜子之年，一旦长逝。与计氏所出三儿一女，长曰在镐，次曰在京，季曰在万，女曰元节，皆亭亭玉立，岂不与佳儿佳妇共乐纯嘏，顾临终之际，不获一人见也。有难言者矣！究之魂升三日，目犹未瞑。季子悲思，竟以疾殒。岂无故而然欤？或有以致之也。

虽然，当乱离之世，兵戈扰攘，破城屠邑，满天下为妇女者，不为人获、不为世污，难矣。而氏独洁然正终始，所谓苟全性命于乱世者与？则是王公戊寅以来，当大险，处大难，独免者，实惟氏为赖焉。惜天夺之早

① 升，原作“陞”，径改。

也，余故历为志之，盖以百年之长恨无日可释，而杨氏之实录有不忍泯没者矣。铭曰：

于都王母，备擅淑懿。妇德先修，妇道允跻。明哲保身，苟全乱世。既奉勇嫜，更谐伉俪。蘋蘩丕振，胤祚攸息。埋玉三旬，永吊玄穸。

顺治十二年，赐进士出身、文林郎、知汝阳县、巡抚[①]按长芦等处盐政监察御史掌河南道印洪洞杨义撰。

金先生墓表原碑

〔清〕朱续纪

岱山谈画理者，必首推金先生，巨轴尺幅，皆相宝重。而先生墓坟埋没于荒烟蔓草间，是先生之垄不如先生之画也。予与柴君兰皋每过而恻然，因各捐资，谋诸先生元孙名曰虞者，为立石，以表其墓，宣君美斯亦乐勷其役，爰据邑乘所载，而志之曰：

先生名简，字枚仲，其先浙江绍兴人。父尔生，官同知，左迁羊流驿丞，去职，慕泰山名胜，因家焉。先生以议叙补彭城驿掾、晋州尉。年八十四卒。所作诗文不甚著，而笃嗜画学，于关、巨、董、米、倪、黄诸家，皆掩有其长。仁圃赵相国器其人，延之幕中，宦迹所经，皆以写意出之，神采焕发，奕奕生动。所作《泰山邱壑图》，皆有序说，深为相国所赏识，作长歌以赠。相国，笃实君子也，既为其友，

① 抚，疑衍。

当非碌碌者，岂仅以画传哉。形下即以形上，因其画以想像其人焉可也。树之贞珉，以示来兹。或曰：“于卿奚事，何乃惓惓？”予与柴君笑而不答，冥冥中必有鉴诸。子二人，长承先，曰虞其曾孙也。次述先，亦以画学名。

同乡后学朱续纪撰，柴兰皋书，宣美斯立。

敕授文林郎仁化知县李公雪岩碑文原碑

〔清〕柴希孟

公父万机公有七子，公其长也，讳素，字雪岩。为人质直好义，是非之界，断断如也。

康熙丙午，以试策领本省乡荐。越年，成进士，观政吏部，继选韶州府仁化县知县，有惠政，士民怀之。上官荐于朝，行取户部员外郎，未之任，值吴逆叛乱，城破，公与掾史某值被执。越数日，监者稍弛其守，掾窃语公曰：“可以逃矣！”公正色叱之曰：“吾与若不能为朝廷守土，分当死。况复为鼠窜之事乎？”声色俱厉。掾知公意不可回，竟逸去，公亦寻遇害。

论曰：孔子有言“志士仁人，无求生以害仁，有杀身以成仁。”公当生死危迫之秋，仗义执言，从容俟死，几与睢阳、文山争烈矣！然则彼彪炳日月，此则泯没无传。过其墟者，往往流连太息，凭吊于荒烟蔓草之中。悲夫！

辛酉科拔贡任济阳县教谕柴希孟撰，己酉科拔贡任城武县教谕赵钫书。

明锦衣卫将军王公墓志铭原碑

〔明〕高霖

公讳汉，字朝用，泰山人，家世巨族。大父祖讳荣，有隐德，弗仕，生四儿。童时即歧嶷如成人，比弱冠，躯干魁梧，性沉勇寡言，识者异之。朝廷下令选仪状巨丽者充虎贲，入侍禁卫，公随有司计偕中首。武宗五年，钦赐冠带，至八年，以年劳授锦衣卫亲军指挥使司中千，凡侍卫将军皆属隶焉。

嘉靖二年四月二十二日，以疾卒于京师。二岁男一，曰崇福，袭授锦衣总旗，食俸。女一，未笄。妻贾氏，扶柩[①]归茔。惟世有皓首穷经，卒老山林而不得一见君者，公以材质之膺爵禄，日近天颜，出入殿陛，殆二十余年。兹岂非人臣之荣欤？抑天者有数欤？德之积于祖者有自欤？经云：显亲扬名。公其有焉！公小心无侮于人，恂恂如书生，在朝以恭俭守其职。卒之日，无宅于野，无遗资以为葬，凡百葬具，皆族侄王君讳蕃者营治之。王君亦□族命余铭之。铭曰：

有位有名，有女有子。从□□葬，是谓受祉。

嘉靖戊子五月吉日，泰安州乡贡进士郡人高霖书并撰。

① 柩，原作“枢”，径改。

清迪功郎米公秀三暨配施张两孺人墓表原碑

〔清〕徐德谦

公家世寒素，务农桑，及公之生也，贫益甚，而翘翘不群，识者于桑枢蓬户中觇之。少长，习贸迁，出入平允，虽身居市廛，尝以不得诵说为憾。故每见士人，则悦慕之意见于辞色。年四十，始小康，因弃前业，归乡居。择子侄之俊十数人，延师立义塾，常谓曰："此吾幼时切望而未得者也，汝等各好自爱，若获寸进，则不得于吾身而得之于汝等，吾志亦慰矣。"由是，米氏彬彬多文学之士。康熙五十年，原例入监考职。雍正五年，部文提验，以母老辞不赴，日与二三田父优游陇亩间，出语必依乎忠厚廉介，盖终身一日也。卒寿九十有四。

迹公之生平，性孝友，治家俭，好施与，教子有方，克明大义。故子侄虽已成立，偶有过，未尝姑息。家计则量入为出，有余，悉周族之贫乏，丧葬嫁娶多赖焉。是以盖棺之后，乡里号称完人。当公之贸易也，尝至粮困不能自办，借诸邻人，适邻远出，有金，彼妇不知也。至家，始见于糠秕败絮间，即反之，妇不受，乃待邻归而纳之，至今传为美谈。夫财之迷人，焰至烈矣，市井之流可置勿论，即生长富厚、敦诗说礼、讲廉让、慎取与，言者不惭，听者不疑，及一旦偶临小利，辄流连欣羡，机诈百出，顿丧生长所守者，曷可胜道？如公之此举，事虽小，而所可见者则大义，虽常而实难能可贵也。倘当年际可为之时，陶镕以诗书，涵养以礼义，即天资之高，益学力之富，岂不大克有成而巍巍乡国之选哉？死生也如彼，成也如此，其天不靳其才，而故靳其愚乎？抑气数之不齐，大率如斯耳，而又何异之有？

公娶施氏，性柔和，妇姑姊娣无间言，惜寿不永。又娶张氏，十七于归，事舅姑以孝闻。当贫乏，衣食不给，口无怨言，治家教子，洵称贤内助。后公一年卒。公生三子：长大有；次大用，府庠生；次大周，太学生。女三人：长适刘鉴；次适廉聚五；次适郑鈫，太学生。孙七人：铭，大有出；釭、鉁、鏟、钊，大用出；希恕、希伊，大周出。曾孙七人：自润，铭出；自清、自泽、自治，釭出；自洁、自淑，鉁出；自浚，鏟出。

乾隆二十七年秋九月，幼子大周合葬公于白峪新阡。越明年，请记于余。呜呼！以余之陋识浅见，岂足以述公者？然公生平梗概，未必赖余而后显，自不因余而更晦。故求之于此中而公见，求之于此外而公益见。是在后之君子耳！余亦何不一述公哉？因敛啧啧传闻者如右，而勒之石。时乾隆二十八年岁次癸未秋九月下浣之吉。

泰安县儒学训导吴使顿首拜题墓。

己卯科举人眷晚生徐德谦顿首拜撰文。

府学廪膳生眷晚生赵起鲁拜书丹。

巡抚天津杜公传《东平州志》

〔清〕王度

杜公讳三策，号毅斋，别号槎仙。世居兖之东平郡，高曾以来，家传忠厚。考讳汉，号广甫，里党之间皆共推为长者，以公贵赠兵科给事中。世德渊源，其来盖已远矣。

公生而不凡，书过目辄成诵。年十六，即冠军。癸卯，登贤书，旋丁内外艰，哀毁骨立，纯孝盖天性然也。天启壬戌成进士，读书中秘，因刚直，散补兵垣。是时，逆珰魏忠贤擅权乱政，公愤不顾身，疏参："魏忠贤狐媚惑主，朝廷之上止知有忠贤而不知有陛下，宫壸之内止知有忠贤而不知有陛下，天下亦止知有忠贤而不知有陛下。皇上孤立于上，得不为之寒心乎哉！臣知言出祸随，与其死于牖下，使满堂儿女呼之不起，何如死于杖下，俾奕世之英杰闻之痛心？”疏入，留中不报。时都宪杨琏[①]参忠贤二十四款，公读而壮之。琏后以罗织下狱，公上疏申救，有云：“臣自束发诵读以来，即以直谏为己任。使缄默不言，是负己也；言之而匡救不力，是负君也；知杨琏下狱，而顾畏不言，是负友也。一身可舍，三负难甘。”语皆激烈慷慨，洒血沥心，至今读之，犹凛凛有生气。疏亦留中不报，公遂有乞身一疏，奉旨削夺回籍。时权珰煽虐，忠义被祸，公力劾三疏，度非一削夺足以偿其恨也。傍观为之惕息，而公处之泰然。

越岁有逮及之旨，缇骑[②]已至德州，而熹宗[③]上宾，殆天意留公以佐英主也。怀宗嗣位，诛奸旌直，起公补户垣，旋奉命册封琉球，赐正一品加蟒玉，其陛辞疏有云：“平生不下泪，因恋主而泣下沾衣。每饭不忘君宁，辞朝而敢忘补衮。”忠爱之心，溢于言表。

至闽造船航海，殚尽心力。六日夜而达琉球，册封事毕，国王以三百金致谢，公力辞不受，曰：“天朝怀服远人，全在义利之分。以义往而以利终，可乎？”百计强之，终不受。舟旋十四日，始至闽地，计自册封至抵家，共五易寒暑。去之日，丰度凝秀，归之日，须发尽皤矣。琉球王复遣官赍金，奏闻，奉旨：“使臣不受琉球金，深得使臣之体。姑不收，以全其名。”差回历升太常，值怀宗谒庙，躬赞大礼，亲睹天颜，转升大理，以年劳拟推都宪，公坚确[④]不从，推让他人。晋秩冏卿，为天下钱粮之薮，公一介不取，各省郡邑有入荐剡者，谢荐之礼，一概谢绝。

嗣后天津员缺，为南北咽喉之重地，九卿会推文武全材堪胜其任，公以年迈力辞，天子亲行召对，天语慰劳云：“老成详练，无以逾卿，作速赴

① 琏，与清沈维基，胡彦昇《东平州志》（清乾隆三十五年重修）同。《中国地方志集成·山东府县志集·光绪东平州志》（凤凰出版社，2004年版）卷十五作“涟”。

② 缇骑，原作“缇绮”，据乾隆重修《东平州志》改。

③ 熹宗，原作“喜宗”，据乾隆重修《东平州志》改。

④ 确：坚定，坚决。

任，不得少延。”至津门，修筑营缮，而城于是可守；悬金习射，而兵于是可用；约己裕人，劳心抚字，而军民始固结而无携贰。且知人善任，而荐宋公之才略；多方晓谕，而禁市井之游民。凡未雨而彻桑土，日中而戒衣袽，安边固圉之策，无不周备，故羽檄旁午，烽燧交驰，而津门固于苞桑也。且时当难民南下，饥寒濒死，公多方拯救，全活者不可以数计。抚津二载，岁费不赀，虽辇自邱园，毫无吝惜，而自奉则甚俭。去津之日，举[①]操赏所余，岁俸所积，尚有一万九千余金，尽贮库以备公费，不私一钱也。归家，行李萧然，惟图书盈箧而已。其刚介之操，廉贞之守，真“富贵不能易，威武不能屈”，质天日而泣鬼神，始终不渝又如此。度幸承不鄙，佩服教益。

尝计公之生平，事亲以孝，报主以忠。廉洁持身，而义方教子；友于同胞，而义赡族姓。建立义学，以加惠后进；捐设义冢，以葬掩贫寒。表扬烈妇，以励末季之颓风；优给鳏寡，以恤茕独之无告。积善余庆，知天道之必不爽也。奈东山之望方隆，而桑榆之景已迫。享年甫周甲子，而三台星陨，竟捐舍仙游矣！天耶！人耶！何夺公之遽耶！阖州士庶，公举蒙恩，崇祀乡贤，俎豆千秋，荣名万世，不待表章而复著也！然直道在人，有不容不表章者。谨综其行谊而为之传。

王烈女墓表墓在淳于

〔清〕赵崇玷

烈女王氏，焕章公女也。居心精白，赋性坚贞。年二十，许字未笄。辛酉岁，捻逆突入泰境，同里几流离失所，是女独自缢身死，以全其节。

① 举，原缺，据乾隆重修《东平州志》补。

里中父老感叹不绝，因请于邑尊，以旌其门，并详准入节烈邑祠，将立石于墓，以扬其芳。余得为之赞曰：

自古壸范，首重名节。以励世风，冰清玉洁。矧在处女，饮蘗如饴。岩岩气度，懔懔风姿。逆氛突来，惨有余哀。玉为之折，兰为之摧①。独此幼闺，年未及笄。从心如愿，视死如归。声称同里，惊叹不已。愿著邑乘，用光门史。灿灿华章，额于北堂。母教女诫，两美毕彰。鸿锡纶恩，不遗德门。邑祠蘋芷②，永慰贞魂。金井寒冰，瑶池冷月。爰勒贞珉，流芳勿辍。

同治戊辰十月辛酉，科拔贡候选教谕赵崇玷撰，邑庠生李清韶书。

游仲辰先生墓志铭

〔清〕卢琳

公讳金垣，字仲辰，号恬夫，别号花逸。其先世居江西建昌府南城县青绥里，明季，公之太高祖天爵公迁任城。公之父泰宏公服贾来岱下，遂入籍而家焉，累世清贫。泰宏公天性纯笃，寡言笑，朴拙自如，不事奢华。处乡里以和平，尝排难解纷，片语息争。遇贫苦务赒恤，倾囊施与，无德色。如是者有年。子息蕃盛，嗣君五人，公乃仲嗣也。

少时读书辄不忘，弱冠食廪饩，壮岁领乡荐。蓬门陡发科第，论者谓其未始非天之报施善人不爽也。公赋性聪颖，器量超尘俗外，皎然自异，体貌

① 摧，原作“摧”，径改。

② 芷，原缺，径补。

颀而长，望之清气飘飘然，鹤行若仙。居家甘淡泊，耽吟诗，雅爱种菊。手著《晚香斋诗稿》，故吟菊最夥。学校中优行卓著，跬步必谨。居恒每以圣贤自命，尝书句云："棠棣情深诸弟顺，金萱椿茂老亲慈。"读之蔼然孝友可风也。矩步方行，一时纨袴子弟皆望而神敛，其严正之气，有可想见者。

丙寅年，余从游受业，砚友八人，公点窜课艺，手订《嘤鸣集》，同学争宝藏之。癸巳，余分发浙江，闻公官濮州学正，策励后学，朝夕不怠，课诸生以时艺，诱掖奖劝，颇著贤士风。己酉，余赴选，假道旋里，公之继子庄衢者求余表其墓。分不应辞，谨即所知者，综其生平，而为之志。公享年七十七岁，终于道光辛丑莨月廿七日。葬于城南凤凰庄南原。铭曰：

高洁其性，廉正其行。肖菊之逸，比莲之清。皎皎尘俗所不染，教泽实有裨于后生。

丙戌岁贡就选教谕张公神道碑铭

〔清〕汪庆长

张吉人先生者，余之契友也。与其切劘者有年，每羡其才之卓，而尤悲其时不遇也。

公讳凤翙，字吉人，号友山。事亲孝，处兄弟无间言。闻公甫四龄，即有让梨风。适客至，馔供水角，以所余，俾与兄共食之，食三余一，而又分其半以奉兄。其友让之性，自幼已然矣。十五应童子试，辄拔前列。弱冠入邑庠，遂下帷治举子业。暇则博及奇门堪舆暨戚少保等书，而尤岐[1]黄为尤精焉。科岁试屡列优等，食廪饩，虽秋闱屡荐不售，而志弗衰。

① 尤，疑为"以"之误；岐，原作"歧"，径改。

教授生徒，殷殷不倦，掇芹食饩者多出其门。而竟艰于一第，以岁进士终焉，亦命也夫！然道[①]则行其道，穷则行其志，而期有济于时，亦士君子之所为也。

忆昔捻逆不靖，窜经吾邑，赖公守御有方，附近邻村均恃以无恐。嗣后瘟疫并行，赖公医而全活者甚众。公著作宏富，藏于家，均未梓。呜呼！读有用之书，为有[②]之人，困与亨一也，又何憾焉？

庚子岁，余致仕家居，适之门人以文请，余与公交最深，曷敢以不文不为公铭？公生于某年月日，计卒之年月，寿六十有三。公三代诰赠，讳氏，娶某氏，子孙几人，凡志于墓者，不复著，爰据其实而为之铭，曰：

岩岩泰山，毓秀钟灵。蔼蔼吉人，一邑之英。文憎命达，退而传经。厦庇寒士，造就后生。绵绵教泽，与汶水而永清。

姜氏先人合传

〔清〕侯监东

姜氏，太公望之裔也，以鹰扬绩封营邱，传廿九君至康公，为田和所灭。康公长子环，潜隐海滨，改姓吕。至其子备，始复本姓。

唐末咸通间，有讳庆者，自淄川迁于兖之乾封泰山南五十里曰沈村。庆孙端，值五代盗起东土，乡人推为乾封令，高明果毅伏一世，民赖以安。其子翼，通礼经，登周显德二年进士第，仕于宋，赠尚书屯田郎中。

翼子屿，徙瑕邱。端拱二年，登上第，事章圣皇帝。文章政事称于天

① 道，疑为“达”之误。

② “有”后疑缺一字。

下，掌制诰，历知大州，终以度支外郎，赠吏部郎中。屿子纮，徙居太平镇，以五经教授邹鲁间，名士多从之游。景德二年，举明诗学，登上第。

纮子三人，长湛，大中祥符五年，举第七名进士，以先公学士预事，引嫌不受，荫补太庙斋郎，以国子博士致仕，赠右谏议大夫。三溥，以叔学士荫补郊社斋郎，以国子博士[1]。次潜，字至之，从学徂徕石先生，以文行名世，召试中书，授太庙斋郎，吴奎、韩绛荐为国[2]子监直讲。神宗闻其贤，访以治道。对曰："有尧舜二典[3]在，顾陛下致之之道何如？"知陈留数月，青苗令下，不从，移疾竟去。后以大理寺丞致仕，天下不名其官，而曰先生潜。归原籍，则知树衍瓜绵，姜氏繁昌于申村者，潜之后也。子二人：长锷，登嘉祐八年进士第，赠宣德郎；次铨，皇祐五年进士，仕至秦州司理参军。

锷子君爽，熙宁三年，以明经擢第，授火井知县。君爽子六人：子年，荫补上饶县丞；子厚，知亳州[4]；子京，荫道州推官；子明，元丰八年进士，慈州司理参军；子可，授宣化县县令；子卿，元丰八年进士，沛县知县。

子京子四人：知彰，元符二年以武举进士擢状元，授右班殿直，知彭阳城；知微，以孝行举嘉王榜，赐上舍，陵川县令；知纲，荫道州团练推官；知纪，荫将事郎。

知彰二子：好清、好谦。好清，金大定十二年授进义校尉，子孝仪，乡贡进士，编次《姜氏云亭房题名记》。孝仪子伦，前明永乐乡贡进士，陕西理问。

前有讳镐者，宋景祐[5]元年廷试首荐，御赐进士第，历知数州，所至以

① "博士"后疑缺"致仕"二字。
② 国，原缺，径补。
③ 典，原作"曲"，径改。
④ 亳州，原作"毫州"。径改。
⑤ 祐，原缺，径补。

清白闻，仕至金紫[①]光禄大夫。未详所自出。旧谱记子厚以父镐金紫，历知数州，政尚严明，所至吏畏民安，建祠立碑，颂德政焉。但谱又云以子厚为君爽子，知亳州[②]。不无可疑。旧谱又云："姜子中、姜子文皆授进义校尉，姜宗愈荫，补白水县令。"亦未详其所自承。谱序又云："姜锷别葬于瑕邱。"故赵之原谱中亦未著明。

乙卯春，姜君濬川等恐其谱之散佚，将泐石以示后人，倩余为编次。余观其谱，七十代前，只叙长支，七十代后，世系支派较为详明，其先人官爵、功德散纪于卷首，兼有鲁鱼亥豕之误，不敢妄为更易，谨据其信而有征者编之。至可疑者，则如其旧以录，或不失以信传信、以疑传疑之意云尔。

清明经乡谥文靖侯先生之碑

〔清〕程灿策

吾邑直泰山之阳，灵秀所钟，人文辈出。数十年来，以学行著于东南者，首推吾师伯平先生。

先生讳哲衡，伯平其字也，别字古渡，姓侯氏。世居邑南之申村，自昔以儒世其家。曾大父圣基先生绩学有名，大父子封，父儒仪，两先生恪绍素业。

先生幼承庭诰，凝静若成人。胜衣入家塾，即能读等身书，为文若夙构，见者异之。弱冠应童子科，以郡试第一补博士弟子，秀甲一黉。寻受知于督学使者，擢置冠军食饩，八试俱列异等，累践省闱，辄膺房荐，几

① 紫，原作"鱼"，径改。

② 亳州，原作"毫州"。径改。

于得之者数矣，竟以细故被乙。晚年积资充贡，需次学官，非其志也。禀性方严，跬步必谨。垂髫失怙，事姜太孺人，色养兼至。洎寿终，丧祭哀敬，一遵家礼，为里闬[①]矜式。一姊一弟，贫不能自立，为之置产分润，卒完其家。堂叔母有生无以养、殁无以葬者，一切量给所须，皆身任之。

嘉庆壬申，岁大祲，族中不举火者十余家。计口授糈，俾得全济。修祖庙，创族谱，又自建祠，置祭田，订祠堂记事册。其家仅中人产，自奉俭约，而于报本收族，竭力为之，惟恐不及。良以仁爱出于天畀，笃厚本于家法，有由来已。既不得志于有司，乃辟精舍，授生徒，先后从游多至二百余人，经其陶染，往往成名士。其教人也，就其才之高下而导以易从，量其学之浅深而勉以可至。严立课程，宽著工夫，尝曰："学之不讲，尼父所忧，况吾侪乎？"每日晨起，必拥皋比，设函丈，诸生环对，举凡微文奥义，口析指画，抉摘靡遗，闻者罔不颐解心折。考亭之释格致，象山之说义利，无以过其精详也。

为文兼工诸体，百里内碑版屏帷之作，多出其手。而尤专精于制义，尝曰……[②]。所著有《四书别解》《中庸一贯解》《论语触类辨异》，灿策既为合刊行世，其文集、制义、诗草、年谱诸种，均藏于家。

道光廿八年七月望日令终，享年七十有七。门弟子及里之士大夫各哭失声。既乃相与议曰："士之有诔自县贲父始，有谥自和圣始，唐宋以降，私谥多矣。"按谥法："道德博闻曰文，恭己鲜言曰靖。"爰定谥曰文靖先生。德配于孺人，夙娴内则，阃政修举，先生励学好善，无内顾忧者，孺人之助居多。以咸丰三年四月吉日，葬先生于里新阡，孺人祔焉。监东以行状来请文，泐石表厥墓。灿策不敢辞，乃为志，而系以铭曰：

---

① 闬，原作“衎”，径改。衎：和乐，刚直。闬：里巷的门，乡里。

② 原文即为省略号，今保留。

其学丰也，而遇则穷，其文工也，而卒抑郁以终。顾其教育足以化人，弟子数百，肃肃而雝雝。其著述足以垂世，世之览者，昭然旷若发蒙。斯人往矣！吾将奚从？汶流环匝兮，徂徕矗乎其东。永安且吉兮，此岿然马鬣之封。

伯平侯先生墓铭[①]

〔清〕程灿策

先生姓侯氏，讳哲衡，字伯平，号古渡。自五世以上，即诗书传家。曾大父字圣基，为邑庠名儒，大父字子封，父字儒仪，世守儒素，俱以绩学教授乡里，多所成就。

先生束发受经，即嗜读不厌。弱冠应试，辄冠其曹伍，以府试第一，补弟子员，后屡为学使所奖拔。冠军一，取超等者八。数奇，卒困于棘闱。后膺丙申恩贡，候选州同[②]。邑侯姜延为乡饮大宾，诚以先生之德与学堪副众望也。先生性严正，行醇谨，一凡动静起居，立心制行，悉出于正。恒终日正襟危坐，虽盛暑，必衣履整肃。无论茶坊、酒肆，绝迹不到，即街巷间偶一立谈，亦不经见。

尤为笃于伦理，髫年失怙，事太夫人姜氏，以色养。太夫人卒，哀毁骨立，凡丧葬之事，以及饮食寝处，一遵礼经，为里人所矜式。姊氏贫，预为置产，以养其家。庶弟文泉不善治生，卒后一贫如洗，为之经营后事，并遗女而善嫁之。其他如堂叔母张氏死不能葬，则为备棺殓，王氏则养其生，而送其终。嘉庆壬申岁大饥，族中不举火者十数家[③]，先生尽捐其金济

---

① 此篇原置于该卷清高徽嵋《谢氏谱碑》后，今据其内容前移至此处。

② 同，原作“马”，径改。

③ 家，原作“字”，径改。

之，俾得全活。既修本族祠堂，创修族谱。及晚年，又自建家祠，置祭田，订祠堂记事册。先生一生俭约，尚廉静，独于报收族之事，为之唯恐不及。

先生为理学宿儒，于四子书致力尤深，凡前人所轇轕而不能解，聚讼而无定论者，一经先生口授，无不拨云见日，了如指掌，以故闻其解者莫不鼓舞称快。精于文律，大小题无不工妙，于理题尤擅胜场。又凡截搭题之参差错对，人所棘手不能辨者，先生为之神妙自然，如天造地设。尤工古文体，一时庆挽屏帐，庙碑墓表，多出其手。每作一文，必有补于人心世道。设帐三十七年，负笈从学者舍常满，先生殷勤提命，至老无倦意。后先受业者二百余人，入庠食饩者四十余人。以灿策之不敏，亦赖先生之教，登贤书、捷南宫，得与天下名士游。晚年杜门著书，恒数年不出里门。所著有《前后课幼章》《学墨草拟稿》《寻乐斋文话》《半耕堂文集》《间吟诗草》《醒世俗谈》《自订年谱》《庭训记要》各种，藏于家。《四书别解》《中庸一贯辑解》《论语触类辨异》等书，灿策[1]已为合刊以行于世。

先生懿行不胜举，其焯焯称最者有如此。夫以先生器质之深厚，学力之精勤，何难取青紫如拾芥，而乃皓首诸生，以明经老。时耶？运耶？命耶？所谓礼者不可推，而天者诚难测耶？虽然，人果有闻于当时，死有传于后世，斯亦足矣，而又何憾？先生德行孚于闾里，孝友光于乡邦。而且持躬如金玉，四方仰圭璧之型；著作等图书，百代重山斗之望。岂非一时之伟人哉？以视侥幸得志于一时，苟且富贵，当时则荣，而没则已焉者，其重轻为何如耶？

先生以道光二十八年七月日寿终，距生于乾隆三十七年十一月日，享年七十七岁。德配于孺人，名家女，淑慎勤俭，敬神好善。族戚有孤寡因穷者，收恤之，赒济之，久而弗厌。御奴婢以恩，虽日久人犹称颂之不置。尤善于治家，先生敦行励学，无内顾忧者，内助之力尤多。子三：长炳鲁；

① 灿策，原文为△△，为作者自署名之标记，今为补。

次监东，岁贡；三炳晌。孙八：炳鲁出者四；监东出者二；炳晌出者二。以咸丰三年四月日葬于里东新阡。将葬，其嗣君监东以先生行状来，请定石之文。既为之志，复缀以铭曰：

其遇瘠，其学丰。享寿耇，式士风。哲人萎，泽无穷。泰山峙，此幽宫。

敕赠武信郎太学生元科卢公墓表

〔清〕东野崇阶

公姓卢，讳德行，字元科，泰安之大汶口人也。曾祖国范，祖洪显，考曰贤，皆以忠厚闻于乡。公秉性谦和，与人无是非之事。髫龄嬉戏家庭，恂恂如成人，见者谓卢氏有子矣。既长，奋志读书，思置身青云，以为祖宗光。因摒挡家务，援例入成均。

公家本素封，上承先人绪业，继之以勤俭。昼则循行阡陌，与奴仆共操作；夜则持筹握算，丝票布帛之属，纤细俱有条理。以故终公之身无侈费，亦无费事，而家业日日蒸起。公家既益富，而食指亦日繁，臧获奴婢，亦且动至数十辈。公凡事持大纲，不求苛细，奴辈间或有过，必委曲开导，不遽施扑责，而被其德者亦感愧，奋而不能已。公持身綦严，教子尤有义方。嗣君进荣以英年登第，龙韬豹略，推重一时，而容与安雅，醇厚若儒生，盖祇承于公之庭训深也。

晚年谢却家事，莳花种竹，有隐逸之志。古之人功成名遂，往往寄性于一丘一壑，以自明其高尚。公殆其流亚欤？

呜乎！余尝游通都，过大邑，见夫华门贵族，赫耀一时，然再过之，则楼台第宅，半为邱墟。其子孙之流离失所、贫无立锥者，比比也。卢氏以汶右名宗，独能立世长久，何欤？及见公行事，而后知其所以保世滋大者，固非偶然也。

诰封朝议大夫广西庆远府知府程雪翁德配陈太恭人合葬墓表

〔清〕郑存纻

呜呼！吾于雪庵封翁之行谊，窃有感于济人利物之举，非得天厚于道有德者不能也。程子有言："一命之士，志在利物于人，必有所济。"然抱此虚愿而处于贫贱之境，吝于丰亨豫大[①]之时，非才不济事，即心为财累，比比然矣。存纻于庆远府署始识封翁，因得悉其行事。今西山太守于数千里外邮寄行述，谆谆以封翁及德配陈太恭人合葬墓表为托，存纻其何敢辞？

谨按，封翁讳光华，字镇西，号雪庵，先世皆力农为业。封翁九岁失祜，即志意不凡，念非读书不能树立。及入庠，而食日繁，累于家计，则督子读书，以成未逮之志焉。封翁虽贫，而济人急乏，即典质衣物，曾弗少为悔吝。里有无赖子，将乘某甲有丧，生事扰累，封翁托言："某甲甚愧汝，凂予以财相济。"无赖子遂释然，某甲终不知也。嘉庆癸酉，岁大祲，仅存荞麦数十觔度岁，犹分其半，以与不举火者。村东西有二泉，例设夫役疏浚，无工食，胥役择肥而噬，往往破家。封翁集众公议，禀明管泉官，合村公同举报，俾蠹役无权。村西泰应泉，则公为疏浚，禀明县宰，永免地方差徭，自是村人得安其业。村滨汶河，设木桥以济行人，几废者屡矣，封翁筹画生息，并捐地四亩，俾岁修有资，遂得永远不废。至于排难解纷，

① 丰亨豫大，"丰"原缺，径补。

人不及知而已顿息，此非其才足以济事者欤？

及西山太守通籍，封翁迎养在署，饮食衣服无异居家时。督孙曾辈读书，使不染官舍习气。于故乡贫乏者，悉有资助，待以举火者数十家。又于宗祠捐田六十余亩，为一族公费。暇则辑补族谱，捐刻劝善书籍，不可胜纪。

西山太守以知县起家，所至宜于其民，皆封翁庭训也。封翁尝言："士人作事，总以有益于人为期。"又曰："居家勿忘穷人，居官勿忘百姓。"呜乎！言虽质，而理则富，传所谓仁人之言蔼如，可以为庭诰，可以淑后世矣！

赐进士出身刑部江苏司主事愚侄郑存纻敬撰。

致祥陈公暨德配王孺人墓表

〔清〕朱卿云

公讳士和，貌浑厚，性和平，家虽清苦，夙恒却米胡奴，日事丹青，不求买山处士，以故赏鉴家重其品，辄以获片羽吉光为幸。咸丰三年卒，寿八十一岁。乡党至今称道弗衰。

厥配王孺人，贞度山安，礼经雪亮，井臼缝纫之余，犹絣䌘[①]机杼，锺郝不翅也。后公二年卒，寿八十四。子四：长义，次纬，四烈，率纯谨。孙肇印、肇敏。曾孙九，玺[②]头角崭然，其三则例贡石坪先生也。先生好静恶嚣，嗜茶，善写真，素见知语铃中丞，远近高足最夥。云亦游艺列门墙，故得悉其家世，谨撮事实以志。

---

① 絣：bēng，绳；编织。䌘：bì，编丝为带。

② 玺，疑衍，或为"悉"之误。

赵先生墓表

〔清〕贾培烜

公讳文民，字念兹，姓赵氏，泰邑廪生仁圃相国曾孙，丙辰征士蒲台训导道轩公长孙，太学生子贞公长子也，居白龙峪岱阳精舍。昆仲二，阜民公无嗣，公幼年失怙，祖道轩公蒲台任所读书。食旧德之名氏，承家学之渊源，人咸谓绳相国之祖武者，必在公也。道轩公贞介性成，不名一钱，卒于任所，宦囊空虚。公以嫡长孙扶柩归里，拮据万状。既葬，贫不能自立，移家于徐家白峪，设帐资朝夕焉。从之游者皆一时知名士，溉公绪余，入黉序、登贤书者，不可胜纪。此亦足见公之为人矣。

著作有《言动录》《桂月吟怀》等诗集，藏家待梓。至于生平，急公好义，见善必为，不可枚举。修至圣庙，董事捐资，襄成盛举，尤其卓卓者。寿六十岁卒。元配宿孺人，子二：长镕心，次忠心。继配曹孺人，无出。孙二：长家庚，奉祀乡贤祠；次家琳，入邑庠。则公之研经砥行者，不惟光前克迪，且衍书香于无替也。爰颂曰：

夐哉硕德，品格卓然。相业念祖，道学绍先。忠信笃敬，知命达天。贻厥孙子，世泽绵绵。

李德仁妻王氏碑铭文从略

〔清〕赵步瀛

孤苦其身，冰霜其性。矢死靡他，安之若命。菀[1]枯只属过眼事，有节

① 菀：yù，茂盛貌。

须知根有志。岂徒甘心忍饥寒，大伦要求一个是。

光绪十八年碑在王母池下溪畔。

志士葬处碣山麓关帝庙下

〔民国〕赵正印[①]

光绪戊戌十一月，有士人死于客邸，邑侯秦公检其遗书，悯其遇，葬之于此，姓名莫能详也。今春，同人请于当道，藏其遗书于济南图书馆，为之封墓树石，题曰“志士葬处”，盖从其遗书之志云。宣统三年夏五月立石。

谢氏谱碑

〔清〕高徽嵋

谢氏之先系出炎帝，亦姜姓也。自周宣王封申伯于谢，后人遂以所封为氏。汉晋之间，名流辈出，簪缨相望，以阳夏之族为最盛。历南北迄唐，代有显者。至宋显道先生，渊源洛学，为程门高弟。而上蔡一族，遂较陈留、会稽二望为更著。信乎德之不朽，而后氏族足贵门第足高也。谢氏之后，不必皆冒为上蔡，然探本溯源，同出自姜，则同一申伯之苗裔。况曲阜为炎帝故墟，山川灵近圣人居，其子孙蕃衍于兹土者，当必有人焉。接武前贤，延上蔡一派之传也。

泰安汶水之西，徂徕之前，溪流澄泓，冈阜绵亘，墟落相连，蔚然深

① 原书未署作者，据民国李东辰《胆云轩随笔》补。

秀。有村名颜家庄，有隐士讳魁乙，谢氏之始迁祖也。其先泗水人，清初携家徙此。自始迁，凡四世，皆力田。五传而至锦绣，始习儒业，自是而后，士恒为士。十传至△△，笃志力学，循循规矩，由是而去矜务实，以寻上蔡之轨，辄继承家风，有厚望焉。△△从余游，既喜其有家法，又嘉其能联系宗族，识木本水源之义，因推原姓始，缀其谱系而为之记。

杨先生墓表①

〔清〕冯悦恕

先生姓杨氏，讳中孚，建之其字也。性喜清洁，凡居处之地，器用之需，以及一饮一食一被服之细，俭朴中必具整肃意，见者以为致高韵远，有古狷士风。中年失怙，未遂色养，而事亡如存。家祠少隘则改作之，墓碣有阙则补立之，数世神主有未备，则敬修而追设之。尝恻然曰："此吾先人志也。"不借助于宗族，而数事并告厥成，善继善述，岂非其人耶？

道光初，时疫流行，闾閈中半贫苦，不能自救也。先生乃延良医，和药饵，以疗病者。邻里挹注，朝夕踵接，庆再生者未易更仆数。越丁酉岁荐饥，先生忧之深，以为我家幸足糊口，虽力不能遍及一方，忍坐视吾乡之饿莩流离，而不为引手乎？于是戚者、疏者，颠连而无告者，屡出粟以赈之，视平时弥厚，彼宋子罕、郑子皮之饩，国人何多让焉。中略。

德配安孺人，以贤淑称。子六人，孙七人，曾孙二十六人，元孙六人。子孙绳绳，堂萃五世，闻者皆叹羡不容口。

岁丙申，将为先生勒石于墓，其孙、曾持行状征文于余。夫士有一节

① 此篇前原有清侯监东《宋大理寺丞姜潜字至之墓表》，因已录入《岱粹抄存》卷五，此处不再重录。

奇行，即可称名于没世，而况先生之卓卓，忍令湮没于身后耶？故为撮其大端而亟表之，且一词不敢溢美，惧谀也。先生生于嘉庆七年十月日，卒于同治元年正月日，寿六十一岁。

武菊村懿行碑①

〔清〕黄恩彤

士君子立身制行，其久而论定，尤在盖棺之后乎。世儒矫饰名行，非不足希世干誉，往往当时则荣，没则已焉。暗修之士，德畜于己而薰于乡，固不必有赫赫之名，迨其既没，而人思慕之不已，则相与表其行谊，勒石以垂诸无穷。若古之陈太邱、郭有道，其尤著者，今乃得之吾乡菊村先生。

先生姓武氏，系籍泰安，世居邑西南之新村。太翁讳文林，字森也，笃行为一方望。生三子，先生其季也。讳子英，字杰亭，别字菊村。天禀清粹，胜衣若老成。比入家塾，从长兄子全受读，辄通章句大义，为文若宿构，诗出语即工，父兄奇爱之。出应童科，屈其曹辈，甫冠，补博士弟子，秀甲一黉。性甘淡泊，践省闱被乙，忾然曰："士贵立，奚必以科名重？"乃罢举子业，益潜心义理之学，期于躬行实践。

内行纯至，事父母，先意承志，得其欢心。洎遭大故，哀礼兼尽，行路怆恻。与两兄居，怡怡如也。宗党称孝，友无间言。家仅中资，时出授徒，资脩脯以养。其教人严而不迫，左准右绳，动合规则，受学者皆彬彬有局度，望而知为菊村弟子也。

武氏本汶阳巨族，旧谱失修，先生咨访故老，辨析宗支，重加厘订，

① 此篇前原有清冯悦恕《王公双槐事略》，因已录入《岱粹抄存》卷五，此处不再重录。

最为详审。又纠族集资于祖茔，补立墓碣数十，并修祠堂，题木主。每逢时祭，必敬必诚，即于其间述祖训，申家法，劝勉父老子弟。以慈孝友恭敬宗收族之谊，有贫不能自赡者，量力助之。与人接，盎然春温，无疾言遽色。而择交必慎，门无杂宾，惟与同里汪君奇亭、张君心一、族弟公亮诸君子为忘形交，白首无斁。每春秋佳日，杯酒言欢，相与赏奇文、析疑义。又时时于授徒之暇，以训族人者兼及乡人，反覆譬喻，俾相率敦本力农，循分守法。偶有睚眦相争，立为排解，乡人化之，斗讼渐稀。咸丰初，岁大祲，十室九空，爰偕族侄砚农孝廉劝富恤贫，饥羸赖以存济。盖其德之畜于己、薰于乡者类如此。

平生于经外无他嗜好，惟喜作字，尤癖于诗，书法翩翩有逸气，为士流所推仰。诗学上溯汉魏，下窥唐宋，莫不悉其源流正变。其自为诗兼古近体，均能抒写性灵，不肯拾人牙慧，后有吟稿藏于家。于花卉独爱菊，莳养得宜，既繁且茂，花时徜徉篱落间，乐而忘疲，人多拟以靖节。每曰："徵君当晋禅代之际，义不事二姓，故托于菊以隐耳。我则异是，所取于菊者，以其色正香清，不共桃李竞艳，略同松柏后凋，吾辈不当如是乎？"盖其翛然远矣。

同治十三年十二月廿四日考终，年八十岁。其门人及戚若友相与谋曰：先生往矣，固已树碣表厥墓，而行义弗详，惧其久而湮也。共为事状来，征余文，将刊碑以永传。余不获辞，乃按状，从质书之，庶以取信于后昆。至其子及孙曾若而[1]人，具载墓碣，兹不复书。

① 若而：若干。

张心一夫子墓表

〔清〕汪宝树

夫子姓张氏，讳思允，改名笃中，字心一。先世凤阳巨族，明初迁汶阳城宫里，累世诗书，闻人代起。传十八世，讳锺琏，子光琚，孙亦荣，是生夫子。

幼失怙，时贫困綦甚。就读乡塾中，天性灵敏，过目不忘。期年工四子书及《葩经》，三年通六经，兼习子史，学为制艺。日一饔飧，发愤攻苦，昼夜不辍。弱冠游庠，声名大噪。一时巨家争延为西席，远近从学者前后数百人。其最著者杜子崇高，道光己酉举乡。徐君子安、马君少卿、武君昌铭、张君厚民、家兄及余，悉出其门下。攻举业数十年，元思风发，魄力沉雄，窗下诸作多可传诵。然数奇，终身不第。

道光乙亥，闱中颇自负，其友武菊村先生亦决为必售，榜发，堂备被黜。文出姜公玉溪房中，姜三江名孝廉，时宰吾邑。闱务毕，以书招之。夫子方授徒汶阳，足迹不履公庭，生平又以干谒为耻，及岁试怀刺往，入门见诸吏纷纷骄倨无状，叹曰："此地岂书生所宜至者？"乃怀刺而返。然姜终念之，后为勘验命案至其乡，因相见，脩师弟之礼，且勉之曰："汝文已中式，后为诗句小疵被黜。命也！然有才如此，何患沦落乎？"姜任岱十余年，终不一进谒，人皆高其品。后又屡试不售，遂援例贡入成均。年八十余犹握管为文，兴高采烈，一如少年时。

夫子读书不囿成见，幼得岐黄秘书，读之叹曰："今而知世所传脉理皆妄也。病而死者几何？医而死无限。"及出其方，果奇效，凡伤寒、痰疹、妇人、小儿诸科，百无一失，虽濒危，无不立愈，人由此神之。然不屑为医，登门求不获已，乃为施治，或馈一物，则愤然作色，由是无敢谢者。性严正，然诺不欺，与人订某时会某处，届期不能阻。每日至予家曰"今日可留"，则具食，否则必去，强留之，则愠见于色。

时与先本生祖及武公亮[1]菊村两先生交甚笃，皆以品行相尚，人呼为先生，君子[2]尤敬重之，相访作竟日谈，暨别犹立语村外，往往更深。尝[3]属予曰："汝师直道而行，终身可依，若当善事之。"予垂髫从授《易》，夫子为说九六之理，异日问之，予答如响，夫子大喜，由此期待不凡。予性多躁，每有所触，夫子默不语，既退，乃语吾友子安曰："某才知先人，此招怨之道也。汝当以吾言告之。"予闻而悚惧，辄改前非。

后遭寇变，人劝之逃，弗出。贼至，避之汶水侧，猝遇贼，胁之行，夫子斥之曰："我何如人，能从汝作贼也耶？！"贼怒砍之，伤重晕绝。贼退，家人奔救，竟无恙。时方团练各村，争延为圩长。夫子尽心筹画，保全甚多。然性直，屡遭怨谤，乃灰心事务，自立一小圩。村皆张姓，颇富饶，赖夫子以安，数十年无争讼，无外侮，无为匪者，皆夫子力也。性至孝，且耿介，游庠时告先泣下。乡有大徭役、大婚葬，辄为主办，分毫无所私，人皆敬服之。淑配李孺人，中年多病，药饵延年，常卧不起，夫子爱敬如初，终身无衰。

夫子生于乾隆五十七年四月日，卒于光绪元年八月日。子二，孙六，曾孙六。

万宜亭墓碑

〔清〕□□

公讳时中，字宜亭。曾大父讳美钛，字景运，例赠儒林郎。大父讳凤济，字既斋，附贡生。考讳秉复，字礼堂，廪贡生。自先贤万子六十三代

① 亮，疑衍，或为"号"之误。
② 君子，疑为"先君子"之误。
③ 尝，原作"当"，径改。

而至其曾大父，有内行，又素封，屡以家资赈乡里，乡里赖之。

礼堂公四男，曰用中、协中、建中，公其季也。以道光十七年诞于里第，幼有至性，遵庭训无违。所师皆知名士，与侄传纶同时补弟子员，有声，里人荣之，合资以榜其门曰“青云”。共登后，习举子业，屡试不售。礼堂公痰疹，废于家，公共养左右，日夜不离侧。其一饮一食与夫日用琐屑之事，无不先意承志，使亲志无违而后已。于时诸兄或闵其劳，公必谢之曰：“弟事父习，父且安之，诸兄不若也。”如是者二十余年，以是不复应举子试。没之日，哀毁过礼，丧葬一如仪法。

先是，礼堂公老且病，为析产业，及其殁也，建中去世，用中居别墅，协中晚年亦得废疾，不能治生产，又值凶岁，至饔飧不给，医药膳馐悉赖于公。或携食供养，食已乃退；或遣子奉侍，几于每日必然，至其兄之老且死，而如一日。嗟乎！公之行甚笃，孚于人者甚深，故其乡里戚族所以歆羡之，称道之，虽至今而不衰也。

方公之幼也，富室巨族子弟多豪侈习，公则卯角受书，即以古人自待，薄浮华，尚实践。虽家故多资，而立身制行有儒素风，举止言动，无或不中于礼者。其气象温和，外愉怡而内严整，不可干以私，故人无不乐公之德，惮公之严，而感公之诚与信也。

享寿五十有八，以疾卒于家，时光绪十八年闰六月之廿八日也。配程氏，江西知县西山先生孙女，执妇道，有贤声。子孙俱以耕读世其家云。

徂徕之阳，汶水之涘。人伦冠冕，惟公是式。生而可式，没而不替。勒诸贞[1]珉，乡人之志。敬告后人，各勉而虑。呜呼如公，庶几无愧！

① 贞，原作“瑱”，讹字，径改。

封君海川墓碑

〔清〕宋玉琦甲午泗水

光绪己亥夏，余与王司马鹭田叔侄及王子平、张礼南两茂才，避暑于镇北李氏林，遂往观封家庄池荷。池上有祠，树木森疏，门墙修整，额曰“封氏家祠”。有读书声自中出，两茂才曰：“此太学生乘田父海川先生所创，以祀其合族之先人，而并立学堂于内，以教族中之后生者也。又置义田若干亩，留以善后，其族党之祖若考，既有以妥其神灵，而子弟辈亦各得就而学焉。”

今年夏，礼南持墨书碑记示余曰：“此吾乡先正卢彝卿大令赠海川先生遗稿。”其文曰：“先生讳乐山，字海川。少读书，知大体，丁年援例入成均。性情慷慨，广交游，乐施与，救灾济贫，待戚族尤重。晚年习岐黄，视贫不能延医者，辄亲诣诊之，或以医不叩门讽，不顾也。会捻匪东窜，弃田宅，卜居尤徕竹溪间，构茅屋数椽，于时栖止。然心忧时势，莫去诸怀，积愤而终。德配张氏，继配杨氏。子七人，垂白其少子也，恪守先生遗训。先生交吾人，吾知之深，故略述其梗概云。”

余读而善之，礼南曰：“是诚实录，所缺者，建家祠，立学舍，置义田事耳，请为补之。”余曰：“曩过封家庄，司马闻先生行谊，亟称之，谓今之古人也。余亦曰然。”谨据向所闻见，缀数言以补此记之缺。并为之铭曰：

封姓为乡，世德孔长。祀先有堂，孝思弥彰。锡类有方，厥嗣克昌。积厚流光，徂徕之阳。

宋仿润墓表

〔民国〕王亨豫

泰安宋氏，明侍御青岩先生后裔也。初，侍御以撄权相，直声震天下，光前裕后，族姓繁衍，几遍岱麓。大宗以下，廷廷朴厚质直，大其门闾，而邑南鄙栗家庄仿润公其一也。

公讳传壂，字仿润，祖兴□，考毓涪，世隐于农，至公益能承先业而大之。盖公爽直，克勤俭家，益饶裕，邻里称贷者，无不如其意以去。贫困来负米者，必益其量而贬其值。有负债者欲售田于公，公拒之，辄助以资，或缓其负，用待来赎。久之，乡里感悦，邑以南妇孺，罔不知公而多其义者，洵不愧侍御之裔矣！

以民国十六年八月卒，春秋七十有五。配萧氏，妇德兼备，相夫理家，无或失。子三：继荣出嗣；继华；继森。孙十二人。今年，公子谋表其墓，余夙仰侍御奇节，并所以昌其后者，则以公之为善而昌，作侍御流光之象征也可用，特敬读表而出之。

注：一九九一年新年，检阅先人遗稿时，得先君清抄《宋仿润墓表》一纸，未注作者及撰表日期，此表为民国十六年后撰，读其文字，盖为先君所撰。[①]

① 按：此为王佛生注。

卷六　诗词

《中州集》元好问裕之选

穆陵道中二首

〔金〕党怀英

沂山一何高，群峰郁孱颜。
我行问遗老，云此小太山。
望秩有常祀，其神号东安。
草荒穆妃坟，雨剥汉武坛。
神仙果何在，可想不可攀。
千年等一昔，俯仰悲人寰。
东望蓬莱宫，咫尺沧波间。

重山复峻岭，溪路宛盘盘。
流水涓无声，暗泻溪石间。
岸草凄以碧，鲜葩耀红丹。
高云映朝日，流景青林端。
我行属朱夏，欲愒不得闲。
山中有佳人，风生松桂寒。

琼花木后土像

〔金〕党怀英

皇娲化万象，赋受无奇偏。
胡为堕爱境？亦为尤物牵。

煌煌灵祠花，玉蕊冠春妍[①]。
婉如倾国姝，独立江湖边。
顾惜怨夺移，含秀梁宫烟。
青黄竟自寇，始信拥肿全。
珍材归好事，肌理致且坚。
瑑刻方寸余，遗像规汾埏。
愿言税灵驭，要复安所怜？
神游妙难诘，岂以大小悬？
槐根开梦国，橘实游棋仙。
敬想宝龛中，坐纳东南天。
况有大者存，指顾超八埏。

君锡生子四月八日左君锡，蓟北名士

〔金〕党怀英

堂前种萱忧可忘[②]，不如生儿喜殊常。
呕哑啼笑彩衣侧，满堂和气生嘉祥。
宴[③]寝香凝佳梦兆，与佛同生佛亲抱。
我来初见出锦[④]绷，肌肉照人眉宇好。
世间儿子空纷纷，如君此儿真慰人。
蓟山东盘出英秀，政与德门宜子孙。

---

① 妍，原作“研”，据金元好问编《中州集》（明末毛晋汲古阁本，第三十七页；四库本，第三十三页；1959年中华书局排印本，第一三一页；《四部丛刊初编》，影上海涵芬楼藏董氏诵芬室影元刊本）卷三改。

② 忘，原作“志”，据《中州集》卷三改。

③ 宴，明末毛晋汲古阁本、四库本、中华书局本《中州集》卷三作“燕”。

④ 锦，原作“绵”，据《中州集》卷三改。

天马驹，海鹤子，气骨初成便超异，茶[1]云冲霄从此始。

立春

〔金〕党怀英

水[2]结东溪冻未漪，风凌枯木怒犹威。

不知春力来多少，便有青蝇负暖飞。

端午日照道中

〔金〕党怀英

几年客舍逢端午，今日东行复海隅。

三岁已无平老艾，一杯聊作辟愁符。

夏日道出天封寺

〔金〕党怀英

叠涧重冈掩复开，鸟啼人寂路萦回。

微凉暂逐行云过，细雨俄从远树来。

世事自嗟吾老矣，山僧那识兴悠哉。

婆娑十亩溪边栎，借汝清阴感不材。

龙池春兴

〔金〕党怀英

三十余年惜别心，重来独兴此登临。

佳人何在暮云合，游子不归春草深。

---

① 茶，古通“蹑”。

② 水，四库本《中州集》卷三作“冰”。

曲槛凭栏花幂幂，扁舟系岸柳阴阴。
避人白鸟忽惊去，双影飞翻明翠岑。

宿宣湾

〔金〕党怀英

清颖[①]去无极，悠悠楚甸深。
人家半临水，村径曲穿林。
积雨犹行潦，荒烟易夕阴。
夜凉淮浦月，寂寞照边心。

黄弥守画《吴江新霁图》

〔金〕党怀英

江云卷宿雨，江风散晨烟。
山光烟雨润欲滴，影堕江水空明间。
修蛾新妆翠连娟，下拂尘镜窥明躅。
渔舟来何许？触破青茫然。
中流水肥鱼逆上，受网应有松鲈鲜。
借问张季鹰[②]，西风几时还？
渔郎理网唤不应，但见水碧江涵天。
如何尘埃中，眼界有许宽？
道人胸次陂万顷，为写此境清而研。
苍崖无尘树影寒，直欲坐我苔矶边。
我家竹溪阴，小艇横清涟。

① 颖，《中州集》卷三作“颍”。
② 鹰，原作“膺”，据明末毛晋汲古阁本、四库本、中华书局本《中州集》卷三改。四部丛刊初编本作“膺”。

异时赤脚踏两舷，不应尚作披图看。

雪中四首

〔金〕党怀英

诗人固多贫，深居隐茅蓬。
一夕忽富贵，独卧琼瑶宫。
梦破窗明虚，开门雪迷空。
萧然视四壁，还与向也同。
闭门捻须坐，愈觉生理穷。
天公巧相幻，要我齐穷通。
冲寒起沽酒，一洗芥蒂胸。

翻翻雪中鸦，飞鸣觅遗粟。
雪深不可求，绕屋啄寒玉。
顾我如鸱鸢，多储有余肉。
我亦生理拙，冻卧僵雪屋。
日午甑无烟，饥吟搅空腹。
岂不知屠沽，肥甘随取足。
幸得春雪消，吾犹多杞菊。

岁晏苦风雪，旷野寒峥嵘。
湿薪烧枯棘，距刺相拏撑。
浓烟久伊郁，微焰方晶荧。
津津膏乳涨，中有蚯蚓鸣。
蓬蒿掇快炬，倏作飞灰轻。
余暖未及惬，睫泪先已盈。

幸有邻家酒，时浇肌粟平。

岁晏雪盈尺，农夫倍欣然。
不作祁寒怨，应知有丰年。
笑我寄一室，归耕无寸田。
无田吾不忧，饮啄当问天。
我看多田翁，租赋常逋悬。
低头负呵责，颜色惨可怜。
不如拾滞穗，行歌两无牵。

雪

〔金〕党怀英

宝花天雨晓纷纷，佛界妆严尽白银。
待腊风雪[①]初接势，犯寒糟麹若为神。
园中芳草谁能赋？江上梅花独自春。
半臂骑驴得佳句，九原谁唤灞陵人？

蝉

〔金〕党怀英

槁壤阴潜罢转丸，飘飘便作饮风仙。
幽蘘何处拳枯蜕？别树还来续断弦。
小院日长清梦觉，空庭人静绿阴圆。
无情物化谁能料？触拨羁怀一慨然。

① 雪，《中州集》卷三作“云”。

渔村诗画图

〔金〕党怀英

江村清境皆画本，画里更传诗语工。
渔父自醒还自醉，不知身在画图中。

晓云次子端韵

〔金〕党怀英

滦溪经雨浪生花，晓碧翻光漾晓霞。
川上风烟无定态，尽供新意与诗家。

送高智叔归济南

〔金〕党怀英

已作西溪约，还为汶上行。
漂流知分际，会合见平生。
旅枕劳归梦，家山入去程。
空斋桃李月，寂寞照清明。

日照道中

〔金〕党怀英

路转清溪树蔚然，解鞍坐愒[1]午阴园。
避人鸥鸟惊飞尽，时有游鱼弄柳绵。

---

① 愒，义同“憩”。

夜发蔡口

〔金〕党怀英

落霞堕秋水，浮光照船明。
孤程发晚泊，倦楫摇天星。
蔼蔼野烟合，翛翛水风生。
远浦浩渺漭，微波澹彭觥。
畸鸟有时起，幽虫亦宵征。
怀役叹独迈，感物伤旅情。
夜久月窥席，慷慨心未平。

西湖晚菊

〔金〕党怀英

重湖汇城曲，佳菊被水涯。
高寒逼素秋，无人自芳菲。
鲜飙散幽馥，晴露随余滋。
蹊荒绿苔合，采采叹后时。
古瓶贮清泚，芳樽湔尘霏。
远怀渊明贤，独往谁与期？
徘徊东篱月，岁晏有余悲。

西湖芙蓉

〔金〕党怀英

林飙振危柯，野露委荒蔓。
孤芳为谁妍？一笑聊自献。
明妆炫朝丽，醉态羞晚困。

脉脉怀春情，悄悄惊秋怨。
岂无桃李媒？不嫁惜婵媛。
悠哉清霜莫[1]，共抱兰菊恨。

浪溪别吴安雅浪音郎

〔金〕党怀英

浪水清且白，频年照行役。
褰裳涉微波，微波去无极。
悠悠溪上山，送我往复还。
与君临水别，幽恨寄山间。

奉使行高邮道中二首

〔金〕党怀英

野雪来无际，风樯岸转迷。
潮吞淮泽小，云抱楚天低。
蹚踏船鸣浪，联翩路牵泥。
林鸟亦惊起，夜半傍人啼。

细雪吹仍急，凝云冻未开。
牵闲时掠水，帆饱不依桅。
岸引枯蒲去，天将远树来。
行舟避龙节，处处隐渔隈。

① 莫，古“暮”字。

孤雁集句

〔金〕党怀英

万里衔芦至，寒空半有无。

踪分沙岸静，声入塞垣孤。

影早冲关月，飞高望海隅。

不知天外侣，何处下平芜？

黄菊集句

〔金〕党怀英

九月欲将尽，鲜鲜金作堆。

绕篱残艳密，拥鼻细香来。

五色中偏贵，群花落始开。

可怜陶靖节，共此一倾杯。

金山

〔金〕党怀英

我从渡淮涉高邮，风雪[1]连日吹行舟。

维阳地西闯夜色，星月隐见边城楼。

晴光破晓射瓜步，照耀玉宇开琼洲。

冯夷收威浪妥帖，容我一到金山头。

金山胜概冠吴楚，万础磻[2]峙江中流。

平生梦寐不到处，乃以王事从私游。

---

① 风雪，《中州集》卷三倒。

② 磻，明末毛晋汲古阁本、四库本《中州集》卷三作“蟠”。

钟山雨花落眼底，海门鹤崖波际浮。
川开林阖望不极，但见远色明轻鸥。
风烟渺莽异吾土，行役有程难久留。
一杯未举帆影转，已看浙树稍旗旒。

赵飞燕写真

〔金〕党怀英

昭阳宫里千蛾眉，中有一人轻欲飞。
姊[①]妹夤[②]缘特新宠，六宫铅粉无光辉。
春回太液花如绣，花底轻风扶翠袖。
君恩不许作飞仙，襞积宫裙留浅皱。
君王贪宴温柔乡，木门不省摇仓琅。
避风台成略今古，空使遗妒惊霓裳。
当年倾城复倾国，谁写余妍入丹碧？
背灯拥髻一潸然，不应尚有樊通德。

村斋遗事

〔金〕党怀英

人生天地真蘧庐，外物扰扰吾何须。
与其羁马[③]齐辕驹，岂若饮龁随骀驽。
不知掉尾忘江湖，呴呴濡沫胡为乎？
谁念挟卷矜村墟？磨丹點黝围樵苏。
申鞭示箠严范模，矍如狙翁调众狙。

---

① 姊，明末毛晋汲古阁本、四库本《中州集》卷三作“娣”。
② 夤，原作“寅”，据明末毛晋汲古阁本、四库本、中华书局本《中州集》卷三改。
③ 马，明末毛晋汲古阁本、四库本、中华书局本《中州集》卷三作“羁”。

《尔雅》细碎编虫鱼，辞严义密字见疏。
烘斋睥睨音语粗，讽诵谁敢忘须臾。
万中有一差锱铢，咿哑坐使为呻呼。
咄哉倡言口嗫嚅，等为儿戏夫何殊。
霜风入户寒割肤，生薪槎芽供燎炉。
漫漫湿烟迷四隅，白鹤日见黔如乌。
此间纵乐能何如，其谁相与歌归欤？
投[1]笼嗟我自挛拘，垂翅更待穷年徂。

和张德远伐松之什

〔金〕党怀英

社栎赋散材，乃遭匠石嗤。
高梧中宫徵，不能保孙枝。
全伤随用否，理固不可移。
堂堂十八公，端劲出天姿。
蟠根借余润，茂郁清溪湄。
雨师夜失律，偶此遗神螭。
烟鳞渍寒雨，雾鬣明朝曦。
腾拏困愈壮，偃蹇僵不疲。
未能走沆漭，聊与草木嬉。
长风动头角，吟啸舒郁伊。
尘埃讵能久？雷电会有时。
昨宵卧溪月，老影闲横攲。
天明竟不举，俯仰益怪奇。

① 投，原作“技”，据四库本、中华书局本《中州集》卷三改。

挈拳攀半崖，渴喙吞清漪。
希珍价不售，复病樵柯危。
材高辄尔耳，咄彼造化儿。
樛枝饱霜雪，遽与蓬蒿衰。
孤标挽万牛，未为廊庙知[①]。
窈窕桃李春，奈尔千岁期。
枯桑岂自贾？取败以老龟。
兹非爨下材，梁栋终见施。
长短归自然，勿为凫鹤悲。

题《獐猿图》

〔金〕党怀英

云山空，冈阜重，槲叶半湿新霜红。溪猿得意适其适，闲攀静挂[②]晴光中。孤麛何从来？寂历野竹风。举头相视不相测，昂藏却立如痴童。鲲鹏负云天，斥鷃处蒿蓬。万生所乐自不同，恝然胡为之二虫。

和济倅刘公伤秋

〔金〕党怀英

川流为渚巨野阔，水色天容两开豁。
山随水远势奔骛，骏马西来衔辔脱。
山前云木散不收，坐看木末来归舟。
秋容澄明纳万象，画本寂默横双眸。
谪仙曾来钓烟碛，想见夕阳寒影只。

① 未为廊庙知，此句原作“未能为廊庙”，据《中州集》卷三改。
② 挂，原作“桂”，据《中州集》卷三改。

骑鲸去作汗漫游，只有荒台压澄碧。
台边昨夜西风来，倦游羁宦心悠哉。
岂无琼艘百柂载春色，是中可以忘形骸。
官居得秋况不恶，高吟何遽悲摇落？
君不见中郎诗翰忆湖山，秋色正满连云阁。

题《春云出谷图》

〔金〕党怀英

春云乍出山有无，春云已去春山孤。
山光空蒙不可写，正要云气相萦纡。
山吞云吐变明晦，半与岩谷生朝晡。
轻林萧萧暗溪树，余影漠漠开樵居。
舟人舣棹并沙尾，坐看缥缈摇空虚。
巧分天趣出画外，韵远不与丹青俱。
今人重古不知画，但受[1]屋漏烟煤污。
惜哉东坡不及见此本，诗中独有叠嶂烟江图。
“轻林萧萧”一作“轻林霏霏”。

新泰县环翠亭

〔金〕党怀英

官居坐官府，不见青山青。
闲来亭上看，青山绕重城。
左见青山纵，右见青山横。
具敖浮虚碧峥嵘，群峰连娟相缭萦。

① 受，《中州集》卷三作“爱”。

县庭无事苔藓生，独携珍琴写溪声。
琴声锵锵激虚亭，罢琴举酒招山英。
山英莫相嘲，我虽朝市如林垌。
客有山中来，闻说令尹清。
山英异时合有情，周遮不放公马行。

题[①]王广道环翠堂

〔金〕党怀英

诛茅结构略三楹，顾揖青山共落成。
一径宛如通辋口，千峰何用诧南城。
清风枕簟人间世，白日羲黄世上名。
只恐山灵留不得，暮年合起为苍生。
见《新太志》

喜雨

〔金〕党怀英

山云駃[②]如驱，山雨沛如倾。
幽人梦初醒，卧听檐溜声。
雷霆怒相搏，似与阴阳争。
蛟龙久何蟠？始此幽蛰惊。
余花晓犹落，竟日方破晴。
明朝东皋望，照眼生意明。
焦枯被沾濡，相与回春荣。

① 题，原作“增”，据《新泰县志》卷十九《艺文·诗上》(清乾隆四十九年刻本，第四十一页)改。
② 駃，原作“驶”，据《中州集》卷三改。駃：通“快”，迅疾。

忻然野桃李，新绿栖残英。
渐渐麦垅翠，溜溜溪流清。
蛙鸟亦解喜，飞沉亥喧鸣。
万物皆得时，栖迟感吾生。
直应挂儒冠，便逐春农耕。

睡觉，门[①]外月色如昼，霜风过，翏然成声，作一绝

〔金〕党怀英

老木经霜众窍空，月明深夜响秋风。
始知天籁非人籁，吹万由来果不同。

题张维中《华山图》

〔金〕党怀英

苡珠散遗胄，我姓出冯翊。
空闻华山名，未始见颜色。
三峰擢觚棱，经眼但石刻。
那知玉井莲，香落清渭北。
巅崖划变转，势走关辅窄。
岂无爱山人，不解傅粉墨。
多才曲江裔，公暇日招揖。
归装贮新图，尚带烟雾湿。
明窗一传玩，恍若到乡国。
我生随宦游，久作东南客。

① 门，原作“闬”，据《中州集》卷三改。

有田太山下，绕屋皆泉石。
怀恩恋官廪，老大归未得。
况复秦川遥，便恐此生隔。
崚嶒苍烟面，只许画中识。
诗成持送君，想像三叹息。

题马贲画《鸂鶒图》

〔金〕党怀英

双眠双浴水平溪，共看秋光卧两堤。
谁信潇湘有孤雁，冷沙寒苇不成栖。

书因叔北轩壁

〔金〕党怀英

生涯自分老林泉，欲止还行信有缘。
未许纶竿归醉手，且教烟水入吟鞭。
云山聊欲追聱叟，风腋何妨借玉川。
独卧北轩元不寐，竹间寒雨夜琅然。

和元卿郊行

〔金〕党怀英

马驶车驱起路尘，傍山阴翳作春温。
东风欲放萌芽动，已有疲牛啮烧痕。

世华将有登州之行，作是诗以送之

〔金〕党怀英

少陵兄弟盖三人，坡老相知只卯君。

五亩有期将共隐，一樽何意便轻分。
秋鸿渺渺看孤往，夜雨潇潇忍独闻。
他日书来问无恙，我应深钓竹溪云。

潍密道中怀古

〔金〕党怀英

十二全齐势，兴亡俯仰中。
地倾潍水北，山断穆陵东。
破冢余残甓，荒蹊足转蓬。
燕齐旧悬隔，不接马牛风。

过棠梨沟

〔金〕党怀英

地僻人烟少，山深涧谷重。
坡陁下长坂，迤逦失诸峰。
问俗知怀土，听歌识相舂。
几家茅屋外，田亩自衡从。

朐山驿亭阻雨东海地名苍梧，旧说云：此岛自苍梧浮来。又此有景疏楼

〔金〕党怀英

脱叶萧萧山木稠，连墙飘泛海蓬秋。
浪回朐岛冯夷舞，云暗苍梧帝子愁。
欲往未行淹仆马，下来还去羡鸧鹙。
景疏楼下无边水，暂濯尘缨可自由。

吊石曼卿

〔金〕党怀英

曼卿尝通守昫山，遣人以泥封桃李核，弹之岩石中，其后花开满山，又尝携妓饮山之石室间，鸣弦为冰车铁马声。

城头山色翠玲珑，尚忆清狂四饮翁。
铁马冰车断遗响，桃花石室自春风。
生平诗价千钧重，身后仙游一梦空。
想见蓬莱水清浅，芙蓉城阙五云中。

昫山道中三首

〔金〕党怀英

二年三到水云乡，瘦马凌竞怯路长。
野雪未干春未雨，落鸢飞起暗尘黄。

吴歌楚语海山间，织苇苫菰便自安。
已作稻塍犹未种，小沟流涩水车干。

海路东南万壑倾，青山孤起压重城。
驿亭春半余寒雪，墙角无人草自生。

应制粉红双头牡丹二首

〔金〕党怀英

卿云分瑞两嫣然，镜里妆成谷雨天。
晓日倚栏闲妒艳，春风拾翠两骈肩。
水南水北何曾见？桃叶桃根本自仙。

梦想沉香亭北槛，略修花谱记芳妍。

春意应嫌芍药迟，一枝分秀伴双蕤。
并肩翠袖初酣酒，对镜红妆欲斗奇。
上苑风烟工献巧，中天雨露本无私。
更看散作人间瑞，万里黄云麦两歧[①]。

次文孺韵

〔金〕党怀英

病眼花生纸，羁怀棘绕墙。
挑灯檐溜急，到枕漏声长。
响彻鸡埘曙，寒迎雁背霜。
凄凉三径菊，无梦到壶觞。

好问按：此诗是贡院中唱和，故有“花生纸”“棘绕墙”之句。

白庄道中

〔金〕党怀英

暖风迟日弄春晴，浑似龙眠画里行。
沙路半随堤尾曲，几家桃李鹁鸪鸣。

花品

〔金〕党怀英

翠裙襞积破黄薇，新样丁香结玉蕤。
最爱东风木芍药，淡红深紫两相宜。

① 歧，四库本《中州集》卷三作“岐”，中华书局本《中州集》卷三作“歧”。

上皇书扇后

〔金〕党怀英

便面团圞字點鸦，天风吹堕委尘沙。
燕泥庭草争工拙[①]，何似当年陌上花。

送崔深道东归

〔金〕党怀英

君从郁葱几时来？郁葱山色空崔嵬。
白云已自动归意，蟏蛸蝍蝛况可怀。
熏风浊酒非莓苔，那知空斋响蚊雷。
酒酣临风解相忆，唤取玉笛传清哀。

和道彦至

〔金〕党怀英

山光凝黛水浮空，地僻偏宜叔夜慵。
尚喜年登更冬暖，敢论人厄与天穷。
君方有志三重浪，我已无心万里风。
拟葺小园师老圃，绿畦春溜引连筒。

楚清之画乐天“小娃撑小艇，偷采白莲回。不解藏踪迹，浮萍一道开”诗，因题其后

〔金〕党怀英

乐天归卧湖山边，闲买池塘娱暮年。

① 拙，原作“掘”，据《中州集》卷三改。

小蛮已老樊素去，心地玲珑如白莲。
室中谁遣散花天？故黠禅衣香破禅。
鸳鸯为报窃花处，题诗要戏小婵娟。
红妆秋水照明蠲，清之粉本清且妍。
道人无心被花恼，对画作诗真适然。
君不见元亮投名莲社里，不妨更赋闲情篇。

寄贾因叔

〔金〕党怀英

鹑居鷇食两迷阳，四十犹贪桂子香。
石汶为君抛水月，宪陵回首见冰霜。
虫鱼细碎成书癖，荆棘峥嵘失醉乡。
举白北轩真一梦，竹间犹记雨浪浪。

题大理评事王元老双橘堂

〔金〕党怀英

朱橘复朱橘，传分包贡实。
煌煌中堂榜奇画，照公堂前萱草碧。
公今致养丰禄食，更取蛮珍奉颜色。
举觞一笑三千秋，坐看诸孙索梨栗。

宿旧县四更而归，道中摭所见，作行路难

〔金〕党怀英

三星排空山月明，思归客子夜半行。
单衣短褐风凄清，响踏黄叶栖禽惊。
匆匆晓转沙岸侧，枯蓼寒芦鸣索率。

山月欲随山烟黑，前途无人脚无力。
行路难[①]，堪叹息！

途中壬辰正月

〔金〕党怀英

平明发郊墟，独步跄蹬蹀。
引领发前程，日出烟未灭。
林迴鸟始喧，麦短牛已啮。
春阳气未壮，道左尚残雪。
长风拂归袂，凛欲变冬冽。
指冻僵不拳，胶凝仍欲折。
而我竟何事，犯此寒正切。
修途去未几，行意先已茶。
安得两翼生，高飞度林樾。

徐茂宗蜗舍

〔金〕党怀英

万生扰扰安其安，莺鸠不羡鹏飞抟。
端知扶摇上九万，无异跳跃蓬蒿间。
是身江海一漂粟，身外纷然皆外物。
一廛傥可容所寓，何用渠渠作高屋。
知君从道由心成，昔焉忘俗今忘形。
物来弭角不知竞，触蛮血战良虚名。
我梦敲门访君舍，舍小不容相对话。

① 难，原缺，据《中州集》卷三补。

觉来惊见壁间蜗，俯仰人间真物化。

壬辰二月六日夜，梦作一绝句，其词曰“矫冗连天花，春风动光华。人眠不知晓，我佩绛红霞”。梦中自以为奇绝，觉而思之，不能自晓，故作诗以记之

〔金〕党怀英

梦中作诗真何诗？梦中自谓清且奇。
觉来反覆深讽味，字偏句异诚难知。
岂非梦语本真语？无乃造物为予嬉。
君不见庄周古达士，栩栩尚作蝴蝶飞。
我生开眼尚如此，况在合眼夫何疑。

九庙[①]

〔金〕党怀英

鲁国遗踪堕渺茫，独余林庙压城荒。
梅梁分曙霞栖影，松牖回春月[②]驻光。
老桧曾沾周雨露，断碑犹是汉文章。
不须更问[③]传家远，泰岱参天汶泗长。

① 此诗原置于该卷（《续编》卷六）元徐世隆《赠天倪子诗》后，原署“党承旨”。党怀英官至翰林学士承旨，故世称党承旨。

② 月，民国王亨豫《乡贤遗事初编》（岱麓苍石斋藏稿）卷一作“夜”。

③ 问，原作“门”，据《乡贤遗事初编》卷一改。

青玉案以下附词五首

〔金〕党怀英

红纱绿翦[①]春风饼。趁梅驿，来云岭。紫桂岩空琼窦冷。佳人却恨，等闲分破，缥缈[②]双鸾影。

一瓯月露心魂醒。更送清歌助清兴。痛饮休辞今夕永。与君洗尽，满襟烦暑，别作高寒境。

感皇恩赋叠罗花

〔金〕党怀英

碧玉捻柔条，蓝袍裁叶。明艳黄深软金叠。道装仙子，谪堕蕊珠仙阙。为春闲管领，花时节。

汉额妆秾，楚腰舞怯。襞积裙余旧宫褶。东君著[③]意，留伴小庭风月。任教鶗鴂唤，群芳歇。

鹧鸪天

〔金〕党怀英

云步凌波小凤钩。年年星汉踏清秋。只缘巧极稀相见，底用人间乞巧楼。

天外事，两悠悠。不应也作可怜愁。开帘放入窥窗月，且尽新凉睡美休。

月上海棠用前人韵

〔金〕党怀英

傲霜枝袅团珠蕾。冷香霏、烟雨晚秋意。萧散绕东篱，尚仿佛、见山

---

① 红纱绿翦，四库本《中州集》卷十、明末汲古阁本《中州乐府》作“红莎绿箬”。

② 缥缈，原倒，据《中州集》卷十改。

③ 著，《中州集》卷十作“着”。

清气。西风外，梦到斜川栗里。

断霞鱼尾明秋水。带三两、飞鸿點烟际。疏林飒秋声，似知人、倦游无味。家何处，落日西山紫翠。

感皇恩

〔金〕党怀英

一叶下梧桐，新凉风露。喜鹊桥成渺云步。旧家机杼，巧织紫绡如雾。新愁还织就，无重数。

天上何年，人间朝暮。回首星津又空渡。盈盈别泪，散作半空疏雨。离魂都付与，秋将去。

登岱以下《绣水诗抄》

〔清〕牛元弼

肩舆直入白云端，九点齐烟指顾间。
日观峰头天咫尺，桃花峪口鸟绵蛮。
悬崖树老生鳞甲，穿石泉流响佩环。
七十二君封禅处，可留玉检在名山？

岱岳

〔清〕牛中开

泰岱峰头帝女宫，士民瞻仰古今同。
鸡鸣日观临沧海，马步吴门见素骢。

华岳凌空非绝险，匡庐亘地失雄风。
岩岩气象环中出，领袖群山控大东。

摩崖碑

〔清〕马汝舟

字大如拳天半垂，桃花洞口摩崖碑。
玉检金泥白云起，六龙飞处仙灵随。
开元政治未为失，首议封禅繄阿谁？
侈心一开亦何极，天宝酿祸端在兹。
胡雏长啸洛阳陌，潼关失守溃王师。
豆粥胡饼坐长叹，征衣斜照锦江湄。
摩崖碑文耸泰岳，应悔当日安忘危。

对松山

〔清〕马汝舟

片月挂在东峰东，东涧西涧吹松风。
盘根诘曲尽危石，重重盖影凌苍穹。
邈然天际一昂首，中有云气龙飞空。

五大夫松歌

〔清〕马汝舟

虬髯铁干何离奇，山阿怒耸鳞之而。
风霜已饱千年后，山灵拥护无枯枝。
凉阴摇动绝尘壒，半空谡谡响天籁。
苔藓夤缘钉连钱，石床低覆如偃盖。
托根得近丈人峰，帡幪偶尔荫祖龙。
庶长良造圭苴耳，此君岂羡大夫封。
天门吹落峨眉雪，蓬莱仙境良清绝。
秦皇抵死求长生，纪功空篆李斯碣。

登泰山观日出歌

〔清〕孟传璿

泰岱屹立摩苍穹，杰然震地当其冲。
银台金阙递隐现，盘根大块撑鸿蒙。
有客昔云上日观，遥看日出扶桑东。
平生胸臆为开拓，变态奇状难形容。
前岁曾踏天门入，未穷佳胜回匆匆。
今来汶阳百无事，探奇旋到山巃嵸。
斜日埋没岩壑黑，参斗惨淡天梦梦。
寒睡未成拥裘起，倚壁东望凝双瞳。
忽忽烟云积千里，渐由平地铺虚空。
须臾巨溟镕金液，如闻鲸浪惊溃洇。

方壶员峤俨烧劫，烈焰半上蒸穹窿。
赤鳞耀火火光出，羲和纵辔鞭群龙。
神乌搏蛟沸蛟血，金轮浮出龙王宫。
群仙万灵悉迎揖，霞裳耀彩旗翻红。
天地震撼慑人魄，蹑级欲下心忡忡。
我宁信目不信耳，造物奇出真难穷。
金丸落笔鸣洪钟，旷代犹忆髯苏翁。
九天[①]珠玉任咳唾，兴至海岳排胸中。
我欲效尤舌频咋，吟罢意气增豪雄。
回首八极开曈昽[②]，一轮照耀磨青铜。
侧身俯仰小天下，几回倾倒玻璃锺。
烟消雾灭鸾鹤起，相将歌舞乘罡风。

登泰山

〔元〕张养浩

风云一举到天关，快意人生[③]有此观。
万古齐州烟九点，五更沧海日三竿。
向来井处方知隘，今后巢居亦觉宽。
笑拍洪崖咏新作，满空笙鹤下高寒。

---

① 天，原缺，据清孟传璿《赠云山馆遗诗（三卷）》（《山东文献集成》第四辑，第30册，第681页，影清道光二十四年安素堂刻本）卷一补。

② 曈昽，原作“瞳昽”，据《赠云山馆遗诗》卷一改。

③ 人生，元张养浩撰《归田类稿》（四库本）、《泰安县志》（乾隆四十七年刻本）卷二十《选辑·诗》作“平生”。

泰安道中口占

〔清〕彭施涤①

中宵呼仆起，揽辔问邮程。
残梦车栏续，归心辙迹明。
天低云树合，雨过石泉清。
人马同舟渡，汶河水又生。

止宿泰安城外，大雨滂沱，连宵达旦，次日未克展轮，旅居闷甚，诗以遣之四首

〔清〕彭施涤

甫下征车雨又来，滂沱势猛助奔雷。
羁栖差免行装湿，明发还期宿霭开。
茅店孤灯挑易尽，荒郊破柝韵频催。
深宵起舞非关醉，砍地②高歌志未灰。

暑雨遄征不自由，归经岱麓忽勾留。
润含绿野农夫慰，泛涨黄流客子忧。
崖势欲随惊鹘起，泉声直与怒涛侔。
汶阳敢谓皆吾土，窃喜民和岁有秋。

① 原作“心荃”，即彭施涤，字心荃。
② 砍地：斫地，表示愤激。

万叠云山纵目看，无端中道独盘桓。
倦游愈觉闲居乐，久客方知行路难。
破屋绳床聊再宿，尘羹土饭亦三餐。
最怜僮仆奔驰瘁，此雨天教暂解鞍。

乱鸦归树又黄昏，枕上吟哦壁上存。
五夏驹光如过隙，千山鸿爪遍留痕。
粗才自问甘为役，故技堪嗤置勿论。
路险事艰都历尽，一鞭明日指齐门。

癸巳九秋，奉委赴泰郡公干，寓雨花道院，游岱麓三贤祠，旁有书院，为康颂黼太守新修复者。枕山面溪，境极幽胜。祠祀宋胡公瑗、石公守道、孙公明复，并附祀明宋公焘、国朝赵公国麟

〔清〕彭施涤

三贤祠宇辟蒿莱，讲院重新妙境开。
侍立当年留片石，景行此日仰高台。
听泉缅想书投涧，列嶂还疑锦作堆。
多士闻风崇实学，文翁雅化众交推。

谒岱庙

〔清〕彭施涤

庙貌尊严拟阙廷，小臣瞻拜肃仪型。
雨阶龙凤排仙仗，千载丝纶泐石铭。
峻极配天隆秩祀，崇朝遍泽仰神灵。
和丰敬为斯民祝，佐治无猷愧德馨。

毛蜀云明府招饮普照寺即席赋赠

〔清〕彭施涤

岱麓禅关绝俗埃，公余文谳许追陪。
抚松犹忆六朝植，对菊须倾一斗醅。
秋去雁随黄叶落，日斜僧共白云回。
使君雅意何由答，愿向南山颂有台。

寓雨花道院赠秀峰道友

〔清〕彭施涤

于役来瞻泰岱祠，雨花院静暂栖迟。
波涛大海凭谁障？香火名山赖有持。
愧我衷怀萦俗事，羡君潇洒出尘姿。
椟中拂拭温凉玉，敬溯东巡祭告时。

寿施方伯李氏原稿

〔清〕李应膺

福耀来东鲁，晴云布海陬。
旬宣周召虎，会计汉萧侯。
裕国通民隐，匡时藉远猷。
贤声高北阙，大泽遍西畴。
序际椒花节，人添仙室筹。
阳春行处满，紫气望中浮。
清署闲芝鹤，瑶阶集献酬。
岁星辉映远，长此酌觥觞。

晚过泰安赵侍御率尔留饮

〔清〕施闰章

垂白矜欢会，登堂遽把杯。
自言家酿薄，不道故人来。
剪烛看颜色，忧时卧草莱。
难忘为真率，马上首重回。

泰安过赵侍御饮花下

〔清〕施闰章

海棠柱史堂前树，合抱双柯满院阴。

共喜繁花舒醉眼，不劳白发损春心。
酒樽北海时留客，丝竹东山自赏音。
门外岱宗青嶂逼，那能高枕废登临！

济南饮家泰瞻方伯署中

〔清〕施闰章

七二泉边复此杯，十年怀抱向君开。
连枝会喜天涯得，片月光分岱顶来。
箕斗徵输忧国泪，西南飞挽济世才。
悬知节钺寻常事，驱马蒸云首重回。

徂徕怀古《退轩诗录》

〔清〕锺廷瑛

太白昔壮游，高卧徂徕山。
矫矫张孔辈，拂衣此盘桓。
衔杯竹溪月，挥手天门烟。
石隐虽不终，文藻垂千年。
我来汶水北，汶水清且涟。
峨峨对远岫，怅望云中仙。

送道轩归泰安赵仁圃相国子，名起鲁

〔清〕锺廷瑛

朔飚激肃然山名，日暮崦嵫色。
孤怀更离绪，停筯不能食。
赵子家岱阳，告归岁华逼。
我居岱之阴，迥若天涯隔。
一别逾十霜，人生几日客。
岧岧日观云，矫矫渚鸿翼。
秋风隔年来，攀桂当相忆。

晤赵九道轩

〔清〕锺廷瑛

南船北马各飘蓬，风浪泥盘事总空。
四海清臞两贯鹄，褐来相对九秋风。

抱琴夙昔是春明，静掩金徽闷玉声。
今日心情俱老大，萧寥衰耳为君倾。

哭赵道轩道轩举孝廉方正，终于蒲台学谕

〔清〕锺廷瑛

不见郤卿久，清寒过所闻。
经传韦二相，行举汉三君。
袁水即浝水秋高月，秦台日暮云。
年年羁与宦，从此生死分。

死别与生还，驰书涕泗潸。
谁云奉高邑，远过玉门关。
前五日有书与拙厂借缀作归计，缀到前已卒矣！
为善吾谁与？知音天亦悭。
寥寥千古事，执绋暂君攀。

五大夫松歌

〔清〕锺廷瑛

小天门高高插空，盘盘上有拏云松。
鬼呵神护几千载，乃是秦皇避雨之所封。
封五大夫爵非滥，曰渠原字十八公。
当时橐笔相斯在，妙墨题赠回鸾龙。
苍鳞夭矫出天际，霜根倒拔争赑屃。
霞宫上蔽驻霞仙，日观东临回日辔。
老干偏钟造化工，惊涛尚骇风雨至。

近者对松山名远徂徕，丸丸总隶孙曾辈。
吾问大荒之中有方山，拒格之木生其间。
乌轮兔杵此出入，寿与终古无穷年。
又闻蒿[1]高之松或千岁，青牛幻精龟伏地。
山经诡秘夸异同，故老无传竟茫昧。
此松竟托东岱尊，《汉官仪》载封禅文。
即今圣主勤虞巡，苍颜常奉天颜温。
了知龙拏凤攫入睿赏，当兴金泥玉检相鲜新。
七星五鬣安足云！

丘陵歌《愚山集》

〔清〕施闰章

陟梁甫兮马虺隤，瞻泰山兮云不开。
云不开兮日莫雨，回望鲁兮逝何所？

泰山梁父吟

〔清〕施闰章

山高多烈风，郁郁少松柏。
侧足陵[2]天门，浮云蔽碣石。

① 蒿，疑为“嵩”之误。
② 陵，《泰安府志》卷二十三《艺文志·诗下》（清乾隆二十五年刻本）作“凌”。二字通。

辛勤纪封禅，茫昧探玉策。
攘攘七十君，一逝无陈迹。
上为群仙居，下为万鬼宅。
言当采芝食，使我生羽翮。
揽裳不及餐，白日何促迫！
生非孔颜徒，百年亦何益。
何况蒿阴里，空埋壮士魄。

初夏登岱游后石屋题壁《息轩草》

〔清〕淄川王樛子下

石洞阿罗梦未成，莲花明月莲花、明月，太山二峰名系人情。
山僧有约空回首，野鸟无言自唤名。
玉女岩[①]边千嶂雪，天孙岭外万林樱。
非关梁父登封客，太乙连云接汉清。

其二

天门中断石床西，四月登临路不迷。
峭涧泉声丹壑远，悬崖树色翠微低。
夕阳白鹤仙人侣，瀑布黄松道士栖。
遥望竹溪肥遯处，那堪坐此劝蒸梨。

① 岩，清王樛《息轩草》（《山东文献集成》第四辑，第26册，第781页，影山东省博物馆藏清抄本）作“峰”。

五大夫松歌《藤梧馆诗集》

〔清〕孔广栻

泰岱有松阴扶疏，秦皇遇雨无沾濡。
碑无一字徒十丈，松翻锡爵五大夫。
似闻鞭石作海枯，海神貌寝憎其图。
涛兴几被海鲸屠，犹复矫刻玉女相投壶。
灭国废井兼坑儒，官秩乃滥封枯株。
青松复道阴阴香，难移沙邱薰鲍鱼。
我闻此松自得此爵号，千年不菀仍不枯。
留与后来作话柄，风吹声起悲呜呜。
方今圣代礼乐展东狩，高峰驻跸群龙趋。
愿松勿惭前代号，仍同翠竹高冈梧。

游岱岳御帐坪怀古《山左明诗抄》

〔明〕周济用仲实

御帐何年驻翠峦，秋深孤客此盘桓。
岩花细细垂青露，风叶萧萧起暮寒。
流水声中秦帝树，白云堆里汉家坛。
几回欲认前朝字，古碣苔封未易看。

泰山下校士独居书怀寄弟四首《天目山斋岁时[①]编》

〔明〕吴维岳

花明岱麓盛桥门，偃息高斋客思繁。
尽道峰头穷万里，登时好见凤林村。

柳条垂地枣花收，季子辞归一敝裘。
矫首苍凉吴观月，照人曾未到扬州。

大坞[②]大坞，荒垅山名溪深万木苍，种鱼日日思春塘。
南云一片悬双泪，何必高山拟太行。

金曜房栊桂作林，出山谁和紫芝吟。
愿将天目溪中水，写入徂徕署里琴。

登泰山《虎谷集》[③]

〔明〕王云凤应韶

日观天门相掩映，六月爽气成清秋。

---

① 时，《四库全书存目丛书·集部》第105册明吴维岳撰《天目山斋岁编（二十八卷）》（齐鲁书社，1997年版，第156页，影明嘉靖刻增修本）书题无此字。

② 坞，原作“木”，据此字后小字及《天目山斋岁编》（《四库全书存目丛书·集部》第105册，第251页）卷二十一改。

③ 按：此诗今可见于明王云凤撰《博趣斋稿（二十三卷）》（《续修四库全书》第1331册《集部·别集类》，第168页）卷八。

谢安初试登山屐，李白何须饮酒楼。
云尽长空天似盖，水通四海地如舟。
一自尼翁下山后，世人都作等闲游。

庚午春登岱作《槐荫书屋诗抄》

〔清〕李湘楚航

昂首南天门，喜有升天路。
比到天门来，天高仍如故。
我比泰山高，说此人争讶。
但凌上上头，山顶脚根下。
安我肩舆中，我更险无状。
回头往下窥，危乎居人上。
坡陀万千堦，步步将身挺。
寸进莫辞劳，终须到绝顶。

夏日登岱二首

〔清〕李湘

浩浩无终极，大化此鼓舞。
摩天海低昂，匝地雪吞吐。
绝壑走风雷，怪壁扼龙虎。
卓哉五岳宗，万象孰与伍。

不信乾坤大，高凌上下头。
不鳞晴逗雨，松籁夏鸣秋。
苍莽四围合，青空一望收。
栖真何处所？即此是神州。

登泰山《榆园杂录》

〔清〕韩秀岐[①]息舟

惟昔年少日，父母说泰山。
闻诸登者说，巍峨不易攀。
插天四十里，上有十八盘。
慢者十八盘，紧者十八盘。
更有最紧者，铁锁垂南天。
令人掣之上，直若登天然。
今日复何日？小子造其巅。
空忆父母语，不观父母颜。
日暮独下来，塌然催心肝。

① 岐，原作“歧”，据民国《潍县志稿》卷二九《高士·韩秀岐传》改。

初到泰安作①

〔清〕邹锺乐生

缥缈白云间，孤城万仞山。
晓钟黄叶寺，春雨穆陵关。
盛世无封禅，仙灵独往还。
我来谒玉帝，明日点朝班。

十六日宿夏张

〔清〕邹锺

旗鼓舒舒渡汶阳，隔河即是奉高乡。汶河以北即泰安境。
烛龙滚地天魔舞，一路秧歌到夏张。

泰安道中

〔清〕邹锺

万山深处车雷鸣，石径崎岖不易行。
总为岩岩瞻气象，也随士女赴长征。

① 楼，原作“园”，据清邹锺撰《四大观楼诗钞》(《清代诗文集汇编》第七二四册，第三六五页，影清光绪十二年刻本)改。

登岱

〔清〕邹锺

五岳岱居东，高峻丽苍穹。
身临霄汉上，呼吸一气通。
我来叫阊阖，万古青濛濛。
三灵开磴道，密云起封中。
大招七二君，各各驾白龙。
甘霖遍六合，岁事喜绥丰。
群仙拍手迎，游戏碧霞宫。
摩崖谁勒碑？笔补造化功。

玉皇顶前有石一丛，余立其上，南望久之，土人曰此泰山绝顶也

〔清〕邹锺

五十年来自在身，每逢高处倍思亲。
山中羽客群相揖，今日真成绝顶人。

没字碑

〔清〕邹锺

岱顶没字碑，相传为祖龙所建。光绪七年正月十八日，余登岱顶，土人指

示碑旁，仅一[①]帝字，半真半行，点画清晰，遒媚可爱，其为后人作伪无疑。

一片顽云宿草铺，雨淋日炙久模糊。

岂分邈隶臣斯篆，可有真行帝字无？

登封台

〔清〕邹锺

玉皇岭前怪石一丛，或云此泰山绝顶，或云即历代封禅处，金简玉书藏其下，此石所以镇也。

怪石嶙峋星斗俱，并无螭盖与龟趺。

天然不假雕镌力，一片真形五岳图。

五大夫松

〔清〕邹锺

松凡四株，大不盈抱，而黛色可掬[②]。一株虬枝蟠结如雨盖，下可荫五六人，土人云此即秦时五大夫松。

百尺虬枝久化龙，苍髯何日受秦封。

吾家自有六君子，余家旧有盆松六株，盘[③]结如虬龙，因锡名六君子松，真岱种也。

不数山头十八公。

① 一，原作“以”，据《四大观楼诗钞》(《清代诗文集汇编》第七二四册，第四二五页）卷八改。

② 黛，原作“岱”，掬，原作“摘”，皆据《四大观楼诗钞》卷八改。

③ 盘，《四大观楼诗钞》卷八作“蟠”。

南天门

〔清〕邹锺

万仞插天门，先生自此升。

笋舆开之路，凡乘舆登岱者，舆夫至磴道则平行，遇坦途则之字斜行，左右息肩。

石磴押金绳。南天门磴道最陡，两边铁链渡行人。

星斗光堪摘，风云势可乘。

淮南旧鸡犬，白日喜同升。

岱云二首

〔清〕邹锺

久负苍生望，一出天下喜。

如何山中云，只作山中雨？

四山皆白云，不辨云中路。

惟有云中君，乘龙自来去。

与叔白登泰山绝顶怀子乔燕中《石桐诗抄》①

〔清〕李宪噩

不信人能到，相看已是仙。

① 泰，李怀民（宪噩）《石桐先生诗钞》（《山东文献集成》第三辑，第32册，影光绪刊本）之《观海集下》作“太”。

云中还有路，山上似无天。
真觉吴门近，初惊海隅①偏。
未知重岭外，何处是幽燕？

读张司空所撰《岱史》奉赠《秋笳集》

〔清〕吴兆骞

司空雅博物，爱撰名山志。
泠然尘外鑣②，自洒壶中字。
采秀曾闻到石闾，抽毫已似窥金记。
此日羁栖咏四愁，侧身梁父忆前游。
苍茫日观群峰表，海色天鸡瞰十洲。

---

① 隅，《石桐先生诗钞》作“域”。
② 鑣，原作“镳”，据《秋笳集》(《丛书集成初编》本，中华书局，1985年版）卷三改。

乾隆庚申，碧霞宫火，秦碑遂失所在。嘉庆乙亥四月，有人见玉女池井中石上似有字迹，余心疑此石，因柴纫秋茂才缒井搜得十字，戏作四绝《乌目山房诗存》[①]

〔清〕蒋因培

石癖如斯亦近颠，层峦遍历[②]又重渊。
此心莫道无人识，恰有秦时月在天。[③]

银钩奕奕尚精神，劫火烧余[④]问水滨。
一笑眼花真落井，莫应贺监[⑤]呈前身。

玉女池边荷锸回，春泥沾透[⑥]踏青鞋。
迎门先慰妻孥问，几作[⑦]刘伶死便埋。

---

① 乌目，原作“乌月”，据清蒋因培撰《乌目山房诗存》(《清代诗文集汇编》第四八九册，影清道光二十四年海宁杨氏刻本）改。《乌目山房诗存》此诗标题“因”后有“同”字。此四绝又见清代泰山学者柴兰皋后裔所藏“秦篆卷轴”，题为《嘉庆乙亥四月，纫秋茂才助余缒井搜得秦碑残字，戏作四绝句记事，即以为谢》，诗句与此小异（参《周郢文史论文集：泰山历史研究》，泰安市泰山区档案馆编，1997年版，第36页）。今将此四绝与“秦篆卷轴”影拓(《泰山石刻大观》第二卷《蒋因培新发现秦刻十残字拓本卷轴》，第三三页）对校。

② 遍历，《乌目山房诗存》(《清代诗文集汇编》第四八九册，第七八七页）倒。

③ 此绝与“秦篆卷轴”影拓前三句不同，影拓全诗为：“好事如斯太放颠，层峦历遍又重渊。不知颜色谁相照，恰有秦时月在天。”

④ 余，“秦篆卷轴”影拓作“残”。

⑤ 贺监，“秦篆卷轴”影拓作“李白”。

⑥ 沾透，“秦篆卷轴”影拓作“沾涴”。

⑦ 作，“秦篆卷轴”影拓作“学”。

意外真①成一段奇，定知浮海也追随②。
韩陵更有谁③堪语？一个门生半截碑。

登岱庚戌岁六日入都门作。《完白山人集》

〔清〕邓石如

岱秩巍巍秉节旄，崚嶒直上走猿猱。
一无所限惟天近，百不如人立脚高。
过眼浮云失齐鲁，增封诸岳视儿曹。
山灵莫讶风尘迹，终古乾坤几布袍。

乘兴攀跻第一峰，随声謦欬与天通。
依稀百二秦关小，缥渺三吴练影重。
眩目涛翻沧海日，迎人青涨徂徕松。
孑然两脚游山屐，撒手苍岩掷短筇。

赠天倪子诗岱庙原石刻，已载邑志

〔元〕徐世隆

世传蒿里摄灵魂，庙宇烧残弊复新。
七十五司阴断事，数千余里远祠人。

---

① 真，“秦篆卷轴”影拓作“翻”。
② 追随，“秦篆卷轴”影拓作“相随”。
③ 更有谁，“秦篆卷轴”影拓作“不怕无”。

天神志似张华博，地狱图如道子真。

积少成多能事毕，泰山元不厌微尘。

岁甲申闰五月廿七日甲辰，翰林集贤学士、正议大夫[①]、知制诰、同修国史徐复斋，为提点道教天倪子[②]张志纯书之。志纯初名志伟，为今上知识，改赐[③]今名。岳祠官门知宫侯道璋化缘。

泰山二首

〔清〕赵士麟

明堂天子事升燔，五岳群推泰岱尊。

河海钟灵来玉女，乾坤启秀配天孙。

白云肤寸封中起，金简苍凉石畔存。

剩有秦碑千仞在，竟无一字可堪扪。

明月莲花结构新，五株松树俯嶙峋。

巨灵凿险通三观，仙气成闾走百神。

白鹿数群眠洞草，黄河几曲抱城闉。

登临便欲小天下，长啸安知汉与秦。

① 正议大夫，原缺，据原碑补。

② 天倪子，原缺，据原碑补。

③ 改赐，原倒，据原碑改。

望岳二首

〔清〕王士禄[1]

扳华提嵩见总持，背齐襟鲁肃形仪。
氤氲了指云霞异，亏蔽从知日月卑。
封阅嬴刘时冉冉，观分秦越影[2]离离。
祇[3]怜灵境频来往，潦倒才成望岳诗。

行子驱车青岳阳，欲行复止心旁皇。
莲花桃花总缥缈，亢父梁父皆微茫。
应劭旧文语最古，李斯巨篆书尤苍。
安得振衣上绝[4]顶，坐看海日[5]升扶桑。

望岱

〔清〕姚鼐

峻极通天地，阴阳辨鲁齐。
连峰渤海外，流畎穆陵西。
树拥金舆路，云深玉检泥。
山川供效佞，千载一凄迷。

---

① 作者原缺，据清金棨撰、嘉庆六年阮元、十三年孙星衍序本《泰山志》卷五（第四十一页）及《岱览》（清嘉庆本，第二十五页）卷二《总览一》补。

② 影，《岱览》卷二作“景”。景，“影”之古字。

③ 祇，《泰山志》卷五、《岱览》卷二作“剧”。

④ 绝，《泰山志》卷五、《岱览》卷二作“高”。

⑤ 日，《泰山志》卷五作“中”。

岁除日与子颍登日观，观日出作歌

〔清〕姚鼐

泰山到海五百里，日观东看直一指。
万峰海上[1]碧沈沈，象伏龙蹲呼不起。
夜半云海浮岩空，雪山灭没空云中。
参旗正拂天门西，云汉却跨沧海东。
海隅云光一线动，山如舞袖招长风。
使君长髯真虬龙，我亦鹤骨撑青穹。
天风飘飘拂东向，拄杖探出扶桑红。
地底金轮几及丈，海右天鸡才一唱。
不知万顷冯夷宫，并作红光上天上。
使君昔者大峨眉，坚冰磴滑乘如脂。
攀空极险才到顶，夜看日出尝如斯。
其下濛濛万青岭，中道江水而东之。
孤臣羁迹自叹息，中原有路归无时。
此生忽忽俄在此，故人偕君良共喜。
天以昌君画与诗，又使分符泰山址。
男儿自负乔岳身，胸有大海光明暾。
即今同立岱宗顶，岂复犹如世上人。
大地川原纷四下，中天日月环双循。
山海微茫一卷石，云烟变灭千朝昏。
驭气终超万物表，东岱西峨何复论。

① 上，原作“日”，据清姚鼐撰《惜抱轩诗集》（《续修四库全书》第1453册，第235页；《清代诗文集汇编》第三七七册，第五五三页。影清嘉庆三年刻本）第三卷改。

登岱至一天门作《国朝正雅集》

〔清〕鲁一同

朝曦苏万峰，绛气横百里。
海色动衣裾，松风半天水。
天路初坦夷，地脉暗隆起。
安识真身高，俯首城郭是。
微茫汶阳田，历落明堂址。
麻鞋登封路，万古吾身始。
徘徊出阊阖，龙虎委夷俟。
云知开辟年，树识汉唐祀。
百岁纷旦[①]暮，九霄方尺咫。
发轫历华嵩，浩荡何穷已。

回马岭

〔清〕鲁一同

稍度伏虎庙，已过回马岭。
浩与尘土辞，苦心蹑幽迥。
大壑垂天潢，危磴接修绠[②]。
磨蚁左右旋，峡猿踵顶并。
回风激东坳，辰日忽西影。

① 旦，原作“日”，据清鲁一同撰《通甫类稿》（清咸丰九年南丰谭祖同刊本）卷四改。
② 绠，原作“便”，据《通甫类稿》卷四改。

登降目一眩，九天下苍冷。
林明得沙途，石压阻丛梗。
微茫瞻帝居，吁嗟霄路永。

登日观峰

〔清〕鲁一同

震宫秉木德，日观耸孤标。
尽纳生方气，坐拥群神朝。
维时二月中，斗柄临青郊。
蹑衣御冷风，东挽扶桑条。
海水忽西流，百怪矜宣骄。
安得鞭群山，极天架长桥。
遍通诸岛国，琛赆联征镳[1]。
惜哉干舞歇，不得聆虞韶。
六龙何道游，九日争风飚。
威弧弸劲弦，坐见毒雾消。
瀛海重清明，万里穷秋豪。
顾瞻想吴楚，白发惨飘萧。

① 镳，原作“鑣”，据咸丰本《通甫类稿》卷四改。

登玉皇顶观古登封台[①]

〔清〕鲁一同

白日丽中天，流光散层峦。
巍峨帝居壮，祥云绕阑干。
跼身践危[②]基，仰见金墀丹。
煌煌七十代，珮玉锵鸣銮。
升中举大祀，望秩歆柴燔。
岂有金函文，奓阔书斓瑞[③]。
遂令雄才主，梦寐劳登坛。
茫茫万古风，吹冷东封乾。
愿焚封禅作，痛陈斯民艰。
先歼猛兽群，再回洪水澜。
万国一车书[④]，四民征戍间。
西京黍油油，东鲁鼓渊渊。
玉辂动时巡，牛[⑤]酒赐元元。
小臣勤献颂，永忆高宗年。

---

① 登封台，咸丰本《通甫类稿》卷四作“封禅台”。
② 危，咸丰本《通甫类稿》卷四作“崇”。
③ 斓：làn，玉采。瑞：bān，玉文。
④ 一车书，咸丰本《通甫类稿》卷四作“车书一”。
⑤ 牛，原作“年”，据咸丰本《通甫类稿》卷四改。

下山登南天门楼

〔清〕鲁一同

憧憧天门客，登降无时休。
安知清虚表，复此空中楼。
梯石出睥睨，北风声正遒。
俯视尽黄埃，茫茫盖九州。
齐鲁失户庭，河济空支[①]流。
自注时河决豫省[②]，由大清河入海。
忽惊赤城霞，西照[③]昆仑邱。
九道错星垣，日轮将安投。
我非御气人，疲精倏来游。
未穷千里眸，已触百年忧。
如何堕尘土，日日从蜉蝣。

登三阳观赠云山炼师小诗原刻

〔明〕贾梦龙

前身猿与鹤，爱住是云山。
养性琴三弄，济人丹九还。
檐回琪树色，洞有水云环。
瑶岛探玄诀，曾偷一日闲。

---

① 支，咸丰本《通甫类稿》卷四作“交”。支流：流入干流。交流：谓江河之水汇合而流。
② 自注时河决豫省，咸丰本《通甫类稿》卷四此句作“时河决”。
③ 照，咸丰本《通甫类稿》卷四作“射”。

泰山天门禅堂逢傅柱史金沙赠别

〔明〕于慎行

含桃花欲落，山下[①]遇君时。
雨过空王殿，天晴岳帝祠。
相看芳杜色，各有白云期。
不似风尘路，偬偬叹[②]别离。

游仙词赠三阳观昝云山道士

〔明〕于慎行

五游凌碧落[③]，仿佛见乘鸾。
木梢[④]银为阙，霞标[⑤]玉作坛。
飞尘成大药，毁灶出神丹。
何必华山博，方将六箸看。[⑥]

---

① 下，原作“中”，据明于慎行《谷城山馆诗集》（四库本）卷九及此诗碑拓（《泰山石刻大观》第十一卷，第一一二页）改。按：此诗碑刻于万历二十年（1592），原在三阳观殿壁，今存岱庙文物库房。

② 叹，原作“欲”，据原诗碑拓及《谷城山馆诗集》卷九改。

③ 落，原作“树”，据原诗碑拓（《泰山石刻大观》第十一卷，第一二三页）及明于慎行《谷城山馆诗集》（万历刻本）改。按：此诗碑刻于万历二十一年（1593），原在泰山三阳观殿壁，后沦落瓦砾中，今存岱庙文物库房。

④ 木梢，原诗碑拓作“木杪”，《谷城山馆诗集》卷九作“瑶水”。

⑤ 霞标，原作“鸟标”，据诗碑拓改。《谷城山馆诗集》卷九“霞标”作“蓬丘”。

⑥ 《谷城山馆诗集》卷九于此句下有注：“昝公曾栖华山，故云。”

由来称福地，自合有仙才。
萧史吹笙下，安期采药回。[①]
云轩通贝阙[②]，月宇逼[③]丹台。
谢手尘中客，年光漫自颓。

辞家慕冲举，名岳且依栖。
辽左迟归鹤，淮南想[④]去鸡。
玄霜调入酒，白石煮如泥。
早晚清都宴，层城路不迷。[⑤]

邓完白《登岱图》《养一诗集》

〔清〕李兆洛

日观峰巅置完白，人奇境奇两难得。
画之又得罗两峰，叱石驱云致不同。
斯游奚止四十年，我今展图犹眼前。
先生精彩固不敝，奋袂盱衡见其概。
今我老惫复坎坷，行吟一室茧缚窝。
夜来有梦尚魂磊，倚杖黄山看云海。
呜呼完翁那可再，泰山鬼卒今安在？

---

① 安期采药回，《谷城山馆诗集》卷九作“栾巴噀酒回”。
② 贝阙，《谷城山馆诗集》卷九作“紫阙”。
③ 逼，原作“过”，据原诗碑拓及《谷城山馆诗集》改。
④ 想，《谷城山馆诗集》卷九作“见”。
⑤《谷城山馆诗集》卷九此诗后四句作：“玄霜堪入药，白石总如泥。试访清都宴，云门路欲迷。”

独立远想成苍茫，情恻语悄何能长？
会当寻君还大荒，收揽魂魄从云将。

为林节[1]庵题泰山秦刻二首《文艺丛录》

〔清〕涛园[2]

皇帝巡行极海东，登封篆刻接斯翁。
蜡宾一老喟然叹，混一迁流便大同。

金石名家亦太偏，莫求遗草累逋仙。
状元宰相皆精鉴，南渡风流有格天。

赠万寿宫萧羽士二首《嵇一琴学入门》原稿

〔清〕陈宗妫

千山万水任勾留，鹤驾飘飘快壮游。
踏得长安尘已遍，瑶琴一曲海天秋。

万里云山负酒瓢，醉时犹自爱吹箫。
余声袅袅凝何处？明月清风廿四桥。

① 节，原作“郎”，径改。林节庵即林绍年之号，作“郎庵”误。
② 涛园，当即沈瑜庆（1858—1918），字志雨，号爱苍，别号涛园，光绪举人。

无题

〔清〕泰山隐士

宋灿青先生遗墨云：泰山之后石坞有隐士，啸歌自适，不达姓名，不轻接人。尝自吟云云。可谓深得隐趣者矣！

半园春笋半园蔬，秋雨和云款款锄。
今日不为明日计，得闲且读古人书。

赠泰安令杨季青先生，时偕范秋门、陈小蘧游泰山宿官廨《明湖载酒集》

〔清〕周学渊

城郭岧峣依[1]岱宗，万家保障颂君功。
青苍已蚀秦碑字，悃愊何惭汉吏风。
时事艰危文法密，晚风[2]旖旎讼庭空。
胜游健足都难继，把盏遥怜宦烛红。

顾我真伤为吏早，见君始信入山深。
小亭危坐千峰出，隐几飞书百虑侵。
地瘠难纾民事苦，俸廉莫称长官心。
犹堪举袂迎朝爽，神岳高函万象森。
署有亭，可见泰山全象[3]，时钱价不平，君将去。

① 依，清陈琪《明湖载酒二集》(《山东文献集成》第三辑，第44册，第749页，影藏清宣统二年济南片云楼排印本)作“倚”。
② 风，《明湖载酒二集》作“花”。
③ 象，《明湖载酒二集》作“相”。

登泰山绝顶步昌黎衡山韵

〔清〕周学渊

平生不求汉三公，要驱五岳归胸中。
盘古昆仑朝万国，岱宗后起尤魁雄。
玉简金泥七十代，中更祖龙逮无穷。
巡狩本为帝王职，坛墠常存洪荒风。
禹碑偃蹇[①]周鼓废，丞相篆刻谁能通？
伟哉开元媲贞观，摩天巨石镵青空。
万灵俯首四夷平，太宗谟烈允昭[②]融。
汉柏唐槐寿千岁，往往崎崒盘琳宫。
我来凭眺登绝顶，苍龙日驾扶桑红。
元君坤灵富塝薄[③]，天门冰雪寒衣衷。
吁嗟末俗夸鬼物，聪明正直非尔躬。
富贵嵩高[④]圣人作，小康世界还大同。
旷观咸五登三事，靡不有初克有终。
区区芝草三万本，天书何足夸成功。
名山显位几兴废，丹墀碧殿犹朣胧。
须臾翱翔众想灭，万里云生沧海东。

---

① 蹇，原缺，据《明湖载酒二集》补。
② 昭，《明湖载酒二集》作“照”。
③ 薄，《明湖载酒二集》作“壗”
④ 高，原缺，据《明湖载酒二集》补。

谒岱庙

〔清〕周学渊

坤维明德荐馨香，路近仙坛日影长。
松柏千年尊鼎鼐，云霞五色想冠裳。
神山左转迎秦帝，王母西来迓汉皇。
太息祠官严祀事，抚衷常觉玉温凉。
庙有高宗赐温凉玉，长①三尺。

登岱顶

〔清〕周学渊

缥缈来登封禅台，秦松汉柏镇山隈。
苍龙青帝排云出，白马吴门匹练开。
四岳权舆东海郡，万灵俯仰圣人才。
振衣到此轻千仞，我自崆峒倚剑回。

代人题日观峰写真

〔民国〕孙松龄

山脉自东来，万仞忽一结。
日观矗其颠，旷览俗尘绝。

① 《明湖载酒二集》“长”前有“约”字。

往年过齐州，登临愿虚设。
置身层云端，转益忧肠热。
众生何濛濛，山河乍明灭。
风飙挟大海，日日兴波折。
回首望虞渊，愁痛那可说？
神光惊再跃，照见鱼龙彻。
人间鸡未号，天上已澄澈。
微臣效葵倾，欲祝还呜咽。
幸托岱宗灵，仰瞩羲和辙。
奇彩放大千，弗畏繁霜冽。

读史间吟孙复一首[①] 以下《山左明诗抄》

〔明〕崔贯

公卿不下士，先生致冻馁。
一与范公游，师道起东海。
秀才何时无？乞人漫相待。
一十五万言，典型肃千载。

① 孙复，原目录作“孙明复”。

宿泰山上早起远眺

〔明〕高誉

绝顶晨伫立，眼界顿为宽。
万里河山阔，一天星宿寒。
荒烟满汉碣，衰草没秦坛。
由来多古意，此际独遐观。

夏日行岱野书所见

〔明〕公鼐

夏日之日一何长，晨经岱南午汶阳。
欲息嘉树不可得，枳棘刺眼弥路旁。
徕松甫柏半秃缺，流沙覆地白如霜。
比年亢旱民居尽，剔屋伐木绝村庄。
今春多[1]雨禾始起，斛麦钱百农反伤。
卖儿贴妇苦不售，时当盛夏家无粮。
敲扑疮痍饥[2]欲死，朝求纵舍暮逃亡。
前限未完后限急，吏卒叫嚣人走藏。
我行安车犹畏热，观彼负戴行踉跄。
四顾嗷嗷皆沸鼎，吾独何意求清凉？
我欲使泰山化阳迈，犹恐镵凿销精芒。

① 多，原作“寻”，据公鼐《问次斋稿》（赵广升点校，中国戏剧出版社，2008年版）卷十改。

② 饥，《问次斋稿》作“几”。

我欲使东海输宝藏，犹恐漏卮枯沧桑。
何能一借康回力？尽卷滔滔入混茫！

登岱

〔清〕刘正鉴

天柱东高泰岳深，秋空廖阔快登临。
云拖绡幕风舒卷，松偃虬龙岁古今。
众壑阴[1]晴除变态，一天苍翠照遐心。
从来未识沧桑面，陆海迢迢此际寻。

登岱

〔明〕吴连周

梦踏天门四十秋，振衣真作上方游。
千盘石磴松间出，万叠晴岚舄下浮。
越观赤乌凌海峤，吴阊白马截江流。
题诗愧少杜陵笔，也自登临小九州。

① 阴，原缺，径补。

望泰山作歌《幸馀求定稿》

〔清〕姚濬昌[1]

三过泰山弃不登，山灵笑我如痴蝇。
朝来青气压马似相召，口商目往心自应。
忽然一夕大风雨，清兴断绝张车镫。
天明悔起亟回首，苍黯千里云万层。
倏忽风雨鬼神会，辽邈阴阳向背乘。
有如将军威重天，辔缓玉帛辐辏帝德凝。
自缘体峻支麓远，气势直压嵩华恒。
惜我济胜空有具，荡胸决眥挥双肱。
抚轸冥想天下小，九点岂只齐州称。
若使置身绝顶望日月，定是老仙对奕一局两子手相[2]承。
南辕三日坐太息，正如凡士欲言圣门嗟难能。
吾闻肤寸作霖雨，偶此真见肤云蒸。
方今薄海旱涝屡，偏降神功毋乃职未胜。
何当兹山尽为主，发敛万国万兵奉令如孙曾，吾即老死不登四观亦何憎。

泰安感事寄稷辅侍御

〔清〕姚濬昌

江茅鄗黍罢封祠，肝纸争绒骨髓辞。

① 姚濬昌，“昌”原缺，据清姚濬昌撰《幸馀求定稿》(《清代诗文集汇编》第七二五册，第四五二页，影清光绪十七年刻本）卷七补。
② 相，《幸馀求定稿》卷七作“中”。

阙下未归权万纪，田间空复赵光奇。
当垆犊鼻经灾歇，闭户龙宫代雨迟。
闻道天阊合四辟，莫嫌封事说豳诗。

登岳次刘希尹韵《华泉集》

〔明〕边贡

岱宗山秀百灵屯，壁立烟霄万古存。
幽府化机盘地轴，上清真气接天门。
霞标日观青松丽，春透龙池碧水温。
薄暮振衣峰顶石，蓬莱东眺海云①昏。

岩障崔嵬云雾②升，泰山灵秀古今称。
百千万地岂重有？三十八年才一登。
贝殿深春来供客，松崖落日下樵僧。
中天夕磬泠泠发，知在烟峦第几层？

御帐坪次王伯安韵

〔明〕边贡

白日天门近，青山御帐空。

① 云，原作“日”，据明边贡撰《华泉集》（四库本）卷六改。
② 雾，原作“霞”，据《华泉集》卷六改。

亭虚从眺览，树古自登封。
过鸟层云[①]上，鸣泉万壑中。
翠华春不返，惆怅昔人踪。

经石徂徕故里，见宋绎田侍御新题墓碑作《问次斋稿》

〔明〕公鼐孝与

徂徕山尽汶水阴，石氏书堂尚可寻。
青史遗文留异代，贞珉新制识同心。
遥瞻乔木风犹动，欲荐寒泉日已沉。
古墓依然如再睹，居人指点意何深。

四月十一日登岱五十韵《牧斋诗抄》[②]

〔明〕钱谦益

清晨上泰山，下山未昏黑。
登览兴已赊，驱车亦[③]何疾。
我行渡泗水，望岳心悚栗。

① 云，《泰安县志》（乾隆二十五年刻本）卷十三作“空”。
② 清顾有孝、赵沄辑《江左三家诗钞（九卷）》卷上钱谦益《四月十一登岱五十韵》（《四库禁毁书丛刊·集部》第39册，第23页，影清康熙刻本）标题无“日”字。
③ 亦，明钱谦益撰《牧斋初学集》卷第十一《四月十一日登岱五十韵》（明崇祯十六年（1643）燕誉堂刊本，第六页）、《江左三大家诗钞》卷上作“一”。

原野相却迎，邱[1]陵莽奔逸。
胡然类削成，未见表嵂崒。
停车回马岭，凝望似堂密。
岱势自回伏，群山各离立。
傲倈[2]矗数峰，叠浪见沸潗。
偃蹇欲不朝，顾盼疑旅揖。
低徊成运眩，登顿犹塥塞。
纡回凌绝顶，俯仰荡胸臆。
天去山不多，云与地为一。
众山斯在下，九点烟屑瑟。
巨如牛眠冢，细如蚁封埴。
散如狐[3]绥绥，聚如羊䩞䩞。
弭伏象环卫，奔走效羁絷。
傲倈虽兀傲，没踝不及膝。
乃知丈人尊，儿孙敢匹敌。
登登四十里，十八盘乃毕。
山容濯深秀，石状斗诡特。
洞壑互排陷，冈峦竞迸逼。
穿地山根涌，撑天石笋出。
层峰腰带云，远嶂掌蔽日。
大冶无不有，神工故难诘。
琢为研山姿，缩放盆池质。

① 邱，《牧斋初学集》卷第十一、《江左三大家诗钞》卷上作“丘”。
② 倈，原作“来”，据《牧斋初学集》卷第十一、《江左三大家诗钞》卷上改。原书此诗后文亦作“倈”。
③ 狐，原作“孤”，据《牧斋初学集》卷第十一、《江左三大家诗钞》卷上改。

近松辨荠峙，遥树纷禾穑[1]。
戍削衣低昂，翩反袖欹仄。
玲珑月斧漏，窈窕云车匿。
属连方帖妥，飏去忽剖副。
浓淡尺寸变，向背一瞬失。
领要苦烦纡，追逋恍迷惑。
何当信宿留，揽采灵异悉。
坐看下垂云，布满兜罗色。
又看崇朝雨，飞练挂千匹。
烟岚扶烘染，云海搜荡潏。
笼抽赋家心，极命书[2]史笔。
逝将毁车轮，岂独戴台笠。
兹游借刻晷，身世两牵率。
每笑秉烛忙，自叹乞火急。
是时天大旱，山枯石将泐。
渴游既惺忪，闵雨弥怏悒。
元君盛香火，肸蚃走郡国。
金钱佐军储，羡余私润[3]室。
神道亦乘除，青帝遂失职。
雀鼠穿帷帐，风雨剥韦鞸[4]。
惜哉阴阳愆，致此骄蹇极。
神心本天咫，明禋在国恤。

① 穑，《江左三大家诗钞》卷上作“栉（櫛）”。
② 书，《牧斋初学集》卷第十一、《江左三大家诗钞》卷上作“画”。
③ 私润，《牧斋初学集》卷第十一倒。
④ 鞸，《牧斋初学集》卷第十一作“韠”。

鲁童舞傞傞，齐偶笑喔喔。
天门开詄荡，肤寸云岂息。
茕茕虮虱臣，独为苍生泣。

登日观峰戏题原刻，万历丙戌

〔明〕廪延对泉李戴

日高万里迥无尘，犹借沧溟日日新。
人把丹心常沐浴，通天澈地一红轮。

无题

〔清〕汝南刘元琬

巉岩削峙象昭回，万界微茫入望来。
势拓空蒙石表外，气通太始天门开。
红云红叶越秦观，白雨白藤封禅台。
仙掌灵芝应不老，松声千古响殷雷。

登泰[1]山乾坤亭《听雨楼[2]随笔》

〔清〕何明礼

长子乘乾辟天门，手握灵枢定乾坤。
两仪交泰初氤氲[3]，浑沦元气此中存。
日居月诸东西轩，丈人天柱作篱藩。
知水仁山序弟[4]昆，邱陵拱卫列儿孙。
二十八宿手可扪，峭壁巉岩虎豹蹲。
飞泉千尺浪雷奔，触石肤寸涌云根。
龙峪开阖相吐吞，绿雾苍烟迷朝昏。
天鸡叫破扶桑暾，苍茫俯视万家村。
济漯汶泗带一痕，千山蚁聚与蜂屯。
松涛飒飒风雨翻，苍龙捧驾丹凤骞[5]。
花閒草软鸟不喧，采药何须问桃源。
手携姹女过南园，凿开石釜调饔飧。
整理丝纶钓修鲲，饱饫沆瀣养丹元。
仰天坦卧舒心魂，栩然一梦谒天阍。
蹀躞忽闻响脚跟，诸君何来入吾裈。

① 泰，清王培荀著《听雨楼随笔》（清道光二十五年刻本）卷一作“太”。
② 楼，原作“廔”，据《听雨楼随笔》卷一改。
③ 氤氲，《听雨楼随笔》卷一作“氤缊”。
④ 弟，原作“第”，据《听雨楼随笔》卷一改。
⑤ 骞，《听雨楼随笔》卷一作“鶱”。

登岱四首《栩野诗存》[1]

〔清〕徐栩野

其一

登高余万仞，可以历天垣。
青阳化之母，郁郁满中原。
沉沉但一气，山川有微痕。
安知四溟外，别自有乾坤？
登封七十代，宝玉偏山樊。
岂不铭金石？人力固难存。

其二

矫矫日观树，红如珊瑚枝。
八月繁霜集，六月草木萎。
铁栈云黯淡，洪崖路逶迤。
气高罗万象，天静起孤吹。
封禅竟何益？英雄只自欺。
天地终怜才，岿然祖龙碑。

其三

凭高望八极，万里见洪濛。
大海若调饥，百流贯其中。
昆仑散石脉，山势尽朝东。
晴空浴白日，飘然若秋蓬。
万类各有归，天地何以终。
遐哉三神山，玄箓事竟空。

① “四首”，二字原无，为统一体例，今为补。

其四

策杖天门上，首途麓角寺。
窈窕石林幽，窅冥崖谷异。
流水带花香，戛然从天至。
铁[1]壁泻奔泉，云苔蚀古志。
每忆岩壑间，果惬神仙志。
壶觞列云中，浩歌流天际。

天门二首[2]

〔清〕徐栩野

其一

策杖一身轻，天门雪零零。
雪中列瑶树，似闻蟪蛄声。
目极万里外，江山何有情。
日月乃踽踏，胡不南北行？
不知缘何事，涕泪纵横生。

其二

空翠一门开，天上列阛阓。
路遇沽酒人，疑是偓佺辈。

① 铁，原作“詄”，据清徐田撰《栩野诗存（八卷）·五言古》（《山东文献集成》第四辑，第27册，第78页，影民国二十一年至二十三年诸城王鉴先排印鉴庐丛刊本）改。

② “二首”，二字原无，为统一体例，今为补。

大夫松

〔清〕徐栩野

大夫不庇身，白日倏已暮。
枯枝带官伐，游人咨嗟去。

处士松

〔清〕徐栩野

片松卧山阿，苍株抱素节。
此身未化石，且挂秦时月。
邻松拜一官，处士兹不悦。

大磨崖二首[①]

〔清〕徐栩野

其一

古皇多封禅，高山无寸记。
秦汉有题辞，世远云根瘁。
何人磨大崖？风流工文字。
鸿文开唐运，雄篇扬[②]马悖[③]。

---

① “二首”，二字原无，为统一体例，今为补。
② 扬，《栩野诗存》作“杨”。
③ 悖，《栩野诗存》作“悖”。

悬笔千仞峰，擘窠良足异。
俯尽帝王才，仰面不可视。
安得白云仙，倒骑黄鹤[1]翅。
快读此文已，翻身入云翠。

其二

巨灵辟鸿崖，中为化母宅。
玉尺量高天，划然削断壁。
危石翻日车[2]，月白倚残魄。
有唐四叶君，封禅[3]瘗金册。
气夺祖龙志，艺争上蔡席。
高岩天雨隶，铁画卒荷戟。
山鬼护奇字，万世仰石籍。

石亭观瀑

〔清〕徐栩野

霜瀑诵石经，浩浩声已放[4]。
白虹垂天半，山亭正相向。
亭函大谷烟，草木非一状。
鸟鸣苍峡深，花落白云涨。
趺坐雪满身，咫尺起浩荡。

① 鹤,《栩野诗存》作“鹄”。
② 车，原缺，据《栩野诗存》补。
③ 封禅,《栩野诗存》作“登封”。
④ “放”前原有“秋”，据《栩野诗存》删。

岱巅二首①

〔清〕徐栩野

其一

短杖倚苍巅，独立人天界。
金玉②埋其侧，宝气透石背。
鸿蒙自东来，远亘白云塞。
青天包大舆，何物在天外？

其二

身登万仞上，豁然见天地。
地尽海波扬，余天续坤位。
白日亦萍游，我身何处寄？
振策青冥间，白云如雪坠。
窃开玉女函，踌躇书中字。
举袖叩天关，高呼天若寐。

君子峰

〔清〕徐栩野

尼父一登临，片石称君子。
风梳石发香，谦谦白云里。

① “二首”，二字原无，为统一体例，今为补。
② 玉，原缺，据《栩野诗存》补。

丈人峰

〔清〕徐栩野

凌辰[①]登介丘，寒山礼丈人。
石丈初生时，不识日月轮。
万仞宅空阔，日与君子邻。
顶上生云树，高枝拂星晨[②]。
云英结其背，古貌何嶙峋。
老人多逸放，青帝不能臣。

秦篆碑

〔清〕徐栩野

玉女濯云根，上载秦人记。
何物焚书朝，垂文历千祀。
其体追典谟，极陈霸王事。
变格为小篆，厚力泐奇字。
祖龙大风雅，雕镂已尽致。
惜哉天地变，金石日憔悴。

① 辰，疑为“晨”之误。刘秀池主编《泰山大全》（山东友谊出版社，1995年版，第1291页）第十四篇作“晨”。

② 晨，疑为“辰”之误。《泰山大全》第十四篇作“辰”。

对松山

〔清〕徐栩野

蜡屐泛石涛，半空人语灭。
回首望天门，云中坠松雪。

游黄花洞三首①

〔清〕徐栩野

其一

岱阴松门路，流泉声满耳。
寻源客到门，声在洪崖里。
呀然成古洞，冥冥不知始。
门外蔚蓝天，门内洪荒水。
结构何太奇，阖辟亦无理。
石静莓苔香，林迴麋鹿起。
羡彼羽衣人，渥颜服石髓。

其二

高壁气混茫，岩松作纲领。
云房惊天漏，悬泉落洪井。
雪珠溅石衣，瑶花满玉洞。
殿耸金铃摇，云归宝旛动。
崖裂薜萝纹，涧走龙蛇影。

① “三首”，二字原无，为统一体例，今为补。

女冠检天箓，游客窃神鼎。

花落石坛幽，钟歇碧天静。

乘高呼我朋，相与栖溟涬。

其三

泉向洞外鸣，客在洞中宿。

玉女汲寒浆，秋满黄花窟。

岳庙汉柏

〔清〕徐栩野

徂徕无一松，岳祠有遗柏。

佶屈自何年？亲阅汉家历。

铁干半摧残，枝损涛声瘠。

数株争气运，绝非近代格。

入门见法物，爱重如琼璧[1]。

火德宿危柯，皮裂苔纹亦[2]。

树下人鬼集，树上风雨宅。

但作水龙吟，雷电不终夕。

云开与岳青，月出挂烟白。

苍根神所庇，终化空山石。

① 璧，原作“壁”，据《栩野诗存》改。

② 亦，《栩野诗存》作“赤”。

竹溪饮台二首[1]

〔清〕徐栩野

寒山风飒飒，举目尽蒿莱。
酒人归何处？从篁安在哉？
寂寞荒榛下，矗矗如一台。
宋儒聚生徒，至今亦尘埃。
李白客山东，高迹隐徂徕。
旷矣巢父辈，飘然俱饮才。
六人一朝合，神理为之开。
此时前溪竹，能招白凤来。
提壶坐其下，天星化酒杯。
鲸饮渴溟渤，歌啸起风雷。
流传千载后，逸名山崔巍。
转瞬天地变，胜迹已成灰。
草木戴香气，幽雀[2]满林隈。
惟有清涧水，东流不肯回。

蔓草覆饮堂，寒鸮鸣枯柳。
酒人今安在？从篁亦何有？
谪仙隐徂徕，浩歌卧林薮。
举觞不自逸，黄醅招某某。
太白主觞政，天星化为酒。

---

① 原第二首题作《又》，今统一体例，为补“二首”。
② 雀，原作“省”，据《栩野诗存》改。

杯勺聚古欢，兴酣酌大斗。
痛饮需时命，名山亦非偶。
遇此戎马生，长安弃不守。

汉明堂

〔清〕徐栩野

吊古太山阿，玉带图安在?
炎炎有汉初，声灵结云盖。
后王假巡狩，铭功高于岱。
青山役万夫，抔土民已惫。
世变陵谷移，云堂圮何代?
岁久木石残，精卫来相贷。
惟存一柱孤，萧条峙云外。

石堂三首[①]

〔清〕徐栩野

其一

涧底凌汉峰，俯对云亭阙。
老僧辟石堂，足令白云歇。
窈窕溪径幽，沿洄水未没。

① “三首”，二字原无，为统一体例，今为补。

漭滃晨气白，停午犹汩汩。
石霞既芳倩，风篁亦清越。
新松未了青，已挂第一月。

其二

曲涧何澒洞，石门自齿齿。
有客荷篠[①]来，影立孤潭水。
崖豁安霜瀑，波深汇石趾。
芳春一雉鸣，日夕群鱼起。
泠泠古佛香，水中红莲是。

其三

石堂无屋宇，数松点云盖。
泚泚清涧幽，天然群石怪。
苔级润溪云，虹桥断石濑。
清泠一泓水，暮影收全岱。

石经峪

〔清〕徐栩野

金刚原不坏，附石则难久。
涧石亦不坏，附凿则速朽。
云崩水啮苔纹裂，地老天荒文字灭，吾诵金刚不用舌。

① 篠，疑为“蓧”之误。

大磨崖

〔清〕徐栩野

岱巅斧削洪崖起，截断高天近万里。
凌空百丈摩苍穹，白日飘零月常死。
八分纵横列山腹，铁画金销石不辱。
雄杰如挥壮士戈，奇伟定载青帝箓。
天子之文超八极，直与鸿蒙争气色。
自制大篇自作书，经营俱见神明力。
开元到此千余年，莓苔蚀处字愈坚。
法物必有神灵护，天寒字字生云烟。
游人见之叹绝伦，崖中呼出苏颋魂。
名臣古颂遭剥削，冬雷大振雨纷纷。
惜哉大手笔，世远无复存。
斧斤留几字，犹如云鸟翻。
今人削去昔人记，后人又铲今人志。
何时石上罢雕镂，天地原来无文字。①

无字碑

〔清〕徐栩野

秦皇鞭石石自起，高天覆额青如水。
嗟嗟芒砀神妪夜声咽，骊山牧火竟烛天。

① 《栩野诗存·七言古》（《山东文献集成》第四辑，第27册，第85页）此诗后有小字："苏颋颂字甚奇古，闽人林某刻四大字，凿削殆尽。"

祖龙至今余何物？惟有片石峨峨立山巅。
日月触之光瑟瑟，金册玉书瘗其侧。
英雄作事不寻常，别有奇文人不测。
陆离无一字，素石还天地。
五岳之峰有时摧，秦皇之石可不毁。

日观观日

〔清〕徐栩野

日观树，红于珊瑚枝。金光不可断，阳精何离离。羲鞭未及御，天池浑如未辟时。天鸡已三唱，曙景启丹穴。溟渤渐觉天根红，火烧寒潮火不灭。海若凌空枭绛旗，蓬莱仙人饭火芝。隋侯[1]三推阳珠动，三千弱海捧一规。晶莹远射昆仑巅，一时已遍泰峰尖。六龙奔驰，何时停骖？日乎日乎！与尔同为天地客。白驹一何迫，使余夕梦未残，朝又盥面，两鬓萧萧倏已白！

丈人峰

〔清〕徐栩野

日月初生见老翁，非关岁月久。
嵩华贡彩云，从古称老爻。
南极之星化为石，老人三点白云额。

① 侯，原作“候”，据《栩野诗存》改。

俯视两界亘石脉，仰窥曦乌奋健翮。

天地必有终，我来问石丈，石丈不答代天聋。

东岳庙二首①

〔清〕徐栩野

其一

殿崔嵬，东帝宅，黄垆为基青云脊。鸳瓦集，檐鹗回，兔罹乌罗杂风雷。灵官森列，海叉怒嗔。青帝恭己，抚鬼为民。搏捖化母，簸扬曦轮。青阳蔼蔼②日浮浮，鼓吹万汇不知秋。香发三春独不见，嗟嗟世人自白头。

其二

青帝出，役蟠虎，空廊飒飒闻人语。青帝归，乘神騧③，小驷骄嘶啮山花。太山召人鬼，不暇别弟昆。堂下鬼火红，熠熠浴春风。世上穷愁有时绝，手撼松枝堕青雪。归家且扫峰头云，鹅黄酒醉东山月。

汉柏

〔清〕徐栩野

古松神王枝佶倔，石骨槎枒龙鳞涩。

吞吐潮声二千年，细叶高柯云岌岌。

秦松官热一身枯，尧松岁寒沂山隅。

① “二首”，二字原无，为统一体例，今为补。

② 蔼蔼，《栩野诗存》作“蔼霭”。

③ 騧：guā，黄马黑喙。

此松多为汉武植，铁干模棱五苍株。
须臾金人已辞汉，唐宋六朝如惊电。
世远化为白鹿游，天寒独与玉龙战。
南株伛偻似老翁，短发偃蹇夕阳中。
北株拏[①]云势最豪，烟晴突兀见三峰。
旁有两株云作顶，鸟声细出支离影。
神庇既能免斧斤，年衰安得辞臃肿。
日月无情松有情，一株更作水龙鸣。
亲见汉皇封禅事，枝藏齐民怨嗟声。
各饮冰霜清节见，鸟去鸟还人代变。
曾受汉皇栽培恩，炎火焚身身不怨。
人老形骸缩，松老枝叶秃。
五松结为邻，吐云成一族。
干[②]不必十围，高不必千尺。
离奇常为贯月槎，不然亦化空山石。
旧闻老松树下产茯苓，虬根往往结琥珀。
吾欲劚此合大药，远凌沧洲兮，我为主人岱为客。

蒿里山

〔清〕徐栩野

蒿里高矗矗，众魂为草木。

① 拏，原作“挐”，据《栩野诗存》改。
② 干，《栩野诗存》作“十”。

草木虽云繁，一草栖一魂。
远鬼离家一万里，近鬼家在泰山趾。
悲风吹散夜台云，别泪流成爱河水。
水上阴云接市城，何人贩鬼作羊鸣？
市人射利争鬼语，赚得金钱夜吹笙。
千载寒冰鬼夜宿，不见人间春草绿。
铁围狱里少人歌，酆都城边谁敢哭？
酆都大帝鬼是民，狱吏按部点青磷。
相逢亲故才相讯，罗叉喷火烧鬼身。
刀剑为树鬼作叶，叶上春风飘蝴蝶。
少面无头是阿谁？裸身赤足生前业。
或言有狱在山顶，道士欺人指深井。
嫠妇剪纸泣井边，痴儿见水照母影。

晓经泰岱《小方壶诗存》

〔明〕汪晋贤

晨兴促征辔，残漏犹未终。
明星隐崖树，露草纷蒙茸。
岱色高巍峨，盘亘当其冲。
俄然映朝彩，窈窕青芙蓉。
伊余适京邑，驱策何匆匆。
畴昔慕登眺，兹焉莫游从。
实为行役牵，无由豁心胸。
前路莽空阔，飒沓多悲风。

顾瞻若有失，哀歌靡与同。
旅宿感梦寐，身在烟霞中。
旋归尚可及，一觅秦时松。

游泰安竹林《中州集》

〔金〕许安仁

萧寺天教胜处安，峰峦腾掷水云闲。
客来总说游山好，不道山僧却厌山。

卷七　诗词

登岱岳次仲鹤年先生韵二首

〔明〕李先芳

绝壁层峦俯夕晖，探真真与世人违。
玉皇祠畔重回首，日观峰头一振衣。

跨鹤高寻神女观，乘风亲叩异人扉。
飞云薄暮任归去，同上天门谒紫微。

日观峰

〔明〕李先芳

日观嶙峋翠万重，青鞋踏遍最高峰。
晓看沧海细如线，夜逼广寒低可舂。
岸帻醉扳白榆树，蹇裳笑抚紫芙蓉。
苍幞白鹿继相引，不杖仙人九节筇。

登泰岳三首 原石已残，仅存半首，以上统为一石，掷遥参亭后

〔明〕丁懋儒

肩舆飞度群峰外，满耳泉声夹道闻。
石窦缤纷飘落叶，仙梯缥缈护祥云。
山高自当神明宅，地迥遥知世界分。
却忆旧游经数载，海天秋气昼氤氲。[①]

登泰山 嘉靖本《山东通志》

〔明〕程敏政

五岳谁争长？东皇万物先。
晦明分日月，呼吸变云烟。
厚脉中盘地，神功上配天。
云亭问封禅，千古竟茫然。

石[②]灵朝拱北，空籁听琅璈。
地扼中原胜，天临下界高。

① 尾联原缺，据清宋弼纂《山左明诗钞》卷第二十一丁懋儒《泰山》(《四库全书存目丛书》第412册，齐鲁书社，1997年版，第209页）补。全诗除首句外，其余各句与《山左明诗钞》皆有不同。《山左明诗钞》中该诗为：肩舆飞度群峰外，满耳流泉远涧闻。石窦缤纷飘堕叶，仙梯削折护祥云。山高自是神明宅，地回遥知下界分。却忆旧游经数载，海天秋气昼氤氲。

② 石，明陆釴等纂《山东通志》卷三十七《艺文·程敏政登泰山诗》(明嘉靖十二年刊本）作“百”。《泰安府志》卷二十二《艺文三》(乾隆二十五年刻本）此诗作者标为“乔宇”。

云山双老眼，江海一秋毫。
欲访蓬瀛去，从谁借六鳌？

游徂徕中军幛圣庙崇圣祠原刻

〔清〕汪汝弼

群山环两面，一寺踞当中。
鼓吹松涛壮，风云石幛雄。
遥峰如倚剑，曲涧似垂虹。
暂作登坛想，摩崖试勒功。

嘉庆乙亥游中军幛作。夏邑汪汝弼梦岩太史此作，无一字不典雅，无一字不稳切。陆鲁望所谓“题目佳境，不可刊置他处，此为才子之最也”[①]。爰召工泐之崖，以稔来游者。虞山蒋因培记。

次泰山韵圣庙原刻[②]

〔明〕黄恕

泰岱元[③]为五岳尊，汶流映带浪涛奔。
天门山外烟初散，云水池边殿独存。
幽鸟栖林经岁月，道人劚药给晨昏。

① 题，原作“游”；可，原为“□”，按唐陆龟蒙（鲁望）《甫里集》（四库本）卷十《张祜处士丹阳故居》诗序：“善题目佳境，不可刊置别处。此为才子之最也。”今据以改、补。
② 按哈佛燕京图书馆藏原诗碑拓片此诗标题作《次佥宪徐大人泰山韵》。
③ 元，原作“原”，据原碑拓改。

明[1]朝会上高峰望，桑柘闾阎满大坤。

余到泰安助祭，因于公馆壁间得睹同年佥宪、今宪副徐公所咏泰山之什，遂泚笔以和之。时予以回郡匆匆，聊此以纪其盛[2]概耳，至其工拙，有不暇计也。景泰三年九月之吉，中顺大夫、济南知府、刑部员外郎[3]临江黄恕识。

赠范东圃鸿胪归隐

〔明〕淮南胡士奇

特拈观化因，却卸纷燕逐。
讲历转层嶙，险研团超屋。
修局山代倾，寸肤山根秃。
乳香井丹和，启缘神漾缩。
归来仗履便，老去烟霞伏。
十亩种松肪，半端意柳□。
吹笙度影桥，扇谷授悬隔。
紫气看青羊，玄言狎白鹿。
养婴乾丹难，传坐劫灰速。
何日抵客城？向君开小筑。

① 明，原缺，据原碑拓补。
② 盛，原缺，据民国李东辰《胆云轩随笔》补。
③ 郎，原缺，据民国李东辰《胆云轩随笔》补。

赋东圃先生山居

〔明〕汝南单养蒙

倏厌红尘两鬓侵，白云深处觅知音。
壶天鹿梦三更月，人世难[1]逢一曲琴。
岂是桐江培汉鼎，非缘莘野釀商霖。
何年跨个瀛洲鹤，十二楼中[2]共盍簪。

赋范隐君归山

〔明〕嘉善盛治徵

早向芹宫赋状头，类将吾道寄沧洲。
壶中常注千年药，海上空传八月舟。
宣室不缘希董[3]贾，箕山却自学巢由。
兴来木末闲开眼，野马尘埃一色秋。

送范鸿胪归山四首

〔明〕东吴乔拱宿

华阳仙史旧传馨，脱屣人间事独醒。
曲几留悬解□语，藏书不废卫生经。

① 难，原作“麟”，据原碑改。按此诗碑今在三阳观。
② 中，原缺，据原碑补。
③ 董，原作“重”，径改。

濠梁水际知鱼乐，庭树风时带鹤腥。
半夜朝元天籁声，芙蓉沙软火青荧。

结束初辞仗外钟，言归山水觅仙踪。
排空日观低秦树，插地云根隐汉封。
木火飞烟疑匹练，柴门迎客见千峰。
超凡便与真人侣，不信蓬壶未易逢。

寻师远到广成乡，仿佛淮南挂树芳。
选胜结庐成小筑，临流洗药湿余香。
闲情尽日云为伴，趺坐清宵月满床。
世上浮名都不解，肯将簪弁易荷裳。

当年子晋是仙才，疑有笙鸾去复回。
还笏已辞文石陛，采芝时过白云隈。
得调火侯窥丹鼎，为有仙铭归绿苔。
此夜月明应似水，鹤来天外应徘徊。

送泰山高士范隐君归山

〔明〕平阳徐光前

楼倚云林累劫灰，使君原是古仙胎。
百年甲子真嗟矣，两袖清风好快哉。
晓劚桂岩寻石髓，夜涵松露洗灵台。
无端却啸商山老，晚为储宫作祸来。

其二

〔明〕平阳刘一莲

三阳深处紫云连，中有真人隐洞天。
跨鹤远来仙渺渺，骑牛归去迹玄玄。
春恋药中飘香雨，月上琴缲漱玉泉。
为爱黄庭清客思，等闲抑止武陵芊。

送范鸿胪归山十首（缺五）刻石[①]

〔明〕佚名

筇杖芒鞋却可亲，烟霞流处欲寻春。
从今尽罄浮生累，高卧云邱一散人。

一鹤一琴还一壑，月明松下对婆娑。
拂衣却喜无尘事，满目白云芳草多。

萧萧山月入柴门，石径蒙茸遮暮荪。
何处钟声风里落，朝[②]看台上送黄昏。

---

① 此五首诗原在该卷（《续编》卷七）明毕懋康《登岱诗石刻二首》之后重抄，个别处略有不同。今不再重复录入，不同处出校记。小字“刻石”二字位于原重抄处题目之后，此处为补。重抄处有眉注：“（泰安州）嘉善盛治徵，东岳主；东吴乔拱宿；平阳徐光前，新太进士，官知县，汝南单养蒙，临沂令；淮南胡士奇；汶阳微吏、平阳刘一蕙，以上各有诗，未抄。”

② 朝，原重抄作“霜”。

纸帐胡床薜荔香，溪头活水好尚[①]羊。
吟边万壑还相应，谁道伊州声更长。

千寻翠峰列云屏，四面松涛风满庭。
地僻曾来无客至，林中独有鹤梳翎。

赠泰山高士范东圃隐居修真十首（缺四）[②]

〔明〕宋焘

为爱云林远市朝，古坛烟月冷潇潇。
千林爽气天风下，独倚长松不弃瓢。

万叠垂藤匝洞天，乱峰石罅泻流泉。
静中得趣见真我，已契羲皇太古前。

古木[③]山篱道院清，山中习静罢逢迎。
瑶琴更有高山调，坐待[④]虚堂澹月生。

幽[⑤]鸟一鸣山更寂，溪云乍起石犹寒。

① 尚，原重抄作“徜”。
② 原眉注称此六首诗载《青岩居草》，该卷（《续编》卷七）明毕懋康《登岱诗石刻二首》之后所录《赠泰山高士范东圃归隐修真十首存六原刻》为其石刻版，二者标题略有差异，诗句内容、次序亦有所不同。不同处于此出校，并将石刻版前移于此后。
③ 木，石刻版作“爱”。
④ 待，石刻版作“看”。
⑤ 幽，石刻版作“山”。

傍檐修竹数千个，记取新篁好制冠。

层峦曲径隔烟萝，羽客翩翩月下过。
从此寻真叩紫府，麻姑曾有馔来么①？

孤鹤闲云共往来②，紫萧③吹彻碧桃开。
他时应识④蓬壶境，一遇真人更不回。

赠泰山高士范东圃归隐修真十首（存六）⑤

〔明〕宋焘

山鸟一鸣山更寂，溪云乍起石犹寒。
傍檐修竹数千个，记取新篁好制冠。

层峦曲径隔烟萝，羽客翩翩月下过。
从此寻真叩紫⑥府，麻姑曾问□成么？

孤鹤闲云去复来，紫箫吹彻碧桃开。

① 麻姑曾有馔来么，石刻版作“麻姑曾问□成么？”。
② 共往来，石刻版作“去复来”。
③ 萧，石刻版作“箫”。
④ 他时，石刻版作“他年”；识，原缺，据石刻版补。
⑤ 此六首诗原位于该卷（《续编》卷七）明毕懋康《登岱诗石刻二首》之后，为上一首诗的石刻版，故前移至此，以便对照。原书此诗上有眉注称：“诗载《青岩居草》，惟句多不同，《居草》与刻石修诗不同也，因重录。原石惜缺前四首。”
⑥ 紫，原作“柴”，据上（《青岩居草》版）改。

他年应识蓬壶境，一遇真人更不回。
以上为一石，先见。

为爱云林远市朝，古坛烟月冷潇潇。
千林爽气天风下，独倚长松不弃瓢。

万叠垂藤匝洞天，乱峰石罅泻流泉。
静中得趣见真我，已契羲皇太古前。

古爱山篱道院清，山中习静罢逢迎。
瑶琴更有高山调，坐看虚堂澹月生。
以上为一石。

蒿里行为祖珍禅师题凌汉峰下《放鹤村诗集》

〔清〕诸城张侗石民[①]

片月窥青山，呻吟黄泉内。
棘露洒苍苔，支拄起胸背。
鬼使系生魂，车骑引同辈。
新旧间交情，水浆呼所爱。
阳焰不住人，天寿终相逮。

① 张侗，原作"张同等"，据《山东文献集成》第二辑第30册《琅邪放鹤村诗集（一卷）》（第二一九页，清抄本）改，小字据原目录补。张侗（1634—1713），字同人，一字石民，山东诸城人。清初著名学者、诗人。

王子化鹤仙，凤曲和难再。
噀酒望高朋，子来谁复在。

游普照寺访祖珍和尚不遇

〔清〕张侗

好音世外得迦陵，千里石堂见佛灯。
访岱人来三涧雪，寻源路出百花冰。
风摇翠竹闻金玉，夜拜高峰当古僧。
此际怀君情最切，万山云树月层层。

泰山吟《湘中草》

〔清〕汤传楹

吾闻岱宗，阴阳大冶，百神所都，以锡纯嘏。仰逼无穷之天，俯迷不测之野。青鸾白凤，仙人之马，丹崖翠樾，仙人之厦。沧洲委蛇，日月潇洒，白云纷纷，出没其下。神房阿阁，窈窕难写，五松大夫，苍鳞为瓦。秦皇汉武，拜献玉斝，探策而祈，寿命莫假。茫茫天孙，谁长年者，魂魄亿千，聚如市贾。灵衣飘星，倚此梧槚，鬼气一吹，万象喑哑。怪物来朝，光芒如[1]赭，太室芝冈，拱揖东夏。是为万岁，山五帝家。吾不知古来登此而封禅者七十有二，至今无恙耶？举头惟见日观壁立生海霞。

---

① 如，清汤传楹撰《湘中草》(《四库禁毁书丛刊·集部》第130册，第88页，影清康熙刻本）卷一作“若”。

吊王三阳诗

〔清〕潘大谷

泰岳峰前隐丈夫，一朝脱屣赴清都。
而今不管人间梦，明月辉辉满太虚。

又和

〔清〕姜自然

处世离尘异丈夫，姓名懒挂入皇都。
金丹饵后朝元去，历藏宗风不是虚。

又追和

〔清〕蔡神泉

硌硌玄中大丈夫，不将名姓寄皇都。
即今行满功成际，稳跨神鹰谒太虚。

题吕祖自叙传碑

〔清〕李成鹏东村

方壶蓬岛说神仙，沧海桑田事渺然。
云构千年开石景，不将胜迹付幽玄。

题吕祖自叙传碑[①]

〔清〕孔兴挥

独跨天风下杳冥，云开鸿印万山青。
虬池朗映高仙传，松竹骚骚似有灵。

述怀万历二年，红门道旁有《验单记》附诗

〔明〕白宗哲

昔年曾慕此，验单一翻春。
观顶多少客，识心有几人？

述怀[②]

〔明〕李邦奇

予是三秦一俗翁，命来尘里化凡蒙。
人间红紫心无溺，磨砺皮囊了真空。

① 原正文标题为《又》。
② 原正文标题为《又》。

御帐坪题诗

〔民国〕溥心畬

苍苍复落日，遥下晚风林。
滉漾连溪色，岚光何处深？

快活三里题诗以上俱原刻

〔清〕孔宪彝

长风莽荡日曈昽，回指天门又几重。
云海平铺三万里，朗吟人在最高峰。

元杨世瑛桃源峪题石后残诗[1]

〔元〕佚名

□得功名盖世无，□□武略有机谋。
□□□力丘山重，□□□□大丈夫。

桃源峪刻石

〔元〕□□

去岁庚辰重，今春辛巳中。

① 石刻此诗题目为《题张万户》。

不过壬癸岁，仍复再相逢。

□□田三月上旬七日至。

登岱歌影印手写诗卷

〔明〕黄道周[①]

戊寅九月，予与赵景之、刘晋卿同出国门，约以十月登岱，既予扁舟导河甚迅，夜过德安，遂倍[②]道先驰，至岱五六日，迟二公不至，遂先渡江，时奴已入口，辇下戒[③]严。二公踵发泰[④]安，不复留连，先后参商，邈焉隔岁，彼此鳞羽亦复从稀。至己卯[⑤]岁除，浦城丁明府[⑥]始缄得景之登岱诗，汪洋春容，终夜读之，不复能寐。是夕守岁，因作寄景之诗四章，并为《登岱歌》，空山哀吟[⑦]，幸无邻人动其惊叹。得小卷书之。万里经年，异情异事，唯吾三人，兴言永矢，未能忘也。

呜呼[⑧]泰山！尔阅天下奇事有多少，七十二后骖龙服凤争翱翔。岂有膘奴垂鞭立马登缥缈，崇祯戊寅立冬中。胡尘沓合天地杳。畿南横扫五十城，二东白日啼妖鸟。遂有胡雏腾介丘，鹰服斜窥齐鲁小。此事古今能几何，

---

① 黄道周（1585—1646），字幼玄、又字螭若、螭平，明代福建漳浦铜山人。

② 倍，原作“背”，据黄道周手写诗卷改。

③ 戒，原作“戍”，据黄道周手写诗卷改。

④ 泰，原作“太”，据黄道周手写诗卷改。

⑤ 己卯，原作“丁卯”，据黄道周手写诗卷改。按：前文所言“戊寅”为1638年，“隔岁”后即为“己卯”（1639）。而“丁卯”为1627年。

⑥ 丁明府，原作“丁朋序”，据黄道周手写诗卷改。按：浦城丁明府名丁辛，明崇祯十二年（1639年，即“己卯”）时任浦城知县，明府系对知县之尊称。参清李葆贞修，清梅彦骟纂《浦城县志》（清顺治八年刻本）卷六。

⑦ 吟，原作“音”，据黄道周手写诗卷改。

⑧ 呜呼，原作“呜乎”，据黄道周手写诗卷改。下文“呜乎”皆径改作“呜呼”，不再一一出校。

十六宅[①]王谁为多。乾坤即未变龙血，大麓险欲飏[②]鲸波。其先亦有小臣稷，曷言痛哭动宣室。欲斫右臂断匈奴，不取民脂饵耶律。上前画地如[③]画沙，云[④]奴不来[⑤]摩奴牙。搏兔既非鹅掌力，斩马空用鸡拳拏。言出自知身见逐，牵[⑥]舷正在潞河宿。传闻奴骑已破关，棘门霸上啼潺湲。呜呼人才但如此，徒令拊髀叹天子。当时唯有赵公与刘公，董史南史精神同。驱车先后出门去，一日顿使明[⑦]庭空。十月俱在济南道，车书如线绝闻报。登高望远生百忧，我行回首但浩浩。揣知二公别我时，云我当在秦观日观相因依。于今不在黄华滴水，必在摩崖石下看断碑。果然后旬日，二公亦已造彼吟新诗，裴回顾我不可见。荡[⑧]胸决眦，徒与火[⑨]齐金[⑩]翅争权奇。二公屐齿犹未灭，泰山肤寸几流血。封坛青瓦插羽旗，礼殿斋宫焚绵蕝。呜呼遇合亦有期，山灵人灵空相思。向不当时拔地一相见，异日那得泰山识生面。感君意，诵君诗，鬼神天地共知之。人生拳勺各安土，岂必手排天索撼天鼓。重华东来不可追，鞭石疑辉安足数。皇王圭璧[⑪]飘秋风，野夫瓦砾堆春土。瓦砾亦不葺，圭璧亦不豪。飘风亦不住[⑫]，堆土亦不高。譬如中夜拥衿看日出，东海西海处处同升没。岂有此处独能描日骨，天眼大，人眼小，宁从火[⑬]里

---

① 宅，原缺，据黄道周手写诗卷补。十六宅，唐末诸王共居的第宅。武宗、宣宗皆由中官从十六宅迎立登位。昭宗时，韩建围十六宅，尽杀诸王，宅遂废。
② 飏，同“扬”。
③ 如，原作“也”，据黄道周手写诗卷改。
④ 云，原作“亡”，据黄道周手写诗卷改。
⑤ 来，原作“成”，据黄道周手写诗卷改。
⑥ 牵，原作“奏”，据黄道周手写诗卷改。
⑦ 明，原作“朋”，据黄道周手写诗卷改。
⑧ 荡，原作“汤”，据黄道周手写诗卷改。
⑨ 火，原作“谷”，据黄道周手写诗卷改。
⑩ 金，原作“禽”，据黄道周手写诗卷改。
⑪ 圭璧，原作“圭壁”，据黄道周手写诗卷改。下一“圭璧”同。
⑫ 住，黄道周手写诗卷似“窪”。
⑬ 火，原作“谷”，据黄道周手写诗卷改。

画飞龙，不向水中貌奔乌。我来亦曾独拍洪崖肩，拥炉扫雪日台前。鸡鸣涌地敷红笺，食顷贴天如金钱。浮云乍起同芊眠，蜃楼宝气复何怜。跳身高空日月巅，慎勿侵凌北斗权。天子自能旋坤[1]乾，回思泰山何晏然。

右和景之先生登岱诗，录上发慨，不在韵事也。道周顿首。

泰山吟《名山藏副本》

〔清〕齐周华

天地五碧瘩，一落海东涯。
举足登其巅，天章只手披。
直穷混沌界，感念细缊时。
多少封禅颂，何如无字碑？

望岱《青门簏稿》[2]

〔清〕邵长蘅

乌道高悬十八盘，遥从积翠辨巑岏。
岳[3]晴树拥天门断，洞坼峰摇明月寒。
紫气定萦秦观出，白云应傍汉封蟠。
何当手剔磨崖读，矫首秋风忆羽翰。

---

① 坤，原作“埤”，据黄道周手写诗卷改。
② 簏，原作“麓”，据清邵长蘅纂《青门簏稿》（康熙三十二年刻本）改。
③ 岳，原作“狱”，据《青门簏稿》卷五改。

登岱《小山泉阁诗存》

〔清〕汪为霖

天关地轴海盘根，历代东[1]封此独尊。
攀到星辰仍撒手，劈开神斧上通门。
混茫生气青徐大，浩渺川流汶泗奔。
秦汉摩崖唐宋迹，燎燔遗趾至今存。

和崇隽峰方伯三祭泰山韵《四百三十二峰草堂诗》

〔清〕何璟

泰山仰止几经年，北斗星光在眼前。
想见阳和春有脚，直疑浩瀚海无边。
问天已得惊人句，观日频逢长寿仙。
九点齐烟何处是，嗷嗷鸿雁正堪怜。

三度登临寒暑更，冠裳肃肃意先诚。
神明感格祥和遍，眼界放宽岩壑平。
绝顶应怜大伾小，飞流能洗恶诗情拙稿蒙方伯允题。
好音惠我家书达，梦到池塘别绪萦。

① 东，清汪为霖撰《小山泉阁诗存》(《清代诗文集汇编》第四七二册，第五四二页，影清道光庚子年刊本）卷六作“登”。

岱宗以下《明诗别裁集》

〔明〕徐文通[①]

岱顶凌霄十八盘，中原萧索[②]思漫漫。
振衣日观三秋曙，倚剑天门六月寒。
风雨黄河通瀚海，星辰紫极近长安。
小臣愿献蓬莱颂，阊阖高悬谒帝难。

同元美、子相、公实各赋怀泰山得“钟”字[③]

〔明〕李攀龙

域内名山首[④]岱宗，侧身东望一相从。
河流晓挂天门树，海色秋高日观峰。
金箧何人探汉策，白云千载护秦封。
向来信宿藤萝外，杖底西风万壑钟[⑤]。

---

① 清沈德潜、周准编《明诗别裁集》（清乾隆四年刻本；《四库禁毁书丛刊·集部》第97册，第167页，北京出版社，1997年版）卷七作者后有小字：“文通字汝思，永庆人。嘉靖甲辰进士，历官山东按察副使。”

② 萧索，《明诗别裁集》卷七作“萧瑟”。

③ 此诗于《岱史》（明万历十五年刻，清康熙、顺治增修本）卷十六、《泰安县志》卷十三《艺文五》（清乾隆二十五年刻本，第三十五页）、《泰安府志》卷二十二《艺文三》（清乾隆二十五年刻本，第二十二页）中，标题为《怀泰山》。

④ 首，《岱史》卷十六、《泰安县志》卷十三、《泰安府志》卷二十二作“有”。

⑤ 钟，《岱史》卷十六作“锺”，《泰安县志》卷十三、《泰安府志》卷二十二作“钟（鐘）”。

郑生至自泰山

〔明〕李梦阳

昨汝登东岳，何峰是绝峰？
有无丈人石？几许大夫松？
海日低波鸟，岩雷起窟龙。
谁言天下小，化外亦王封。

泰山

〔明〕李梦阳

俯首无齐鲁，东瞻海似杯。
斗然一峰上，不信万山开。
日抱扶桑跃，天横碣石来。
君看秦始后，仍有汉皇台。

东岳

〔明〕许宗鲁[1]

秩祀严东土，明禋冠五宗。
金函神鬼箓，玉简帝王封。

---

① 此诗于《明诗别裁集》(《四库禁毁书丛刊·集部》第97册，第152页）卷六作者后有小字：“宗鲁字伯诚，咸宁人。正德丁丑进士，官至副都御史，巡抚辽东。”

海涌中宵日，岩留上古松。
何当凌巀嶫，飞举跨苍龙。

夜宿日观峰禅房

〔明〕徐学聚

岱宗面面削芙蓉，时有卿云出汉封。
杖屦中天干[①]象纬，风烟下界起蛟龙。
河流旧绕沧溟远，练影斜悬紫翠重。
夜半石床天籁发，梦中错认景阳钟。

泰山下作

龚润霖

惟岱五岳长，登封代纷如。
秦皇与汉武，碑碣盈山隅。
岂知金玉策，千载徒邱墟。
七十二君事，荒诞出小儒。
如何茂陵客，死上封禅书。

① 干，原作“千”，据清乾隆四年刻本《明诗别裁集》卷九改。

送董又询登泰山时方修《岱史》。《海右堂集》

〔清〕刘伍宽

羡君气概辟鸿蒙，此去登临顾盼雄。
孔子尊严小天下，吴门苍茫大江东。
横拖九节仙人杖，高驾重阳闾[①]阖风。
辇道明堂烦细访，千秋大笔待名公。

元旦泰山下作《岱云编》[②]

〔清〕吴梯

令节行何速，劳劳车马尘。
百年双鬓影，万里一官身。
风雪长途暮，莺花老眼春。
天门才咫尺，输尔往来人。

① 闾，原作闾，据清刘伍宽撰《海右堂诗集》(《山东文献集成》第四辑，第28册，第276页，影藏清道光九年刘登桂刻本）改。
② 此诗前原有清李廷棨《登岱》诗，因已录入《岱粹抄存》卷八，此处不再重录。

九日领客登岱，前一夕宿岱顶，中夜起待日出，乃为云气所翳，且微雪，午后始霁，聊裁短句，以记胜游

〔清〕崇恩

列炬层峰顶，相邀待旭晞。
大云沈夜壑，微雪点秋衣。
奇景讵终祕，豪情如此希。
诸公擅吟笔，璀璨落珠玑。

莽莽群山合，漫漫大野平。
险知开辟力，高见海天情。
秋色丹黄绚，斜阳紫翠明。
侧身窥下界，咫尺判阴晴。

得宋青岩诗刻效柏梁体

壬午四月晦日，以下《春晖草堂诗存》

〔民国〕王亨豫

赋性耽岩壤，平生屐几緉。
时日不策杖，烟云失供养。
岱西仙人掌，天外郁苍苍。
林深多栗橡，石乱更螗蟒。
几次谢尘坱，来寻山色朗。

涧壑计千丈，前忽块圠广。
古庙高可仰，投间豁若晃。
极目畅莽沆，金石夙所赏。
刻诗竟触颡，眼明古书牓。
抚睇青岩象，狂草龙来往。
飞舞何慨慷，刚健人倔强。
当年豪气长，今兹示灵爽。
摩娑醒目矘，下拜宁为倘。
荒祠何茫茫，护持凭魍魉。
瞻玩日夕曩，中心为肮脏。
属神片石上，欲别心痛痒。
下山歌诗响，峰峦未遑奖。
沿道意惘惘，毡椎思摹仿。
名山鼎俎飨，悠悠劳梦想。
梦舞狂袖两，千秋闷我敞。

咏岱六首

〔民国〕王亨豫

名山宇内共朝宗，汉柏秦松几蜇龙。
樵斧丁丁千古去，何人情切话东封。

荒山莽荡送流泉，樵子渔郎各枕眠。
金检玉函久已闷，空留残帙说神仙。

古来几费水衡钱，池馆楼台各斗妍。
久自凋零无觅处，沧桑不识几年年。

山风诒荡入云门，苍藓模糊姓字存。
欲识古今谈遗事，谁人更去问天孙。

闲将杖屦扪天风，沧海日观看绮红。
争奈古情偏缱绻，壮心牢落帝王宫。

东岱岩岩天柱分，英雄几许留奇文。
安期已没长春去，谁住青山煮白云。

咏释祖珍上人

〔民国〕王亨豫

山寺古松漫可凭，皕年以上一诗僧。
奚囊禅杖石堂里，脱却袈裟王右丞。

游萧尚书林

〔民国〕王亨豫

春绿百花日，幽然太古初。
寂寞空山里，抔土老尚书。

不游岳麓瞬逾两年，偶偕友过王母池，不可无诗，因赋纪实四首

〔民国〕王亨豫

瑶池缓步避尘烟，依旧山川味寂然。
门外乍看残碣在，苍苔隐露政和年。

岭头云绕挂流泉，笔迹龙蛇石上悬。
开辟于今经几劫？山中不改忆神仙。

千载古碑隐绿苔，世人那识劫余灰？
名山空说西王母，几度徘徊几感哀。

萧瑟无端锁俗埃，名区欲藉壮心开。
谁知历尽霜风日，最怕临池更上台。

题泰山石经峪

〔民国〕王亨豫

日月逝去一翻手，山光涧水龙蛇走。
碑上无字传秦皇，此地空有字如斗。

题《泰山丛书》八首

〔民国〕王亨豫

三年抱痛泣潸然，声笑依稀残梦怜。
哭到重泉那有路？闭门和泪写陈编。

乍开手泽几心伤，劫后楹书敢漫藏。
笔砚飘零缔旧恨，千秋难买返魂香。

烽烟起处村为墟，山宅牛宫宿野庐。
憔悴三闾吟泽畔，满怀凄寂录遗书。

三旬真觉慕成愚，恨不梦中对斯须。
返哺九原情未逮，莲花百部忏来无。

叹息前哲世间情，留得等身付太清。
无力杀青亲意在，后生忍靳千载名。

家风久立有余师，母节儿贤两世规。
杞宋薄徵书逸踢，黄昏惆怅追魂碑。

男儿磨盾壮烽烟，铁砚仍亲讵不怜。
铅椠宁当投报意，敢将身世付先贤。

残山剩水漫言穷，抱乐入秦千古同。
爷自念家儿恋国，夕阳高唱满江红。

普照寺

〔民国〕王亨豫

泰山古刹地势幽胜，景物苍秀，游屐每临，爰追旧游，感而赋此。

何年陵汉[1]起僧寮，石界云门尘浊销。

半盏青镫供佛瘦，一天苍霭映楼峣。

千年古藟窥三笑，百丈老松诉六朝。

隐约石堂人久去，空余残帙旧诗瓢。

游明堂追赋

〔民国〕王亨豫

登台回四望，古致何纷纷。

老树盘金础，野花含宝薰。

山川埋剑气，云日灿龙文。

当日冠裳队，嵩呼仿佛闻。

再咏明堂

〔民国〕王亨豫

高台穆穆自巍然，绿水青山往复还。

狐穴捐来三刃镞，花根拥出五铢钱。

① 陵汉，盖指“凌汉峰”，普照寺位于泰山凌汉峰下。

残砖斑斓权秦代，断础绮纹似汉年。
千古苍茫寻遗事，旌旗衣冠隔云烟。

泰安岱祠《湘绮楼集》

〔清〕王闿运壬秋

三重门阁敞清[①]晖，碧殿丹墀对翠微。
路入仙坛孤影静，气通天座百灵归。
秦碑古藓青成字，汉柏神风绿晕衣。
祠令奉高严祀久，不同诸岳倚岩扉。

斗姆宫尼院

〔清〕王闿运壬秋

瑶阶翠柏不知霜，仙地宜分玉女房。
镜里云霞烘月影，川中脂粉带天香。
灵宫定有珠为蕊，尘世应知海未桑。
朱鸟窗前几人到，等闲邪见莫思量。

① 清，清王闿运撰《湘绮楼诗文集·诗》第十六卷（岳麓书社，1996年版，第1692页）作“晴”。

雪霁登玉皇顶

〔清〕王闿运壬秋

黄河如线海如杯，表里泱泱四望开。
战国曾嫌天下小，登封常见圣人来。
扶桑浴日光先照，匹练浮云首重回。
一片空明尽冰雪，便疑身在九璜台。

登泰山《慎所立斋诗集》

〔民国〕江瀚叔海

无限峥嵘磅礴意，朝来岱岳快登临。
金泥玉检悲秦汉，日观天门壮古今。
绝磴云烟常缥渺，悬崖松柏自阴森。
老夫只合耽邱壑，嵩华还期杖策寻。

自泰安至夏张望道中诸山

〔民国〕江瀚

遥峰翠色落征鞍，访胜寻幽兴未阑。
漫道此身来泰岳，好山都作等闲看。

斗母宫题壁

〔民国〕潘毓桂燕生[①]

壬申六月念一日游泰山玉皇顶口占，晚寓斗姆宫，书此以作纪念。

仰瞻泰岳郁崔巍，绝顶登临倦眼开。
梯陟青云近霄汉，峰回碧巘隐楼台。
半天雨露霑衣润，万里烟霞落笔来。
敢畏言高位卑罪，当今谁是勒铭才。

又题

〔民国〕潘毓桂

仰观惟见日轮浮，雷雨风云眼底收。
非是漫言天下小，只缘身立万峰头。

斗姆宫即景

〔民国〕潘毓桂

消夏来禅院，幽情信可娱。
斜风牵荇带，细雨点荷珠。
白云互掩映，碧峰时有无。
镇日清闲甚，一诗当画图。

① 原书此上眉注："潘毓桂，字燕生，直隶盐山人，庚子辛丑进士。"

斗姆宫待云楼联

〔清〕樊增祥

小住楼头观出日；大书轩额仿停云。

车行望泰山《叠删吟草》[1]

〔清〕姚宪之涤山

天际黄河拍浪浮，巍然磐石奠东州。
车行已出群山上，总觉岩岩在上头。

岱云《补勤诗存》

〔清〕陈锦昼卿

万树渐欲湿，封中云起时。
天光盈尺近，峰影百重揞。
下界暝无色，上方晴不知。
能为天下雨，何故出山迟？

① 此诗之前，原有宋刘槩《哭守道先生诗》，已于《岱粹抄存》卷八录入，标题作《哭石守道先生》诗。此处不再重录。

补作己未仲春谒岱庙诗

〔清〕陈锦

医巫闾，何崔嵬，王气直逼居庸来。关东一龙渡辽海，水底石骨登蓬莱。登莱西走起芒角，回翔[①]三辅森楼台。岱宗仰面朝昆仑，翕耸千里烟云堆。中峰大脉宜作郡，汶阳城郭依山隈。峨峨岱庙拟天府，九天阊阖何高哉。道士缘梯启扃钥，洞宫在目天门阓[②]。万株松栝纷[③]羽葆，奇礓立仗风云隤。塞门老树兀千载，裸秃垂死生新荄。危栏一曲尊宋柏，好诗三代镌唐槐。鼎彝劙驳年世远，篆文缺蚀缝苍苔。摩挲良久见字画，仁安制作存古罍。中有一[④]罍铜善鸣，游人投石声喧豗。七十二君临禁跸，老物偃蹇当中阶。入门下马止青辂，五丁力士移不开。更有非常大手笔，怕题诗句摩高崖。纵横满壁图险怪，云旗星盖移铜街。一人乘黄屋，万夫事行枚。弓刀各在手，狐兔走且哀。十里锋车拥猎火，两行宫扇围松牌。青红鬼物壁上立，呼之欲下锵琼瑰。两图相向出一手，左图出猎右猎回。出载弧矢回载禽，面目一样同徘徊。庑下金身描丈六，回顾精采动眉鬛[⑤]。前身来游吴道子，点染蛎粉腕下腾仙侪。时巡久废风雨恶，安得十幅画幛明净常如揩。山神呵护用大力，众灵杂沓犹未尘中埋。小儒鞠跽趋墀坫，仰见霞宫日观百丈光皑皑。穹碑林立费扪读，天章累代纪望柴。登封不数秦汉字，应制已愧乾嘉才。当年猝未凌绝顶，但见莲峰向夕上与诸天偕。于今三过兹山下，征轺荦确如轰雷。海楂眺见山背绿，驱车转苦山容霾。无诗不敢空展谒，十年况结红尘胎。老至漫登独足盘，云梯倒堕恐被罡风推。楼头望岳

① 翔，清陈锦撰《补勤诗存》（清光绪三年橘荫轩刊本）卷九作“翊”。

② 阓：wěi，开门。

③ 纷，原缺，据《补勤诗存》卷九补。

④ 一，原缺，据《补勤诗存》卷九补。

⑤ 鬛：sāi，小发；多须貌，亦指胡须。

近咫尺，旧游未续新诗裁。开窗意已卑凫绎，梦里时著双芒鞋。卧思肤寸封中云，化为时雨天龙猜。

东向早发《齐鲁游草》

〔清〕李嘉乐宪之

行役今番幸，程程雪色浮。
不辞冠盖俗，直入画图游。
腊柳迟青眼，冬日戴白头。
未偿登岱愿，临发几句留。

岱岳诗八首《吉山草堂诗话》，曾啸宇著

〔明〕侯应瑜佩之

吾邑侯壮悔以诗、古文辞名满海内，《四忆堂诗集》脍炙人口，然余读侯氏家乘，知商邱侯氏与雍邱侯氏系同族连支，在明清二代，蝉冕奕叶，硕儒名卿，后先辉映。大梁望族，群推侯氏。雍邱有侯佩之应瑜者，为葵所中丞第四子，领明万历庚子乡荐，后由教谕擢知山东泰安州。在任数年，禁暴安良，为时称颂。适值妖人徐鸿儒之乱，公规画捍御，以大义激发人心，贼入境，闻备而遁。后又有刘三方一作才之乱，亦经公荡平。泰安人立石肖像以祀。先生著述宏富，有《简明律解》《水灾图说》《痘疹灵秘录》《岱帖三体》《是亦山集》百卷。今仅存《岱帖》与《固陵集》。《岱帖》者，先生守泰安所作诗，而手书之者也。其字有八分、真、行三体，书法遒劲，士人奉为楷模。有《岱岳》《华岳》各八首。《岱岳》云：

天孙万古著明封，神异灵钟五岳宗。
禅代崇禋阅帝主，潜修探策秘仙踪。
岫函云气穿盘磴，窗贮岚光暗薜葑。
登陟乍疑从世外，石閰崦嵫听鸣钟。

梁甫盘旋远映寄，天齐巨镇荐灵龟。
飞声越地泉鸣斗，歕色趺巅树列眉。
广运帝猷仍有迹，坤维造物自无私。
岩花拜舞金坛迥，万岁嵩呼共祝釐。

青邱崎蚁倚云看，磴道纡回五十盘。
云气吁呵成庶品，风云吐纳住双丸。
下方沸鼓喧晴陆，上界清钟隐夜峦。
尺五窥天苍海近，日光闪忽万重丹。

神房香井秘灵符，鉏父芝童事有无。
玉几尘封钥未启，金床昼掩[1]醒谁呼？
依回空忆[2]诸[3]封禅，指点徒惭五大夫。
我欲置身岩壑里，不随日月问荣枯。

嵯峨宫阙黄金衣，五色辉煌嵌翠微。
玉简争传迎帝女，金函解道锡元妃。

---

① 掩，《泰安县志》卷十三《艺文五》明侯应瑜《登岳二首》（乾隆二十五年刻本，第四十五页）作“扃”。

② 忆，原作“依”，据《泰安县志》卷十三改。

③ 诸，《泰安县志》卷十三作“三”。

却从人巧窥云构，还自天工识化机。
翻愧无缘宅斯宇，西山忽漫睨斜晖。

匹练曾闻尼父登，俯看寰宇一沤轻。
城阛磨蚁微如掌，渤澥浮杯小欲擎。
郁律群峰皆侍从，苍茫万里共逢迎。
阴阳变化迷神怪，午夜星文逼短楹。

触石兴云满碧霄，凭陵止在半山腰。
阴晴恍惚迷朝暮，星斗昏明阅泬寥。
清跸曾临余辇路，仙阶并蹑足云韶。
忘言最爱碑无字，竟日摩娑梦可邀。

上答神工下庇民，化文禴祀历千春。
羲封虞望劳登瘗，汉时秦宫重典禋。
天驾移星回地轴，扬竿揭日转阳宾。
只今万国联镳至，共祝瑶图百代新。

此诗典鬵宏博，有黄钟大吕之音，竟陵锺伯敬赠公诗，有句云："岱宗固常在，主者待其人。睹尔神情异，证予夙见真。"亦可见倾倒之至矣。

登日观峰看日出《槐窗集》

〔清〕赵于蕃

负笈三月来汶阳，岱宗秀色罗轩堂。
喜我自有济胜具，走上绝顶眠僧床。

晨鸡未鸣登日观，振衣千仞神飞扬。
吾身如在天地外，目瞰万里穷遐荒。
残夜欲旦明星耀，全无云气横东方。
羲和为我鞭赤日，须臾涌出升扶桑。
龙女濯锦万千匹，中通[①]白练如虹长。
有客十宿不一见，自言长被云遮藏。
今发奇观岂易得，天之遇汝非寻常。
吁嗟乎！天之遇汝[②]非寻常，仙风飒爽吹衣裳。

登岳五首《五岳游草》

〔清〕桑调元弢甫

浩浩出门去，旷怀谁与言？
此行登岱岳，独步上天门。
观海鲸须掣，培风鹏孰骞。
凭将今古事，搔首问乾坤。

新霁梯云麓，凭虚上上头。
迎眸小天下，濯足大龙湫。
岁去乌三足，尘扬貉一邱。
何须因白练，东望起乡愁。

① 通，清张鹏展辑《国朝山左诗续钞》(《山东文献集成》第一辑，第42册，山东大学出版社，2006年版，第56页，影清嘉庆十八年四照楼刻本）卷二作“亘”。

② 遇汝，“遇”字原缺，据《国朝山左诗续钞》卷二补；“汝”字《国朝山左诗续钞》卷二作“我”。

一入红门去，盘空六六纡。
昂霄松骨挺，横涧石棱粗。
灵爽通群帝，秋光揽八区。
高吟登日观，浩荡抚鸿炉。

山脚根东极，苍茫灏气浮。
绿文仙箓籀，红市蜃台楼。
擘海翻金翅，凌空跃火球。
垓埏供[①]一览，奇景拾高秋。

山势青骢马，奔腾到海隅。
州烟黟点九，山月白轮孤。
方士言迂怪，神仙事有无。
犹存封禅迹，秦汉一何愚。

谒鲁两先生祠

〔清〕桑调元

孟韩既殁古道芜，两先生起躬辟除。
披斩荆榛汰瓦砾，行行逵术重廓如。
泰山初自平阳至，曲房四十犹鳏居。
笺注《春秋》吸经髓，发微剔去乾蠹鱼。

① 供，原缺，据清桑调元撰《弢甫五岳集·泰山集卷上》（《清代诗文集汇编》第二七七册，第五五九页，影清乾隆刻本）补。

范富噌呟出荐口，布衣蹑屩登天衢。

高贤周舍随所置，射侧睥睨[①]何睢盱。

诏写遗篇庋秘阁，讵比猥草文园书。

伟哉徂徕产于是，元精铄铄[②]腾鸿炉。

严事杖履万目仰，穴地差杀陈良徒。

庆历一诗殷雷响，光摇圆盖弥方舆。

我手残编抗声诵，壮气顿戟霜[③]眉须。

几片朽骨天球重，谗夫迳欲掀黄垆。

寓公乡贤双崒嵂，名称屹配天东隅。

沙虫堆堆净灰灭，麈尾一扫无留余。

整冠肃拜古祠下，滂滂啼[④]泪横沾濡。

才放浩歌遽郁塞，谁能为君鼓咙湖[⑤]。

谒石先生祠

〔清〕桑调元

先生刚直今古稀，煌哉《庆历圣德诗》。

竖儒舌咋更颈缩，崩喉直吐琼琚辞。

谗人气塞恨至骨，便欲发冢施金椎。

岂知正气伸万古，籍甚名字标徂徕。

---

① 射侧睥睨，清桑调元撰《弢甫五岳集·泰山集卷中》(《清代诗文集汇编》第二七七册，第五六九页，影清乾隆刻本）作“射工侧睨”。

② 铄铄，《弢甫五岳集·泰山集卷中》作“烁烁”。

③ 霜，原作“双”，据《弢甫五岳集·泰山集卷中》改。

④ 啼，《弢甫五岳集·泰山集卷中》作“涕”。

⑤ 湖，《弢甫五岳集·泰山集卷中》作“嘲”。

奇光卓午日照耀，峻望插汉山崔巍[1]。
我拜名贤百感动，一端偶举超等夷。
孙公昔治春秋学，往从讲堂泰山陲。
有严孔给事就见，傍执杖履遵庭墀。
升降拜起相左右，明扶往谢咸如之。
弟子事师极俨恪，以身昭揭隆古仪。
流传斆学俗一变，鲁人到今口咨嗟[2]。
呜呼炳烺在三义，颇忧叔季生氛霾。
百工技艺志衣食，居肆传习犹知师。
而况章缝挟简策，江河日下能尔为。
短垣身踰莫之恤，旧坊手坏其可忆[3]。
懵不闻风至老死，纵过此祠知为谁？

登泰山绝句 以下《山左诗抄》

〔明〕满巽元虬隐

天下不曾小，仲尼眼界虚。
请君亦复去，登泰山何如？

---

① 巍，《弢甫五岳集·泰山集卷下》作“嵬”。
② 咨嗟，《弢甫五岳集·泰山集卷下》倒。
③ 忆，《弢甫五岳集·泰山集卷下》作“噫”。

登岱

〔清〕刘应宾元桢[①]

望岱青未了，登岱白云聚。
古雪藏深岩，苔藓碑难句。
舜封已终古，前代烦记注。
但见旧时松，飞流挂瀑澍。
置身霄汉中，呼吸帝可遇。
山上正夕阳，半天雷雨霔。
晚风吹殿猛，官舍借一住。
云临月忽翳，风返神来顾。
闻道登岱客，时遭风雨妒。
慈颜霁金阙，殊惬中心悟。
曙色鸡鸣开，红轮海底露。
朱霞荡几席，鸣潮如奏頀。
喜从天上看，不记尘凡路。

登岱

〔清〕孙廷铨伯度

骀宕天门立岱宗，碧霞[②]秋净洗芙蓉。
石坛金节虚难问，雷整霜钟晚欲从。

① 刘应宾（1588—1660），字元桢，别号思皇，沂水县人。该诗又见《平山堂诗集》（清顺治刻本）、《泰安府志》（清乾隆二十五年刻本）。

② 霞，《泰安县志》卷十三《艺文五》（乾隆二十五年刻本）作“霄”。

到海山情终让岳，起封云气自飞龙。
夕阳涧户清荫[1]满，谁辨秦官旧五松。

徂徕

〔清〕程云天翼

不争岱岳尊，所隔犹尺咫。
面面成一方，百有六十里。
五汶夹之流，不然滔天起。
孙石读书台，岩崿不容趾。
至今竹溪存，千载思高轨。
矧其对衡门，朝夕互青紫。
或言采昌阳，可以延年祀。
饮酒不暇仙，终焉聊复尔。

泰安道中

〔清〕孔传枞虞轩

东风拂面柳枝低，宛转溪山路欲迷。
十里桃花新过雨，夕阳遥映鲁门西。

① 荫，《泰安县志》卷十三作“阴”。

题泰山赵相国《泰山全图》

〔清〕颜肇维次雷

元化宰天地，混茫既已分。
扶疏孕灵气，四岳岱[①]为尊。
德至则封禅，七十有二[②]君。
虞巡[③]与周狩，大礼明堂陈。
我昔壮年日，振衣升其巅。
铁锁悬仄径，云流手可扪[④]。
破石开瀑布，白界青松痕。
日观小天下，鸡鸣扶桑暾。
东皇抱我宿，沆瀣相吐吞。
东溟化朱海，万里金波掀。
俯视辨汶泗，回瞰鲁北门。
吴练渺何许，秦石犹复存。
相传桐柏顶，不及兹山根。
故知挟土壤，岂恃[⑤]形嶙峋。
自与梁父别，奄忽四十春。
年来宦京邑，获接莲府宾。
相公[⑥]宋室胄，世为南城人。
结庐山之阳，致君精鲁论。

① 岱，清唐仲冕撰《岱览》（清嘉庆泰山书院果克山房刻本）卷二十九作“代”。
② 二，原缺，据《岱览》卷二十九补。
③ 巡，原作“月”，据《岱览》卷二十九改。
④ 扪，原作“拍”，据《岱览》卷二十九改。
⑤ “恃”前原有“特”字，据《岱览》卷二十九删。
⑥ “公”前原有“父”字，据《岱览》卷二十九删。

夙望瑚琏器，共推社稷臣。
请看[1]六合雨，未过肤寸云。
尚闻出山日，郑重别南村。
画山呼枚仲，下笔如有神。
丹青十八页，十年功始完。
从此逐几杖，密于平生亲。
载之过瀚海，载之历八闽。
载之居皖江，载之上平津。
衡华不可[2]拟，龟蒙尽儿孙。
冉冉孤生竹，其节何巑岏。
每当休沐出，时复怀故园。
短歌以摅意，持示颇殷勤。
何物鞭大石，卷缩不盈端。
昔游未得半，今乃观其全。
始知神灵宅，真遇诚为难。
中有仙人桥，仿佛石梁悬。
中有仙人影，仿佛石室颜。
乞身倘更至，投策龙池边。
青冥四万[3]丈，惧非衰朽干。
公为泰山主，高风迈三贤。
我亦从之去，勿怪其痴顽。

---

① 看，《岱览》卷二十九作“君”。
② 可，《岱览》卷二十九作“敢”
③ 万，原作“海”，据《岱览》卷二十九改。

登岱

〔清〕安致远静子

矫首倚空蒙，凭虚俯大东。
谷云铺烂漫，海日荡青红。
星宿三州外，华彝一气中。
日观碑云：东望日本，西探河源。
际天疑咫尺，幻出碧霞宫。

巃嵷儿孙小，登跻叹介邱[1]。
一峰蹲越观，九点数齐州。
远碧衔天尽，余青接海流。
苍茫下界意，身世笑浮沤[2]。

登泰山绝顶

〔清〕刘侒子静

青天乱插玉芙蓉，何处云迷旧汉封。
石磴人来遥似鸟，丹崖松老总如龙。
还随潦倒平生意，复上东南若个峰。
万里茫茫周一气，吴门欲辨更无从。

---

① 邱，清安致远撰《纪城诗稿》(《四库全书存目丛书·集部》第211册，第444页，影南开大学图书馆藏清康熙刻本）卷六作“丘”。

② 沤，《纪城诗稿》卷六作“鸥”。

徂徕道中

〔清〕赵执端好问

万叠峰峦里，犹存守道祠。
清风半山竹，遗迹断桥碑。
云与泰山接，泉临汶水湄。
逝将弃尘俗，来此构茅茨。

送武生登岱歌

〔清〕朱缃子青

我昔登岱穷其巅，攀峦踏岫空流连。
搦管十日无一字，镂肝鉥肾心茫然。
武生画家推老手，荆关神妙世罕有。
研绢耻作培塿山，直向天门曳杖走。
儿孙拱立丈人高，混蒙元气浮金鳌。
两层三层泻银海，千株万株翻松涛。
荡胸决眥天宇豁，神仙来往驾瑶軷。
当晓烟生青九点，半夜日升红一抹。
武生对此神轩轩，解衣盘薄无一言。
鹅溪三尺任挥洒，淋漓笔墨光腾骞。
君作画，我作诗，我诗君画两相易。
就中令我生叹息，我久有志栖岩阿，日复一日空蹉跎。
今朝送子愁如何，醉击铜斗呜呜歌。

登岱

〔清〕牛元弼

肩舆直入白云端，九点齐烟指顾间。
日观峰头天咫尺，桃花峪口鸟绵峦。
悬崖树老生鳞甲，穿石泉流响佩环。
七十二君封禅处，可留玉检在名山？

三贤祠诗为崑圃黄学使先生作

〔清〕李克敬子凝

泰山孙先生，求志非隐沦。
麟经穷搜讨，千载契圣真。
糠秕视众论，不屑苟同人。
旷代得元赏，独有唐陆淳。
尊王与发微，岱宗并嶙峋。
韩范荐其学，李相愿结姻。
就家写所著，装池藏玉宸。
居官虽不久，位诎而道伸。
守道何慷慨，风教卓然树。
炳炳唐鉴文，足使乱贼惧。
作诗论诏书，祸福非所顾。
力葬七十丧，五世免暴露。
一时诸士人，景从纷如骛。
乃为孙明复，奉册执杖屦。

高义薄层云，吾道之砥柱。

千古推师范，海陵胡太常。

励士以行义，又授之文章。

天子取其法，悬式示胶庠。

虽与孙直讲，太学暂乖张。

古人适不合，不肯苟毁方。

及其水乳融，芝兰谢馨香。

叹息斯人往，师道久苍茫。

耿耿三贤人，相去各千里。

慕义成盍簪，光照东岳趾。

鲁儒钦其德，一堂合禋祀。

庙貌久倾颓，今复轮奂美。

借问修者谁，燕山黄夫子。

夫子时名贤，来校齐鲁士。

泰州之教法，泰山之经旨。

直毅如徂徕，臭味总相似。

是以三贤祠，不忍听摧圮。

我作四贤诗，来者思芳轨。

岱游十首（抄五）

〔清〕田同之砚思

经石峪

乳山忽倒垂，左右夹飞瀑。

经石何凿凿，谁为留空谷。

曳杖历中陂，苔文袭襟褐。

对松山

寒松韵空山，千株万株[①]寄。

对峙绿云停，摇曳虬鳞坠。

飞泉下峰顶，遥光破苍翠。

石屋

四围峭壁空，何来一石屋。

转侧入黄花洞名，古洞藏深竹。

峦影薄松风，眉宇净寒绿。

竹林寺

竹林何窈窕，招提占绝境。

鸟鸣林壑幽，泉溜云霞冷。

雨后更奇绝，半天悬寺影。

环咏亭

众峰抱孤亭，羃䍥夕烟飏。

环咏得佳名，披拂恣游况。

清音不可作，西风起樵唱。

泰安道中

〔清〕吴象弼似之

肤寸瞻何处，苍茫合暮烟。

① 株，原缺，据清田同之撰《砚思集》(《清代诗文集汇编》第二三九册，第四七三页，影清乾隆刻本)卷一及《泰安府志》(清乾隆二十五年刻本)卷二十三补。

秋声秦爵树，沙路鲁归田。
闻说徂徕宅，犹存庆历年。
停车正东望，凭吊一流连。

登泰山《泰山志》

〔清〕张元殿传

岱岳之山何巑岏，千峰万峰罗当前。
恒华嵩霍那足数，崚嶒突兀撑空天。
我昔望见失登陟，自时懊恼怜缘悭。
弹指流光二十载，于今始得穷追攀。
仰见南天门，缥缈有无间。
云遮雾拥侵空际，颇疑超越惟飞仙。
何年造物启灵闷，铜崖铁壁①劳镌剜。
雷惊②山破划崩豁，才容一线通人寰。
我来蹑云磴，云磴何盘盘。
前行更逆折，横断复钩连。
梯空架危三千丈，然后飞身直上万仞之层巅。
云茫茫兮灭没，风浩浩兮高寒，踌躇四顾，中③心茫然。
我闻古者登封七十有二代，金泥玉简留空山。

① “壁”后原有“椎”，据《泰安县志》（清乾隆二十五年刻本）卷十三《艺文五》、清金棨撰《泰山志》（清嘉庆六年阮元、十三年孙星衍序本）、清张元撰《绿筠轩诗》（清抄本）卷五删。
② 惊，《泰山志》卷五作“鸣”。
③ 中，《绿筠轩诗》卷一无。

又闻少昊玉女列仙班，神房阿阁锁苍烟。
愿言寻之愁无缘，但见重峦复岭互钩带，苍然一气争回旋。
练挂吴门白，日涌海波翻。
邹峄若锥[1]沦培塿，黄河如带蟠蜿蜒。
自非造化钟神秀，何由五岳尊独专。
世人见小不见大，如蚁缘块惊岩峦。
到来绝顶期汗漫，始知浩荡开心颜。
逝将结茅屋，寄迹临天关。
科头荫长松，举手挹飞泉。
等闲独立云霄外，笑看日月跳双丸。

泰安道中

〔清〕孔丽贞蕴光

岳色秋光远泬寥，离家一日即为遥。
高堂此际应相忆，知渡汤汤汶水桥。

午日奉符道上偕健翎弟口占

〔清〕孔丽贞

有弟同车载，高吟兴不孤。
崖红山踯躅，涧绿水菖蒲。
日午短亭歇，斜阳野店沽。

① 锥，原作“推”，据清嘉庆《泰山志》卷五、《绿筠轩诗》卷一改。

前途还扫榻，清梦绕明湖。

登岱《天根诗钞》

〔清〕何家琪吟秋

元气阴阳冱，浑浑太古天。
何人一措手，磐石五千年。
野老谈封禅，残碑入暮烟。
万株松柏树，生意独依然。

赠泰山隐者《无尽藏斋集》

〔清〕章炳兰茶坪

泰山之颠，上有精室。
星斗满旁，垂手可摘。
云气往来，仙灵时集。
鸾凤一鸣，万籁俱寂。

忆泰山呈香南中丞

〔清〕章炳兰茶坪

我生爱山水，每约看山友。
足迹半天下，云梦吞八九。

泰岱五岳宗，仰望由来久。
梁父及云亭，何能供驱走。
我昔从君游，自惭登培塿。
群山较泰岱，傲来亦何有？
信如郑忽言，齐大非吾偶。
往往游岱时，自卯恒及酉。
作诗每自珍，千金享敝帚。
幸遇嗜痂人，爱而忘其丑。
土壤果不让，君谓然否乎？
记得上山时，仰天扪星斗。
登天事岂易？愈上势愈陡。
舆夫更逞雄，贾勇何赳赳。
二虎喜在前，壶天忽在后。
中间回马岭，憩饮茶与酒。
下有快活三，舆夫喜消受。
遥瞻百丈碑，略比甘言诱。
倏过云步桥，对山尽松阜。
群松秀且杰，时时窜饥鼬。
俄入南天门，参神共稽首。
上谒碧霞君，是为万物母。
后土依长子，元君即元后。
何事丈人峰，千秋同不朽。
匹练哂颜渊，望吴侍孔叟。
况闻日观峰，观海才如瓿。
从此叹观止，谁能出其右。
下山时更难，俯如坠渊薮。

此时性与命，竟悬舆夫手。
舆夫复何为？能走不能守。
一跌倘如泥，谁更执其咎。
瀑布在眼前，一条白龙吼。
闭眼不敢看，生恐入龙口。
笑我游山时，命不如鸡狗。
归来幸健忘，康乐还自负。
何日作岱游，大书某与某。

雨舲邀游泰山，因病不果，赋此送之三首

〔清〕章炳兰

为有看山癖，随君得得来。
一时缘独浅，两度心为摧前因襄校县试，未获同游。
胜地谁相伴？吟眸我倦开。
差强人意处，闭户少尘埃。

琉璃屏里坐，元自壮风声。
未许乘鸾去，徒闻叱犊耕。
几人同臭味，求友复嘤鸣。
镇日高山依，时深仰止情。

山行谁道险，因有禹乘车。
辕下车何用？云中鹤不如。

好寻封禅迹，重拓勒崖书。

绝顶君能到，尘心定扫除。

立秋日香南太守招集同人游普照寺，并为陈少逸上舍饯行

〔清〕章炳兰

何幸华筵敞，招游过梵宫。

遨头推太守，辩舌压群雄。

竹韵流泉外，松阴夕照东。

离尊正惆怅，叶落又梧桐。

座有元龙客，同登百尺楼。

余闲偷半日，雅集足千秋。

妙画通禅悦，新诗作蹇修。

明朝更何处？投辖恐难留。

普照寺纳凉叠登岱韵

〔清〕章炳兰

六朝松尚在，古干作虬盘。

佞佛容苏晋，能诗让李端。

棋枰争算劫，觞政不嫌宽。

韵事倾河朔，吟成斗险难。

奉和李大夫入觐归途登岱之作以下《国朝正雅集》

〔清〕鲍皋步江

泆荡天门望倚松，逶迤柱下羡犹龙。
河山勃碣趋都会，齐鲁阴阳划岱宗。
祖道两回苍水节，仙坛晴启白云封。
遥知岳顶千峰夜，侧听鲸铿梦省钟。

过泰山巨上人兰若[1]

〔清〕乔亿慕韩

凉飙肃晴野，清磬隔前林。
古寺行人[2]少，寒山落叶深。
孤筇随竹影，一径入萝荫。
渐觉禅居近，空香引道心。

宫里镇

〔清〕朱篔二亭

汉家全盛展雄谋，要使仙人降九州。

① 此诗于清乔亿撰《小独秀斋诗》(《清代诗文集汇编》第二九九册，第四四四页，影清刻本）卷一“兰若”后有“得阴字二首”五字。

② 古寺行人，《小独秀斋诗》卷一作“远寺来人”。

东海未回方士药，西风已报茂陵秋。
至今宫里犹名镇，当日神祠几废[①]邱。
瘦马独来千载下，封云汶水自悠悠。

别岱《两当轩诗集》

〔清〕黄景仁仲则

岱为五岳[②]首，礼秩崇三公。
是有轩冕气，不与寻常同。
所愧贱士丑，欲往知无从。
迁延一弹指，便绝风雪[③]踪。
咫尺成回车，有累宁非穷。
空吟望岳诗，遥怜杜陵翁。
天门展昳荡，古与人[④]境通。
我自不能到，觖望将毋惷。
回首仙台云，去路为我封。
未死尚可复，多言神吾恫。

---

① 废，原作“费”，据清朱筼撰《二亭诗钞》(《清代诗文集汇编》第三四三册，第七四四页）卷四改。

② 岳，清黄景仁著《两当轩集》(光绪二年家塾本；李国章标点本，上海古籍出版社，1983年版，第371页）卷第十五作“镇”。

③ 雪，《两当轩集》卷第十五作“云”。

④ 人，原缺，据《两当轩集》卷第十五补。

咏山左名胜得泰山五律二首日记摘抄原稿

〔清〕汪承镛晓堂

岱岳锺神秀，登临忆旧游。
一客同鲁酒，九点见齐州。
荡荡天光近，茫茫海气浮。
咄哉寰宇小，身在万峰头。

碑碣环松柏，岿然古迹存。
风云朝日观，星斗列天门。
青气中原望，黄河九曲浑。
登封传历代，屹立镇乾坤。

忆岱《海岱集》

〔清〕毛澂蜀云[①]

我昔登泰山，飘飘若飞起。
一石隔日月，高高去无已。
登封古台上，山门旷可喜。
青垂天一圜，海光半环耳。
回头望西昆，仿佛排玉指。
左挟长江流，右掖黄河水。

① 蜀云，按清毛澂《稚澥诗集》（民国十六年成都重刻本）卷六《海岳集》，毛澂字叔云（《稚澥诗集》作者署为“毛叔云自订稿、后学尹端署”。尹端《稚澥诗集跋》则称：“毛公叔耘原名席豐，登第后改名澂，又字稚澥。”）。

中原落井底，乱丝绕堆米。
皇霸争一枰，古今沸群螘。
侧想轩辕来，六龙自天委。
云车满空际，羽盖行复止。
端冕临吴阊，剑戟九万里。
自从鼎湖去，五岳尽波靡。
玉女葬寒云，仙官泣多垒。
苍苔满马迹，松风号石齿。
惟有山色在，梦想成绿痞。
闻种石上桃，花胎大如李。
今朝尺一至，鹤背宜复尔。
濯足沧海涛，青鞋从此始。

登秦观峰观秦碑

〔清〕毛澂

不见齐州半点烟，混茫元气合岩前。
双珠下跃天光倒，一粟空浮地影圆。
北望皓疑冰海雪，南来红想瘴云船。
秦皇自恨兵威小，留石峰头待万年。

日观峰叠前韵

〔清〕毛澂

封中玉暖日生烟，缥缈扶桑拄杖前。
远翠数峰三岛出，空青一气九州[1]圆。
何当过海云如地，径欲乘风石作船。
虮虱小臣头已白，夜坛枣脯学祈年。

再叠前韵

〔清〕毛澂

逸兴何人似谪仙，醉骑白鹿过山前。
际天碧海浮云卷，入塞黄河落日圆。
路古旧闻松化石，池空曾见藕如船。
安期老去文成死，谁见元君入道年？

三叠前韵

〔清〕毛澂

杖藜宜倚斗牛边，呼吸应通帝座前。
八极浮沈旋不定，两仪高下荡成圆。
昆邱霞色中宵火，银汉涛声上界船。

① 州，原作“洲”，据《稚澥诗集》卷六改。

若到天门飘一唾，散为花雨又千年。

乾坤亭四叠前韵

〔清〕毛澂

牺娲巢燧只荒烟，嬴蹶刘颠在眼前。
横断青徐成昼夜，中分天地识方圆。
徒闻告代多金简，肯信飞空有铁船。
欲扶浮云望西北，乾坤今日是何年？

泰山御幛坪石亭铭

〔清〕毛澂

万石嶕峣，矗天列屏。
独坐无人，松风泠泠。
九天卷练，溅雪满亭。
月上东岭，我醉未醒。
海风驱云，海霞夜[1]明。
绛草朱松，丹岩赤城。
倏忽阴阳，吐歙日星。
秋雨洗岳，天地一青。

① 夜，原作“月”，据《稚澥诗集》卷六改。

宿岱顶

〔清〕毛澂

穷愁突兀积千端，到此心开眼一宽。
环海东西围匹练，低空日月[1]走双丸。
三更水乐鸣松涧，五色香云起石坛。
独有茂陵秋雨客，每来搔首问[2]长安。

之官济[3]阴次辛庄送人登岱

〔清〕毛澂

君登岳顶瞰扶桑，应笑人间俗吏忙。
松影拂天秦御道，花光照水汉明堂。
云封石峪迷残字，坛隐金泥发异香。
日观峰头莫长啸，一声惊破海苍苍。

石经峪碑刻在高山流水亭，断仆地上

〔明〕张位

过暴经峪，高山流水，徘徊久之，因奇胜待人而显，口占纪焉。

乱石岩前蹲虎豹，鸣泉涧底隐龙蛇。

---

① 月，《稚澥诗集》卷六作“夜”。

② 问，《稚澥诗集》卷六作“望”。

③ 济，原正文标题作“泲”。《稚澥诗集》卷六作“济”。“泲”古同“济”。

世间多少清幽境，常被红尘对面遮。万历二年十月朔日。

暴经峪水帘碑在高山流水亭西

〔明〕李三才

暴经石傍水冷冷，镇日独来倚树听。
此意世人浑未解，半天矫首万山青。万历戊子（十七年）春吉。

登岱四首石刻在红门宫门壁

〔清〕韩江郑大进[1]

岳麓晨钟急漏催，残灯隐隐傍云隈。
天门日出光潜达，水洞帘寒晓未开。
枫入晴岚深着色，涛生松壑乍闻雷。
散花别有修真处，午立极顶，雪飘移时。灵液风前切溯洄。
拟游后石坞不果。

落木萧萧余素秋，峰回走马索添裘。过回马岭，地势高寒。
天孙界合红尘外，岳日霄悬碧海头。
何处秦灰然故劫？几人汉策得前筹？
文成既死无消息，犹向家山艳列侯。岭上皆道观，故云。

① 原书此上眉注称："郑，广东揭阳人，乾隆元年进士，官济东太武临道，后升直隶总督。"

五岳由来秩上公，继离出震德滋荣。
偶缘汉畤瞻云日，却借秦松纪雨风。
玉简千年回地轴，宋祥符间，玉册屡现山中。开元一柱发鸿蒙。唐摩崖石壁立绝顶。
只今陟降红门下，并吊将军翊戴功。红门东为唐白骡将军冢。

奉符见说乞除官，程道明以未得游泰山，乞主县簿。多少传疑待击弹。
碑始东封应有字，马如练白岂无鞍。
丈人何独因西海，神女却偏避[1]灌坛。
宋氏天书谁作俑，至今山外石仍完。

题五贤祠诗刻石在五贤祠垣壁

〔清〕会稽秦法旦

□□□贤岱岳□，□风长共讲书[2]堂。
一经未展《春秋》志，千载犹得姓氏香。
使者时能新栋宇，诸生谁不肃冠裳。
只今涧水还流碧，始信渊源洙泗长。

① 避，原作“游”，据石刻改。
② 书，原缺。泰山五贤祠分东西两院，东为五贤祠，西为讲书堂。

重修三贤祠同上

〔清〕佚名

昔宋崇儒道，奎虚聚五毕[①]。
贤哲称辈出，蔚蔚而蓝晴。
□宋有孙石，弟师相砥硎。
□开窥圣奥，实赖启门扃。
凌汉峰之侧，曾构讲书庭。
江南来胡氏，如兰合芝馨。
阐发尼山意，十年传麟经。
古道久杳渺，遗迹久飘零。
废坛憩樵牧，环墙窜狸狴。
安得百夫役，椓木起高厅。
□□□英集，理窟开昏冥。
□□□□逮，悠悠付地灵。
□此车驾停，捐□棂鲁□。

景贤咏

〔清〕徐宗幹

孙明复

卿相隆推毂，朝廷问秘书。
《春秋》扶世道，不为赐绯鱼。

---

① 毕，出韵，字疑有误。以平水韵“九青”部考之，此疑为“星”，盖取“五星聚”之典。

石守道

直道遭三黜，依然柳下风。

奸臣能验墓，难剖寸心忠。

宋绎田

鲠直口难缄，陈情岂为谗。

落花如昔日，依旧绕青岩。

赵拙庵

困学渊源在，鳌峰颂政声。

一泓云月砚，衣钵待诸生。

丙申三月十二日登岱回至白鹤泉小憩

〔清〕长安李品镐

岱峰历尽下仙关，小憩林亭一霁颜。

细水喷珠争趵突，远峦横黛拟平山。

遐观村树烟霞里，回看天门翠霭间。

正是阳春好时节，鹤飞浮旷野云闲。

乙酉新秋蕴山程公招余白鹤泉亭，命书各石，并索余题诗。时公将赴东莱司马之任，勉成六首，以代骊歌

〔清〕李品镐[1]

岱宗□仰止，登眺此初阶。
选地依平麓，开堂就古槐。
烟云护危嶂，花木隐幽斋。
讨胜探奇趣，何当且住佳。

入门寻胜迹，白鹤有遗泉。
旧咏瞻鳞次，新亭望翼然。
虽传仙客异，还仗宰官贤。
清浅涓涓水，谁云灌溉偏。

位置天然趣，空堂向野开。
沦涟环汶水，岏嵂竦尤崃。
晴蔼千村树，风喧万壑雷。
非因类柔翰，底事到仙台。

肠胃尘封久，名区喜见招。
驯鸟知狎客，奇卉识凌霄。
依石兹丰草，临流卧小桥。
吟诗显岳麓，笔力讵能摇。

① 作者原作“前人”。

凭栏心目爽，对雨转怡情。
触石云才起，盈川雾已横。
牧蓑连草色，檐溜杂泉声。
仙境无尘染，林塘更觉清。

何处无山水，清音领会稀。
胸中有邱壑，堂上坐霏微。
连岁徒空附，当秋怅远违。
定知宿泉霍，相伴一琴飞。

志隆忝膺民社八载于兹，恒未孚民，神福弗降为惧。幸年来上帝好生，神庥溥遍，得以时和岁稔，物阜民安，庶几可告无罪。岁乙酉，圣驾南巡，经由东土，隆以承办差务，特蒙擢升。自分供职无能，叨兹褒嘉，感君恩之优渥，念神力之无涯。不能默然濒行，作诗以纪之四首

〔清〕程志隆蕴山

剧邑濒年寄，常怀一字廉。
深惭花作县，敢道书垂帘。
奉甘原甘淡，悬鱼却自严。
辛勤谋乐利，未必溥茅檐。

□迪神扶俗，非关治绩嘉。
及时均雨露，比户力桑麻。
藉以官无旷，因之秩有加。
遥□□阙近，翠拥五云车。

流水深何□，天恩及小臣。
瞻云趋禹甸，奉驾乐虞巡。
紫诏随鸾至，缇油簇轼新。
官箴动夙夜，□□□无津。

八载依云阙，今辞父老行。
毋忘崇俭意，不尽抚循情。
捧檄驰蓬岛，持鞭绕钜平。
他年重□□，话旧到耆英。

早发泰安

〔清〕程瑞祊姬田

鸡鸣催我上征鞍，路入溪山分外寒。
晓寺钟声云际落，遥天黛色雾中看。
时巡古典燔柴盛，表海雄风土宇宽。
回首祠官封禅处，纡回空历路[①]千盘。

---

① 路，原缺，据清程瑞祊撰《槐江诗钞》（《清代诗文集汇编》第二一七册，第五六五页，影清乾隆二年赐书堂刻本原书版）卷三补。

登岱八首①

〔清〕程瑞祊

其一

晨兴策杖叩云关，万仞丹梯可许攀。
仙阙远悬青蔼②外，天门遥隔紫翠③间。
祖龙老树苍烟在，汉武残碑积藓斑。
自叹浮生空荏苒，八经泰岱始登山。

其二

急上重峰望日华，沧溟摩荡斗牛斜。
灵旗仿佛来青帝，绛节依稀见碧霞。
探策不须寻玉简，求仙何用问丹砂。
武皇遗柏今犹在，瞬息乾坤事堪④嗟。

其三

巡守⑤虞廷首岱宗，巍巍秩祀视三公。
穹窿直接天根近，呼吸悬知帝座通。
渭水秦关星象北，吴山⑥越峤日华东。
梯航万里车书盛，尽⑦在岩岩指顾中。

---

① 《槐江诗钞》卷四此诗标题为《仲春廿四日登泰山八首》(《清代诗文集汇编》第二一七册，第五八七页)；清乾隆二十五年《泰安县志》卷十三《艺文·诗》标题为《仲春日登泰山八首录四》。
② 蔼，《槐江诗钞》卷四、《泰安县志》卷十三作“霭”，二字通。
③ 紫翠，《槐江诗钞》卷四、《泰安县志》卷十三作“翠微”。
④ 堪，《槐江诗钞》卷四作“可”。
⑤ 守，《槐江诗钞》卷四、《泰安县志》卷十三作“狩”。巡守，同“巡狩”。
⑥ 山，原作“生”，据《槐江诗钞》卷四、《泰安县志》卷十三改。
⑦ 尽，原缺，据《槐江诗钞》卷四、《泰安县志》卷十三补。

其四

不用骖鸾羡羽翰，星辰咫尺隔眉端。
仙桥险历三千劫，鸟道危悬十八盘。
汭水时巡怀御辇，尼山登眺想凭栏。
欲知海内崇朝雨，但看微云出翠峦。

其五

万叠芙蓉石削成，巉岩壁立与天争。
奇经鬼[①]斧鸿蒙劈，秀本英灵造化生。
日月有情乌兔转，云烟无恙四时更。
我来正值升平世，高蹑[②]峰头一杖轻。

其六

早上天门露未干，餐霞上[③]怯碧霄[④]寒。
凭高顿觉山河小，放眼谁云天地宽。
月晓云迷双阙峻，日斜风送晚钟残。
振衣绝顶迟回久，如此峥嵘果大观。

其七

藓积苍崖路不分[⑤]，开元勒石有遗文。
天边雾雨林端落，岭表松风洞口闻。
飞瀑流成千涧雪，晓烟化出万重云。
披榛未忍闲双屐，无字碑前日又曛。

---

① 鬼，原缺，据《槐江诗钞》卷四、《泰安县志》卷十三补。
② 蹑，《槐江诗钞》卷四、《泰安县志》卷十三作“踞”。
③ 上，《槐江诗钞》卷四作“人”。
④ 霄，原作“霞”，据《槐江诗钞》卷四改。
⑤ 《槐江诗钞》卷四此句作“藓渍苍厓露八分”。

其八

留题谁是谪仙才？生面从教子美开。
鸟迹书成盘古字，龙章光射汉时苔。
飘飖玉女乘云去，汗漫羁人揽胜来。
七十二君封禅处，空余明月照荒台。

登岱观唐开元《纪泰山铭》

〔清〕程瑞祊

将至岱顶，有壁千寻，其平如掌，勒铭于上，字系八分，盖开元十三年事也。

晓望岱色连苍穹，欲往从之叹巃嵸。
摄衣鼓勇随猿上，须臾遂抵红门宫。[1]
扪参历井过辇道，苍茫不辨大夫松。
十八盘[2]口险且远，朝阳洞前闻疏钟。
千仞积铁迎面立，壁色吐出光熊熊。
举头一望刻八分，剜苔剔藓难登峰。
徘徊巨壁不忍去，开元年号唐玄宗。
燕国张说当年举封禅，车驾因之来登封。
卤簿东巡几万人，突厥扈从遥相从。
至尊登山亲御马，玉牒取出示臣工。
亲迎昊天暨上帝，其余典礼百职供。

① 《槐江诗钞》卷四“红门宫”后有小字：“泰山宫名。”
② 《槐江诗钞》卷四“十八盘”后有小字：“山有十八盘。”

从容周览天颜喜，高崖为朕细磨砻。
长絙飞梯辘轳上，韵事惊倒山以东。
高文典册侍臣进，燔柴此举惬睿衷。
书之石壁始永久，骑曹蔡有邻八分将毋同。
书法远胜科与斗，巍巍直足纪成功。
自唐至今千余载，壁立无恙撑青空。
世远不闻有缺画，山灵可护全始终。
宇宙虽大至宝少，再拜稽首问天公。

光绪乙未登泰山浴日亭观日出作歌在白鹤泉

〔清〕湘南王以慜

呜乎！华山失[①]玉羊，泰岱亡[②]金鸡。山河碎裂日惨悽，胡为西行不得意？东来复蹑升天[③]梯，奉高城北新雨霁。故人邀我看山翠，天荒地老今何年，吊汉嗤秦已多事。酒酣直上登封台，苍然暝色秋悲哉。夜梦青天压胸不能卧，急唱金轮悬耀青冥开。扶桑三跃海波紫，赫[④]曦万里同一轨。谁信天风绝壑朝晖寒，倏忽倒行西海底，万岁千秋尽如此。我闻帝尧世，十日并出何其神。有穷一弯弓，群乌走踆踆。一乌逃死枯葵根，使我天亦开九关，地亦烛覆盆。帝不得出震，人不得生寅。至今社首、蒿里聚鬼窟，东封不复治生人。稽首天帝孙，借我梯空索。高掣羲和鞭，回光入穷漠。元

① “山失”二字原缺，今据原碑补。原碑于2006年出土于白鹤泉故址附近，今立于岱庙配天门东侧。碑镌刻于清光绪二十八年壬寅，王以慜撰诗，赵尔萃所书。（参周郢《新发现的泰安石刻考述七题》，《泰山文博研究》，山东书画出版社，2008年版，第199页。）
② 亡，原缺，据原碑补。
③ 天，原作“平”，据原碑改。
④ 赫，原作“赤”，据原碑改。

蜂雄虺纷腾逃，毕方魃蜮敢游谑。此时中天歌复旦，大开明堂锡珪爵。笑看东海扬清尘，何物游光辉萤爝。惜哉六龙收辔茹木摧，齐烟九点成飞埃。夸父逐影尔何拙，一篑宁补邱山隤。明朝拂衣下山去，层云万壑增心哀。

刘总戎诗在红门碧霞元君殿西壁

〔明〕刘泽清

解围作，呈左古漆①老公祖，用以引玉。

东岳熄香禔护渺，亭亭静视妖氛绕。
指挥长子②砺秦毫，骛骋猪夫横鲁旄。
岱足霾云莫慰情③，海肩飓飚方焘绕。
奋酬知己决孤军，社稷威灵丕未小。

山左曹县刘泽清。

左守道诗同上

〔明〕左佩玹

泰安被寇攻，围在匝旬，盖岌岌矣。幸刘鹤洲大将军兵至，围始解，为作遗余，依韵却赠。

① 左古漆，原作“法邻”，据原碑拓（《泰山石刻大观》第十二卷，第一二八页）改。此碑嵌在红门宫碧霞元君殿前廊西壁上，刻于明崇祯十四年（1641）。（按左佩玹字左添，“古漆”或应释为“左添”，待考）。

② 子，原作“草”，据原碑拓改。

③ 情，原碑草书，碑拓又似“清”。

十夜孤撑力已渺，狂氛压境恣云遶。
惊喜将军下自天，逆魂一望消雄旋。
额手人人庆再生，岱宗依旧晴光绕。
酬君遥与岳神[①]谋，如砺盟勋讵曰小。
关右耀州左佩玹具草。时明[②]崇祯辛巳初冬日也。

红门元君殿题壁诗

〔清〕南阳马良臣

铁甲将军夜渡关，朝臣待漏五更寒。
日高山僧睡未起，世间名利不如闲。

登岱

〔清〕江湖散人

九州无如此山尊，太平顶上望中原。
尘埃不见长安迹，万里秋风故国门。
记得当年恣游赏，西来巫峡萦怀想。
而今不羡岱宗高，却小五湖如鞅掌。
欲寻蓬莱叩九天，为何堕劫今百年？
天公无语空寂寞，侧身东望愁神仙。

---

① 神，原作“云”，据原碑拓改。
② 时明，原缺，据原碑拓补。

愁神仙，杳无术，今生莫把他生误。
回首不见众仙曹，只有青山了无数。

泰山《省斋诗抄》

〔清〕赵雷生梦侯

何必穷高压众山，众山都在翰屏间。
大东指顾雄淮海，乔岳怀柔镇貊蛮。
日观残宵看日出，天门绝顶接天关。
秦皇立石惭题字，毕竟黄虞未敢攀。

登泰山《香坪诗抄》

〔清〕季蓁实春

登临一览海天秋，俯视齐烟翠欲流。
千仞振衣凌绝顶，云飞飞出万峰头。

泰山

〔明〕于谦[①]

篮舆高拥入烟萝，九折羊肠路若何[②]。
绝顶登临天下小，摩[③]崖封禅古来多。
依归岂止如韩愈[④]，气象分明似孟轲。
昨夜徂徕报消息，而今东海不扬波。

泰山五大夫松《怡柯草堂诗钞》

〔清〕姚锡华曼伯

古封禅家七十二，史臣载笔入掌记。
我来登岱詹乔松，父老犹说秦时事。
祖龙避雨山之颠，上有松盖青蔽天。
爵以大夫列为五，曰扈跸功汝则贤。
祖龙封松报松德，苍官岂受祖龙职。
聊以封爵当纪年，后人知是秦时植。
小天门外风浪浪，闾[⑤]阖乍开红日光。
虬髯翠盖独竦立，不朝秦皇朝玉皇。

---

① 《黎阳王太傅诗文集》（明嘉靖九年本）将此文列为王越之作（又参赵长海校注《王越集》，中州古籍出版社，2009年版，第208页）。本书标为“于谦”，不知何据，疑有误。

② 九折、若何，《黎阳王太傅诗文集》作“九拆”“几何”。

③ 摩，《黎阳王太傅诗文集》作“磨”。

④ 愈，原作“佥”，据《黎阳王太傅诗文集》改。

⑤ 闾，疑为“阊”之误。

烟云蟠结不知处，五大夫名到今著。
山岳精灵自古今，何时化龙上天去？
石闾山下登封台，秦皇一去汉皇来。
森森惟有庙前柏，与松同作太古碧。

登岱《华不注山房诗》

〔清〕尹廷兰畹阶

高步踏群星，齐烟杖底青。
长风吹万里，初日涌沧溟。
历岱几封禅，百神罗帝庭。
适将超海外，遍读大荒经。

无字碑

〔清〕尹廷兰

秦皇按剑起，摩天奋鹏翮。
席卷六王毕，东巡此遗迹。
巍巍山骨尊，黯黯土花碧。
屹立自今古，中有祖龙魄。
当年肆凶暴，焚书如坑敌。
兹碑无文字，毋亦李斯策。
奈何耳食人，球图同宝惜。
我来坐其下，但望吴门白。

登岱《笔华书屋诗抄》

〔清〕嵇文骏春原

五岳首岱宗，巍巍表云雾。
我生四十年，陟巅记两度。
今复乘风游，天梯峻如故。
东折复西折，数武足一驻。
辗转入深岩，阴森生恐怖。
四壁峰槎枒，攫拏向人怒。
石古色斑斓，直若积铁铸。
中有一线灵，气象相盘护。
嶙峋峭两崖，葱茏矗杂树。
老干撑晴岚，凌虚绝攀附。
我独振衣襟，千仞快展步。
穿过御帐坪，高踏天门路。
忽然出重霄，飘若骖鸾驭。
红日荡空悬，苍海正东注。
举目眺乾坤，真宰欲上诉。
我本尘世人，不作神仙慕。
但祝山有灵，白云日布护。
宏兹造化功，宇宙遍甘澍。

游普照寺二首

〔清〕嵇文骏

隔岭不知寺，闻钟已到门。
林幽微有路，人远寂无村。
正值野花发，偶闻山鸟喧。
石堂诗句在，清绝与谁论。

卅年不到此，禅梦试重寻。
随意坐芳草，当庭落翠阴。
泉声春涧静，僧话石窗深。
门外乔松在，苍苍自古今。

登岱《小山泉阁诗存》

〔清〕汪为霖春田

天关地轴海盘根，历代登封此独尊。
攀到星辰仍撒手，劈开神斧上通门。
混茫生气青徐大，浩渺川流汶泗奔。
秦汉摩崖唐宋迹，燎燔遗址至今存。

登岱五首《固哉叟诗抄》

〔清〕高孝本大立

岱宗冠五岳，嵯峨出二东。
仙闾锺间气，灵异纷难穷。
下为奉高城，配极开神宫。
阊阖表双阙，制与象魏同。
棼楣带虹霓，殿阁郁巃嵸。
排闼见天表，恍惚云路通。
未离庭庑间，千嶂罗胸中。
不知天下小，会且凌苍穹。[1]

鸡鸣越城闉，盘回入山麓。
遥空入[2]聚萤，列炬照岩谷。
展转忘近远，但见岗岭复。
四壁皆造天，晦冥气象肃。
须臾曙色分，俯视指平陆。
乃觉所历高，千里已在目。
蓬蒿岂足翔，腾翥阶尺木。

粤稽古哲后，勤民重省方。

---

① 此诗上有眉注：“此首已录《泰山志》。”按清陈以刚等辑《国朝诗品（二十卷）》（《四库禁毁书丛刊·集部》第39册，第722页，影清雍正十二年棣华书屋刻本）卷十七亦收录此诗。

② 入，清高孝本撰《固哉叟诗钞（八卷）》（《四库全书存目丛刊·集部》第260册，第174页，影清乾隆三十一年刻本）卷一作“如”。

二月东巡狩，兹山莅明堂。
因之礼百神，望秩循旧章。
秦汉不师古，怪迂假轩黄。
封禅七十二，其说何渺茫。
刻石告成功，玉检亲秘藏。
鄗黍与江茅，神物致遐荒。
岂曰报高厚，登降徒苍黄。
吾来寻介丘，壇墠委烟霜。
遗迹竟何有，千载空神伤。

山巅树石表，雷雨终不攲。
扪读了无字，传是秦皇碑。
东封铭功伐，曷诏丞相斯。
或云藏金策，石函外覆之。
亭亭霄汉间，观者徒然疑。
祖龙昔多诈，兹意谅可知。
六籍既已燔，焉用文辞为?
将以愚黔首，徒令万古嗤。

东登日观峰，片石拂苍苔。
扶桑日初上，此峰曙色开。
引领见空碧，仿佛指蓬莱。
若非波涛隔，应接金银台。
中原芥为舟，四海水一杯。
朝向南溟游，暮从穷发回。
人生自局促，蒙汜忽相催。

临风思遐举，茫然使人哀。

谒岱庙《妙莲花室诗草》

〔清〕王增年逸兰

郁郁瞻东岱，巍巍见法宫。
岁巡先四岳，祭秩重三公。
形势威齐鲁，规模小华嵩。
死生权有属，霖雨惠无穷。
地应奎躔秀，天标震位雄。
千秋尊庙貌，万物仰神功。
玉座光辉洁，彤扉气象崇。
殿深阴白日，庭阒肃灵风。
静谧宜仙宅，丹青出鬼工。
云旗翻缥渺，雾帐卷玲珑。
衮冕宸容赫，馨香祀典隆。
怪松龙攫海，飞柏凤凌空。
庙中古树甚多，有柏一株，寄生松树上，势若飞鸟凌空，俗呼为飞来凤。
萝壁雕深翠，苔墀蚀断红。
残碑秦篆[1]在，泰山有李斯小篆石刻，仅余数字，今移庙中。零璧汉仪空。
尘鞅初回辙，名藩暂息骢。

① 篆，原作“砖”，径改。《全泰山诗》作“篆”。

衣冠虔入拜，蘋藻愧难丰。
薄海无安土，苍生久厌戎。
精诚如可达，敢望福微躬。

游泰山

〔清〕王增年

昔闻岱岳胜，结想二十年。
今日遂壮游，良遘岂偶然。
清晓出北郭，泼眼明烟峦。
春山向我笑，揖拱如相延。
红碧纷左右，磴道何盘盘。
天门直上四十里，丹峰翠巘[1]相联绵。
雄奇幽秀具百态，离合变化寻无端。
危岑断壑倏起伏，如虎上踞龙下蟠。
崩崖百丈削青壁，欲落不落松倒悬。
林藏太古雪，爆瀑布激长空澜。
古洞阴森邃难测，六月洒洒□飞寒。
喷珠泻玉出尘世，去作霖雨洒大千。
神悸魄动足胫弱，仰视崔崒愁跻攀。
忽然得幽境，窍窕非人寰。
渌水横朱桥，碧涧鸣潺潺。
杂花覆溪谷，草木皆还丹。

① 巘，原作“献”，径改。《全泰山诗》作“巘”。

仙人骑白鹿，采药时往还。
浣手玉女池，示我长生篇。
赤文绿字读莫晓，长啸径去无他言。
金床玉几不得见，石闾怅望空长叹。
东登日观峰，南望梁甫山。
齐烟缀九点，万古青可怜。
天风吹衣冷肌骨，但见足底云漫漫。
披霞拨雾览八极，蹑屩更陟千仞巅。
登封高台入霄汉，七十二代古所传。
金检玉书渺何许，坐见沧海成桑田。
生无功德那足纪，妄冀姓字垂不刊。
勒石一千八百处，空使垠崿皆雕镌。
秦皇汉武岂不伟，惟有松柏栖寒烟。
人生老大不称意，未免埋没尘埃间。
何如辟谷往事赤松子，千载长住三宫清净之洞天。

登泰山诗《履园丛话》

〔清〕唐景煌竹庄

灵镇东邦望秩崇，岩岩岱岳荷神功。
阴阳混合三元上，齐鲁青苍一气中。
碣石烟横霄汉紫，扶桑日曜海涛红。
蓬莱宫阙分明近，抗手群山欲御风。

泰山纪游诗三首《六砚斋笔记》

〔明〕徐贲幼文

万仞峰头上帝居，紫宸绛节接清虚。
昆仑尚想周王制，赑屃犹传秦相书。
盘礴三齐横地轴，孤根西北接天枢。
自是仙人真窟宅，愿得安期一启予。

山下更衣路渐难，岩岩高上历巉岏。
天关遥接三千里，烟磴斜悬十八盘。
复殿尚留元狩碣，老松仍挂祖龙官。
怪来爽气清入骨，玉峡流云瀑布寒。

翠削芙蓉依碧霄，盘空霞磴度飞轺。
绝壁金银双阙回，澄空钟磬万山岧。
天门过雨岚光合，日观标霞海色遥。
穹碑读罢占遗迹，欲共玄晖问泬寥。

余幼观宋室赵伯驹摹唐将军李思训《泰山图》，便思一登眺若①，弗克，见今谒孔林，遂迂道登泰山，得睹巨丽，并书纪游三诗，始知李、赵之笔，超出于寻常万万也。北郭居士徐贲题。

① 若，吴文治主编《明诗话全编（六）》（江苏古籍出版社，1997年版）作“愿”。

题菊花图

〔清〕朱庆云

黄花画得任意开，不须竹架与盆栽。
有人识取此□味，五陵先生携酒来。

题天竺

〔清〕朱庆云

铁硬柔枝拂画槛，十分春色宛如丹。
虽非花里神仙品，亦觉娇红秀可餐。

登岱诗石刻二首[①]

〔明〕毕懋康

东岳之山名岱宗，天孙日观排群峰。
石壁横连明月嶂，玉女侧浸青芙蓉。
封禅从来遗古迹，冥冥雷雨护秦松。
俯窥渤海揖昆仑，矗矗独有丈人尊。
秉烛更怜才夜半，攀路绝顶见朝暾。

① 此诗之后原有明宋焘《赠泰山高士范东圃归隐修真》及明佚名《送范鸿胪归山》，已于该卷（《续编》卷七）录入，此处不再重录。

岧峣双观人烟外，迢递千盘鸟道回。
纵目众山全觉小，飞身万壑落为开。
天孙叠巘时兴雾，玉女残碑半翳苔。
杖底俯窥城似斗，尊前遥见海如杯。
霞楼汉埠余光逗，雨霁秦松积翠来。
鲁殿齐宫何处是？坐看月色起崔嵬。

李子蕡其肄业三阳庵，壮志益坚，曾有不负侯嬴之句，因赋以赠

〔清〕楚郢象山贺运清

傲来烟翠泻苍凉，曾说读书孙氏芳。
业问名山高四部，铄裁河汉足千章。
应知仙梦分桥梓，竞羡鸿名[1]遍海疆。
酒兴诗豪都不浅，侯生未许接声光。

登岱四首（缺二）和圣祠原刻

〔明〕郑以伟

游兴联翩妒雨风，积阴忽霁碧天空。
海色苍凉飞鸟外，齐州歼殁棘猴中。
耸身始信人寰小，屏息真疑帝座通。

① 名，原作“石”，据原碑改。

孤转孑遗成大有，氤氲肤寸识玄功。
前东省人相食，兹岁大有。

通天绝壁石磷磷，草屋四海半少人。
鸡犬乍归犹识磴，雁鸿初集已无邻。
百盘登顿劳邮卒，十月阳和似暮春。
解变雨旸时若在，无颂秦□似明禋。①

石堂铭诗十首存九

〔清〕释祖珍

石堂素系荒溪，人迹不②到。上无寸树，惟多异石。中有秋③泉，微流不绝。源至近而④穷莫端倪。予⑤有所托，欲藉此以为自⑥休老待死之地。康熙辛亥，周围约拾⑦亩，如买世产价，纳普照库寮银拾贰⑧两，由属普照山场，不忍擅自私取也。包崖筑台，开池伐石，历八年，除相从弟子辛勤外，损衣钵资，复费人力五千余，始遂小成一具之基。戊午春，就内所立之景，

① 似，上文已有“似”字，此处疑为“祀”之误。
② 不，原作“罕”，据原石刻改。原石刻位于普照寺东约60米石壁上。刻于清康熙十七年（1678）。
③ 秋，原作“秘”，据原石刻改。
④ 而，原缺，据原石刻补。
⑤ 予，原作“余”，据原石刻改
⑥ 自，原缺，据原石刻补。
⑦ 拾，原作“十”，据原石刻改。
⑧ 拾贰，原作“十二”，据原石刻改。

乃为题名[①]一[②]十二处，每景复[③]各系字数个，盖以用志所创之意也。因池、台、崖、壁、曲径、盘梯，俱以[④]石成，命曰“石堂”。其铭曰：

开予石堂，遵兹岱麓[⑤]。种竹栽莲，暨诸卉木。若取幽娱，则非我心。池[⑥]以标月，水以代指。作如是观，一花一石，灵山慧脉。不如是观，一石一花，内眼尘沙。泛泛凫鸥，悠悠朝莫[⑦]。而往而来，夫何益哉！[⑧]

残诗一首，在飞来石下，笔题“别有仙源”[⑨]

〔清〕释祖珍

前缺诗筒酒盒可□携西。闲寻石堂□同醉，却扫苍苔句漫题。

闲种竹青四野老，自□□□里旧下缺

① 名，原作“石”，据原石刻改。

② 一，原缺，据原石刻补。

③ “每景复”三字原缺，据原石刻补。

④ 以，原石刻作“一”。

⑤ 遵兹岱麓，原作“道遵岱丛”，据原石刻改。

⑥ 池，原作“地”，据原石刻改。

⑦ 莫，原作“暯”，据原石刻改。莫，“暮”的古字。

⑧ 原石刻末署“死庵古翁玉老僧书”。

⑨ 此首原目录无。“来”后原洐“厂”，据原石刻删。

梯云盘[①]

〔清〕释祖珍

云作梯，石作盘，跋斯径兮天地宽，划然长啸兮振烟峦。玉老僧。

涤砚溪

〔清〕释祖珍

萑端[②]残墨旧时痕，洗向清溪[③]水亦[④]温。
自尔云山增秀丽，烟霞好护此崖根。

水云洞

〔清〕释祖珍

水斯湧，堂斯出，泽物从龙承谁力？

① 此诗原书仅存标题及“久已磨泐”四字，今据原石刻补。落款“玉老僧”三字，以下释祖珍各诗刻皆有，原书未录，今不再一一为补。

② 端，原缺，据原石刻补。萑（huán）：荻类植物。

③ 洗向清溪，“向”原作“白”，“溪”原作“流”，皆据原石刻改。

④ 亦，原缺，据原石刻补。

玲珑岩

〔清〕释祖珍

竹竹竹，汝得我，非孤独。
竹竹竹，我得汝，非孤独。

慈航石

〔清〕释祖珍

泛烟岚[1]兮心悠悠，游莲池兮怀同俦。日之[2]夕矣兮极素眸。

白莲池

〔清〕释祖珍

一泓清水万芙蓉，极羡幽香澹若浓。
日共烟霞相共赏，同人几陟最高峰。

① 岚，原作“霞”，据原石刻改。原石刻在普照寺东，石堂石刻石南。
② 之，原作“云”，据原石刻改。

友松石

〔清〕释祖珍

松可友者岁寒碧，吾心不可转者非尝石。

眺远台

〔清〕释祖珍

洙泗悠悠流古今，源头咫尺穷谁深，一陟斯台目四临。

振铎岭

〔清〕释祖珍

化美风淳宇宙平，那堪古铎更重[1]鸣。

携来岱岳埋还振，为对高山慰素情。

石堂

〔清〕释祖珍

泉石屡多事，为我常饶舌。

来者如知恩，则无吾交涉。

① 重，原作“云”，据原石刻改。

三贤祠题壁以下五首[①]录自《岱粹抄存》铅印本

〔清〕任弘业

泰山郁其高，徂徕屹相峙。
中有一涧流，澹泊无尘滓。
独立对峥泓，三贤犹未死。
况昔讲书堂，遗踪尚可指。
清风能感人，群公复葺理。
曰余慕前哲，私心常仰止。
再拜瞻新祠，向往不能已。
想见三先生，谈经共一几。
大义发尊王，侃侃如在耳。
胜地得重光，赋诗用志喜。
贞珉何必镌，贻之鲁君子。

三贤祠题壁

〔清〕徐梦龄

鲁国诸生未忍忘，新祠重建讲书堂。
群贤已往三贤在，一世虽屯万世光。
典则昭昭崇理学，衣冠肃肃见文章。
我来兹土欣瞻仰，道脉源垂洙泗长。

① 五首，其中后四首为《郡斋纪胜四首》（作者署为“廷璐”），已录入《岱粹抄存》卷二清麟庆《鸿雪因缘图记选四·郡园召鹤》中，此处不再重录。

遥祭石徂徕先生诗[①]

〔宋〕苏轼

先生魂气归于天，先生形魄归黄泉。
堂堂世上文章主，幽幽地下埋今古。
直饶[②]泰山高万丈，争[③]及徂徕三赤土。

① 此诗眉注：“徂徕有三赤峰。”按：此诗有碑，原在泰安桥沟村北石家林内，立于宋元祐八年（1093），“文革”期间佚失，1990年复得于桥沟村。诗碑末署：元祐八年，石方等立。（参《泰山石刻大观》第六卷，第五五页。）另：此诗之后，原有清汪宝树《吊黄崖》，已录入《岱粹抄存》卷八，此处不再重录。

② 直饶：纵使，即使。

③ 争：怎。

中华泰山文库·古籍书系

泰山风景名胜区管理委员会　编

岱粹抄存合编（上）

〔清〕王价藩　辑录
〔民国〕王亨豫
齐焕美　点校

山东人民出版社·济南

图书在版编目（CIP）数据

岱粹抄存合编/(清)王价藩，王亨豫辑录；齐焕美点校.--济南：山东人民出版社，2018.12
(中华泰山文库·古籍书系)
ISBN 978-7-209-10386-2

Ⅰ.①岱… Ⅱ.①王… ②王… ③齐… Ⅲ.①古典诗歌－诗集－中国 ②古典散文－散文集－中国 Ⅳ.①I211

中国版本图书馆CIP数据核字（2017）第302473号

项目统筹　胡长青
责任编辑　刘娇娇
装帧设计　武　斌　王园园
项目完成　文化艺术编辑室

岱粹抄存合编
DAICUI CHAOCUN HEBIAN
〔清〕王价藩 王亨豫　辑录　齐焕美　点校

主管部门　山东出版传媒股份有限公司
出版发行　山东人民出版社
出 版 人　胡长青
社　　址　济南市英雄山路165号
邮　　编　250002
电　　话　总编室（0531）82098914
　　　　　市场部（0531）82098027
网　　址　http://www.sd-book.com.cn
印　　装　山东新华印务有限责任公司
经　　销　新华书店

规　　格　16开（210mm×285mm）
印　　张　53.5
字　　数　400千字
版　　次　2018年12月第1版
印　　次　2018年12月第1次
印　　数　1—1000
ISBN 978-7-209-10386-2
定　　价　580.00元（上下册）

立岱宗之弘毅

——序《中华泰山文库》

一生中能与泰山结缘，是我的幸福。

泰山在中国人民生活中有着广泛而深远的影响，人们常说“重于泰山”“泰山北斗”“有眼不识泰山”……在中国人心目中，泰山几乎是“伟大”“崇高”的同义语。秉持泰山文化，传承泰山文化，简而言之，主要就是学做人，以德树人，以仁化人，归于“天人合德”的崇高境界。

自1979年到现在，我先后登临岱顶46次，涵盖自己中年到老年的生命进程。在这漫长岁月里，纵情山水之间，求索天人之际，以泰山为师，仰之弥高，探之弥深。从泰山文化的博大精深中，感悟到“生有涯，学泰山无涯”。

我学习泰山文化，经历了一个由美学考察到哲学探索的过程。美学考察是其开端。记得在20世纪80年代，为给泰山申报世界文化与自然遗产做准备，许多专家学者对泰山的文化与自然价值进行了考察评价。当时，北京大学有部分专家教授包括我在内参加了这一工作。按分工，我研究泰山的美学价值，撰写了《泰山美学考察》一文，对泰山的壮美——阳刚之美的自然特征、精神内涵以及对审美主体的重要作用，有了较深的体悟。除了理论上的探索，我还创作了三十多首有关泰山的诗作，如《泰山颂》：

高而可登，雄而可亲。
松石为骨，清泉为心。
呼吸宇宙，吐纳风云。
海天之怀，华夏之魂。

这是我对泰山的基本感受和认识。这首诗先后刻在了泰山的朝阳洞与天外村。

我认为泰山的最大魅力在于激发人的生命活力。我对泰山文化的学习，开端于美学，深化在哲学。两者往往交融在一起。在攀登泰山时，既有审美的享受，又有哲学的启迪（泰山自然景观和人文景观的结合，体现了一种天人合一的艺术境界）。对泰山的审美离不开形象、直觉，哲学的探索则比较抽象。哲学关乎世界观，在文化体系中处于核心地位，对人的精神影响更为深沉而持久。有朋友问我：能否用一个词来概括泰山对自己的最深刻的影响？我回答：这个词应该是生命的“生”。可以说，泰山文化是以生命为中心的天人之学，其内涵非常丰富，可谓中国文化史的一个缩影。泰山文化包容儒释道，但起主导作用的是儒家文化，与孔子思想有千丝万缕的联系。《周易·系辞下》中讲“天地之大德曰生”，天地生育万物，既不图回报，也不居功，广大无私，包容万物，这是一种大德。天生人，人就应当秉承这种德行，对于人的生命来说，德是其灵魂。品德体现了如何做人。品德可以决定一个人的人生方向、道路乃至生命质量。人的价值和意义离开德便无从谈起。蔡元培先生讲：“德育实为完全人格之本，若无德，则虽体魄智力发达，适足助其为恶，无益也。”

“天行健，君子以自强不息；地势坤，君子以厚德载物。”这两句话深刻地体现了“天人合德”的思想。学习泰山文化要与时代精神相结合。泰山文化中“生”的精神对我影响很大，近四十年，我好像上了一次人生大学，感到生生不已，日新又新，这种精神感召自己奋斗、攀登，为人民事业做奉献。虽然我已经97岁，但生活仍然过得充实愉快，是泰山给了我新的生命。

泰山文化是中华民族优秀传统文化的主要象征之一，是我们民族文化的瑰宝。在这方面，历史为我们留下了浩瀚的资料，亟待整理。挖掘、整理泰山文化，是推动中华优秀文化遗产的创造性转化、创新性发展的迫切需要。

日前，泰山风景名胜区管理委员会的同志来舍下，告知他们正在编纂《中华泰山文库》。丛书分为古籍、著述、外文及口述影像四大书系，拟定120卷本，洋洋五千万言，计划三到五年完成。我听了非常振奋！这是关乎泰山文化的一件大事，惠及当今，功在后世，是一项了不起的文化工程。我对泰山风景名胜区管理委员会领导同志的文化眼光、文化自觉、文化胆识和文化担当，表示由衷钦佩；对丛书的编纂，表示赞成。我认为，编纂《中华泰山文库》丛书，将其作为一个新的文化平台，重要意义在于：

首先，对于泰山文化的集成，善莫大焉。关于泰山的文献，正所谓“经典沉深，载籍浩瀚”（刘勰《文心雕龙》）。从大汶口文化时期的象形符号，到文字记载的《诗经》，再到二十五史，直至今天，在各个历史阶段都不曾缺项。一座山留下如此完整、系统、海量的资料，这是任何山岳都无法与其比肩的，在世界范围内也具有唯一性。《中华泰山文库》的编纂，进一步开拓了泰山文化的深度和广度，对于古今中外泰山文化资料及研究成果的发掘、整理、集成、保存，都具有无与伦比的综合性、优越性和权威性，可谓集之大成；同时，作为文化平台，其建设有利于文化资源和遗产共享。

其次，对于泰山文化的研究，善莫大焉。文献资料是知识的积累，是前人智慧的结晶，是文化、文明的成果。任何研究离开资料，都是无米之炊。任何研究成果都是建立在资料的基础上。同时，每当新的资料出现，都会给研究带来质的变化。《中华泰山文库》囊括了典籍志书、学术著述、外文译著、口述影像多个门类，一方面为学术研究提供了所必需的文献资料，大大方便了研究者的工作；另一方面，宏富的文献资料便于研究者海选、检索、取舍、勘校，将其应用于研究，以利于更好地去伪存真、去粗取精，提高研究效率和研究质量。

再次，对于泰山文化的创新，善莫大焉。文化唯有创新，才会具有更强大的生命力。所以说，文化创新工作永远在路上。新时代泰山文化的创新，质言之，泰山文化如何引领新时代的精神文明，服务于新时代的精神文明建设，是一个重大课题。就其创新而言，《中华泰山文库》丛书的编纂本身就是一种立意高远的文化创新。它有目的、有计划、有系统地广泛征集、融汇泰山文献资料，集腋成裘，聚沙成塔，夯实了泰山文化的基础，成为泰山文化创新的里程碑。另外，外文书籍的编纂，开阔了泰山走向世界、世界了解泰山的窗口，对于泰山更好地走向世界、融入世界，具有重要的现实意义。而口述泰山的编纂，则是首开先河，把音频、影像等鲜活的泰山文化资料呈现给世人。《中华泰山文库》的富藏，为深入研究泰山的文化自然遗产，提供了坚实的物质保障。

最后，对于泰山文化的传承，善莫大焉。从文化的视角着眼，随着经济社会的发展变革，亟须深化对优秀传统文化重要性的认识，以进一步增强文化自觉和文化自信；通过深入挖掘优秀传统文化价值内涵，进一步激发其生机与活力；着力构建优秀传统文化传承发展体系，使人民群众得到深厚的文化滋养，不断提高文化素养，以增强文化软实力。毋庸讳言，《中华泰山文库》负载的正是这样一个优秀传统文化传承发展体系。如上所述，集成、研究、创新的最终目的，就是为了增强泰山文化的生命力，祖祖辈辈传承下去，延续、共享这一人类文明的文化成果。这是一个民族兴旺发达的源泉所在。《中华泰山文库》定会秉承本初，薪火相传，继往开来。

更为可喜的是，泰山自然学科资料的整理和研究，也是《中华泰山文库》的重要组成部分，无论是地质的还是动植物的，同样是珍贵的世界遗产。

中国共产党第十九次全国代表大会报告中指出："文化自信是一个国家、一个民族发展中更基本、更深沉、更持久的力量。必须坚持马克思主义，牢固树立共产主义远大理想和中国特色社会主义共同理想，培育和践行社会主义核心价值观，不断增强意识形态领域主导权和话语权，推动中华优秀传统文化创造性转化、创新性发展，继承革命文化，发展社会主义先进文化，不忘本来、吸收外来、面向未来，更好构筑中国精神、中国价值、中国力量，为人民提供精神指引。"这是我们编纂《中华泰山文库》丛书工作的指南。

编纂《中华泰山文库》丛书是一项浩繁的文化系统工程，要充分考虑到它的难度、强度和长度。既要有气魄，又要有毅力；既要正视困难，又要增强信心。行百里者半于九十，知难而进，迎难而上，才能善始善终地完成这项工作。这也是我的一点要求和希望。

值此《中华泰山文库》即将付梓之际，泰山风景名胜区管理委员会的同志嘱我为之作序，却之不恭，写下了以上文字。我晚年的座右铭是："品日月之光辉，悟天地之美德，立岱宗之弘毅，得荷花之尚洁。"所谓"弘毅"，曾子有曰："士不可以不弘毅，任重而道远。仁以为己任，不亦重乎？死而后已，不亦远乎？"故而，名序为：立岱宗之弘毅。

杨辛
2018年7月

王氏父子与泰山文献（代序）

周　郢

王退轩、王次通父子是近现代著名的泰山学者。两人一生主要精力都投入了泰山文献的搜集与研究，他们在这一领域所取得的成就之大，可谓是前无古人，后乏来者，很值得后人学习和借鉴。然而，关于两先生对泰山研究的贡献，至今还未见有较为系统的介绍和评说。因郢一向崇拜两先生学识，近年又陆续拜读了两先生传世的全部作品，所以在此不揣浅陋，撰此小稿，略作论述，并以此表达我对这两位学界前辈的景仰之思。

一、王氏父子生平述略

王氏祖籍四川，清季咸丰间，有王钊（朗然）者避乱山左，寓家泰山下，遂为泰安人。

王价藩（1865—1934），字荩臣，后字建屏，号退轩，朗然之子。父壮年病殁，遗腹生先生，遗产仅有山田茔地四亩，孤儿寡母相依为命，母张氏教之綦严。先生束发受书，即勤奋有加，二十五岁入邑泮，屡赴乡试不售，乃绝意进取，返益肆力于学，设帐授徒数十年。尝以三事揭诸壁间，一曰劝导青年子弟苦志读书，成为有用人才；二曰扶持贫家子弟守分务正，俾得自立；三曰联络同志讲明正学，保存读书种子。其生平行事皆严守此义。光绪二十五年（1899）起主办醴泉义塾，三十一年（1905）又襄助友人范明枢创办劝学所、宣讲所，教诲后进，夙夜无懈。时值德人觊觎山东矿产，乃作《保矿书》呼吁当道，俾寝其事。其后历充泰郡七属选举代表、教育会长及评议员，复公推为城区议长，先生整理财政，保存古迹，倡办商会，实行造林诸大端，无不勤慎将事，务求便民。民国初，复助李莘农创办女校，任第一任校长，先后五年。倡办商会以来，又掌其文牍二十三年，及萌退志，乃家居不出，自额其庐曰“知退轩”，故世尊之退轩先生。

初时先生每恨为乡僻所限，不获广览载籍，因发愤聚书，自三十岁后，年年购置，积得八千余卷，以草堂三楹为藏书之室，颜曰“仅好书斋”，并为之序曰：“望儿孙研读，至友传观，勉为有用之学。”其中藏泰山文献掌故尤富。赵新儒曾称：退轩先生晚年专意“搜寻地方文献，凡先哲之著述佚文，莫不收藏编录，泰山文献赖以保存。自乾隆年起赵仁圃先生以大学士归里，尽力搜罗，迄今将二百余载，继仁圃而起者，处士一人而已。然虽贫贱富贵迥殊，而致力者则同”（《处士王建屏传》）。民国十五年（1926）续修邑乘，文献多取自“仅好”所藏。

先生论学尚实践，不喜大言，读宋明儒书，颇不以朱陆之争为然，以为门户之见，出于学风末流之弊，无与于道义之大。及晚，日以校辑点读为事，虽盛夏綦寒，未尝废止丹铅之业，及弥留之际，犹作蝇头细书。冯玉祥曾挽以联曰：“著作名山，至老不知犹好学；感伤逝水，考终有命自归真。”平生所著凡17种，都60册。

王亨豫先生（1900—1948），字次通，退轩公之子。幼受庭训，亦酷爱读书。据其自叙“初通文义，喜读倜傥踔厉风发之作”，而尤嗜兴化郑氏（板桥）之作品。其后，举凡国策、南华之文，乐府之章、太白之诗、苏辛之词，与夫关、马、郑、白之曲，耐庵、雪芹之说部，史汉、左氏之记，“胥为所好，不忍释手”（《四十五自传》）。

先生中学卒业后，因读西洋教育史，慕裴斯塔洛齐、福楼拜及卢梭之为人，遂萌献身教育之志，民国十年（1921）主办七里埠小学，倡建校舍器具，研究教学方法与儿童乡村生活诸问题，一时校内书声琅琅、琴韵悠扬，彬彬学风布于乡里，为乡人称道。

“五·四”新思潮波及泰安，先生受其影响，披览各种文学革命书籍，对孙文“三民”之说，尤为推崇，称“彼以改革社会，而我以改革教育，盖不多让”。因感学无根柢，乃欲游学京华。遂辞亲远行，负笈北大。其间广涉中西著述，又亲聆印度泰戈尔氏及海内贤达关于诗学、文学、孔学之讲词，大受启迪，乃知中国学术实一源而浑一者。回乡任教之余，潜心于东西文化之探讨，先后成《述人篇》《空山朗月集》及

《情感生活》之文，皆为受业京华之所得也。

民国二十三年（1934），退轩公谢世，先生丁忧在家，为悼亡父，乃广求名流撰碑志传状，辑为《泰山王退轩先生清芬录》。复“继先人遗志，搜求岱献”，并发愤将先人所得岱籍编校剞劂，用久其亲，至民国二十五年（1936）刊出四种，题为《泰山丛书》第一辑。未几“七七”变起，战云弥漫，先生欲避兵入蜀，奉母至荆淮间，因道路梗阻而返，乃携家于邑东境之升仙岭下（今山口镇横岭村），遁迹荒山，以远世乱。先生于困顿之中，日望“江山之恢复”，仰恩师明枢范公与雅堂王公为仪型，坚不仕伪，惟亲笔砚以待清明，日夜钞辑《泰山丛书》，冀维民族精神于不坠，岁写四十卷，三十万言。

此后为谋生计，先生先后在济南、泰安两地之私立学校兼课，课间绝口不谈时政，课余重理笔墨生涯，在济则遍访书肆，考究目录版本之学；在泰则重寻遗迹，搜求山川人物掌故。虽藜羹不糁，而兴致不衰。

已而日人投降，先生闻讯悲喜交加，有“乍闻九州同，喜来泪欲倾”之句。于是思整顿国故，发扬民族道德，乃创为《文献馆计划》，以文献馆为全国省县之系统组织，萃一流学者于一堂，提倡道德，改良风俗，研究学术。民国三十五年（1946），先生上书国民政府主席，力陈组建文献馆之议。不意内战又起，先生之倡议遂化泡影。民国三十七年（1948）济战方亟，先生时执教于历城，不幸殁于乱军之中，年未五旬。天不假年，未竟厥志，时论惜矣！

先生于风尘澒洞之际，以著述为己任，研精覃思，笔不停辍。其学术成就主要集中在两个方面，一是对泰山历史文献的搜辑与整理，编有《泰山丛书》及其他研究著作十余种。一是对中国传统文化与西方科学的重新评估。先生初受梁漱溟氏之影响，发凡中西文化之异点，认为科学之霸世界已亘有两世纪，流弊甚多，如欲驾驭得方，必须建设人学，“以中国哲学一以贯之”。唯有中国传统哲学，方可为世界辟一新途径。进而断言：“将来世界由科学转入中国文化之手，永久和平有望矣。”

先生尝有诗云：“波涛海上起，寸心吞舟鱼。敢将精卫精，来效愚公愚。宇中澒洞日，世外凄凉居。茅檐杞忧苦，郢歌自著书。”感慨之中，具见孤旨。平生共著书30种，今有12种传于世。

附：王氏父子著述目录

退轩先生著述：《岱粹抄存》八卷、《退轩旧闻录》一卷、《兵事日记》二卷、《桃源村艺文录》一卷（以上四种，收入《泰山丛书》）、《退轩自注年谱》一卷、《泰山王氏家谱》一卷、《退轩呓语》六卷（今存一卷）、《退轩日记》四十册（今存戊辰、壬申年各一册）、《节录格言》二卷（今存一卷）、《退轩诗文稿》五册、《退轩诗草》一卷、《退轩杂抄》八册、《建屏示儿书札》（册页）（以上九种原稿存山东省博物馆）、《六言俚语》一卷、《退轩说部丛抄》四卷、《先母事略》一卷、《女诫俚语》一卷（以上四种今佚）。

次通先生著述：《泰山王退轩先生清芬录》一册（有铅印本）、《岱粹抄存续编》七卷、《春晖草堂诗存》三卷、《丛花斋谈丛》二卷（今存一卷）、《茹荠秘记》一卷、《历下访书记》三卷、《岱臆》一册、《乡贤遗事初编》一册、《岵原杂记》一册、《中国民族与国风》一册（以上十种，原稿存山东省博物馆）、《春晖草堂文存》二册（原稿佚，王佛生先生新辑为二册，存泰山区档案馆）、《泰山王氏仅好书斋藏书志》一册（原稿存泰安市博物馆）、《挹远楼日记》九十册、《槲叶集》一册、《安庐小志》一册、《海岱谈故》一册、《古弹集》一册、《藏书杂缀》一册、《次通自著年谱》一册、《文献馆草案》一册、《怀旧雨话》一册、《岱下劫灰录》一册、《孙石年谱》一册、《空山朗月集》一册、《情感生活》一册、《国风篇》一册、《述人篇》一册、《落伍集》一册、《岱献小征》一、二集（以上十八种今佚）。

两先生合编《泰山丛书》四集。子目如下：

甲集：《泰山纪事》三卷（宋焘）、《泰山小史》一卷（萧协中）、《泰安州志》四卷（任弘烈）、《岱志》一卷（张岱）、《泰山图说》一卷（金简）、《岱宗大观》一卷（朱云爝）、《泰山纪胜》一卷（孔贞瑄）、《泰山道里记》一卷（聂剑光）、《泰山述记》十卷（宋思仁）、《岱览》三十二卷（仅抄三卷）（唐仲冕）、《泰山金石志》四卷（金棨）、《泰山图题词》一卷（黄经藻）、《游岱笔记》一卷（周公才）。

乙集：《春秋尊王发微》十二卷、《孙明复先生小集》一卷（孙复）、《石徂徕先生文抄》一卷（石介）。

丙集：《青岩居草》一卷、《落花全韵》一卷（宋焘）、《梅花诗稿》一卷〔释元玉（祖珍）〕、《皇华记》一卷（朱缁衣）、《云月研轩古体诗稿》一卷、《调皖纪行草》

一卷、《拙庵近稿》一卷、《塞外吟》一卷、《近游草》一卷（赵国麟）、《苣园小草》一卷〔附：《东堂诗存》一卷〕（范圩）、《柳园吟草》二卷（蒋大庆）〔附：《萧西园遗墨》（萧儒林）〕、《泮滨散人遗墨》（丁临甲）、《馨园诗选》一卷（沈桂清）、《东渠诗存》一卷（汪宝树）。

丁集：《和圣年谱》（佚名）、《夷俗记》一卷（萧大亨）、《光碧堂稿》二卷（赵弘文）、《自著年谱》一卷（卢汉倬）、《乔子遗书》二卷（乔子忠）、《桃源村艺文录》一卷、《契丹国志跋》一卷、《退轩旧闻录》一卷、《兵事日记》二卷、《岱粹抄存》八卷（王价藩）。

附集：《槐荫堂自叙题跋》一卷（魏祥辑）、《三朝圣政录》一卷（石介）、《学勤书屋诗草》一卷（赵锡程）、《含光堂诗集》一卷（缪润绂）、《仓山诗集》一卷（白毫子）（原稿存曲阜师范大学图书馆）。

二、对泰山文献的搜集整理

岱宗历代文献繁多，“可考者且百八十余制”，但散置各处，觅读匪易。至王氏父子始加意裒集，终成大观。

王氏岱献之辑，始于退轩先生，其自谓“居泰山下越五十年，泰山故茫无所知”，引为读书之深耻，乃有志搜求地方文献，至晚年弥笃。岱下藏书家若“宋氏青岩洞、赵氏岱阳精舍、王氏晚翠园、卢氏清俭堂以及下村程太守、治中李明经，各有遗帙散佚人间”。退轩“暇日辄辗转绍介，造门访览”（《丛书校刊记》），故所得岱献甚富。尝辟书室，颜曰“仅好书斋”，积书达八千余卷，“举凡岱岳掌故文字，与乡先正之编纂著作，莫不博访穷致，以故家藏卷帙之多，非邑中首藏，而泰山书之罗致，邑中藏家，殆无能及者”（《仅好书斋藏书记》）。退轩卒后，次通先生“爰本先志”，续加搜辑，并刊启报章征之海内，得愈富。经两代搜集，历三十年，“乃得如许孤本”，故其藏堪称吾岱文献之渊薮。

两先生岱献之辑，主要集中在四个方面：

（一）泰山史志

山经水志“亦舆地所宗，人文所系耳”（《丛书例言》），故王氏父子尤为珍视，搜讨甚勤，后来列入所辑《泰山丛书》甲集者凡十三种，不乏珍本秘籍。如清宋思仁之《泰山述记》，版本向不多见，先是退轩自济南图书馆获见是书，仅原刻四卷，嗣由邑赵庄李氏处得睹八卷本，续抄九、十两卷，始成完璧。明宋焘之《泰山纪事》，“初由市街故纸担上，以钱七枚得其一卷，又闻人言书三卷，乃询诸宋氏，果获余编，并得太史其他诗文，急携手民十里外装印成帙，遍享嗜者”（《仅好书斋藏书记》）。清朱云燝之《岱宗大观》，“诗、图皆备，较他之志泰山者独详，诚善本也。且是书镌版家藏，流传绝少”，惟清季柴纫秋学博旧藏一帙；又金简之《泰山图说》，传本亦稀，两书均归邑绅赵蕴琛，退轩以通家之好，得以借抄，偿所夙好。康熙《泰安州志》亦乏传本，次通“求之凡七年”，至民国二十四年（1935）“始由李洗陈前辈辗转得之，亟为校录，顾多残缺漫漶不可卒读。嗣从少时学友杨君丹忱家携来一本，虽仍有舛讹，较前则倍加完好，因互校录副存于箧中”（《重刊州志序》）。其他集入的还有《泰山小史》（清宋思仁刻本）、《泰山道里记》（雨山堂刻本）、《泰山图题词》（原刻本），版本亦均可宝。

王氏所收泰山史志中，多有一些不经见的资料，如《岱览》与道光《泰安县志》所收清王度《伪官据城记》，述大顺军之破泰安，作“俄而城内讹，遂失守”，语焉不详。而对照王次通校刊本《泰安州志》则作“萧启濬潜至北门，延贼登城，盖自为妻孥计，遂失守焉”，显然后世志书是出于“为尊者讳”（萧启濬为明末名臣萧大亨之曾孙）而进行了窜改，而王氏本则保留了事件真相。又如王氏刊《岱宗大观》中录有朱卉一跋，卉字草衣，乾隆间江宁诗人，即《儒林外史》中牛布衣之原型，世所传诗文甚少，此跋尚未见研究者引及，亦是很有价值的史料。

（二）乡贤遗书

泰安先正著述，因作者多非闻人，其书易于散亡，间存一二，藏于故家，王氏父子对此用力尤勤。退轩《仅好书斋藏书题跋》云：“吾泰夙号名区，文人学士代不乏人，年来欲搜先正遗籍表彰之，冀以流风余韵备后学观法之资。”乃勤访其后人，寻其遗著，域中片璞，多归“仅好”，且其中孤本秘籍，有聚合甚奇者。如退轩主乡校时，“突有老媪携故书多种望售于予（退轩），中有《契丹图志》抄本，计二十七卷，分订六册，略一检阅，半为相国赵国麟手泽”，不禁狂喜，亟为购下，遍示同好，请作题跋。明宋焘《落花全韵》则偶得于宋氏故藏，“丁巳（1917）春，东乡宋君道其先人遗书，犹有存者，越翌日携数卷来”，中有此帙，亟为录存。他如《和圣年谱》

得之展氏旧藏，赵国麟《塞外吟》“为赵氏家藏抄本，未刊行。先君（退轩）与修邑乘，得手抄”。朱缁衣《皇华记》为作者仅存之书，“亦竟无刊本”，亦自乡人处借抄。蒋大庆《柳园吟草》得自乡人，汪宝树《东渠诗存》得之膏腴村汪氏族人，乔子忠《乔子遗书》得之旧友乔云亭，王锡麟《晚翠园遗诗》则得自著者遗物中，沈桂清《馨园诗集》则借自沈氏之庋。为次通嗣得者，则有：明萧大亨之《夷俗记》，邮购于海上；清释元玉（祖珍）之《梅花漫兴》，范垿之《苣园诗草》，均得之赵筱圃之藏；王无间之《故妻杨氏实录》，借自王氏族人。郢尝复检济南、泰安、北京、西安四地之图书馆，列入王氏《泰山丛书》之明清集部十八种，除《光碧堂稿》《青岩居草》二种尚有留存外（后者系王氏所藏，捐赠于山东省博物馆），其余诸编均不获一见，谓先德墨妙多由王氏而得存，或尚非妄言。

在乡贤遗书中，保留了许多颇有价值的史料。如朱缁衣《皇华记》记雍正间在富顺知县任上，曾受檄押送军粮入藏，所记西藏山川道路及风俗物产甚悉；卢汉倬《自著年谱》、丁临甲《泮滨散人遗墨》详记咸同间捻军数次转战泰安之活动；王锡麟《晚翠园诗稿》记戊戌变法、义和团起义诸时事；汪宝树《东渠诗存》记甲午、庚子之役，皆为研究清史之有用资料。关于泰安乡贤著述，目前研究尚属薄弱，诸书丰富的史料，有待于日后进一步发掘研讨。

（三）艺文资料

泰山艺文资料，散布群书，较之专著，搜集工作更为繁巨。而王氏父子对此孜孜以求，次通先生称退轩公“生平得邑先正专著外，只字短章未尝以出自乡贤而有所去取也。自山巅水涯，金石碑版，以至家乘壁题，口耳流传，未尝不载笔于册。自四十岁后，豫每侍杖履，携手册，走数十里，访山水，求遗书，钩稽佚文，岁以为常，日积乃得诗文六百余章”（《丛书校刊记》），辑为《岱粹抄存》八卷，收文百七十六篇，诗三四一首。后次通先生又续加钩沉，复成《抄存续编》，收文百五一篇，诗词四七一首。其中以明清史料最为繁富，亦最有价值。所收诗文章中，有涉及史事考证的，如清李焕章《岱记》考无字碑为秦始皇立，宋翔凤《秦泰山刻石残字考》考今传秦篆为宋人江邻几所摹刻；有涉及史事的，如明黄道周《登岱诗》叙及清军攻掠泰安的情况，左佩弦、刘泽清《解围诗》叙及明末农民军围攻泰城的情况，清汪宝树《游黄崖纪》与《吊黄崖》叙及张积中与黄崖事变的情况；有涉及古代科技者，如清徐志定《周易说略序》叙及发明“泰山磁版”的情况；有涉及中外关系者，如明王圭《郭琰墓志》记录泰安人郭琰曾“督造下番海船”，证明正统八年（1443）明廷有重下西洋之议；又清王度《巡抚天津杜公传》叙及明末杜三策出使琉球王国的情况；有涉及重要人物者，如所收《萧公墓志》《李公雪岩墓碑》《金先生（简）墓志》等近百篇碑传，远较正史方志详尽；有涉及重要佚文者，如所收明萧大亨《夷俗记自序》、清孙廷铨《岱史序》，通行本多失载，颇为重要。

另外，《抄存》正续编选录的一些诗词，许多都是前人不曾注意或不敢引录的，如明遗民张怡（即《桃花扇》中的张瑶星）《登岱》诗有“老松死不撄秦爵”之句，充满了强烈的反清色彩，亦是可“以诗证史”之作。

通过以上举例，可以看出，王氏父子搜集的艺文资料是非常丰富而珍贵的。

（四）金石资料

王氏父子除了致力于文献的辑录，且注重实地考察，吉金贞琰，征于道里。退轩先生晚年喜携子搜讨金石，穷山水之幽阻。次通在《先府君行状》中回忆：“其搜录文献也，常率不孝亨豫远走山野，访断碑残碣，以剔剥苔藓，辨识佚文，命亨豫录归。”次通先生及长，金石之癖弥笃，常携锄荷斫，奔波于荒榛之内，寻古于空山之中，虽遇兵戈烽火而不止。且看其在抗战时期的几段访古记录：

民国二十八年（1937）先生避兵东乡期间，“西至门墅、麻塔，南至堑汶、姚庄、田村、古太平镇（郢按：应为古静封镇，镇址即今堑汶河村。太平镇在城西今宁阳磁窑镇境），方百里之内无不有其足迹。既谒赵巡按（弘文）墓，其他古冢则得张将军郁墓、单法师墓、金禹氏茔、宋孙氏墓、明吴氏墓。于寺观得二王庵、全真观、龙泉观、广福寺、洪福寺、白云寺、麻塔寺。于金石得张郁碑、金元全真观碑、宋嘉祐孙氏碑、元至顺禹氏碑、洪福寺元泰定碑、李氏泰定碑、禹氏敕牒、龙泉观敕牒，复畅览大云寺元魏、金源之刻。或订志乘之谬，或增志乘之缺，意外发现如获珍宝”（《茹茅秘记》卷上）。

又民国三十三年（1944）、三十四年（1945）任教泰安期间，“上课外暇日即以访古自娱。自（三十三年）十一月四日东郊得李朝聘墓碣，始历访摩天岭、五贤祠，十二月历访城内外祠宇。……今年（三十四年）历访山麓，二月得扇子崖王无欲碑、明堂泉得侯明经墓碣，王母池得萧治中（协中）题字，登潜仙庵，莅环咏亭，五月得寿骙、蒋芝田墓，携小儿游御帐坪，总录明清两代题石三十七则。七月廿四日再游。是月游三阳观，傅家庄访安科墓。八月八日三游御帐坪，由西山归。……泰山数年不登，四月中凡三游御帐，平生几两屐，特亦仅矣。志之为乱时清福之尤”（《秘记》卷下）。有时残碑掩于荒榛，断碑埋于废墟，尚需荷锄以随，躬自发掘。如后七里铺之明人寿骙墓碣“下截埋于土中”，遂与其子儒生再往发土视之，辨其石撰书者姓氏。

次通先生搜讨之勤，用力之专，可以概见。由此获见一大批石刻碑记，多为昔人所未知，堪补志乘遗珠。较为重要者有以下数十种：隋开皇罗宝奴造像记（得之岱庙图书馆址）；唐景龙残石（得之岱庙东御座），唐天宝祭岳使题名碑；后周广顺郓州献石盆题名碑、崇法禅院残石（均得之岱庙图书馆址）；宋泰山书院残字（得之五贤祠址）；元符、嘉祐岱岳观残刻（得之岱岳观遗址），绍圣青帝观道士杨若冲碑，宣和周显灵《真君殿记》碑（均得之青帝观遗址）；金大定修寺桥碑（得之普照寺）；元刘志文《全真观记》碑（得之岱东二王庵），徐世隆《赠天倪子诗》碑（得之岱庙环咏亭）；明清人环咏亭石刻“五十家六十一石”（得之岱庙环咏亭废址），明成化吴陵《登泰山诗》等六石（得之岱庙炳灵宫），嘉靖德府典仪邹旻碑（得之蒿里山），万历州守江湛然《萧公祠碑》（得之泰城萧公祠），万历鲁府泰兴王朱寿镛《一天亭记》碑（得之万仙楼下），万历名儒李朝聘墓碑（得之岱道庵），明万历名臣宋焘诗碑（得之三阳庵），明季学者徐楚和墓碣、宋之尤隶书碑（均得之五贤祠址），青桐涧明人大书摩崖（得之青桐涧），明末萧和中榜书刻石（得之法华寺），天启间萧协中题名（得之王母池东），崇祯间徐灵哉题名（得之后石坞），徐柟书智上菩萨碑（得之天书观）；清康熙学者张坦碑（得之关帝庙），乾隆学者江永誉碑（得之城北普慈庵），嘉庆诗人蒋大庆墓碣（得之十里河），等等。这些碑刻“俱有关史乘”，湮没百年，一旦重获，次通先生“辄为累日狂喜”，并多有诗文纪其事。凡此诸碑，后因历“文革”诸劫，十不存一，王氏父子的著录，有功于岱献者尤巨。

王氏父子的岱献集藏，除了以上几个方面，还有乡贤书画一类，如清代泰安画家艾汪、朱卿云、米介夫诸人，“仅好”皆藏有其作品。

最后申论《泰山丛书》的编纂。王氏父子辑录的岱献，后来大多汇入《丛书》巨编中。据次通先生自言：“全编各书，先子半生搜辑，粗具规模。”退轩公卒后，次通先生“爰本先志”，续加辑录。至戊寅（1938）间避兵荒山，遂将两代所得岱献，统筹体例，逐加抄校，汇为丛编。凡涵书四十种，百一十卷，是为《泰山丛书》。

《丛书》析为四集：以山经水志为甲集，内收《泰山纪事》《泰山小史》《泰安州志》《泰山道里记》等十三种；以泰山学派著作为乙集，内收《春秋尊王发微》《孙明复小集》《石徂徕文钞》共三种；以乡贤别集为丙集，内收《青岩居草》《落花全韵》《光碧堂稿》等十四种；以史料杂记为丁集，内收《和圣年谱》《夷俗记》《岱粹抄存》等十种。卷首列《例言》《目次》，卷末以《校刊记》附之。

《丛书》之编辑体例，先生在《校刊后记》中作了论说："《泰山丛书》一庞然粗略之志乘也，首集则邑乘之沿革、山川也，都邑、人物也；二、三集则艺文志；四集则杂稽逸事也。……是书既均为专著，其断章零篇将奚赖存传？乃依《岱粹》而存传。"故《丛书》除了是一资料汇编，而其编排匠心，亦俨然一泰岱之巨型方志。《丛书》完成后，次通先生生前仅刊出四种，全书1990年始由曲阜师范大学图书馆影印出版。这一泰山巨著的完成，是王氏父子对"泰山学"的最大贡献。

三、对泰山文献的研究

退轩先生因过世较早，除对个别文献有所考释外（其考证《道里记》《泰山述记》《塞外吟》《契丹国志》诸文，均见《泰岱文史丛稿》），未能广泛展开研究。对泰山文献进行细致考索的工作，主要由次通先生来承担（以下所称先生，皆指次通而言）。

（一）目录版本研究

先生因纂辑《泰山丛书》，因留心目录版本之学，对乡邦文献皆悉加探索。《丛书》卷首所列诸籍提要，皆考镜源流，辨章学术，对各书的价值、版本、来源均作了探索，有的论述富有创见。如《泰山纪事》一书，《四库全书总目》责其体裁不合，谓："所言神鬼冥报，已涉荒诞，至泰山太守、泰安知州为守土之官，柳下惠、王章、羊祜诸人亦不过生长其乡，并未岩栖谷汲，乃概行摭入，不知于岱宗故事何涉也？"而先生则以为"此评当析为二言之：考青岩先生之为是编，非仅山经水志已耳，亦更有寓意存也。……是编神鬼冥报，虽涉荒诞，不知先生劝善惩恶、经济文章正在于此；且观此作，更有备观风者省览与采择之意，故于循吏、乡贤详记，一为来守是邦者隐与思齐之地，一为岱下人士取方之资，先生苦心深意讵不可敬哉！观其命名曰

‘纪事’，则有以别于山志图经之应详地理而饰文景者”。此诚为知人言书之的论。又如先生论清代《泰山志》，“书中所志，大抵集《岱史》《道里记》等书而成，最精彩处则为金石之志。夫金石之学，胜于乾、嘉之际，此书经阳湖孙星衍先生鉴定，先生则乾嘉金石专家也，故志金石以详赡称。……吾邑高士聂剑光先生……《泰山金石考》今已不传……而《岱览》与此书均经引用聂书，虽聂书不可得，而是书则虎贲中郎耳”。故而《丛书》自《泰山志》中专析取《金石志》一篇，而以所辑聂剑光佚著《泰山金石考》残文附之，选材评析尤具手眼。明人查志隆《岱史》一书，版本繁多，有万历谭耀刻本、顺治张缙彦补刻本、康熙劳绳祖补刻本，此外见于载录的还有光庐本、吕纯如本、刘敕本。先生撰有《岱史版本考》一文，对其书沿革作了考索：“查志隆《岱史》，于慎行为之序。崇祯元年，吴江吕益轩司马（吕纯如，号益轩）托济南刘敕增修之，辑为十六卷。……又有光庐《岱史》，光与刘同时，或亦序之。总之……曰查、曰刘、曰光、曰吕，则一而已矣。”考证详明，一订昔人著录之混乱。

先生在济南时所著《历下访书记》，或胪列乡贤旧藏（书中有考证乡人藏书印鉴之文），或考证乡献，或著录手稿旧抄，都是有关版本目录学的有用资料。除此之外，先生还将乡献不见传本者分别存目，留记线索，以备异日访求，亦是很有意义的工作。

（二）金石研究

先生尝于《岱臆》中引证《春明梦余录》之说，谓石刻在世，可以考证逸事，补史之讹缺。故先生对此领域深予留意，其搜访金石之事已述于前，而于金石之研讨亦足可称道也。

如先生据新见岱岳观元符残碑，考岱岳观事云：“岱岳观南，农人掘田得瓦砾，弃道旁。余寻得残石五，有‘□□年岁次庚□’‘共施钱一贯’‘□湖南路鄂州通城’等字，体势韶秀，类宋元碑刻。……又细观‘三年’上有偏钩，或符字，当为元符三年（1100）欤？又有‘□东岱岳大庙’等字，是泰山中庙岱岳观，姑定名为宋元符三年修岱岳观残碑，距今八百十年。”后又续考云：“前由岱岳观拾残石六方，今又得六方。前定为宋元符三年物，今细观之，实为二碑，一为行书，有嘉宁大殿，第一重正阳门里，第二重门，重木钩栏百门百间等，则当日观之规模，可想见其若何壮丽也。”“《玉海》云：哲宗元符三年修东岳庙，命曾肇为碑，殿三，曰嘉宁、储佑、蕃祉。是所修者为岱岳观中庙，证以余所得岱岳观残石，有正阳门、嘉宁大殿，又曰□符三年庚□，更足证无疑矣。”（《岱臆》）按先生考曾肇记中之“嘉宁殿”在东岳中庙岱岳观，不确（曾碑文今存，见《曲阜集》。其所云嘉宁实在下庙。岱岳观残碑可能记中庙规制时，连带提及下庙门殿，并不足证此殿必建在中庙）。但其考出元符三年（1100）宋廷诏修东岳下庙的同时，还对东岳中庙做了整修，其规制比拟下庙，壮观无加。此对于研究岱岳观沿革极有价值，实为以石证史之佳例。

他若考环咏亭兴废，论半山亭秦篆，据罗振玉《俑庐日札》证大云寺石额为北魏延昌元年（512）物，记毛蜀云浚醴泉得北齐天统六年（570）碑，辨《寰宇访碑录》“二比丘、胡元方之混为一”，述王连儒先生所藏之秦权，均阐幽发微，多所发明，补正故纸文献之处多所有在。

（三）乡贤史料研究

先生自题《泰山丛书》诸诗，中有“敢将身世付先贤”之语，而纵观其学术，亦以乡贤研究用力最勤，所获最多（专著有《岱献小征》《乡贤遗事》两种，另有专文多篇）。今以关于明人萧大亨、李汝桂父子、宋焘、清人赵国麟之研究为例，略作述评：

萧司马：万历间兵刑两部尚书萧公大亨（岳峰），立朝凡四十年，“功名俱在疆圉”，曾予晚明政局以重大影响。但《明史》无传，所著《夷俗记》在乾隆朝被列为禁书，故其人传世资料甚少，邑乘所载不过三百字，且多疏漏。先生先是自沪上邮致萧公之《夷俗记》，编入《丛书》，乃立意搜寻其人遗事，自寿光友人赵东轩处得《岳峰墓志》，继之又觅到《岳峰生祠记》，均叹为意外之收获。复遍查明清史籍，采录其事，辑为《萧宫保年谱》，将大司马一生之事功基本理清。其中有些资料不经见，大有价值。如明代入华之西人利玛窦《中国札记》中载Siao（即萧大亨）有一侄为天主教徒，此人因利氏未记姓名，德礼贤等人均未考出。而先生《年谱》中记萧大亨有一侄名萧时中，为其兄大元之子（疑是据萧公墓碑题名，今碑已毁，不可复检）。利氏所言或即此人，而《年谱》所记恰可补其名氏之缺。仅此一点，可见先生研究之详赅。

北崖父子：明代名儒李钦（北崖）、李汝桂（少崖）父子，为王阳明学在泰山的重要传人。先生尝助北崖后裔洗陈先生辑二李著述为《北崖先生父子遗文》，复在书序中对二公学术思想及师承作了深入研究，如谓：“明嘉靖之际，泰州王栋司训泰安，出其性命之学教授生徒，北崖父子或亲炙之，然少崖之学是否直接姚江一派，未敢拟断。要之，观其平生所论，与其修学之法，固与闻阳明、东廓之旨者。”郢今考出李少崖确曾问学于阳明再传弟子王栋及邹东廓之子邹善，而观其《答肥城诸友》之议论，亦确属淮南格物手眼，其学固源出阳明无疑，可证先生所论不谬。先生另有《还朴弟子考》，考出少崖门人有张至发、王嘉宾、李朝聘、张邦彦等十五人，亦为了解泰山学术史的有用资料。

宋侍御：县志载万历间御史宋焘（绎田）“筑青岩居读书其中，与东林君子相往复”。是为研究泰山学者与东林党关系的重要关目。但相往复诸人，历来未得其详。先生觅得全本《东林列传》，参以《青岩居草》，考出绎田所交东林诸公凡三十六人，青岩社同仁凡九人。其谓“细读诗卷，略可寻之，其居燕之时有友蔡弘甫、王伯举、乔鹤皋等”，“而先生同年公文介鼐亦东林人”。“既罢，居青岩洞，来访者赵秉忠，次则汪济寰（若霖）给谏及胡慕东，均以韵语问讯”。“则先生东林往复之迹，盖可寻矣”（《东林往复考》）。

赵相国：清乡人赵国麟（仁圃），乾隆初历官文渊阁大学士，著述甚富。先生以与相国后人赵蕴琛有交，得尽览其家藏，编入《丛书》。于相国历仕、交迹亦考索甚细，如考出卢见曾、张希杰（此人为《铸雪斋本聊斋》之藏主）、朱玉（朱子后人）、李掌园、吴敬梓（《儒林外史》作者）、陈兆仑、庄复斋与仁圃之过从，均可补苴旧志。而考出著名古史考辨家、《传信录》作者崔述为相国再传弟子，更为畴昔乡人所未知。特别是丁亥（1947）冬在省图书文物展览中抄回的一赵氏册页，为友好酬答之作，诗文尺素皆具，从中可了解到赵氏思想的一些隐秘之处（如赵东暄书论及仁圃初不愿仕清之隐衷）。先生复对诸函作者逐加考证，洵为研究赵氏之珍贵史料。

此外先生用力较多的人物还有宋儒孙复、石介（有《孙石年谱》），金诗人党怀英（有《党承旨年谱》），清诗僧元玉（有《石堂老人年谱》），泰山学者聂鈫（有《剑光老人年谱》）（以上诸谱与李少崖、萧宫保、宋青岩、赵相国年谱合为《岱献小征》）。今除了萧氏等五种尚存草稿外，余俱失传，良为可惜！

（四）其他研究

除上述之外，先生的岱献研究，还涉及以下几个方面。

续修府志。《泰安府志》纂修于清乾隆二十五年（1760），此后直至民国二年

（1913）泰安府裁撤，迄未再修。而近百余年间之史料档案，日趋散亡，如不及时续修，必至往典不传。先生遂一意续作此志，拟先作《职官志》以统全书，因府署档册已无从稽考，《山东通志》所列“泰安知府表”又缺漏殊多，于是尽力搜罗历朝之《缙绅录》《爵秩汇函》等书，细为耙梳。惜不久因先生罹难，郡志之续未能卒业，即《职官》一考也已散亡无存。续修府志之役，尚有待于来哲。

史事考论。先生治学注重考据，对岱宗史事及人物多有考辨，史事考有《泰安明代封建考》《岱岳镇考》《泰山香税考》《金开元寺考》《古今訾案》等文（惜除《封建考》外，余篇皆佚）。人物考证，已见于上述。先生还有志贯通诸家，理其学术脉络，著成泰山学术史。其在《岱臆》中云：“余欲草《岱下千年学术史》，自孙石两先生而下，至清嘉道之学术团体，而金元两代缺然不详，遂欲缩为五百年，自李还朴育英书院，宋青岩惜阴社、赵仁圃青岩书院，蒋大庆柳园，一一考叙，深憾于文献不足，著述既多不传，而荒山石刻又复罕存。惆怅岳灵，长恨今古！”此一鸿著亦未能最终完成，更属憾事。

最后附带介绍一下王氏父子的乡邦掌故著作。两先生于古代文献搜研之余，对乡邦近代史事，亦颇为留意，每有闻见，遽笔于册，保存了很多难得的资料。退轩先生之《退轩旧闻录》，分懿行、轶事、轶闻、列女、游宦、宦迹、岱侨、联语、笑语九篇，凡七十余则，于清末民初文坛逸闻、仕宦治迹、诗词联话皆有记述，如《安监就擒真相》记同治间大太监安德海在泰安被捕案，《冯汝骥》记民初臭名昭著的贪官冯汝骥宦泰劣迹，皆出亲身闻见。次通先生之《茹荠秘记》两卷，记七七事变至日军投降之泰安时事。作者自云：“余为是记，只就岱言，盖世界战争自有通史，国家于役亦具正史，此蕞尔野记，仅一方之杂录耳。如此则一邑变迁，浩劫大端，乌容不载，以备异日修方志者征文考献也哉。”所载如范明枢先生发动抗日救亡活动，国共两军之抗日斗争，红枪会之起，日军对泰安的经济掠夺，投敌伪官之丑态，迫害泰安教师之冤狱，莫不详实可信。而爱国热情，时时洋溢于笔墨之间，至今读之，犹觉感人肺腑。

四、简评

最后对王氏父子的研岱成就及意义，作一点简略的评价。

先说意义。两先生于风雨如晦之时，潜心于泰山文献的搜集研究，并非仅仅聊存掌故，以资谈助，而是借乡土史志来唤醒吾人爱乡爱国之情，所谓“风雨如磐暗故园”，寓鸡鸣不息之意。两先生此一深意，由范明枢先生揭橥于《重刊泰安州志序》中（州志为次通先生重刊），范序云：“窃尝读史，而慨然深思，以为古今世业，其伟大成就，未有不自承先锡类之一念，所发扬而光大者也。……中华凡有血气之民族，读此州志，感念吾民缔造此山河，筚路蓝缕，不知费若何辛苦……其有不悠然而兴，愤然而起者乎？顽夫廉，懦夫立。彼，丈夫也，我，丈夫也，吾何畏彼哉？……是则此州志之重刊，慨然想见古之豪杰，而继志述事，力量为大，岂仅曰征文考献而已哉！”两先生寓爱国教育于乡献研究之中，对今天仍大有资鉴意义。

从学术方面来说，两先生取得的成就亦是巨大的。盖泰山之学，虽源流甚长，但将其从掌故游记这种一般性记叙文字中脱离出来，使之成为学术研究，首推清初顾亭林，其以岱宗金石文献来考史补史，或以各史资料来论泰山风俗、宗教，都为后世泰山研究开启先河。此后《岱览》《泰山志》《泰山道里记》等书，无论资料还是研究，虽水平较高，但偏重于记叙山水，史料辑录与考订非其重点。真正承亭林学风，而对泰山（及泰安）文献史料进行全面整理与细致研究，两先生可谓导其先者。

今将两先生文献学成果作一粗略通计：辑录校订的泰山著述共五十余种，辑出专著书目（未见原书者）十余种，辑录零散诗文一千一百余篇（首），新发现金石百余通，乡贤生平资料近二百则。这百万言泰山资料，已是在当时条件下所能取得的最大成绩了。而两先生对这些资料的整理、校订、系年、考释，也为泰山文献的研究奠定了基石。故泰山文献史料之学，到两先生之时，可以脱离山志、方志的艺文之属，而成为泰山研究中的一门独立学问。

而且，两先生治岱献之方法，还给我们今天从事史料整理工作指出了一条可行途径。诸如乡献汇刊，次通先生在《丛书例言》中曾云：“泰山文献浩淼无垠，可考者且百八十余制，此特六之一耳。其他正待搜访，豫虽不敏，敢承先志，赓续网罗，一俟成编，用次前辑。”惜此番宏业未就，今天应补其缺憾，将《丛书》之遗珠，汇辑出版。至诗文整理方面，亦有必要在两先生抄存的基础上，编辑《全岱诗文》。而乡贤研究方面，至今尚属一个薄弱环节，很有必要进一步挖掘，编出新的年谱传记。

两先生研岱虽殚精竭虑，但限于当时之条件，加之次通先生英年早逝，未能通订全稿，故不可避免地在其著述中存在一二不足。概言之约有以下诸端：与资料搜集的丰硕成果相比，研究工作稍嫌孤弱；特别是未能在所挖掘资料的基础上，对泰山之历史或文化做出系统评说。另外，有的课题研究不够深入，个别考证存有疏漏，几种年谱尚不完备。这些，都有待于后来者的继续努力。

点校说明

一、关于版本

本书以曲阜师范大学图书馆1990年影印原稿本《岱粹抄存》与泰安市泰山区档案馆1992年影印王佛生先生抄本《岱粹抄存续编》为工作底本，并参考相关资料，加以标点、分段、校勘。

二、关于篇目、标题

1.原书目录中收录的篇目及其次序、标题、作者，有的与正文并不一致，一般以原书正文为准径改，特殊情况出校记。

2.原书重复收录的篇目，保留最早出现者并出校记。

3.原书收录的篇目，作者标为“前人”“下同”者，改为该篇作者姓名；篇目标题为“又”者，指与上一篇标题相同，改为该篇标题。择要出注。

4.原书未标作者或作者讹误的，今为补正。

5.原书仅个别作者标注时代，未标而可考者，今皆为补，以其文成稿时代或作者卒年时代为准，跨时代者择要说明。原书的篇目次序大体按照文体顺序编排，个别有所出入，为保留原书面貌，今仍其旧。

三、关于正文

1.原书正文有被原编者删节之处，一般不作增补。原文内引用他书中的文字内容，一般不作校改。

2.原书的缺文，原文一般标识为“□”或“缺”字小字形式，保留该形式，缺者为补；有时为“△”，属于署名标记，可知者改为其名。

3.原书明显的脱衍讹舛者，据参校资料增删改乙，校改之处，出校记。凡是非难辨者，悉仍其旧。凡原书不误而他本误者，一般不出校记。

4.《岱粹抄存续编》羼入部分无关文字，今予芟除，并在校记中说明。

5.原书的作者简介或编者按语，依样随文录入；本书校记、按语，以脚注形式添加于当页之下，所参文献一般于第一次出现时加注详细的版本信息（包括作者、书名、出版者、出版时间），再出现时即使用简称。

四、关于文字

1.原书系繁体，今将繁体字转换为规范简体字。繁简字对应关系，以教育部、国家语言文字工作委员会研制的《通用规范汉字表》（国务院2013年6月发布）和中国社会科学院语言研究所词典编辑室编《现代汉语词典》（商务印书馆2016年第7版）为准。

2.原书系手抄，异体字、俗字等情况较多，一般均以目前通行的规范字予以统一。有的异体字、俗字，在《现代汉语词典》中未收，参考《汉语大字典》《中华字海》《康熙字典》等权威工具书，转换为相应的规范字，一般不出校记。可能产生歧义或为保留原文风貌时，酌用繁体或异体。

3.人名、地名一般直接使用相应的规范简化字。有词典规定为人名、地名用字的，或非一对一关系的繁简字，酌用繁体或异体。人名如曹霑、毕昇、徐宗幹，萧启濬，锺惺，使用其中的“霑、昇、幹、濬、锺”；地名如“滦河”之“滦”。

4.原书中的古今字、通假字一般保留，易引起歧义者出校记。

5.非常显著的手抄错误，根据上下文可以断定是非者，如“己、已、巳”“戊、戍、戌”“圮、圯”等的混同之类，径改而不出校记。但遇有特殊情况，则不作统一，择要出校记。

6.全书用字力求统一。比如“于”和“於”，作为介词，意义无殊，统一为“于”。

7.原文避本朝名讳及家讳者，一般不改，择要出校。

8.原书中的小字，今采取小字下标的形式，在保留原书风格基础上，为做到全书统一格式，个别处径调。

五、关于标点

本次整理标点为主，校勘为辅。标点遵从中华人民共和国国家质量监督检验检疫总局、中国国家标准化管理委员会2011年12月30日发布，2012年6月1日实施的《标点符号用法》（GB/T 15834—2011）。

六、附记

因本书所用底本为影印手抄本，正编为楷书，续编则行书为主，夹杂草书，有些文字较难辨认，此类尽可能查证其所引出处，并求教方家学者，进行增补校正。比如《岱粹抄存续编》卷七明黄道周《登岱歌》"十六宅王谁为多"之"宅"与"徒与火齐金翅争权奇"之"火""金"等字，原书因草书难辨而或缺或误（"宅"原书缺，"火"误为"谷"，"金"误为"禽"），今皆据黄道周手写诗卷予以补改。

本书尽可能寻找原书所引古籍等资料，进行比对校勘。比如文中多篇出自家谱，今寻获泰安市档案局藏《张氏谱书》（清光绪本）、泰安市图书馆藏《贾氏族谱》（清嘉庆本）、泰山学院周郢藏《泰安赵氏家谱》（清光绪本）、《泰安范氏族谱》（民国二十年本）、《泰安徐氏族谱》（清刻本）、宋绪猛藏《泰山宋氏宗谱》（清咸丰本）以及泰安崔家庄严茂亭、严茂群家藏《泰安严氏族谱》（民国二十二年本）等，一一进行比对校正。又如碑文，尽量找到原碑或其拓片进行对校。比如岱庙藏金重修天封寺记碑、清双龙池碑，三阳观南道士林之明昝云山道士墓碑，清释元玉《石堂铭》，泰安第六中学内清重修泰安中学堂记碑等。

另外，原书为竖排方式，今改为横排。包括诗歌在内的具体排版方式由出版社负责。

限于水平，难免有错误疏漏，敬请读者指正。

齐焕美

2018年8月于泰山学院

目　录

卷二　记述

卷三　序跋

卷四 序跋 书牍 杂文

卷五 传状 事略 墓表

卷六 墓表 墓志铭 碑文

卷七 古近体诗 著述

卷八　选辑

岱粹抄存

上

〔清〕王价藩　辑录

原序

〔民国〕缪润绂[①]

戊午春，晤泰安建屏王君于城，娓娓作半日谈，如旧相识。越日，君出手录本一册编，属删定为弁言。受而读之，诗文各数十篇，则明嘉靖以逮时贤之作，率道扬境以内山川人物之盛美，为志乘所不载者也。君诚有心人哉！

夫言夏殷之礼，致慨于杞宋无征。昔先王知结绳不足言治，易以书契，故象取诸夬耳。乃祖龙一炬，群籍荡然。汉兴，书禁开，天禄、石渠不转眴彬彬称盛焉。方是时，壁藏者止传一伏生，然班《志》所收医卜种树外六百数十家，充栋汗牛，何若是之广且速也？史传秦坑儒，坑者不过四百人，诵习孔子各家言者，天下固无万数也。名山石室，抱残守缺之儒，法虽苛，又乌能遍及哉？

泰之为治，砺山带河，当南北之冲道，江浙、闽粤、燕蓟者所必经。使节往还供张，疲驿传比，以铁轨道通，局势又一变矣。然数典而称名胜者，必曰岱宗。又况柳下以次，六逸、三贤，流风未艾。后之人兴起感发，垂为著作，行诸咏歌者，何尝不声相属、趾相接也。特无人汇而存之，则飘风浮云，同归澌灭耳！自顷以还，学士大夫趣时近利，日以寄鞮象译之学相矜尚，驳驳乎服左衽而言侏㒧。语及诗古文辞，鲜不瞠目蹙频，刍狗贱之。君独搜采缀辑，孳孳矻矻，不遗余力，则又何耶？此可以识君子之用心矣。夫患至而为之防，礼失而求诸野，异日者剥极而复，征文考献者出，《岱史·艺文》一志，微斯集，吾谁与归？即藉以镜是邦之山川人物，掌视

① 缪润绂（1851—1939），原名裕绂，字东霖，号钓寒渔人，沈阳人。满族。该文成稿于1918年。

而眉灿焉，然后知抱遗订坠之为功也大矣！

书无名，姑命以《岱粹抄存》，可乎？顾见录者，诗文仅各数十篇，得无以拘墟目睫之见为君病，不知扩而言之，秘府收储犹有疏漏矣，取之宏，何如其择之精？矧以君之年，随采随录，又乌知夫月异而岁不同，篇帙之增，他日不更有进也？吾既嘉君之心苦而力专，盖重违其请，凌乱烦复者略为编次订正，以效壤流之一助。并出拙著，以供采择焉。王君[①]对乔岳之岩岩，汶水之汤汤，亦相视而目笑也夫。

旧历戊午年冬至前五日，沈阳缪润绂序于云在山庄之含光堂。

① “王君”下，原衍“王君”二字，径删。

卷一　记述

重修天封寺记

〔金〕党怀英

承直郎、应奉翰林文字、同知制诰，兼国史院编修官、云骑尉、赐绯鱼袋党怀英撰并书篆。①

泰安东南三十里，得故废县，曰古博城。在唐为乾封，宋开宝间，移治②岳祠下，居民从之，而县废焉。城西南隅，有寺号郭头，地故沮湿，诸僧乘其闲旷而迁之今地。祥符有事太③山，更以“天封”为额。季末丧乱，毁撤荡然，仅存其殿像。

皇朝既定山东，寺僧曰道先始还其下，结茅数楹，以奉香火。扫④除而修旧，起废之力未给也。皇统赐⑤度，而先之徒受具者凡七人，其名法越者，则先之上足也。先既老，乃以寺事付越主之。

越幼乐事佛，父母不能夺，听其出家。能攻苦食淡，以庄严作佛事，衣盂之资，一钱无所蓄。自其师时，日营月葺，积所得材，以为讲堂，为僧居，为厨库，与夫夏腊朝夕器用之宜有者悉备。既又以前殿规模故狭，

① 按：清程志隆修、李成鹏等纂《泰安县志》（乾隆二十五年刻本）卷十三《艺文三》收录此文，无此段。原碑立于金大定二十四年（1184），原立于泰安城东南旧县村天封寺院内，“文革”被砸，部分文字被毁。1978年移置岱庙，今立于岱庙碑廊。（参泰山风景名胜区管理委员会等编《泰山石刻大观》第八卷，线装书局，2002年版，第五四页）。

② 治，原作“置”，据原碑及《泰安县志》卷十三改。

③ 太，原碑及《泰安县志》卷十三作“泰”。

④ 扫，原碑及《泰安县志》卷十三作“埽”。埽，古同“扫”。

⑤ 赐，与原碑及《泰安县志》卷十三同。《泰山石刻大观》第八卷《重修天封寺记碑》录文作“锡”。

不足以称，乃更度为高广，尽撤其旧，并与像设皆新之。越既以淳质精苦为乡邻信向，凡杖锡所至，魔皆为檀，瑰章钜材，无不乐施。有资者助财，有力者致功，更舍所有不远而至者相属也。于是回檐四合，不日崇起，落成于明年。越属余妇翁石震抵书京师，求文以为记。

余昔家徂徕之下，而游于所谓天封寺①者旧矣。盖尝下第归过，而托宿焉，醉卧僧榻上。夜半，若有人掖余者三，且言曰："前路通矣，何为醉且眠？"殆梦而非梦也，寤而甚异之。是时独一老僧宿东庑下，诘旦，告以其故。老僧笑曰："是伽蓝神也。异时神甚灵，寺之僧童有不力者，神必以疾痛苦之，至悔谢乃已。间亦警人以来事。子其或者为神警乎？审如神言，子固非久滞者，行矣，勉之。"余亦漠然未之信也。其后余登科第②，始记神言有征，欲书其事于石，以答神意，盖久而不果。今幸得以附见于记，其尚何辞？故书以遗之。又并告之曰："凡有为之法，其废兴成坏，固自有数。然其兴而成之，则必在人。今越之于兹缘，用心既专，致力既勤，故能废者复兴，而坏者复成。盖专则一，勤则精，精一而可以入道，况其余乎？诚进而不已，其于道未可量也。后之人能如越③之专且勤，守其已成而无使弊坏，则善矣！不然，其不为神所苦者幸焉，况其道乎？呜呼！佛之所以为佛，亦曰精进而已哉。"

殿之役始于大定十七年夏，而成于十八年之秋，像之工④则复七年而后毕焉。助缘□力者，乡人李元、王桐、王法、景云、越族徐氏，盖其里人也。⑤

① 寺，原碑及《泰安县志》卷十三无。
② 第，与《泰安县志》卷十三同。原碑作"弟"。
③ 越，与原碑同。《泰安县志》卷十三作"是"。
④ 工，与原碑及《泰安县志》卷十三同。《泰山石刻大观》第八卷录文作"功"。
⑤ 原碑末署："二十四年冬十有一月初三日记。住□僧法越立石。侯辉刻。"《泰安县志》卷十三文末仅有"二十四年冬十有一月初三日记"。

重修真武祠碑记

〔明〕宋焘

真武者，北极佑圣真君也。真武本玄武，玄，龟也；武，蛇也。为北方七宿危虚，星形似之，故因名焉。宋真宗道教避圣祖讳，易玄为真，则真武之号自宋始。今乃像真武，而龟蛇其下，不亦谬乎？至《图志》所云：“靖乐之储，神灵猛健，志除邪魔，紫虚授诀，天神赐剑。炼成飞升，受命北镇，皂纛玄旗，统摄玄武之位。”此妄幻不经，存而不论。但我高皇定鼎，神多阴佑，文皇靖难，神有显相，故立庙鸡鸣，辟宫武当，春秋遣祭，载在祀典，则真武之为灵昭昭也。

安驾庄坎方，旧有真武祠，创于正德之改元。积以伏腊，摧以风雨，周垣既颓，黄冠不留。市徒聚以搏卢，群丐熏以烟火，神綦恫矣！居民武氏捐资新之，阔其栋宇，严其法相，朱门丹壁，焕然改观。庶可以妥灵爽乎？虽然，神依人耳，捧土刻木，丹垩之，金碧之，始而假手，继而乞灵。则土木灵耶？抑有所以灵之者耶？吾心固自有真武善淫之鉴也，祸福之的也，鬼神之电也。人能奉吾真武，以奉真武，则如在矣。

先是武氏辛卯建真武阁，甲辰建观音阁，而是役又成。且施地若干以为香火之资，荐于神哉。武氏名世凤，字文通，号东溪，盖里之醇谨潜□不愧心神者。故为此语志之。

创建祠堂记

〔明〕范希贤

诗曰：“明发不昧。”又曰：“永言孝思。”隆报本也。我范氏家世岱宗，其高曾以上，邈难仪图。贤甫龆龀，时犹及见先大父，以耕为业，谦谨仁恕。余先君习博士业，由庠彦入太学，任陇西主簿，历视三篆。有启贤与希颜，读父书，俱游郡庠，贤滥竽缙绅列。若子侄，若孙曾，冠裳济济，四世蝉联，瓜瓞绳绳，五代环烈。非徼贶先人不及此。昊天罔极，可忘报乎？

于是，既修谱牒竣，爰为妥先灵计，不惮拮据，庀材鸠工，创祠堂三楹于寝东，用以岁时肸蚃，聊答宗功祖德于万一。儿孙辈又旁置一室，肖余小像，俾后世晓然知报本之诚自我托始，睹之者能不触乃祖而兴思乎？然堂建矣，倘粢盛无所自出，何以垂永久？乃设祭田十七亩于墓侧，营市肆四楹、茅屋四楹于堂前后，以所得租少，通以子母，按时供堂祭、墓祭之用，亦庶几不至以面代牲矣。且以其饶余，补坟墓之缺坏，葺祠堂之圮泐，济族姓之婚丧，亦足以见孝思之不匮矣。虽然，创之者贤，而成之者不无望于后人也。倘不肖辈，以俎豆森严之地，为飞觞谑浪之场，以祖宗陟降之区，为室家栖息之所，亦重负创者意矣。故存街南祖宅一区，令承祧者递世守之勿坠。

呜呼！贤怀尊祖敬宗之忱，以展吾崇功报德之志。思前人之未作者，余任创始之劳。又虑后人之废坠也，余垂谆切之诫。后之承祧者，母[①]分析，母典卖，世世相传，以承祭祀，小宗不得干与焉。岂惟余之孝思光即穆穆，先灵实嘉赖之已。

斯堂也，创始于万历庚申，落成于天启辛酉。

① 母，“毋”的古字。

纯孝鸿胪公生祠像记

〔明〕范广

广九龄时，先大人捐馆舍，母子伶仃，岌岌危甚。先大父陇西公恒虑之，然年已逾耋矣，莫克抚训，每悒悒不乐。即我世父今鸿胪公承欢备至，而呻吟之状，实未尝去怀抱也。我世父仰体厥志，抚广如已子，辄以元宗期之，一切提携保护，靡所弗至。既就外傅，不惮束脩铅椠之费，且时躬为督课，多方丞[①]陶，蕲底于成人列。及甫为诸生，而陇西公溘然即世矣。当易箦时，犹念广学业未成，而以意默属我世父。我世父默领之，胤是教育倍殷，毫无倦念。虑我孀母之冻馁累吾学也，为之曲赡济；虑农事之作苦荒吾学也，为之代耔耘；虑租赋之追呼勊[②]吾学也，为之办输将。举凡婚姻帮补以迨历试斧资，咸取给焉。戊午，计偕上公车，罔使闻知，鸠工庀材，厅事并堂厨焕然鼎新。今年春，叨上命，旌表母节，坊资苦不给，几中止。我世父罄力成之，皆自为营度，省试不以为烦。

欷歔哉！世有体恤之周、惠养之实、曲成之至、仰承先志、俯育遗孤如我世父者哉？扬雄曰："孝莫大于宁亲。"董仲舒曰："父之所生，其子长之，所长养之，所养成之，如《诗》所称不匮之孝。"我世父其庶几与？

呜呼！生成大德，天高地厚。非世父何以有今日？今日即捐糜，何以报世父也？愧刖余未能邀一命、抟升斗，以答罔极，而去日长矣！曷以为情？因谋诸长兄爱、众兄应与围，欲建祠设像，用志不忘。兄佥雅有同志焉，于是依新创家庙左，别构一堂，中塑以像，塑工攦指谢弗肖。广乃中夜仪图，恍然有得，厥明即从事，不觉手若为应，已而窃视之，宛然如生。远近来观者堂外履几满，咸称曰"肖"。二三乡绅先生相属而谓曰："子

① 丞，原作"丞"，同"丞"。义为辅佐，辅助。

② 勊，疑为"勀（kè）"之误，古同"剋"，"约束"义。

其顾虎头耶？令人观厥像，骤望之而肃然穆然，徐挹之而夔夔然，煦煦然，且栩栩焉，子洵传神手耶？”然实非技至此也，抑精诚一念之所结耳。语云：“思之思之，神将通之。”即优孟亦可为叔敖，况竭日夜之力，须眉间依稀觉生动，何足多也？盖亦借此以传不朽，俾世世肸蚃之，俨然亲炙，不庸念于想居处、思笑语，茫茫泡影之莫可仿佛者乎。且也我世父之像世世在，则世父之精神亦世世在。将今后嗣辈，佚荡者顾乃祖之肃然，未必不格而端恪；诪张者顾乃祖之穆然，未必不格而醇笃；悖鳌者顾乃祖之夔夔，未必不格而承顺；虚憍者顾乃祖之煦煦，未必不格而冲夷；即走俗缘如骛自戕其性者，顾乃祖之栩栩道骨仙风，有不洒然涤虑脱凡，近而游大道乎？此不第世父之精神托厥像以不朽，即世父贻范淑人之志亦托厥像以不朽已。来者幸毋以像视像云。像成，适届世父悬弧期，乃天启改元辛酉五月之十有二日也。

蒙难纪事

〔明〕赵宏文

崇祯癸未，余以行人奉命，有事鲁藩。役竣过里，闻闯贼逆行而东，浸绝行旅。望长安千里，逡逡不能前。

甲申三月，贼声益剧，邸报断绝。四月，伪官布满山以东矣。念五日，伪防御乃至岱。仇雠在眼，势难共生；散局孤臣，呼号莫应。而荐绅巨室，拘系周内，无得脱者。先宦子若孙皆按祖父爵级，征累万千，有贫而丐几委瘠矣，亦弗克免。且剥及里甲鸡犬，攫良民妇女、娈童供贼欢淫，多以窘辱死。瓦解愚民，始憬然贼之暴，谓先声尽假仁也。余乃密结忠义绅士，擒逆伪，数其罪，磔之于市，遂传檄邻邑，期共荡妖氛，复厥同仇。时五月三日也。

四月寅刻，贼将军郭昇侦者十余骑至，复擒斩之。卯刻，贼大集，四面绕城数匝，各殊死攻。余分地南城，自卯至酉，击杀数千计，贼为震却。乃火延药楼，飚风大作，北门不守，坚城竟挫。天乎？数耶？余被执。郭迫胁降余，余抗辨[1]不屈。复缚余弟贡士圣文来前，拷掠备至，又不屈，始械系我矣。七日，与萧锦衣启濬同缚而东。圣文呼骂不绝，贼怒断其舌，犹瞋目吧呀作詈声。遂遇害于郭东，而以元首行。是日抵莱芜。

郭贼令同缚者暴于庭，以示莱人。又持传檄掷于前，令余读之自责。余曰："成败不足定人，读此何益？将军轨仪不似起绿林者，曾读《张睢阳传》否？"郭遂语塞。时有莱芜人苏十等，夜入贼营，窃圣文首，送还得完葬。

九日，至颜神镇，巨练系余颈，载以驽马敝鞍，贼卒交逐策之，踯踔而前，于万马怒跃中，尽日而后止。余时六日不食，髀肉尽销，气息如缕，每饮水尽一碗，则腹水作空器中响。

十日，复逼余乘，余以头抢地，愿作马足下尘也，而不可得。过此而淄川，而邹平，而长山，而章邱，累以语言激贼，又不见杀。

十四日，至龙山驿。日方申，始从难民口闻先帝上宾，与锦衣哭失声。时萧病痁不能兴，余窃睨监卒淬刀甚利，乘其出，题绝命词于壁，攫刀自刭。晕昏中，如闻木石上格格声，闷而仆矣，追暮始苏。群卒环守，惊怪噪骂，有泣下者，视刀刃卷缺，皆大惊。有伪中军张国勋者，得其情，咨嗟久之，似甚相怜。余张目仰告曰："人以幸生为德，我以蚤毙为幸。将军曷速死我！"张曰："何为至此？"饬监视诸卒易善马，加裀褥，谨善视之。

诘朝至济南，省会之民知余系至，为乞宥者数十百人。余邻杨文化，素无壶飧之雅，亦倡数十人，走三百里，为余丐命。而布衣侠许氏濯者，莱人也，阴募壮士二人，潜随至济，将以归吾骨。见贼久无杀余意，乃还。

---

① 辨，通"辩"。

嗟乎！余身为虏矣，亡无日矣，人何内于我？我何要于人？乃舍生为乞贷保护于贼势炽张、修途梗塞之日，且出于非识面、非久要之人，尤难之难、义之义者。余何修而得此哉？

念六日，闻逆闯为天兵歼灭，郭贼乃进余曰："若辈知不死之故乎？若前语我数言，皆大有理，为若心折。"因述余前言，不讹一字。对左右曰："此真忠臣也！"又嘘嗟谓余曰："我亦潼关参将也。关失守，犹手刃二十二人。闯王苦不见杀，縻以富贵，乃至今日，闯王安在？富贵安在？此骨不知抛掷何所！"语言激愤，须眉怒张。顾张中军曰："为我饯二宦。"张乃盛为供张[1]，自起击筑行酒，慷慨悲歌，泣数行下。忽与群贼蜂拥去，委我两人于公署也。

乡人舁余还里。里墟矣！家具空矣！群妾祝发矣！而孑遗之妇子，见余龙钟佝偻、伶仃黎黑之状，不复相识，审视之，乃大叫仆绝也。至今回首，犹有余痛。昔人谓"夜阑更秉烛，相对如梦寐"，真为余写生矣！时泰山无主，复有推余首事者。挥手曰："此非吾事也。"刀锯残躯，已决计偕谭子孔教、李子玥[2]匿迹石子涧中耳。乃作书与故人决，其略曰："阳九百六，嗟遭逢之不时；万死一生，怅眠息之无味。魂惊白刃，梦醒黄粱。支离病骨堪怜，肮脏雄心俱冷。登山蹈海，聊收无用之身；浴日回天，全仗大贤之手。长辞宗国，惓怀故人。迟迟吾行，遥遥陨涕。"

七月，少司农王公鳌永、大中丞方公大猷、直指朱公朗镕、监军张公安豫，相次招余山中，反复开谕曰："子之为先帝者，亦大略可睹矣。逆闯小丑，沦陷宗社，中原臣子无能一矢相加遗，而新朝代雪不共之仇，普天共戴。且子之身、子妻子之身、宗族党闾之身不死者，伊谁之力？岂得恋芝薇之采，忘葵藿之向乎？"余怃然为间，时金创不良于行，调护者七

① 张，《泰安赵氏家谱》（2013年影印光绪三十二年敦睦堂木版印本，第一〇〇页）卷十四《蒙难记事》作"帐"。

② 玥，《泰安赵氏家谱》卷十四作"珇"。

阅月。

逾岁乙酉，始克赴阙叩恩。实欲乞反初服，不意陛下误采群臣之言，拔之侍从之列。庸碌小臣，何以图报称乎？追次往事，盖痛定思痛耳！至于同难诸友，其苦其烈，有倍于余兄弟者，载各台荐疏中，不及致详云。

赵子曰：“生死之际，岂非天哉？当诛伪城守时，宁复知有生哉？六日弗食不死，万马践履不死，自刭刀缺又不死，以此知求死者不必得死，而求生者亦未必得生也。故以告后之君子，忠义所在，妖寿勿贰可矣！”

右文因关于本境掌故，故录而存之。至此公之出处当理与否，想明理之君子自有确论也，固无待余多赘云。建屏附志。

石堂八散人记康熙庚申

〔清〕张四教山西督学使

八散人者，三释五儒也。三释者，一传释迦心宗七十世，今岱岳阐化大士，字祖珍师也；一字象乾，一字岳止，徒也，又俱石堂主人，皆出世之高流也。五儒者，一州广文先生圣裔孔君字璧六，一缙绅范君字靖赤，一文学张君字方平，皆圣门贤者也；一淮叟江君字山民，一越叟赵君字临若，皆博学鸿才，亦圣门耆宿也。

此八人者，齿不同也，地不同也，业不同也，贫富不同也，而其心则同也。其心何以同也？同其正直和平也，同其清洁温雅也，同其潇洒朴略，而犹一烟霞之骨、山水之癖也。所以，此八人者，三日不见，则如有所失，三日不游，则郁郁不乐。三衲居山中，去城五里许。此五君者每相聚谈，及石堂，则足栩栩然而欲动，身飘飘然而欲仙，不计时之蚤暮，腹之虚实，辄同往访焉。至则剥芋煨枣，烹雪煮云。或坐竹阴，或立松畔，或咿唔于菊圃之侧，或逍遥于莲池之上。远而望之，不啻画图中神仙焉。亦可谓善享清净之福，而不以外物动其心者矣！

窃叹天下事，怪怪奇奇，何所不有？有父子兄弟而相争者矣，有邻里乡党而相仇者矣，此岂有他故哉？知有我而已矣。又岂知我之非我也耶？又岂知彼之非彼也耶？天下本无事，奈何以此不平之心，而扰乱争斗于其间，至死而不悔也哉？若此八人者，无怨无恶，不忮不求，释忘其为释，儒忘其为儒，贫忘其为贫，富忘其为富，思即见，见即喜，光明正大，表里如一。虽父子兄弟，何以过焉？虽邻里乡党，何以加焉？况父子兄弟、邻里乡党，犹有不及者乎。熙熙皞皞，乐尧天而歌舜日，谈农桑而话诗书，虽商山之四皓、竹林之七贤，又何以远过于此哉？

余闻其人而羡焉，又恐其久而忘之也，乃为之记。康熙庚申夏，山西督学使者张四教道一氏撰。

石堂记丙辰年酉月中秋

〔清〕吴云

石堂在泰山之西，普照寺之东，汉峰之下，书涧之邻。吾友古翁引流凿池，植莲莳竹，以为自乐之地。由东而上，则有石梯[①]、石航、石屏、石廊。由西而上，则有石门、石壁、石盘、石砌。南以望若缘梯，而北以视若建瓴。每一池则间一台，一台则又间一池。环池皆峰，独虚其南。一面以望远山，凡岩云之出入，村烟之往还，林禽之语默，四时万物不一其状者，皆于此堂而收之。翁之所至必吟咏，吟咏或不及索笔纸，即取藤刺代管，以书竹粉之上。花放坐花阴，倚柳为几，藉草为茵，若欲与花语者。当是时，石堂乐矣！

① 梯，原作“稊”，据清释元玉（祖珍）撰《石堂集》（清道光十年徐宗幹重订刻本）改。

然而泰山之上，有一至不乐之事，欲与石堂言也。岁祷岳者，或数百万人，或数十万人，或数万人，争道排挤，时至于毙。且有高崖谓之舍身，深炉谓之火池，而愚民无知，岁必多自投于壁立之下、火聚之中，且每岁不能止焉。可若何？念及此，忍独乐哉？为今之计，莫若于通岩之地，坚筑丈高之垣，使不得往；于焚钱之炉，细开受楮之穴，使不得入。定例各省，分月而祷，无同时；新、旧、后各盘，分道而上，无同途；至两门，点名鱼贯而进，必左出右入，无同行，使不得挤。若是者，民命其稍救乎？然后为吾党之至乐也。

且不特此，投书涧即授经台、读书台，乃胡安定、孙泰山、石徂徕三先生讲习之处，即所称岱麓书院者，今圮矣，惟有寒烟蔓草在于其上。吾邑邹颖泉先生为山东学使者时，尝崇祀镌石表之。今亦愿吾古翁护于其地，无使后人侵削，以待将来之复建也。则又吾党之至乐也。

吾知古翁俱有意者，不然，元次山泛石湖，泛之而已矣；陆龟蒙爱石庄，爱之而已矣；米元章拜石丈，拜之而已矣，岂吾望泰山石之意哉？古翁曰："美哉言乎！幸即序之以为记，而又为泰山之数事券。予一人岂忍独乐哉？"乃书其语于石堂壁上。辰年酉月中秋日，豫章吴云记。

石堂记[①]

〔清〕徐宗幹

石堂，古翁禅师所居也。师名元玉，又号祖珍。康熙年间居此，与江山民、孔璧六、张方平诸君莳荷种菊，诗酒徜徉，为泰山散人。著有《石

① 该篇与《岱粹抄存续编》以下或简称《续编》卷四清徐宗幹《石堂题壁》当为一源，文字大同小异。

堂集》《金台随笔》等书。所作文词皆粹然儒者之言，且于居心行政讲论切中利弊，法语可传。《石堂集》全刻犹存，蒋芝田广文读书寺中，时复为校订无缺。又见《菊花百韵》，及手批江山民[①]《梅花诗》各册，朱墨点窜，古香盎然。又得小影一幅，自题云："生我者天地，成我者尼父，知我者[②]释迦，且道我是谁？善财参遍处，黑豆未生芽。"

寺后即为石堂，堂西有眺远台，台右为翠屏石，南为振铎石，东为慈航石，皆师所题刻，残缺不可读。师葬于石堂之东。摩挲塔铭称：师生于前明崇祯戊辰七夕日，卒于康熙乙亥二月十九日。集中称其母氏居，兄衍侄奚，卒未详其名氏[③]。观所作《三教图歌》云："释迦不是瞿昙氏，振振姓共汉相如。"复证以塔铭，乃知师为江南通州马氏子云。

乡后学徐宗幹识。

试院补植一松记

〔清〕蒋予林

凡物有无兴废之数，必有循其名而责其实者。始之终之，乃能绵延悠远于弥穷。汶阳试院后堂，有七柏一松轩，额为学使赵公所题，兼系以跋，刻石壁间，用志松所自有。

岁在丁巳，余试童子于此。时值春和，坐荫层翠间，所谓松者，已萎落无存。摩挲旧石，不胜名留实亡之慨。夫封植嘉树，宰之责也。今方伯

① 《石堂集》（道光十年徐宗幹重订刻本）"江山民"后有小字："名天玙，淮阴人。"原书卷五清赵国麟《外祖江山名先生配黄孺人墓表》曰："先生讳天屿，字山名，号希翁，江南淮阴人。"

② 者，原缺，据《石堂集》补。

③ 氏，原作"世"，据《石堂集》改。

康公植柏于岱以万计，余力有未逮，不能为创，而能为因。亟择其奇者一本，补植向所，使还旧观。松高可八尺，孤秀具虬龙势，异日干霄拂云，材成桢干，余与有微劳焉。亦有举莫敢废之意云尔，遂勒石志之。时嘉庆二年暮春记。

游泰山记

〔清〕万卓南园 武进

泰山之高峻，不可猝上，自卑而登，渐进斯至焉。

其始至曰红门，曰万仙楼，坡平径坦，篮舆直前，如履平地。次至壶天阁、回马岭，草木葱郁，山石峭立，路渐险，境渐幽。行至金星亭、二虎庙、水帘洞，盘路高下，水声潺潺，遥望山颠，不可几及。仆人曰："半途矣。"崎岖足倦，几废然而返。弱者多葸，强者奋焉。乃登朝阳洞，憩山寺少息。历五松坊，瞻对松山。石壁插天，中通一径，荫以丛松，缀以萱草、夜合诸卉，是山灵聚精会神、引人入胜之处。力疲心往，自不能已，敛气徐步，顾盼奥异。烟云萦绕，直向天门，以造其极，奇险之后，归于平易。从容旷览，其胜者碧霞宫、乾坤亭、玉皇顶。拨云见天，众山皆小，爽心豁目，俯仰自如。艰苦之积，真乐生焉。

由此观之，循序则进，畏难则沮，自安卑迩，曷见高远？此泰山正脉，中道无歧。其他涧谷，松奇石怪，亦自成一境，卒无大道以达于泰山之颠，小景可观，一望无余，别无深趣也。

余宦游十数年，所过名胜，指不胜屈，登泰山而恍然于学问之道焉，故叙而记之。

青岩书院宋先生祠堂记

〔清〕赵国麟

士君子立身大节，首以出处进退为重。古圣贤兢兢于难进易退之守，非必其君之不我用也。即时方信任而苟义不可留，不难洁身以求去，一旦得，萧然远引矣。又未尝置其君于度外，而当事关民社之重者，每不避患难而力争于去国之日。至于疏远谴呵而不以为怨，其忠君爱国之诚，时形于咨嗟叹息之余，虽没齿而不忘焉。彼岂以一退而为高哉？盖立身之节与爱君之心，固并行而不悖者也。

吾邑宋绎田先生，登巍科，入翰林，持绣斧，督学政，其遇可谓荣，其得君可谓专矣。一旦兴思泰山，疏三上而得请，未中途而陈谏，遭贬黜以归里，至属纩而念君。先生曾不知逢君之可固宠，巧宦[①]之可肥家，乃视富贵若将浼，而恶而逃之欤？又曾不知事外可以谢责，适志可以忘君，乃批逆鳞而不顾，虽濒死而犹未悔欤？吾尝论先生之世，而有以知先生之志节，不独超乎世俗之上，实跻于圣贤之列矣！夫神庙之世，其君为何如君，其政为何如政乎？立乎朝而志不伸，固不当一日安身显荣之中。然食其禄而恝然以去，视君政之得失，若越人视秦人之肥瘠，是又与于役志于富贵之甚者矣，君子不忍为也。以斯义而揆先生，所谓进不移其所守，退不忘其所志，皎然而不欺，皭然而不缁[②]，皓皓乎争光日月，宜其崇祀乡贤，血食与大圣人同不朽也。

麟[③]生也晚，不获亲炙先生之光，然幸居同里，世为姻好。麟之女弟

---

① 宦，与清程志隆修、李成鹏等纂《泰安县志》（清乾隆二十五年刻本）卷十三《艺文四》同；清黄钤修、萧儒林等纂《泰安县志》（清乾隆四十七年刻本）卷十二《艺文三》作“臣”。

② 缁，《泰安县志》（清乾隆二十五年刻本、清乾隆四十七年刻本）作“滋”。

③ 麟，原文为△，为作者自署名之标记，今据《泰安县志》（清乾隆二十五年刻本、清乾隆四十七年刻本）补。

适先生之曾孙汉池，先生之元孙桢尝从余游，因得[1]先生之遗书而读之。钦慕私淑，亦既有年。康熙戊子，麟有兴复泰山书院之志，而遗址不可复得，因暂假先生青岩居旧馆，建讲堂及书舍数椽，以为从游肄业之所。颜曰“青岩义社”，不敢僭泰山书院之名，且以存先生之旧也。

越甲午，大中丞蒋公政敦大体，雅意作人，闻麟斯举，乐助其成，捐俸百金，增修[2]书室，赐名曰“青岩书院”。余因谓宋氏曰：“向余之暂假青岩者，一时之私志，今日之举，百世不朽之规矣。请受直[3]。”汉池与桢佥曰：“中丞之盛举，先生之大业，皆先君子之素志也。予后人不能成其德，实滋愧矣。敢不继而述之乎？愿以此地永为书院基，但存青岩名足矣。”

余乃谋于同人曰：“吾侪居先生之馆，读先生之书，沐先生之泽，而不报先生之德，可乎？请以讲堂西偏正室三楹，奉先生主而祀之。书院不朽，先生之祀亦与为不朽，庶可报先生之德，而有以成其后人之志乎！”同人曰：“善。”因勒其事于石，而陷于祠之西壁，俾后人得以考焉。至于先生之高节姱行，见于传者详矣，余特论其出处之大者，以明崇祀之实，且使吾党之士欲为圣贤之徒者，得有所观感而兴起焉[4]。是为记。

---

① 《泰安县志》（清乾隆二十五年刻本、清乾隆四十七年刻本）“得”后有“尽取”二字。

② 修，原作“旧”，据《泰安县志》（清乾隆二十五年刻本、清乾隆四十七年刻本）改。

③ 受直，原缺，据《泰安县志》（清乾隆二十五年刻本、清乾隆四十七年刻本）补。

④ 焉，《泰安县志》（清乾隆二十五年刻本、清乾隆四十七年刻本）作“也”。

泰山刺史徐公大佛寺捐俸置田碑记[1]

〔清〕赵国麟

昔文王泽枯骨，武王扇暍人，古之圣贤，发政施仁，其宏纲大纪，固无所不尽，而纤微委曲，随感而应者，又未尝不旁皇周浃，涵濡一世于无已。是以其德被寰区，泽流后世，传之永永而不替。

今我山阴徐公之莅岱也，宽仁慈惠，忠信明恕，敦教化，育人才，绥上下，禁奸宄，恤孤茕，立纲陈纪，敦信明义。五年于兹，凡有益于岱者无不举，有损于岱者无不革。兹于大佛寺捐俸置田十亩，为僧冬日施汤、夏日施水之资。盖寺创于前任，未竟厥功，公踵成之。然后四方往来者，咸得避寒暑之酷，沾润泽之惠。夫佛法以济世为心，而因果报应之说，每为吾儒所不取。至吾儒之所以治天下者，其功至于位天地，育万物，鸟兽草木，无不咸若，然后知真能济世者，惟吾儒为极至。而佛氏者，不过得吾儒济世之余波焉耳。

公以吾儒济世者，大其广被之仁，而复以绪余寄诸佛氏，以旁皇周浃之。吾知公虽不以因果报应之说动其心，而积善余庆，天道福有德，此固吾儒可必之理，而非佛氏虚诞之说也。今公内擢矣，异日者，公食莅岱之报，由此而节钺，而台辅，吾愿公仍本莅岱者莅天下，以充济世之量可也。

因寺僧众之请，为记其事，付之以刻诸石。

---

① 碑记，原目录无“碑”字。

始建泰安府试院碑记乾隆十九年[1]

〔清〕颜希深

在昔泰安为直隶州，属邑则有新泰、莱芜、肥城，州制以未建试院，士届岁科试，咸就校于济南，所从来久远。皇上御极之元年，始增设首县附郭，割接壤之东平州，及所辖东阿、平阴，并原隶属邑，共七州县，改为府治。一切章程，俱更定如他郡制。惟校士之馆役甚巨，而费亦繁，尚未遑为所当为。故岁科试生童，仍檄赴济南就校。前守宋公谔、泰安前令周君藩，曾以绅士请建试院具详，寻值岁歉而止。

癸酉夏，余奉命来典兹郡。见岱宗耸秀，具峨峨嶪嶪之观；汶水腾波，积汗汗洄洄之势。缅维先哲，辉映山川。圣朝雅化，涵煦迄今，百有余载。阖属人文蔚起，云布而星陈。每届岁科，统计文武应试者，几及万人。若仍就校济南，不惟跋涉多艰，兼于体制未协。余乃参稽积牍，质之牧令。诸君佥曰："绅士之请建试院者，已历有年所，且皆愿捐己资，不费公帑，但未得所以为之倡率耳。"爰以绅士意，申之各宪，旋共诸君捐清俸为之倡。而绅士之乐输者，皆渐次报有成数。遂筮吉于春二月正方辨位，鸠工庀材。其役则饬平阴尉姚秀元董之，而其事则遴绅士宋为熙、徐孔柱、韩承先、张朔、赵文龙、张元瀗分理之。基植于城之东北隅，南北长五十三丈，东西广二十四丈，共得地二十一亩二分。中建堂五楹，堂之前，东、西为号，各长十七丈，深三丈，骰列号板三行，每行十二号，共号壹千二百有奇。堂之后，莅事有室，栖客有庐，凡官廨应有之舍，靡不毕具。门外设隐壁，东西置辕门，树以栅栏，而总缭垣以樊之，丹雘黝垩，悉中

[1]《泰安县志》（清乾隆二十五年刻本）卷十三收颜希深《创建试院碑记》，文末署"乾隆十九年十月"；清颜希深、成城等纂《泰安府志》（清乾隆二十五年刻本）卷二十六《艺文七》收颜希深《新建泰安府试院碑记》。二者与该篇文字皆有所不同，此处不再一一出校。

轨绳。阅八月，而诸工以竣。

夫泰安固齐鲁间一大都会也，逵通南北，壤错济兖，轺车之所辐辏，文献之所荟蕞。士生其间者，孕毓山灵，沾濡帝泽，优游乎礼义之乡，矜奋为邦家之彦，发轫黉宫，蜚英阆苑。则试院之建，即以为多士昂霄之初步也。可宁仅竹苞松茂、壮一郡之观瞻已哉？抑余于此窃有幸也。

泰安自州改府，已逾十数寒暑，即议建试院，亦越四三年。前之人或履其任而不及为，或限于力而为之不果。余乃与诸牧令会逢其适，乘天时之顺叙，循地脉之蜿蟺，财无虞漏卮，工不烦鼛鼓。一旦而为所当为，得如他郡规制，虽不足仰酬当宁覃敷至意，暨各宪乐育殷怀，而揆之郡人士斐然向风之忱，庶可藉口以告厥成事云尔。用缀端末于石，俾后之官斯土者有考焉。

重修和圣祠碑记乾隆五十四年[1]

〔清〕宋思仁郡守

和圣祠在泰郡东隅，历岁已[2]久，自乾隆十九年雁门冯君光宿修后，迄今三十六载[3]矣。兹值秋祭[4]，瞻拜之余[5]，目击颓垣摧栋，几至风雨不蔽，此守土者之耻也。爰分廉俸，谋诸邑宰嵇君承群，亦欣然乐举其事，县尉张君廷模复襄助之。遂庀材鸠工，越半月而落成焉。

窃思和圣之仕于春秋时也，直以维风，慈以惠众，所谓鄙夫宽、薄夫

① 此篇又见于清宋思仁撰《泰山述记》（清乾隆五十五年泰安县署刻本）卷九，标题为《重修和圣祠记》，文字略有不同，不同之处出校。

② 已，《泰山述记》卷九《重修和圣祠记》作“既”。

③ 载，《泰山述记》卷九《重修和圣祠记》作“年”。

④ 祭，原作“季”，据《泰山述记》卷九《重修和圣祠记》改。

⑤ 余，《泰山述记》卷九《重修和圣祠记》作“下”。

敦者，千载而下，可[①]想[②]其风采矣。其言行之传于后世者，经传载之甚详，兹不具论。思仁幸际圣明，守官斯[③]土，瞻俎豆之馨香，俨声灵之宛在，怒焉私淑之心，盖有徬徨[④]不忍去者，是为记。

乾隆五十四年己酉，郡守古吴宋思仁撰。[⑤]

重修城隍庙碑记乾隆五十三年

〔清〕宋思仁

城隍庙之设，曷昉乎尔？昉乎周制。建官设都，先立城隍庙，后代因之，而增祀焉。是隆保障之意欤？泰安自宋开宝间，移治于岱岳之麓，神庙并建。迨我朝雍正十有三年，升州为府，而庙貌亦式廓焉。迄今越五十年矣。古屋龙蛇，悉皆剥落。

戊申春，予奉命守土，瞻拜之下，即慨然而欲新之。适夏初云汉为忧，大中丞觉罗长公亲步祷于岱顶，余率首邑稽令等，祈于神庙。不数日甘霖大沛，郡属邑无弗沾溉。自此五风十雨，百室盈而妇子宁，神贶实多焉。

顾粉墙丹垩，光彩暗然，鬼物图画，青红不饰，其何以报神惠而妥神灵乎？余因倡捐廉俸，七属宰牧亦各欣然捐资。自七月鸠工，至九月告竣，仍规模之旧而聿新之，遂焕然改观，秩然有耀焉。

夫朝廷设官，以治斯民，又建庙而列于祀，岂徒肃耳目之观瞻已哉？盖以幽明协赞，和气熏蒸，雨旸时若，玉烛岁调，永襄太平之盛焉耳！即

---

① 《泰山述记》卷九《重修和圣祠记》“可”前有“犹”。
② 《泰山述记》卷九《重修和圣祠记》“想”后有“见”。
③ 斯,《泰山述记》卷九《重修和圣祠记》作“兹”。
④ 《泰山述记》卷九《重修和圣祠记》“徨”后有“而”。
⑤ 《泰山述记》卷九《重修和圣祠记》此句无。

偶有旱涝，悉赖默佑之挽。如今之将旱也，即沛以甘霖，将歉也，旋转为丰豫，非神庇之功乎？官斯土者，愧无以召征祥，使吾民无灾祲之忧，惟仰荷神功之赫濯，而永托阴为呵护。则兹之丹漆晃曜，神宁于上，斯民安于下矣。继自今邀灵贶者，将无涯际已乎！是为记。

新建观音堂后亭记

〔清〕吕克仁

岁戊申，峋峪村昭武大夫云麾使景山贾君馆余于其家，俾仲、季二子及其孙从余学。弦诵之暇，每相随出游。于村之西南，则南泉寺，于村之北，则观音堂。是堂也，据村之上游，地势高爽。堂前古柏数株，挺然竦秀。堂后大槐数株，浓阴密结，童童如华盖。树之北有亭三间，结构方新，辟户推窗，豁然开朗。宜弹琴，宜酌酒，宜赋诗，诚胜地也。余徘徊久之，不忍去。问所由建，君之仲子启祥曰："此吾父之所创立也。吾父急公好义，轻财乐施。村前有溪，旧桥倾坏，水涨泥深，行人苦之，爰慨然鸠工庀材，不假众力，独成石桥一座，以便往来。邑孝廉青岩韩师为之记。又以此堂前方窄隘，每逢香火，肃拜者众，几无驻足之地，因于堂后阔其墙垣，创建此亭，俾远近游人及邻里父老子弟登斯堂者，皆得以盘桓憩息于其间。由是数年来，岁时伏腊，村中社会，胥于是乎在焉。此吾父之志也。"余应之曰："此二事也，即欲立立人、欲达达人之意，诚仁人之用心也夫！"

己酉冬，将判石以记其事，而问序于余，余因次与启祥问答之言以志之。①

① 该篇见于清贾启祥纂《贾氏族谱》（泰安市图书馆藏清嘉庆四年抄本）卷六，文末署："壬午科举人拣选知县莱邑吕克仁沐手谨撰。"

重修迎春庙碑记

〔清〕何毓福

万物生于寅，古人迎春东郊，礼固有深意矣，且不独重农也，文章振国华，贸迁通物用，饮食养民生，莫不于生气是赖。

泰郡东郊，旧建迎春庙，祀三官，取天地人同春意。生机所系恒于斯，巨典所关恒于斯，胡可废？乃日久失修，基仅存，草宅之甚非所以慎典厚生也。邑有蠹役，巧剥民者，罪之，罚五千缗。饬绅耆董，庀材鸠工，五阅月而庙一新。置庙旁地十余亩，以供香火，赡道侣。适秋大稔，文闱之获售者三，咸归功于此。此则予不敢知，愿与尔众执香帛以答神庥。爰纪此，以告后之官斯土、居斯土者。

重修迎旭观门坊厅阁碑记

〔清〕卢汉倬

岱西溪自石缑山汇上方诸水，经龙湫，洄洑奔迅，以注于渿[①]。其东有埠，崖起作黄金色，宋时其旁产灵芝数百本，取献于朝。今水流环折而西，而迤逦回抱，峰合气聚，形势家谓为岱麓中星，实环城之护沙也。其上旧建庙二，外密而中通，以便游屣之往来。南向为灵派侯祠，创修于后晋天福六年。历代以来，屡有增修。庙貌巍峨，殿宇壮丽，俯长桥而临通衢，实为邑西胜地。东向为迎旭观，建于本朝康熙四十二年。北为玉皇楼，南为关帝阁，中为观音殿。曲榭回廊，因地势以立制，阁驾衢中而高，用以拱岱。坊面城垣而敞，取其朝阳，此迎旭之所由名也。

---

① 渿，地名专用字。

乾隆十五年，楼毁于回禄，惟厅及阁尚存。虽当即葺治，而历时既久，雨淋风飘，壁攲柱仄，神像庄严，渐就剥落，过者靡不伤之。住持道人萧教禄发愿重修，广募善缘，求助四方。经三四年，得金钱若干，念不能全复旧制。爰浼首事李高涵等董其役。阁壁倾攲者嵌以石，厅梁敝露者固以铁，凡工木瓴甓绘画之需，尽所募以为规度。由是门坊重建，殿阁整新。登其上者，凭栏远望，溪水潆洄，波影与天光混碧；峰峦掩映，烟林共黛色分青。觉西祠厅事所见者，反不若此阁空阔，洵足壮山川之色，而显郡邑之奇已。因为书善众姓氏与兴修月日，以勒诸石，而为之记。

重修南上高观音堂碑记

〔清〕蒋大庆

六经中无仙佛字，梵经所称神号，大都二氏家言，儒者弗能道。然年谷顺成，人无夭札，往往归功于神。岁时报赛，以上追古先王蜡蜡之遗，似亦民气和乐之一征也。

郡治东南行七八里，曰南上高，旧有观音堂，并祀关帝诸神像维谨，近渐圮。村人士从而新之，附建学塾数椽。庖湢粗备，工费不孚，复售祠后废宅以蒇其事。厥谋善哉！夫人不敢谓无天地，不敢谓无祖宗，而敢谓无鬼神乎？幽明无二理，惠迪吉，从逆凶，惟影响报应之机，至切至速，谓鬼神司祸福之权，犹缓矣。昔陆象山仕荆门时，值有斋醮者，为讲《洪范》“锡极”“归极”之文以代之，俾民知孝弟忠信，相率而敦士君子之行。今此乡，士克读书，农皆力田，父诏子，兄诏弟，无敢作神羞，又安知人心不各有一鬼神？而晨钟暮鼓，更有以发其深省也哉！是为记。

重修普照寺碑记嘉庆年[①]

〔清〕蒋大庆

岱宗，古巡狩地。其西南则曰凌汉峰，峰下为普照兰若。碑佚不详所始，自康熙初有古公卓锡来，而寺名遂大著。

古公讳元玉，字祖珍，以儒而隐于释。得天粟正传，精内典，博学。著有《语录》《石堂集》《金台随笔》行于世，大都以明伦弼教，报答君亲为第一义。其选入《山左诗钞》者，特豹斑之一耳。与封君赵临若、学博孔璧六诸君子游，号八散人。张道一学使尝序其事于石。至于开堂说法，尤出赵州机锋右。至今清规犹存，所遗故釜可饭百余僧，足想见当年之盛。唐太史豹岩铭其塔云："瞿昙洙泗，法门程朱。"谌哉！

数传而后，门下僧不克嗣厥业，地归售典，山木斫伐殆尽，殿宇毁残，荒凉满目，几为樵牧场。僧亦贫困，多散亡。及嘉庆纪元之春，余读书寺中，只存瑞僧一人，为古公的派，惜老且聋。赖东海朱太守力，略葺后阁，以为闭门诵经地。古公之业不绝者，仅如一线。

时有贾司理懋东、乔[②]上舍朴轩，与余相往来。方谋重修三贤祠，并拟表扬古公，以筑其旧庐。见瑞僧之弟子盛光性明敏，有继述才，因与议其事。盛光欣然以贾□为董事主人，抱募疏走城乡遍，复得金郡尊、寅参戎[③]、蒋明府捐俸为邑绅倡。建正殿西廊山门，力竭而止。盛光由是意更锐，经理日勤，修植树木遍山薮。越二十年，蓊郁成林，非复从前作童山比矣。

今懋东已殁，朴轩杜门谢事，余亦将补官去。盛光恐其久而懈也，敦求邑人士为之赞襄，又建钟鼓楼各一，并葺旧书舍，以待来学。至丁丑秋，

① 原目录漏此篇。

② 乔，原缺，据清乔子忠《乔子遗书》（嘉庆年间成书，民国二十五年仅好书斋抄本）补。乔子忠，字荩臣，号朴轩，晚年自号五房山人。清嘉庆间人。

③ 参戎，原作"参戍"，径改。

始告蒇焉。盛光以余稔知其巅末，请作记。噫！余不谙佛家言，何能为沙门推波助焰哉？惟念古公之德业文章，为岱下文献所寄，而盛光又能搜辑古公遗书，剔苔藓以表其题偈。且寺多松竹梅花，皆古公之手泽，盛光亦时加爱护，重其庇荫，无遏佚前人光。谓非浮图家之铮铮者耶？所进勉者，刻意学古公，即是正法眼藏，何患“黑豆生芽”句不能参破？即不然，亦当思寺之何以兴，何以败，何以保其复兴而不复败。勿徒夸宝络庄严，黄金布施，落衲子俗套中也。是为记。

嘉庆□□年□邑人蒋大庆撰。

徂徕礤石峪重修楼阁殿宇碑记

〔清〕蒋大庆

泰山为五岳长，徂徕则其伏几也。周回百有余里，磅礴郁积，气脉沉雄。故春秋而下，名贤大儒往往出其间。今虽去古人之世远矣，而世所称和圣故里、羊祜城、石中允墓诸遗迹，皆足以光史乘而劝来学，岂仅一邱一壑足供蜡屐之流连已哉？

岁辛未夏，礤石峪孤掌道士张始明，以重新楼阁殿宇告蒇事问记于余。余忆曩从唐陶山夫子探徂徕之胜，留礤石峪凡三日，每言此地人材钟毓之奇，辄慨然为之起舞。今陶山成进士，膺池州牧，余犹鹿鹿居牖下，复何敢搦管贻山灵羞？

然有不能不言者。徂徕大都艳称六逸，夫六逸，隐君子也。吾辈居是乡，逢太平盛世，与李白、孔巢父诸人遭天宝之乱者，迥不相侔。啸傲烟霞，怡情诗酒，诚为今日之所不愿。至若柳下为百世师，尚矣。他如羊叔子，轻裘缓带，名重岘山，其勋业不可谓不大。石守道崇正辟邪，阐明经学，为周、程、张、朱导厥渊源，其道德不可谓不深。即金之党学士亦以文学显，元之时大将军亦有捍卫功。及国朝赵相国，又尝读书于此，为发名成业之所自始。居是土者，闻风兴起，砥砺奋发，以步乡先君子之后尘，讵不易易。且礤石峪未必即竹溪实地，彼峪中人犹知推重六逸，举千载以上流寓之人，尸祝于不朽，况柳下诸先贤，庐邑在望，茔墓仍存，生平行事，饫人耳目。后人之感发，更当何如也？书此以俟居是乡之读书有志者。若夫刻绘山水，铺张神祠，沾沾为道家扬波助焰，余则未遑云。

重修王母大殿序

〔清〕潘绍烈子骏 莱芜

泰岱为东藩雄镇，其奇秀不可名状，即一邱一壑，辄有灵气往来，非复寻常结构，宜其为餐霞者之所栖也。山之麓有泉，曰王母池，其上建金母大殿，左亭右榭，势若围廊。今年夏重修，而黝垩之。法象庄严，与药王殿、七仙阁前后辉映，时出没于云雾间，岂不壮哉！

若夫雨霁云收，风停月朗，探奇者携酒邀客，步山椒而登。北望天门，翠薄穹苍，平顶傲徕，东西相向。以徂徕为屏藩，以汶水为襟带，豁然开朗，逸兴遄飞。时虽无董、许仙侣，拍肩挹袖，然与一二有天趣者，仰而看山，俯而听泉，瀑布千尺，松声入韵，亦仿佛仙遨递奏王母驾青雀飞来时也。他如王母来朝，载于《竹书》；觞穆天子于瑶[1]池，见于《史》《汉》，由来旧矣。然非好学深思，心知其意，即泰山岩岩，熟视无睹，又乌睹所谓王母也哉！

① 瑶，原作“滛”，径改。

奉鲁两先生附和圣祠记

〔清〕徐宗幹

已丑夏五之八日，和圣祠工竣，率诸生恭谒焉。履其堂，徘徊瞻仰，见遗像肃然，和而且介，可以想像唯肖也。

祠迤南，榛莽间有破屋数间，相传为石氏祠堂。抠衣而入，则供奉孙、石两先生遗像，即所称二贤祠也。孙先生端坐南向，石先生侍侧，依然执杖履，行弟子礼。所谓貌厚气完，学笃志大者，景行向往，恍见其人。前太守宋公颜其堂曰“经学指南”。屋颓及半，而两先生之像宛好如初。风雨鸟鼠，固有为之呵护者欤？

考志乘，本名“鲁两先生祠”。两先生始讲学于岳庙东偏。金大定间，建祠其地。党怀英为之记，已不可复识。今岱麓普照寺西北所称泰山上书院者，则两先生北徙山麓之遗址也。后人以胡安定读书其地，并为三贤祠，岁时致祭。而此祠遂废。然衣冠肖像，遗貌宛然，瞻之在前，瓣香未坠。若之何一任颓败于荒烟蔓草间乎？窃念宋初文治，尚沿五季陋习。两先生倡明正学，著《春秋》《周易》，表章经旨，排斥佛老，阐明微言。浚程邵之源，启关闽之统，立身行己，卓然于韩、范、富、杜之间。而正学忤时，直道致黜，位不满其德，用不尽其才，与柳下大夫之遇，前后如出一辙。且两先生之行孚义治，亦可为百世师。合食于庙，谁曰不宜？爰属宋君兴帏董其事，恭移奉两先生遗像于西偏，而为之记。

三贤祠改五贤祠碑[1]记

〔清〕徐宗幹

泰山凌汉峰下三贤祠，崇祀泰山、徂徕暨安定三先生，始末具载岱乘。迄今登讲书台，抚侍立石，临投书涧，未尝不憬然想见其为人。第孙子侨寓斯邦，胡子则吾乡人也。以岱岳灵淑之区，徂徕而后，莫为之继，人往风微，欷歔曷极！然齐山鲁水间，代有伟人，殁则已焉，抑未表而彰之者之咎也。昔陶山师主讲岱麓，于书院三贤祠敬奉宋绎田、赵仁圃两先生于侧，由是学者于孙、石而下，得所景从。今兹层崖幽谷，林密泉清，为三子所藏修而息游者，即为两先生所瞻依不忍去者也。两先生心源相接之处，即两先生与三子殁后栖神之所，亦即后之学者百世下闻风私淑之地也。

已丑秋，重葺试院落成，将馀资整治祠宇，属宋君兴帏、赵生育民、乔生钿、徐生择、刘生光典、贾生锡彤董其事。诹吉日，恭奉绎田、仁圃两先生神主于内，改名五贤祠，而为之记。

徐宗幹撰。[2]

重修和圣祠碑记道光己丑

〔清〕徐宗幹

岱岳之尊，兴云降雨，生民之所托命也。先圣贤诞育其间，遗泽所存，维风范俗，则教化之源也。今各庙坛之载在祀典者，次第举修。惟城内有

① 碑，原目录无此字。

② 此碑刻于清道光十年（1830），原立五贤祠，“文革”间五贤祠被毁，碑仆于地，后被移至普照寺，嵌于碑墙（参《泰山石刻大观》第十六卷，第四三页）。原碑末署：“知泰安县事江左徐宗幹谨识。戊寅科举人后学卢琳沐手敬书。道光十年庚寅仲春谷旦。”

和圣祠，自前明州守侯公应瑜建立，至毕公振姬[①]始修于顺治之十三年，冯君光宿重修于乾隆之十九年，郡伯宋公复修于乾隆之五十四年，迄今阅四十载矣。夫式闾表墓，千载下，闻风兴起，方且徘徊不忍去，而一任颓垣摧栋，而莫之整理。至于禅宇仙观，则金澄碧灿，孔固孔安，是亦人心世道之忧也。

戊子春，与邑人士大夫纂修邑乘告成，梨枣馀资，即以鸠工庀治，匝月而竣。并访展氏子孙，世世守祠祀、供洒扫焉。又祠南旧有二贤祠，崇祀孙泰山、石徂徕两先生，今已久圮。两先生学术德业可为百世师，窃以未请从祀为憾，谨奉列于祠之西偏，以志私淑之忱云。都人士襄其事者，书名附之。

道光己丑，知县事崇川徐宗幹撰。

重修昭忠祠碑记咸丰年

〔清〕徐宗幹

扶舆磅礴之气，凝而为山岳，融而为川渎，钟于人者，其惟忠孝乎？夫忠孝之郁于中而作于外者，亦行其心之所安，率其性之所同具而已。然而朝廷之褒荣，一草野之懿好也；庙貌之严翼，一宅里之风声也。且神道设教，彰善瘅恶，启牖愚氓，莫著于郡邑之神。建祠其间，以昭崇报，不亦宜乎？废而不修，守土之咎。爰与泰安营守备姚文坛、世袭云骑尉仕

① 姬，原作“基”，据清毕振姬《西北文集》（清康熙刻本）、民国赵尔巽等撰《清史稿》（中华书局，1976年版）改。按《清史稿》卷二四七《列传》第三四《毕振姬传》：“毕振姬，字亮四，山西高平人，顺治三年进士，授平阳教授。……十年，出为山东济南道参议。”清徐宗幹等修《泰安县志》（清道光八年刻本）；葛延瑛修、孟昭章等纂《重修泰安县志》（民国十八年泰安县志局铅印本）卷二《坛庙祠宇·和圣祠》均作“基”。

刚、杨锦荣、赵长清，同绅士赵坎亭等，筹议倡修，鸠工庀材，焕然新之。其西翼斋宫，亦先后落成焉。土木之劳，非可轻举，风化攸系，乌容缓图？垣墉而暨茨之，朴斫而丹雘之，堂构勿替，则所望于世笃忠贞者。是为记。

卷二　记述

新建文昌宫碑记

〔清〕杨惠元

《周礼》："槱燎祠司中、司命。"《星经》谓："文昌六星，主集计天道。理文绪，掌功爵。"祠祀之典尚已。我朝钦若天象，化成人文，敕建祠庙，下至府县，以时祭享如制。

泰安自改州为府，坛祀庠校，郡邑共之。岱宗以下各庙坛，祈报由弭之所咸备。唯文昌附奉于学宫之奎文阁，祭之日设帷幕，陈牲币，堂阶无交，宫墙不肃，疏且亵焉。爰相度基址，建正殿三楹，门庭墙宇，经营方位，同各僚属捐金集成，属经历赵君名品全，南丰人，督工庀材，以次修举。旧建之阁因而弗改，丹雘而修饰之。巍乎焕乎，天府奎璧之光，岱岳灵淑之气，此邦人文，其鼎兴乎！况乎事神保民，守土之责，占星家言："文昌光明，则万人安，天瑞降。"将见民物蕃釐，箕毕时若，当有以潜牖默迪，保厘一郡于泰山之安也。且列宿在天，明神主之，世称降生为士大夫身，垂训淑世，封号攸崇。并建后殿，以祀先代，报功也，抑教孝也。

官斯土者，尚其各懋乃猷，无负阴骘下民，监观求莫之意也欤？是为记。道光十一年六月，福州杨惠元撰。

重修岱麓书院记

〔清〕康敉

郡城之有岱麓书院尚矣，为有宋孙明复、石守道两先生讲学故址，北徙山麓，即今之所谓上书院也，以旧馆为柏林，以岁施课养士，学者至今赖之。厥后物换星移，命名屡易，日销月铄，半就倾圮。

己丑岁，来守是邦，顾而伤之，欲励风俗，振教化，责无旁贷。乃以下车伊始，未遑顾及。越明年，时和岁稔，遐谧迩安，乃谋于众，首捐俸，率属以肇兹役。先文庙，次而上书院，次而岱麓书院，庀工鸠料，因旧增新。是役也，经始于癸巳之春，落成于甲午仲夏。讲堂则仍而不易，祠宇门舍计修六十余楹，并置几榻，俾远来者便于栖止。庶事备举，轮奂一新。爰立条规，永为法守。计其费肆仟余缗。始终经理则郡人杨玉成、贾桐也，廉勤督役则巡检周敦也。

大工既成，请为文以识岁月。不敢以谫陋辞，故叙其实，而更有说焉。国家养士数百年，非徒工文艺、博科名已也，将使人人为邹鲁，咸率于两先生之教。以仁义孝弟之道，发为文章，出为名臣，处为名儒，是则余之所厚望也。至于嗣而葺之，扩而充之，后来者之责，余何赘焉。是为记。

知泰安府事陇右康敉仲抚甫撰。

《鸿雪因缘图记》（选四）

海岳浴日

〔清〕麟庆[1]

上略[2]屡奉严慈手谕垂问，因于六月乞假定省。陆宿山行，计程以诗。

① 原目录作者标为“廷璐”，据清麟庆撰、汪春泉等绘图《鸿雪因缘图记》（北京古籍出版社，1984年版，影清道光二十九年刻本）第一集改。麟庆（1791—1846），完颜氏，字伯余，又字振祥，号见亭，满洲镶黄旗人，著《鸿雪因缘图记》。廷璐，麟庆之父。

② 按《鸿雪因缘图记》第一集此篇开头为：“甲戌正月，吾父拣发山东，授泰安府，携眷赴任。余留京供职。四月，国史馆五年考满，提调明鉴堂先生讳舒，满洲，翻译，举人，官内阁侍读学士。荐列一等。经总裁保奏，议叙先升。十二月，迁兵部（转下）

《出都》云："远岫青从天际落，初阳红向树头看。只缘爱日情怀切，不畏梯云道路难。"《赵北口》云："晓气浮虚白，云痕荡蔚蓝。"《德州》云："白沈[1]沙涨远，红压火云低。"《平原遇雨》云："行人最喜晴，畏热亦思雨。"《张夏[2]道中》云："霞添丛树紫，云补断山青。"

比抵郡，择闰六月朔，诣东岳碧霞宫进香，爰偕季素弟登山。至壶天阁，瞻吾父题联曰："登此山一半已是壶天，望绝顶[3]千重尚多福地。"小憩阁下，易马以舆，跻南天门。舍舆而步，拜元君祠，登泰山绝顶，观无字碑。因闻日观之奇，遂留宿浴日养云亭。五鼓即起，披裘推窗，罡风逼人，四山俱晦，东北微明。初见晓风激雾，溟渤素波，灏灏然，漠漠然，俄而现白毫相，俄而现金蛇相，俄而现绀宝相。海气漩绿，霞影透红，一喷一醒[4]，渐起渐高，转瞬间已上扶桑矣。

后坞养云

〔清〕麟庆

余既得观浴日之奇，正拟再览养云之胜，乃甫掩窗，而道人报前山云将铺海。急趋至无字碑侧，西望丈人峰，白絮盘旋腰膂间，既而灭顶及踵。却迎回合，随风叠浪，四面俱成兜罗绵世界，荡摩奔迅，有如阵马风樯。余身在层云中，亦丈人峰也。久之，云气解驳，如浪文四散。

道人忽又报后山收云。急趋至亭北，俯视天空山，黄华洞口有云一线，

（接上）主事。会瓜尔佳夫人于九月卒。越二载，丙子，继聘书书觉罗夫人，时外舅牧堂公名福谦，满洲，廪生，时官笔帖式，今晋御史。官工部，爰于二月迎娶，五月又卒。"

① 沈，旧同"沉"。

② 张夏，《鸿雪因缘图记》第一集作"张下"。

③ 望绝顶，泰山壶天阁对联此三字为："造极顶。"对联落款："知泰安府事、长白廷璐题。甲申仲秋。"

④ 醒，《鸿雪因缘图记》第一集作"鲜"。

蜿蜒自入，顷刻云归，一目万里。余欲往观，苔深路滑，众难其行，惟老仆李满寿请为向导。乃易便装，著布鞋，取道回车岩，下北天门，度摩云岭、乱石沟、独足盘，鸟道崎岖，人踪罕到，路愈险而石愈奇。北崖环敞如女墙，其上松石杈丫如笋，是为笋城。明锺惺有记，勒于崖东。再转至最深处，为黄华洞，石瓣倒缀，乳泉积冰。洞中高可拂冠，广容一几，竟不知云归何处。

逮道光丁亥，余官开归道，忆及斯游，因承慈命，捐廉修葺石路，札嘱魏翁致和名祥，山东职员代为督工，近成坦途。盖自岳顶至此，计程十五里，故俗名后石坞云。

石峪拓经

〔清〕麟庆

余之登山也，因奉慈命，虔祀元君，经历胜境，未敢纵观。比自后石坞回顶，乃谒孔子殿，读摩崖碑，临爱身崖，探白云洞，下十八盘，憩大夫坊，参对松山，望御帐[①]屏，历回马岭，渡高老桥，自以为观止矣。

季素弟曰："此去有经石峪，盍往观乎？"遂逾涧而左，又越一岭，有石坡斜平若掌，方数亩许，遍刻隶书《金刚经》，字大于斗，笔力遒劲。石上有水，横阔如帘，浸蚀经字，半就剥落。倚崖有亭，亭悉以石。颜曰"高山流水"。其北崖泉漫空而下，是名"水帘"，旁有"听泉石"。

余小憩亭侧，觉草木生香，迥非人境。惜未携纸墨一拓经字，遍寻姓名年号，竟不可得。归考山志，亦未详何人所镌。惟聂剑光[②]《泰山道里记》载："北齐武平时，梁甫令王子椿好内典，尝于徂徕山刻石经二，俱八分书，与此如出一手，或即其人所书耶？"又阮云台先生《小沧浪笔谈》载："邹县尖

① 帐，《鸿雪因缘图记》第一集作"嶂"。泰山御帐屏，位于中天门上五松亭下。
② 《鸿雪因缘图记》第一集"聂剑光"后有小字："名鈫，泰安人。"

山摩崖有北齐唐邕题字，笔法相同，或出邕书亦未可知。”至石上有前明汪姓所刻《大学》圣经一章，字既不佳，义更无取，真不免为山灵所笑耳！

郡园召鹤

〔清〕麟庆

泰安郡署西偏，有隙地数亩，吾父莅任后，芟草为径，叠[1]石成山，构轩三楹，正对泰岳。爰题联云：“桑麻课罢开花径，台荡游还拜岳云。”丙子夏，制诗四章纪胜，词曰：[2]

小筑依云壑，虚窗岳色多。退衙官鼓静，清暑晚风和。石径收银瓮，天街想玉河[3]。年丰民俗好，处处起秧歌。其一

数弓锄月地，饶有四时花。浅白疑霏雪，深红斗落霞。野蔬供入馔，山果称烹茶。不隔生香住，文疏拓碧沙[4]。其二

若有神仙福，携家近翠霄。妻孥时聚语，朋从每招邀。到枕泉声响，停杯夜色遥。山灵偏惠我，百种幻岧峣。其三

敢竟耽琴鹤，浮云鉴此心。数椽虽传舍，三径亦园林。课仆芟新草，呼儿制短吟。几年容小住，聊比入山深。其四

时吾母及麟庆均有和章。会下榻轩侧，因密迩仙山，每晨及暮，必焚香遥拜，乞驻亲颜。七月十有三日，方登平台上，设几炷香，忽有一鹤，丹顶元裳，翱翔云际，岂丁令威之化身耶？抑张采芝之法侣耶？爰绘斯帧，以志奇缘。

---

① 叠，《鸿雪因缘图记》第一集作“垒”。

② 以下四首诗原于《岱粹抄存续编》卷七重录，署名《郡斋纪胜四首》，作者标为清廷璐。今只保留此处，不同之处出校记。

③ 河，《鸿雪因缘图记》第一集作“珂”。《续编》卷七原重录作“珂”。

④ 沙，《鸿雪因缘图记》第一集作“纱”。《续编》卷七原重录作“纱”。

梦仙龛记[①]

〔清〕麟庆

仙何龛？龛梦也。其梦也若何？丙子初秋，庆省觐岱麓，先大夫定静公顾庆而笑曰："余今知梦之非真非幻也。昔待铨春明，梦至一境，翠岩壁立，松阴茅屋，中坐丈人，支颐澹漠，童子揖余曰：'此吾师毗陵恽仲旭先生也，与子有缘，无忘夙谛。'霜钟清警，遽然犹呓。兹典郡之暇，咏游对松山间，宛然梦境。当奉香火，以答灵贶。"先大夫旋解组，弃养越十载，庆承乏大梁。嵩、岱相去千里而遥，每忆庭训，耿耿于中。又采知外家恽有逊庵公讳日初者，南田尊甫，国初巾瓶入道。梦中所遇，是耶非耶，云踪[②]缥渺[③]，姑存弗论，第写《梦仙图》寄友人，于对松山下觅石龛容鹤氅，明水馨香，以成先志焉。豫省每年例祀中岳嵩山之神，今秋庆应得奉行，太、少二室间，扶筇东望，俶焉心往。且[④]中岳明神亦传恽姓，此中或复有鸿雪奇缘，涤我尘梦，然已兴怀陟岵矣。[⑤]

创修梦仙龛碑记

〔清〕柴兰皋

读《下武》之诗曰："永言孝思。"又曰："孝思维则。"两言孝而均系以思，诚谓孝非一端，而思无不至也。独是以世之所称，大抵不离乎生

① 此碑嵌于泰山对松山麓梦仙龛下门外东侧墙壁上，立于清道光七年（1927）。

② 踪，原作"纵"，据《泰山石刻大观》第十五卷（第一四八页）原刻影拓改。

③ 缥渺，原作"漂缈"，据《泰山石刻大观》第十五卷原刻影拓改。

④ 且，原缺，据《泰山石刻大观》第十五卷原刻影拓补。

⑤ 原碑刻末署："大清道光七年岁次丁亥孟夏之吉，麟庆谨记。"

养死葬之节，要皆天经地义之常，而无足为异。若夫孝积于思，思通于梦，梦及于仙，而孝独奇矣！苟因其事之奇，而即以奇孝论，则奇莫奇于梦仙龛之所自创焉。

夫梦仙龛者，乃麟公讳庆见亭先生之所建也。见亭者，又我廷郡尊定静公之冢君也。特梦也，而胡以仙名？仙也，而胡以龛名？初，定静公来守是邦，政务清简，宽和有度，与汉之霸、遂堪辉映也。丙子秋，见亭省亲来泰，定静公尝顾而笑曰："昔待铨春明，梦至一处，翠岩壁立[1]，松阴茅屋，中坐大夫，支颐澹漠，童子向揖曰：'此吾师毗陵恽仲旭先生也，与子有缘，无忘夙谛。'嗣于典郡之暇，咏游对松山间，宛如梦境。"见亭公闻斯言，遂铭于怀，而不之忘。迨定静公解组归，未几捐馆舍。是梦也，幻也？真也？如概以为幻，彼所谓齐明盛服，以承祭祀，洋洋乎如在其上，若在其左右者，安在而非幻也耶？究之，孝凝于思，则无真而非幻，思将以诚，则亦无幻而非真。时见亭公由河南开归道，升任按察使司按察使。春露秋霜，凄然有感于昔之所闻，遂捐廉数百金，特写《梦仙龛图》寄友人捐职州司马魏致和公，来郡邀同道纪禹贞文，即于定静公梦游之所，整治祠宇，名曰梦仙龛。

禹贞文因梦仙龛山径崎岖，层崖险峻，游人不得瞻礼，遂书致见亭公之堂管李星海、秦志高等，代达其意。见亭公辄复输资数百金，嘱道纪监工修理，铺垫石路三十七丈，东西桥一座，扶手墙四十九丈，盘磴七十余级，包悬崖十余丈，石栏板各一丈，石门一合。道纪与众公议："即将此地为梦仙龛住持别业，将余资除添盖道房三间外，复治田数亩，以备住持焚祝之资。"众唯唯，以为可。於虖！是工也，创自道光七年夏四月，陆续增益，至十年而告竣。以见亭公居官之地与泰山相距千余里，犹复不惜重资克承先志，谓《诗》之"陟岵瞻望"之意，有异是与？而百世后之游斯地者，

① 立，原作"主"，据麟庆《梦仙龛记》改。

亦可以感矣！

郡人不忍掩没其善，而属余为文。余亦感于“永言孝思”“孝思维则”之义，而乐为之记。

新建雷神庙碑记文

〔清〕柴兰皋

周官以槱燎祀飌师、雨师，祀风雨则通云雷也。汉始立雷公庙，唐诏每祀雨师，以雷师同坛，为后代祀雷之始。夫有功德于民者，皆在祀典，立坛如制，礼也。民间庙祀，亦以报发生之德也。且帝出乎震，动万物者为生，生之橐籥。按《洪范·五行传》云：“雷为长子，兴利除害。”祀雷于东岳，而雷之为灵，益昭昭矣。岱庙三茅殿，奉雷祖像，前太守廷公移奉雨花道院，因为驿馆，而障以屏，非所以妥神也。道纪禹贞文请于邑侯徐公，移庙兹地，筑殿三楹。工既成，属为文记之。窃道家符箓之说，非吾儒所敢称，而神道设教，无非福善祸淫之旨。震惊百里，显道尤彰，斯民畏罪远邪之念，士大夫恐惧修省之心，一也。是为记。

增修淙河[①]广济桥施财碑记

〔清〕卢汉倬

为善不同，至作为桥梁，以普度众人，此功德之最巨者也。施财亦不等，能捐所蓄积，以踵成盛事，此尤行谊之至高者也。然事贵创始以开其

① 河，原正文标题作“水”。

先，又贵踵修以善其后，集众善以立巩固之基，使前人未竟之功克臻完美，此其行足尚，其事尤不可以不传。

泰邑城南里许，滦水所经，为往来冲道。夏秋之交，山水泛涨，河流湍激，人叹向若久矣。道光年间，邑人宋先生东璧恤然伤之，为出资创立石桥三架，以便行人。既而河水南徙，涉者仍不免厉揭。许公文德乃施钱接修三架，因费烦省工，所监石较前桥稍狭，且离南岸尚隔二十余尺，不得接济。先君徵仕公因出石灰二万觔，添桥墩二十块，觅人挖出桥底，令桩植土中，更劝郭公焕章、魏公景乾，各捐钱百千，又接修五驾，益其狭处，共为桥十一空，沮洳悉易坦途矣。数年来，水涨沙拥，漫衍靡定，从北渡者病涉较前更甚。黄冠薛师心佑愿捐钱四百千，增桥北岸。及桥成，中仍间水，不能绵亘为一。爰浼张生继洙董其事，再捐钱三百千，以为众善倡。绅商鉴其诚，亦皆乐为资助。因鸠工庀材，阅五越月而功告竣。南北联缀，势合址接，望之若长虹焉。信乎！有志者事成，而众力之易举也！

工毕，张生谓予曰："前桥工讫，宋先生与君之先人皆以实力赍事，期于济人而已，不肯立石以自表其善。许公有碑，所记事迹又不详备，且无以著今兹施财诸公之功德行谊也。君其详书勿辞，将以勒诸石焉。"予始闻而惊，恐予无文之不足以传也。继闻而慨，夫人之好善，谁不如我？今以数十年未备之工，一旦修举完善，捐资倡义，乃得之。薛师一方外之人，以视世之视财如命、遇义当前而聚足缩项、逊谢不遑者，其于为人贤不肖何如也？然创始固赖有前人，善后要期诸久远，倘能规其未备而益之，因其稍圮而完之，则又有所深望于后之仁人君子也矣。至捐资姓氏，题诸碑阴，兹不备载。谨记。

重修泰安邑廨记咸丰元年

〔清〕张延龄

庚戌春，延龄自雷泽调任，甫下车，进署廨，由门而堂，半就倾圮，而公堂尤甚，堂檐穿天，不知几历年所，至旁舍之颓然，更不胜指数。时因视事之初，未暇筹及。今承乏一载有余，幸年谷顺成，民俗相安于无事。公余，溯查邑廨，旧为前明萧太保宅，创于乾隆四年，邑宰李公松所建，本属旧宇改置，又历今百一十二年。考诸邑乘，未见续修之举，其为积久荒废可知。

延龄为官[①]几及十年，苦无私橐，兼且积累盈身，力何堪任？现奉新令，一切工程停止，既难详修，又值通省清查之后，不克筹垫。踵为流摊积弊，倘竟置之不论，泰邑固山邮冲要，省会咽喉，民事烦多。而旧时堂额犹悬，仰视几虑亲民无所，又何以成治体？况今圣天子建元之初，励精图治，百废俱[②]举。官斯邑者，方期举一邑而从新化焉，乃一公堂之不能兴废固存，又何至[③]远周一邑耶？若以为壮观瞻，抑末矣。是延龄不得不勉力兴修之本心也。

工之次序，先盖造亲民堂三间，卷棚三间，东西库房各一间，纵横悉如旧制，而土木工料则革旧而全新之。堂后另置看堂役宅、门役、茶房等所居西屋三间。又更新宅门内涵春堂三间。复仍旧料，而增修甬道、公生明牌坊一座，及仪门三间、大门三间。仪门迤西，添盖西皂役房三间，守门役房一间。大门迤东，另置守门役房一间，白夫房二间。门外东西旧有

---

① 为官，《泰山石刻大观》第十七卷（第五一页）原碑影拓作“薄宦”。此碑原在泰安县旧县署院，今存岱庙汉柏院东南墙下。刻于清咸丰元年（1851）。

② 俱，《泰山石刻大观》第十七卷原碑影拓作“具”。

③ 何至，《泰山石刻大观》第十七卷原碑影拓作“何望其”。

牌坊二座，东则新建，西则修整。其[①]余捕班房及照壁、周围垣墙，一律修整如旧，并陆续修整旁舍，不复眉列。

是役[②]兴工于辛亥闰秋之朔，成于九月二十八[③]日。初不计目前之窘，继而幸免半途之废，抑亦兴废固存之一端，藉以加勉而推行之。何敢有倦于后日，并以告后来诸君子共矢同志于不衰云。若夫泰岳，震方也；山岳，艮象也。雷雨作于上，山水通于下，润泽丰美之象，方将于新是役后，而祝一邑之光昌，日臻其盛焉。是为记。[④]

劝修泰郡城垣碑记咸丰五年仲春

〔清〕张延龄

昔尹铎守晋阳，为保障不为茧丝，晋阳赖以保全。然则守土者自有无形之保障，而金汤不与焉。第古者王公设险，凿池必先筑城尚已。

泰郡之有城，自宋开宝始，洎乎胜朝，一修于通判王公，再修于知州郑公。崇祯末，守道蔡公复加增修焉。我朝龙兴，雍正十有三年，改州为郡，遂与他郡埒。纯庙时，奉旨重修，郡城高厚广袤如旧制。厥后朱公孝纯捐修郡城，乾隆三十九年事，迄今八十年有奇。城之倾圮无足怪，但近来各项工程碍难请帑，而历官斯土者，又苦于使蚊负山，往往以不胜任为词，所有周围七里有余之城垣，日就颓废，久且有不可收拾之虞。

道光庚戌，由菏泽调补是邑，甫下车，周览颓垣，辄慨然有兴修之志，而未逮也。咸丰壬子，为粤匪故，奉上谕饬令各直省劝谕绅民，捐修府州

① 其，原缺，据《泰山石刻大观》第十七卷原碑影拓补。

② 《泰山石刻大观》第十七卷原碑影拓“役”后有“也”。

③ 二十八，《泰山石刻大观》第十七卷原碑影拓作“念八”。念，同“廿”。

④ 原碑末署：“知泰安县事、如皋张延龄谨识。咸丰元年岁次辛亥九月谷旦立。”

县城，工竣后，核实报销请奖。龄[1]遵即商之阖邑绅耆，佥曰："可。"乃绸缪方新，阴雨骤至。未几而楚皖、而金陵、而镇江、而扬州，相继失守矣。东省与为唇齿，泰邑尤地当孔道，戒严倍他邑。于是邑之荐绅先生向曰"可"者，今则曰："事急矣！"龄亦曰："事急矣，诸君盍分肩捐修任？"诸君曰："诺。"乃募匠勘估，爰谋经始焉。且与诸君约，捐数较多、符奏请议叙之例者，登印簿，否则免。至捐输制钱一千作银一两，亦旧制，仍之。第恐泰麓瘠壤，兴巨工，重烦吾民耳。幸而各捐生谓龄："莅任久，事无巨细，咸推诚相与无欺饰，是役也，吾侪诚乐输。"承此不虞之誉，感而且愧。而青蚨云集矣。维时起癸丑，迄甲寅，凡十有七月而工竣。巍然焕然，高犹昔也，而坚则倍之。盖昔则外石内土，今则内外均砌以石云。

无何，上台为验工故，委员来县矣。首验工，工报曰"坚"；次验料，料报曰"实"。不慎置薪之诮，吾知免矣。惟是工费既不资，加以禀请，议叙之册，捐数不过十之六七耳。不敷者，自本府而下及董事，人皆出资。如是又不敷，则龄捐廉为之也。印簿登记綦详。大凡捐输之家印簿备载，俾侵蚀无下手处。向所以免捐零星者，诚恐醵金有限，漏卮无当耳。兹则券非铸铁，而橐难营私，龄与各绅董指无从染，心可共白焉。至各捐生及各官绅董应得议叙，龄业已详请抚宪具题请奖，俟部照颁发给领。将见丝纶褒美，功名齐雉堞以增高；鞶带邀荣，光彩映门楣而并焕。众志成城，万民安堵矣！非独泰邑恃为保障，即我国家万年有道之长，亦既赖此无不克巩也。夫所虑者，代远年湮未必不城也，而仍复于隍踵而修之，是则所望于后之守土者。是为记。

① 龄，原文为△，为作者自署名之标记，今为补。下同。

敬迁九莲智上二菩萨像于灵应宫碑记咸丰五年四月

〔清〕王相芬

泰山为鲁邦巨镇尚矣。环泰山之麓，历代建置祠宇，寺观尤夥，其存者大都建自前明，□□□仅存而已。郡城西偏里许，有铁浮图，岿然耸峙，恍若群峰泰山儿孙辈，而斯塔又为群峰之云礽云。塔迤北，遍地瓦砾，内有铜□□□像二，侍立女像各四，外又有坐像，状类美少年，亦范铜为之。而此间又并无半椽，所有铜像皆露处。据邑志云，邑城西旧有乾元观，宋祥符中，王钦若得天书于此，改名天书观。前明万历，即观内建圣慈宫，尊孝定皇太后为九莲菩萨，崇祯建智上殿，尊孝纯皇太后为智上菩萨，皆范铜为像。独美少年像，土人呼为某太子，无考。

夫观名天书，而作俑者又自五鬼中之王钦若始，□造言福瑞，蛊惑上意。王旦尝谓生平无过，惟不谏天书一事之失。甚矣！钦若之妄也。观之废圮，固然无足怪，不然土石之遗臭□与小人同一无穷哉。

惟是胜朝两太后，生前母仪天下，而身后追崇，又证果极乐世界，其在当日，未始非□右文王之意，而无如不转瞬，而禾油麦秀矣！□□□菩萨奈之何哉！

记云："亡国之社屋之不受天阳也。"乃者明社之墟，而圣慈宫、智上殿与之同归陆沉，所谓九莲、智上两菩萨像，暴露荒郊，并求屋之而不得也，而人能无心恻欤？我朝忠厚开国，于故明山陵有加礼，祖承二百余年如一日。为臣子者，不当仰体列圣锡类之意，推广于靡涯耶？

余居停寿泉张明府，以世家子奏绩龚黄，所至有声。岁□戌春，□简命来守兹土。凡有关小民疾苦事，厘剔不遗余力。不数年而托宇下者，春台熙熙矣。适公出，见菩萨像颠沛至此，曰："此守土者之责也！"爰捐廉鸠工，于灵应宫前殿，奉安□菩萨宝座，□元君左右，如配享然。所谓某太子者，亦移至后殿东楹，如前殿□仪。道衲慨然曰：“兴举废坠盛德，某忝系住持，敢不效□□□。”于是庙之山门各工程皆募化为之，亦焕然一新云。

是役也，固所以优礼前朝，不致委君后于草莽；亦所以赞襄□当代，行将普皇仁于遐陬也。若夫作善降祥，出自□慈，非明府所敢知也。是为记。

游马山记咸丰十一年[①]

〔清〕汪宝树

泰山之峰其大者，土人皆以山名之。傲徕峰因其高傲徂徕，故名。俗名曰影山。予所居葫芦峪之东曰青山，绵亘五十余里。其南曰黄山，黄山之后曰马山，山之麓距葫芦峪约五六里，每于冬至前后，过午不见日光，马山蔽之也。远望山巅，高连天表，巉岩陡削，峻绝难攀，土人云从无登其上者。

山居多暇，予偕里人明逊斋、六弟桐岩往游焉。晨起早饭，携鸟枪大绳[②]，长数丈，时当晚秋，夹衣束带。乃越水帘涧，穿海棠峪，攀跻而上。凡十余憩，始登梯子崖。由崖再上，峭壁插天，俯瞰绝壑，深不见底，杳无履迹之可寻焉。废而欲返，徘徊间得一平地，宽仅数尺，下临磐石，方广亩者凡三，其高不可以寻丈计。上有一危蹬，高于顶尺有咫。予乃先登，踏肩以上，鸟枪衣履，用大绳腰带一一缒而上之。次六弟，予以绳挽其手，逊斋托其足，以登。次逊斋，予兄弟以绳与带缒之以登。登而再上，地愈

① 按清汪宝树撰、汪昭纶辑《汪惠毅公文集（不分卷）》（《山东文献集成》编纂委员会编《山东文献集成》第三辑，第37册，山东大学出版社，2010年版，第499页，影山东省博物馆藏民国间汪氏辑稿本），该篇标题下“咸丰十一年”后还有“年廿五岁，汶阳汪宝树岁事编摘要”十四字。

② 大绳，《汪惠毅公文集》作“火绳”。下同。

逼窄，攀陟数仞，壁立千寻，不复能再登矣。

欲返，则至前所上之危磴，相距数丈，望之不觉股栗，盖可上而不可下也，无奈复前寻。久之，见峰凹处裂有石罅，势稍倚颇，连翘、荆榛布满其上。予乃奋勇直前，攀之以登，登一二丈许，觅一少坦处，足蹑石坎，手攀石壁，以立，将衣履诸物运诸其上。安置毕，彼二人乃登。登之后，予复前上，如是者凡十[①]余次。每至极险处，足无可蹑，手无可攀，则下者以手托上者之足，上者既登，复垂绳以引下者。幸身在石裂处，两崖障蔽，榛莽绕身，可以视而不眩。石罅既尽，得漫石坡，地亦稍宽，乃奋衣猱升。又半里余，始造山之巅。其形壁立如城垣，高盈寻，宽约一丈，坦平如砥。俯瞰其后，阴崖穷谷，幽深莫测，盖即俗名大沟巷者。欲游目望远，则青山、黄山、太平顶、后石坞诸峰，四面环绕，如在瓮中。流连时许，种橡子数枚，相与笑曰："傥异日成阴结子，遍满岩穴，后之人遥而望之，相谓曰'此某某之所种也'。"

时已过晡，相将欲下，乃循山巅东北行，坦若周道，心甚快之。行约一里，山忽断，高不可下。复返故处，前后搜寻殆遍，终无可下者。欲觅来时旧径，亦不可得，盖早望而生栗矣！计既穷，相与长叹，大悔此游之孟浪。既而逊斋觅得一地，盖石墙之半生一古树，根盘数围，荫广半亩，枝干纠结，浓叶茂密。逊斋乃攀而下堕树罅中，枝夹股，牢不可拔，大窘。予兄弟计无所施。忽夹股之枝折断，身随之以堕[②]，予兄弟皆疑其危矣。俄闻其在下大呼曰："此地土松浮若绵，踏之深半尺，跌而不伤，可速下，勿疑虑。"乃从其言，相继从树罅中下，果皆无损。又经[③]数十折，虽危险，幸皆不甚高，每一折不过高一二丈或八九尺不等，且稍有颇势，故不甚惴栗。

无何，径复绝，往返再三，终不得下。视日将西沉，情益迫。六弟指

① 十，《汪惠毅公文集》作"千"。

② 堕，《汪惠毅公文集》作"坠"。

③ 经，《汪惠毅公文集》作"径"。

一石裂处，高约七八丈，连翘纷披，细若钗股，垂垂至地，其下则所望之石盘也。若坠之石盘，必无生理。予急止之，六弟不听，手握连翘，以背负石而下。既至地，以手招予。予投衣物毕，不得已，亦握条而下。甫及半，离地尚数丈，所握条断，坠地，土松浮足，无损。前倾而仆，则危崖也，六弟急以手障阻之，得不堕。逊斋后至，审之再三，往返数次，终不敢下。去而之他，久之不知何往。又久之，遥闻其疾呼，声甚厉。遍寻之，后得诸石壁间。悬阁其中，不能上，不能下。予乃肩六弟上升，遥以绳投之，使挂诸石齿，挽之以下。六弟接之以手，予接六弟之足，乃得无恙。

既下，南行。得一石坎，宽约二三尺，外生蒿艾，丛树如栏，乃循之而南。手扶石壁，侧目内向，不敢旁视。或连或断，或高或下，[①]行约半里许，石坎既尽，豁然开朗，则即梯子崖间前所上之危磴也，乃大喜。小憩片时，每呼一声，群谷响应数十声，嗷嗷相答，历久方歇，亦一奇也。时已夕阳绕巘，乃循旧径归。甫过水帘涧，日已暝矣。

客岁，予偕徐衍三登泰山绝顶，不由盘道而下，从舍身崖畔直至对松山之御帐坪，危险万状，衍三股栗者数日，闻者莫不咋舌。以视此游之险，相去奚啻霄壤。

游黄崖纪[②]

〔清〕汪宝树

同治五年九月，东抚阎丹初敬铭遣兵屠肥城、长清两界之黄崖山，官幕绅民避难寨中，死者万余人，张积中自焚死。

---

① 或高或下，《汪惠毅公文集》作“忽高忽下”。

② 《汪惠毅公文集》该篇标题为《汶阳汪宝树岁事编摘要·同治五年黄崖游纪年卅岁》（《山东文献集成》第三辑，第37册，第522页）。

□前十余日，予假寝[1]外舍，有不速之客二人至，一董君冠斗，步璜，庚申九月，同克复宁城，又同在告山虎城[2]读书。一王君运隆，皆宁阳名下士，邀予游黄崖。予以获[3]豆辞之。二君曰："闻此地人言藉藉，傥有他虞，密迩肘腋，为害不浅，曷往觇之？且作山水之游。"予偕往，皆短衣，二仆肩行李相从。是时，贼在河西，传言黄崖勾通，而来谋共起事。适值予等有此一游，或者疑为黄崖之所招募，传至上台耳。中杯弓蛇影，构此大祸，亦未可知。

数日方至，入深山。山下有三村，名曰三黄崖。寨在山之巅，村中设有公局，通名下榻，颇冷落，人亦无多。陪者虞逊，字叔渊，行三，浙人，宦裔也，又长清[4]水里铺团长、文生朱良峰之五弟、六弟。所谈皆诗文，且屡言外人多有疑为教术者。次日游村中，农民嬉嬉安业，俗尚穴居。晤张积中，扬州优贡生，人皆呼为先生，行七，前知临清州事、城破殉难张积恭之弟也，僦[5]居本村，文生刘曰东宅。所谈年景禾稼，雨水多寡，贼之远近，围墙完故否，且云如有确信，彼此可以相通，又谈高丽抗洋人，大为快意。

又次日，游其山寨，虞、朱三人陪往。出村三四里，窄径崎岖，悬崖峭壁，入头门，方石砌成，门固以铁。循山梁半里许，至二门，门外隙地广阔，破瓮纷纷。予问何用，答曰："此避难者置此备用，牧人掷石毁坏也。"二门内抬炮数杆，大[6]门锈败，几不堪用。予曰："胡不置诸门洞？若风雨剥蚀，一旦有警，岂不误事？"虞乃命守门人移之，且责其不加爱惜。寨中女墙多坍塌，予曰："何不修之？"答云："公事难办。村人狃目前之安，农忙不欲兴工。所幸此地幽僻，贼惮险阻，略有规模，可恃不恐。"寨

① 寝，《汪惠毅公文集》作"寐"。

② 城，原作"珹"，据《汪惠毅公文集》改。宁阳县告山西北、黄崖北有虎城村。

③ 获，《汪惠毅公文集》作"割"。

④ 《汪惠毅公文集》"长清"后有"县"字。

⑤ 僦，《汪惠毅公文集》作"蹴"。

⑥ 大，《汪惠毅公文集》作"火"。

极廖阔，问何以守，虞笑曰："本村人数不敷，其半全赖朱兄八百精锐，若朱兄不来，失所恃矣。"

山巅为公局，覆以茅，凡三楹，旁小号舍十余间，皆办公之所，通以回廊。南省多雨，回廊所以避雨。寨中首事多南人，故其规模如此。外有屋两楹，张积中之室也，时为山水冲坏，方命工修治。又其南为吴牧渠太守宅，太守吴名载勋，历任泰安、历城等县，升济南府。为淄川失守，罢官。与张积中为中表兄弟。凡二层，每层皆五上六厢。碎石为墙，上覆以苫，敝漏不堪，内无居者。其余村人避难之室，皆砌石为之，方广数尺，不用木架，用[1]石板，法悬渐收渐窄，若回民礼拜寺之倒座者。然空内皆空阔无物，白草纷披，蒿艾如麻，满山寂静，悄无一人。

东面险要处，方石为墙，高丈余，周以亚栏，镌字其上，曰"咏归台"。旁一小便门，备东面诸村入寨者。门外盘磴，周回里余，红栏曲曲，直至山半。旁一碣，题曰"采药径"。岩腰有六角亭。盘磴尽处，室二楹，明窗净几，一人读书其中。朱曰："此皆建舍所余竹头木屑，弃之可惜，为栏以防老弱倾跌，施以红绿，便足娱目。因墙为台，以备防守，且可游眺。亭与室备入寨者中途憩息，且防有贼追也。"自山下望之，俨若武夷缦亭。其招祸处在此，即俗所传九间长朝殿也。日暮下山，仍往公局。次日归，数日旋里。又数日闻其屠矣。后闻虞逊、刘曰东皆死于难，朱氏兄弟独无恙，终不解何故。内中微秘细情所不敢知，仅将目睹情形附记于此，以俟后之明眼人[2]细度之也。

---

① 《汪惠毅公文集》"用"前有"上"字。

② 人，《汪惠毅公文集》无。

泰安古迹考

〔清〕汪宝树

长子昭昂在京师遇某君，博古士也，言曾策蹇过泰山侧，见野寺败垣，砌石刻，有《嘉禾图》，必汉石也，时行色匆匆，未遑细阅，亦不详其村名。然则汉碑之刻字者正多，《史记》亦安能尽载之乎？且又安得以《史记》所不载而遂以为非汉碑乎？如汉之《孔宙碑》，《史记》亦未尝载之，亦可谓其非汉碑耶？家越国公，官至极品，名震天下，《唐书》不载；泰安萧尚书、宁阳吴尚书、肥城李都堂，皆位[1]列上卿，《明史》不载。然则此数公者，亦可谓其非唐臣、非汉臣耶？

泰安有淳于村，相传为淳于髡故里，村有古墓，人呼为公主坟，即髡墓也。髡尚齐王女，为齐驸马，故名。此亦确有可信者，旧志不载，意者以髡为人无足取而薄之耶？然既垂名四子书，与亚圣相辩难，亦不可阙而不录矣。

又西南乡汶水滨名家新村，后改为明家新村，以村有名、明两姓也。名氏茔中有宋代墓表，人呼为将军碑，盖宋以保障功封将军者也。又武家新村武氏茔中有金华金恕所作《武氏谱序》及《宋处士武名世先生墓表》。此三碑者，写作俱佳，足以传世不朽。

又张家埠村有邋遢张庙，村外有其父墓，前有宋代墓表，谓之“龙公墓碑”，志皆缺而不录，《神仙纲鉴》一书，荒渺附会，毫不足据。亦憾事也。

又安驾庄为古风邱，楼德村为古菟裘。布山之东羽山下有羽父古城，乃鲁羽父故封邑。东乡古东冶村有巨铁陷地中，长约数丈，厚不知凡几，传为秦销锋镝处。志皆缺然。其余沉埋于荒烟蔓草中者，更指不胜屈。

予尝欲偕诸名流，遍考邑境胜迹及古载籍中之有关泰山者，汇为一书，特有志而未逮耳。

---

① 位，原作“住”，据《汪惠毅公文集》(《山东文献集成》第三辑，第37册，第369页）改。

重修泰安中学堂记

〔清〕吴筠孙

泰安中学堂，岱麓书院之故址，前太守之所改建也。甲辰春创其始，规模粗具，未遑开拓，书籍仪器亦概付阙如。

乙巳夏，余来守斯郡。下车伊始，慨然念人材之盛衰，以学堂立不立为断，学堂之得失，以科学之备不备为断，今以天演物竞之世，听其自兴自废，自智自愚，因陋就简，而不为之所，骤欲宏作育毓俊秀，其可得耶？乃亟亟焉举前太守所有志未逮者，竭智尽能，踵之以行。筹得经费五千余金，委郡人杨玉成、钱奉祥董其事，凡未定议者，精思而规画之，已定议者，改良而扩充之。自夏历徂秋，五阅月而功乃成。屋舍修葺若干楹，添建若干楹，购置书籍、仪器若干种。此后诸生上课以及阅报、藏书，均各有定所，非敢云美且备也，第以尽官斯土者之心之责焉耳。

夫泰安居岱岳之麓，磅礴郁积，地势雄厚。都人士必有负不凡之材、克自振拔而不甘牖下老者，得斯堂以群相琢磨，不数年间，蓄道德，裕经济，蔚为国家之大器踵相接也。且其地近圣人居，圣门素重科学，德行、政事、言语、文学析而为四。今学堂分科教授，上仿《王制》《周官》遗意，旁采东西各国成法，俾就[①]学者由普通以入专门，循序而渐臻于极。今岂异于古所云耶？教者倡于上，学者励于下。他日学界之进步，人才之效果，其责固不在余，而在来学于斯堂者。爰志此，以为诸生勗。

光绪三十二年正月，知泰安府事仪征吴筠孙。

① 就，原作“能”，据原碑改。按：原碑今立于泰安第六中学院内。

重修泰安县孔圣庙碑民国四年三月

〔民国〕赵尔萃

盖闻五岳以泰山为首，三教惟孔圣独尊。然则建孔庙于泰山之侧，诚足昭两大于域中，动九州之詹视，宜乎规制崇宏，丹添绚烂，乃足竭敬恭示尊仰也。况乎大道凌夷，至于今日，异俗波诡，谰言风发，创平权之说，建自由之议，视伦常为桎梏，疾法度如仇雠。而新学后进，乐创好奇，惊为哲学，举所谓君臣父子、兄弟夫妇之义、仁让忠信、礼义廉耻之风，埽弃而无遗。而老师宿儒，乡曲敦笃之士，犹能以服习旧闻，坚持而不惑。苟非孔教之渐渍乎人心，不且将合五千年神圣之裔，相率而入于禽兽之途者几希矣。然则孔教之所系如此其重，孔圣之遗泽如此之远且长，虽荒邑僻壤，皆宜奉祀维谨，以维持斯民道德之心。更何论泰邑名都，历朝封禅之所临，顾可任庙貌之倾颓、榱题之黯黻哉？

开封冯公来宰是邑，入庙詹礼，慨然有人心世道之忧。乃召杨君玉成、钱君奉祥，而诏之曰："不重道则不足以正俗，不崇圣则不足以重道。庙也者，圣人神明之所寄，而都人士所詹拜而生其肃敬者也。修之葺之，乌可缓？监视之役，惟汝是寄；建筑之资，惟予是乞。竭尔诚，尽尔力，无惮劳，无惜费，惟轮奂之美观，务精谨以从事，尅期兴作，吾将观厥成焉！"二绅唯唯，奉命维谨。退而鸠工庀材，卜期诹吉。寒暑不敢间，风雨不敢息，日亲莅其地而督其役。阅八月而告成，既坚既实，以崇以丽。四方之游岱而来者，咸景仰赞叹，想见登泰山小天下之气象焉！呜呼盛矣！

工竣，冯公属记于予。予侨寓是邦，而为泰山之氓，又窃附于孔氏之徒，不获以不学辞，爰敬谨而记其实。乃为铭曰：

道德恢宏，与山争崇。尊道重德，实维冯公。维杨与钱，精竭力殚。金碧丹垩，日丽霞煊。登泰山之巅兮，视众山如培塿。游孔氏之门兮，鄙群言如刍狗。山则岩岩，道则巍巍。崇祠仰止，惟圣为归。

围工记

〔清〕贾乐同

围工记者，记乱，非记工也。记乱何？将乱之情形悉志诸石，使村人触目警心，知围之有益，续修而无替也。盖自咸丰十年庚申秋九月，南捻张落刑等窜扰吾境，但素升平，人不知贼之利害也。余约村众避贼徂徕，怀土者多，见机者少。及二十日，贼至，逃避不及，村中男女被害者十数人，老幼被虏者百余人。烧毁房舍无数，财物一空，六畜殆尽。此无他，无所凭借，而不能守也。

未几，滨州杜公奉朝命团练山左，劝民筑围自守。白基亭、主冶亭、李兆龙、安思善、张传诚、陈华文、王毓珍、万连亭等，即率众兴筑。推余与秉仁安君总其事，余辞不获已，遂于十月兴工。夫以户出，财以地计，商人量本之多寡，更约邻村以为之助。于是，门成其四，桥建以八，墙筑四百丈，更凿外濠以护之。凡八阅月而工粗就。

越明年，八月，捻匪又至。赖围而守，不致奔逃。同治元年六月，土匪刘德沛据淄川，南匪数与往来，吾乡适当其冲。并教匪宋吉朋等起邹县，据白莲池，来抢掠者三次。皆以闭围坚守，贼不敢逼。

嗟乎！前以无围而被害，后以有围而获安，围之有益于人也，岂浅鲜哉？果能续修无替，围长完固，即仓卒有变，亦有所恃而无恐矣。工落成，议将围派分，商农遇破坏，各自修补，逾月不修，每尺罚破石五小车。倘恃符不服，合村禀官究治，断不可恕一恶人，而开废修之端也，村人其毋忽诸。凡本村有劳诸君子，并志贞珉，以垂不朽。

重建金铃寺碑记

〔清〕吴少陵

栗林地方金铃寺，元朝所建古刹也。后殿佛祖，东殿关帝庙，西殿地藏，前殿昆庐。屡次重修，具有碑记，所缺者钟鼓楼耳。

本朝嘉庆间，有叔祖监生吴星南，立意监修，疾作不果，四方失望焉。道光壬寅秋，有族弟监生吴玉仕、堂侄贡生吴大勋，邀同地方诸父老，就谋于陵，欲重整庙貌，并建钟鼓二楼。陵曰："此盛事也。"因为创立募疏，同见府尊法公祖，蒙其概然允许。而一邑官长，四方缙绅，无不乐义疏财。阅岁余，而工告竣。今将纪其事以垂永久，而求之为记。陵极知固陋，以诚求之切，不能辞也，爰为之记。曰：

> 盖闻，须弥兰若，即号青鸳；洛下伽蓝，便称白马。永兴推宅，恒镌净果于许询；宜寿闻钟，长托胜因于荀勗。海上现辟支之佛，绿玉为阶；人间开舍利之场，绛云成盖。何必莲荷葱岭，给孤始解捐园；鹫苑猿江，大士方能舍室哉！

泰郡城东金铃寺者，岱左名区，汶阳胜境。树林茂密，壮三千世界之观瞻；殿宇恢宏，为十八庄□所托庇。萦晴结暝，铜笼伴佛髻以偕青；醮水潦烟，铁马浑天花而共翠。展矣尘寰之净域，洵为欲界之仙都。假使案上名花，不衔野鹿；古来乐事，长属爽鸠。固宫免改作之劳，长府仍旧年之贯。则秦关锦砌，常依绣岭宫前；蜀地花砖，永保摩河池上。无如绣囊惯解，金镜能亏。宝瓮晶莹，终类武禬之石；银床屈曲，徒盛玉女之浆。此则香积如来，愿仗皈依之刀；沃侵菩萨，乐施忏悔之方者也。于是五色琉璃，时装莲界；七重兰盾，代植祇林。鼓奏西雝，救众生之苦恼；钟鸣东洛，醒历劫之沈迷。构绀榭以由关，架琼梯于震旦。不有所废，其何以兴？自古昭然，于今为烈！

此千秋宝刹，每苔躔藓砌于前朝，而六代琳宫，仍天棘翚飞于今日也。然其始也，庐峰乍辟，安能银殿飞来？汉观初成，未必玉梁自下。不藉鸯摩之愿，难还龙树之观。时则戒僧圆吉者，量托恒河，胸拌智忍。既贯花而卓锡，复插草以倡缘。四殿重新，勇类秦皇之鞭石；双楼崛起，艰同夸父之移山。信成佛面之光辉，尤赖人心之愿力。张道周亲身执爨，几同舍得于寒山；刘承乾秉笔记名，便是佛前之书记；张秋芳挪忙督役，固为乐善之诚；白玉杏舆疾监工，又见急公之切。凡诸善信，无非喜舍之兰院；维我府尊，本是再来之摩诘。从此莲台一座，岁岁开花；贝叶千翻，时时证果。添香续火，结百年不散之缘；伐鼓撞钟，惊万古难醒之梦。众人力也，厥功懋焉！

陵也赋性粗疏，托居僻陋。载榼瓻之酒，门奇乏人；坐弥月之风，立雪无地。猥以众人之諈诿，仅竭一得于刍荛。请即伐彼青珉，镂之紫篆。试使珊瑚七尺，秦蚕织无量之龛；还教鸜鹆双飞，古虿镌有缘之碣。呜呼！赵无恤之世泽，恐负九言；郭有道之碑文，不惭一字。

重修普照寺碑记光绪庚辰

〔清〕梅启熙

岱宗西麓，旧有普照禅林，负恃崇阿，凭陵[①]深岫，云[②]山之胜境也。其始不知创自何代，明季重修，迨及国朝，年远倾敝。时有名僧祖珍者，博雅工诗，以明进士弃儒皈佛，卓锡其中。一时士大夫咸与之游，得其句

① 陵，《泰山石刻大观》第十八卷原碑影拓（第七七页）作“凌”。此碑今在普照寺，立于清光绪六年（1880）。

② 云，《泰山石刻大观》第十八卷原碑影拓作“灵”。

者，每多脍炙人口。珍欲再辟荒荆，而众善欣然乐助。于是梵宫立起，金碧重新，并于寺东构石室数楹，引流凿池，以为习静之所。种松植竹，趺坐看云，见者辄作出尘之想。日与八散人往来啸咏，有《石堂集稿》刊传，而寺名因之益著。

祖珍圆寂后，数十年间，沧桑顿易，颓垣败瓦，成废刹焉。复有瑞庵禅师，自山口镇还住于此，道行素深，不忍寺之沦没，募化重修，惜乎事半而寝。幸其徒盛光者，能继其志，经营不辍。沿及祥如、毓梅、杲伦诸和尚，踵而成之。前后凡五十余年，数兴土木，至光绪己卯冬始落成，规模大备。

其制也，后建佛阁两重，供奉如来法相，方亭中耸，更因山势为阶级。转折而前则大雄殿，东西两庑，参天古木，护法当央，钟鼓之楼分列左右，而山门辟焉。殿之西侧为闲圃，东为僧院，为香积厨。阁[①]之东侧为别囿，置禅舍十余椽，中有藏花之坞，西为客堂，明净轩敞[②]。竹森于后，梅馥于前，四时之卉不凋，六朝之松犹在，遂使名山生色，舍此奚足观哉？

嗟夫！寺之兴废以僧，而人之敬僧以佛。佛之为道，幽寂而难窥，曾不若尧舜、禹汤、文武、周公、孔子之道之为切近于人。然而自汉以下，佛老之说辟之而不湮、礼乐之教崇之而弗彰者，固非儒之难、佛之易也，顾奉行得人与不得人耳。由是观之，彼僧者，其亦未可量也。是为记。

光绪庚辰，郡守梅启熙少岩氏撰。[③]

---

① 阁：侧门，小门；用同“阁”。

② 敞，原碑作“厂（廠）”。廠，用同“敞”。

③ 原碑末署：“赐进士出身、翰林院编修、江南道监察御史、光绪丙子科诰授通议大夫、知山东泰安府事、豫章梅启熙。……大清光绪六年，岁在庚辰，清和月谷旦。”

重修遥参亭碑记①

〔清〕吴士恺

岱之灵遍天下，而庙于岱者，前独有亭，曰遥参，盖本为庙之初阶，礼谒者致虔焉。非徒壮观瞻、昭赫濯也。迨明建奉元君像，而势遂与庙离，然所以导瞻拜之诚，与夫争先快睹之意，则一也。自是以来，规模日扩。国朝乾隆间，巡抚富公始一修之，历年近百。而太守来公复修于咸丰之丁巳，成于戊午。溯戊午及今，不满三十年耳。其间风雨之摧侵，雀鼠之穿穴，渐经凋败，有待补苴。

光绪甲申春，士恺承乏来兹，即请于太守全公，转请上台，筹资修岱庙之前楼矣。又虑斯亭之寖即于颓也，前令陶刺史曾捐存钱五万，将踵此鸠资，乘匠氏之便而完葺之。典史孙竹君少尉廉干有声，力肩斯役。历城首事张玉成有事于县，愿任奔走之劳。意不过择要弥缝，在稍稍掩陋而已。工甫兴，而一漏未填，百罅俱出。捐之城不足也，则募之四乡，复不足，则募之会垣。随募随修，随修随集。卒赖神之默佑，而从容蒇事。即于乙酉之二月始，至明年丙戌二月止，阅时适寒暑一周，费钱共五十五万有奇。自正殿以迄大门，缺者实之，倾者直之，墙壁之有绘画者新之，其剥落者涂泽之。内而列像，外而石兽，而华表，靡不采饰。由是丹垣藻棁，一望改观。陟斯亭者，赫濯之威，愓焉心目，其瞻拜之诚何如？其争光快睹之意又何如也？

工既竣，凡有力斯役者，例得附名。爰述由来，用彰事实。若夫气象宏敞、灵爽式凭、士与民之殷祈告争鞠跽②者，莫不回面洗心，罔干非分。而神亦永垂鸿贶，阴阳以和，风雨以时，隐消乎沴戾之灾，显被乎丰穰之

① 记，原正文标题无。

② 跽，疑即为“䠊”。䠊，同“跽”。鞠䠊：躬身小跪。

福，是又守土者修德以冀，而未敢率尔乞灵者已。

知县事阳湖吴士恺撰。

重修三皇庙碑[①]记

〔清〕李文诰

天下事有不可信者，有不可不信者。如传一说焉，我所未见，我所未闻，而无理可稽，何可遽为信也？如传一说焉，我所未见，我所未闻，而有理可稽，何可遽为不信也？

史家编年，肇自三皇，一曰太昊伏羲氏，一曰炎帝神农氏，一曰黄帝有熊氏。然于前编之上溯自盘古，又曰天皇氏、地皇氏、人皇氏。其说两存，何者为信史欤？矧删书断自唐虞，宣圣载笔，不敢援疑为信，后之人无闻知，讵得意度附会、侈谈荒渺哉？总之不离经文者近是。《易·系辞》云：包犠氏之王天下也，作卦而通德类情；神农氏作耒耜之利，以教天下；黄帝氏作通其变，使民不倦，神而化之，使民宜之。是皆大有功德于民者，此三皇庙之所以必建，历代而永重为祀典也。三皇庙配以八蜡。八蜡也者，先啬一，司啬二，农三，邮表畷四，猫虎五，防六，水庸七，昆虫八。郊特牲之文，记载綦详。其有益于国计民生，不烦言而自解矣。况此庙之在岱下，尤关乎发生之原，诚不可一日而就湮也。乃日久失修，两庑久佚，正殿仅存其址，亦几几乎大蜡之无所矣。

我邑侯□□□[②]复官斯邑，深为愀然，意久欲修葺，第时值旱干，方抚绥饥民之不暇。适府宪□□□下车，关心民瘼，互议兴修。此意甫举，

① 碑，原正文标题缺，据目录补。

② □□□，当为“苏名显”。苏名显（约1810—1879），字炳臣，直隶交河县进士。时任泰安知县，即下文之“丙子、丁丑（清光绪二年、三年）”。

早已上酿天和，以致春雨沾足，播谷及时。城厢之民，悉体此意，乐输经费，共五百余缗。浼少府□□成其事，鸠工庀材，逾[1]月告竣。果尔甘霖迭沛，二麦成熟，甲于他年，将由此转歉为丰，于以见神功之浩荡，不可不信，益以见君子之为民祈福，不可不志也。邑人咸铭诸怀矣。爰濡笔而乐为之记。

重修三皇庙记代县尊作

〔清〕李文诰

丙子春，复宰斯土。时恒旸兆，愆岁歉收，饥民嗷嗷，几虑赈恤之无方矣。幸上天不遗斯民，久旱而终赐以雨，尚克有秋，虽米价昂贵，较诸他境犹优。且自丁丑冬，喜雪兆瑞，好雨知时，原隰优沃，良苗怀新。适乘公事余闲，偕二三幕友，散步野外，仿田畯至喜遗意。见夫笠聚东菑，馌者未及有啖，先举杓挹汤，向空扬洒，询其故，则曰："祭过路之神。"予哂而未言，旁一白发叟瞿然曰："非也，尔无知，此乃祭农神，不忘本之意也。"及问何为农神，彼又胡卢而笑，茫无所知。予于是而有感于三皇庙之久圮矣。

泰郡之三皇庙，在岱宗坊北，南向，正位，祀伏羲、神农、黄帝，配以八蜡，两庑先医。岁以十二月初八日祭，为郡人大蜡之所。明弘治间，尝遣中官致祭。崇祯癸未重修。两庑佚焉。然载在祀典，历年奉行，迄今罔替。但日久失修，庙就倾圮，正殿仅存基址，门墙半湮。虽按期致祭，而丛生荆棘，石径荒凉，甚非所以酬神德而慰人心也。况蜡祭所关，尤非寻常，奉神者比郊特牲云。伊耆氏始为蜡，蜡也者，索也。天子大蜡八，

① 逾，原作"愈"，径改。

一先啬、二司啬、三农、四邮表畷、五猫虎、六防、七水庸、八昆虫。类以其有功于民，每当万物闭藏，索而飨之。其殆寓酬德报功之情欤？抑以深返始乐生之意欤？是则祈年恒于斯，报赛恒于斯，息田夫记四方恒于斯。年不顺成，其蜡不通；顺成之方，其蜡乃通。《礼经》详载。

夫守土者，以民事为重，值此转歉为丰之际，方期与吾民共庆时雍，生养休息，以和亲而康乐，胡忍以大蜡之所，听其湮没而不及问也？乃召附近士庶而诘之曰："神功可泯乎？"曰："不可！""蜡祭可废乎？"曰："不可！""此庙可复修乎？"曰："可！"于是若士、若农、若商，咸乐输资财。不待谋于乡村，固已得五百余缗。孙□□董其事，鸠工庀材，省费适宜，阅月半而工告竣。庙仍旧制，庶于蜡祭之期，俾草服黄冠者流入庙观礼。倘其顾名思义，讲求农神为谁氏，则前所遇之白发叟不更进一解乎？是为记。

曹公渠碑①

〔清〕赵步瀛

泰郡山国也，粤稽开宝创建，近千年矣。北依岱岳，南障②徂徕，汶流远抱，泮水近环，西溪、东溪映带左右，号为名胜矣，夫何间然。特甃井殊少甘芳，都人士犹以为憾。

辛巳春，太守曹老公祖③、邑侯曹老父台④来莅兹土，雨旸时若，年谷顺

① 原目录"碑"后衍"赵"字。原碑今位于岱庙遥参坊南双龙池侧，立于清光绪七年（1881）。此碑多半文字已磨泐漫漶，磨泐漫漶者不再一一出校。

② 障，原作"彰"，据原碑改。

③ 按：其人名濬澄，时任泰安知府。

④ 按：其人名锺彝，时任泰安知县。

成，士民相庆，以手加额，咸有叔度来暮之嗟。当下车伊始，稔知群黎瘠苦，凡惠我蒸民者，百废俱兴，治具毕张，尤惓惓于水利之未兴。遂慨然遍召绅耆，博采众议，询谋之同，下及刍荛，延堪舆相地理，爰进而诏之曰："善视之，是役也，惟期泽润生民，绥爰有众，庶得清流为廉泉、让水，永济黎庶于无穷，岂徒为一时计乎？"时惟盛夏，不惮劬劳，跋履山川，践行险阻，引东溪水而试之。寻流溯源，因势利导，规画图章，指授方略。预昭示闾阎，勿令出资。款虽浩繁，不烦民力。庀[①]材鸠工，胥由鹤俸。俾穿石之溜，流行于通衢陋巷之间，清且涟而清且沦，洵有左右逢源之乐。即妇孺之挹注，宛如取诸宫中，较夫往来井井，王明受福，尤为便利[②]。视曩者摩肩击毂，抱瓮挈瓶，其劳逸为何如！后之饮水思源者，当亦思果谁之力欤？

工既竣，佥曰："我公道济之心，刻期而待，倍切耿将军之拜井。"因忆杭之西湖，李邺侯创之，白太傅[③]因之，苏学士成之，不知几经筹画，而后民食其德。乃此渠之成，源远流长，允称德扬而恩溥。知郑公有渠，白公有渠，不得专美于前矣！且夫天地之间，物各有用，自以有用为贵。□以清流济万民，当亦山灵所乐许也。兹饮而甘之[④]，伏思惠泽之溥博，不可以不志，乃相属为文以记之。瀛谓众沐公之德，鳞集仰流，久载口碑，寿于金石，所以兴养立教，有父母、神君之戴者，奚啻山高而水清。今调水济众，特[⑤]小试其端耳。念公深仁厚泽，当已沦浃肌髓，不言而喻矣。将来为民造福，湛恩[⑥]汪濊者，正未艾也。若砌挂一漏万之词以识之，殊浅已，由是终日构思，不敢赞一辞，惟奉嘉名为"曹公渠"云。□□仙洲赵步瀛撰文。[⑦]

---

① 庀，原作"庇"，径改。原碑磨泐。
② 利，原缺，径补。原碑磨泐。
③ 傅，原作"传（傳）"，径改。原碑磨泐，似"傅"。
④ 之，原缺，据原碑补。
⑤ 特，原缺，据原碑补。
⑥ 恩，原作"思"，径改。原碑此字漫漶，似"恩"。
⑦ 原碑末署："光绪七年岁次辛巳孟冬上瀚。"

双龙池碑

〔清〕傅锟

泰郡多山而少水。辛巳夏，余来①守是郡②，邑令曹亦后先莅任焉。民以城无蓄水为憾。既饮泰水而甘，问于泰人，得于城西数百步之遥，其上则泰山耸然而特立，下则幽谷窈然而深藏，有泉滃然而仰出。俯仰左右，顾而乐之。天地自然之利，不引之适于用，弗贵也。城中每遭回禄，救援莫及，守兹土者莫不以兴水利为念。前太守增公、梅公有志未逮，旋擢任去矣，士民感之。公余暇，余与泰人共创此议，具有同心。始犹疑其难，继访羽士张传彬，具述水源，众绅士李三策等董理其事。爰不辞艰巨，力图其成，博采群议，禀请上宪，酌同捐廉以兴是举。时维盛夏溽暑，登山相其机宜，观其流泉，导泰水之源，自王母池而下，环绕岱庙，贯注遥参亭前，结大池以停奔湍之势。水不在深，有龙则灵，因颜曰“双龙池”。都人士具大观焉。因溪理沟，节次开池以蓄水，取之无尽，用之不竭，是造物者之无尽藏也，而吾与民之所共适。县署前结池于左，混混原泉，盈科而进，取用称便。

是水也，发源于泰山之巅，绕城中，达汶河，二百余里之源流，一以贯之。夫惟政通则人和，人和则百废具③兴。踊跃从公，不日告成。欢乐之象，感召天和。是岁雨旸时若，乃亦有秋，有自来欤？衣食足然后礼乐兴，将见人文鹊起，科甲蝉联，于文教风俗大有裨焉。好恶同民，未之能信，窃愿成此志云尔。因弁数言，以为之记。候补县傅锟代撰文。④

---

① “水”至“来”六字，原碑残缺。原碑位于岱庙遥参坊南双龙池侧，立于清光绪七年（1881），因碑曾断裂，多数文字已残缺，且亦有磨泐漫漶者，以下此类文字不再一一出校。

② 郡，原作“邦”，据原碑改。

③ 具，原作“俱”，据原碑改。

④ 按：此为候补知县傅锟代知府曹濬澄作。原碑末署：“光绪七年十月□□。”

乐善桥碑光绪丙申

〔清〕秦应逵

邑居岱宗之麓，溪流歧出，环城三面，旧皆有桥。直西门曰上河桥，直南门曰下河桥，迤南曰乐善桥。阛阓栉比，往来纷如。桥之创建未知何年，风雨之所剥蚀，车马之所蹂躏，物蔽于时久，质损于用劳，理固然矣。加之夏秋之变，洪流暴涨，石与水俱吞啮冲激，石础敝坏，攲仄动摇，涉者病之。

乙未时，承乏斯邑，下车未久，协戎马君春浦以桥工经费筹款修补来相商。因沿溪巡视查勘，至此慨然久之。夫除道成梁，守土之责也，邑当冲途，尤为急务。第事归官办，弊窦易生，爰进耆绅，与之约，费自官筹，工经绅办，敝者新之，缺者补之，虚者以实，瑕者以坚。经始于八月，越十月，而三桥之工一律告竣。乐善桥为驿路要冲，过者尤夥，旧本三板，水溢而西，终时沮洳，接筑新桥二板直达彼岸，履道坦坦，人占利涉，良快事也！

共縻金钱壹千壹百有奇，石兆之，灰亿之，工匠所资，视石之费而强弱若干。料省工坚，一劳永逸，无虚饰，无妄费。估勘监视，少尉车君仲山、城守协防周君鼎三之力居多。附近绅耆等各为其方段经理，日集河工，不辞劳瘁。杨君、钱君，其急功尤不可及云。至于捐资名姓，一循成例，镌诸碑阴。

光绪丙申，知县事秦应逵撰。

修理泰山盘路碑记光绪八年秋

〔清〕任道镕

泰山由麓至顶四十余里，其间石磴六千七百余级，合计其地，当[①]十不

① 当，《泰山石刻大观》第十八卷原碑影拓（第一〇三页，原碑今立于红门宫北约50米处路西侧）作“尚”。

逮一耳。历年既久，半已倾圮，行者多有陨越之虞。道镕于是岁春月，爰檄曹守濬澄、徐令寿基，计工修葺。危者安之，毁者易之，以及桥梁、陡崖、石坡等工，亦皆修治完固，而险峻难济[①]之道，拾级可升。今而后，行者皆便于登降矣。惟恐更阅数年，而今之所谓完固者，又何若也？因于事后，提拨闲款银五百两，合修理山路工银五千五百两，合[②]成六千两，分发济、泰、沂三府生息，以为岁修之费。道镕于奏闻后，已奉谕[③]旨准照所请，爰为之记，以垂永远焉尔。[④]

修泰山盘道碑光绪十二年仲春

〔清〕陈士杰

泰山为五岳长，朝廷岁遣官致祭，抚是邦者，先后以时修治。山高六千七百级，怪石巉崖，下临深涧，行者时有戒心。士杰莅东之三年，命曹道濬澄率黄令丽中修补津梁，平易道路，盘曲处翼以石栏，凡二千五百二十丈。俾登山者有恃无恐，履险如夷焉。因念古人当国事艰难险阻之时，必竭忠尽智[⑤]，多方维持，使之转危为安。事虽大小不同，而其理则一也，二君勉之。[⑥]

---

① 济，《泰山石刻大观》第十八卷原碑影拓作“跻”。二字通。

② 合，《泰山石刻大观》第十八卷原碑影拓作“共”。

③ 谕，《泰山石刻大观》第十八卷原碑影拓作“俞”。俞旨：表示同意的圣旨。谕旨：晓谕帝旨，皇帝的诏令。

④ 原碑末署：“光绪八年岁次壬午孟秋，宜兴任道镕书。”

⑤ 智，原碑（今立于红门宫北约50米处路西侧）作“知”。知，“智”的古字。

⑥ 原碑末署：“光绪十二年仲春月，楚南陈士杰撰并书。”

重修涂河桥记

〔清〕张凤翙

涂河桥之创始，垂百年矣。沧桑变迁，水去而斜趋北岸。前辈卢星舫与黄冠薛启之，倡为新桥十三架，以与旧桥接，至今赖之。惟是水流迅激，桥桩之下，嗽咽久而石梁屡陷。

辛巳春，都人好义者，醵[1]金庀材，谋更筑之。撤其石控，深数尺密甃焉。复以巨石缘其左右，广数尺，长与桥等，以拥护之。又因北岸之蚀也，补其隙，平其坎，增之使高，凡泥沙之壅于下流者，悉涤去之，使水复归其壑。而岸上古冢向之岌岌可危者，今而后庶知免矣。工既竣，属予为文以记之。

予观夫河源西溪，飞瀑百尺，上受山内诸水，历黑龙潭、白龙池诸胜境，当夫积雨初过，万壑雷鸣，更兼山外诸涧，并注齐赴，怒涛汹涌，势如逸马之奔腾，则桥之建于兹也，盖亦难矣！然吾谓天下事，不患时势之难，而患基址之不立，不患推行之窒，而患壅蔽之自穷。今诸君子，筑其基而基固矣，撤其壅而壅除矣。基固则不摇，壅除则大顺。于以奠磐石而庆安澜也，夫何难哉！夫何难哉！

是为记。

游樱桃园记光绪三十年仲夏

〔清〕黄经藻

嶅崃山之西，有谷而深。谷中地不及十亩，高且燥，下临有涧水，寻有余，乱石荦埆，不宜耕种。数十年前，人视为弃土，无过问者。主人鲁氏品方，廉

① 醵，原作“镓（鐻）”，径改。醵金：集资，凑钱。

其值，以三百缗得之。于是穷泉源里许，开一渠，累石架梁引水，抱山腰而出，地遂成沃壤。所植竹木百果皆茂美，结实离离。树以樱桃为多，故名曰樱桃园。

凿池蓄水，其中芰荷蒲荇之属，参差错杂，不可以数计。凡果品、蔬菜、蓝靛、竹箭，较稼穑利倍蓰，园岁可得钱三千贯。今主人子峄亭、质庵弟兄二君，因是而致富，积年有余利。别构亭台，安几席，为游人憩息所。其地既有泉石，有花木，可远尘嚣则避暑气。又距郡城仅十有五里，以故，每当夏日，游者益众。

余久耳园名，至今年甲辰六月，因差至泰安，始得月之七日，偕金君少仙与其侄木吟一游其地。后至者又有徐君步青。余于风尘奔走中，一旦得入清幽胜地，复遇同游良友，呼酒放歌，为竟日欢，顿觉此身翛然世外，几忘为草草劳人矣。

酒酣，进主人而问之曰："子亦知是园化瘠而为腴、子得蒙其庥、余得览其胜者，其故安在乎？"主人曰："兴水利之故。""然则北省之地，时患旱涝，使到处广开沟洫，一如是园，其利可胜言哉？"主人笑而不答。舆夫促驾曰："西山日落矣。"群起别主人而归。回首犹见林梢片月一路相送云。

光绪三十年仲夏月，汀州黄经藻初稿。

樱桃园记[①]

〔清〕周彤桂

泰山西北，拔山峪、横岭之际，旧有樱桃园，名实不副久矣。咸同间，

① 原目录为《游樱桃园记》，位于该卷赵尔萃《天然池记》后，正文则位于缪润绂《游经石峪记》后。今据内容及成稿时代微调至此。周彤桂（生卒年不详），字复卿，清济南历城人。该文中言："东偏门外新凿一池，题曰鉴我泉"，按"鉴我泉"今有清光绪二十四年（1898）泰安训导李润深正书方碣，该文当撰于清末。

有嶅来[1]峰下隐君子鲁涧谷先生卜筑于此，补植樱桃数处，俾实其名。而此峪地脉颇有奇气，往往樱桃熟时，向阳殆尽，向阴方熟。询诸野老，亦不解其云何。

先生世居王庄，去峪四五里，其行谊具见余所拟先生墓表。今岁冬初，张生澄清延余来游，跻先生旧山庄。移步竹溪，早深有斐之慕，顷与先生哲嗣峄亭、质庵相晤谈，豫顺之气，盎尔俱流，益叹克迪前光，亦近今所罕觏者。后质庵请作《樱桃园记》，余既悔来游之迟，不获望见先生颜色，幸因此园，犹堪想其流风余韵，遂不敢以不敏辞。

原夫宋代胡、孙、石三先生谈经岱麓，学者宗之；国朝赵、宋二公起，星霜虽隔，若合符节，故后人并置一堂，争俎豆焉。乃先生之学，不得之五贤，竟得之李二曲先生之书，抑独何欤？近世士大夫好谈异学，动谓儒术迂阔不切本情，辄以儒为诟病，岂知此非儒者之失，学儒者失之耳！扬子云："通天地人之为儒，参天地赉化育之谓儒。"儒者之学，实践而已矣。实践之道，日用而已矣。先生归儒，其绪余已见于治樱桃园。

试观园中布置，随时因地，纯任自然，其中触处天机指与物化之妙，均非躁心人所能领会循道。而南峪口为鲁氏山庄，题石曰"饮水思源"。峪分两岸，西岸为庄院，堂前有池，镌曰"川华"，东偏门外新凿一池，题曰"鉴我泉"，盖承先生之志也。东岸有平台，藤萝如虬，缘每招友啜茗，逸兴遄飞，下有池，蒲荷茭荠，挺生翘秀。东北垒石为垣，界以柴扉，有泉从崖下出，淲淲声震耳，题曰"宜竹泉"。至所种竹森阴茂密，随群峭而摩天，每岁三四月，迸笋参，取供客，香脆逾湘楚。当暑，入之潇洒；至寒冬月，羽族争栖其中，丑类莫辨。然则此园虽以樱桃名，而桃仅争荣于一时，竹独挺节于四序。况先生所爱惟竹，而竹尤据一园之胜，则先生之清风特操，殆如竹箭有筠，非桃李争艳、

① 嶅来，原书又作"傲徕、傲倈，嶅崃、傲崃、傲来"等，皆为同一地名之异体。

蒲柳先零者比，然则即名园为竹园亦宜。其他风景，来游者各有会心，固不待余言之赘也。

樱桃园记

〔民国〕赵尔萃

盖闻善作者不必善成，善始者不必善终，此以见作始者之难，而成终者之尤不易也。

余尝游泰山之西，傲崃山之麓，循途逶迤，曲径而入，历荒沙枯涧，阒寂无人之境。乃忽焉而竹木茂密，流水潺湲，土壤膏腴，鸡犬鸣吠，俨然避秦之好桃源者。是何地耶？盖樱桃园也。

园为鲁氏别墅。鲁氏昆季二，长曰峄亭，次曰质庵，以孝友传其家，以耕读世其业，皆朴而不华，质而不野。其先人品方先生者，隐君子也。不慕荣利，不求仕进，日以山水自娱，乃辟此园以为墅。方其始也，无所谓田土也，砢磊者其石；无所谓沟渠也，漫漶者其水；无所谓桑麻竹树也，丛莽者其蒿莱。钩棘者，其荆榛也。先生乃身为垦治，不数年，而砢磊者以平，漫漶者以渟，丛莽钩棘者以清。先生乃察泉脉，辨土宜，相阴阳，度高下，何处可室，何处可渠，何处可田，何处可树。不十余年间，而室可居，渠可溉，田可耕，树可实。先生既殁，两哲嗣复孜孜焉以继先人之志。今则田禾茂密，果实缤纷，树可合围，竹已拱把。而池，而渔，而藕，而芰，鸣禽上下，水木明瑟。来游者莫不欣然艳羡，谓天乃以此佳境厚鲁氏也，而孰知其始之砢磊漫漶、丛莽钩棘者，固一荒山穷谷，而鲁氏乔梓五十余年之精力尽萃于斯哉！

间尝观世禄之家，其祖若父，置田庐，莳花木，阡陌连云，园亭如绣。乃一再传，而园颓壁败，土地荒芜，使人有今昔盛衰之感，岂开其先者之未善欤？亦继其后者之无人耳。吾以是敬品方先生之善作始，而尤敬峄亭昆弟之善成终。且更望教其后人不坠其业，月异日新，为名山保此奥区，增其盛境。

余拟作此记久矣，以牵于人事，不获执笔。丙辰自秋徂冬，抱病八十余日，步履不能自由。冬月朔日，稍觉清爽，率而成此。用退笔书之。此则赠言之意也夫，是为记。

傲崃山民赵尔萃未是稿。

天然池记

〔民国〕赵尔萃

予自戊寅来游斯邑，见夫山巅涧麓，流水潺湲，随处涌现。酌之味甘如醴，乃一任其汤汤而去，而郡城内外，民间之饮苦食碱弗恤也。时铁岭增君芝田守是郡，余姊婿也，因怂恿其开渠引水，以便民汲，工未兴而去职。曹君晴轩继之，即今所谓曹公渠者是也。意谓其效既著，踵而行之者当不乏人，乃迟之久而无闻焉。己亥，重游来此，遂以卜居。时范君慕韩[①]初置山田于天外村，予往视之，复怂恿其开渠引水以灌田。村之邻亦行之，收获几倍于常时。意谓其效既著，踵而行之者当不乏人，乃迟之又久，而仍无闻焉。

今夏来斗母宫，比丘法霖[②]导予[③]视其庙之南，有废圃，因教之架石梁以为渠，就坎窞而凿池，不三旬而工蒇。昔之芜秽不治者，转瞬而为游憩

① 慕韩，原缺，据原碑补。天然池记碑在泰山斗母宫旁，嵌天然池北墙内，立于民国五年（1916）。

② 比丘法霖，原缺，据《泰山石刻大观》第二十卷（第五〇页）原碑影拓补。

③ 予，《泰山石刻大观》第二十卷原碑影拓作“余”。

之胜地矣。法霖[1]索予[2]题名，予[3]因之有感焉。

夫泰山之水，天然也，不知阅几千百年矣。庙中之易于引水，天然也，亦阅百数十年矣，乃迟之[4]今日而后成。使无人谋为于其间，将终不可得此景物也。充斯类也，谷之实，木之果，天然养生者也，无人树艺之，且不可得而食矣。鸟之羽，兽之毛，天然卫生者也，无人组织之，且不可得而衣矣。此犹其小小者也，若夫山川之险阻，地产之精华，人才之钟育，物理之生化，皆天然自具者也，使无人焉为之经[5]营开辟、养育研究之，其将终于废弃埋没者，皆可于此水鉴之矣。因以天然名其池，并抒此意为之记。

傲崃山民赵尔萃撰。[6]

泰安令毛君[7]兴学记

〔清〕陈荣昌

中国之山以五岳为大，五岳以泰山为尊，故曰岱宗。之阳为鲁，其阴为齐。孔门高弟多鲁人，汉大儒又多产于齐，承学者盛称齐鲁，有自来矣。今朝廷变法，汲汲于设学。泰安之为邑，在岱之麓，山高而壤平，雄杰庞大之气，于是乎在，意其学必勃然以兴，葱然蔚然，以衍于无际，乃称其地之灵焉。予就而察之，有不尽如所期者，岂地之灵不验欤？抑在人不在

① 法霖，原缺，据《泰山石刻大观》第二十卷原碑影拓补。
② 予，《泰山石刻大观》第二十卷原碑影拓作“余”。
③ 予，《泰山石刻大观》第二十卷原碑影拓作“余”。
④ 之，《泰山石刻大观》第二十卷原碑影拓作“至”。
⑤ 经，原作“轻”，据原碑改。
⑥ 原碑末署：“丙辰七月朔日，傲徕山民赵尔萃并书。”
⑦ 令毛君，原目录作“毛令”。

地欤？

泰安之士，相与叹息，而语余曰："毛令君者，真其人也，惜乎令君往矣！"。其于学可谓善作者，而后之人不善成。奈之何哉！当令君之时，初设学之时也，立高等小学二百余楹，有生徒百余人肄业其中。又立师范传习所，又立工艺教养局，又立初等小学及半日学堂若干所，又谕乡民立小学凡一百八十有五。令君既出廉俸为之倡，又为之清厘公产，以济其用，不足则令中富以上捐资为之助，故款集而事举。巡抚周公封山至泰安，遂遍阅其校，称为省小学第一。盖彬彬乎学风之盛，甲齐鲁矣。可不谓之勃然以兴耶？使后之为政者继长增高，有加而无已，安在不葱然蔚然，以衍于无际也？

呜呼！自令君去，而继之者更数任矣，未闻吾邑之学有进于前，且岁减其数焉！今乡之小学不满百矣！若蹶而不振，更待数年，其颓废尚堪言耶？觇学者推安邱、潍、黄三县为冠，无及泰安者，向所称东省第一，今竟退居人后，不敢起而与之争，有司者固当执其咎，抑亦吾邑人士之耻也！其负令君实甚！令君尝三权吾邑，方其去，犹冀其复来，以观吾邑之学之成也，不意去不复来。今距其殁且七年，而吾邑之学乃愈坏，于是愈思令君不置。将勒其事于碣，设其位而尸祝之，为吾邑劝学者风也。愿有文焉，以纪其事。予固有学责者，无所辞，遂为之记。

令君讳澂，字蜀云，四川仁寿人。以名下士入翰林，改官山左，为牧令二十余年，不治家人生产，悉出所入以治民事，故所至多异绩。张勤果公谓其才堪疆寄，典学其政一耳，予职司所在，是故尤慕其人而乐道之也。为青辞以遗泰人，俾歌以祀之，其辞曰：

泰山之石兮，以铭令公之绩兮。汶水之流兮，吾以拟令君之泽兮。令君来兮，吾有子弟得所依兮。令君去兮，吾有子弟谁与归兮？今之人能扩而大兮，固令君之遗爱兮。其或堕以颠兮，惟令君有斐，谁其喧兮？令君虽死，死为神兮，尚阴相我泰人兮。我子我孙，率惟谨兮。自今报祀，永以弗泯兮。

山东提学昆明陈荣昌撰。

太清寺义塾碑记[①]

〔民国〕葛延瑛[②]

秦火烈，学派分。一时讲学家有汉学，有宋学，有经济、金石、词章学，分道扬镳，皆是其是，而要皆以小学为基础。《少仪》《学记》《弟子职》诸篇详哉言之矣。然后之敢为大言者，曰上世之学，患谈老庄，今日之学，患谈孔孟。呜呼！孔孟，圣人也，非圣无法。夫人而知之，独怪今之号为学孔孟者，所习者时艺而已，所求者科名而已。如是以言学势不至，驱天下子弟尽背而驰焉不止，亦何怪他人之呶呶也！

吾乡膏淤村西偏太清寺，一方之名胜也。蛇水环其左，古刹峙其中，名流览胜，多出于此。余也时附末光，见其佛殿峥嵘，禅房幽秀，华严界中，轮焉奂焉，为之低徊者久之。禅师有三，揖予而言曰："此非余一人之功也。五品衔例贡生瑞亭李公慨捐千余缗，以成此善举，吾侪于此得衣钵相传，公之赐也。"言已，折而西，别有一院，豁然开朗。余顾同游曰："兰若之胜，甲一方矣，使更有大有力者，构广厦数间，俾吾乡聪颖子弟读书于其间，其造福一方，较之急抱佛脚为何如？"乃曾不数年，而学堂果

① 记，原书正文标题无，据原目录补。

② 葛延瑛（1857—1928），字云庵。山东省肥城市安驾庄人。清光绪二十七年（1901）中举人，1915年任山东省参议员。该文成稿于光绪甲辰（1904），全书共录其六篇文章（又见卷四），半数写于民国，且据其卒年，统一标为民国。

建矣。问之，则仍瑞亭出其余资，以为玉成，而有三禅师经之营之，以副众望者，亦可谓壮举矣。

光绪甲辰，毛蜀云大令饬建小学，以复古者家塾、党庠之制，而此学之成，亦会逢其适。有三禅师遂认岁捐五十五千，以为脩金费。异日翘材茁秀，蔚为人文之渊薮，可于此卜之矣。余故喜书之，以为世之乐育人材者风焉。

游经石峪记

〔民国〕缪润绂

石经者，不知何人所作，笔力雄健，字体之大，碑拓中世所罕睹，洵巨观也。或定为北齐韦子深书，其信然欤？

世传石刻在泰山中，乃五造岱巅，以途径迂折，未觌真面，终怦怦然不能去诸怀也。国变后七年，戊午暮秋下澥，风日清朗，乃跻屏风岩而西。是行也，一佣刘姓随，用以为向导焉。于是披榛莽，履巑岏，迤逦六七里，俯见楼殿丹碧者，斗母宫也。再经罗圈崖折而北，有亭翼然在望矣。循樵径曲折上，古柏森荫，苍翠可人。遥睹拓工走石上，憧憧着足处，一冈如巨人坦腹，大书其上曰"岱宗余胜"。时着芒屦已穿，更易革者。履经石过足踏踏，时虞蹉跌也。蓦见"暴经石"大字三，刻深二寸许。北则龙泉下溅，清韵泠泠，《志》所谓水帘洞者是。询据拓者云，水啮之余，经所存者九百六十字耳。李斯碑真迹既失，而此为最古。时移代易，卓然于千数百年后，犹得于与乔岳并存，语云"惟专斯传"，谅哉。

西北去，经十数武，为高山流水之亭。亭右石壁记，表彰经石并建亭巅末，则明漕督万恭隆庆六年书也。抚几品茶，南面坐，四山环抱，若朝拱然。亭以后，石屹立，题曰"听泉枕"。盛夏时，雨余携酒榼过此，狂歌痛饮，翛然之趣，必更有超出尘嚣万万者。

嗟嗟！山岳，灵秀之钟毓也，造化为之，然不经才人藻绘之笔，境虽胜，往往弗传。若兹峪者，僻处偏隅，游踪罕到，非经刻书法之精妙，阒寂无闻也久矣，谁为之称道弗衰者？夫兰亭得右军而彰，滁之琅琊遇欧阳而始显。伊古来高贤逸士，潜光隐曜，遁世而不见知，泯泯于长林丰草者，何可胜道？独山水也欤哉！

游未竟，而篮舆迎诊者适至。时羲曜已斜，遂别。觉岚色泉声，与曩哲之余韵流风，犹隐隐在抱云。

泰东[①]汶堤分界碑文

〔民国〕葛延瑛

汶堤导源于莱芜之原山中，纳众流，澎湃蜿蜒，至泰境之西南鄙栾任庄，而势益横。汶流涨发时，北来支河之水，扼而不能前，则怒而旁趋，郭城一带，受沉灾者屡矣。后沿南栾支河西岸筑子堰一道，与西太隍堤衔接，束水就范，颇堪自卫。然一寸高低，即关两县附近村民之利害，而讼端即此而起。迭经前府宪康及泰安、东平两县长亲自履勘，秉公协议，定为两岸均平，而讼始息。

民国七年，汶水奇涨，子堰[②]溃决，郭城无力堵修，连年告警。突于民国十年冬，将子堰尾段迁移，占压泰邑民田，而讼端复起。幸赖王县长会同东平吴县长会勘立约，饬续修子堰，仍照旧案办理。所有迁移占压泰安民田，共小亩十二亩四分二厘六毫，每亩作钱五十千，由郭城备价购买，

① 泰东，原目录作“泰安”。
② 堰，原作“偃”，据上下文之“子堰”改。

并协定条约七条，刊刻碑端，用垂久远。

语云："物不得其平则鸣。"有贤令宰为之持平判决，其不平而使之平，则两县之民气平，两县之水患亦平。安见平其政，不可人人而济之。从此河流顺轨，人得平土而居，正不独东原庆底平已也。

重修包公祠碑记

〔民国〕赵正印

复榘主鲁政之明年，夏五月，山东省赈务会委员泰安赵正印[①]请重修其邑之包公祠，以工代赈。旋经赈务会议决，于是鸠工庀材，轮奂一新。工既竣，赵君复以书来，请为文记其事。

包公者，宋包孝肃公拯也。泰安于宋为奉符，旧志云：公尝为奉符令，故祀之。而《宋史》本传载公官河北都转运使，疏请分兵备兖、郓、曹、济、齐、濮等州，无令奉符事。虽史简有阙，而公之惠政，不可谓无征也。洎清初，泰安州知州有傅公镇邦、张公迎芳者，皆强项令，《志》称其政清简胥，捐苛扰，民食其利[②]。附祀二公于祠内，故又名曰三公祠。夫孝肃政绩烂然光史乘，百世而下，妇孺鲜不知其名者。而傅、张二公，亦有以萦邑人士之思。善政善教之入人深，不知其然欤？祠在县西门瓮城内，清雍正元年，州同张奇逢重建，迄今垂二百余年矣。

民国十九年秋，战事起，晋军入泰安，据城固守，第十五路军总指挥马鸿逵率师围攻二十余日，卒于西门下凿隧道轰之，乃克。维时火焰弥天，声振山谷，西城门墙毁于火，城内外庐舍悉被灾，而祠则岿然独存，

① 正印，原文为△△，为作者自署名之标记，今为补。按：此文为赵正印代韩复榘所拟。

② 利，原作"力"，据民国十八年《重修泰安县志》卷六改。

岂果神灵之所呵护，抑崇礼先哲之诚有以维系于默默中耶？事平振恤，至是而复以工代赈，揭虔妥灵，居人以安，则三公之政教与斯邑民心将有浃洽于千古者矣。故为最叙其事，勒诸石，俾后之官斯土、过此祠者有所矜式焉。

卷三　序跋

宋氏六世始末大略万历癸巳正月

〔明〕宋焘

眇眇予小子则何知？则何知？尝自襁褓[①]即耳先训曰：我祖先世居燕都，奠址海岱门，职袭万户。始祖均美，自我明兴定鼎金陵时，已知燕地不可居，迁至岱下，问俗卜闾，谓孝门必风醇气厚，遂宁止焉。再传而下，支族渐盛。曾祖浩，膺岁荐而尉汲邑；大祖儒，拔芹宫而谕芮城。册名仕籍[②]，书香接武。

我祖佐，享寿命者八十有八而逝。尝自白曰："疏于治生，拙于应世，惟我年已逾八旬，未尝屈膝官府，未尝与世竞尺寸。亦惟我膺耆举，峨冠博带，逍遥而终。"伯父邦宁，徜徉汶阳，灌畦种蔬，潜处林泉，坐卧云霞，尝以植木修茔为事，如是七十有余焉。

我父幼时，因祖不善营殖，曾受凉薄。稍长，勤耕耨，崇淡素，制恒产数百亩，贻厥后人。性恬淡[③]，与物无忤，雅好方便济物，凡姻戚族党有贫乏者，辄周给之。予小子无及见，曾闻明世宗时，饥馑洊臻，窭夫羸妇，号泣匍匐，盈门而至，见辄悲楚不胜，付以钱米，仍收养数日，始行[④]，而后遣之，并不识一面，亦不复询其姓氏。有一[⑤]妇携老稚七口，来者俱气息奄奄，枵腹待毙，收养逾旬，而无恙。如是累累，未可枚举。乃至今日，

① 褓，《泰山宋氏宗谱・序・宋氏六世始末大略》（泰山学院宋绪猛家藏清咸丰本）作“抱”。

② 籍，《泰山宋氏宗谱》作“谱”。

③ 淡，《泰山宋氏宗谱》作“澹”。

④ 始行，《泰山宋氏宗谱》作“俟壮行”。

⑤ 一，《泰山宋氏宗谱》作“乙”。

生予小子五人，一派而分，其流正远。

予恐后祀无能永绍箕裘，乃纂族谱一帙，令后世观者，曰予家某祖某事，咸正罔缺，按图如指掌。呜呼！使后而子孙克肖耶，顺籍以纪，不知逾几千伯[①]年；令[②]后而子孙或不肖耶，非予先人之过，惟予小子不能仰承先德所致。子子孙孙尚其勗诸。

时万历癸巳正月吉旦，宋氏七世孙岱倪焘顿首拜书。[③]

《徂徕先生遗文》序

〔明〕李汝桂

宰我称孔子贤于尧舜，孟子谓孔子集大成，然孔子之道，尽在《春秋》。传《春秋》者虽多家，独左邱明称素臣[④]，胡安定之传盛行今古。溯安定作传，从泰山[⑤]来，泰山依吾徂徕为东道主，与徂徕石先生、泰山孙先生者，共肄业投书涧之右，切劘凡几年，学成而传乃就。以故泰山先生有《春秋发微》十二篇，徂徕先生有《徂徕集》行于世。先生挺挺英标，毫不依回，彰善瘅恶，毅然以天下为己任。观其《圣德颂》与《唐鉴序》，篇中所载，亦庶几知我罪我遗意矣。有《春秋》乃见[⑥]孔子；有《胡传》乃辅《春秋》；有徂徕先生，而后泰山之道行；有孙石之师生切劘安定，而《胡

① 伯，通“百”。

② 令，原作“今”，据《泰山宋氏宗谱》改。令，连词，表假设，相当于“假使”，与上句“使”对举。

③《泰山宋氏宗谱》文末有“男之尤顿首谨述”。

④ 独左邱明称素臣，邱，《北崖先生父子遗文》（民国二十五年刊本）作“丘”；臣，原缺，据《北崖先生父子遗文》补。

⑤ 泰山，《北崖先生父子遗文》作“泰州”。

⑥ 见，《北崖先生父子遗文》缺。

传》得以成。先生其孙之依而胡之凭，而孔子牧圉之捍乎！是以宜三人共祀一堂，血食万世，与泰岳相为无穷也。

桂也生不同世，幸与徂徕同里。少从新泰王松舟先生读书投书涧之右，继承钱塘[①]许茗山先生之教，收养其祠，长从安定同里王一庵先生讲道其[②]台。后复同吉安邹颖泉先生追寻遗迹，建今之庙。则桂之景行先哲，窃慕下风一念，亦既积有年所矣。惜也胡传耿耿，而《发微》十二篇已不概见，《徂徕集》更没没矣。

于今徂徕十七世孙东周生从桂游，桂先述其先德以训，仍就家藏中索其遗文示之。东周生因愀然其有所思也，将罄囊而授之梓，图永先生之泽，且冀世世子孙有以藉[③]观先德也。请桂为之序，谨撰述之如此，至先生之始末详悉，则欧阳公具道之矣，桂复何言。

《泰安范氏家谱》序万历四十二年季春

〔明〕范希贤

余童卯时，先君上铨曹叙同选录，而不知三代名，乃走伻反诹德深伯，伯备录以复。此何以故？乏谱也。维时即雅志于谱牒[④]之学，第才识谫劣，贻笑大方是惧，况兼以二三支考据无从，难于联络，缘是因循未果。

今老耄矣，此际不修谱，将终乏，先世德业何由而著？后世子孙愈难考稽。因而叹曰：“词虽不文，不庸愈于想象；派虽不悉，犹仿佛乎

① 钱塘，《北崖先生父子遗文》作“钱唐”。

② 其，原作“共”，据《北崖先生父子遗文》改。

③ 以藉，《北崖先生父子遗文》倒。

④ 谱牒，《泰安范氏族谱·泰安范氏家谱序》（民国二十年十月，泰安惠东印刷所印）作“谱谍”。谍，通“牒”。

万一。”遂参欧阳文忠公谱式，编次成帙，分为三卷，名曰《泰安范氏家谱》。自一世至五世为一图，六世至十世为一图，十世之后又各以五为图，而衍其庆于无穷者在是。窃怪世之为谱者，类远援古人姓氏以炫耀耳目，余大以为不然。盖一姓也，代衍派析，尚不能考其全，而乃强附于涣不相属之人，是郭崇韬之故智也，亦不可为训矣。唯是真闻真见、有所根据者辑为谱图，以昭实录，俾后子孙辈递衍而递征之，不独本始之不没，支派之不淆，尊卑上下之不紊，而先世之积累亦可披图而得已。视东询西访、捕影捉风者，又何如哉？借[①]不然，则同族之比间而处，或有不相识者，矧异乡僻居，瓜瓞云礽，日繁日疏，其不视为路人者几希。余故忘其鄙，勉为记其略云。[②]

《宋氏宗谱》序崇祯十二年重阳

〔明〕宋之尤

昔宋狄青不拜五世祖，为其真赝之无稽也。今南中巨族，虽数十世之坟必争，为其源流之有考也。夫岂孝偏篤于南风，而顾啬于狄青也欤哉？无抑稽考托在谱书之有无耳。窃尝忆夫《步天歌》《天元玉历》，此非天之谱乎？《山海经》《舆图志》，此非地之谱乎？《搜神记》《列仙传》，此非神与仙之谱乎？宁惟是，即如琴、如棋、如书、如画之类，亦莫不有谱以永其传，何独至于人而无之？无谱则不知祖宗所自始，而追远之孝遗矣；无谱则不知源流所自联，而敦睦之心微矣。甚哉！谱书之关于家也，重乎！

① 《泰安范氏族谱》“借”后有“曰”。

② 原谱序文末署云：“时皇明万历四十二年岁舍甲寅季春上浣之吉，五世嗣孙希贤书于日永亭”。

余家岱下，族系颇繁。余生也晚，三世以上莫之能闻，心每愀然于家典之缺也。盖尝念之，父逝逾月，遗腹生余，余兄伯异[①]才四岁，即先君宦业烈烈，固所未睹，而晨昏定省、膝下承欢之事，亦何尝稍尽其万一，自知为先君罪人，抱恨终天，兹不复赘。

岁己卯之春，台铉仲兄邀饮于斋头，天暮且雨，留敦共被之风。时已彻席，而斋头残编乱楮，朽积尘封，余闲翻阅，偶得家谱数策，不胜雀喜。审视之，乃先大人之手墨也，真不啻若获拱璧然。遂携归，磨勘水渍者，蠹侵者，一一而补葺之，更治颖楮而缮书之。始知传有七，而族姓历历数百也。伏维先大人编是谱时，尚属郡庠弟子，辄抱千秋之志，仁孝深衷，已标于著作之下。乃几罹于水靡鼠吻，而付之灭没耶，此或先大人之灵不忍精神之泯泯也，亦或高曾祖之灵不忍世系之汶汶也乎？不然，何以使余复得而重新之也？

自有是谱，而前者有所考矣，后之兴者，或二三十祀，或四五十祀，而一一修之，非惟侈族姓之繁衍，聊以示木有根，水有源，虽枝分派别，共属统宗。所以启云礽[②]之敦孝而敦睦者，匪浅鲜矣。宁与天地神仙术艺之书而仅志其形迹乎？逆知百世之坟，当不有南中之争。亦不似五世而狄青之持疑不拜也。高曾祖之泽，其不朽也哉！先大人之功，其亦不朽也哉！

崇祯十二年[③]，岁在祝犁单阏秋重阳日，宋八世孙之尤仲迈甫顿首拜手谨撰。

---

① 伯异，《泰山宋氏宗谱》此宋之尤序中作“异伯”，误。按其宗谱世系表所记，宋之尤字仲迈，其兄宋之茂，字伯异。

② 礽，《泰山宋氏宗谱》作“仍”。云礽，同“云仍”。

③《泰山宋氏宗谱》此句前有“时皇明”三字。

跋《云根山房诗集》

〔清〕李雨霑

予性素负迂直，宁方毋圆。其学知为文，亦惟敦尚先正，厌绝时趋，一切音律声歌，愧所未逮。硁硁自好，荣辱得失尽忘之，虽不谐于俗，弗顾也。由是初任楚令，继典福郡，茹蘖饮冰，历十余年如一日。时值夫山海交讧之冲，兵马云屯之间，拮据繁难，劳矣况瘁，当事者鉴其苦而矜之，未尝不屡辱推毂，然求为曲获上意也则难。嗟乎！性实为之，奈之何哉？

予起家单寒，幼尝读书于泰山君宋公忠铭家，公馆谷之，勤恳劝课，盖不啻视犹子也。以公之素秉刚方，虽燕居，有岩岩气象，予故以迂焉得合耳。且公性纯孝，而笃于学，博雅淹贯，与其品并为一时推重。因蚤失怙恃，事庶母下如事生母。然母性乖常，卒难得当，公之操危虑患，处家难者三十载。此其皓首穷经，艰于一第，悲愤流连，晚而寄之诗章者也。

予前以赴闽之役，便道抵里，其时公已仙游矣。得其遗诗而读之，因物赋志，温厚和平，风雅中仍不失严正意。是公虽殁，而性情犹[①]生也。予苦不谙声律，安能从中赘一词哉？时有侍御赵公号[②]朴庵者，较阅评次，因并序焉。予姑约采其生平以附之[③]于后，并志迂直者之历试诸艰，盖与公相近云。

以上五篇，乾隆中程志隆明府续修邑乘，已采入《艺文》类，第程书吾邑收藏者甚少，因亟录出，备呈好古之君子。[④]

---

① 犹，原缺，据清乾隆四十七年刻本《泰安县志》卷十二《艺文三》补。按原书所缺十字，今所见清乾隆二十五年刻本《泰安县志》卷十三《艺文四》亦因页残而缺，今皆据清乾隆四十七年刻本《泰安县志》补。

② “侍御赵公号”五字原缺，据清乾隆四十七年刻本《泰安县志》卷十二补。

③ “平以附之”四字原缺，据清乾隆四十七年刻本《泰安县志》卷十二补。

④ 此段为编者王价藩之附识。

《石堂集》序[1] 康熙甲寅新秋

〔清〕张肇昌

泰山之阳有普照寺，荒废且久。有五琅释氏祖珍禅师，飞锡来止之。荒者修，废者举，居然为泰山之一名刹。

公参禅之余，善为文。余于庚戌夏来倅奉符，欲得可与论文之儒与之友，遍求境内弗得。无何，饮公方外香名，遂过访焉，对坐山堂，茶瓜竟日。读其《入山偈》，使余泊然澹穆然远，尘襟顿豁，未免有见晚之尤。

迄辛亥春，余假摄郡篆，钱谷苦恼，近吏胥，远烟霞，虽代庖者三月，而接席授受，仆仆然一载无宁晷。继此多为上官驱策，东西南北，又二载余。间阔既久，不觉其胸中尘有几斛也。

至癸丑冬，同豹岩唐太史复亲道履，聚谭多世务。公辄津津不辍，且出所著《振铎吟》相示，余受而卒业焉。公固释者也，其行释也，其情儒也。夫昔有尼父木铎，千古之长夜以醒，今读其集中如“问君何务，正纲常”，及“为臣子，爱君亲”诸句，是以释之棒喝儒之昏者也。且释之情宗乎空，儒之情本乎性，性率而为道，道著而为伦，今公之所谓情，乃即儒之所谓情也。彼晋魏梁隋之间，几尽儒而释，释主之，儒奴之，谁为振铎乎？

噫！今以释通之儒如公者，不惟足为余论文友，且可为明性友；不惟能为余明性，且可为天下万世明性。常读昌黎《送浮屠令纵西游序》曰：“吾忘令纵之为释氏子也”，余于公亦云。

康熙甲寅新秋，古晋张肇昌樵岚甫[2]谨题。

---

① 原目录为《石堂记集序》。

② 甫，《石堂集》（道光十年徐宗幹重订刻本）作“父”。二字通。

《石堂集》序丙辰中秋

〔清〕杨宏声①

今天下孰不曰儒释之道异乎？求其宗佛道而不忘儒道者，亦难其人矣！不意吾祖珍和尚居于泰山之下，而有以阐明其旨也。予严君及家师三堂先生皆与公善，公与人立谈之间，所念者伦常风化，所讲者仁义礼智，而必不为虚无寂幻之言。观其微不入于空虚，观其显不流于诞荡。至求其所以为微者，又未尝不予人以共知；求其所以为显者，又未尝即予人以共喻，讵非不忘儒道而阐佛道者哉？今以《语录》传世矣，世之人不可以为文词也，又不可以为非文词。以为非文词则文词矣，以为文词则又非文词矣。如观泰山之云者，云固在于峰上，及至峰上，而云又若不在于峰上矣。是则可以知石堂之《语录》也。

予始为儒者，正欲深求吾学而犹未有得，安能知公之所得何如乎？然而为公序之矣。

丙辰中②秋古安成宏声廓能氏题。

《菊圃诗》序

〔清〕孔贞瑄

古翁禅师，广陵崇川人，往来齐鲁间二十余年。托迹山林，足不履城市，貌则释也，言则儒也。学则岸乎其高，窈乎其深，灏乎莫可涯涘也。荐绅先生从之游，辄倾倒。所至名太盛，则去之。晚卓锡于泰山西南麓之

① 杨宏声，原目录为“释宏声”。宏声为释元玉友人杨霖之子。

② 中，《石堂集》作“仲”。

普照寺，泽以烟霞，炼以风雨，澹以月露。其瀣沆漻泬之气溢而为词，皆旨深而意远，标精而领要。所著语录、诗文、《石堂集》若干卷，秘不示人，韬光遁彩，闇而日章，炳乎其不可掩也。构石堂于寺之东涧，导流莳荷，辅以松竹，种菊岩谷，久而成圃。故《菊咏》至百篇之富。

夫菊花之隐逸者也，香不逢俗，清不绝物，丽而不靡，洁而不孤。古翁幽暇清苦之操，毋亦其有合焉者乎？唐豹岩太史评骘而梓布之，余受而读焉，为之序，以见欲知古翁者，不必窥全豹，即偏师所击，亦足摩杜陵之垒，而抗席夺帜有如此。

《菊花[①]百咏》序

〔清〕释祖珍

凡有质必有性，有性必有情，有情必智。人得其全，物得其偏，理则一也。于理之偏全处，分为人，分为物。复于人之偏全处，分为儒，分为释，分为道。理分人、物固也，理分儒、道、释亦固也。然独思天地为炉，造化为炭，人与物分乎，儒与释分乎，释与道分乎，理而已矣。

予自青州来，挂笠于泰山之普照寺。志欲大其所有，而复欲空其所有，悟入大乘，惜无同志者共参此味也。居久之，乃得五儒三释，其性合，其情合，其志合。或栖迟于凌汉峰侧，或投止于景贤石旁，或儒或释者其貌也，无儒无释者其心也。

暇于石堂砌旁，命僧雏栽菊五七本。至秋九，则众花尽萎，红叶齐下，而此五七本者，或黄或白，或红或紫；或俯而若泣，或仰而若笑；或斜披而若卧，或正容而若起；色不一色，致不一致。予八人者顾而乐之。予遂

① 花，原目录作“圃”。

为菊林主人，各作《菊咏》若干首，而临若先生为擅场，其诗不一格，或赋或比或兴，尽态极妍，亦肖乎菊之色不一色，致不一致也。予举拂大笑曰：“菊与人与儒与释与有分乎？无分乎？”诸檀越皆嗒焉若丧，皇然若失，殊觉忘却在白云深处也。

崇川懒衲古翁玉书于凌汉峰侧。

《春秋尊王发微》序康熙十五年[1]

〔清〕成德容若

宋晋州孙明复先生，庆历间隐居泰山，学《春秋》，著《尊王发微》十二篇，以教授弟子。范文正、富文忠两公言先生道德经术宜在朝廷，召拜校书郎，国子监直讲，后官至殿中丞而卒。方先生卧病时，天子从韩忠献之言，命其门人祖无择就家录其书，藏于秘阁。案唐以前诸为《春秋》说者多本三传，至陆淳始别出新义，柳子厚所谓“明章大中、发露公器”者也。先生之书，因淳意而多与先儒异，故当时杨安国谓其说戾先儒，而常秩亦言其失之刻，石林叶氏谓其不达经例，又不深礼学，议者殊纷纭。虽然，群言异同，必质诸大儒而论定。欧阳子言：“先生治《春秋》，不惑传注，不为曲说以乱经，其言简易，于诸侯大夫功罪，以考时之盛衰，而推见王道之治乱，得经之义为多。”而朱子亦谓：“近时言《春秋》者，如陆淳、孙明复，推言治道，凛凛可畏，终是得圣人意。”绎二子之言，以读先生是书，则《春秋》大义诸家所不及者，先生独得之，又岂可以说之异同而妄议之也哉！

康熙十五年序。

---

① 此篇原于《岱粹抄存续编》卷二明李维桢《醖檀集序》之前重录，今只保留此处。重录标题前有“孙泰山”三字，作者署为“成德”，文末无“康熙十五年序”六字，正文同。《泰安县志》（清乾隆二十五年刻本）卷十三《艺文四》标题与重录同。

《刻石徂徕先生集》序康熙庚寅[①]

〔清〕徐肇显

余少时阅《庐陵集》，至《奉符石先生墓志》，称其学笃志大，忧思深远，指切当世贤愚善恶，无所讳忌，窃慨然慕其为人，思读其遗书而不可得。

既而筮仕中州，逾十数载，而迁牧奉符，始获携屐[②]徂徕，访先生之故址，凭而吊之。继又遇其十九代孙维岩来谒，出所藏旧集两卷示予。予观其文，慷慨激直，理达气充，以仁义忠信自勉，亦即以仁义忠信勉人。虽其功不见于世，而择之既精，语之复详，所谓立德立言，卓乎无愧者也。予既喜是集之获心，而又惜其湮没不彰，无寿之梨枣者。因命长子祖望考校次第，正其鲁鱼亥豕之讹，锓而存之，以示来学。

余思先生当五季纷争、圣道榛芜之后，独能寻坠绪，辟异端，以圣贤为可学，而至志不在子舆氏下矣。乃言不谐[③]俗，行思矫世，一时众口嫉善，谣诼其后，视之如寇仇，弃之如土梗，进不容其列于朝，退不容其息于野，生不容其达于时，死不容其安于土。虽以杜、韩、欧阳诸君子力为推剡，而卒抑郁以终其身，何其甚也！然而公论在人，历久自定，谤焰蔽天，忽与萤火俱灭。七百年来，自学士大夫以至田夫野老，莫不挹其流风，传其姓氏，津津齿颊，欲使之齐泰岳而光日月。此固权贵之所不能抑，好事之所不能诬，佥夫宵小之所不能媒孽[④]而中伤之者也。

嗟夫！存或抑之，殁或扬之，道或晦之，言或彰之，后之览斯集者，其亦可以慨然而兴矣！

---

① 《泰安府志》卷二十七《艺文八》、《泰安县志》（清乾隆二十五年刻本）卷十三《艺文·本朝》此篇标题为《刻徂徕先生集序》，标题下小字无。《泰安县志》文末有："康熙四十九年正月序。"

② 屐，《泰安县志》卷十三作"履"。

③ 谐，《泰安县志》卷十三作"偕"。

④ 孽，《泰安县志》卷十三作"蘖"。

《宋氏宗谱》序雍正己酉六月

〔清〕蔡澍

庚子冬，客游泰安，下帷刺史署。时已知有青岩书院，第未升堂入室，一问当年主人为识为谁氏书屋耶。

越丁未，郡诸文学延授举子业，而假馆于斯，乃知为故明宋太史绎田先生读书处，青岩其别号也。院之西偏，有先生祠在焉。郡人仁圃赵公撰文勒石屋之后壁，道先生出处大节甚详。时一瞻拜其下，肃然生敬，有老成典型之思焉。虽予生也晚，不及揖逊于高山流水间，犹得以东海鄙人，从百余年后，陟山楼，抚松柏，低徊古洞，凭吊前哲，遥遥如接风流也。岂非厚幸欤？

先是，宋先生裔孙象文，予客泰伊始，辄订莫逆。继馆青岩，复时时过从。一日，将新其家谱，而请予序言，出其先太史自叙六代源流一草，余受而卒读焉。大概述传世之长、发祥之远、而终以自任之重，曰："后世贤翳，惟前人之休；后世不肖，惟予小子无良！"呜呼！大哉斯言！所以上承祖宗燕翼之谋、下惕子孙覆坠之虑者，胥于斯寓之矣。宋氏子姓繁昌，桂馥兰香，森森竞秀，虽源远流长，非一世之积，而丕承丕启，先生之功，为尤巨焉。记云："祖有功而宗有德。"宋氏即以太史为不祧之宗焉，其亦可也。予读青岩书三年矣，仰慕芳型，思作为诗歌，刻片石松阴，以志向往，惧不当先生意。今谒选长安，将别先生祠北上，愧无以道扬懿迹者，重以象文之请，宜有言。先生事业文章，史氏书之；其累世积行，谱记朗如也；亲亲长长、敦宗睦族[①]之谊，自有家政存，概不及。第述闻风颠末，暨先生自叙之意，笔诸楮，以授象文。

呜呼！称其先所以劝其后也，予行矣，宋氏诸象贤，绎予斯言，父戒

① 族，《泰山宋氏宗谱》蔡澍《宋氏宗谱序》作"祖"。

兄勉，交惕惕以慎守祖训，世厥家声者，宜何如也哉。

雍正己酉六月[①]，高苑蔡澍和霖题于青岩山楼。

《宋氏族谱》序康熙六十一年

〔清〕赵国麟

按氏族，宋之先出自成汤，姓子氏，其国商。自其孙盘庚都殷，国亦曰殷。殷之亡，而微子国于宋，自宋王偃亡，而其子孙散处，遂以国为氏。在战国，以宋显者曰牼，曰玉。至汉而最著者为京兆。至唐而最著者为广平。自是枝繁蔓衍，布遍天下，然终莫有及北地者。

岱之著姓不下十数，而宋为首称。自□□公洪武初由燕邸迁居岱下之孝门里，七传而至御史公焘，为圣世直臣。御史公手纂先世谱牒，是时为同堂兄弟者已几百人，则族姓之繁已可见矣。御史嗣君文铉公承先志，再辑之，今几百年，而立公大缵前猷，谋诸剞劂，人各系以小传，代各绘其肖像。以余为至戚，而属之以序其巅末，予因之有所感矣。

昔先王之治天下也，自躬桓以至于蒲璧，自侯卫以至于要荒，自冢宰以至于委人末吏，其多寡名数，皆可按籍而稽也。以故疾痛疴痒相扶持，上统下承，礼达分定，冠昏丧祭相赒[②]恤。无事则耕凿饮食之各得其所，有事则如左右手之捍头目。此所以通天下为一家而治登上理也。晚近世纷纭杂沓，上仅持其大纲，而下不能尽其条目，国异俗而家异政。其流也，一本之亲，或同路人，甚者耰锄德色，又其甚父子诟谇[③]，兄弟阋墙，皆由于亲亲之谊薄，而敦族敬宗之道不讲故也。今立公以孝弟之心，光先世之绪，

① 《泰山宋氏宗谱》“雍正”前有“时”字，“六月”后有“谷旦”二字。

② 赒，《泰山宋氏宗谱》作“周”。

③ 谇，《泰山宋氏宗谱》作“啐”。

而即以明先王之道，其志岂易几哉！

然予之所感更有不止于此者。余之始祖，由台州而迁会稽，七传而至予，族之中实繁且盛矣。先世之隐德，一本之分支，俱未及纂述成帙，不能不有俟于将来。闻立公请，而滂滂泪下，孝弟之心油然而兴，勉欲速成之。诗曰："孝子不匮，永锡尔类。"其立公之谓乎？

康熙六十一年壬寅春月，赵国麟撰。[①]

《两余稿》序

〔清〕赵国麟

昔人有三余之论：一曰冬，一曰夜，一曰雨。夫四时递禅，晦明相生，阴阳互感，苟无冬何有岁？苟无夜何有昼？苟无雨何有晴？是余而非余也。予南归展墓，首途感疾，几不复起。冥眩之后，买舟南下，遨游吴越。偶有感兴，即成吟咏，得诗四十章，皆病后之所余也。及渡钱塘，抵会稽，返舟扬子，欲访九华之胜。至红杨覆舟，廑而获免，书剑衣履，尽付波涛。追忆前作，继以新咏，汇为此册，是又皆溺之余也。噫嘻！病溺之际，生死之关，回首从前，已成尽境，后顾将来，皆属新得。以是云余是真余矣。虽然，茫茫造化，悠悠今古，见为当机，倏成陈迹，不独来者为余，即往者皆余也。天地无穷，人生有尽，见为真际，何非假合？不独身外为余，即身内皆余也。又宁仅呻吟床第之末，慨叹波涛之后，为残膏剩技也哉！偶尔余生，闲乘余兴，聊成余稿，但当弃余视之可耳！

① 此句《泰山宋氏宗谱》作"康熙六十一年岁次壬寅桐月上浣之吉，拙庵赵国麟撰"。

《寄斋吟稿》序

〔清〕赵国麟

人生一寄旅也，寄于岩廊之上，寄于草野之中，皆人也，即皆寄也。特患所寄者，境或负乎所寄，或溢乎所寄，悠悠忽忽，竟将耳目心思致等诸寄生之浮萍耳。此非达观者不足以语此。

吾钧衡[①]兄以“寄”颜其斋，并以“寄”名其稿。且不自是也，挟其册以示余。余曰：“寄之时义大矣哉，夫花生于树而寄于树，云生于山而寄于山，人生于世而寄于世，亦犹是也。”吾钧衡兄之以“寄”名也，其有意乎？既而反复披吟之，而后知吾兄之不负乎所寄，且不溢乎所寄也。其少而寄于诵读也，萤窗雪案，则文章其寄也；壮而寄于农桑也，量雨课晴，则畎亩其寄也。其寄于文人学士之间，赏奇晰疑，则为儒者，儒者其寄也；其寄于樵夫耕叟之中，披蓑荷笠，则为野老，野老其寄也。寄之趣快然于胸中，寄之象陶然于境外，而且一一鸣其所寄，书其所寄，诚哉，其善寄者也！未知吾钧衡兄以为然否？是为序。

《西园别墨》序乾隆十六年七月

〔清〕张检

今以瓦盆土鬴投诸穷巷，村姑里妪皆目而识之，何以故？同而不别也。夏鼎商彝列之大廷，学士大夫或见而疑焉，又何以故？别而不同也。唯别斯古，唯古愈别，著作家非具别识，而饶别才，固未易别趣盎然楮墨间也。

---

① 钧衡，原文为竖线“｜”，当为《寄斋吟稿》作者赵国治之字“钧衡”之标记，据补。下同。

余同里莫逆交西园兄者，家故儒素，性嗜古。因年近知非，犹未得志于时，遂日向管城十二龙宾讨快活，除帖括业，所著诗歌、古文、词赋甚夥。每得一草稿，读之辄觉闲态逸致，扑人眉宇，于以知西园兄之识与才固别而不别，不别而别也。

昔程南云之太守任，舣舟黄河之滨，见渔家夫妇举一子，惊而投之水，太守问故，对以形相特别，虑为鬼为怪，弃之。太守抱而归抚之，十五岁凌云而仙去。太守笑曰："吾固知其形相之别，别于凡夫俗子万万也。"余之识愧非太守之识，而西园兄之墨，无奈同于渔家子乎？西园兄欲弃之，余抄存二十则，抱之归，以待凌云而去。

《泰山先生小集》序乾隆三十七年四月七日①

〔清〕钱大昕

宋孙明复先生小集，杂文十九篇，诗三篇，泰安聂君鈫手钞，藏于笥者有年，惧其久而湮没也，乃谋付梓，以广其传。诒书京师，乞余志其刻之岁月。

案欧阳公志先生墓，称先生病时，天子选书吏，给纸笔，就其家，得书十有五篇，藏于秘阁。《宋史》则云得书十五万言。余谓先生立言主于明道，非若文人以繁富相矜，史家得于传闻，不若欧志之可据。此本有二十二篇，殆后人别有所据，附益之耳。

当宋盛时，谈经者墨守注述，有记诵而无心得，有志之士若欧阳氏、二苏氏、王氏、二程氏，各出新意解经，蕲以矫学究专己守残之陋，而先

① 原目录"先生"二字漏。原正文标题"序"作"叙"。《泰安县志》（清道光八年刻本）卷十二《选辑·序记》标题为《孙明复先生小集序》。

生实倡之。观其《上范天章书》，欲召天下鸿儒硕老，识见出王、韩、左、穀、公、杜、何、毛、范、郑、孔之右者，重为注解，俾六经廓然莹然，如揭日月，以复虞夏、商周之治，其意气可谓壮哉！元明以来，学者空谈名理，不复从事诂训，制度象数，张口茫如，则又以能习注疏者为通儒矣。夫训诂、义理，二者不可得兼，然能为于举世不为之日者，其人必豪杰之士也。余故因读先生文而记之。

《泰山先生小集》序乾隆乙未仲夏

〔清〕申发祥

宋明复孙先生，为泰山文献之祖，经师人师，详载《宋史》本传与欧阳文忠公所作《墓志》及石徂徕之《泰山书院记》，争光日月，固无俟后生小儒重复表揭也。

发祥浮家东鲁，谬尘山长，适践先生讲学之地，景仰前徽，搜讨散帙。既领修志事，因与邑人聂鈫剑光善，往复资考订。剑光间为余言，家有藏弆《孙先生小集》二十二篇，盖出自故相国赵公拙庵家，珍同尺璧，顾不忍秘，行谋付剞劂。当属作弁言，发祥何敢以不敏辞？

尝考孙先生在北宋时，为此间道学之倡，而其遗文仅十五篇，凋零磨灭，于七百余年以后，而始大显于时。此正如欧阳公所云："精气光怪必自发露者。"乃从煨烬之余，倏尔扬光飞文，犹幸收功于一山间穷老布衣之手，则又似孙先生之为人，生甘贫贱，虽其殁后遗书，亦不肯容后来羶附也。事不洵有前定哉？而聂剑光穷且愈坚，晚而好学，独能刻意为其乡古先生重光日月，如此人者，亦得藉以不朽。工既竣，遂条其颠末，书之简端。

《泰山先生小集》跋乾隆乙未季夏

〔清〕赵起鲁

宋孙明复先生，当景祐时自晋之鲁，讲学泰山，品高而德劭，学裕而行优。先大人以其为郡中文献，求其集，数十年不可得。迨抚莅安庆，始获此钞本，名曰《小集》，计诗文二十二篇，附录三篇。第书阙有间矣，于时适逢内转，未及校梓。岁丁亥，同邑友人聂君剑光汲古嗜学，见之，披阅再三，不忍释手，乃谋付梓，以行于世。刻既成，以示余。此先大人未竟之志也，为泫然者久之，因识其缘起于卷末。

《泰山道里记》自序[①]

〔清〕聂鈫

余生长泰山下，尝搜讨岱故，更思以游屐得其实。乾隆癸亥，安邱刘履夫其旋教授泰安，与余善，每同攀幽跻险，探稽往躅。戊辰春，车驾东巡，当事属履夫，辑御路古迹，随笔《泰山纪略》，脱稿授余。后履夫除知嘉定县，卒官，余亦卜居山中。

岁庚辰，有仁和成城卫宗者，来纂《泰安府志》，访获《纪略》，亟加叹赏，因请携归。厥后别刻《泰山胜概志》一卷，并多采《纪略》，然其中有一地两称，或名同地异，岩谷险阻，向有题刻，惜为苔蔽莫辨者，近乃竖梯亲加刮磨以核之，虽风雨寒暑，弗惮其劳。而又质之野老，参考群书，竭半生精力，爰汇为一编。提挈道里为纲领，分之为五，合之为一，名曰《泰山道里记》。凡古迹、祠宇、桥坊，悉缀其下。他如高里、徂徕、

① 原正文标题前有“聂剑光先生”五字。

云亭诸山，皆支峰别阜；石汶、北汶、三溪诸水，同归于大汶。再灵岩、琨瑞川谷名迹，连属岳之极北者，虽异县何妨两载，而泰山全体著矣。之数者，庶几补前人诸纪所不逮，亦欲使后之游者易考焉。

惟是管窥所及，文词鄙拙，复芟芜较订，自乙酉迄壬辰，四易稿而始定，非敢谓记之成也，聊以自娱山居云尔。

近年《道里记》通行本不载此序，因检查泰山志得之，亟为录出，俾阅者知著书之难，而聂君之苦心为不可及云。戊午季冬建屏附识。

《明复先生集》序

〔清〕聂鈫

泰山孙明复先生，行为世法，经为人师，自宋迄今七百余年矣，顾其文章不少概见。丁亥岁，于吾乡赵相国家觏之，如获拱璧，惧其久而失传也，谋所以刻之，旋构目疾，中止。岁癸巳，江宁严侍读道甫居忧南下，余于东平舟次述及，侍读出其藏本相证。篇帙略同，惟附录自《宋史》本传、欧阳文忠《墓志铭》及石守道《泰山书院记》而外，增多五则。因属补钞，同为勘校，付诸梓人。

嗟乎！余自少时有意是书，而不得见，晚岁见之，又以疾废，自分此业之不终久矣！今乃得侍读以成此志，爰书数语，识其端委，且以庆余之遭遇也。泰安后学聂鈫序。

《重刻徂徕集》序[①]

〔清〕石维岩

徂徕先生，维岩十九世祖也。岩未冠，先君子即以徂徕遗文训读。自《庆历圣德颂》以下，仅十六篇而已。及阅欧阳公所为《墓志》，云某集者若干卷，又某集者若干卷，知吾祖著作甚富，或传者之失其守也，因思裒集之。后人读欧阳公诗云："旧稿偶自录，沧溟之一蠡。其余谁付与？散失存几何？"乃知当时已多散轶，又况六百余年之后耶？

先君子训岩时，常述先大父东周公与宋豸史嗣君太元公，同师事李还朴先生。还朴为理学名儒，而太元乃秘书世家，先大父因得徂徕遗文于太元藏书中，请还朴先生为序，而欲付之梓，未几捐馆，事遂寝。先君子八龄而孤，王母吴画荻[②]和丸，朝夕训诲，每以遗文得之之由与未及梓之故为言。后先君子稍长，益知珍护，凿壁而藏之。值鼎革兵燹迭告，庐舍尽为灰烬，而壁中文独无恙。噫！非吾祖在天之灵有以默[③]相之，吾父继述之善有以保而守之，即此十六篇又乌可得耶？岩承先人之命，日谋剞劂而未就，前后手录凡数册。学使者至，则捧而呈之，冀一遇，卒不可得。

岁戊子，山阴徐公来守吾岱，敦大慈祥，留心风化。甫期月，政通人和，百废具举。岩友人赵君仁圃以遗文未刻言于公，公慨然引为己任，已丑冬付梓，越庚寅春告竣焉。

呜呼！岩先子六百余年未发之光，公一旦而发之；岩祖父三世未成之志，公一旦而成之。即斯一事，其所以振兴名教而加惠吾岱者，岂浅鲜哉！遗文十六篇，轶事二则，先世所传旧稿也；诗三十九首，康熙丙戌岩

① 《泰安府志》卷二十七《艺文八》、《泰安县志》（清乾隆二十五年刻本）卷十三《艺文四》此篇标题为《刻徂徕遗文跋》。

② 画荻，《泰安县志》卷十三倒。

③ 《泰安府志》卷二十七、《泰安县志》卷十三"默"后有"而"字。

于吕晚村[①]《宋诗抄》中始得之，并附志于此云。

裔孙石维岩序。[②]

《宋青岩先生诗》序乾隆壬寅孟冬

〔清〕唐仲冕

余游泰山，欲求前古英贤而尚论之。自石徂徕先生外，得前明绎田宋先生，询其行谊，参之史乘，盖守正匹徂徕而尤醇者也。及僭讲席，接同学育苍君，知为先生嫡裔，因索读其遗文。育苍乃出《泰山纪事》《青岩居草》二书，《纪事》板犹完善，《诗草》则残蠹，什失三四矣，然皆先生所手录付梓者。

呜呼惜哉！昔先生诋諆庸相，裁刻逆珰，一斥不复，赍志以老于深山。虽其殁后见赠光禄，寻复夺之，意者当时正人君子之议论文章，其著于朝者，固相与讪笑而以敝屣弃之，其著于野者，亦有厉禁而并不敢享帚珍之欤？不然，先生之遗书多矣，何竟湮杳无存耶？今读残诗，清刚之气，超逸之神，皭然流俗，风尘表矣。呜呼惜哉！其明年修《邑志》，因采十数首入《艺文志》，以存全豹之一斑。

育苍谓余曰："先人遗书堇堇耳，重锓以传，非外人事，但零断不可收拾，幸为点定，暂弆笥中，心识稍优，即当了此。"余曰："子之志诚贤矣！抑余则何敢自谓能读先生之诗者乎？唯是先生自言素不习此技，则知其诗一本胸怀之酝酿而发之耳，宁与夫镂心刿目者争工拙乎？盖其精神不可一世矣。邑中自徂徕后，党竹溪、萧公黼诸君皆有诗集，而余独喜先生

① 吕晚村，《泰安府志》卷二十七、《泰安县志》卷十三无此三字。

② 此句《泰安府志》卷二十七、《泰安县志》卷十三无。

之诗者，岂专以诗哉？亦岂不以诗哉？”因为整齐其凌乱，附以《落花全韵》而叙之，以授育苍。其他诸书，倘尚有可搜而获者，愿更以示余勿秘也。育苍质直，能诗文，勉而进焉，庶几克称象贤乎。

《岱览》序嘉庆丁卯[①]

〔清〕洪亮吉

岱宗为五岳之首，然嵩、华、恒诸岳，前人皆有记述，而岱岳反无专书。唐以前如晏谟、伏琛，宋以来如于钦、宋焘等，虽皆曾泛滥及之，然语焉不详，且亦非专为岱作也。近日虽有《岱宗小史》《太[②]山图志》等书，而去取不甚得当。若泰安聂布衣鈫之《道里》，仪征阮侍郎元之《金石》，又皆各述一门，非岱岳之全矣。此吾友唐陶山刺史《岱览》之所由作与？陶山未第时，主泰安书院者有年，其学既博而精，其搜采又简而核，精心苦志之暇，又加之以目验身试，而后成焉。首之以“总览”，继之以“分览”“附览”“博览”“叙览”，而皆冠以图绘，附以“金石”“艺文”，凡若干卷。盖自有此山，即应有此书，而书至今日甫就。吾知自登封以来三千余年，七十二君之灵，望此书之成也久矣。虽然，《岱览》之作，又岂仅为览岱而作乎？夫东方万物发生，其灵耀奋发，易动人反本追远之思，陶山之为此，意固有在矣。

今试登山而东望，则太公驻节之方，去思遗爱之所在也。由山而眺其西，则太夫人归墟在焉，栖神定魄于此，盖已久也。山之支麓四出，又皆童年侍游之地、诵读之所，访碑碣，搜简牒，感今吊古之所寓也。《诗》

① 此篇于清唐仲冕撰《岱览》（清嘉庆泰山书院果克山房刻本）中标题为《唐陶山岱览序》。

② 太，《岱览》作“泰”。

不云乎？“陟彼岵兮，瞻望父兮。”又云：“陟彼屺兮，瞻望母兮。”乌乎！陶山殆以此泰山岩岩者，寄诗人屺岵之思乎！不然，陶山之家亦在南岳之麓矣，《诗》云：“惟桑与梓，必恭敬止。”陶山何不南岳之览而岱是览乎？则读是书者，又非可仅赏其闻见之确、采录之勤与编次之有法、论断之得体已也。夫肤寸而合，触石而起，不崇朝而雨天下者，泰山之云也。昔狄梁公望太行之云，尚云“吾亲在其下”，久立不忍去。况以陶山之纯孝，而父母之存殁又与梁公迥殊，吾知其升天阙之崇隆，望浮云之去住，其寓感有百倍于梁公者，是其感而泣，泣而不止者，又将何如乎！若亮吉与陶山友，其孤露之痛更甚于陶山，是又读其书，而不觉其涕之无从者矣。

嘉庆十二年岁在丁卯秋仲，上书房旧史阳湖洪亮吉序。

《岱览》序乙丑冬

〔清〕吴锡麒

夫五岳之图，十洲之记，荒哉邈矣。其后慧远《庐山》，冲昭《南岳》，方袍羽裳之士，芒屩藤杖之游，践履烟霞，绵旷寒暑，单辞只简，仅而得传。若夫东方曰生，为交泰之所，万物相代，当报德之维。岩岩者，其惟泰山乎！乃古皇之迹，管仲有不知；第伯之书，道元[①]莫能益。

余尝有事东国，祗[②]谒名山，赍粮三日，振衣千仞。齐鲁所接，混为一青，云雨倏生，合而通白。虽亦因缘文字，涂饰草木，涯略莫究，忸怩而

① 元，《岱览》作“玄”。元，古同“玄”，清代因避康熙皇帝（玄烨）讳，以“元”代“玄”。

② 祗，原作“祇”，据《岱览》改。

已。今观陶山《岱览》一书，则生面让其独开，山灵惊为知己矣。

今夫纯钧、湛卢，至宝也，然不极万辟千灌则不成；珧华、黎绿，奇珍也，然不经抽沦掇潜则不得。若陶山者，情耽济胜，能鼓其屐齿；步恋踏陈，不疲于驴背。其与兹山为缘者，盖有四焉：

游仙一枕，先到蓬山；学御三年，得授秋驾。薜萝纷其在眼，云霞宛乎入抱。卒之神乡克践，胜迹悉符，如遇故人，不为生客，其权舆于梦兆者一也。

先公作镇海岱，正在总角之年；太史留滞周南，适当反见之日。是以纵情邱壑，则撰杖以从；命名山川，则掩口而对。家钵传于岩户，庭诰受于苔席，其禀承于从侍者二也。

且山之西麓，太夫人之墓在焉。仰遵伯楚之训，俯泣叔才之庐。朝斯夕斯，难忘其哀慕；松耶柏耶，如闻其叹息。每当寒日欲落，白云孤飞，至性所流，大文以显。藏山之业，自定千秋；誓墓之文，早期他日。其感发于孝思者三也。

既而，学市传经，缁帷授讲。景怡剡中，开馆常近百人；维东衡岳，聚徒始称山长。月旦之评多暇，铅椠之功益劬。读摩崖之碑，是正文字；考封禅之说，能知鬼神。其甄获于讲习者四也。

而且具模山范水之奇，历扪葛攀萝之险，亲履岱畎，旁及齐谐。真形蓬蓬，若峙于方寸；群岫落落，多得之一览。是以体势测其深远，气象穷其高大。百川奔赴，咸识海王之归；广乐具张，方知帝所之乐。为之吉蠲启牍，盥祓披文。神光合离，灵气倏忽，如画重累人于纸上，似罗七二家于几间。习其铿锵，而鸾鹤响答；按其象设，而星辰烂然。美矣哉！古来志地理者，诚未有奥博如斯者也。

方今官寄海隅，州如斗大，念盘旋之失意，觉磅礴之在胸，梦境虽遥，萝情未冷，爰辱双鱼之寄，将谋老马之导。余谓大夫登高能赋，君子赠人以言。亦愿不浊之泉，出山弥洁；为霖之雨，崇朝可兴。他日移孝之愿成，泽民之心慰，然后归依丙舍，重表泷冈，学山而至于山，幸母[①]视仆辈为邱垤也。

乙丑冬十月，年愚弟吴锡麒拜撰。[②]

《鲁两先生合集》序道光癸巳三月

〔清〕徐宗幹

余仕汶阳九年，居恒稽考文献，与父老纵言论古。闻昔唐陶山师设教岱麓时，有请鲁两先生从祀之议，卒不果行。后数十年，嗣君镜海太守复至泰山下主讲，属余求两先生遗书，亦述其先志，而未之逮。访诸两氏后裔，得邑人聂君剑光所刊《明复先生小集》一卷，前邑宰徐君宜庵校订《徂徕先生诗文集》二卷，名山所藏，遗编仅有存者。窃思两先生之忠言谠论，阐明大义，非若模山范水，为词章之学，而同方合志，相得益彰。爰辑诗文，汇为一编，用志师弟渊源所在，且益见当日守正不阿，落落寡合，仔肩道统，上承洙泗，下启闽洛，为千古倡明正学之功，非小补也。石先生诗文散见志乘诸书，并集补焉，旧刻欧阳公撰两先生《墓志》及后人题集各叙跋，均汇列卷首，以资考证。两先生旧有乡祠在郡城之南，与柳下祠相近，曾奉两先生遗像合祀于和圣之侧，兹并摹绘简端，而以《拟请从祀议》同《修祠序记》附于卷末，后之览者当亦有感于斯文也。

考孙先生著《春秋发微》十二卷、《春秋总论》三卷、《睢阳子》十卷，石先生著《易解》五卷、《易口义》十卷、《唐鉴》六卷、《政范》一卷，《泰安志》称石君键重编《徂徕全集》二十卷。裒益而集成之，以俟博雅之君子。

道光癸巳三月，南通州后学徐宗幹敬识。

① 母，《岱览》作“毋”。母，“毋”的古字。

② 此句原缺，据《岱览》补。

贾麟符先生七秩寿序[①]

〔清〕徐宗幹

余自下车奉符，登泰山，临汶水，观其灵秀所钟，家多弦诵，士尚诗书，为之延山长，备膏火，培养人才。而一时怀瑾握瑜之士，莫不争自琢磨，蔚为名儒。

优廪生贾尔庚，从其叔辈来谒，执弟子礼。其文清华，尤工诗赋，其他亦各英发秀爽[②]，皆能读父书，而绳祖武者。岁庚寅，举行乡饮，阖邑绅士首举辛酉科拔贡候选教谕贾公麟符为大宾。问之，则前明进士官翰林历任监察御史讳真公之裔孙，诰授昭武大夫仰超公之仲子，而即余门下士贾尔庚之祖也。命下之日，设筵黉宫，公芝颜鹤鬓，循循礼法，终日不倦。所谓年高德劭[③]者，公真无愧其人哉！

上年，尔庚以岁试第一，携其诗文来谒，且揖余而言曰："明年冬季，为家大父七十揽揆之辰，乡之绅士父老咸欲制锦称觞，为大父寿，而难其文。敬乞一言，以增光宠。"

余维尊贤敬老，朝廷之制也；登崇善良，有司之责也。从来有大德者必得其寿。以公之先意承志，善事庭帏，父病六载，医药必亲，衣不解带者数月。迨壬戌朝考，驱车归里，诸同年折柳都门外，有劝以少留者，公曰："二老垂白，不敢有他念也。"是公之孝行宜寿。

公兄永祥，武庠生，英年早卒。侄果俊，太学生，侄孙登甲，业儒，皆绩学早逝。惟侄曾孙二人，公鞠育抚养，如自己出。弟兆祥，守御所千总，器识深醇，同居四十余年，怡怡如也。是公之友爱宜寿。

---

① 该篇见于清贾启祥纂《贾氏族谱》（泰安市图书馆藏清嘉庆四年抄本）卷六，标题为《恭祝大模范辛酉科拔贡候选教谕、恩授乡饮大宾麟翁贾老兄台先生七秩荣寿序》。

② 英发秀爽，《贾氏族谱》卷六作"英英朗爽"。

③ 劭，原作"邵"，据《贾氏族谱》卷六改。"邵"通"劭"：高，美好。

乾隆乙巳、丙午，连年歉收。凡临近庄村以及亲族中之贫寒者，靡不捐资赈恤，力所能支，即慨然自任，无吝意，亦无德色。是公之睦姻任恤宜寿。

公为人端正和平，立心行事首重品节。凡非分之想，无益之事，毫不侵犯。生平惟懔遵名教，终身不投公门一字。是公之居心正大宜寿。

公弱冠食饩，屡试超等，所从师皆山左名宿。出其才具，何难登龙门、题雁塔、名振天衢？乃入闱十一次，备荐皆不售，而顾老其才于萤窗雪案中，每值春花秋雨，吟咏自适，数年以来，得诗千余首。是公之性情闲雅宜寿。

至其训课生徒，悉心讲诵，不间朝夕。凡受业门人及其子孙弟侄，所评诗文，必以清真雅正为宗。家多藏书，任人自取。是公之启迪后学宜寿。

且公之为人乐善好施。凡有大工，必欣然乐助。年来修志乘，葺祠宇，建试院，皆捐金以襄其事。读书余闲，留心医理，偶遇时疫，必多储应症药料，以备时[①]济，远近德之。是公之诚心好善宜寿。

抑又闻公之子七人，孙十人，而曾孙且八龄矣。或隶名上雍，或荣游泮水，兰茁玉立，四世一堂。是公之垂裕后昆又宜寿。

然则公之永膺大年，福与时茂，公之寿皆公之德致之，夫复何疑？方今朝廷优礼耆英，蒲轮虚坐，指日而修宪，乞之典则，公固泰山一大老也。

余莅此将八载矣，征文考献，闻见较真，援笔以纪[②]其实，庶几敬老尊贤为斯民劝，而勿以文为也，是为序。

---

① 时，《贾氏族谱》卷六作“施”。

② 纪，《贾氏族谱》卷六作“记”。

《味琴轩制艺》序咸丰三年

〔清〕沈兆霖

学问之事，好之，然后乐之，得其所乐，斯益永其所好。自明以制艺取士，士至弱冠，无不捉管从事于此。然徒规抚声调，撏撦词华，蕲取悦主司已耳，未必其真好也，一获科第，弃之唯恐不急。求其乐此不厌者，十无一二焉，独卢宝岩太守异是。

始太守以山左名进士作宰吾浙，历治剧要，循声灼然。上官知其长于文，遇乡闱辄派分校，士之出其门者，捷南宫，登上第，踵相蹑也。咸丰建元，奉命来守筠州。筠之俗醇而静，土地垦辟，讼狱清简，太守又优柔而餍饫之，民戴若召父杜母，歌颂彻衢野。政既就理，乃以隙日拈题为八比文以自遣，得会试及各直省乡试题，辄有拟作，皆罄书题蕴，能言人所不能言，水流花放，兴会郁发，颇似少年酣战文场者之所为。以之应试，当无一艺不可入彀者，非其好之笃而乐之深，谓能至是耶？

余去秋典江南试首题，合作綦少。读集中所拟，则博大精深，沈酣于古大家，而又不入枯寂。若闱中获此，必且击节传观，舍第一人无位置处，是真足以启发后来，而为制举之楷式矣。爰怂恿付梓，而为之序。

《味琴轩制艺》序咸丰三年

〔清〕宋林曙

文固载道者也，欧阳文忠公不录险怪，意在昌明正学。其学正，则其文正，而其发于政也，亦可以表率士民，俾之厘然悉归于正。煌煌乎经世之文也，文之为道大矣哉！

宝岩先生卢老公祖，曾以山左名进士，出宰两浙，分校乡闱。所得士类皆名下嗣，是雁塔鸾坡多属公门桃李，匪独樾荫棠阴遍覆于浙东西已也。咸丰元年冬，来典吾郡，士民望风，惟恐叔度来暮。甫下车，首重采风。生童麇至，奖励有加，文风已为一振。暗逖听而心佩者久之，每以无由亲炙为憾。

二年春，适应聘主凤仪书院席，会课时一来院，挹其丰采，霁月光风，粹然儒者。其论文以疏沦义理、浇灌心性为要，每出拟作传示，直擅诸名大家之长，惟其文教涵濡，日新月异。以故，未逾年，雍雍乎风轨邹鲁，都人士啧啧以教成文雅，称颂于弗衰。然而分片脔者，未曾探鼎；囿寸管者，尚难窥豹。及得《味琴轩制艺全集》，读之如获拱璧，合前所示拟作，反覆沈吟，手眼俱臻绝顶，而乡会拟墨，则于闱墨中别开生面，如国初诸老古艳一派，奇而不诡于正。

韩昌黎有云："文无难易，惟其是耳。"是之为言正也，要其学正，斯其文正，而其发于政也亦正。允足以宣扬国家右文之化，而为后学正宗焉。学识谫劣，非敢弁言，既喜斯文之足垂不朽，尤乐诸弟子之得所楷模也，为详其原委云尔。

卢公讳琳，字宝岩。泰安嘉庆二十三年戊寅科科举人，道光十三年癸巳科进士。是年冬，分发浙江省，初宰缙云，继宰黄岩，权石浦司马，后又宰淳安、乌程。晚年守筠阳，在浙共十七年。公之宦迹泯没无传，仅录所知于此，以备参考。建屏于乙丑年中秋，书于知退轩。

汪太宜人八十寿序[①]

〔清〕黄恩彤

从来家道之昌，既有硕人杰夫经纶乎其外，必有贤内助焉佐理阃阈之政，此其相济为功，不啻桴鼓之响应。而所遇则有未可概论者，无非无仪，酒食是议，特中馈之恒，中垒传列女均削而不[②]书。若乃遭家不造，变起非常，烽火震惊，苍黄失据，乃能以孑身扶持老弱，以赤手撑拄家门，巾帼而播烈士之风，珩璜而假纯臣之节，时则有若汪母梁宜人者。庶几抱巷蒲之苦心，植冰霜之节操者乎？

宜人生长儒门，幼娴姆教，班诫宋论，略能上口，蚕经绣谱，别有会心。顺父母，和姊妹，动循内则，罔愆于仪。盖当缨鬌之年，已邕邕乎秉淑慎之德已。及笄，皈于赠翁霈倩文学，琴瑟静好，相敬如宾。文学耽精经史，咿唔恒至夜分，每以妇功伴之，机杼刀尺声，与书声机[③]声若喁。惟时，奇亭太翁方与兄白首同居，翕和无间，子若孙禀承庭训，咸斐[④]然有文。宜人事翁姑若父母，谐先后若同生。肥牡大斗，以奉高堂；名师良友，益拓家塾。入室无虑勃谿，到门罔非衿珮。太和佳气，盎溢里闾，天伦之乐，人争羡焉。

咸丰中，江淮不靖，惊报频闻。大吏仰承庙谟，举行团练，文学以众望所属，邑侯署为乡率。辛酉春，寇掠汶阳，事棘，乃属宜人侍亲挈家避往东岳，而自率乡丁迎战。众寡不敌，遂及于难。宜人闻变惊愕，愤不欲生。顾念衰翁在堂，诸孤尚少，不得不以义割恩，留身有待。时则干戈满

---

① 该篇于《汪氏金石志》（2004年影印光绪刊本）第三卷标题为《诰封宜人梁宜人八旬荣庆序》。

② 不，《汪氏金石志》第三卷作“弗”。

③ 机，《汪氏金石志》第三卷作“鸡”。

④ 斐，原作“裴”，据《汪氏金石志》第三卷改。

眼，遍野蜚鸿，踏踢穷谷中，群情未免疑惧。于是处以镇静，矢以艰贞。慰老亲痛子之心，则以成仁取义解之；抑诸郎殉父之念，而以继志[①]述事勉之。颠沛更思勤俭，流离不废诗书。其间怆凄惨怛，百折九回，有非毛颖所能摅其万一者。迨至流氛渐熄，故里遄归，老者寿考令终，壮者鶱腾[②]日上，而宜人之心力交瘁，已阅十有九年矣。且夫茹荼咀蘗，非所以为养也，而节母多享大年，何哉？不观松柏乎？方春郁郁，不与凡花争旦暮之荣，迨夫霜飙凄戾，雪霰雰霏，独能挺其礌砢之劲姿，贯乎三冬而柯叶未之有改，良以蓄其气故，不挠啬其神，故能久，夫固有以自致之也。宜人中更集蓼之苦，晚逢啖蔗之甘，年跻稀龄，康强逢吉，庭森桂玉，砌茁兰瑶，顾而乐之，喜可知已。

当兹中春丽日，实为设帨昌辰，里之亲若友相与制锦为寿，来征余文。余年迫八旬，藻思荒落，颂祝华词，久经搁笔，第以瀣沆两世，翰墨缘深，固辞不获。用是据实直书，略存梗概，微独以侑一觞，异日郡县志乘或有采焉。至于贵而不骄，礼法式乎三鄙[③]；积而能散，沾溉被乎四邻，尚非荦荦大者，故不絮书。

祝监东先生七旬晋六寿序[④]

〔清〕黄恩彤

泰安故鲁之汶阳地，去洙泗百里而近。其地有名山大川，演迤峭竖，浸鹿润泽，古称上腴。又为宋硕儒学孙明复、石守道讲学之乡，流风余韵

① 志，《汪氏金石志》第三卷作“父”。

② 鶱腾，犹飞腾。又作“骞腾”，“骞”通“鶱”。

③ 鄙，古同“党”。

④ 寿序，原正文标题作“寿文”。

犹有存者。其士人大抵崇尚节概，斐然能文章，往往有隐君子偃仰其间，蔚为一方祭酒。以余所闻，则明经侯君价藩其人也。

侯氏为郡城南之中正乡申村衣冠右族，世传儒业。自其先代以来，种德积学，有声齐鲁间。迨至伯平先生，以宿儒为士林矜式，诗文杂著，裒然成集。余曾为之传，附家乘中。君则先生之仲子也，天禀颖异，端谨夙成，束发受章句，辄能通解，诗文若夙构。出应童子试，屈其曹辈。弱冠，补弟子员，寻以优等食饩，凤毛麟角，秀甲一黉，当途咸以国士目之。顾其为文，孑孑自喜，不屑俯就有司尺度。累践省闱，辄以细故被乙，自安义命，处之怡然。晚以积资贡成均，待铨司训，意弗屑也。早岁出授徒，诱掖多方，尤以讲读小学、四书为根柢，而时以身体力行相劝勉。从游日众，著录至数十百人。濡其教者，多以学行名世，一时有鹅湖、鹿洞之誉，而乃退然不以师道自倨。其手订小学、四书、诸经子史传、古文制义、骚诗等本，审细多所发明，皆教弟子者也。生平于内行尤笃。其事亲也，幼则温席扇枕，孺慕性生，比长，先意承志，得其欢心。举凡出告反面之节，冬温夏清之义，不惟诵其文，务期践其实。偶值亲疾，衣不解带，动更旬朔，又不辞劳费，延明工，求善药，必臻康复而后已。迨双亲弃养，丧祭必致诚敬，如生存焉。处兄弟，友爱甚敦，授室并得贤媛，娣姒如姊妹，昆季益和。寻以齿繁产薄，父命析居，君偕兄弟进曰："子壮出分，秦之蔽俗，奈何效之？彼张公艺何人哉？"于是同居者更阅四年，力益不支，始分爨。仍语兄弟曰："吾辈为此，将以自食其力，共养吾亲也。爨可分，兄弟未尝分也。"自是怡怡如曩昔，白首无间言。与人交必忠必信，躬躬如不胜衣，及是非所在，必为明白指斥，旷若发蒙。人皆爱而敬之。

咸丰初，江淮不靖，扰及二东，廷议举行坚壁清野之策。通饬各郡县，俾并村联团克期兴办，君以宿望，众推练长。乃谓众曰："贼多且悍，兼资马力，非猝合之乡丁所能当也，计惟以守为战，制其奔突耳。"于是倡众择地，于村东据险结寨，规为布置，致有条理，相守者数年。既犹虑其离析，复谋环村筑堡，所须铳械及凡守御之具略备。邻村知其可恃，竞来助守，贼不敢犯，逡巡遁去者屡矣。时他乡多被掠，此乡独完，君之力也。以视世之腐儒，挟册终日咿唔，遇变张皇失措者，乌可同日语哉。

光绪戊寅秋，郡伯将行乡饮酒礼，牒举正宾，诸青衿论齿衡德，以君为首选。郡伯知君宿儒，欣然乐从。于是执席奉觞，雍容揖让，成礼而退，观者咸叹郡伯敬老尊贤，而君之躬膺斯选，洵不愿已。

越壬午季冬既望，为君七旬晋六初度，同人制锦为寿，来征余文。余耄矣，江毫敚去，毛颖尽秃，愧无华词以佐称觞。第以相知素稔，又与贤郎兰皋有沆瀣之雅，不容以荒落辞也，故为之序。

《汶阳汪氏重修族谱》序

〔清〕黄恩彤

自魏晋立九品中正，以门第取士，于是百家世系，均上之官，而官谱作焉。不明谱学，不可典选举，盖綦重矣。降及唐代，犹存此风。故开国之初，即辨叙门族，而宰相世系，勒诸国史，当是时，私家未有谱也。五季兵燹，官谱放失。至北宋欧苏二公，始自为家谱，厥后士大夫往往踵而效之，盖官谱废而后家谱兴。窃尝论之，封建之世，官多世禄，故以宗统族，而谱可不设。郡县之世，士必土断，故以族承祖，而谱毋庸紊。此一古今一变局也。

汶阳汪氏，明初迁自新安，卜居泰安西南乡城宫里。嗣是浸以昌炽，支派益[1]繁，散处数十村疃，共一宗祠，春秋报飨，子姓咸集，叙昭穆崇

① 益，清黄恩彤撰《余霞集》（《清代诗文集汇编》第六〇九册，第二六〇页，影清宣统元年济南国文报馆石印本）卷三作“孔”。

爱、敬敦礼让，其长老以忠信笃厚为家法，其子弟以孝弟力田为本业。汶水南北称善门者，必首推焉。前明之季，旧谱失传，奇亭文学始合族众，详诹确访，征信[①]阙疑，创为《家乘》四卷，其于宗支之区别，里居之迁徙，嘉言懿行之附载，义子赘婿之勿录，必严必慎，粲若列眉，盖师欧苏遗意，酌加变通，询[②]尽善而尽美矣。《家乘》成于道光戊戌，迄今同治癸酉，中更[③]三十余年，汪氏丁益以蕃，户益以析。奇亭之孙铁岩少尹惧其久而棼也，于是更集族众续前谱，而增修之体例如旧，考订加详。谱成请序，余以少尹此举有三善焉：

别出则情渐疏，异居则意易离。睹兹谱也，方知支虽百而祖则一，油然动水木之思，一也。

体判各私其亲，家剖各吝其财。抚兹谱也，方知类本同则心不异，忾然念葛藟之庇，二也。

文学创始于前，少尹增修于后，凡佐文学为初谱者，其子若孙，大抵复佐少尹为续谱，后先济美，蔚然见堂构之成[④]，三也。

近更于任城同宗处寻获徽州旧谱，抄存宗祠中。追远返始，其用意可谓勤且笃矣。夫万物本乎天，人本乎祖，尊祖故敬宗，敬宗故收族。士生三代后，宗法既不可复讲，惟赖家谱之修，庶可维宗法之穷，以勿失尊祖收族之谊。然则余之作序，又安敢以不文辞哉！

---

① 信，《余霞集》卷三作“明”。

② 询，《余霞集》卷三作“洵”。询：信，确实。洵：诚然，实在。

③ 更，《余霞集》卷三作“夏”。

④ 成，《余霞集》卷三作“承”。

《泰安贾氏族谱》序

〔清〕杨世熺

盖闻贾氏之先出于姬姓，以国为氏，晋祁大夫辛右行华，事见《春秋传》。汉大中大夫谊，以雒阳年少，受知文帝，绛、灌之属嫉其能，谮出为长沙王太傅。谊曾孙捐之，元帝时待诏金马门，谏击珠厓，长安令杨君兰所称言语妙天下者也。东汉执金吾胶东侯复，佐光武中兴，名将图形云台，贾氏由此益大。魏晋以来，爰及唐宋，名卿硕彦，代不乏人。惜世远，谱系世次莫能详考。

居岱下峪峪村者，相传明初自直隶枣强迁来。二世真，由永乐癸未、甲申联捷进士，官副史，遂为泰安著姓，子孙藩昌。十余世，至太学生宗鲁公，讳秉礼，孝友醇厚，善治生，家称饶裕。子仰超，职都司，诰授昭武大夫，能世其家。孙曰启祥，字麟符，与余幼同砚席，雅相欢[①]爱，从游于莱芜韩解堂、吕蔼亭两先生之门。好问勤学，知名庠序间。

昭武公以家世缺谱，命启祥纂修成帙。务征近信，不著汉唐以来，断自副史真，详列表传，辑为稿本，藏诸家塾。求序于余，余既未见其稿，兼文墨久疏，懒于操笔，而麟符再三谆请，重违其意，遂不避佛头著秽之呵，略为之序云。[②]

---

① 欢，原作“驤（驤）”，据《贾氏族谱》卷一改。盖“驤（xiāng）”“驩（欢之异体）”形近致误。

② 《贾氏族谱》卷一该篇文末署：“时嘉庆四年岁次己未五月十三日，丙午科举人候选知县春台杨世熺顿首拜撰。”

《张氏续修家谱》自序①

〔清〕张文阶②

谱书何为而作？复何为而续也？虑祖宗功德之或湮也，虑世系昭穆之或紊也，虑男女婚姻之失考也，虑垄墓里居之莫辨也。凡此数者，固皆修谱之大端。而要其精义所存，则在有以动报本追远之诚，兴敦宗睦族之念，不外乎教人以孝弟而已矣。至若其中之所寓，虽多引而未发之处，书不能尽其言，言不能尽其意，既会诸语言文字之表，自得之宗族骨肉之间。《鲁论》不云乎？“必有我师焉。”何其跃如也。此又作者之深情，不可不沈潜而玩索也。

若夫所尤虑者，则莫大于无后，男女人之大欲，夫妇人之大伦，孰愿无后者？胡为续编之余，竟往往遇之，询其所以，皆无产之故。删之不可删，续焉不能续，始不得已而注以无嗣。情有难忍，势无如何，嗟嗟无产，而因无后也。若是，产之所系亦大矣，无产不足惜，念及无后，不深可悲哉？产之所以无者，盖有多端，不待贤哲而能辨也，奚庸显言？复有深足虑者，家道非不殷实也，未几而庭训衰，未几而伦常乖，未几而产业空、宗嗣绝，其故又安在哉？特礼义之弗尚耳。经书不可不读，或是之谓乎？

窃望世世孙子，警惕罔懈，惟正业之是务，持之以勤俭，培之以诗书，耕读以继其世，仁让以传其家，庶几五百年之宗风勿替，十八代之世系弥昌，则吾谱之踵续，而益加多者，将无穷极。祖宗之功德不至或湮矣，世系之昭穆不至或紊矣，男女婚姻之盛，垄墓里居之繁，不至失考莫辨矣。是在乎孝子慈孙留意于谱、究心于谱焉。谱之所蕴者讵有津涯？浑而括之则曰德，分而言之则曰礼义、曰仁让，据其实而切指之则曰耕、曰读、曰孝弟。若但目为字讳、姓氏之书也，无乃浅乎视之者。

---

① 家谱，原目录作“族谱”。

② 原书未标作者，据《张氏谱书》（泰安市档案局藏清光绪五年续修本）卷一补。按原谱文末署：“时光绪五年岁次己卯十月中浣谷旦，十一世孙文阶顿首百拜谨撰。”

《张氏族谱》序

〔清〕徐伯廉

三代盛时，人皆土著，生而族居，死而族葬，宗子以时祭祀，复有合食之礼。当其时，祖妣之昭穆序于一室，子姓之昭穆萃于一庭，木本水源，百世可知也。至后世，民无恒产，轻去其乡，加以饥馑兵荒，转徙无定，有不识其高曾名讳者，又乌识其所从来与其所从出乎！

杨家桥张氏，原籍济南府长清县人，世住城东南三十里米村镇藿窪村，有讳显成者，墓在村东北十二里，地名王魏套，茔之四隅皆高墩，此张氏祖茔也。显成公之子讳府庆，公因国初多难，避兵于泰，遂于治东南百六十里崇礼乡石莱地方杨家桥西山披斩榛棘，以为家焉。迄今传世已久，户口日增，且有散处他村者。协徵公惧其久而无可稽也，爰修谱以志之，俾后之观者识其所从来，并识其所从出，孝友之心，油然以生。庶行苇勿伤于践履，葛藟能庇其本根，敦宗睦族，胥基于是，则夫人心之涣，不得以宗法萃之，犹得以宗谱萃之，岂不懿欤？

《徂徕先生集》序光绪十年春正月

〔清〕王之翰

《石徂徕集》二十卷，南宋初曾有雕本，迄今七百余年矣。余所见凡数刻，皆非全帙。甲申来历下，适及门张君次陶藏有明人影钞本，尚为完书。惧其久而散失也，爰与二三同志醵金付梓。卷内行款一仍明钞之旧，惟末增附录一卷。刊既成，问序于余。余披读之余，若有激发于中而不能自已者，遂为之序曰：

儒者著书立说，既欲明王道，谈仁义，以立万世标准，而其指陈时势，大抵皆一时忠君爱国之隐所激而成。后之人读其遗书，往往低徊反复，至于感激涕零而不能自已，则以古今来家国时势之变不甚悬殊，而所谓忠爱则一而已矣。宋初承五季晦盲之余，正道锢蔽，邪说纵横，学士大夫灭弃圣经，举世毫不为怪。徂徕先生独忧之，于是著《怪说》《中国论》，以辟释老及时文，且曰："去斯三者，然后可以有为。"夫先生之学，不获用于时，其发愤作为文章，亦第托之空言耳。而论者谓有宋道学之传，上承洙泗，下启洛闽，俾尧舜、禹汤、文武、周公、孔子之心法，灿然复明于世，实自先生倡仁义、辟邪说始。然则先生维持斯道之功，顾不伟哉！盖尝论道德文章，有国家者之元气也。时文之尚浮靡，与异端之肆无忌惮，则剥蚀元气者也。世之将治，有豪杰出，斯二者在所必斥，否则因循姑息，上下相蒙，日复一日，而不知伊于胡底。风俗由此觇升降，人心由此验敬肆，世运国祚由此卜盛衰。其机甚微，而其祸甚大，非深识远虑之人，其孰能知之。

噫！先生一时之言，实万世之龟鉴。而当其时，以挺特不挠之节，毅然以天下是非为己任，分别忠佞，指斥当途，乃几罹媒孽中伤之祸于身后。呜呼！其受谤深者，其发光必远，其发光远者，其流泽必长，士君子具忠君爱国之忱，处江湖则忧其君，立廊庙则忧其民，至性至情，古今同辙。三复斯编，未有不奋然兴起者也。若夫百世相感，如将见之，至于掩卷低徊，流连而不能自已。则所以希先生之光而承先生之泽者，必更有在，是集之传，岂仅为论世知人、考订文字之助已哉？

光绪十年甲申春正月，潍县后学王之翰谨序。

卷四 序跋 书牍 杂文

《云山香雪堂诗集[①]》序光绪丙戌七月既望

〔清〕赵佑宸

泰安冯生栋臣，余视学山左时所得士也。岁科俱冠其曹，时已七次冠军，六膺乡荐矣。顾屡踬秋闱，同治癸酉，始膺拔萃科，贡入太学，又以奉讳，不获与廷试。今年来赴礼部补试，盖岁星已一周矣，拔贡补朝考，准贡而已。其所遭抑何蹇也！修弟子礼来谒，出所著《香雪堂稿》见示，皆集前人之句，为之杼柚子怀[②]，天衣无缝，虽未得窥全豹，亦已略见一斑。抑予更有厚望者，以生之才之学，岂其终老田园？他日上金门，步玉堂，登著作之庭，和其声以鸣国家之盛，所谓“点窜《尧典》《舜典》字，涂改《清庙》《生民》诗”者，非生莫属也。生其钊[③]薄乎哉？光绪丙戌七月既望。

云山堂自序

〔清〕冯清宇

按偷词著在《唐书》，集句创于宋代。石曼卿之天情月恨，宋舒王之风定鸟鸣。衣号百家，系涪翁称赏；枪拾半段，为玉局品详。盖词客戏题，以备杂体；而骚人乘兴，借遣闷怀者也。

---

① 集，原目录无。

② 杼柚子怀，疑为“杼柚予怀”之误。

③ 钊，疑为“剑”之误。

余幼年不揣谫陋，每自效颦。迨咸丰庚申九月十九日，狼烟四起，枭逆千群，叹性命如鸿毛，堕危机于虎口。袖中诗本，尽抛于荒榛蔓草之间；家有书厨，俱坏于蹂躏毁焚之下。诗求遗稿，于我何有哉？句多失名，则予忘之矣。肠曲九回江水，忽遗记事之珠；心炸百滚油铛，不梦生花之笔。次年卜居岩穴，避难徂徕，以竹溪之逸踪，作桃源之佳境。堂成五架，足避火坑刀山；地辟三弓，不染尘缨世网。因消除积闷，再续残章。勉集春秋闺阁三十韵，及悼亡诗数首，其余春秋旅怀各三十韵，及杂题、杂体若干篇，率皆逐事拈笔，旋即弃掷，后从酱蒙药楮中翻阅得此，汇为是编，题曰《云山香雪堂》，窃同享敝帚，詅痴符，聊博大雅一噱云尔。

《云山堂集句续刻》序

〔清〕孔祥霖

按集句滥觞于宋，孔毅父之赠东坡，王荆公之嘲营妓，仅散见于简编。至元，张雨明、陈言擅其长。国朝集句编辑如林，惟汪述庵《闺词》四十余首，曾经御览褒嘉，可谓空前而绝后矣。外此率多沾滞属对，词意龃龉。或统以寓言为题，或泛以遣兴为题，甚至以无题为题，如博士卖驴，无所指归。又或专集《香奁诗》，未免伤雅，且嫌挂一。兹读冯公栋臣《云山堂集句》，逐事题咏，无类不备，尤难者，集百家以为衣，而杼柚予怀，灭针线迹，直入化境。光绪庚寅年梓行于世者，固已脍炙人口，下余若干篇，公已作为故纸，狼藉书簏间，余代为惋惜，劝其再付枣梨，合初刻共为一函，庶几特树一帜，使世之集古者，一齐俯首焉。

《云山堂诗文稿》序

〔清〕冯清宇

今学曾未如疣赘，辄欲著述，藏之名山，可谓蚩冷符[①]矣。余末学谫陋，管窥蠡测，冒昧出丑，不亦轻当代之名士耶？然兴之所触，偶然著笔，非敢溷厕骚坛，不过鸿爪留印，聊借此以消遣尔。平生往来酬答，概无留稿，后从焚余故纸及谬被旁人所裹，摭而拾之，得诗若干首，兼杂体诗若干。夫杂体诗近于小道，大名下所不为，然历考前代，庾子山之双声吃语，白香山之藏头拆字，正甫之一字韵，东坡之聱牙体，别有八音叠韵、歇后、藁砧、药名之类，大雅才人往往偶一戏题。况苏蕙之回文锦，粤女之辇鉴图，以扫眉才子，独有千古，乃堂堂诗家，欲步后尘，辄行搁笔，亦属缺憾。余偶效数体，自惭画虎，诸友踸之，谆劝同付剞劂，因付卷末，一并质之高明，仍望重加郢斧，则幸甚矣！

《悼亡集句诗》序

〔清〕曹鸿勋

余得冯公栋臣《悼亡集句》并《序》，读之令人恻然。因询烈妇颠末，不禁感慨系之矣。

冯烈妇者，栋臣明经之室，姓陈氏，家世宁阳，为邑名族。少有至性，贤声播乡里。年二十于归，承欢菽水，曲尽妇道，接娣姒以礼法，三党咸推重之。结缡逾月，明经负笈远游，临别有难色，妇辄勉以大义，绝无儿女态。故明经得锐志于学，卒为名下士。岁在庚申，皖捻东扰，泰郡与兖、

① 蚩冷符，疑即为“詅蚩符”。詅蚩符：同“詅痴符”，称文拙而好刻书行世之人。

沂毗连，首受其害。明经伯兄副贡生雅泉，勷辨团练[1]，率众出御。然有识者窃以乡兵无律，强弱不敌，多令妇女逃匿山谷间，惟烈妇挺身独留，为之备糇粮，司炊黍，以济丁食。警报迭至，妇闻之自若也。迨团丁战没，贼匪麇集，妇见事危，始拔关怀刃而出，或欲犯之，妇大骂不屈，奋身投水死，时咸丰十年九月十九也。事平，获尸于渊，面色如生，布袜、绣囊、匕首、田券，尚匿怀中。备棺以礼葬之，当道者闻诸朝，已得旌恤如例。

呜呼！烈妇特诸生妻耳，当贼警猝至，战守无官责，迁避固其分也，只以众勷团事，效死弗去，义烈昭然，举天下之临难苟免者亦足愧矣！先是，烈妇于归后，明经游曲阜，肄业，梦归故里，见妇已死，家人移尸箦上，舁而殡之，怆然而寤。迨烈妇殉难，竟与十九年前梦境相同，岂前数果有定耶？抑事之偶然者耶？抑真诚所感，天地神明先从默默中托梦以警其夫耶？是又理之不可解者矣。

光绪十二年七月，曹鸿勋拜序。

《游岱随笔》弁言 光绪三十三年

〔清〕濮文暹

志岱者多矣，暹[2]仅得见姚姬传、吴縠人两先生所记。姚止五百余言，而山水大纲巨目悉包举焉，诚杰构矣。意在[3]古文，景物则从略，究未足[4]满选胜者意也。吴记详矣，又微惜繁缛，殆亦兼为作文计耳。后见聂君剑

① 辨，通“办（辦）”。

② 暹，原缺，据清濮文暹撰《见在龛集》卷二十《杂记·游岱随笔》（《清代诗文集汇编》第七一七册，第二五八页）补。下同。

③《见在龛集》卷二十“在”后有“作”。

④ 足，《见在龛集》卷二十无。

光《泰山道里记》，质实详核，足导游踪，而统括全山，阴阳向背，非一陟降可尽者。

暹以聂记为主，而第就所亲历者，步步识之，不尚藻饰，更不能酌及体裁，聊代雪泥痕而已，挂漏实多。而凡可到之境，遗者似鲜矣。若夫陵谷易形，古今易名，匆匆见闻，无暇询考。磨勒文字崖穴几无隙处，其最著者必往摩挲，祠观废兴不时，亦但说见在，与数十年前已有异者，后来同好，一意穷搜，则《道里记》具在焉。兹稿也，助谈资也可，覆瓿也亦可，实不足厕于游记列矣。

聂君名鈫[1]，字剑光，乾隆间泰安县人，嘉定钱辛楣、桐城姚姬传，皆深韪其记而叙之，因附识焉。

光绪三十三年冬，溧水濮文暹识，时年七十有八。

《沈馨园诗集》序宣统辛亥

〔清〕陈荣昌山东提学使

泰安赵心如大令，称其邑沈君桂清生平有志节，不骛名利，以孝友著称，为一乡善士。今其子搜其诗稿将刊之，愿得一序，以扬幽光，以裨益一方士习。予惟教士予责也，何敢辞？既读竟卷，为删存若干首，而序之曰：

吾观沈君诗，见沈君之为人。不屑不洁，闭门而读书，出则优游麓圃间，啸歌自适，于世俗所羡慕，顾恋者漠然无所与，所谓隐君子者，晋陶渊明之流亚也。今世之变极矣，士风亦大异于昔。通都大邑，学校之地，荐绅之士，鼓箧挟策之子，五尺之童，侈口谈时事，喜则相庆，聚为庆祝，

① 鈫，原书与《见在龛集》卷二十皆作“钦”，据《泰山道里记》改。

愤则奔走号呼相告。语裂臂断，指指顶踵相谢，发自以为烈士，为健丈夫，几成风气。非是，则迂之，鄙之，唾骂之，以为无益于国，不足以振人心、拱世道。而必心如顾去一淡泊宽营如沈君者，冀吾表襮之，以裨益士习，岂不与世相剌谬耶？

虽然，有说焉，伊尹任天下之重者也，耕于莘，嚣嚣自得；颜子有志于为邦王佐之才也，在陋巷不改其乐；诸葛孔明识时务之俊杰也，居南阳之野，不求闻达于诸侯。此人皆怀抱利器，未出而用世，伏在田里，甘心肥遁，无愠色，而世又不以石隐者目之。且谅其心未尝一日忘天下，抑独何哉？陶渊明既赋《过去来》[①]，日事耕耘，与田夫野老相狎昵，终身不复仕，所为诗皭然不滓，可谓澹泊之至矣！而朱子读其《咏荆轲》一篇，壮怀奇气，勃勃不可遏，谓此为渊明本相，且曰："隐者，皆带气负性之人为之。"论者以为至言。

今吾谓沈君为渊明之流亚，亦以其操履恬退略同耳。然沈君自庚子乱后，亦若有不可忍者，后出而一试，无所得而归，归而赍志以殁，殁之年四十而已。其诗以冲淡为宗，似渊明田园诸作者，盖十得八九，遭时之变，感慨欷歔，又与《咏荆轲》无异。若夫体物缘情，缠绵悱恻，翩翩有风致，亦渊明闲情之遗，集中偶有之，非其意所属也。

士之有志者，莫不汲汲焉，皇皇焉，以救时自期许。顾吾谓救时须才，才须学，学须养，养必平其心，定其性，而后能醇，醇而后能肆。天之道险，敛而阳舒，人之道主静而制动，断断然矣，不此之务，而哓哓然号于众曰："吾将奋发有为，舍七尺躯命，为天下拯焚而救溺也。"其谁信之？心如之表襮，沈君殆欲为士者，澹泊寡营，以致其养，以厚积其奋发有为之气，而使之不轻泄欤？有旨哉！有旨哉！风天下之士可也，何止一方？吾故乐为之序，以发明之。

① 《过去来》，疑即为《归去来兮辞》。

泰山沈芗岩先生诗集序宣统三年[1]

〔民国〕赵正印

吾邑位岱麓，山为五岳长，名山胜甲天下。荐绅先生流寓于此，诗歌啸傲，以益治其文，类能以所学传后，为世知名，如赵宋泰山、安定诸先生，讲演学派，称一代儒宗尚矣。及后著述流传，代有其人，说者谓士居其间，得山水之灵秀，以发抒其学问文章，宜乎多以文艺著也。

余生也晚，不及见诸长老先生，幼而嬉戏，即登山涉水，时凌绝顶之胜。长而读《岱览》诸书所纪文人学士诗文著作，恒倾慕其人。以为今不殊古，必有隐君子者伏处泉石，希踪往哲，而时趋迥异，鲜睹作者。不惟无人以著述自鸣，间有侪辈，习为诗歌，即讥嘲随至，以为非识时务之俊杰，一时负笈之畴，读译书，学横文，以图进取。而国学沦丧，风雅式微，求有澹泊功名，不为大言，砥砺廉隅，反其田里者，已不多见矣！闻诸父老，吾邑近山，地气走而不留，故无累业不败之世家，诗书之泽，士大夫多无佳子弟。其信然耶？余生不信堪舆风脉诸说，欲以道德文章策砺后学，乡先生之人品学问足为一乡楷模者，不忍其无传也。

岁辛亥，倦游旋里，求乡先哲之著作，得先生遗稿于其公子扶宇。扶宇方治法家，言将有以世其学。余读先生之遗著，益慕先生之为人，而益乐诗人之有后也。乃类而辑之，质诸滇南陈虚斋先生，亟以付梓。

呜呼！先生以壮年不乐仕进，喜岱阳山水，以置田园，长子孙，读书奉母，啸歌不辍，终以其身积稿盈尺，留以传后，使世知泰山之麓有隐君子。先生其人者，较当时炫文自鬻、锐志功名、夸耀乡里、生无安步、没无后名者，所得孰也多？学者闻先生之风，习俗或为之转移欤？

① 该标题原目录为《又》。

张公兴林德配王孺人节孝叙文①

〔清〕韦文庚

尝谓论节于男子，节与才分，论节与妇人，节与才合。夫男子非不重节也，特是生逢盛世，歌咏升平，终身未遇非常，毕世莫征所守，而忠孝徒争以口舌，诗书不见诸躬行者，亦宴然以功名终焉，故论者不得以无节绳之。乃至猝然临变，操守顿易，声名堕地，简册流秽，而论者亦不得以其才恕之。是所谓节与才分也。若夫闺阁贤姝，则节必有才，而才即其节。何者？门衰祚薄，安所得期功强近之亲，故治内必兼治外。枕粲衾烂，早已殚有，无黾勉之计，故茹苦更且茹贫。当此之时，苟竟安地道之无成，而徒云坤德之有终，将家贫亲老，泉下物空余悲叹。立业兴家，未亡人何所依赖哉？然心非石而不转，则隐忧不寐之余，盘错皆成历练；河泛舟而常在，则之死靡他之际，险阻亦为坦途。操心危，虑患深，德慧术，知存乎疢疾，几见有百折不回之概，而无出险济屯之能者乎？节与才合，彰彰然矣！不信余言，请与观张公德配王孺人。

孺人幼娴姆训，长适名门。供食举齐眉之桉，必敬必钦；执手吟偕老之诗，如宾如友。方期星烂鸡鸣，陈一榻之警戒；胡乃炎昆焚玉，悲两地之别离。室中无哌哌之泣声，堂上余茕茕之孑影。糊口少负郭之田，弱弟非当家之岁。孺人处此，不綦难乎？而乃古井水寒，黄鹄志励。阳教也，而阴教是赖；妇功也，而妇德相资。恤其纬者，恐陨其家；成其德者，更续其祧。铄釜戛羹，不作汉室邱嫂；截发留客，无让陶家名媛。于是积仓满簋，娣姒和睦；移兰接树，堂构增辉。盖必有孺人之节，而后有孺人之才。

吾不奇孺人之才，而惟钦孺人之节也。所以盛名既彰，覃恩斯被。前

① “张公兴林德配”六字，原目录无。

此茹蘖含辛，三十年甘苦独喻；嗣后里歌巷议，千百世颂仰不衰矣。嗟乎！新室国师公，不及露筋女子；五朝长乐老，何如断臂妇人？彼以丈夫而奴颜婢膝，靦然酬应，自宜拜受乎妇人巾帼。而若孺人之砥行立名，懔然可敬，所当拜赠以男子衣冠者也。夫乡举里选之法，虽久废于後[1]髦之登进；而彰善褒贤之典，幸犹见于节孝之表扬。吾固因论孺人之事，而并及之。

《泰山堕泪图》记后[2]

〔清〕贺涛

海州王君家佐，感泰安训导济阳艾问泉先生再生之恩，先生既卒，为《泰山堕泪图》，以文记其事。光绪十九年，其门人某应顺天乡试，携图至京，授先生犹子观亭以征文。观亭与涛同官刑部，交至深，以图示涛，属题其后，因曰："捻匪扰泰安时，城空无备，而守令素不说[3]于民，乡兵不集，人大恐。吾伯父说守令[4]，使谢过于民，而躬往谕之，晓以利害，民大说[5]，誓与死守，贼不敢逼。守令皆以功迁官，而吾伯父独不得与。"

呜呼！郡县无备久矣！仓卒寇至，驱不教之民，以与之角，其烈者与城俱亡，不肖者弃而走耳。先生以不与政事之官，独能协和官民，使之并力以守，而危城以安。非确乎其有志操，而忠谊[6]足以感物，知略足

① 後，疑为"俊"之误。

② 原正文标题有"贺松坡"三字。该篇于清贺涛撰、徐世昌编《贺先生文集》（民国三年徐世昌刻本）卷二中标题为《书泰山堕泪图记后》。

③ 说，《贺先生文集》卷二作"悦"。

④ 守令，"守"字原缺，据上文及《贺先生文集》卷二补。

⑤ 说，《贺先生文集》卷二作"悦"。

⑥ 谊，《贺先生文集》卷二作"义"。忠谊，犹"忠义"。

以应变，乌能于无可厝力之际，卓卓著功烈如此哉？当是时，贼踪半天下，其拥兵守土无尺寸之功，而称[1]虚饰伪，以邀上赏而收显名者，不可胜数也。而如先生者，乃竟掩抑，不得论列。世之所以多祸乱，而祸乱既作不能渠[2]定者，岂不以此也与？吾因观亭所述先生之功，推而论之，盖惜其见屈于时，无以竟其才，以抒其郁愤之气，因以概[3]世变焉。至于王君之事，其自记已详，一人私恩，固不必论也，然已[4]可见仁人君子之用心矣！

跋岱庙秦篆

〔清〕俞庆澜

泰山居中国五岳名山之长，其上为金石薮焉。刻石纪功，始无怀氏，管子详之《史记·封禅书》。泰山刻石始于秦，即李斯之篆书也，今七十二代之风藐矣，秦篆亦湮没弗彰，考古者憾焉。

宣统庚戌莫春，来权斯邑。四月，提学罗公正钧行封山礼，祀典告成，遂相随于湿云蔓草间，镵崖剔藓，访求古迹，渺无一存。归至岱庙，见道院东壁有石三片，存字十，而又残缺其三，古篆遒劲，下缀一石，为旧令尹徐公宗幹题跋，考之则李斯之原石也。

嗟乎！千百年来，几经毁灭，存此余烬，碑残碣断，精采不完，不禁咨嗟太息者久之。然片羽吉光，洵为希世之宝，第恐风雨剥蚀，日月再迁，若不珍而护之，欲求此而亦不可得。因于环咏亭前，凿石为屋，周以

① 称，《贺先生文集》卷二作“构”。
② 渠，《贺先生文集》卷二作“遽”。
③ 概，《贺先生文集》卷二作“慨”。
④ 已，《贺先生文集》卷二作“亦”。

铁楹，将此三石嵌砌其中，庶易守护，而垂久远，且以俟后世之考古者精鉴云尔。

《乾一楼诗》序民国辛酉中夏

〔民国〕王廷赞

吾乡近代以诗名家者，明则边华泉、李沧溟、谢茂秦，清则王渔洋、宋荔裳、赵秋谷，次若高念东、张杞园、田山薑、刘石庵、卢雅雨诸公，虽工诗，不专以诗名。其余王季木、王西樵、孔岸堂、冯定远、王秋史，暨诗名见《山左诗钞》者，或有集，或无集，诗不多传，名不甚著。盖海岱固人文渊薮，而其风气大都重质行，骛经术，仅为应制，肄及试帖，至于长短歌行，五七律绝，每余事视之，不以措意。故南人有北人诗少之诮，而商邱侯朝宗则谓北人诗少而诗存。余向韪其言，今观余友卢大使云图之诗，乃益信焉。

云图乡举前，曾从余游，余于诗泛涉，未得津岸，无足以资云图，而云图亦方攻举业，未遑旁及。违隔三十余年，第闻其治经功邃，上拟郑、何，不知其善诗也。顷寄所著诗册就质，披阅数过，不禁为之狂喜，忘避过誉之嫌，辄加评定云：比兴赋得体，才学识兼长。味含道腴，婉而多讽。荣肖天秀，清不言寒。卓尔大雅，典型粹然，醇儒气象。是能拔出吾乡近代诗家之中，自标一帜，可存亦可传矣！审其深造取资，诗中盛称获益于高密傅君少隅。傅君余旧识，固雄于诗，轶秋史等而上之，颉颃茂秦、秋谷，而不肯俯首于历下、新城者，宜其观摩而善之，至于斯也！

余于诗，昔无足以资云图，今又何足以益云图？然就质之意不可辜，姑为进一解曰：道无止境，诗亦宜然。吾党生长孔子之乡，被服孔子之教，言志莫不愿学孔子。孔子述而不作，诗无从学，而学孔子之好学，以致力于借题言志之诗为不厌，老至弗知，集大成，金声玉振。则其为诗也，必出类拔萃。下视《鲁颂》《齐风》，亦犹泰山之于邱垤，沧海之于行潦。东海三大，可增为四，而诗王居其一焉。区区步任、左之后尘，嗣棨、桢之遗响，若吾乡近代诸家，又何足数？余意诗界中当有此境，此境当有人至，是所望于云图。质之傅[①]君，谓何如也？

赠李云程道士

〔民国〕葛延瑛

《道德》五千言，众妙之门。自后世儒者弗谈玄，每谓道，其所道非吾所谓道德，其所德非吾所谓德，分道扬镳，各是其是。千百年来，几莫识异流同源之妙，道与儒之各立门户也久矣。然而老子之言曰："知其白，守其黑，为天下式。"即吾儒所谓大智若愚也。"知其雄，守其雌，为天下溪。"即吾儒所谓大勇若怯也。旨哉言乎！其一而二,二而一者矣。

李云程者，道家者流也。于道家言无不窥，兼涉猎儒书，所与交游亦皆一时儒者。瑛[②]与师为忘形交，晨夕过从，诗酒欢谯。观其谈吐之际，端庄之中杂以诙谐，饶有世外玄致，若忘其为道流也者。壁悬古琴数张，雅善鼓琴，而未尝轻试，其靖节先生所谓"但得琴中趣，无劳弦上音"者耶？抑曲高和寡，不遇知音不为鼓耶？与师交最久，相知亦最深。其平生所为，大都绌聪明，戒刚强。本老氏家法为主旨，其于《道德》五千言为之致意也素矣！师广交游，平时座上客常满，或与松阴弹棋，或与石上烹茗，或与评古今书画。歌者，呼者，起坐而喧哗者，师呼道童环侍，竟日

① 傅，原作"传(傳)"，据上下文意改。

② 瑛，原文为△，为作者自署名之标记，今为补。下同。

无惰容，人间神仙福，师无待安排，自供人消受以去。

瑛不习道家言，然久处而化常，恍然知聪明之易为所悮，刚强之最易速祸，惕然参禅，顿起皈依之心，盖几为道家者流矣。既自为道家矣，又乌得以师为道家而外之？试取《道德》五千言，焚香熟读，当必有拈花微笑之一候云。

《契丹国志》跋

〔民国〕王连儒

近世观人国者，往往以藏书多寡，程其文野之差，书之不可忽视也如是。顾国之得书也易，家之得书也难，力不同也。惟笃志搜集，则虽个人少力，亦将蔚然而可观。物聚所好，岂欺我哉？

吾友王君建屏，一老诸生耳，而致书颇多。尝邂逅得抄本《契丹国志》一部，册端简尾，钤印章数事，审为吾邑赵仁圃相国手泽。噫！诚足宝矣！《志》为宋孝宗时叶隆礼所编，清《四库书》收之“别史类”，而深所不满，谓其茫无体例，爰加重订。仁圃不及见四库馆之役，是编则其原书矣。连儒尝得借观见其书，信多疏舛，有乖义法。如斥契丹曰“北”，而冠宋以“南”，其尤易见者也。至于“本纪”“列传”，明白主辽，尚属史家之恒则，而二十卷以下，则纷纭淩乱，筋脉不属，无复史家之规模。

《志》既奉诏为之，又进书有表，其付归秘阁，当然无疑。而《宋史·艺文志》则不之载，即马氏《通考·经籍目》中，亦不见有此。母[①]亦因其义例不当，而见摈欤？然其书流传，孤行不绝，《辽史》虽出，不为之掩，是必有精光不可磨灭者在也。尝试加推寻，孝宗锐志恢复，必不能一

① 母，“毋”的古字。

日忘情于金，而辽为金有，金亦辽也，此《志》也，其知彼之途径乎？且此《志》载笔之无术，惟第二十卷为甚，而叶氏精心结撰之处，则不出此卷中。何也?《降表》则亡国之惨也,《地界》《誓书》则守国之符也，此《志》之足为法戒，要无逾此二大端者，而孤出表誓全文，在史笔总无此前例。叶氏为足使时君怵心刿目计，不惜破体为之，或者此其史外传心之苦衷乎？不然，表誓之宜见于“本纪”中，稍有史学者能言之，岂叶氏而不知此？一得之愚，识者其不河汉斯言欤?

至于建屏好书，而有此得书之奇缘，仁圃抄书，而辗转付书于好书之老儒，此其中或有故焉，愿并质之好事之君子。

《契丹国志》跋[①]

〔民国〕缪润绂

泰安建屏王君，国变后，藏书教子，不希世干进。尝刻一印，曰：“只此传家。”尤属意于泰山文献，日恒孳孳焉。

己未秋，一日过山中谈，挟有《契丹国志》全函，则邑先正赵仁圃相国旧藏本，太半出自相国手录，君无意中购得者也。噫！董父好龙而龙归之，岂虚语哉？考是书成于宋孝宗淳熙八年，南北语言既殊，当时叶隆礼采摭遗闻，视《辽史》不无疏漏，然如《誓书》《降表》以及《行程使北》《陷北》各录，记多为正史所遗，有足资后学考镜者。惜世间传本绝少，获读中秘书者几人？相国录而存之，以饷阅者，嘉惠士林，功匪浅矣！其意日久散佚，几不免覆瓿入爨之伤耶。王君乃收之二百年后，迭遭兵燹之余，吾不知其愉快为何如？即此鉴别之精，非平昔矢志旁搜，珠玉在前，几何

① 原目录为《又》。

不失之交臂也！

曩者，承以《云月砚轩诗稿》见惠，流连讽诵，每不胜高山仰止之怀。《志》载：当乾隆五年以还，邑书院典籍经相国捐置续增者，各数十种，称盛一时。迨自新学代兴，书院寖以芜废矣。尘编蠹简，不知犹有存焉否？今睹此手泽留贻，益穆然于皋比坐拥时，博征古今，考订同异，斯道之寄，非斯人莫与归也！宁惟是珍赏遗墨云尔哉？吾深幸是书之收弆得人，尤望世之览是书者，学相国之学，进而心相国之心，庶不负留赠后人之嘉意也夫！

葛母陈太孺人八十晋四[①]寿序

〔民国〕王景禧

今夫为善无不报，而迟速有时，此理之常也。然为善不望报，而穷通惟命，实德之盛也。故诗美姬、姜，第颂母仪之淑慎；史推钟、郝，盛称内则之精严。而其仁慈惠爱，不烦缕陈；和顺温柔，半由多助。若黾勉有无，求妇德女箴之尽善；感招瑞应，致遐庥上寿之攸隆。如陈[②]太孺人者，其尤杰出也乎！

太孺人氏陈，考讳毓楹，泰名族也。生原明慧，性本柔嘉。岳岳高门，瑞挺海邦之秀；遥遥华胄，地锺泰岱之灵。其归敕封文林郎蓬筠公也，逮事钦赐翰林院检讨□公，时翁年已期颐，例封孺人张太孺人性复严厉，太孺人率妯娌辈，左右侍养，甚得欢心。能使亲忘其老，家忘其贫。每笑谓曰："汝性宽和，事事谨慎，吾无忧矣。"至于期功近亲，赒恤在分产之外；

① 四，原目录作"五"。

② 陈，原书此处空缺，据上下文径补。

轻偷末俗，挽回在相劝之中。族人有无以为家者，竭力成全，虽推恩不见诸词色。里中有市女为妾者，正言譬晓，卒从命为缔夫婚盟。慈祥至此，其受报庸有既乎？且也禾稼成熟时，被窃者往往愤恨，太孺人则曰：“此贫故耳！余粮栖亩，而欲其坐以待毙，可乎？虽窃吾，吾犹怜之。”嗟乎！婆心如见，怒雨忽变为和风；佛界疑登，恶缘忽结为善果。数语垂慈，穷檐感泣。非甚盛德，其孰能与此？

子四人，长□□，次□□，三□□，四□□。孙十余人。伯也埙，而仲也篪，鄂华竞爽；朴者耕，而秀者读，兰桂流馨。庚子、辛丑恩正并科，仲器延瑛领乡荐。分桂子之余香，一门衍庆；挹萱花之微露，合第腾欢。时太孺人年逾八秩矣。裁光明之云锦，玉尺犹量；映皎洁之月华，金针可度。永锡难老术，岂藉夫长生，自享遐龄，杖不扶乎灵寿。吉人天相，信非偶也。戚里具有深情，合词进如山之颂；曾元亦皆默祷，拜首赓酌斗之篇。喜溢门庭，先生俎豆亦甚盛矣！

而太孺人欿然不自足者，盖有由也。夫人之一生，著徽音于莫并，衍福庆于无疆，真足誉茂宜家，贤征中馈矣！然或门庭华贵，井臼无须亲操；家计充盈，蘋蘩尤易并采，未竭巾帼之勤劬，即荷丝纶之宠，贲者比比然也。若□太孺人则非其时矣！第观其蒿簪持户，匏叶自饔，平阳春日，躬挑帝女之桑；邺水秋风，自濯丝人之锦。须牵萝而补屋，十指忘劳；或画荻而授书，一身并瘁。听漂摇之风雨，只增恤纬之艰难；睹黯澹之灯鸡，尤助和丸之辛苦。犹不足以尽太孺人也。当其燕息家园，勤修事业，量柴数米，用心悬磬之时；夏水冬汤，施惠鸣珂之里。秉大家之礼法，悉守仪型；闻小户之饥寒，多资膏泽。勤而能俭，有《周南》“絺绤”之风；贫乃益恭，示《内则》“衿綦”之训。则非由矫饰，出自性情也，岂望报乎？

今日者，堂开燕喜，寿祝鹤龄。庆花甲于良辰，香流菊酒；汇林壬而介寿，喜溢松卮。禧不敏，为太孺人年家子，谊属捧觞，难以不文辞，然不敢以浮词颂太孺人也，谨拜手稽首，而质言之以为序。

范君子昌暨德配张孺人八秩同庆寿言

〔民国〕赵正印

吾少也贱，贫不能置书，遇老辈辄请益焉。诸先正岸然道貌，余望而生畏，恒趑趄不敢进。及弱冠，方识子昌先生，时诸少年应童子试，皆趋拜先生之门下，以得先生之一顾为荣。余亦介诸长者，以门生礼入谒，心惴惴然，意以先生之名望，当崖岸高峻，更不知何若。及见先生，乃蔼然可亲，谆谆无倦容，庄谐并出，发人深省，乃知明德达人非必迂拘也，胸怀乃为之开朗。仰先生如明月照人，自是时得受教矣。

未几，患白喉，医药无效。一日扶病至先生所，询所苦，笑曰："明日愈矣。"赐一方，服之霍然。乃知先生之学，博大精深，旁通百家，不拘拘于儒书也。余稍长，远游四方，不得相见者三十余年。岁己巳，归里葬妻，询先生起居，皆云康强犹少年也。先生闻余归，步入城见访，余迓于门。先生谈笑风生，声惊四座。余自惭衰朽，乃知先生之安身立命，修养功深，非世俗侈言养生者所能及也。

今夏历十月，为先生八十诞辰，暨德配张夫人八十三岁寿诞吉日。门下诸弟子及同乡父老，佥以先生夫妇偕老、同登期颐，为国祥瑞，不可以不纪也，命以文为寿，余小子何敢辞？

窃以先生穷□积学，修厉名行，生平遇人，无疾言遽色，事无顺逆，一至先生前，皆谈笑出之。其涵养德性，有如是者。以抑塞磊落之奇才，不得依附青云，显名当时，乃卷而怀之，以孝友教化乡里。时以医方济世，活人无算，先生之德行，应与泰山并寿矣！

德配张夫人，名门闺秀，早偕琴瑟。茹苦含贫，淡泊自甘。先生平生不治生产，得安心致力于学，亦夫人之内助力多矣。今日者同跻上寿，儿女长成，子子孙孙，绕膝承欢，先生捋髯微笑，与夫人顾而乐之。较诸据高位，享厚禄，日处华庑之中，忧危虑患，岌岌不可终日者，其安乐为何如也！

谨述此，为先生及夫人寿。待他日花甲重周，余小子当益治其文，更以美词进。

葛先生遗稿跋[①]

〔民国〕赵正印[②]

寿序、墓铭，世俗好尚，为极无谓之事，文人多苦之。然余阅世既久，见政治之无轨道，国家之趋危亡，其败坏风俗、拂逆人心之事，多自上创之。都市已人禽集处，魑魉现形，而乡间仍熙熙然父父子子、夫夫妇妇，其畏清议重于刑罚，尊长老重于官宪，知乡不乱，尚可以为国也。若并此纪纲无之，使乡亦乱，则不知所底止矣！

世俗浇漓如此，吾乡人尚知敬宗敦族，崇孝弟，重节义，于其父母之行谊，求人撰述，以示子孙。先生求无不应，乐之忘倦，立言以忠义，诚朴勖人。一乡风俗之厚，不受撼动，此区区无谓应酬之文字，培植之力已多矣。若第论其文之工拙，则所见者小耳，乌足以知先生之苦心乎？余近亦师此意，常勉强为之，然无先生之泛应之能、为文之易，愧对先生及吾乡人，无可奈何也。

① 此为原目录标题，原正文标题仅一“跋”字。

② 赵正印，原目录作“赵正印”，正文作“赵新儒”，今为划一。

葛先生遗稿跋[①]

〔民国〕赵正印

《芸庵遗稿》共三册，有为先生原稿者，有为哲嗣笑山多方搜罗倩人抄录者。笑山于先生片纸只字，皆什袭珍藏，以保手泽，为人子之道也。第一、二册为寿序、墓铭、谱序、杂文，及先生亡后之挽章；第三册为手录文件，皆先生为乡里服务、有关地方掌故者，汇为一函。读其文，可以想见先生之为人，其挚爱忠诚之气，溢于言表，立言大义，一以廉耻节操、孝弟忠信为归，冀转移世风，维持人道。先生忧世之苦心，仅于文见之。噫！

禀请开渠引水入城稿

〔清〕李文诰

为开浚水道，永济民便，公恳鉴核事。

窃地以山川而卜，始壮大观；民非水火不生，须求既济。泰郡城治，岱麓屏依，雉堞分天门之秀；汶流环抱，龟阴储地脉之灵。城虽如斗，固足以甲山左而冠海邦矣！第石根至厚，少逢山下出泉；井眼无多，自尔城中缺水。汲引受王明之福，遥资溪绕东西；仓皇救回禄之灾，鲜克源逢左右。

古人有识：调阴剂阳，以水厌火。引白鹤泉之溜，穿石入城；过青龙神之庭，凿垣砌窦。自遥参亭之侧，穿升平街而南，绕县署，贯城号，出阴沟，入海濠，会渿归泮，由泮达汶。来有源，去有委，奚虞冲决为灾？城

① 原目录为《又》。

以北，郭以南，咸借流通为利。随地汇池，以汲以饮；沿街导水，去浊去污。抱瓮顺编氓之手，火患可消；濯缨洗多士之心，文明益著。美无不收，行无不利，此百年前之胜概也！至今迹载志乘，街号运舟，犹历历可考。

只以泉源闭塞，欲瀹浚其无由，沟窦传留，填泥涂之已久。堪舆家每援古相示，特地不效灵，无如何耳！乃近来迫于旱干，艰于种艺，士人无计，水利关心。泉疏王母池，引南行以灌溉；道经升元观，遍北野而沾濡。此固为天假之缘，亦要在人善于用。势乘就下，既滋郭外之生机，情切引流，自慰城中之渴想。

□□等因公同议拟，复开旧道，不甚费工；造作中流，洵堪媲美。但城池重地，举行不敢自专；风水要图，可否全凭明示？为此联名公恳□鉴核，抑或转详请行，即小筹经费，咸愿乐输。倘蒙俞允，不弃葑菲。庶几泉在山而下润，风以泽而中孚。引一线之清涟，科盈及第；益满城之润泽，利享无疆。共沐恩波，不胜衔感。

公举宋儒姜潜入乡祠禀稿①

〔清〕李文诰

为阐扬幽德，崇祀乡贤，公恳转详，以邀盛典事。窃前贤即后世之师，宜隆祀典，后学补前人之阙，自有公心。

邑有姜潜者，字至之，鲁地名流，宋朝贡士。实巨家之子弟，为硕彦之甲莩。游孙石之门，道宗孔孟；演羲文之简，绪启邵周。高捷南宫，迈同游于徐、杜；入朝北阙，承交荐于范、韩。对元后而陈二典，惟期尧舜其君；召诸生而讲六经，但愿誉髦斯士。况且事亲至孝，守正不阿，明州

① 原目录无“宋儒”二字。

切萱堂之慕，每忆故乡；陈留布棠舍之阴，不容新法。归去浩然，孟夫子不欺我也；弃官去矣，王荆公其奈之何？是乃秀秉泰山岩岩正气，灵储汶水落落大方。夜行释仆役之惊，潜逃鬼物；独往急师家之难，不畏权奸。以故道有本，学有根，石介氏亟称笔下；节之奇，望之重，马大夫时引座中。此固理学之正宗，乡贤之冠冕也。奈继世者藏珍有缺，不传手泽之书；编志者考镜失真，仅入才猷之选。声誉虽称于野老，馨香未享于学宫。斯亦千古憾事矣！

洎乎光绪二年，修墓门而掘地，出铭盖以见天。隶书十二字，宛如凤翥鸾翔；传衍千余年，应有龙蟠螭护。观如环堵，谁无崇德之心？念及芳徽，共作象贤之想。驰报邑侯何，当准查明详办；公呈学宪陆，即予匾额联词。但入祠一节，事关重典，须赖县详；案查确情，还从学始。为此历诉缘由，粘呈事实。公恳恩准加结，移会县尊，转详上宪，会题到部，咨请入祠。倘蒙俞允，不弃葑菲，庶使道学将军，不终依于大树；礼门子弟，共矜式于先型矣。

覆泰安县志局书

〔民国〕高熙喆光绪丙戌翰林

捧读来函，猥以谫陋，辱承下问，闻命之下，适增汗颜。接读道光《县志》，参以五百年有名志书，区区管蠡之见，敢为座右陈之。

窃惟泰山在五岳为最尊，于东方为三大，凡山水艺文、神祠典礼之章章者，宜列入《泰山志》，《县志》只宜“见《泰山志》”四字了之，不必复述。以《泰山志》尊于《县志》也。

明世，陕西八志最著名，韩邦靖《朝邑志》、康对山《武功志》，寥寥四十余页，而韩志尤简。古人之所以为此者，非为省铅椠费也，以待五千年后为可继也。若如近志，则集至数千年，将汗牛充栋，而志不可为矣。山东志书最著者为陆继辂《郯城续志》，其次为胡书巢《历城志》，柯凤孙之《安邱县志》亦甚有法。窃以贵县志书，宜准《郯城续志》之例。

至近今十七八年，所谓赋役者、选举者，请俟异日。何也？书而不法，后嗣何观？且恐触当时忌讳也。道阻且长，不敢远劳，喆之果能如命与否，亦难豫定，请以邮筒商之足矣！专肃，敬颂文祺。

代王仲哲县长致梁启超公函[①]

〔民国〕葛延瑛

任公先生伟鉴：

高轩戾止，各界忭欢，伟论发皇，群情鼓舞。藉今日泰山之游观，慰在昔泰山之仰望。前途改进，欣幸何如！

窃有请者，泰山经石峪石刻为《金刚经》，全文今存者仅九百余字。文字高古，中外同钦；风雨剥摧，名流共慨。欲筹保护之良谟，须有伟大之建设。康南海先生倡议于前，朱□先生继筹于后，均以所需不赀，有志未逮。今拟借先生一代之文豪，保名山千年之尤物。业将制就募疏，拖钵沿门，尚祈冠以鸿文，开宗明义，一言鼎重，应者必多。倘蒙脱稿寄下，襄成义举，则一道文光之辱临，泰山名胜实利赖之。不情之请，惟希谅察。此请道安。

甲午之年，中东战事起，愤气所激，遂成一联句内含赓保之姓：[②]

① 原目录标题为《代王仲哲县长覆梁任公先生书》。

② 按：此段为杂记一条，为原书附记于此，非公函之文。

幸诸生年未如彭，应知韩公惊贼，范氏捍边，曾与辨奸老苏，同心为赵；
恨群丑胆敢用武，无论常何将才，马周名士，愿学吞吴诸葛，竭力匡王。
彭述亭慎修　韩文炳　范子昌梦九　苏搢卿玉珽　赵秀岩中芝
武晓村凤明　常峻峰　马星堂传珠　葛云庵延瑛　王冉卿艺成

曹家村火灾募捐启

〔民国〕葛延瑛

嗟乎！祸莫烈于焚身，悲莫甚于荡产。一炬烛天，万家灰烬，遘祸至此，其谁能堪？

兹于本月三十日，城西乡曹家村居民百余家，忽兆焚如同罹浩劫。烧毙妇女四口，庐舍、器具顿化劫灰，牲畜、资粮尽成焦土。死者焦头烂额，谁收已枯之躯？生者吁地呼天，痛无可生之路。家徒壁立，集妇孺而长号；人尽劫余，忍饥寒而啜泣。梁摧栋折，满目荒凉；上雨旁风，全家露处。衣食住遽尔烟消，告哀谁氏？士农工嗒然气丧，呼救何从？□等现已筹有薄资，施放急赈，惟是杯水难济舆薪，一木焉支大厦。用敢沿门托钵，以期集腋成裘？伏望仁人君子，本毁家纾难之心，尽被发缨冠之义。灾同切肤，渡孑遗之难关；急救然眉，证同仁之善果。勉助巨款，嘉惠灾黎。请登衔篆于左。

禀请祀毛县尊[①]于高等小学校稿

〔民国〕葛延瑛

窃维绩著循良，感德者攀辕聚泣；恩深父老，待泽者遮使请留。范金写像，知遗爱之在人；夹道焚香，冀使君之还我。盛德所留，爱深棠荫；精魂所依，祀作桐乡。合邑崇拜，礼固宜之也。

已故历城县知县毛邑侯蜀云，西蜀名流，东邦良吏。莅官数邑，到处有召父之称；宰泰十年，重来比寇君之借。开岱阳之广厦，多士颜欢；崇柳下之名祠，万家顶礼。识时务即为俊杰，洒来热血一腔；食烟火也学神仙，剩有清风两袖。寻幽踪于岱下，盛名与泰岳并传；抚遗植于田间，大泽同汶流俱远。婆心惠我，仙骨异人。方冀凫飞叶令，倘得重来；谁知鹤化丁威，顿成已往。贤侯逝矣，部民哀之，奉之名宦之祠，尚需异日；出自舆人之论，宜祀先贤。

泰安高等小学堂，规模宏敞，邑侯缔造。其东偏一区，邑侯所常憩息者也，兹拟设位其中，以伸崇报。据有功则祀之文，示饮水知源之义。不必丝绣平原，图其形则须眉毕肖；何事泪挥叔子，勒之石则姓字皆香。集百里之冠裳，倾心至地；隆千秋之俎豆，公道在人。第念情虽出于公是，各励寅清；事必待之上裁，方昭郑重。为此恳恩批准存案，实为公便。

① 县尊，原目录作“县长”。

省公署请以宋孙石二公从祀孔庙咨内务部文[①]

〔民国〕省公署

为咨请事，案据泰安县知事曹光楷呈称："案据泰安县解元赵正印等呈称：'窃自孔孟既没，天下泯棼；圣道不绝，几如一缕。降及有宋，孙、石挺生，接道统绍孔孟之续，崇正学开程朱之先，邹鲁学风焕然改观，天下人心丕然一变。迄今伦常纲纪不绝于宇宙者，未始非孙、石维持之功。孙公名复，字明复，平阳人，学者称为泰山先生。石公名介，字守道，奉符人，学者称为徂徕先生。庆历年间，孙公官至殿中丞，石公官至太子中允。当孙公以布衣隐居泰山时，石公以进士甲科，师事之，登降拜跪，左右追随，侍杖履，天下学者始识师弟子礼。范、韩诸公褒荐之章、崇重之文，均载在史鉴及志乘等书。孙公著有《春秋》十三卷、《易经著疏》等书，清朝御纂经传均经采列。石公著有《庆历圣德诗》《唐鉴》《徂徕集》等书[②]，皆风行于世。明成化时，山东巡抚盛无锡，就泰安城内二公讲学故址，奏请于朝，建设二贤祠，奉旨入祀乡贤，春秋祀以少牢，后裔补为博士弟子员。历代以来，崇礼有加，二公功德昭然于天下者，殆历久而弥新。际兹文明时代，教育为立国之本，屡奉明令，崇重圣教，保存国粹。窃以为，欲谋教育之普及，养成纯正之人材，非先就前贤有功于世道人心者崇重而优礼之，其道末由。职等为桑梓后学，饱食先德，仰体我公上承大总统及列宪崇儒重道之至意，用敢胪陈事略，援顾、王诸公从祀孔庙之例案，公恳转呈。如蒙允准孙、石二公从祀孔庙，则世教学风裨益非鲜'等情，公恳转呈前来，知事覆查无异，理合具文呈请核转"等语。据此，伏查孙明

① 原目录无"省公署"三字。

② 书，《孙石二儒从祀孔庙之呈请》（载民国九年二月十四日《顺天时报》第五千七百七十二号）无此字。

复先生以春秋经世之学，陶淑后进，杜门著书，隐居不仕；徂徕先生躬为弟子，相与发扬儒风，激励名节，寻洙泗之坠绪，开濂洛之先河，用造成有宋一代风会，使师道复明于天下，维世翼教，厥功甚伟。

夷考其时，泰山、安定，实同为海内大师。安定衍派于江南，泰山开宗于河朔，扬镳并骋，全国景从，殊途同归，自是莫能轩轾。惟安定和易近人，容纳万类；泰山则高崖峻岸，矫异众流，惠和夷清，指归略异。论者谓安定为冬日之日，泰山为夏日之日，祈向所在，大略可知。以此，安定门下如川赴壑，先后疏附，愈推而愈远；泰山途迳迥绝，传绪弗昌，徂徕又以严气正性，显遭时忌。同时之气类既分广狭，即后来之定论难免异同。安定以教泽绵长，早崇庑享。而孙、石二先生从祀之典，至今未逮。缘情而论，似觉未得其平。今该绅等景仰前徽，心仪往哲，冀从百世风微之后，特阐千秋绝学之光，请援照顾、王两先生成案，以二先生从祀孔庙。事关旷典，本未敢率为拟议，但际此正学将颓之会，尤复以推崇孔圣、表章前哲为词，即此怀仁慕义之心，或收懦立顽廉之效。既据胪举呈请，未便壅于一闻，相应备文，咨请贵部，请烦察核，转呈辨理，实纫公谊。此咨内务总长。

为十九年战役毁坏孔子林庙泰山古迹致阎锡山书

〔民国〕赵正印

百川先生足下：

阅报载对国事言论，并悉缉令取销，行将发抒伟抱，重与国人相见，从此一洗内战之羞，共同力执挥日之戈。甚盛！甚盛！

十五年，革命军克汉口，先生派员南下合作，仆在武昌，亦为与议之一人。及十六七年，仆居沪上，承电报往复，示意馈贶，虽此后疏往还，而厚情不敢忘。今将出山，理应献曝。仆鲁人，质直不尚虚浮者，有最痛之心言，与先生平生历史、民族德性有关，敢为陈之。

今世之可畏者，不过握十万毛瑟耳，亦知以议论可否荣辱天下者，尚有人乎！去年督兵莅鲁，大军南下，曲阜、泰安惨遭兵祸。地方供应之浩繁，人民损伤之巨烈，痛定思痛，何所取偿？鲁人已忍而受之矣！晋军攻曲阜，发炮至八千余发，守城之八百余兵士，结果无甚损伤。而事后调查，周公庙、颜庙全灭，孟庙毁，孔庙大成殿受炮最多，启圣祠毁，宫墙美富变为瓦砾，孔林围墙炮毁三百余处，历代坟墓炸毁极多，林木焚烧无数。泰安晋军守城，并分兵守至泰山绝顶。孔子庙拆用木材，秦观、月观、南天门、十八盘满山修筑战沟埠垒，毁坏古迹、石刻、风景、庙宇不可胜计，结果一无可用。城中宋天贶殿故迹，内系宋朝画壁，饱受炮弹，殿毁多处，壁画从此破坏。此皆致力内战之所赐也！

稽考历代用兵泰安，除明崇祯十七年四月，李自成部将伪防御使山西人郭姓由兖攻泰一役，无屯驻者。以四隅有小山，为天然炮台，水粮薪皆缺，不可以守。且自宋代设城岳祠，为登祀泰山而设，非为兵事而设。故十五年之役，以绿林出身褚玉璞之不知兵，尚退守界首，而不守泰安。至曲阜，则历代用兵，以孔子故乡，皆谨避之。援齐人伐鲁，令有“敢去柳下季垄五十步而樵采者，死无赦”之例，以示尊崇圣道，俯从人心。此无烦缕述者。

至战役之胜败是非，无足深论，“胜者王侯败者贼”，尚可援以解嘲。而至圣林庙、名山胜迹，民族道德之宗仰，历史文化之关系，以张宗昌之不肖，尚且筹款兴修。一怒用兵，所指当不在此；胡为大兵一到，同罹浩劫？

今之治者，侈称欧西，彼方于名山古迹保护若何？耶稣降地之耶路撒冷，尊为圣地，各国尊奉、崇拜、信仰从民。外人观光东方，既登泰山，必过曲阜，视吾国之于名山古迹、孔子降地，内战纷纭，玉石俱焚，宁不为天下笑也？先生退兵回晋，闻屡派人至各战区，调查死事兵士，列册议恤，加惠部曲，激扬士气，至足感人。然则言念名迹圣地之损伤，当较战死兵士之事大，先生幼读儒书，发扬文化，应必有以昭示国人，忏悔补过。如长作租界寓公，吾无责焉，今者重回珂里，有志国事，追怀前车，能无遗憾？所望慨发巨款，倡导国民，兴复孔子林庙，保存泰山古迹，表示从前内战之错误，光大历史民族之精神，天下想望风采，将从而崇拜之，祝祷之，更何仇敌之可言！非然者，泰宗之古迹由先生破坏，西会村之风景岂能常存？孔子之故乡由先生不保，晋阳城之坚固亦何足恃？天理循环，至可反省。若谓人言不足恤，圣人不足法，先生即山东再出，亦弄兵自卫耳，与天下人心、风俗、国势强弱皆无关也。不过将来编近世内战痛史，应大书特书："山西总司令阎锡山，于十九年某月日，率大军十万入鲁，炮毁孔子林庙、泰山古迹。"以志先生用兵之武威，国人永不敢忘。但使人心不死，中国不亡，孔子之道不绝，必有伟人发扬光大此古迹林庙，为文明古国之光也。顾以二十年治晋之成绩，尚美誉在人，虽世谓诸葛大才，短于兵略；而人称伯玉五十，知其前非，或为中国尚有希望之人也。故冒昧陈言，惟先生图之。

又谣传一时，先生由大连回晋时，有密约，将为阜昌之续，此亦为应时之产物，果而，则愚言为多事矣。以先生之人格，何至日暮途穷倒行而逆施之若此？当为无稽之谈。亦望先生为国御侮，有以雪此言为快。敬颂勋绥。山东赵正印[①]启。

① 赵正印，原文为△△△，为作者自署名之标记，今为补。

诗社小引①

〔清〕赵国麟

唐虞歌咏，聿开三百之源；汉魏风骚，实肇四唐之始。故正变贞淫，关乎风教；兴观群怨，感乎性情。鼓吹休明，亦熙朝所最尚；形容盛德，更学士所宜工。惟夫大雅不作，因而古调云亡。

今者地交齐鲁，人孕山川，济南名士多，由来旧矣，山东李白好，彼何人哉？爰订佳辰②，兴兹雅社。古风近体，并辔联镳；乐府长篇，喷珠嗽玉。合陶谢为一手，拈韵分体；会苏李于同堂，此倡③彼和。大振诗坛旗鼓，同登工部门墙。素昧推敲，初拈声韵。敢思附骥，不避续貂。谨扫径以待高轩，希乘兴而临下里。

孙石两先生学术志行论④

〔清〕郭朴山

千古道学之传，肇其端者羲轩唐虞，集其成者洙泗，畅其旨者濂洛关闽，而上接洙泗下启濂洛关闽者，厥惟泰山、徂徕两先生矣。

泰山先生姓孙氏，讳复，字明复。其学术在《春秋尊王发微》，其志行在洁身明道。教授泰山，老而不娶，国相李迪以女妻之。当时儒林以为成相国好贤之美，而无贫士慕势之嫌，则其学行概可识矣。

---

① 此文之后，原收《泰山图赞十二首选五》，此五首诗又于卷七《青草堂集》后重录（标题《戴太守东游十二图赞选六》），今保留卷七处，此处不再录入。

② 辰，《泰安县志》（乾隆二十五年刻本）卷十三作“晨”。

③ 倡，《泰安县志》卷十三作“唱”。

④ 该篇原于《岱粹抄存续编》卷四清蒋大庆《申明亭记》后重录，今只保留此处。“学术”二字原目录无。

徂徕先生姓石氏，讳介，字公操，号守道。其学术见《怪说》三篇，《中国论》一篇；其志行在尧、舜、周、孔，而旁参荀、扬、韩愈诸大儒，秉正嫉邪，见恶若将浼焉。敝衣跣足，躬耕徂阳。仕至太子中允，而未克竟其施。

徂徕之事泰山也，执弟子礼，甚谨，能使鲁人皆好学。徂徕之上《庆历圣德颂》也，泰山先生曰："祸基于此矣。"其后卒以夏竦构谗，几致剖棺[①]之祸。要之徂徕之学术，一泰山之学术；泰山之志行，非徂徕之志行。泰山先生潜德居贞，秉约处柔。徂徕先生圭角太露，未免伤时，故欧阳文忠公尝寓书规之。而要其上接洙泗，下启濂洛关闽，无二致也。或谓两先生讲学有余，致用不足，此苏党谬妄之谈，岂识朱子推崇两先生之至意哉？

北宋迄今，数百年矣，而瞻岱岳者，慨慕遗徽[②]；临汶上者，缅想清流。高风亮节，士犹闻风而兴起。将孟子所谓百世师者，吾于两先生仿佛遇之。

① 棺，《续编》卷四作"官"。
② 徽，《续编》卷四作"徵"。

卷五 传状 事略 墓表

赵国麟列传载《满汉名臣传》

〔清〕国史馆

赵国麟，山东泰安人。康熙四十五年进士。五十八年，授直隶长垣县知县。

雍正二年，迁永平府知府。九月，迁大名道。

四年四月，调清河道。八月，迁长芦盐运使。

五年，擢福建布政使。

七年，调河南布政使。

八年，擢福建巡抚。

十一[①]年，疏言："福州府常平仓向裁大使，归知府管理仓储。府、厅、县额征米谷四十余万，为数繁多。请将兴化府仓大使调常丰，兴化府仓归经历管理。"九月，请设台湾府学及台湾、凤山、诸罗、彰化四县学训导各一。皆下部议行。

十二年，调安庆巡抚。

十三年，疏言："寿州新分凤台县，田赋混淆[②]，等则莫辨。无鱼鳞底册可稽，有豪强兼并、愚懦包赔之弊。请履亩清查，如有隐漏及避重就轻者，准自报。其地少粮多之户，亦令勘明归正，不得逾八月之限。"部议从之。

乾隆元年，御史蒋炳奏准州县征收钱粮，照部颁定额刊印由单，申送布政使核明，分发花户。倘有飞洒增添，将原单交甲长、里长赴州县改正。

① 十一，原作"十二"，据清国史馆本《汉名臣传》（清京都正阳门琉璃厂荣锦书坊检字本）卷十七下改。

② 混淆，《汉名臣传》卷十七倒。

仍令花户于钱粮完日，缴单汇送布政使查核。赵[①]国麟以安省大州县，不下十余万户，合计通省，即有数百万，由单由司核发，恐误征收，并迟兵饷。且花户缴单不齐，必差役催取，或偶遗失，更启索诈。现在每年照实[②]征簿刊易知单，征收日给花户，花户查对不符，请于完粮时照簿改正，甚属便民，似应仍旧。至里长久为民害，已裁，未便复设。所有由单送司缴司、甲长、里长改正之处，请停止。部议准行。

二年，疏言："安省旧置官田，收租养马，岁入稻豆万五千四百余石。岁丰取盈，岁歉减收，除驿站额支外，尚余六千五百余石，报出归公，遂成定额。兵部奏销，与正项无异，无论丰歉，照额取盈，民多赔累。请丰年仍照额收，岁歉即以收成分数酌减。至有马田州县，通水者例碾米解省，水脚系州县捐发，请每石给水脚米三升，即于马稻内开销，庶免累延。其不通水州县，收积无所用，请照时价粜银充饷，官民有裨。"下部议行。先是，内阁学士方苞条奏："常平仓谷原定'存七粜三'法，南省地气卑湿，应分别'粜半存半''粜七存三'，因地制宜。"部议[③]南省各属高下、燥湿不同，应粜七粜半，令督抚详议具奏[④]。至是，国麟请将安省所属州县不滨大江、地气高燥及卑湿而非最下之区，仍遵"存七粜三"例；其临近江湖、地形卑下及山陬岚雾尤甚者，粜半存半。部议如所请行。

三年，授刑部尚书。十月，调礼部尚书，寻兼国子监事。

四年，授文华殿大学士兼礼部尚书。

五年，充会试正考官。三月，请颁发御纂经书十三种，贮礼部、顺天府，俟乡、会两试期，送内帘应用，庶评文有所依据。上如所请。

---

① 赵，《汉名臣传》卷十七无。

② 实，《汉名臣传》卷十七作"寔"。二字通。

③ 《汉名臣传》卷十七"议"后有"以"。

④ 详议具奏，《汉名臣传》卷十七作"详议奏"。

六年三月，御史仲永檀，疏参内阁学士许王猷邀同九卿往民人俞长庚家吊奠，国麟亲往跪奠，以物议沸腾，复将原帖追毁。国麟请解退，得旨："仲永檀参奏大学士等吊奠俞姓之事，经王大臣查讯，全属子虚，其言出于访[①]，伊已自认，与大学士毫无干涉。赵国麟被谤之处已明，无庸置辩，着照旧供职。"

是年四月，国麟复请解退，上仍慰留[②]。先是，给事中卢秉纯参奏国麟，于永檀劾奏、经皇上面询时，佯为不知，出后，告伊戚原任光禄寺卿刘藩长，自鸣得意。又称"藩长于奉旨休致后，国麟告以系蒋炳所参"。上命大学士鄂尔泰、张廷玉等面质藩长、国麟。藩长称曾以国麟回奏事告秉纯，秉纯遂揣摩情形[③]入奏，言词过甚。又坚称国麟并无蒋炳曾参之语。上以此事在有无疑似间，从宽免究。

六月，谕曰："赵国麟素称理学，且身为大学士，与市井[④]刘藩长结姻，且在朕前保奏，甚属不合。较仲永檀所参之事，其过孰为重大？朕令大学士鄂尔泰、张廷玉等谕以大臣之义、进退之礼，伊自当朝闻命而夕拜疏。乃迟之数日，竟无求退之本。盖其意以为朕难[⑤]责备，乃复转念优容。朕御极之初，见其人属老成，且素闻伊留心理学，是以内升尚书，后将伊补授大学士。数年来，所匡赞者何事？所建白者何言？为朕所倚重而必不可弃者何具？尚可忝窃大学士之职乎？伊初有福建巡抚任内荐举劣员王德纯一案，部议降调，朕留中未发。今既不知自处，不得不明加处分，着降二级调用，留京候补。"

寻授礼部侍郎。

---

① 访，《汉名臣传》卷十七作"枋"。
② 《汉名臣传》卷十七"留"后有"之"。
③ 形，《汉名臣传》卷十七作"状"。
④ 《汉名臣传》卷十七"市井"后有"庸人"二字。
⑤ 难，《汉名臣传》卷十七作"虽"。

七年正月，擢礼部尚书。二月，以病乞休，上未允。七月，复乞休。谕曰："赵国麟以获罪降级之员，朕加恩复用为侍郎。伊彼时以官止亚卿，照常供职，后[①]见其无悻悻求去之意，及洊擢尚书，即托病求罢。朕屡次慰留，伊仍执奏再三，俨然以'进礼退义'之大臣自居。夫进退大臣之礼，朕岂不知？如遇当以礼待之大臣，而年力衰迈，即卧理中书可也。或优诏[②]归田，亦无不可。然非所论于赵国麟。伊试返而自思，外任巡抚，内任大学士、尚书，何所树立？而忽于末路托名'进礼退义'，以自表其风节，居心不可问矣！赵国麟着[③]革职，在咸安宫效力行走。"

八年恩准回籍。

十五年八月，恭祝万寿，恩赐礼部尚书衔。

十六年十一月，故。

太学生介祉赵公传

〔清〕赵国麟

予景仰乡先贤徂徕石先生，读书泰山下，招致平阳、海陵，共相师友，讲明学术，阐发遗经，为濂洛关闽诸贤之倡，功施到今不朽。

窃不自量，于丙戌成进士后，假宋先生青岩居故址，约诸同人，诛茅筑室，创为义社。维时踊跃鼓舞、喜忭从事者，首推吾宗体仁、介祉诸昆仲，率子侄源、瀛、沆、浴、泉等六七人，拜讲堂下，执弟子礼维谨。岱东诸昆仲入城寓梅花馆者，必来青岩，视子侄艺业。予亦时至馆，与诸昆仲把酒论文，亹亹不倦，相得甚欢。而每每聚首晤谈者，则介祉兄为多。

① 后，《汉名臣传》卷十七作"使人"。
② 诏，《汉名臣传》卷十七作"召"。
③ 着，《汉名臣传》卷十七作"著"。

兄讳晋昌，行三，父孩如公，大父素庵公。兄相貌魁梧，器度端整，沈静寡言，而性情和蔼，不自崖异。与人交，推心置腹，不设城府。喜饮酒，好宾客，与子中、子寿、子显诸昆，花晨月夕，暇即会，会即饮，饮即畅然而乐。不知者以为晋人王谢风流，知者羡为花萼联辉，愉愉怡怡，天伦之爱，名教中乐地也。

方孩如公属纩时，诸子跪请遗训，惟曰："兄爱弟敬，若介祉者。"可谓继志述事，不愧所训者矣。长兄介繁，仲兄介石，皆先公殁。嫡母王孺人、生母张孺人，丧葬大事，独以身任之，隆杀各尽其礼，盖孝友天性，故能易人所难如此。至于慷慨好义，乐施与，赒贫乏，重然诺，又其懿行之余者。读书能得大义，性简逸，不乐习举子业，因遵例入为国子生。

子四人，瀛、潜、滕、涤，瀛即青岩从学者。忆予讲习青岩时，介祉与予年相若，周旋十年所，如昨日事也。逮予去青岩，筮仕长垣，介祉方壮盛，善饮无恙，忽忽二十余年。今被放归田，而介祉墓木已拱，不独青岩从游诸子，升沈老殁，寥寥不可多遘，即吾宗曩者豪饮乐聚诸昆仲，亦不一二存。人生几何？浮云聚散，可不以性行本源之地，足传为重哉？

瀛曰："先考懿行久淹，惟吾师知之稔，敢稽首以请。"因不辞而为之传。赞曰：

朴庵公开国名侍御，巡方吴会，功业赫赫，在人耳目。素庵公以介弟，骂贼不屈。兄忠弟义，为岱岳光。孩如公克承克显，固其宜也。语云：世禄之家，鲜克由礼。岂不以极盛者难为继哉？介祉袭先人之荫，居两兄下，独抑抑自晦，不出里门，虽先训素豫，非性行纯笃，又乌能处盛满而不溢者乎？

节孝赵孺人传

〔清〕赵国麟

今夫道日流行于天壤，日昭著于人心，固其存焉者也，非其一焉者也。然以求之世人之言语行事，性情心术，其有合于道者，往往而鲜仰。又何也？说者曰：“道之传，传于读书稽古之人，而任质者无望也。”又曰：“道之寄，寄于丈夫七尺之躯，而巾帼者不与也。”乃以观于家贞子之配赵孺人之任事，可异焉。

初，孺人年十六，归贞子。越四年，贞子夜梦至一官署，仪从盛严。有长吏坐堂上，见贞子至，曰：“非其人也。”顾查其算在何年，旁执簿者曰：“当在壬申。”贞子醒，具告孺人，且曰：“壬申，尚有十年，死不足虑，但老母是念耳！”孺人慰之曰：“梦中境，何足深信！脱不幸梦而信，君之母，我之母也！君无虑。”

至壬申五月，贞子果遘疾，贞子曰：“信矣！数不可逃。老母无依，二子未成立，其若之何？”孺人曰：“养老抚幼，以死守之。”于是停贞子之柩于堂，事其姑王太孺人，曲意承志，务得欢心。延明师教二子，其后长子潭中式甲午科武举人，次子涟入太学。以礼葬其姑，乃为贞子卜茔地发丧。孺人哭奠，以告其成功。

后数年，孺人亦逝，临终二子跪请遗嘱，孺人曰：“吾妇人不读书，不能深识义理，但愿尔等宜兄弟，敬族人，和乡党，厚亲友，以无坠先人之业，吾虽死无恨矣。”

嗟乎！缝掖之子，读书谈道，平居持短长，以衡人是非，未尝不甚悉，及一旦身历事变，望风委靡，促促若辕下驹，朝应诺而夕改节者，比比皆是也。其于孺人之上慰七旬，下抚六尺，饮荼茹蘖，经三十年如一日者，相去何如也？此即古之仁人孝子、忠臣义士贯金石而争日月者！易地相观，不过如此。虽上拟之共姜、孟母，其何以加焉？且夫孺人特生长深闺，呫哔无闻者耳，乃其操行若是，其果得于天者优，故质美而暗合耶？不然，尝学于不见之地，故口不言而躬行耶？又不然，道之本于天者诚，参之人者妄也，率之性者真，间以欲者伪也耶？斯道之所以常存而不忘者，端有赖于此者乎？或曰：“孺人尤善持家，故家益饶；孺人好施济，故所在感激。”余曰：“此才也，惠也，道之余也。”称其余，恐以掩其本，传俱不载，载其有合于道者。

侯先生传

〔清〕黄恩彤

忆余年少家食时，稔闻汶阳有侯伯平先生。其人积学敦行君子也，顾未之识。迨余羁宦中外二十余年，归则先生已殁。既而先生之孙芳苞从余游，因得读先生所著书，并谛观其行状、碑铭，乃益信先生为积学敦行君子也，是可传已。

先生讳哲衡，伯平其字，别字古度，系籍泰安，世居县南之申村。自其祖父即以文学知名，至先生而益光其业。其为人不苟言动，退然如不胜衣，而觥觥自持，罔敢干以非礼。性刚简，每面责人过，其人悔悟，即涣然冰释，人皆爱而敬之。其为学，孳孳无间寒暑，贯串经史，尤覃精四子书，钩深造微，务得肯綮，不屑为口耳占毕之学。其为文兼古今体，所作制义，高者力追古名家，次亦俯视流辈。试辄异等，为宗工所奖拔，屡践省闱，卒不得一当，义命自安，澹如也。

其教人，因材授之业，渐摩涵濡，使之自得。诸高子弟往往成名士，或掇科第以去。所著书、诗文皆成集，杂记若干卷。而心力所萃，尤在《四书别解》《触类别异》《中庸一贯》等书，已授梓行世，馀藏于家。凡此皆详具门人程太守所撰《碑铭》中。

及按其内行，则更有大过人者。先生垂髫失怙，事母太孺人，先意承志，得其欢心。洎寿终，毁瘠几不欲生，居丧哀礼兼尽，比葬，躄踊号恸，悲感路人。平居祭先必斋，时物必荐，忌日必戚，终其身不少易。宗党称孝，人无间言。弟文泉早卒，亲视含殓，营葬从丰。抚其孀孤，恩诣周至。积欠代之偿，遗地代之耕，公赋代之纳，友爱出于至诚，不以生死异也。姑家贫，为置田以养，其子成立即全付之。堂叔母氏张者，殁而无以殓，氏王者，存而无以生，均为之经纪其殡葬，供给其衣食。嘉庆壬申，岁大祲，族中不举火者十余家，岌岌乎殆矣，捐金周恤，并得存活。乡之中推睦族者，必首先生，而先生歆然略无德色。

窃考恤族之举，莫若范氏义庄。然文正当日，致身高位，坐享厚禄，分其所余，用以沾溉，不难也，后世犹盛称之。先生老明经耳，家不及中人产，终岁拥寒毡，咿唔教生徒，藉脩脯以自赡，乃能出其节省余财，润及周亲，由亲逮疏，俾穷嫠得以温饱，凶岁卒免流离。非徒至性迥异寻常，一切裒益均平，规画周密，盖事綦难而心良苦矣！间又改修宗祀，创立《族谱》。晚年自建家祠，置祭田，订祠堂记事册，以及修墓树碑，凡报本追远、敬宗收族之事，罔不悉心毕力为之。

余乃益叹先生洵敦行君子，而文学犹其末也。先生以优廪生充恩贡，例得校官，未铨。卒年七十有七。子孙以儒世其家。

闫先生小传

〔清〕冯悦恕

闫逢寅，字方春，邑之省庄人。幼聪敏，家贫力学，年未弱冠，即入邑庠。性刚果，恤贫。既而迭遭大故，家益窘。自念不自立，将奴颜求人为生活，可耻也，乃改业商，自酿酒，售于市。

未几，见酒之伤民食也，又弃商而业医。数年名大噪，乃设药肆，求者日踵门。有徒步来者，有以舆来者，先生则随徒步者去，辞舆来者曰：“尔有舆，可请他医也。”贫者购药，则廉其价，遇极贫者，或竟不取值；遇富者，则有时或竟倍其值，曰：“吾既不取聘金，令代偿贫者药债。”奚不可者，因售药所获息，辄以济困乏。有邱姓者病，延诊视病，垂危，而家綦贫，其妻子伏地泣，且求助先生。慨然曰：“有棺乎？”曰：“无。”“有衾乎？”曰：“无。”曰：“于我乎取之。”及归，捡其囊空无以应，乃息借而付之。其好施与重然诺，类如此。

晚年家无余财，有劝积储以遗子孙者，曰：“先人遗我廛一区，田五亩，以所受者传之后人可耳，不必益也。”

武孝廉传

〔清〕张兴留肥城进士

咸丰壬子，余与泰安武君砚农同年举于乡。识其人阔达有为，异日建树必大就，同谱有人矣。继于庚申秋，闻君御寇，得叙功授官，心窃喜，谓吾言当验。乃逾岁，而君竟以殉难闻。呜呼！君千古矣！岂惟增同谱光哉？

君讳文培，砚农其字也，山东泰安人。生有殊秉，总角授读，聪颖异常儿，初学为文，出语即惊人，乡前辈皆以大器目之。十七岁补诸生，名大噪，旋食饩。

咸丰二年，举山东乡试，以拣选知县注铨部。十年九月，捻贼陷宁阳，泰属戒严，各乡议团练御贼，推君主团事。君乃率团扼贼于汶之三娘庙渡，复移书于肥城、东平，联各团为应援。贼见势不可犯，乃掠大汶口而东。泰之完，君力也。杜公筠巢方充山东团练大臣，县宰方上其事于杜公，而同邑高淤村汪秀才汝霖亦前率团御贼汶上，数杀贼有功。杜公乃亲诣各团验视，伟其绩，奏授君国子监典籍。时僧邸帅大营驻济宁，君特出资，劝输饷，车载累累，相继于道。僧邸嘉君忠义，亟奖谕之。

逾年二月，贼复渡运河东下，君率团迎战不利。贼进抵布金山，复御之，相持一昼夜，疲不能支，乃退保本村土围。贼至攻一昼不下，君乘间数出杀贼，稍退。明日复至，君念贼怒已深，是必将致死于我也，乃流涕誓师，一呼无不奋起，杀贼尸横遍野。既而贼大集，围数重，抵暮，围中火药尽，团丁渐溃。先是，君于本村筑土围，会大雪，仅成三面，而缺其东，植木栅焉。至是，贼果破东面木栅入。君督众巷战，犹杀贼二百余，身被数枪，余团丁数十，护君溃围出。君顾曰："迎太孺人一队安在？"有知者曰："太孺人遇害矣。"君遽挥刃返，挽之不可，遂只身赴敌死。

维时，殉父兄而所杀过当者，则有武毓镕；誓众先死者，则有武文鉴、武文镇。而汪秀才汝霖，亦自别团来，赴援同死。毓镕，君从弟子也，先与君养子毓范、子毓钊，以别队与贼遇，毓镕殪贼，而枪折，夺贼旂刺贼，毓范遂手裂旂，旂脱，而杆已贯贼胸。适有君叔祖母者落井，毓范弃枪拯之，贼乘间窃其枪，毓范腾右腿立毙之，得枪复战。而毓钊伤重委，乃急负而逃，毓镕竟战死。逾日，毓范乘间潜回视，得君尸王太孺人侧，面如生时，二月十一日也。

君性肫挚，笃孝友。父振纲先生素称刚直，君制行惟肖振纲先生。病泄洩，君手涤秽亵，不以委人。父殁，事母尤谨。君才思英异，文豪爽如其人。龙伯岩官泰安教授，录其文为诸子式，成就族间后学，列黉序者，一时称盛。

遇事敢任，凡修谱建祠，皆身率族众为之。君伯曾祖州廪生千子先生，亲殁庐墓，后人式微。君鸠族人，为刊石表墓。至戚某贫不自存，为置家室恒产焉。咸丰丙辰，岁荐饥，君劝殷户出贷，复兴工代赈，全活无算。意怜才，于贫士体恤尤殷。傅生文耕，以游学投君塾，君耳其能文，试之果才，乃喜为谋馆舍而裁成之，后以县试第一获售。君遇难，其人一恸几绝。乐为人排解，而深恶附和。邻村王兆秀，为邑宰所窘，几陷匪辜，君力争之，宰遂释。癸丑赴春闱，舟宿，闻舟子于邑声，询之，以子妇临蓐无养对，君解装资之。其乐施济人多此类。

君生于嘉庆十三年八月二十六日，殉难于咸丰十一年二月初九日，时年五十四岁。后鲁抚以君殉难事上闻，得恤赠知府衔，入祀本邑昭忠祠。公母王太孺人，妻聂孺人，妾宋氏，及养子妻张氏，一门同时殉难，均得恤如例。

赵太[①]母李太孺人传

〔清〕魏橘莱芜

赵太母李太孺人者，盖郡庠生德辉公之冢妇，而岁进士眉生公之淑配也。李氏为泰山望族，世居于本郡之石碑里。

孺人德性静婉，且聪慧知书，每观古之淑女名媛卓卓可传者，辄欣然乐效焉。及其作嫔于眉生公也，秉妇政，操家猷，洁旨以怡高堂，戒旦以相夫子，一庭之内，雍然肃然，莫不藉藉称贤。

当是时，眉生公慨爽豪迈，交游几遍天下。凡四方之缙绅先生，才人杰士，寓目骋怀于泰山者，往往造其家。至则宾主尽欢，数日留连樽酒，盘飧之需，孺人供之甚丰，并未尝偶有厌心。或时而眉生公命驾远游，徜徉于名山佳水，即旷日持久，亦绝不知内顾忧，又孺人佐理之功居多。

眉生公侧室有二，曰姚氏，曰齐氏，孺人皆善遇之。有子五人：长讳尔昌，次讳济昌，孺人出；讳同昌、渐昌者，则齐氏出；讳鼎昌者，则姚氏出。孺人视之如一，饮食教诲，毫无区别。樛木之逮下，螽斯之不妒，

① 太，原目录无此字，据正文及《泰安赵氏家谱》（第一二页）卷十二补。

真堪为孺人咏乎！他如周穷乏，恤孤嫠，待族党以礼，御仆下以恩，种种盛德，难更仆数。同郡“慈懿”之谥，良非虚也！

迄于今，子姓繁衍，孙枝启秀。或获乡荐，或举明经，或列黉校，人才济济，可谓盛矣！是孰非孺人之德所培植而积累哉？[1]

节妇[2]赵母张孺人传

〔清〕刘国英

夫古来节义之事，人之所急欲得而传之者久矣，能者载之于文，不能者诵之以言，又不能而慕之以心。故事有可称，人有可述，莫不悦乐之、歌咏之，大书特书，而屡书之。人有同然，且不知其所以然而然也。

余居莱邑，与泰安接壤，素闻有节妇张孺人之行，而不得其详。一日者，侍御朴庵公之孙体仁亲家，捧其节略，乞余为传，始知所谓节妇张孺人者，乃其再从伯母也，余因得而卒读焉。其行述曰：

伯母张孺人，乃张公存诚女，二支祖成宇公长子之璧之妇也。张氏祖居面疃庄，素传秉礼之家。伯母幼而字我伯父，及笄而归，成宇公已早逝，独姑宋孺人在堂。伯母天性孝谨，执妇道，自是妇姑相得，怡怡如也。伯父少颖悟好学，年十四入庠。抚幼弟三人，之问、之辂、之球。治生产有法，亦赖伯母勤俭之助云。

伯父年十八，忽遘暴疾，疾笃，伯母义不独生，约与同死。伯母之母闻之，大惊曰：“何遽如此也？”及来吊，与伯母哭。移时，劝

① 《泰安赵氏家谱》卷十二该篇文末署：“康熙岁次辛丑初夏之吉，戊子科举人候选知县莱芜县眷晚生魏橘顿首拜撰文。”

② 节妇，原目录作“节母”。

曰："人生大限，岂可相强？汝方少，前途远矣，何自苦为？且汝有孕，幸生男，抚养成人，以为尔夫妇后嗣，不犹愈于无故而死乎？"伯母不应，有间，从容与其母曰："吾止知有死，不知有他。且即有孕，男女尚未定也。况以吾婿壮年不保，安可以未生之子而遽望其后日之成立乎？徒自负与婿之约耳！"母知其志坚，不敢归家，与其姑宋孺人共守之，兼令侍女守候。

无须臾间，伯父成殓，停柩于前庭，原议三七发引，已至二十日，明晨即归葬。于是，伯母心念母、姑守候无已时，终不得遂其志，乃晨起梳洗，谬谓其母曰："婿方没，吾痛不能忍，遂欲死。今已哭二十天，心稍释，汝二老年幸饮食无恙。"其母喜，顾谓宋孺人曰："足矣！"抵晚，伯母又曰："吾数日倦甚，今晚欲睡，勿令扰乱我。"遂就床寝，北其首。其母亦就其床，北其首，宋孺人南其首。家之人见伯母言笑如故，亦皆喜散去。

俟夜半，母与姑俱熟睡，乃起，以其枕顺附于母身旁，潜出闭户，诣伯父柩所，以其佩麻绖自经而死。久之，宋孺人醒，谓其母曰："盍视汝女？"母以肘挨枕曰："在此睡，无虑也。"宋孺人复谓其母曰："吾心惊，汝再视之。"母以手抚之，乃枕也。遂呼命人举火以视，已无有矣。母曰："勿他寻，看其婿柩旁。"即得，果悬于柩侧，衣服楚楚，颜面如生。

家人具以其事报吾祖朴庵公，公命报州父母。州父母曲公与朴庵公以朝服拜奠，为文以祭，礼也。改卜葬日，附葬于舅之墓侧，表其墓曰"节妇张氏之墓"。

后五年，伯叔辈共读书于梅花馆，因请仙乩于元露斋。忽有仙降乩，大书一"痛"字，请者不知。又书"可痛"，更不解。又书"团圆可痛"，皆怪之。问何仙，乃题曰："璧弟今为城隍，遂与诸伯叔以手书代言劳苦，如平生欢。"命其弟三人来，勉其成人与其读书。或问：

"汝三弟后日功名事？"乃写："勤则有功，惰则无成。"依依久之，不忍去。诸伯叔令其赋诗，其诗曰："一枝同气喜鸣嘤，回首沧桑事已更。欲赋别离为小引，泪填胸臆句难成。"又曰："别来一瞬五年中，促膝谈心此日同。却恨含情空觌面，只惟珠泪洒西风。"书毕乃罢去。

此系吾家节烈大事，不可湮没于后人，谨述始末于策，以求当世之名公大人，相与阐微表幽焉。

余阅毕，见其事详而明，其文简而核。余不能古文词，即能之，亦终无以易也。请仍其旧文以为传，特从而赞之，以志余向慕乐道之意云。赞曰：

遭逢何苦，矢志何贞。同归情重，一练身轻。从容就义，慷慨舍生。娟娟月白，泠泠风清。冰霜著节，巾帼流馨。忠臣可媲，勇士与争。气吞河岳，光耀日星。天地为感，鬼神是惊。万古千秋，永垂丹青。

徐公率庵行状[①]

〔清〕徐德谦

公讳孔博，字圣约，号率庵。少颖异，就童子试，屡冠军，为诸生，常在高等。师事同里赵拙庵先生，先生当代耆儒，阐明濂洛关闽之学，公首先服从，一时学者皆折节向风。自是非宋五子书不敢观，究极理窟，每为人说周子《太极图》及《易》，音吐宏畅，无不心解以去者。

后先生出山，公亦以选贡至京师，与贤士大夫游，则常耿耿于师说。及入太学，谒大司成孙公，听其言，一一与旧闻相发，因益自信不惑。肄

① 《泰安徐氏族谱》（清刻本，丙辰年重修，鉏经堂存板）此篇标题为《从伯率庵公传》。

业期满，归数年，选郓城学官，丁内艰归。郡伯王公延主[①]青岩讲席，即拙庵先生旧馆也。于是郡人喜曰："是复为赵公矣。"又数年，补范县，卒于任。

公自教授两县生徒，及为本郡山长，在在皆以发明师传为主，非是，则斥为异学。每争门户，至大声疾呼[②]。而拙庵先生亦自以为得己之深，尝选定有明《化治文》与甥书曰："此中甘苦消息，惟吾延历与圣约两人知之颇真，馀子皆门外汉。"其倚重如此。先生所著讲义曰《困知录》，公为之注最烦悉。所自著《经解》一册，门下士挟以入试，多售。此其著作之表表者。自理学不明，士多务词章，公独究心性命之旨，不逐[③]世俗，尝以拙庵先生为直接朱子之传，而己复承之。公既殁，其传遂绝。

公长身玉立，疏眉目，大声音，仪观甚伟。寿六十有九。

从侄德谦恭撰。

徐献夫行状

〔清〕徐德谦

献夫名登书。犹忆岁甲戌，献夫始生，距今二十有二年，娟好静秀，时见头角，余兄嫂以初得献夫，爱若珙璧。稍长，就家塾，敦敬让，循礼节，动若成人。每授句读，略讽诵，皆上口，塾师竟叹其才敏。

后随任禹城，学益进。每归省，余杂举书史以叩之，皆默诵如流水。习为制举艺，颇能组织经雅，学步方家。为五字诗，往往有法度可观。体素羸，而性特刻苦，好学不倦。使天假以年，所造殆未可量。

---

① 主，《泰安徐氏族谱》作"王"。

② 呼，《泰安徐氏族谱》作"乎"。

③ 逐，《泰安徐氏族谱》作"遂"。

沈静寡言，与人语，呐呐[1]如不出口，雅饬循谨，温如也。至性过人，父属疾，昼夜不离侧，虽遣之不去。吾兄每道其孝爱处，不自知涕泗之横流也。

吾家自先世以来，皆寿考，而献夫最仁厚，未尝为不祥事，一旦病疫，遂夭其天年。吾兄痛惜甚，不忍没其行也，命余书之。余于侄辈尤器献夫，又自孩提时常在怀抱，亲见其成长，濡毫挥涕，盖不胜芝兰玉树之感云。

从叔德谦撰。

徐公石村行状

〔清〕徐德需

公讳孔柱，字圣卫，号石村。少时就家塾，祖父英千公命之曰："吾家自五世祖楚和公以来，文章节义为里人所推重。后迭经丧乱，几不能振。至余之身，常以不得承先志为戚。汝其勉之。"公乃下帷，矻矻数年不窥园。年十九，为诸生，日益有名。为文春容大雅，不事钩章棘句，尤工书法，每为郡县有司所礼重。

岁辛酉，学使者廉其文行，取以冠多士，遂选入成均。是年，就试北闱，分校者亟拔其文，以额满见遗。归益肆力于学，立精舍于居之后圃，书史杂陈，莳花种鱼，吟啸其中。时子侄辈已成童，为严立课程，督责峻急，寒暑靡辍。尤重根抵[2]之学，凡经籍，必令默识心融。至有过失，或文不佳，谯呵再三，展转至若无所容者，必改焉，乃复故。方严质直，与人不款曲，然绝无城府，亲朋相对，披肝沥胆，人以是称为长者。

① 呐呐，同"讷讷"。

② 抵，通"柢"。

性高简，不以俗务撄怀，凡家人米盐琐屑之事，耳所厌闻。拙于经营，晚节家益中落。山水逍遥，酒食戏游，终不问生产作业。

六十余，得痹疾，身遂废不用，而志气无少摧挫。每所有感，触则对酒悲歌，感慨历落，不自知老之至也。然竟用此以卒。公生于某年月日，卒于某年月日，寿六十有八。

侄德需恭撰。

徐公楚和行状

〔清〕徐德谦

公讳来聘，字楚和。少时为邑诸生，尚节概，励操行，读书不事章句，独慕[①]古人奇节伟行、非常之事，视世俗屑屑，无足当其意者。与侍御宋绎田先生交最欢，于时又有张明弢、吴伯时两先生，俱为同社友。每小集侍御闲馆青岩洞中，时时饮酒赋诗，以为乐。

一日适一羽流至文载《太山纪事》，兹不备录。[②]在场屋数十年，困于有司。晚乃以明经任博平县教谕，迁直隶延庆卫教授。非其好也，因弃官归隐，居养志，杜门课孙。长孙乔存公年甫逾弱冠，遂举于乡，人以为种学绩文之报，不必定于其身云。

后值鼎新之际，以胜国耆旧，栖栖畎亩，平生故人，零落略尽。有孙克负荷，又以甲申殉城，罹惨祸。感今伤昔，满目凄其，然终无可奈何。姑优游杖屦，以尽余齿。讵料以垂尽之年，终不免于寇难。邑乘备载其事，而少司农平子王公《历年守城记》叙述尤悉。

① 慕，原作“摹”，据《泰安徐氏族谱》改。

② 《泰安徐氏族谱》此处原有大段文字，原书未录，仅以小字说明。

公好学，老而不倦。既穷不得志，无以展其器用，又身经丧乱，坎壈百出，其悲愁感愤之思，必多见于诗古文词。较之遭时行道、以效当年之用如侍御者，其著述应更富，乃家无所藏。意其残篇断稿，未必不散在当日知交，因访于绎田先生后人家，得先生所为《青岩居草》一册，卷后跋语乃公作也。跋云原文俱在，亦不备录。窃料他文称是，竟不可得，姑以俟后之念吾祖者，稍稍收拾焉。今城西郭徐家院，乃当年旧宅，所谓适当山水要冲者也。

七世孙德谦恭撰。

徐公乔存行状①

〔清〕徐德需

公讳柟，字木儒，号乔存。年二十二，由廪生中式。崇祯九年丙子科举人，公车再上，中庚辰会试副榜。甲申之变，流寇悉众来攻，时分守东门，见执不屈，死之。少司农平子王公《伪官据城记》次事之始末甚明。文载《县志》，兹不再录。噫！当日情景如此，公盖见而知之，诚信史矣！

谨按：公殉城事以阙，《家乘》故未载，而传闻或略得，此记始详实。其他行事类，无能道者。

五世孙德需撰。

① 行状，原正文标题作“传状”。下同，皆依原目录，不再一一出校。

徐公子若行状

〔清〕徐之英

公讳桂，字子若。年十八，与旧镇刘贞女九姊俱为土寇所掠。至城南泮河，刘且哭且骂，坚不肯渡，贼怒[①]从刃之。乃胁公以行，颠顿数百里，至贼巢。公幼熟于《三国演义》，贼妻拏听之忘倦，稍稍哀怜之，窃馈以美食饮。贼庖人纵使遁，迷失道，入山谷中，复为贼所得，防益严[②]。久而稍懈。庖人伺隙以裤囊糗糒，复资之遁。贼寻不得，如虓虎，累骑追之。公仓皇窜道旁棘栝中，噤不敢出声，贼投以刃，几不免。乃昼伏夜行，数日至砖舍，投一姻家，语未毕，昏绝。时值深秋，犹著絺綌，尽如缕，遍身无完肤。

是时，伯祖乔存公已殉城，公又陷贼中，曾祖父遂以哭子丧明，乃变卖庄田，持三百金将以往赎，天幸公来矣!

始就婚娶，有家室。乃重理旧业，大究文史之奥，在诸生中声鹊起。与同邑联谱字子仁者齐名，号徐氏二子。所结交皆老苍，时时从张坦、王无间、侯永锡、李素诸名辈，往来西山上下，幽泉怪石间，诗酒挥洒，极一时之胜概。

时臬司某以重聘延主讲席，以其子傲，遂辞归。屡困举场，终不挫，年已高大，犹倔[③]强侪辈中，求当于一试。人颇非笑之，终不顾。然少遭险巇，老志复不遂，竟以明经终。相传城西北隅雷姑庵，其读书处也。

孙之英撰[④]。

---

① 怒，《泰安徐氏族谱》作“恕”。

② 严，《泰安徐氏族谱》作“岩”。

③ 倔，《泰安徐氏族谱》作“掘”。

④ 撰，《泰安徐氏族谱》作“恭撰”。

徐公英千行状

〔清〕徐德霈

公讳荣宗，字英千，太学生。二十二岁而孤，奉养曾祖母。聊谢笔砚，总家人务，故不大涉书传，无文学，而质行实莫可及。

性纯孝，能先意承志。及经画曾祖母大事，尽哀尽礼，丧葬之费，皆不以累伯祖。伯祖殁，衣衾棺椁，悉为措办。于诸侄调护之尤厚。善待宗族，分多润寡，每岁时，馈遗必遍。不喜饮酒，其他少年之戏，亦无所好。言笑不苟，动如节度，内行谆①备，闺门肃整，素恭谨，不失礼于当事，然未尝以私干时。州守古今誉被论，株连颇众，凡素与识面者，大吏皆指为同党，欲中以危法。由是被逮者累月，然绝无事实，究无以罪也。

自是之后，阖门教养子孙，性勤稼穑，每田时，扶杖遍履农亩，督耕傭杂作。闲暇则过从里中长老，话农桑，道旧故，为笑乐。居恒常执勤苦，布衣蔬食，泊如也。嫉恶好善，面折，不能容人之过。子孙率教，严若神明。每遥夜闲坐，卑幼环侍，为开陈忠孝大义，与发言处事之道，旁及家人细务，漏声数下，犹正襟危坐，无欠伸之容，以为常。骨②法清奇，淳古澹泊，质直少文，严重有威，知与不知，皆瞻望生敬焉。伏念自髫龄奉侍左右，至于成长，迄今犹稍知读书立品，不致颓其家声者，盖得于祖训为多云。③

孙德霈撰。

---

① 谆，《泰安徐氏族谱》作“淳”。

② 骨，《泰安徐氏族谱》作“滑”。

③ 此句后《泰安徐氏族谱》有“公生于康熙十八年七月二十三日寅时，卒于乾隆十八年正月初二日戌时，寿七十有五”。

王礼亭先生事略

〔清〕常骏惠

王公讳嘉会，字礼亭，道光壬辰岁贡生。世居苑庄，自公祖父，始迁羊楼。

公幼有志操，童时曾问师曰：“读书何为？”师以“致君泽民”告之，遂欣然诵读不辍。乾隆末年，雨多成灾，岁且饥馑，又丁外艰，家少窘，兄以贫乏为言，欲公改途。公曰：“人不为学，虽家累千金，于己何益？兄患贫，请自谋生计。”兄奇其言，姑允之，以观其志。时年十三，将田产租于邻里，所获租粮，除衣食外，悉作延师资。如是数年，处之裕如。

年十八，入邑庠。当时学者专时文，为应试计。公卑之，惟潜心经史，博涉群书，并置诵读日程录，有所得，遂即登录。常言：“读书须自寻法门。人身阴阳循环，与天同体，当阳气用事，则心志灵明；阴气用事，则心志昏浊。宜于灵明时，立定心脚，不为阴浊混淆，此时开卷诵读，必能默契古人心迹。然不随时记录，后日温习，无以验所学得失。故凡所读书籍，评语满纸，非欲以此夸示，将为复习根据地也。”公之文纯以理胜，不事雕琢，但据己所见，一笔写来，自有抑扬顿错之妙。常与同里范清溪、范镜泉诸先生，立一学社，互相切磋，为道义交。公出贡最早，乡里来贺，公曰：“士不能有所表见，乃以虚名夸耀当时，贻羞异日也。”

公庄重严肃，正身率物，持己待人，一遵前哲。戚族贫乏者，出资补助；乡里争讼者，婉言排解，务使息争而后已。公从弟殿安，早失怙，居苑庄，与公析炊已两世矣。怜其孤苦，招来同居，友爱备至，并督习医术。卒能精通，以名医闻于时，皆公提携力也。

公晚年颇有著述，后经捻乱，多被焚烧，惜不克编辑成帙也。道光二十二年卒于家，寿六十九岁。

王公双槐事略①

〔清〕冯悦恕

门人王子化成等，将为其伯高祖立石墓侧，征文于余，且曰："吾家数支，子姓得以绳绳不息者，皆是祖之赐也。"详询之，据云：

公讳希孟，字双槐，考子麟公，生二子，公其长也。秉性慈惠，垂老无子。值有明之季，避兵深山中。弟希曾有一子，名秉政，方在襁褓，闻寇至，夫妻仓皇奔逃，因子之累于行，遂以衣带系草泽中，弃之去。公闻之泫然曰："吾父只此一孙，忍失之不顾耶？"从乱山中，崎岖趋走数十里，寻获之，抱负以行，是即化成曾祖也。

公又善治生，家计颇饶裕。有从子，名存政，幼失怙，无所归，公收恤之，抚养教育。至于成立，遂尽以田产相授。公终无子，其卒也，秉政、存政共襄葬事如礼。

后两家子孙藩衍，每相与道旧事，辄感激流涕。春秋墓祭，迄化成已四世矣。今年春，乃纠众立石，以垂永久。

余谓恤孤慈幼，古道所重，以所闻公之二事，亦近今所罕觏者。而王氏后昆，笃念先德，阅数传不敢忘，是亦仁人孝子之用心也。因志其略，以表于墓。

徐夫人事略

〔民国〕赵正印

夫人氏徐，邑人振起公之季女。生二岁，振起公弃世。祖母贾少寡，

① 该篇原重录于《续编》卷五,一字不易，今只保留此处。

无出，继振起公承嗣，又早卒，治家严整，守节明礼。夫人幼娴祖母训，故能知道义，习家政，族党皆称誉之。

余十七八岁时，从张吉人先生学乡塾，去夫人家里许。夫人兄立堂公年少好客，相得甚欢，时过其家饮谦，知立堂公有妹贤。有时与立堂公相携，观其园中松竹花木，偶尔相值望见颜色，辄低头避去。时余已有妇，间与立堂公谈家事，辄言为淑妹择婿，须得读书佳士嫁之，孰知一段姻缘即从此始也。

光绪二十三年，余二十有二。夏四月，余母得中风，余废学侍疾，嫡配王夫人侍奉汤药，昼夜不懈。至六月二十一日，王夫人忽呕吐胀闷，以为积劳冒暑，延医诊治，投以药，吐愈甚。至夜半，忽言心痛，久之不能忍，既而气促汗出，紧握余手，坚嘱："善事老亲，从此死别矣！"昧爽死去。时余母病已数月，余父素有痰喘症，家无余丁，贫不能备礼，仓卒殡葬唐庄东茔。

媒妁来议婚，余以母病甚，无意家室，辄拒之。同学徐继成君一日来谒余父，道夫人贤淑，余父悦，聘订焉，时七月七日也，并议于是月二十日迎娶。及期，余母病危，拟改期，邻里皆言不可，余母脱有不测，家中只父子二人，中馈无主奈何？余父是之。夫人之族党闻之，议以婿家既贫，母又垂危，娇女何能任事？应缓期。媒介数往返，不能决。立堂公谋诸妇曰："吾以如期嫁妹为是，妹意如何？"妇笑谓："小妹一听兄命耳。"

遂行亲迎，及入门，合卺礼毕，即诣余母床前。母视新妇，悦甚，夫人笑语甚欢。及归室，掩面饮泣，不能语。越二日，余母弃养。余苫块昏迷，余父病躯，悲伤不支。夫人卸妆缟衣，经纪诸务，无新妇羞涩态。仆辈望之，俨然唯诺听命。余父为之稍慰，加餐焉。九月十三日，奉余母柩，葬于城南栗家庄北新阡。新遭大故，志气颓丧，家贫不能自给，惟恃膏火谋升斗。时婢仆散尽，夫人躬亲操作，衣履饮食，皆经理整洁。

每日，余夫妇侍老父食后，家常闲话，夫人时以憨态嶲语，惹老父笑。

余伏案读书，或作文苦思，恒深夜不寐，余抚杯，则奉茶；余披襟，则扬扇；或为磨墨伸纸。余不与言，笑立静观，或借馀光弄针线。迨余倦而欠伸，夫人辄笑语慰劳，知余以学为性命，从不拂余意，败余佳兴也。故三十年伉俪，有好无尤。偶有不如意事，委曲善道之；遇余盛气时，辄顾而言他。然余亦不忍忤之，视为闺中畏友、昵友也。

余癸卯发解后，科举废，学堂兴，友人劝余出洋。余以亲老远游为虑，夫人愿以媳代子，请于余父，允之，离家五载。

光绪三十四年回国，孔师少霑任河南学司，招充科长。庚戌，会考，授江苏知县，鲁抚孙慕韩先生留办学务，历充省教育会长、高等学堂教员、师范学堂监督兼抚署文案、学务公所总务科长。辛亥革命事起，任山东提学使司，主办济南《齐鲁民报》，主张革命。张广建、吴炳湘至鲁，孙慕韩避居医院，山东革命机关联合会解散，同人分赴南京、烟台。张、吴封锁报馆，严命捕余，祸且不测。日本友人仗义援余，避于他所。警报至家，老父焦急万分，夫人笑谓："无虑，吾夫必能以智自全。"言语操作如常日。既而余两儿回，道余免祸状，余父乃大慰。及宣布共和，党狱撤销。

民国元年，余任都督府内政科长。五月，任武定府知府。适余父病，即回里侍疾。九月九日，丁父忧。

二年夏，任商河县知事，乃始夫妻偕行。盖自余出洋求学，及回国服务豫鲁，为贫而任，十余年来，浮云无家，余父缠绵老病，惟夫人居家侍奉，克尽妇职。余与夫人反不如作秀才时，黄卷青灯，形影不离矣。然余离家虽久，夫人想念良殷，未尝形诸容色。余在外，从未促归，余出门，从未恋别，除道平安珍重外，无他语，盖恐使我心忧也。

夫人性刚烈，能忍耐，不轻言笑，然待人有恩义，不苛责，优其食用，恤其劳苦，故家人皆畏爱之。生三子：长麟，次麐，次麒。生一女，殇。待儿辈严，不稍假借。于甥、侄等一律待遇，不专厚于所自出。余性不喜呵斥，即对儿辈，形于色、怒于言时绝少。余常语夫人："余为慈父，而君作严母也。”友人常以是笑余，余亦乐之。

余任商河年余，三年秋，回避本籍，改分安徽署宿松县知事。四年冬，卸任。夫人与妾梁氏先归。濒行，余谓：“县官殊不可为，此去孑然一身耳。”夫人抱小女小蛮，笑曰：“此非千金也？得此已足。”遂别。盖余最爱女而无女，妾梁氏是年生女，名之曰小蛮，夫人爱如己出，故以是相戏也。

五年，国会恢复，余补众议院议员，相随至北京。

六年，复辟事起，同回乡里。时小女小蛮殇，梁氏生一子，名四宝，同夫人卧起。

九年夏六月，四宝已数岁，一日，妾抱之赴邻家，归即病，不数时死去。夫人自是忽忽不乐，若有所失。先是，立堂公年四十余病故，生四子，临终托孤于余。余教养与诸儿等。其次儿政宽，余字之曰济猛，在中学校时得疾，余夫妇百计慰之，不能解，至是疾愈甚，亦卒。余夫妇哭之痛。夫人是时念少子，痛孤侄，夜恒不寐。秋九月，忽得疾，不省人事，知觉皆失。湛介春先生诊治，服药十数剂，病稍愈。是年九月二十八日，长孙忠生。

十年正月，乃赴北京就医，自是遂僦居北京焉。革命军北伐，余至南昌，由是于役汉口，宁沪道路梗阻，不通音问者数年。长子麟、长媳淑、次子麇，已奉夫人移居天津。

十六年春，次子麇成婚，次媳德芬于归。十七年夏，小儿等赴沪，余询以夫人病状，言仍不良于行，饮食如恒。询嘱余归否，言但望父客中平安，他未言及也。余意又得两孙，人丁甚旺，家运不虞有他。

中秋后，余居首都，忽接电：夫人已于八月十七日申时病故。

他乡异客，燕翼分飞，生不得聚首，死不得一面，伉俪情深，痛何如之！家贫无以为殓，尸骨暴露，无可如何。幸友人代谒蒋介石先生，慨赠三千元，即寄津棺殓。饬小儿等回里，余亦赴沪料理归计。

及至家，妾梁氏卧病初起，长孙忠投入余怀，口口呼爷，不知所云。余离家时，梁氏生子麃，甫在襁褓。时已六岁，生来不识其父，目炯炯视余。余以手招之，不答。余入室，张两小手障余，呼其母拒余。适是时，长子麟、次子麋、三子麒，同长媳淑、次媳德芬，率孙女慧儿，抱小孙恕、慈等亦至，扑拜余前，哭诉夫人病死时状况。淑儿并陈由京仓卒去津时，抛弃衣物，及伊母病中、丧中拼挡度日各情形，且拜且泣，一言一泪。余呆如木鸡，瞠目不能语。慧儿等据余膝，抚余背，捋余须，呀呀嘈杂，使余耳目皆乱，应接不暇。老仆马持一筐至余前，谓张宗昌守泰安炮壳之落吾家者，然鸡犬皆无恙也。妾梁氏导余视城守时所藏地窑，谓当时与麒、麋及长孙同赴窑中者七日夜。长孙持一像片示余，谓出窑时所照。问其在窑中作何状，云："不令出，闷儿欲死也。"余念乱离之后，骨肉完聚，非先人之旧德，何克至此？

地方迭经兵燹，余南宅已为兵士饲马，门窗皆析作薪。先人敝庐，仅存庭中孤松依然挺秀，而什物散乱，寐食俱感困难。街邻闻余归，咸来慰问，相见惊喜，各述乱离状况，各以力助余，民德归厚，始知故乡好也。时济案未结，火车不能直达，至十八年八月，始得至天津。运柩回里，停柩普照寺万个山房。客死他乡，归依佛地，营葬营斋，礼佛忏悔。

盖余少时，父母锺爱，虞儿不寿，列名僧籍，师理修和尚，名余曰义琳。余居家时，与夫人随喜寺中，乐其地之清幽，有依寺终老之志。今埋骨青山，求寺傍隙地葬之，亦夫人意也。死而有知，魂兮归来乎！择于九月吉日，厝于凌汉峰下。

呜呼！夫人死矣！奔走经年，硁硁自守，未谙世路，空余皮骨。与夫人结缡三十年，恩爱光阴，客中、愁中、病中、患难中，糊涂过去。此后老境缠绵，凄凉待死，侧身无所，情何以堪之！兹特略述夫人之行事，质诸世之明德达人，锡之铭诔，以光家乘，则厚幸矣！

赵节母行状

〔民国〕王连儒

赵节母刘孺人，莱芜鲁西区刘村清廪生鹿鸣公之次女，而泰安祝阳中崐公之淑配也。幼娴闺训，长习家政，族党咸称之。年十八于归，甫三载，所天不禄，遗一女，方周岁，孺人年二十一。痛甚，欲以身殉，顾孀姑在堂，夫三弟、二妹年皆尚稚，夫妇之情孰与家人之义？无孺人则家将无所赖以存立，苦节不可，贞不必死，而后有当也。族党既共劝之，孺人以为然，于是赊死以求济。姑旋病，医药罔效。孺人忧之，计无出，祷于神，果应，自是茹素十余年。

孺人既助姑理家务，而夫弟妹之抚育，凡所以使得成立者，罔不力为谋。夫弟□□等既长矣，□□□任治家，孺人仍不自逸，助理如故。□□性聪敏，喜读书，而身实羸，改令习武。清光绪中，入武庠。夫妹长字本邑梭村张坤广，次字莱芜寨里△△△。婚嫁事既多，孺人咸躬为经理，无不各如其分。于是，家人称睦者数十年如一日。事姑尤谨，朝夕左右。教养己女，亦如待夫弟妹者。及笄，字莱芜进士江苏知县张庭兰之季子之倞，未嫁而病殁，棺殓后，之倞迎柩归葬其先茔。礼，嫁不三月死，犹归葬其母家。魏氏冥婚矣，未婚归死，归葬其夫家，当无嫌。此亦礼之变，而义可从俗者也。孺人痛其女之早殁，以为爱护之未至，而愧无颜见其夫于地下，其严于自责类如此。

时中崐君未立嗣，孺人以为忧，每接见族子，隐物色其可者以为似续。历三十三年乃定，以中峤次子松正承祧，盖慎之也。民国五年，邀同亲族立继券，于是夫始有后。是年，姑逝世，夫弟等欲分爨，孺人既无以却之，析[①]居后，督嗣子治家不少衰。于是孺人支门户四五十年矣，婚丧诸务，凡

① 析，原作“折”，径改。析爨，分立炉灶，指分家。

夫之所应有事者，悉为之，家既赖以不坠，乡人仰女则焉。民国八年，劝学所长据士绅之察举，呈蒙大总统奖给“节励松筠”匾额，及金质褒章，礼也。孺人之行既彰，中崐君为不殁矣。

比民国十五年正月，当军兴后，土匪肆扰，闾里不可终日。孺人携家属二十余口，逃入县城毛专季家，毛之夫人与孺人属姑嫂谊，朝夕依依，少年同居之乐恍然遇之，以为可以慰余年矣。顾是年腊月杪，忽感气短，遂卒，年七十四。嗣子在侧，含殓如仪。

噫！自世以苟难为可贵，妇人激于一时之痛悼，往往甘与夫同尽，不暇为其他之瞻顾。今观孺人行事，艰难自励，而家道终赖以保持，则世之轻以身殉者何也？而决去堤防者，又以从一而终为小节，不复坚持未亡人之分义。孺人其可以愧励末俗矣！于法既得书，而吾亦愿有言也，爰为状，以俟采风者。

故承德郎永平府通判致仕刘府君墓表弘治三年十月

〔明〕胡瑄

赐进士出身奉直大夫协正庶尹知泰安州事吴兴胡瑄撰文

乡贡进士署泰安州儒学学正事舒城胡熙书丹

赐进士出身承德郎太仆寺寺丞郡人周冕篆额

公讳恺，字仲和，世家山东之泰安。祖讳谨，考讳韶，俱隐德弗耀。母靳氏，生子三，公其季也。自髫时聪慧过人，知孝亲敬长。洎成童，游郡庠，益肆力问学，每以科第自期。

天顺己卯，领山东乡荐，卒业成均。成化辛卯，拜湖广岳州府通判。阅六载，以母忧去。辛丑，改判河南府。未期，又丁厥考忧。甲辰，改判永平。岳州、河南、永平皆剧郡，公佐之。持己处事，奉上临下，莫不有道，故所至皆有声。

予尝见前巡抚都宪眉山吴公、今四川方伯新昌何公，道公之善，亹亹不置。盖吴与何于公皆旧僚，相处久而相契深者也。噫！予虽未悉公之善，然二公岂欺我哉？

岁丁未，陈于当道，谢事东归。乃日约缙绅，以壶觞啸傲林泉，养其情性，躬率子姓，力乎耕读。弘治庚戌三月初二日，以疾终于正寝，享年六十有四。以四月十五日，葬于州社首山之阳。

厥配王氏，子七人，守中、守正、守道、守礼、守仁、守义、守智，女一，适郡庠许让。继娶张氏，子一人，守信。孙男九人，孙女八。守道、守礼、守智皆习举子业，游郡庠，而守道又以制贡太学，森森玉立，所就似未可量者。公之存殁，光前裕后，盖如此，复何憾？

公葬已半载，守道率兄弟拜予公所，欲求言以表于墓左。窃念辛丑岁，公以执事礼闱，予幸登第，获瞻丰度。明年，予知泰安，知公以外艰东还，相聚首。未几，又还自永平，而会益勤，情益亲，意气益相合。呜呼！公今逝矣，予亦为执绋矣！十年会合，微予言，谁其表之？爰系以辞曰：

泰山岩岩，汶水汤汤。公之声闻，既美而良。子孙绳绳，永无疆。

弘治三年岁次庚戌冬十月。

龙溪先生墓表嘉靖二十九年仲春

〔明〕郑豸泰安知州

鲁相龙溪先生，讳时耕，字舜夫。曾祖仲□，祖昇，考惠，妣敬氏。盖有积德也。先生少负奇质，倜傥有大志，及长，补州弟子员，遂廪食焉。

凡七试于乡，弗售，人咸屈之。嘉靖十有五年，圣天子思振幽滞，诏取天下廪士，艺业之优而超用之。是州以先生应诏，先生既入太学，而储用也。群天下善士而校之，艺若精，业若隆，行将为天下用也。乃为亲屈，而为茂邑丞。

及至茂，敬请余曰："古人拙催科，今非古矣。苟能无苛无扰，是亦今日催科之拙政也。"余曰："然。"先生乃损旧逋，征新赋，革苛敛，稽正数，上而国储，下而民食，咸罔缺矣。徭蛮寇乱，抚帅檄先生而调兵食。先生节缩有方，师赖以捷，凯旋论赏，功居右焉。藩臬复檄先生督岁币，输于京，人咸以为劳，先生曰："王事无已，臣职无劳。"遂往焉。不数月，岁币充于内帑者裕如也。台、臬、抚院咸称其能，先生独歉然曰："此陈才力供簿书之职耳！吾所学不在是，□吾平日从事圣贤之学，诚意正心，必加之意焉。苟用吾，迪正保善，清心弘化，则有可观者矣。"

二十六年，圣天子思笃亲亲之仁、贤贤之义，欲得天下庞才耆德、醇行笃谊者为鲁藩辅，铨曹以先生荐，圣天子喜焉。檄至茂，先生跃然曰："学必相王，然后学之，正者显矣；道必匡国，然后道之，纯者彰矣。今将显吾学矣！彰吾道矣！"遂离任就道。至西江赣郡，疾作而弥留焉，先生慨然叹曰："有贤王而不获相，吾之不遇命也！"鲁王闻之，亦慨然叹曰："有贤臣而不获用，吾之不遇亦命也！"

越数日，先生卒于赣。时邻尹何先生偕行侍侧，视棺视殓，罔不周悉。盖先生之高谊孚于人者素也。次子助扶榇还家，启其装而视之，则萧然无余，盖先生之清操守夫己者笃矣！及考先生之素孝于亲，友于弟，让贡于同志，迪教于后人，懿顺之德，养之于穷居者，备也。

先生配王氏，长子贡，次子助，三子彻，咸能世先生之业。女适伊子应汤，为庠名士。

越戊申岁，十一月十三日，余偕同寅张公琪、林公应麒、汪公仁暨郡博林公鸣鸾、林公森然、王公仲仁，奉葬先生于普照寺山之麓，坐向东北，西南为艮山，坤向，离城仅五里。请余表先生之行，余与先生同官于茂，复迁官先生之故里，知之悉，故述之。

嘉靖二十九年庚戌仲春，知泰安州事莆田郑豸撰。

明故将侍郎陕西陇西县主簿范公墓志铭

〔明〕徐中行

万历二十有九载，时维春和，范长公孝子泣持其先翁状，躬诣敝庐，征文锲诸幽。然郡中岂乏搢绅长者？乃询及贱子，盖缘奕世姻谊，相知独深，即韦素无论矣。

谨按状，翁讳韶，字德昭，柏轩其别号也，世为泰安人。曾祖讳胜，祖讳松，考讳奉，俱乐善循理，为里人推重。妣程氏，光流庆积，应期而生翁。故生而岐嶷醇笃，弱冠游乡学，慧目者咸以元硕望。

嘉靖丙申，例贡补国子生。乙卯，授陕西陇西县主簿。且巩地孤悬塞外，为台省驻节处，更鼠窃成风。翁专捕缉，不两月，而四境宁谧，至城不夜禁，囹圄悉空，台省嘉其廉干，委署会宁县篆。时当大祲，流亡枕藉，翁亟请于上，不待命而发仓赈恤，民赖以全活。会宁旧无科第，翁捐俸改置学宫，遂中栗在庭、张承业，自此科不乏人，称多士邑。

是秋，虏寇会宁，开府移文，协同沈挥使御之。翁选练精严，虏觇知有备，乃遁去。及代还陇，士民遮道保留，中多泣下者，迄今口碑犹存，政声由是大著矣。未几，台省又委署宁远篆，抵任，修举废坠，宽猛适宜。值旱魃为妖，翁斋袚[1]跣足恳祷，甫三日，甘雨大澍，岁大稔，宁人戴之如

① 袚，原作“袯”，径改。

神明。时陇令有入觐之行，台省委巩昌王经卫视陇篆，陇民群然赴上，告曰："范实陇之父母官也，胡不以王而易范耶？"宁民亦群然赴上告曰："王岂宁之父母乎？况范现莅宁任，愿借范于期月。"宁陇争政，好事者绘图以传，上官难其事，命兼署两篆。翁殚精竭思，统治两邑，食不暇咽，衣不暇解，形神俱劳，以致夙疾陡发。己未春，遂乞归田。

余尝玄览古今，摹拟往哲，有宛肖者焉。盖翁自髫逮白，曾无片语相竞，春襟雅度，一识面，靡不驯化，浑金璞玉，瑞凤祥麟，有仇亭长之风焉；又鹤发童颜，急流勇退，乐亲戚之情话，课儿孙以耕读，门垂五柳，三径常开，一切尘嚣，绝无芥蒂，有陶彭泽之风焉；又且诗礼满庭，曾玄绕膝，每良辰佳节，翁庞眉皓发，重裀列鼎，五世衣冠追陪杖履，递相献酬，兹天伦之乐事，真足为千古奇逢，意者窦谏议犹拜下风焉。故我东土诸台省扁其门曰"陇右循良"，曰"清时高致"，曰"仁寿"，信哉！良不诬也。

公生于正德乙亥六月二十九日寅时，卒于万历庚子十月二十七日亥时，享年八十六岁。当属纩之际，不乱不惑，殁三日，面色如生。古人所谓含笑而归元者，殆斯人与？翁配安氏，姆仪妇道，为一时壸范推宗，先翁三十余年卒。子男四，长曰希贤，鸿胪寺序班，天性至孝，台省屡赐旌褒，指日奏闻，翁得以优游天年者，由备养有人也；次曰希颜，郡庠生；曰希曾，曰希闵，俱早卒。孙男五，长曰爱，吏员，次曰应，曰围，曰爵，曰广，俱郡庠生。曾孙男五，长曰弘基，郡庠生，次曰弘勋，曰弘肇，曰弘化，曰弘名。玄孙二，曰珮，曰琦。女一，适同知邓旻之子三戒。孙女一，适处士刘占邦之子蓁。余尚幼，无庸多赘焉。今涓吉于万历辛丑三月初四日，附葬于城东里许之祖茔，爰从而铭曰：

有淑人兮，嶓然东方。汶流殚闳，岳峙凝祥。青衿淬志，兰沚馨香。桥门振藻，金石铿锵。分符秦陇，誉播鸾凰。莼鲈起兴，解组还乡。东园载酒，北岭寻芳。鸿盘鸠杖，坐拥高堂。咸池景迫，海屋筹荒。划然一飞，响彻梅梁。元精燄荡，二曜潜光。绵绵长夜，矗矗白杨。山环水合，凤翥龙翔。亿万斯年，以永以藏。

明湖广道监察御史汪公墓志铭

〔明〕李邦珍肥城

公讳渊，字文澜，泰安人。其高祖讳用和，国子生，故元礼部尚书赠谯郡公名泽民谥文节公次子，本徽州婺源人，唐越国公荣之七十三代孙。太祖皇帝洪武初，来游泰山，爱山川之胜，遂卜于汶水之滨而家焉。其子名中石，即文澜公曾祖，孙国华，即文澜公祖，其曾孙名诠，即文澜公父也。

文澜公少而颖悟，六岁通五经，其祖国华公爱之，常抱置膝头，望泰山而言曰："拔地三峰峻。"公应声曰："擎天一柱高。"国华公大喜，即取金如意一钩赏之，曰："后日大吾门庭者，必此子也！"

年十三，补博士弟子员，即有声庠序。时与同侪论文艺，即宿儒不能屈。肄业于泰山之普照寺，昼夜不息，恒二旬必归里一省亲，即大风雨亦不止也。人问之，公泣曰："吾亲病且老，安可以风雨之故，而使吾亲倚闾增悲乎？"众咸谓汪氏有孝子矣。

其后登成祖永乐元年补行乡试榜，二年甲申联捷进士，出宰山西洪洞县。到任，即整理学校，劝耕桑，民大悦。日坐公堂，民有讼者，公即谕之曰："暂归尔家，将所讼事告尔族党邻里之长者与彼族党，邻里之长者皆言尔当讼，七日后来见吾，准尔讼，王法不汝宥也。"因此，邑以无讼称，人咸呼为"汪青天"云。

初，邻邑有王某，虎而冠者也。因奸事发，遁入洪洞境山寺中为僧。仍怙恶不悛，多诱买良家女，藏窟室中，以宣淫。其户匿佛座下，使人踪迹之，弗能得。公乃伪为信佛者，每月朔必早入寺拜佛。一朝至甚早，见佛座下隙中透灯光，公急回署，部署诸吏役，率入寺，坏佛座，擒之，置大辟，阖邑称快。

后值荒旱，民饥，公请赈，上官弗许。公乃捐俸廉，劝邑绅之富者出粟，设粥厂三十六，所以济饥民，民赖以活者数万人。公劝邻邑行之如法，民不知饥。且请上宪宽免租赋，上宪亦不从，公争之力，上宪怒甚，中以他事，将免公官。邑民闻之，大恐曰："奈何去我慈父母？"叩上宪请留公者数百人，下至乡村愚氓，各处赛神祷佛，为公祈福。适值巡按御史王公行部入境，见白叟黄童纷纷祠佛，询之，皆以"祈留汪县令"对，王公大异之。遂据实奏闻，成祖大说，擢为湖广道监察御史。知无不言，内外咸惮之。后以请释建庶人与建文诸臣家属之充边军者，忤上旨，予廷杖，削籍归。未半载，上思之，曰："建庶人事非汪渊不敢言也。"遂召复原官。寻以谏北征，罢官。

归，开文水轩、作望岳亭于别墅，课生徒，会亲朋，以诗文琴酒为乐。设舟于汶水以济人，题其额曰"镜斋"。每逢雨朝月夜、雪后花晨，携酒持竿，以钓咏其中，曰："天上神仙之乐，应不及此。"自书一联云："天上神仙乐，人间傲吏身。"又性好施济，常囊盛碎金，携行族亲乡里友人家，按其缓急以与之，遐迩皆称之曰"汪佛"。年九十余，尚爱远游佳山水，携一方竹杖，登高如履平地。杖为予先君所赠物，为镌铭云："竹质刚劲竹节方，赠君远游水云乡，此翁此杖真相当。"公名之曰"竹朋"，朝夕常置座侧。公善为诗，法宗李杜，有集二，一曰《文水轩集》，二曰《蔗味斋集》。卒九十有六，成化元年也。

公娶夫人石氏，先公十九年卒。公无子，初，以弟盈二子天爵为嗣，早卒，又以天本为嗣。孙四□，俱以耕读为业，不坠先绪。曾孙六□，元孙□，早岁举茂才，有声黉序，皆从予学。今以万历二年，将改葬公于汶水北先人墓侧，来予乞铭。铭曰：

是为汪公之室，既厚且安，以利其子孙。文载李同川公《世俭堂文集》

明殉难功贡生素庵赵公暨元配李孺人合葬墓志铭

〔清〕陈明新莱芜

公讳圣文，号素庵，监察御史朴庵公之胞弟也。

公天性忠孝友爱，有大志，念耕与读不可并治，乃备馆谷，负书笈，揖朴庵公出外邑读书，而已以家事自任。凡朴庵公之所应为者，悉处置得当，不以关朴庵公，俾得以专其业。朴庵公成进士，宦游四方，功业赫赫在天壤，皆公之力也。读书识大义，不沾沾章句，喜宾客，四方显达及忠勇有为之士，皆乐与之游。食客常满座，论古人得失事后当成败，直如烛照，数计龟卜，轻车熟路，而王良造父为之先后也。

辛巳之变，盗贼蜂起，荒年民流离填沟壑，公散家财以赈，复约会殷实家，出粟煮粥，一唱五从，激于公之切诚，无吝者，于是存活数千人。外寇至城下，环攻不休，城几堕。公率家人及城内丁壮，昼夜巡守，而守道州令与朴庵公，凡发指挥，俱听公谋画，城得以完。时天下蠢动，朝廷檄下，各省州县，无论士民，能以义力保城池者，上其绩以爵赏之，而公因得以生员有功，贡于太学，咨吏部候铨。

越甲申年春，闯贼肆虐，京都失守，各州县伪官赴任，印信号令，俱属伪朝。公知故上蒙难，遂仰天恸哭，誓不与贼俱生。时朴庵公以[①]行人过里，公说朴庵公，牌行十四州县，擒拿伪官，举义兵，力图恢复。不意贼突至，破城，朴庵公冠冕袍服，大庭静坐。贼至不敢仰视，拥见贼将郭昇，不屈，朗朗讲大义，伪将以兵守之。而公独以戎服见，骂贼不休，贼怒，遂遇害，寿四十四岁，此崇祯十七年五月初七日事也。

次日，贼复立伪官视事，自领兵拥朴庵公去，持公元首殉临近州县，

① 以，原缺，据《泰安赵氏家谱》（第七页）卷十二《墓志》补。

计以迫胁其不服伪朝而杀其伪官者。孺人乃招平日门客苏十、许小山等，夜入贼营，窃其尸以归，安厝[①]于祖茔之西。时贼拥朴庵公北行，朴庵公自刃弗及，而孺人尤遣死士持二百金，潜随朴庵公，如窃尸事。适我朝定鼎，贼知不利，纵朴庵公回。后奉诏之日，而孺人尽出囊中金，资送朴庵公，间关归朝廷，授广东道巡视西城御史，历苏松巡按兼督沿海、综核将领、监察御史。而孺人遂从此斋素，阴效空门也。

孺人者，北山李氏女也。家巨富，其父尝谓素庵公贫，向孺人叹息之。孺人不乐听，亦以颜色逆于其父。父怒，焚其装，孺人缟素荆裙以嫁，意扬扬也。为妇孝敬勤俭，严而有礼，田园宅地，一菜一粟，一果一树，皆经营以尽地力。数年来，家累千金，又数年来，家累万金。凡素庵公周急济难，结客养士，蓄甲马以成义兵之举，所费不赀，皆出孺人手致也。素庵公殉难后，家资一空，诸子尚幼，朴庵公宦游于外几二十年，家事蝟集，应酬上下，无一不出孺人料理。

及诸子稍长，乃尽析[②]其田园宅第，以各业其业。俱能成功，名显当世。而孺人仍以养老之资产，治千金，伺诸子费用，量赐以补其不给。时母家衰落，孺人赡[③]给之，茔田葬具，皆赖孺人，视焚装遣嫁时何如也?

朴庵公素好老子神仙之术，不举子，孺人曰：“我兄不可以无后。”遂过送遗腹子于朴庵公为后。时此子已补禀娶妻生子女矣，而孺人割以家之半以与之，无难色焉，无非体素庵之志也。孺人大略可传者如此。享年七十六岁，于康熙十五年八月初一日卒。康熙二十三年十二月初五日，迁素庵公与孺人合葬于祖茔之内，两柩相视，真可以不朽也！爰为之铭，铭曰：

---

① 厝，原作“曆”，据《泰安赵氏家谱》卷十二改。

② 析，《泰安赵氏家谱》卷十二作“晰”。

③ 赡，原作“膳”，据《泰安赵氏家谱》卷十二改。

春秋讨贼，不拘其人。奈何局外，坐视循循。公在草莽，号日呼云。举事不成，殉之一身。沧海一椎，足破亡秦。以报故主，以开新君。孰不知之，史臣莫闻。呜呼至德！不愧贞[①]珉。义兵之举，实维内助。结士归尸，切齿弗露。资遣伯氏，倾囊不顾。云何其亟，维主之故。知败知兴，明理达数。呜呼孺人！受福既固！[②]

外祖江山名先生配黄孺人墓表

〔清〕赵国麟

先生讳天屿[③]，字山名[④]，号希翁，江南淮阴人。高怀逸致，以诗酒自娱。携家遨游岱下，遇吾父委禽，遂定居焉。教授生徒，游历齐鲁间。灌花种竹，怡情物外，同吾祖临若先生、曲阜孔璧六广文、岱中耆宿范靖赤诸君，往来石堂，与古翁和尚结生公之社，时称八散人，谓与竹溪六逸后先相映也。

先生修髯古貌，丰致如仙，豪饮百瓢，终日不醉。随意讴吟，自谐声韵。性喜梅，作《梅花七律》一百二十首，淄川唐豹岩太史序之，谓在孤山高士伯仲间。书仿怀素，尝以素楮数十幅装为册，写梅一枝，题作诗于后，蛟蛇怒拿，狂怪浑脱，不可方物，更传疏影横斜神致，识者警叹三绝。予从靖赤先生之孙石庵家拜求得之，藏为世宝。

先生卒于康熙乙丑年，七十七岁。配黄孺人，先八年卒。无嗣，止生

---

① 贞，原作“瑱”，讹字，径改。

② 按：《泰安赵氏家谱》卷十二此后尚有若干文字，原书未录，此不再补。《泰安赵氏家谱》此篇文末署“顺治辛卯科举人候选知县莱芜县眷姻晚生陈明新顿首拜撰”。

③ 天屿，《岱粹抄存续编》卷四清徐宗幹《石堂题壁》、释元玉撰《石堂集》（清道光十年徐宗幹重订刻本）作“天玙”。

④ 山名，《岱粹抄存》卷一张四教《石堂八散人记》、徐宗幹《石堂记》及徐宗幹《石堂题壁》、清道光十年刻本《石堂集》等皆作“山民”。

麟母一人。原合葬岱道庵东山，今以乾隆二年孟冬朔日，迁葬吾祖茔左麓，与吾母相近。俾后世子孙扫墓者，得知吾母之所自出云。

文学子显赵公墓表

〔清〕赵国麟

公姓赵氏，讳丕昌，字子显。侍御朴庵公之孙，乡贡士岱云公之仲子也。

康熙甲子，公年十三，恭逢清圣祖南巡，驻跸公第。公趋拜合仪，应对明慎，上霁颜温谕，称以美材，赐金帛。一时人士争荣之，羡为奇遇。

年十六，即补博士弟子员。天资颖异，出笔辄惊其侪偶。名公宿学咸相器重，谓奋翮云霄直旦暮事耳。顾公独抑然深念曰："祖父诒谋圣贤明训，宁惟是呫哔帖括，工揣摹，掇青紫云尔哉！"与兄元昌雍正丙午孝廉，弟克昌、炽昌、振昌，昆仲一堂，自相师友，怡怡融融，敦伦纪、笃恩义。门以内，尊卑上下，肃穆而雍和；门以外，乡党戚友，亲爱而恭逊。僮仆质朴，服食俭素。泯贵介之气，守儒士之常者，终身如一日。

族既贵盛，子姓繁衍，同祖昆弟，聚首盈堂。花晨月夕，开樽醵饮，八斗一石，不为限量。而言论温雅，气象雍容，绝无嚣凌豪放之习，盖其性行纯淑、涵养蕴蓄者深矣。

忆予讲学青岩时，往来梅花馆中，接公风度，终日恂恂，如不出口，而上下古今、人伦品鉴、事理剖晰，片词居要，谈言微中，了了分明。予初莫测其底蕴之所至，使得施厥猷，为必有以为灵岳吾宗光者。而惜乎寿之不永，卒莫能展其材，以究其所抱之[1]宏也。卒年四十七岁。

① 之，原衍"之"字，据《泰安赵氏家谱》卷十二《墓志·文学子显赵公墓表》（第四九页）删。

配孺人王氏，幽娴贞淑，克配公懿德，后公二十八年卒。子五人：源、泉、湧、濂、潮。源、泉皆从予学。源字逢原，沉潜聪敏，才质为青岩冠，英年食饩，中道夭折，殊可痛惜。泉[1]与同堂伯仲数人，遵祖训，服先畴，食旧德，读书积善，象贤绳武，振振绵绵，方未有艾。天之报善，不于其身，必于其后，其在斯乎！其在斯乎！[2]

岁进士齐先生行略志

〔清〕卢汉倬丁酉拔贡

先生讳以礼，字中园，号东墅，姓齐氏。少失恃怙，受抚养于外家张氏，邑南关人也，鞠育恩勤，延师教读。年十八，为娶妻陶氏。

初，外祖有族弟某，凶狠暴戾，妻尤悍毒，欲兄继其子，据有产业，未之许也。纳妾，生子女各一，衅隙愈积。妇唆使逞逆，夜入兄家，杀兄于床，及妾、子女四命，嫂氏救护，刀伤面颊而废。仍呼名寻先生，适回馆，获免。邻里共执缚告官。自是鬼声啾啾，日暮即哭诸凶身之家，至门户灭绝乃息，乡邻莫不咤叹焉。

外祖母伤重，刀痕陷入骨里，医药[3]调理，数月方瘥。先生侍奉，未尝晷刻离也。惨矣哉！际遇可谓艰已。

次二年，入泮，旋以优等食饩。为外祖母继子承祧，遗产悉以相付。率妻子析[4]爨，以笔耕，以舌耨焉。稍有赢[5]余，必归奉外祖母，三十年不

① 泉，原作“果”，据《泰安赵氏家谱》卷十二改。

② 《泰安赵氏家谱》卷十二该篇文末署：“乾隆己巳仲秋谷旦，赐进士第、诰授通奉大夫、原任文渊阁大学士兼礼部尚书、咸安宫行走、恩准回籍愚弟国麟顿首拜撰。”

③ 药，原作“乐(樂)”，径改。盖因“藥”“樂”字形相近而误书。

④ 析，原作“折”，径改。

⑤ 赢：余，满。

少怠。先生曰："未敢云报德，聊以抒吾心耳。"

性方鲠，口吃，不甚与人款接。家无石担，常有四方之志，胸次阔如也。闻江淅[1]多嘉山水，结侣南下。登金、焦二山，纵览长江，询郭公墓，饮天下第一泉。同行者投亲不遇，乞助他适，先生慨与不吝，幞被悉为将去，遂至旅费不给。遇豪士，授餐赠资，问其姓氏不答，但曰："看君似读书人，何为滞留于外？"时嘉庆十八年，教匪据滑县，蔓延及曹属故也。

归后，益肆力于经籍文章，从游者日众。训及门，以励实学，重名节为先务，取科第者数人，宁邑前广东巡抚黄石琴先生其尤著者也。著有《春秋三传异同条辨》《南游遇豪士记》。晚年尤邃于医，伤寒、妇科、痘疹，均有辨症注释，藏于家。

汉倬少从先生游，请业之余，每慨然而言曰："士先立志，次敦品，次励行。多读圣贤书，能益人神智，不作无益事，足葆我性真。余少孤露，又遘闵凶，非外家不能成立，深恩未酬，辄已衰暮，每一念及，不觉涕泗之横流也！唯自揆生平，不愧不怍，亦奚事从世俗营营逐逐为哉？吾非薄视富贵功名，但知人各有命，不可妄求耳！子知我者，可为文以志吾之遭际与吾之行止焉，虽没世不恨矣！"

孺人陶氏，先公卒。公三子：长衍泽，次衍惠，三衍封。衍封以勤俭起家，积至饶裕，养亲爱兄，委曲周全，世共称之。先生得优游林泉者二十余年，此足见方严正直之必获后福云。享年七十八岁，以岁贡终于家。今又阅十余年矣！先生他其懿行甚多，谨述素所闻见，聊志行略于左。

---

① 淅，疑为"浙"之误。

宋大理寺丞姜潜字至之墓表[①]

〔清〕侯监东

凡天地正气之所钟，虽有时暂晦，终不容湮没于世。但其出也有所待，其显也有其时，此盖有天意存其间，而非人之所能为也。

如关圣帝君，先代世莫详其名字。及康熙十七年，于昌读书庙塔，梦帝警以易砖，后见穿井者，得一方砖，对读之，乃帝先代墓志，而名字遂传于天壤。又如邵康节故宅，后为九真观，元时已毁于火，及后有耕者于此得一石，地主争之，讼于官，石上有字云："大明景泰乙亥，知府事者虞廷玺为吾复起此窝。"此正景泰乙亥年，官即虞廷玺也，曰："此必邵康节安乐窝。"遂倡修康节祠。若此者，或数百年，或千余年，而复出者，岂非天哉？

今者宋儒姜潜，字至之，道学人也，从守道石先生读书徂徕山。一日归省，天已晚，见黑暗中有火光，曰："此鬼物也。"及至前，哄然而散，舍一骰子盆，晶莹可爱。知陈留县青苗令下不从，悬榜县首，任民自领，又移榜于乡，三日无领者。曰："民不愿矣。"遂移疾竟去。吴奎、韩绛荐为国子监直讲，神宗闻其贤，访以治道，曰："有《尧》《舜》二典在，顾陛下致之之道何如耳？"后以大理寺丞致仕。著作散佚不多见，有为李蕴侍郎先人《墓志》[②]，载《县志》。

按《县志》列《才猷传》，云："申村为姜潜故里，墓在里东祖茔。"但经五六百年，地已转主，又无碑志，且古冢累累，即其子孙亦不能指其坟。及同治年间，裔孙等忽于墓旁掘出墓志石，盖上刻篆书"宋故大理寺丞姜先生墓志铭"，此为姜潜墓无疑。其裔孙某等将立石以表厥墓，乞文

① "字至之"三字，原目录作"先生"。该篇原又收录于《续编》卷五，一字不易，今只保留此处，续编不再重录。

② 按宋姜潜（《宋故李公侍郎墓表并序》），《墓志》为侍郎李穆之父而作。

于余，余曰："奇事，安知此非天意复兴之乎？不可以不志。"

余思姜氏自后五代时，有讳端者，高明果毅，伏一时众，推为乾封令。以后甲第联绵，成进士者十一人，有兄弟同榜，仕之显者，曰镐、曰屿。屿尝奉旨祭亭亭山神，屿即潜之祖也。又有潜四世孙讳知彰者，武状元，授右班殿直，为御前侍卫，相传墓亦在此，但无可据。金大定时，有讳孝仪者，乡贡进士，编次《姜氏云亭房题名记》。明永乐时，孝仪子伦，乡贡进士，陕西理问。以后子孙微弱，科第无闻焉。余前曾为编次谱碑，故知之颇详云。

赠盐运司知事文学汪公墓表

〔清〕黄恩彤

君讳汝霖，字沛[①]倩，别字云鹤，姓汪氏，世居泰安西南乡高淤里。考讳文伟，以名诸生，为齐鲁间所重，识与不识，称曰"奇亭先生"。

君少承庭诰，内行尤笃，悦亲敬兄，恩礼周至。事世父如父，抚幼侄如子，[②]人无间言。禀绝人姿，读书寓目不忘，为文若宿构，出语惊人[③]。弱冠应童科，郡县皆前列[④]。学使者季公芝昌，世所云宗工也，得其文亟赏之，拔置学籍，目为国士。

君虽治经生家言，顾不屑为小儒龌龊章句之学，历访名师，贯串大义，

① 沛，与清黄恩彤撰《余霞集》(《清代诗文集汇编》第六〇九册，第二七三页，影清宣统元年济南国文报馆石印本）卷三同；《汪氏金石志》(2004年影印光绪刊本，第十三页）第三卷《墓碑·皇清敕赠修职佐郎盐运司知事衔文学汪君墓表》作"霈"。按：此篇似录自《余霞集》。诸本颇有异文，今予汇校。

② 此句后《汪氏金石志》第三卷有"一门雍雍"四字。

③ "为文若宿构，出语惊人"，此两句《汪氏金石志》第三卷作："为文出语惊长老。"

④ "郡县皆前列"，此句《汪氏金石志》第三卷作"辄屈其偶"。

既乃受教于先昆竹泉先生，悉传其业。独以文格夐绝，不肯俯就有司绳尺，坐是屡践棘闱，迄不一遇，处之泊如，弗以屑意也。[①]

家仅中资，性慷慨，喜施予，族邻有急，多赖其力以济。尤好为人排难解纷，抑强扶弱，见义勇为，每甲乙相争，得片言立罢。

咸丰初，盗起军兴，朝议举行团练。君与孝廉武君研农，并奉檄充团长，倡众联村，所在响应。庚申秋，捻匪闯渡运河，扰及汶南，各乡聚一时鼎沸，避难北趋，蜚[②]鸿满野。君约束乡丁，存恤保护，咸庆更生。

辛酉春，贼复大至，逾汶而北，[③]窜入泰境。官弁闭城自守，莫敢谁何。君独与武君督丁捍御，战屡合，杀伤略相当，[④]徒以步马势[⑤]殊，众寡[⑥]不敌。君语武君曰："败矣！我辈当为厉鬼杀贼耳！"遂同遇害，时二月九日也。

方寇之将至也，奇亭翁年耄矣。先期入山以免，比闻变，慨然曰："吾儿不死矣！"盖其父子平日[⑦]以忠义相勉励，义方之训，有由来矣[⑧]！会台谏朱公以状上闻，敕部议恤，追赠盐运司知事衔，并荫其子珊树以[⑨]主簿待铨。国家褒表死事之臣，不遗疏逖，所以激发[⑩]人心，扶持世教者，讵不光且大哉？

配梁孺人，克襄内政。[⑪]寻卒，以礼合葬祖茔之兆。[⑫]兹主簿及其群季，

---

① "处之泊如，弗以屑意也"，此两句《汪氏金石志》第三卷作"义命自安，意澹如也"。

② 蜚，《汪氏金石志》第三卷作"飞"。

③ "逾汶而北"，此句《汪氏金石志》第三卷无。

④ "杀伤略相当"，此句《汪氏金石志》第三卷作："杀贼亡算。"

⑤ 《汪氏金石志》第三卷"势"后有"既"。

⑥ 《汪氏金石志》第三卷"寡"后有"力"。

⑦ 平日，《汪氏金石志》第三卷无。

⑧ 矣，《余霞集》卷三作"已"，《汪氏金石志》第三卷作"也"。

⑨ 《汪氏金石志》第三卷"以"后有"县"。

⑩ 激发，《汪氏金石志》第三卷作"激厉"。

⑪ 《汪氏金石志》第三卷"克襄内政"后有："教子有方，门庭肃然。"

⑫ "寻卒，以礼合葬祖茔之兆"，此两句《汪氏金石志》第三卷无。

将树碣表君墓，来请余[①]文。予于君之学[②]行知之素稔，而其恤邻之义，杀贼之勇，殉难之烈，与夫国家旌忠之典，尤不可以无传也，于是乎书。

例授修职佐郎候选儒学训导癸未科岁贡生齐中园先生墓表[③]

〔清〕黄恩彤

吾师中园先生，姓齐氏，讳以礼，中园其别字也。齐鲁间，学者识与不识，曰“中园先生”云。

齐氏世居泰郡之南郭外，有讳簧字秀章者，先生之考也，敦本力行，隐德弗耀。先生天畀至性，庄重静默，不苟言笑。比入塾，抱椠握轴，寒暑勿辍，卯角能读等身书，有经笥之誉。为文不滤滤求工鞶帨，茹经咀古，葳蕤轮囷，见者钦为鼎彝法物。早补博士弟子员，旋以高才生擢异等食饩，累冠其曹，文名噪甚。屡践棘闱，辄以细故被乙，闻者叹诧，而先生意豁如也。性雅爱泰山，每春秋佳日，策杖幽探邃谷敻崖，攀跻殆遍。有时独造王母池上，散发垂纶，竟夕忘返，自谓得风尘外意。

时出授徒，从游日众。教人不求速化，惟以六经为根柢。尝曰：“学者属文，犹蚕吐丝。丝者，桑为之也。文者，经为之也。舍经而文，将毋不桑而丝乎？”识者以为格言。故士之出其门者，多宗实学，以文章显，皆先生之教也。晚以明经贡入成均，注铨儒学附博士。

道光二十三年月日，以寿终，年七十有九。配陶孺人，淑德令仪，允符内则，先于道光五年月日卒，年五十有五。子三：衍泽、衍惠、衍封。

① 余，《余霞集》卷三作“予”，《汪氏金石志》第三卷作“为”。

② 学，《汪氏金石志》第三卷作“文”。

③ 墓表，原正文标题作“碑”。

孙五：慎典、慎节、慎叙、慎修、慎仪。女三，孙女七，皆适名门。以道光二十四年月日，葬先生于郡城东北白家河村西原新茔之北，亥山巳向，陶孺人附焉。今嗣子诸君，将谋立石，以识厥墓，而属恩彤为文以记。

庄先生墓表

〔清〕邵元瀚

泰安自孙、胡、石三儒讲学岱麓，流风余韵，垂千年不绝。于是隐德君子，矜式里闬，不求闻达者，所在多有。而今日则有庄先生。

先生讳兴麟，字化善。祖字诚一，父字天秩。兄弟三人，先生其仲也。自幼以孝友闻，性倜傥，尚节行，家法整齐，严肃教子，各因其材。兄弟欲析产，任其自择，而己取其余。自奉俭约，至戚友告急，罔不应，赖以成家业者数人。晚年家居，里中甚难解事，当机立断，众皆悦服。故二十年间鲜有争讼者。生平乐与贤士游，常日与正人处，则不正之心自消。卧疾，一方士儒咸亲问视，犹谆谆恪守理法相劝勉。呜呼！先生之于儒，殆笃信而弥嗜者欤？是亦足以不朽矣！

先生生于道光癸丑年正月□，光绪癸卯年八月卒于家，春秋七十有一。德配杜孺人，甚有内助，家道丰美与有劳焉。三子：长敬斋，次敬慎，皆太学生，三敬恭，庠生。孙七人，皆业儒。于壬戌月甲辰，葬于里北茔次，铭曰：

奉高梁父，属岱之阳。灵秀所钟，厥俗敦庞。达而在上，为邦家光。穷而在下，化式一乡。先生仁厚，允寿而臧。绳绳缉缉，流泽孔长。勒兹贞珉，厥德益彰。

卷六　墓表　墓志铭　碑文

修职郎岁进士来旃先生墓表

〔清〕张凤翙

先生姓邢氏，讳曰泰，来旃其字也，家泰郡西郭。性至孝，恭俭廉让，寓精明于浑厚，有古君子风。少壮时，专攻举子业，科岁两试，辄冠一军，试秋闱，屡膺鹗荐。主司得其文，极加赞赏，曰："古调独弹，是不食人间烟火者，允宜弁群英矣！"然先生卒以明经老，殆命也夫？

设帐岱麓间，出其门者率多。健于文，蜚声庠序间，兼有赋鹿鸣者，残膏剩馥，沾溉士林多矣。先生于书无不读，古文喜韩苏，时艺宗正希。著有《尚书炼句》《金文详解》《兵法集要》诸书，藏其家，遗稿甚富。尤精岐黄术与堪舆家言，应手奏奇效，其博雅又如此。

先生卒于咸丰四年，六十有七，与德配张王王[1]孺人偕葬兹壤。

呜呼！幽光潜德，历久常新。高山景行，倾慕何极！适先生门下士议为不朽计，属余为文表其阡，爰略述梗概，而勒之石。

受业：高树之附贡　丁培元廪贡　李汝昌岁贡　王仲夔邑庠
宋传箕岁贡　宋毓淦邑庠　贾纬监生　章殿鳌郡庠
章殿麟廪贡　艾麟阁廪生　湛仁覆举人　史乃赓郡庠
高英之邹县教谕　宋毓庚增生　张协恭岁贡　李东岩邑庠
丁临甲廪贡　吴毓寅郡庠　张玉符　李汝喆
洒文坛　黄兰浦　李月蛟　宋吟五
黄步瀛　韩逾万

① 张王王，原文如此。

侯澍[1]农先生墓表

〔清〕侯芳苞

从来变兴之会，恒赖有捐躯赴义之人，以作士气，而振国威，乃卒以平祸乱，奏肤功。此自古旌节之典，不遗于幽遐，职是故也。

国朝咸丰季年，江淮弗靖，扰及二东，一时辨团堵御、效命疆场者夥矣，而吾泰中最烈，称首者，独推吾兄澍农先生。

先生姓侯氏，讳润生，字泽苍，澍农其别字也。世系详于其太翁旭庵墓碑，不再书。独忆其幼负俊才，学博而笃，髫年尝登苞[2]先君子门，授经为高弟。读书务尽义蕴，为文善谈名理，诗赋词章俱清韵有矩度，书法亦追迹董、赵。出应童子试，邑侯擢为首选，补博士弟子，试异等食饩，棘闱屡应鹗荐，声称噪一时，邑中英俊多与之游。既乃推所学以教人，远近佳子弟经其濡染，率多知名，行年四旬矣。地方属有警报，乃以兵法部勒子弟，村镇恃以安弭。

庚申秋季，南捻窜扰，乃纠众防河，拒战三昼夜。继贼队大至南岸，炎焰涨天，呼吹遍野，众胆落，多脱走，独奋勇往来拊循，督众拒守。昧爽，贼马麇集，蜂拥而渡，势如山崩。犹执旗指挥转战，为群贼所忌，身被数十枪而殁。贼逸，家人寻至村北，得其尸，旗犹在手，义气凛然。时咸丰十年九月十八日晡时也，先生四十有二。

嗟乎！余尝流览寰区，武弁锐士凛然不可犯者，或临难辄渝，而修谨自爱之儒，行不骇异，词无矜张，迨履世变，临利害，殒身丧元而不悔，此无他，其识既异，而所立有殊也。故自古仗节死义之士，多在读书稽古之人，诚所谓士尝学问，知义理，不为利疚，不为威惕者乎？如吾兄者，

---

① 澍，原目录作“湗”。

② 原文为△，为作者自署名之标记，今为补。篇内下同。

孝弟纯明之行，诗书蕴藉之气，温文尔雅，翩翩称佳士矣，而乃以义烈显，谓其学养有素云。

事既定，上闻，圣天子褒恤有加，赐忠义祠配飨，赠盐运司知事衔，敕一子入监肄业，满六月，以经历、县丞试用，给云骑尉世职。嘻！小臣殒身之义无忝，而圣朝旌节之典有加。大义既明，人心自奋，所由赫然中兴欤？

岁乙未，葬已三十余年矣，其孤树石以表厥阡，其欲纪其实也，征文于余。余与先生同族，又世好也，其太翁旭庵，先王父门人，先生又适出苞先君子门下，苞之年相逊者二十余，而谬为先生所爱重，视同胞季，偕乡试者数次，殷然诲教之无已也。子希畅又与余游，往事既悉，遂流涕而为之叙其颠末云。

配刘氏，卫驾庄屯官声远翁女。孀守淑慎，阃政修举，事衰亲，抚幼孤，经理四次丧葬，卒立其门户，为能不负其夫。子希畅、希茂、希品，次、三早卒，长希畅袭其恩荫。其亦可无憾也夫！

鲁涧谷先生墓表

〔清〕周彤桂

鲁先生讳泮藻，字品方，涧谷号也，世居岱麓傲来峰下之王庄。余门人齐河张澄清向从先生游，盖慕李二曲先生之学者也，后持学先生状，乞表其墓。

按状，先生幼聪敏，束发受书，亟为塾师刮目。年十五，肄习郡兵科吏，称廉谨。咸丰间，南匪滋扰，从太守防堵东平，以功授从九品。

先生素敦行谊，孝弟睦姻，藉甚乡闾，尤精歧黄，活人无算。中岁好道，得《四书反身录》，键户息交，覃精理学，偶有会心，洒然独得。又谓："吏清白几人？"谢去，闲步山扃作逍遥。忽于层峦叠嶂中，觅一区名樱桃园者，地虽高亢，知可以人工济，措资构[①]得之。砌石凿岩，架木引水，灌田之暇，莳花种竹，爰成别墅。榜其楣曰“桃源精舍”，朝夕摊卷，寝馈其中。尝曰：“吾于学问未能尽，然幸于大本有见处，此心常觉泰然，不为物欲所债耳。”过客有山水癖者，问径于此，先生莫不延见，每款留信宿。劝读二曲书，炳炳凿凿，剀切详明，令人涣若冰释。

光绪初，奉府檄，督修泰郡西驿路，约三十里有奇。工坚费缩，当道嘉之，获奖五品衔，先生当之泊如也。年六十六卒。铭曰：

> 二曲之学，大道仔肩。接踵横渠，辉映后先。关西大儒，如汉昭天。缵承勿替，谁寄薪传？先生崛起，宗旨绵延。虽未大成，亦颇精专。瓣香未艾，学者山渊。

方南公墓志

〔民国〕冯仲谦

张公讳端吉，字方南，本公之子也。其始居山麓之李家庄，太公没，与弟析居，乃迁于山内别墅之茅茨舍。

公一生力农为事。其始至也，居万山之中，山峻如梯，地小如丸，古云石田，此地最多，公视其方圆高下之宜，而开垦之。夷其嵚崎，辟其草莱，陂者以平，芜者以治，而田之膏腴日增。山有槲，旧宜蚕，即《禹贡》所谓“厥篚檿丝”者，公遍种之，岩阿涧谷之间，苍翠绿缛，弥望一色。自是而槲愈盛，蚕愈多，迄今犹食其利。至其不宜谷、不宜蚕者，公则植以土之所宜。不数年后，桑榆成荫，楂栗盈野，其地弥幽而僻，其境亦弥蔚然秀焉。

① 构，通“购”。

呜呼！若公者，其详不可得而知，殆庶几劳劳畎亩，而能使人无遗力、地无遗利者欤？公享年六十有五，殁即葬于村北。

孟君墓志铭

〔清〕邵元瀚

君讳广寅，字墨泉，一讳广秋，亚圣七十世孙。先世居于邹，自君迁泰安之省庄，因家焉。曾祖讳毓浩，恩贡生，候选直隶州州判。祖讳传枝，恩生。父讳继勋，赠文林郎，母王氏，赠孺人，子二，君其次也。

君生数岁而孤，家贫，养于同族。年十岁，有姻家黄子行过邹，王孺人属君于黄，自是而济，而曹，而武定，而泰安。既冠，黄爱君谨厚，授钱五百贯，使贾于省庄。大获息，迎母与兄于邹，生尽养，没返葬。感黄德不衰，倍偿其资，终身视黄氏昆弟如己昆弟，视其子侄如己出焉。尝游冠县，为友业鹾，所居地名何北十八村，素强悍，盗贼出没靡常，前任事者多被劫，居民又往往挟怨坐视，且阴助之。君至逾月，有寇至，众惊曰："孟公长者，待吾侪厚。"纠众大呼，逐贼去，君得无恙。先后在冠八年，未尝见盗贼踪。又尝寓他村。后十年，君长子业鹾其地，病几殆，村人为延医视疾，二十余日无少懈。既瘳，谢村人，则曰："复何言？报若翁之德耳！复何言！"

君生平渊默寡言，饮人以和，无少长尊卑，必推至诚以接之，而人不忍试其诈。赴人之急，必竭其力之所能，而退然若不足。居乡四十余年，戚党佥以善人长者称。家有庆，乡之人若已庆；有忧，亦如之。其纯以德致人类若此。

光绪二十八年十二月十七日，卒于家，春秋六十有二。卒之日，里人奔集其门。有呜咽流涕者曰："何不令老身代也？"有数日不食者曰："痛哉！何竟不得一见而亡也！"又有悲叹语于众者曰："微此君，吾乡且破，赖其救，得有今日也，而可忘耶？”

嗟乎！今之士大夫所谓立德立功者，生则称颂，没则已焉。君以一布衣，粥粥若无所能，而获人思若此，岂偶然也欤？假令君得尺寸之柄，出而治民，其德化入人之深，当更何如？而卒以布衣终老，可慨也已！

配朱氏，继娶庞氏。子四：长昭度；次昭章，举人；三昭深，恩生，早卒；四昭朴。女三：长适某；次适某；三未字。孙五：某某。以光绪三十年十月十五日，葬于省庄之北原。铭曰：

和而正，温而良，化荆棘为康庄。德愔愔，久益章，积善之家有余庆。呜呼！敦末俗之凉兮，其视君之居于乡！

姚江介眉邵元瀚撰文。

汪莲石先生墓志铭

〔清〕刘宝符

先生姓汪氏，讳珊树，字铁岩，莲石其别号也。上世为徽州歙县人，唐武德初，讳华，封越国公，宋定陵加封汪王者，先生之四十六世祖也。嗣是，代有贵显，封爵官序，具载国史。迨胜朝定鼎，国子舍人用和，率其孙曾四世，始来泰安城宫里。五传讳渊，仕至湖广道监察御史。又八传学信，初占籍东膏腴，是为先生高祖。祖父伟，邑庠生，绩学励行，人称善人。公父汝霖，邑庠生，御寇殉难，赠盐运司知事衔，后均赠奉政大夫。昆季五人，先生于次为伯，家学渊源，入泮食饩，皆禀庭训。

幼慧，年十三，为伯父海门赠翁镌砚铭，赠翁大奇之。长以善印名，有《五柳先生传》全刻。先生本善篆法，用其意入图章。嗣又博稽古今名印谱，复数数得观巨家铜玉章，讲求益精。识者谓先生铁笔，得穆倩石公遗意，林、吴以降，不多让焉。抱嗜古癖，家不中资，遇鼎彝等物，时贷金购之，书画名拓亦然。吾泰西南数百里，藏帖之富，无如先生者。居常性耽吟咏，尤以显亲扬名为急务，自恨身不入仕籍，尝曰：“爱亲者，须求当代名贤作家传，庶乎藉以不朽，而显扬无穷焉。”春秋祭扫必躬亲，父母讳日不御酒肉，不通庆贺，终其身。

与堂观察东渠公两次续修家乘，远讨近访，上溯受姓之始，下逮子姓散处数十村，族众数百千万之蕃，凡九十余代，无不雁行鱼贯，了如指掌。夫治谱学者，自昔称难，若先生与观察公此举，非其尤难者乎？间又编辑《汪氏文献考》四卷，随家乘分藏，著《吟菊丛谈》《吟菊斋文集》，各十余卷，今颇行于世。交友喜直谅，义气近豪侠。年逾四旬，往还燕山章武，与裘马少年相征逐，杯酒话旧，激昂感慨，见于辞色。及倦游家居，值时事日非，知交四五，酒酣耳热谈及之，声如洪钟，英伟刚毅之慨，骤使人兴起。

呜虖！以是观之，先生岂牖下寒儒哉？承累书香，先生虽不用于世，隐然负巍望，以故，族党戚里，及地方一切公事，偶有不平，但得先生一言，无不即决。先生之素行孚人，于此可征也。

晚年恶尘喧，乐寂静。于村东端辟荒园半亩，筑精舍三楹，东厢称是。隙地随意莳花种竹，四垣植诸色树略备，暇辄坐其中，或手写书史，及碑版文字应酬，或课傭保，指授田法，与教子及诸孙读书，兴至行吟径畔，怡然忘日之蚤暮。人或疑之曰：“君屡蹶棘闱，顾不自愤，是胡为也？”先生曰：“人生贵适意耳！彼营营于名利者，以名利为怡，吾不谓然。不此之怡而奚怡？”遂名园曰“怡”，因号“怡园主人”。尝自序，有曰“怡园主人者，生长岱下，如莲斯清，如石其介”云云，故又号“莲石”。享年七十有四，于光绪三十三年十月，无疾而逝。

今月日，诸孙将葬先生先茔之次，□□捧状来，嘱余铭。铭曰：

先生学修后进师，有用而不获所施。廿年导引空孳孳，予今铭之为涕洟。

泰安汪公东渠墓志铭

〔清〕唐烜盐山

有清光绪二十六年，三辅乱民，仇教事起，横挑强敌。东西洋八国联航内逼，两宫蒙尘，议和既成，偿费倾全国。盖清室之亡，中华之不振，实由于此。其始二三村寺无赖，袭狐鸣篝火之技，忘相指目，使得良有司惩治之，当立止，乃内自朝贵，外自疆臣，咸供给崇奉之不暇。举国若狂，无敢过问，大局遂不可救。

其后敌踞京津，游骑四出，廉知乱民邑里，悉甘心焉。惟深之饶阳独不被兵，其时知县事者，则吾师泰安汪公也。饶俗故习武勇，附乱者颇众，公知大祸将至，谆谆告诫，渐次解散，又置其魁于法。而方伯某方护直督篆，惑于谰言，竟罢公任，以悦暴徒。饶人危之，公浩然去。会敌军陷保定，方伯死焉。

是冬，德意志方蹂京西州县，会为某令所构，与我驻守广昌之军交哄，上游急檄公往和解。时已岁暮，公单骑就道，锋刃交横，居民逃匿，村落虚无人，或终日不火食。比达广昌，而德军已于岁朝攻入广昌城矣。公谒德帅葛德禄，百端譬解，始允旋师保定，我军亦移驻灵邱。李文忠令公权广昌事，时城邑新破，死伤蔽路，公私如洗，公捐己资，瘗骸骼，招逃散。而逸匪溃勇复聚谋为乱，公修葺濠垣，缮治兵械，私橐不足，又称贷而益之。防定始定，旋由广昌调东光，皆敌骑所践之区，亟待抚绥者也。又回饶阳任，数年复调武强，莅任四月，以疾乞归。

方乱初起，使得令长如公者数十人，布列畿甸，祸变当不遽底此，此岂一时一地之所关哉？同时之吴桥令劳君乃宣，以乱民假托邪说，著书抉其谬，卒不效，然书已传布，流闻九重，享盛名，跻膴仕。而公当天惊地岌之时，从容弭变，致遭龃龁。迨受命危难，出死入生，席不暇暖，乃卒不得迁一官，萧条黮黯，投老拂衣，其尤可悼痛者已！

公讳宝树，字谢阶，号东渠，山东泰安人，原籍安徽婺源，唐越国公四十六世孙，元礼部尚书进郡公谥文节讳泽民十八世孙。文节公曾仕兖州，次子用和舍人随侍登岱，过后爱其山川之胜，文节公殉难后，遂移家泰安。十三世祖讳渊明，监察御史。予尝叙公族谱，自得姓以来，序次详矣。曾祖允发，祖文明，皆太学生，本生祖文伟，父汝瀚，皆附生，均赠中宪大夫。

公幼有异禀，读书精力过人。弱冠后，连遭大丧，家中落。值同治初年，捻匪北扰，宁阳失守，邑境骚然。公罄家资，练乡团，与贼三战皆胜之，遂复宁阳，筑堡自卫，贼不敢逼。当事者以公知兵，将上功状于朝，公以在制力辞。事平后，家用荡然，由是益肆力经史，务为有用之学，大师宿儒，翕服无间。

光绪己卯、庚辰，连捷成进士，以知县分发直隶，补庆云县，庆云人爱之。调饶阳，饶阳岁受滹沱河患，田庐多被巨浸，公相度形势，相机疏浚，跋涉连年，始奠攸居。邑俗素不悦学，乃广书院斋舍，选高生肆业，亲往训课，如授生徒，自是科名蔚起，有闻人矣。在广昌、东光、武强虽未久，而弭盗恤灾，清讼兴学，始终如一，各得去后思。公任内，保升直隶州知州。乞归后，侨寓天津，援例以道员候选。

宣统元年月日，卒于津寓，春秋七十有三。将于年月，葬公于泰安祖茔。长男昭昂以铭幽之文乞予，予尝从公游，受公知最久，谊不可辞。

呜呼！昔光绪甲申之岁，公奉檄浚治盐山宣惠河工，予执贽焉，时方盛夏，见公往来河干，课氓隶较畚锸，寄舍荒村，暇则进父老开说大义，教以保家恤邻之道。河上下四十余里，四月而工讫，深广如制。先是，同治十年，发帑疏凿，在事者不谙工作，劳费无功，年余夷为平陆。自公此次督修之后，三十年来，濒河乡村，水潦无患，向之鹄面菜色者，皆已丰乐康阜。今时移代易，故老凋残，殆无有知畴昔之事者矣。予既铭公之墓，追思及之，因念公生平造福无穷，而惠我桑梓，尤不容听诸湮没，匪仅悼其私也！铭曰：

五十曰艾服官政，学古入官识乃定，卤莽得之为世病。公之少壮文武娴，晚遇历试遭诸艰，凤鹨兰艾若是班。埋忧地下忽沧海，谁与知者问真宰，缀此铭词质千载。

汪君旸谷墓志铭

〔清〕赵炳麟饶阳

汪观察东渠，以名进士宰饶阳，政通人和，兼以文学督课诸生。邑六十年无甲榜，麟幸荷训诲，获捷南宫，且久与诸公子游，皆倜傥有大志，吾独于三公子之天不假年有深慨焉。

君讳昭昱，字旸谷，祖籍婺源。有文节公者，官兖州刺史，其次子用和舍人登岱，爱山水之胜，遂家于汶阳城宫里。舍人曾孙文澜公，以名御史闻，厥后代有贤达，为岱下望族。祖汝瀚，邑庠生，累赠中宪大夫，行谊敦笃，博学嗜古，时名士多出其门。父即观察公宝树，诰授中宪大夫，在任候选道，正任饶阳县，现署东光县知县。元妣孙恭人，妣仲恭人。恭人卒，君甫数岁，受育于继母赵恭人。兄弟五人，君居其三，庭闱孺慕，久无间言。

君姿性颖悟，机警绝伦，幼承家学，深明大义，于古今得失，中外政治，兵算格致诸学，靡不研究。且精击刺之术，兼多材艺。庚子岁，随任饶阳。值奉旨肄拳，民情大扰。突有拳匪数百，赴署借粮，直抵寝门，势甚危急。君偕众兄弟，卫护观察公，利器严阵以待之。匪不敢攻，纷纷散去。后各国兵至，拳匪败，余众犹为乡里患，君随观察公，短衣督捕，身先兵役，擒其渠首。畿南恃观察为保障，君与有力焉。

京津失陷，洋兵据保阳，定兴有民教重案，不可解，上台檄观察公查办。时伯兄頫之副转在大城，护眷属，仲兄勋西直刺，因谙洋文，德帅延为译，以达中外之情。独君随侍，隆冬大雪，驰骤于都门燕郊，折冲樽俎，不稍退懦。时两宫西幸，晋军守太行，与德兵失和，将开战，观察奉宪命，赴广昌劝阻。元旦就道，匹马深山，裹粮而行。君时在河间安置家属，闻有是役，疾趋赴广。洋兵、晋军悉听观察之言，各守疆界，不相犯。上宪遂命观察权广昌。拳匪穷无所归，麇集于深山密箐中，逼近广城，西而晋疆，北而宣郡，悉为戒严。观察请兵剿捕，宪命马、吕诸君往，未到以前，观察又先约晋军就近同剿，势悍甚。君披坚执锐，偕同将佐，用计设伏，屡冒奇险。一夜，匪大至，直薄广城，兵尚未集，闭城坚守，君率丁勇十余人，仅有快枪二支，伏于七峰山左隘口抵敌，悍匪千余人，皆持利器。观察闻信，遣人屡调之，继之以怒，君始回。既而贼知有伏，果远飏不敢犯。不数日，吕军前敌刘海峰率师至，与君莫逆，先以书来约，防匪之北窜。观察得信，率四十人，与君同往白石口会关将田伯珊，君堕马受伤，观察遣之，终不肯回，卒以全功。其他随机应变，临阵冲敌，探飞狐岭，拒倒马关，功尤不可殚述云。

辛丑冬，筮仕豫省，次年三月患疫，卒于汴，时论惜之。君广交游，性挥霍，殁之日，众寅好醵金设奠，代为措置身后，舆榇还里。将于月日葬于蛇溪之阳，旧茔之兆。铭曰：

虎臣矫矫，惟君之气。王臣蹇蹇，惟君之志。忠肝义胆，巨川可济。追念旧游，临风陨涕。呜呼伤哉！厥功未竟，名垂异世。

汪公厚甫墓志铭

〔清〕孔宪彀

古谓救荒无善策，非无善策也，以秦人视越人之心处之，则虽发棠日请，泛舟相继，饥馑之沦于沟壑者，日仍不知凡几。而一乡之中，苟有好行其德者，所施不出里衎，而一人得之，则一人以济，千人万人得之，则千万人以济。与赈灾而务其名者，较其功，乃不啻什伯。此古人所以慨于抉西江之波，不能救涸辙之鲋者也。

予自粤引疾归，侨寓岱山之阳，时时闻里父老述光绪初元岁大饥，城宫村汪先生出粟赈饥事，顾不得其详。后公次子德炳女归余子庆缓为室，予询公颠末，德炳出行状相示，并请铭。

按状，公姓汪氏，号俊坤，字厚甫。先世自新安迁泰安，居城宫村，世以忠厚孝友称。元末，有文节公者，官尚书，公远祖也。公考允湘，字江溪，有子五人，公次居季。事父母左右，就养能博堂上欢。兄弟敦友爱，无私蓄，家资巨万，同居无间言。于贫乏多所佽助，借贷不能偿者，辄焚其卷[①]。然则公之可称，尚不止赈灾一事也。公以屡次捐赈，邑侯为请五品职，并以"好义可风"旌其门。配马宜人。子德孜，例贡，六品衔，次德炳，三德焕，早卒。孙□□□。公生于道光元年月日，卒于光绪七年正月。葬于村东北旧茔。铭曰：

博施济众圣所薄，公得其术操以约。仓廪一发起沟壑，白骨生肉病者作。汶水滔滔流不涸，松槚十章森郁若。公斯千年体魄托，我铭有道词无怍。

① 卷，通"券"。

安宜人墓志铭

〔清〕吴即禅名元端，诸城人

至德不矜，庸行无名，即降而至于一家，子妇熙熙，各尽乃职而无所愧，戚里族党羡之而不能言。其享而受之者为何如境？其勉而致之者为何如事乎？吴即禅曰："此和风甘雨之所犊，而有以致此者，为不可及也。"

吾友刘子星阶，耳余名，邮其所作古文相质，已函复之，然而未尝见也。顷得先生书，谓欲赴明湖一晤余。函至三日，而遭德配安宜人之丧，索文为宜人志墓，以塞其悲。余与先生神交，虽不文，不敢辞也。

据状，宜人姓安氏，为同邑张侯村明灿公长女，十八岁归先生。先生王父赠翁润普公与先生母貤赠宜人杜太宜人在堂，两老人皆以为贤且孝，故能得其欢心。

光绪辛巳，姑病疡浸淫，遍两股，不能起床蓐者，至三易岁朔。宜人伺颜色，调护抑搔，忘所苦。岁壬午，值省试之期，星者推先生当获隽。先生念母太宜人病，不为动。太宜人闻而强之行，宜人知先生意，曰："君第往，君之责，吾一身肩之，其可乎？"凡诸生赴乡闱，类于新正上元后，担簦约朋侣至省，应书院课，冀先期邀大吏赏拔，撤棘始归。时二月将尽，敦促愈众，不得已，踉跄至会垣料理旧业。月余，日一夕惘然若有所失，翌晨亟归，归则宜人方燂汤药未就，束湿薪爇火，泪簌簌承睫，以手搓之，瞠目良久，先生归过其前，茫然不能辨谁何。先生曰："此可督佣妇为之。"宜人闻声，始知先生归，然不顾也。槐花既黄，太宜人迫之益切。试竣，星夜归里，见宜人之事太宜人如前。若是者盖历三年矣。

呜呼！是可以风矣。近世创办女学，而妇德扫地以尽，其尚可道者，累识之无，则厌薄家庭，而傲其夫子。闻宜人之风，其亦可以少愧也夫？

宜人外朴而内秀，有丈夫子三，女四，殇其二，不具列。子女及奴辈有小过，辄婉谕之，俟其自悟，生平无疾言厉色。与先生相敬如宾，饥何食，寒何衣，臆揣之，无不中。兹者先生索余文以塞其悲，睹此得无泫然流涕乎？虽然，先生达人也，宜人贤孝如此，可以无憾矣！爰系以铭曰：

无非无仪古所荣，庸德岂贵赫赫名，相夫以孝我心倾。

卢封君暨配高查两孺人墓表

〔民国〕王廷赞

自来一家之兴，其先必蓄德植基，隐隐隆隆，由充美而渐臻广大，豳刘亶岐，笃古述徽尚已。而近世如岱阳卢封君，以殷实善良，克昌厥后，亦足为兴家者作之则云。

君讳廷明，字光陛，行二。卢氏本范阳望族，清康熙由德州迁泰安之楼德镇。曾祖见甫，祖旺，父起圣，世业耕读，薮薮有谷。及君，益资富，能训幼读书，通大义。嗣因父兄俱逝，废读理家，纳粟入太学，周旋乡士大夫间，诚恕和平，有长者之目。

兄故无子，君亦只一子。通籍后，援案详准，兼承双祧，事寡嫂甚谨，曲顺将承，终生无违言。嫂曾招养子女各一，君为养女相攸，适名门，折给养子田宅，蒙业传世，颇号小康。君女适本镇王氏，家中落，出资置产，并契与之，俾自振。

嘉道间，岁大祲，人相食。君思救济，而避市惠名，乃集里之饿者，掘南园地，积土为山，潴水为池，舆致柳溪上游玲珑石，点缀其间，计工给粮，多赖全活。盖君好善乐施，根诸天性，故于宗戚乡里，随在皆征，充德之符。

然谚所谓“人善人欺”，亦或数数遘之。其犯而不校量，更有大过人者。尝买豪族田，内有茔域，并无除留，后反覆变卖，卒再偿之。适镇过博场侧，猾胥串博者，诡作滚赌状，遮道率诬，搕钱数百贯，乃免。麦秋收获，又嗾贫妇孺群掠分肥。类此者，旁观皆为发指，君反以患未豫防，嫌未远避，惠未众孚，自怨自艾，绝不尤人。惟日督子力学，为之延名师，招益友。及子发科，豪猾亦化，相率为贺者先矣。君自奉素俭，食馔美恶，未尝措意，尝曰："嫌饭吃，没饭吃。"子在官，每述以诫幼少，后虽处脂膏，不厌粗粝，遵君遗教然也。

咸丰戊午岁告终，寿七十有八。元配高孺人，无所出。继配查孺人，生一子一女。子运常，道光甲辰科举人，恩县教谕，保知县，推恩封君，如其职。孙二：衍龄，太学生，奖五品衔；衍庆，光绪癸巳科举人，两淮泰州丁溪场大使。曾孙七，玄孙八。猗与！瓜绵椒衍，浸炽浸昌，推本溯源，由君之盛德所致。谨据实甄要，表诸墓门，庶典型不泯，永式后昆，而过往拜有道之阡者，亦得观感而兴起焉。

卢广文墓表

〔清〕柯逢时

《戴记》记儒行，所称任举特立，有类后世侠士之为，说经者疑之。以予观夫子恤朋友之无归，许车裘之与共，而谓见利思义，久要不忘，可以为成人，则孔门之为儒，固不异也。

山东恩县教谕卢君，幼有至行，以小宗独子，兼后大宗。事嗣父母，曲尽诚敬，各得其欢心。为诸生，读书通知古今，治略尝有大志，顾亲皆老，不忍仕也。既举孝廉，数与计偕，会捻乱，即辍试。晚选教谕，甫再任，遂引疾归。

人以君抗爽自高，宜不可与谋缓急，而顾不然。方捻窜山东，掠泰安府，白莲匪复自兖州之邹县来攻，君所居乡曰娄德，隶首县，适当匪冲。

众议筑堡自卫堡于柳溪河，夏水暴涨，上下口并决，功莫施。匪警已迫，众恟惧，君首捐秸料数千，束垫筑口门，众争出木材佐之，堡立成，匪不得逞。娄德本泰安通判所驻地，前官某觊公团有练费，将乘急耗之，君独持不可豪夺巧取，终沮而去。

先是，钱塘许君之瑞来判府事，建怀德书院，举君为董，费出无继。君自斥地数十亩，质钱济之。后其子宝名亦需次山东，宦益窘，君复为举债，且任代偿，及许令阳谷，人谓可自偿债矣，君曰："是不可知，予则奈何食言？"卒代偿。比许没，果贫如旧，眷属滞东昌不得归，君在恩，每以事诣府，必恤以金，终君任如一日。恩典史大兴陈某，藩幕谢生浙人，先后病且没，君为主医药、殡殓事，日必往视，又竭资归其丧。同里冯拔贡，遘疾都门，手足痿痹，还至恩资罄，疾益剧，君接待慰劳，雅意绸缪，徐乃具安舆，护归其家。其他闻义勇，为赴人急如瞷饥之在已，类如此。家故素封，坐是稍落，而意复豁如。

邻邑某因事被非累，君力护之，得免，某德君甚，将以金谢，不敢直致，致他物而置金箧以来，君并物却之，又立与之绝。岁科两试，新入弟子员例以贽见校官，校官多贫，断断与较，君不屑也。方摒挡归，而学使者按试至，同官以故事请少留，且曰："饭炊成，岂让人食？"君谢曰："我本欲上年冬去耳，畏寒不果行，今尚何须哉！"逐归不顾。

君讳运常，字彝卿，泰安县人。中道光甲辰科乡试举人，官教谕，尝以捍捻守城功，进秩知县，弗就。卒光绪五年六月三十日，年六十有九。子衍龄、衍庆，衍龄太学生，办地方自治，奖五品衔，衍庆以举人为两淮盐课大使，试丁溪场，出予门。状君行请表，盖距君葬三十有二年矣。予维儒以道得民，轻财通侠，背道诬民者也，然孝友睦姻任恤，道本相因，不继富而周急，信朋友，而老者安，少者怀，圣人权衡于义，而道以正，缓急所常，有不必非义非道，而曰一介不敢予，儒者岂若是不广也，君所为庶几古儒者已！

尚书衔度支部侍郎柯逢时撰。

归化知县赵君墓表

〔清〕张梅亭

君泰安赵氏，讳中篱，字子才，号菊村。大父静轩，海阳教谕。父慧浦，增贡生，运同衔，以君贵，封奉政大夫。

君幼读颖异，大父督之严，每岁除元旦外，不令辍读。捻匪至，犹课之古楼中。二十一岁入郡庠，旋试高等，食廪饩。中同治癸酉拔萃科，甲戌朝考二等，以知县分发福建，充督署文案，克勤厥职。丙子乡试，调外帘，事竣，复充文案。抚军丁驻台湾，札委行营文案，以劳绩保补缺。后以直隶州用委管，管潭头潭二卡厘金，又管岭北茶税。未久，檄署政和县帘缺，回省充抚院文案。寻署光泽县，清理历年不结之案。杨姓因立后，构讼累年，君至，数语立判，两造帖服。期满回省，入善后局，办理洋务文案。上官知君折狱良，每有疑谳，辄委君决之。

光绪十一年，补归化县，县民游惰健讼，号为难治。君察其土宜，作《劝种桑棉论》，又作《劝民息讼歌》，颁布乡间，自是野无旷土，民讼日稀。邑书院久废，君葺治之，倡捐膏伙，聚生徒讲习其中，文教以兴。十四年奉调入帘，差竣，调署侯官，未莅事，饬回本任。归化四年，政简刑清，百废俱举。十五年，举卓异，上游绝重君，将补君大缺。而君积劳致疾，竟以是冬卒于任所，年四十有六。

君笃于内行，事亲以诚孝闻。到闽迎养二亲，斑衣侍侧，融融如也。与人交，胸怀洒落，自始至终，无纤芥之嫌，尤好急人之急。光泽少尹黄子谟、归化教谕刘子山、训导李本之病殁，君皆竭力赙之。山阴沈让谷与君莫逆，殁后，贫无以殓，君概然曰："此吾事也！"倾囊资助，俾归其丧。邻郡有水旱之灾，必捐巨金赈之，全活无算。至于他省有灾，亦然。故服官十年，囊无一钱之积。其为政恺悌慈祥，蒲鞭示辱，而所至有神明之目在。政和三月，去时，士民奉衣伞，送数十里之外。在光泽亦然。四年归化，民歌其德。殁之日，士民无不流涕。其系人思如此。

生平工为诗，尤长于五言古体。在闽，闾阎疾苦，辄形诸吟咏，《春陵行》《秦中咏》之匹亚也。自古以诗人而兼循吏，如白香山、韦苏州之流，皆优游寿考，而君独不得克享高年，以竟其施，岂非命欤？

君之殁也，贫不能归葬，时县库尚存二千余金，或谓："官殁于任所者，可以免追亏空，不如括库中所有，携以北归。而移此项于亏空案内，计莫便于此。"君配张宜人闻之，蹙然曰："库中一文，皆小民脂膏，国家正供，吾将谁欺乎？且夫子生前不名一钱，岂可使身后蒙侵款之名？若果如此，则吾生无以对双亲，死无一见夫子于地下。未亡人拼受饥寒，亦不忍出此。"乃变卖衣饰，扶榇以归。人服其识大体。宜人予从姊也，相夫子，有贤声，后君十六年卒，年六十一。君子四：正龙、正凤、正蛟、正鹗。女二。

监东先生墓表

〔民国〕卢衍庆

圣门之学在求仁，两汉之学在训诂，赵宋之学在穷理，至不同也。然汉之经师，雅尚气节，宋之五子，亦励躬行，盖必如是谓之学。不如是，即汗牛充栋，著作如林，谓之不学可也，以其无关于世道人心，不过一书蠹而已。若申村价藩先生，真学人哉！

先生侯姓，讳监东，字价藩，岁贡生伯平先生之仲子也。侯氏本衣冠旧族，至伯平先生，以明经宿儒，为士林矜式。幼承家学，渊源有自，禀姿殊异。稚齿入塾，肃然若成人。弱冠补博士弟子员，旋食饩，咸以远大期之。而先生雅不喜帖括业，故秋闱屡试屡踬，晚贡成均，待铨司训，亦弗就也。然嗜学不倦，自少至老，非有疾病，未尝作辍。博览群籍，尤注意于四子书。夫立言行事之本，修己治人之方，大而国家，小而日用，莫不该贯，诚圣贤之途辙，学者之阶梯也。先生殚精于此，其趋向可知已。

伯平先生之在堂也，性严正，动以礼法相绳。先生先意承志，能得其欢心。遇疾病，衣不解带者，恒数十日。母夫人晚而丧明，心多抑郁，出告反面，必求一所悦之事，以解其忧。及父母殁，丧葬尽礼尽诚，祭必躬亲，至老不衰。友爱兄弟，虽齿繁析[①]爨，而妇孺往来，如同一家。

其与乡也，未尝以门第族望加人，然为不义者，咸畏其知，乾糇细故，辄得一言以平。故聚居数百家，经历数十年，无讼狱之兴，与夫盗贼水火之警。醇朴敦庞，至今称为仁里，盖濡染于先生之风者深矣。

咸丰间，捻匪北窜，吾邑适当其冲，县议欲团练乡勇，以助堵截。先生闻之，慨然引为己任，不以书生诿卸。乃纠选丁壮，分出资财，事集而人不扰。继以为今乡民可守而不可战，于是依险结砦，板筑并作，不日告成。当是时，寇焰方张，经此而南北者屡矣，他乡多被蹂躏，而此村岿然独全，微先生之力不至此。

生于嘉庆丙寅月日，卒于光绪庚寅月日，享年八十有五。子二：芳苞，岁贡生；芳墀，太学生。女□，适□。孙□□。

今学说亦歧矣，鄙旧学为腐败，变本而加厉焉。其敝也，放弃绳检，琐屑玩物，益夫无用，乃复文明自居，以为突过先民，究于世道人心为有益耶？为无益耶？无论圣门之学茫乎未有所睹，即较之汉宋，不逮远已。安得躬行实践，学有心得，如先生者为之提倡哉？故表而出之，以诏后之学者。

① 析，原作“折”，径改。

兰皋先生墓表

〔民国〕卢衍庆

清之季年，吾邑恪遵程朱，相与讲道立教，以理学诏后进者，防城有郭一峰先生，汶阳则先生也。先生世居汶阳之申村，宋石徂徕门人姜潜故里也，讳芳苞，字兰皋。祖讳哲衡，字伯平，恩贡生，著有《四书别解》。父讳监东，字价藩，岁贡生，潜心四子书，著述皆未付梓。先生胚胎前光，幼而敦敏，成童补博士弟子员，弱冠食饩，四十五贡于乡。三世明经，至先生而学益显。其于宋五子、明以来薛、胡、罗、高、杨园、蒿庵、二陆之书，无所不窥，紫阳《纲目》，皆能举其辞。为文灏瀚详博，而心折于方望溪。一峰先生之为学，躬行实践，以身作则，所自得不轻以语人。先生绳趋规步，望之俨然，而饮人以和。后进请谒，无智愚贤不肖，皆得如其愿以去，士尤乐而归之。一峰先生殁，先生望益高。主讲泰山下，弟子著籍者百余人，上自县尹，下至末学后生、田夫野老，无不知有兰皋先生者。

庆少受学于一峰先生，已耳熟先生名，既遇先生于徂徕，一见即以正学相勗。凡朱陆同异之辨，学案学蔀通辨之说，躬为口讲指画，而详言之。庆[①]向学于一峰先生者，益得疏通证明，确然知正学之有归，而诐辞害道之不可以不辨。虽未受业于先生，而心仪先生之为人也久矣。

一峰先生殁于光绪甲午，越十八年，为宣统三年，先生殁。逾岁，清社屋，新学兴，儒术凌夷。又越十二年，始得表先生墓。则士皆土苴六经，不知世有孔孟，遑论程朱。狂澜既倒，砥柱无人，再数十年，谁复忆泰山之侧、林放之里有暗然自修、东西相望如侯、郭两先生也者？前志一峰先

① 庆，原文为△，为作者自署名之标记，今为补。

生墓，多述亲炙之事，先生之轶事不尽悉，独撮其平生讲学卓卓[1]大端，揭诸墓道，知我罪我，皆有所弗恤。其益有风微人往、江河日下之惧，而不能已于言者乎？先生生于道光己亥，卒于宣统辛亥，享年七十有三。配陈孺人，子四：……女适……孙……曾孙……。[2]

民国十二年岁次癸亥正月初吉，乡后学徂阳卢衍庆谨志。

庄君戒言墓表

〔民国〕卢衍庆

古之所谓传人者，非必有富贵崇高之位也，亦非尽文采风流之美也，第观其家，循循然孝于亲也，怡怡然友于弟也，庸德庸行，虽未克施有政，而本立道生，君子谓其足以风矣。

庄君戒言，讳敬慎，化善君之中子也。幼读书，未弱冠，弃儒就农。善易田畴，人谓其性之所长，不知过人之处不在此。父疾病，皇皇求医，自家至医所三十余里，一日一往，风雨无间者三月有奇。医感其诚，精心诊治，病以痊愈。兄弟析居后，以弟敬恭书生，恐不能屏当，误其上进，遂肩其家事，凡耕种收获，一如同爨时。姊素贫，及孀居，君迎养于家，至丧葬，其衣衾棺木，无一不为之筹备。邻里有丧，资助以力，复晓于众曰："居丧可哀，彼又贫，愿勷其事，勿食其食。"众感悦，皆家食焉。宗族有违言，必排解之，至事息而后已。其睦也姻也，任也恤也，非皆孝友所推广者哉？

嗟乎！孝友之不讲久矣！以为老生常谈，无关于治乱兴衰之数也，岂

① 卓卓：特立，高超出众。

② 按：原书即为省略号，今保留。

知亲亲而后仁民，仁民而后爱物，不孝其亲，安能及他人之亲？不友于弟，安能及他人之弟？其所厚者薄，而其所薄者厚，未之或有。盖一门之内，不免水火耰锄之相竞，犹侈其口曰：“四万万同胞，其谁欺乎？”吾表而出之，闻君之风，庶其少返矣哉！

郭先生墓志铭

〔民国〕卢衍庆

先生姓郭，讳璞山，字一峰。先世费人，侨居泰之放城，因家焉。先生少孤，无所事事，日与里少年相戏逐，母孺人数怒之。一日感悟，慨然曰：“人生在自立耳！古人岂不可至者？”遂谢绝旧游，以反前日之所为，而锐志于学。逾冠，补博士弟子员，课授生徒，往来汶上。食饩后，试辄冠军，文坛黉序，卓卓有声。乙酉科，遂获选拔，于是学益邃，志益励，远近从游者亦益众。徂阳之间，高才秀士，争欲委贽门墙，而学与不学，咸知有郭先生焉。然棘闱屡荐屡踬，游其门者掇科以去，而先生卒困场屋。先生亦以穷达有定，益厌薄举子业，扫除俗学，并力于经术。

先生之学，初遵五子，席铭座箴，尺寸不敢逾越，厥后博涉渐广，兼综众说而折其中。教人躬行为先，文艺为后，身率而不强聒。庆尝从风雨晦明，追陪几研，见其正襟危坐，精思力践，自朝至暮，斯须必庄，一酬一酢，笑语惟谨，凛凛乎若弟子之奉严师，数十年如一日也。当是时，进则见诸实事，退犹将开启后学，综经纬史，独出心得，卓然成一家言，顾皆不就，遂令赍志以没。呜呼！可慨也夫！

所著有《求是堂诗文集》，《语录》若干卷，《说文摘字》四卷，集古礼可行于今者，曰《敬仪录》三卷，皆脱稿未行。子四：心存、心平、心翌、心清。将葬先生于某山之原，征铭于庆。先生友人张孝廉允度曰：“礼有易名，况可传如先生耶？”商所以易其名者，庆惟先生以介勿自命，仍曰“介勿先生”可也，皆曰然，遂用之。庆侍先生久，知先生悉，义不容诿，故不揣谫陋，揭先生教学大体，寿之贞珉，以俟来者。至行事口碑载道，妇孺类能言之，固不烦庆之屑屑也。铭曰：

灼灼桃李，下蹊横纵。厥美先尽，零落春风。松柏竹箭，四时后凋。务质者劳，务华者消。先生下帷，暗然自守。道德闻誉，不胫而走。非礼不动，非义不取。介勿之称，先生自许。既严其躬，复恕于人。和平简易，蔼然可亲。怀才未展，赍志以终。生也无忝，死也何恫？峨峨黾山[①]，浩浩洙水。先生之风，闻者兴起！

汪公学信字存诚配马氏节孝碑

〔清〕黄恩彤[②]

丙戌之冬，予在都门，适从游泰安汪生汝瀚以书来，请曰：“我先曾王母之殁，迄今七稔，其一生苦节懿行，吾师所甚悉也，今将立石，敢请为文以志。”

予惟从一而终女子之常也，不幸而逢其变，变而不失其常，柏舟之靡忒，风人称焉。厥后孤鸿寡鹄之歌，化石崩城之事，并皆垂芬青史，流誉管彤，求其有守有为、节与才俱者，往往而罕。若节母者，殆其人与？

节母氏马，敬止翁之次女也，年十七，来嫔于汪为讳学信字存诚翁之室。甫三岁而翁殁，节母吁天悲号，誓以身殉。时子见远翁始周岁，舅姑

① 黾山，当为“龟山”之异写。

② 作者原缺，据原目录及《汪氏金石志》（2004年影印光绪刊本）第三卷“墓碑”补。原碑标题为《学信字存诚配马氏节孝碑》。

皆近七旬，节母以义不容死，乃抑志抚孤，事舅姑，生尽其礼，殁尽其哀。见远翁稍长，训以义方，督课之不稍恕。既见远翁亦先节母殁，节母复抚其两孙，俾有成立。其生平主持家政，却绮纨，操井臼，既俭且勤。又时出其奁中资，周恤贫老，族里咸溉其德。盖节母之事实如此。

夫世之称节妇，所谓贞劲媲松筠，坚凝凌冰雪者，亦谓夫慨然引决、块然独处已耳。若夫悦亲养志，燕子贻孙，室家破而能[①]完，财资积而能散，既瑰奇[②]丈夫且难之。节母备历艰屯，只手撑拄，自十九始，迄八十终，六十年间，凡夫曰节、曰孝、曰慈、曰惠者，实兼备焉。则节母之克全其节，而不徒以节称者，又非复世之所云节者比也！下略

贞节碑

〔清〕秦应逵

女何以妇称？原女之心，从女之志也。曰“贞”，身犹女也，纪实也；曰“节”，卒成妇也，正名也。

女为新泰庠生徐兰坡之长女，字泰安岁贡侯芳苞之子锡泰。未婚，侯氏子死，父母悯其齿之幼也，秘弗使闻。女廉知之，卧床啜泣，勺浆不入口者累日。父母婉谕之，女伏枕稽颡曰：“儿之未能遽绝者，以父母在也。儿字侯氏，父母命也，今不幸，可他适乎？惟父母哀怜，勿夺儿志！”父母依违应之，俾略进饮食。女由是病卧不起，辗转床褥，越月□日，卒以身殉。

公姑感其烈，哀其志，逆其骨与其子合葬焉。礼未庙见，不成乎妇，

---

① 能，《汪氏金石志》第三卷作“复”。

② 奇，原缺，据《汪氏金石志》第三卷补。

朝廷旌节妇，不旌贞女，圣人以中道示天下，不肯以畸行望人也。女未嫁而以身殉夫，无奈未合于中与？不知忠孝节义根于天性，匹夫匹妇，孤行壹意，竟以自成其是者，本非为身后名也，遑计旌与不旌哉！江河日下，衣冠之士，临大节而负初心者，不知凡几，今一弱女子，能轻生死，重纲常，斯固教化之所涵濡，鬼神之所钦瞩，为晚近世所未可多得者。磨世厉钝，有司之责也，故特表其门，以维风纪。

光绪戊戌，知县事孝感应逵鸿轩甫撰。

葛云庵追思纪念碑

〔民国〕李星坡

民国十七年九月四日，云庵葛先生以疾卒于里第，噩耗传来，阖邑惊怛。上自达官贵绅，下至贩夫走卒，罔不汲汲遑遑，若失所倚，怅怅惘惘，不胜凄伤。或急走相告语，或偶聚相叹息，莫不以为天何夺我善人之速。其余学士大夫以及乡曲父老，或以为丧我师资，或以为失吾保障，更不胜纪述。

夫云庵先生官阶不过一命，科名不过孝廉，其足迹未出里门，其行谊仅限一邑，绝无伟烈丰功，耀人耳目，而其德行感人如是之深，其故果安在哉？盖内诚而外信，言行相顾，公而忘私，古人所谓“心存利物，于物必有所济”者，其信然欤？

先是，先生掌全县度支，连年军兴，官府支应浩繁，动议加征民赋。先生揞柱其间，力争不可，谓人民凋敝之余，差徭已烦，不可再议增赋税，且增之自易，减免必艰，苟一不慎，则为害闾阎，将无穷期。官府以其行端而言直也，卒勉从其议，民赖以苏。

民国六七年间，汶水涨溢，漂泊人民牲畜，淹没村落、室庐，不可胜纪，灾情之重，为古所未有。先生倡议建筑河堤，永杜水患。一时京沪各慈善家踊跃捐资，先生经营规画，务令工坚而料实。尝自戴竹笠，蹑芒跷，奔走炎天烈日中，往返督工，一时从役者皆感而自奋。工既成，迄后永无水患，盖将万世利赖矣。

民国初年，县令冯某贪婪虐民，虑士绅之中梗也，伪假当道之势，动以党祸胁人。一邑士夫皆慑伏莫敢动，先生独不畏强御，挺身走京省相揭。令大窘，方以利诱，以威吓。而先生终不挠，卒得直。令罢官后，邑民至醵金，为令铸铁像，陈诸市，以垂警。先生之不顾身家为民请命，有若此。

今者先生捐馆已两年矣。邑民迭遭丧乱，穷逾昔时，而所负赋役，则过于先生在日数倍，以是人民愈追忆先生之德不置。群拟有以表彰先生之行谊，而寄人民追悼之哀思，谋纪为文，而勒诸石，以永纪念，属其役于余。余以此举于古无征，体例无所附丽，未敢率应，卒因重违多数人之请求也，撮记梗概如右。至先生世系爵里，已另详家乘、墓志，兹不复赘。

卷七　古近体诗　著述

《梅花屋诗稿》莱阳左萝石先生著[①]

望岳

〔明〕左懋第

余年十七时，曾登泰[②]岳，七[③]十五年，偕家中台兄历其下，时兄足初瘳，因未登，望赋。

山为岳之岿，磅然拔大地。
宿昔一陟之，旷惝天无二。
今望白气巅，是余足所至。

别泰山以北诸小山

〔明〕左懋第

汝皆泰山之衣带，苍苍翼翼拱其外。
树壑风雨响笙籁，石光老幽皆未芾。
我今别汝大无赖，但恐我去汝寂寞，汝之清气我心肺。

---

① 诗稿，明左懋第撰《梅花屋诗草》（《山东文献集成》第四辑，第26册，山东大学出版社，2011年版，第639页，影清乾隆十八年家刻本）作“诗草”。《梅花屋诗草》此诗标题下小字作“壬申”。

② 泰，《梅花屋诗草》作“岱”。

③ 七，《梅花屋诗草》作“又”。

岱岳

〔明〕左懋第

青帝碧霞空渺际，秋风远眺者谁与？
峪峰洞是仙灵窟，吴越秦从眼界舒。
宇[①]内共随天斗看，东人幸并海溟居。
山边李白曾招隐，司马茂陵多上书。

犹忆对兄一本作《泰山游忆昔》[②]

〔明〕左懋第

山灵存胸臆，仿佛尚可志。
犹忆最下峦，城作圃畦视。
白云为山脚，无间得其至。
攀陟或因人，劳劳苦赑屃。
其间多大树，洞壑疑精魅。
枯木传秦松，是皆不详记。
犹忆四十里，盘转千百次。
回头一望之，世界忘何自。
厂[③]然天阖开，任余目所治。
绝顶风吹人，两足仅如寄。
少时不解理，去天谓尺暨。
吁嗟乎大哉，昆仑嵣全畀。
磅礴已如许，精神仍崆岖。

---

① 宇，原作“寓（庽）”，据《梅花屋诗草》改。按《梅花屋诗草》作“寓”，同“宇”。

② 《梅花屋诗草》此诗标题下小字作“壬申”。

③ 厂（厰），用同“敞”。

天下芙蓉峰，之幽之秀异。
投此元气中，皆弃无所事。
是正其大也，诸岳为陪贰。
自古赋形者，好得伊一二。
孔老立其巅，颜氏为其侍。
理与山相配，山之神明出。
止许孟氏者，咨嗟从后议。
一碑二尺许，确得山之类。孔子小天下处，有碣记之，甚小。
高于秦皇碑，屹然不可识。
犹忆夜下山，星大月古邃。
旷极因高啸，形神为广肆。
飒然山谷响，游者心皆悸。
一林一木石，咸若鬼神致。
夜半宿山腰，因烦道士饲。
闻吹玉笙声，飘飘起人思。

吾过泰山下

〔明〕左懋第

吾过泰山下，正尔日出耀。
海气霞为红，山颜发紫炤。
白云生山底，瀼瀼对绝峤。
山高众形小，天地皆古窕。
欲陟第一巅，四顾舒长啸。
徂徕招李白，携诗想谢朓[1]。
山中百日游，还吾沧溟钓。

① 朓，原作“眺”，径改。

《渔洋山人诗集》新城王士祯著

雪中送陇西兄登岱

〔清〕王士祯

山秘玄冬御道开，玉函金简尚昭回。
汉仪四观皆陈迹，秦篆千秋半劫灰。
气散鸿蒙连霍华，雪明云海压徂徕。
天门直上窥齐鲁，封禅推君未易才。

寄张泰安

〔清〕王士祯

白苎闻江左，青方首秩宗。
携来吴练影，遥欲挂秦松。
日观翔孤鹤，天门忆六龙。
汉仪推应劭，早晚纪东封。

岳下作二首

〔清〕王士祯

篮舆名山里，悠然怀抱开。
云中辞岳麓，枕上见徂徕。
他日临千仞，回看海一杯。
仙人骑白鹿，邀我共徘徊。

岳路清和候，氤氲望不稀。
林园收宿雨，石濑溅人衣。
班马红亭渡，溪禽白练飞。

买山随处好，终日恋清晖。

泰山[1]有红亭，《左传》“大蒐于红”，即此，白练、红练，鸟名。

望徂徕怀古二首

〔清〕王士祯

徂徕林壑美，复爱竹溪清。
应有云霞侣，幽居远世情。
钓竿想巢父，酒态忆长庚。
寂寞空山道，寥寥千载名。

当年石守道，卜筑亦于斯。
时际升平日，人传庆历诗。
子孙留伏腊，[2]水石映茅茨。
直道今谁继，凄然汶水湄。

渡汶水

〔清〕王士祯

泉流纷演漾，争绕汶阳田。
水碧明沙外，山青玉镜前。
凉风起蘋末[3]，斜日冷溪烟。

---

① 泰山，清惠栋撰《渔洋山人精华录训纂（十卷）》（《四库全书存目丛书·集部》第226册，第279页，影清惠氏红豆斋刻本）卷六下王士祯《岳下作》作“泰山下”。

② 清王士祯撰《渔洋诗集（二十二卷）》（《四库全书存目丛书·集部》第226册，第706页，影清康熙刻王渔洋遗书本）卷二十二、《渔洋山人精华录训纂》卷六下此句后有小字：“山中上王村，今尚多石氏。”《泰安县志》（乾隆二十五年刻本）卷十三此句后小字为“徂阴桥沟村，今尚多石氏”。

③ 蘋：蕨类植物。蘋末：蘋的叶尖，指风所起处。

鸥鹭吾怜汝，菰蒲自在眠。

徂徕山下田家

〔清〕王士祯

行行空翠里，明晦更多姿。
碧树通村路，青山向岳祠。
林深鸡犬静，雨足陇苗滋。
他日龟阴稼，躬耕亦不迟。

《带经[1]舫集钞》

泰安道中

〔清〕朱衍峋

悠然心目旷，旅进且晨征。
白发随行止，青山自送迎。
相臣空有冢，太傅尚传城。
道路资闻见，茫茫百感生。

凌汉峰斋中晓望

〔清〕范埒

古寺钟声歇，推窗远近看。
双流沿郭下，一岭对城蟠。

---

① 经，原作“径（徑）”，按清人张岫所编名为《带经舫集钞》（山东图书馆藏光绪刊本），今据原书题改。

涧阔云收易，峰高日上难。
诗成还自笑，眼界未曾宽。

登日观峰候日

〔清〕范圩

日观撑云表，星辰可与齐。
人来天柱上，目极海门西。
下视三山小，遥临四岳低。
霞光初动处，万象识端倪。

登岱

〔清〕李倜历城

石磴凌空上，遥遥十八盘。
聊乘观日兴，不信上天难。
大地回元气，浮生此巨观。
闲来吹铁笛，声动万松寒。①

摘录《正雅集》

再宿泰山店

〔清〕伍宇昭

独客齐游倦，征车此再经。

① 该诗之后，原目录有“和友人登岱”，仅存题目。正文原有“赵士麟《泰山诗》”，仅存题目和作者。

泉飞千涧白，山压半城青。
老鹤盘空阔，苍松入杳冥。
夜深清磬落，尘梦一为醒。

登封台

〔清〕伍宇昭

晓树纷披玉女衣，天风吹落白云飞。
东浮沧海如杯小，西上黄河一线微。
片石尚传秦日月，空坛曾绕汉旌旗。
侍臣不少相如辈，圣代于今禅草稀。

望岱

〔清〕熊枚

一柱天东立，千峰海外浮。
上方盘雨露，下界郁松楸。
星挂苍龙迥，源开北汶流。
高深何日溯，极目到瀛洲。

望岱

〔清〕高文照

汉帝銮舆望幸回，贝花芝草夹途开。
泥银永闷乾封牒，植璧重增建武台。
合有黄龙乘运至，更烦青鸟递书来。
皇皇封禅传千载，还忆当时作颂才。

碧霞元君祠[①]

〔清〕谢振定

作配青圭肃，凌空绛节飘。
阴阳双气合，风雨万灵朝。
玉女泉犹冽，铜碑字半消。
翛然尘虑净，清磬满云椒。

谒岱庙

〔清〕曾焕

嵩华缠兵气，东方镇赖君。
须知天下雨，还望一山云。
往者轩辕帝，留兹玉检文。
乘龙今渺矣，洒泪对亭云。

柳下惠墓

〔清〕陈廷庆

身逸谁为谥，妻贤洵足多。
史留书策语，垄乏采樵歌。
大道今如矢，春风此更和。
苍茫酹杯酒，古碣几摩挲。

① “元君祠”之“元”，原目录无。

早行泰安道中感怀

〔清〕秦恩复

都是崎岖路，升沉翻百忧。
人生尽如此，古道渺难求。
径绝循崖下，沙停逼水流。
寄言远游者，缓辔得良谋。

登岱

〔清〕熊方受

摩崖千仞削青纹，策杖扪萝晓色分。
万古此山先得日，诸峰无雨亦生云。
微茫海影空中见，飒爽松声下界闻。
更上登封台顶立，扑衣苍翠落纷纷。

登南天门

〔清〕杨瑛昶

悬崖百丈石门开，一线天南俯八垓。
绝顶高秋凌斗极，上方晴日出风雷。
滦河水急双桥束，长白山高万马来。
揽辔崇冈重回首，采云深处是蓬莱。

登岱[1]

〔清〕吴梯

岳梦足平生，五愿今一了。
手扪秦松青，足踏天门晓。
阴晴出寸云，方圆极孤鸟。
岩岩攀未能，惟觉众山小。

宿岱

〔清〕潘庆龄

薄暮凌绝巘，攀萝乱石横。
海云吞日色，乡梦逐河声。
境入灵奇阔，神游太古清。
那知天下晓，只听一钟鸣。

岳云楼

〔清〕蒋因培

岱色平临鲁殿开，小楼清绝枕城隈。
地传东郡趋庭处，人忆南池载酒来。
自昔踌躇多古意，至今抑塞有奇才。
天门指顾钩帘外，九点烟光暮景催。

---

① 此诗原于该卷重复收录，后两句文字不同："愿学愧未能，岩岩压群小。"今只保留此处。

《国朝全蜀诗钞》

题墨庄弟登岱图[①]

〔清〕李调元

昔年曾[②]共上峨眉，驭气排空让尔奇。
今日又闻登岱岳，阴阳昏晓[③]独君知。

烟入齐州青未了，收入尺图天下小。
上头崔灏有题诗，[④]只恐凤楼亦推倒。

过泰山

〔清〕王汝璧

濮人青气泼天鲜，碧玉壶中午日圆。
弹指卌年三过处，无言对面故依然。

① 按此诗与清孙桐生编《国朝全蜀诗钞》（巴蜀书社，1986年版，第139页，影清光绪五年孙氏原刻本）卷十四所录一字不易；与清李调元撰《童山诗集》（续修四库全书编纂委员会编《续修四库全书》第1456册，第439页。上海古籍出版社，2002年版）卷三十七有所不同，不同处出校。后者标题为《寄题墨庄登岱图（并序）》，诗前序为："弟来书云：'此图己卯年夏五月往山东时为黄司马小松名易所画。过江得袁简斋为首唱，现在名人题者已四十余家。吾兄有兴，可遥题一首见寄。'遂作八句寄之。"

② 曾，《童山诗集》卷三十七作"鲁"。

③ 阴阳昏晓，《童山诗集》卷三十七"阳昏"二字倒。

④ 《童山诗集》卷三十七此句作"崔颢题诗在上头"。

《国朝诗别裁》沈归愚尚书选

登岱

〔清〕施闰章

日观晴光傍午开，茫茫东见海为杯。
九州积气峰前合，万里浮云杖底来。
邹鲁山灵真莽荡，吴阊练影漫徘徊。
昆仑不到终遗憾，欲驾苍龙首重回。

登岱

〔清〕蒋泩

天门千丈立崔巍，铁削双峰一径开。
山界鲁齐盘地轴，禅隆秦汉剩仙台。
黄河北绕青丘出，碧海东依紫塞回。
欲倩卢敖九节杖，晴披阊阖望蓬莱。

中秋岱顶纪事

〔清〕盛符升

身入云端云下垂，风雷南去日西驰。
青霓断续斜阳外，碧海澄鲜子夜时。
天柱独晴依上界，冰轮乍满半秋期。
茫茫俯视皆尘雾，一片空明对玉池。

望岱

〔清〕王掞

山色周遭信马蹄，岱宗高峙绝攀跻。

巃嵸未许儿孙列，峛屶浑疑星汉齐。
风定天门悬日月，雨收石角挂虹霓。
他年定拟穷游屐，秦观峰头倚醉题。

登岱

〔清〕张榕端

寰中群岳震为尊，到此真穷造化根。
晓日铜钲升海国，长河衣带挂天门。
下方雷雨晴空现，上界星辰静夜扪。
九点青烟俱在掌，不须更拟上昆仑。

登岱[①]

〔清〕陆次云

得过三观古[②]，因上岱宗巅。
海吸长河远，天包大地圆。
五更先见日，九点半升烟。
孰谓方隅广，回环睥睨前。

没字碑[③]

〔清〕高孝本

山巅树石表，雷雨终不歌。
扪读了无字，传是秦皇碑。

---

① 清陆次云撰《澄江集（七卷）·五言律诗》（《四库全书存目丛书·集部》第237册，第245页，影清华大学图书馆藏清康熙刻本）此诗标题为《又》（“又”指《北征杂咏》）。

② 古，《澄江集·五言律诗》作“下”。

③ 此诗于《岱粹抄存续编》卷七重录，标题为《登岱五首》。

东封铭功伐，曷诏丞相斯。
或云藏金策，石函外覆之。
亭亭霄汉间，观者徒然疑。
祖龙昔多诈，兹意谅可知。
六籍既已燔，焉用文辞为？
将以愚黔首，徒令万古嗤。

望岱

〔清〕汪绎

矫首原从万仞论，千年汉畤上公尊。
峥嵘直上疑无路，呼吸通天尚有门。
独立岩岩真气象，满前叠叠[①]尽儿孙。
闲云莫恋山头住，四海苍生正望恩。

登岱

〔清〕吕谦恒

烟岚雪瀑见鸿蒙，阊阖平分一气中。
身倚青苍岩壑迥，目穷云水海天空。
鸡鸣半夜腾潮日，钟落层霄响涧风。
七十二君劳想像，盘回辇路望巃嵸。

① 叠叠，清汪绎撰《秋影楼诗集（九卷）》（《续修四库全书》第1421册《集部·别集类》，第179页）卷四作“衮衮”。

登泰山绝顶

〔清〕沈用济

丹梯飞磴接天门，杖底风雷万壑奔。
四岳共推青帝长，一峰还占丈人尊。
汉家云气封中出，秦代松阴石上存。
俯仰不知天下小，蓬莱宫阙射朝暾。

望岱

〔清〕刘震

玉检金泥历代传，振衣千仞是何年。
风吹一片青冥色，万朵芙蓉落马前。

重修三贤祠纪事

〔清〕赵国麟

笔削垂春秋，哲人邈以逝。
坠绪日微茫，千载谁能继。
卓哉三先生，希圣有同志。
键户守遗经，渊源溯洙泗。
孙君秉德优，席珍无所试。
退与鲁诸生，廉隅共砥厉。
徂徕性刚迈，意不可一世。
独从君子游，杖履垂风示。
安定称道儒，闻声自远至。

讲习连晦明，十载无归思。
学成堪致主，俱为清庙器。
惜乎际遇难，微官各憔悴。
日抱孔氏书，逢人善相励。
教育得英才，道在不以位。
大雅盛太学，遗文贵中秘。
考乐与授徒，史册皆能记。
岱麓有讲堂，三贤昔所憩。
风雨久漂摇，门庭渐荒翳。
细路没荆榛，坏墙缘薜荔。
胜地有废兴，实与斯文系。
輶轩从东来，名贤切寤寐。
徘徊遗址间，力为轮奂计。
太守乐经营，司训劳董视。
旬月告工竣，巍然复旧制。
忆昔束发游，怀古钦高义。
俯仰但荒台，慷慨抱微意。
周倅定祠谋，官远信久滞。
周燕客司马捐整台基，力任祠事，订予董理，以迁官维扬未果。
何当兹落成，精爽欣有寄。
感彼一代宗，了此千秋事。
旷举惬舆情，非独私心遂。
题诗告将来，百尔勤修治。

三贤祠题壁

〔清〕镜湖徐祖望

庆历斯文长在兹，我钦良友共明师。
迹荒留得投书涧，祸始原于圣德诗。
后世人皆称道学，当时自不觉狂痴。
果知大宋应无冢，岂料皇清尚有祠。

三贤祠题壁[①]

〔清〕山阴何嘉珝

岱岳灵奇天地辟，圣人万古一师席。
诸儒代起如群峰，俱是泰山真血脉。
有宋理学杏坛灯，一焰未息长轰腾。
苏湖先生授经处，至今台石犹棱棱。
投书涧水流不断，讲堂烟草秋零乱。
我来怀古空山中，泉咽云飞供浩叹。
南麓读书孙直讲，道德经猷堪瞻仰。
尊王发微穷春秋，尼父源流不绝响。
躬耕徂徕石太学，诗传庆历褒诛确。
迈世惊人岂狂痴，群奸作祸棺几斫。
卓哉三贤真鼎峙，宫墙俎豆光崇祀。
何况流风近在兹，衣冠杖履俨瞻视。

① 原正文标题作《又》。

庙貌聿新岱宗麓，溪毛涧芷千秋馥。
山岩岩而水汤汤，声灵如在吾私淑。
一世既屯万世光，瓣香分得孔孟堂。
圣贤不死天不老，岱岳与之同久长。

赵临若以淡泊名斋，为之作歌

〔清〕吴云

商山芝，林宗韭。
玉川茶，柴桑酒。
此淡泊，随处有。
虽淡泊，得长久。
万古味，自操守。
五侯鲭，不染口。

寄怀赵临若

〔清〕吴云

几年未见君，日望东南路。
鸿雁每飞来，莫怨关山暮。
愿与采紫芝，小心穿云雾。
将欲□东岳，仍向淮扬渡。
康健不扶筇，登高同作赋。

泰山碑四首

〔清〕贾启祥

才过山庵更小桥，投书涧下有人招。
苍崖指画青苔字，不觉前贤去已遥。

山头断碣草离离，道是秦王旧日碑。
钗股苔斑余廿九，何堪卒读自臣斯。

更有秦碑辨后儒，分明割取小山孤。
前人旧路从谁问，小篆李斯字也无。

磨崖突起必登寻，墨拓经年野火侵。
当日长安曾汗马，人传一字值千金。

泰山树

〔清〕贾启祥

朝岚夕霭接城闉，踏到苍山步步新。
柏露承来思汉士，松涛卷罢失秦人。
晴光点逗千峰翠，野色模糊万树春。
客欲踏青何地好，绿杨深处有龙津。

泰山雪[①]

〔清〕贾启祥

凌晨开北轩，生裂轻绡幅。
皑皑琼瑶花，自巅达于麓。
雪白山失青，何异人如玉。
况对泰山高，万象豁人目。
东有丈人峰，白发俨蓬松。
下有大夫松，素丝引清风。
又有白鹤泉，白鹤长翩翩。
空山无人行，客在阆风巅。
长啸披鹤氅，谁辨隐与仙。
他日采芝去，此间即琼田。

共和己巳四月十八日云在山人偕灵筠女士朝顶经[②]留题

〔民国〕缪润绂

暂脱尘袜俗虑蠲，山游好趁麦黄天。
绿林遥指明如画，一角红楼耸万仙。

① 原目录作“泰山云”。
② 经，原目录无。

登岱晚归二首

〔民国〕周受祺

四时风月最宜秋，况是齐烟九点浮。
枫叶满林天欲暮，夕阳红上酒家楼。

叠嶂层峦石径斜，两三灯火几人家。
分明一幅倪迂画，古木寒山数点鸦。

岱顶题壁

〔清〕孔宪彝

群山环拱尽儿孙，五岳原推此独尊。
我踏青云最高处，一声长啸上天门。

余既登岱，因忆边袖石浴礼[①]茂才，见题《河声岳色图》诗，依韵成此，即寄袖石

〔清〕孔宪彝

醉吟韦句高且浑，欲穷岱顶黄河津。
十年碌碌愿莫遂，空饮浊酒拼倾盆。

① “浴礼”二字原目录无。

欲歌长歌苦规仿，如龙无耳猴无臀。
忆昔挐舟渡清口，大堤高筑千艘屯。
布帆风饱破巨浪，快鼓双棹还家园。
劳筋未息走泰岱，登攀无暇愁难论。
壮怀郁郁岁屡更，忽凌绝顶穷崖垠。
秦松汉柏落苍翠，长风吹我来天门。
一览齐州小天下，渺彼天姥低昆仑。
东登日观西月观，下视城郭如烟村。
奇峰巉绝鬼神力，峭壁青濯飞泉痕。
烟霞出没蛟龙舞，风云变灭鲸霓吞。
西来黄河不可见，眼前突兀惟嶙嶙。
青天咫尺通帝座，仰视星斗高可扪。
西山日落欲归去，輖饥惜未携盘飧。
高歌大啸下环道，尘昧一洗双瞳昏。
五岳之游此第一，振衣回望倾心魂。
却忆奇篇触奇兴，此游可咏诗人恩。
千里神交邂逅晚，三生文字因缘存。
报书一语纪名胜，徂徕新甫皆儿孙。

撤棘遄归不获，登岱怅然有作，呈纪莱芜

〔清〕吴梯

俯首泰安道，焉知东岱尊。
殷勤纪秋水，指点南天门。

鞭影斜阳树，钟声岳麓村。

丈人应笑我，几度负成言。[①]

诸景山字一云，邑西关灵芝街人。尝与友饮于楼上，口占一绝云："徂徕楼之南，泰岱楼之北。凭栏酒兴狂，醉煞青山色。"又于城西南隅滦水北岸丛葬处，吟一绝句云："古墓累累何多也，尽是当年名利者。而今名利两渺然，剩有枯骨埋荒野。"其他诗稿泯没无传，特书于此，为诗人存留一斑。

柳文洙书扇诗

〔清〕柳文洙

明湖抛却钓鱼船，直上层霄到岱巅。

逸兴豪情拦不住，灵岩深处访神仙。

己亥四月登泰山，复至灵岩寺，得句。同游张君香芜以为可传，然耶？否耶？

泰安道中寄赠毛蜀云大令兼呈段春岩太守[②]

〔清〕周馥

小雨轻寒麦熟天，青山迎送[③]马蹄前。

---

① 此诗之后，原有清吴梯《登岱》，因已于该卷收录，此处不再重录。

② 寄赠，原目录无"赠"字。此十一首诗，刻于泰山云步桥观瀑亭内东侧额枋，刻于光绪三十年（1904），称《周馥观瀑亭题诗十一首碑》（参《泰山石刻大观》第十九卷，第一二九页）。

③ 送，原作"芒"，据《泰山石刻大观》第十九卷观瀑亭诗刻影拓改。诗刻"送"字为草书，盖"送""芒"草书形近致误。

老农含笑依依[①]立，问道冬年大有年。今夏麦大熟，秋粮亦茂。

酾渠[②]水可渡平皋，始信山高水亦高。
破浪乘风空有愿，何妨农[③]圃试牛刀。小作堰引水溉田。[④]

茅檐尚少读书声，不为穷忙不为名。
但使儿童都识字，自然有道际升平。劝设蒙养馆。

萧条草树不成林，濯濯牛[⑤]山自古今。
若使官教留守户，风吹松子亦成阴。劝种树。

征输[⑥]原为佐军储，感泣日时诵诏书。
圣主深恩迈唐汉，不教桑孔榷[⑦]舟车。谓酒捐等税。[⑧]

当年锄笠亦躬亲，求法无如海外新。
官自劝农农自远，劝农还要务农人。为举精通农事之范一双为董事，设农桑会。

生齿日繁生计促，欲得工艺补耕桑。
屠龙未如[⑨]屠牛利，适用由来即巧方。劝设工艺局，以养贫民教罪囚。

---

① 依依，原作“依”，据《泰山石刻大观》第十九卷观瀑亭诗刻影拓补。
② 渠，原作“琴”，据《泰山石刻大观》第十九卷观瀑亭诗刻影拓改。
③ 农，原作“牛”，据《泰山石刻大观》第十九卷观瀑亭诗刻影拓改。
④ 引，原缺，据《泰山石刻大观》第十九卷观瀑亭诗刻影拓补。
⑤ 牛，原作“半”，据《泰山石刻大观》第十九卷观瀑亭诗刻影拓改。
⑥ 输，原缺，据《泰山石刻大观》第十九卷观瀑亭诗刻影拓补。
⑦ 榷，《泰山石刻大观》第十九卷原碑整拓（第一三五页）此字为行草，似“摧”，录文作“摧”。按“榷”有（征）税之义，“摧”与“榷”通。
⑧ 税，《泰山石刻大观》第十九卷观瀑亭诗刻影拓作“事”。
⑨ 如，《泰山石刻大观》第十九卷观瀑亭诗刻影拓作“若”。

慈悲佛法入中华，闻说菩提已绝芽。
地气南来鸩[①]鸟至，中原开遍米囊[②]花。

常恐萑苻[③]扰市村，尤防雀鼠启邻言。
威从爱著人无怨，信在言先道同尊。

题龙峪泉石亭

〔清〕周馥

捧檄娱亲世并荣，春岩太守、蜀云大令均老亲在署。官声如水无双清。
飞泉亭上垂金石，留得千秋守令名。

蜀云大令近于□山飞泉峪下，构一石亭，欲得风景之盛。光绪三十年四月玉山周馥题镌于石亭。

绝句

〔清〕周馥

我爱辽东范一双，谪官高卧泰山旁。
伯鸾栖隐陶朱富，何必功成返故乡。

口占绝句寄蜀云毛大令，转告范慕韩兄，当为忻然一笑也。甲辰四月周馥偶书。

---

① 鸩，原作“鸠”，据《泰山石刻大观》第十九卷观瀑亭诗刻影拓改。
② 囊，原作“曩”，据《泰山石刻大观》第十九卷观瀑亭诗刻影拓改。米囊花：罂粟花之别名。
③ 萑苻，原作“花符”，据《泰山石刻大观》第十九卷观瀑亭诗刻影拓改。萑苻：泽名。后称盗贼出没之处，引申指盗贼。

白龙池

〔明〕贾宣

昔人曾此作栏杆，今日何妨取次看。
百尺悬崖春草绿，白龙身卧碧潭寒。

三[①]月二日，予[②]念东作将兴，偕僚属谒白龙潭祠，礼成后，见石上有栏杆旧迹，盖元祐[③]年间所作，以便观览[④]也。成化壬寅，贾宣[⑤]。

右诗刻在宋封渊济公庙附近石上。

经石峪看红叶

〔清〕石祖芬

中天门外梵仙乡，枫叶初经九月霜。
独倚乔柯舒冷艳，不侪凡卉炫秋香。
孤红莫恨荣华晚，众绿都成惨澹光。
休上危桥云步迴，更高寒处更凄凉。

① 三，《泰山石刻大观》第十卷《贾宣题诗刻石》原刻影拓（第六一页）似“二”。此诗并跋刻在泰山西溪白龙池玄圭石上，刻于成化十八年（1482）。

② 予，原作“子”，据《泰山石刻大观》第十卷录文改。

③ 祐，原作“佑”，据《泰山石刻大观》原刻影拓改。

④《泰山石刻大观》第十卷原刻影拓“览”后有“者”。

⑤“贾宣”前原石刻有若干同行人名，原文未录，今不再为补。原刻末署：“泰安知州、封丘贾宣识。”

由升仙亭陟岱[1]

〔清〕陶澍

豁达[2]天门指顾通，升仙亭迥接鸿蒙。
眼前杯豆[3]群山小，脚底波涛万壑同。
云气出为天下雨，海声吹上日边风。
壮游此际真奇绝，手挈珠杓踏彩虹。

题岱顶浴日养云之室二首

〔清〕陶澍

海[4]内名山首岱宗，青天削出万芙蓉。[5]
云蟠绝顶千年石，风响前朝五粒松。
槛外烟霞驯白鹿，崖边星宿挂苍龙。
就瞻是处辉天藻[6]，玉检金泥陋汉封。

云涛刚趁午风掀，莽莽坤舆豁混元。

① 清陶澍撰、许乔林纂《陶文毅公全集》（清道光二十年淮北士民公刊本）卷六十及《陶文毅公全集·诗集》（《陶澍全集》第七册，岳麓书社，2010年版，第205页）卷八此篇标题为《登泰山题三天门》。
② 豁达，《陶文毅公全集》作“一线”。
③ 豆，原缺，据《陶文毅公全集》补。
④ 海，《陶文毅公全集》作“宇”。
⑤ 《陶文毅公全集》此句作“青天高处削芙蓉”。
⑥ 《陶文毅公全集》此句作“只今云篆窥天藻”，句下有小字：“匾额六字，系高宗纯皇帝御笔。”

万水东来潴大壑[1]，一山西向砥中原。
丹崖翠嶂仙人宇，羽葆珠[2]旗玉女轩。
恋阙臣原香案吏，回头尺五即台垣。

李洊塘明府约于觐三、王星桥、余子彝上舍、夏得吾明经、李仲璠孝廉，饮岱下王母池即席作同治辛未

〔清〕何毓福

瑶池小醉几经年，金碧楼台见不鲜。
偶踏闲云来岱麓，翻疑此地会群仙。
会群仙，将进酒，半缕斜阳挂杨柳。
风送山泉入耳清，尘嚣一洗无何有。
心超何地不蓬莱，斯世何代无仙才？
壶中天地杯中月，吸到心胸万古开。

乙亥仲夏和何松亭观察原韵

〔清〕程光祖

孰主骚坛二十年，钓鳌客至快烹鲜。
石头流水山头月，此地曾经萃谪仙。

---

① 潴大壑，《陶文毅公全集》作“趋大海”。
② 珠，《陶文毅公全集》作“红”。

萃谪仙，饮斗酒，万壑松风逐杨柳。
登高一览荡层云，封禅之书问何有。
岱宗佳境接蓬莱，不知谁是谪仙才？
名人妆点名山色，乱石崎岖景始开。

五言古

〔清〕何毓福

岱麓西南角，崎岖路不平。
云门豁然启，石劈树孤撑。
随喜入山寺，老僧带笑迎。
拨云登石磴，选胜住还行。
花木幽且秀，松以六朝名。
茗禅参入妙，使我心胆澄。
出寺寻樵径，杂花夹路生。
有泉题惠我，色香味俱清。
忽见青嶂合，长天一线横。
东有崖百丈，直如玉削成。
匹练天垂下，砰然山谷鸣。
龙潭仰受纳，神渊敛一泓。
绝顶仙人影，听泉别有情。
如游水帘洞，奇景照眼明。
如读石田画，飞瀑写其声。
流连共忘返，日暮变阴晴。
执手循归路，泉音送一程。

夜深游兴好，有梦到蓬瀛。

登岱

〔清〕张怡字瑶星，人号白云先生，江宁人

玉简金书事渺茫，神房河阁迹全荒。
老松死不撄秦爵，御幛[①]名犹志宋皇。
石上写经云气护，池边濯月水痕香。
当年辇道迷荒草，剩有寒鸦噪夕阳。

西阙丈人峰

〔清〕张怡

西阙峨峨缀碧苔，摩挲柱[②]杖拨蒿莱。
孤峰箕踞如人坐，双岫崔巍似幛开。
冯翊从来称右辅，长庚原自接中台。
更从石壁看题字，知有人曾载酒来。

① 幛，清卓尔堪辑撰《遗民诗（十二卷）》（四库禁毁书丛刊编纂委员会编《四库禁毁书丛刊·集部》第21册，北京出版社，1997年版，第411页，影清康熙刻本）卷一张怡《登岱》作“嶂”。御幛，当指“御帐坪”。

② 柱，《遗民诗》卷一作“拄”。

由新盘路而上[1]

〔清〕张怡

盘路新开道又更，我来冉冉踏空行。
下临绝壑无疆界，仰视诸峰自纵横。
洞口白云时缕缕，涧中流水忽琤琤。
此来愧乏金钱供，惟有神羊不世情。

己未八月初六日，絜陈姬游扇子岩一名仙人掌，归至黑龙潭上石亭，命酒观瀑布[2]

〔民国〕缪润绂

帝孙钟毓天地参，突伸右臂撑西南。
巨灵掌拓遮蔚蓝，森排利刃磨霜镡。
岩崇境僻幽栖堪，胡弄狡狯留仙龛。
旧为邑人王无欲别业，石庙奉元始天尊。
奥区耳熟游客谈，瞻望弗及[3]空颜惭。
己未秋霁烟开岚，履危赴险佳胜探。
从行小妇奇同耽，途径幸有田傭谙。
茶铛酒榼肩随担，指点邱壑声喃喃。

---

① 上，《遗民诗》卷一作“下”。

② 初六，原目录为“初二”；扇子岩，原目录为“扇子崖”；一名，原目录为“一作”。按：此正文标题与《泰山石刻大观》第二十卷所影碑整拓（第七六页）同。扇子岩，即今泰山扇子崖。此碑今存扇子崖卷棚内北墙上，立于民国八年（1919），碑末署：“沈阳缪润绂留稿。”

③ 及，《泰山石刻大观》第二十卷原碑影拓作“即”。

竹林问渡溪泓涵，路径[1]竹林西河，即黑龙潭上流。峰岭盘折一再三。
逼仄者涧深则硿，柏松沿路青毵毵[2]。
须臾直造云中庵，嵚崎外露秀内函。
古碑字蚀苔藓鬖，王无欲碑字多泐。击磬姍姥如瞿昙。
倚神炫众渔利贪，老迂寿不希彭聃。
达观嗣岂求多男，满瓯喜注清泉甘。
爽心良感鸿觋覃，兹来纵眺凌层嵁。
比韩[3]登华苏在儋，世乱莫睹戎衣戡。
矧复强邻虎视眈，虞渊难挽羲和骖。
凭轩久立增忧惔，拟将藻思绮[4]罗含。
枯肠待泽需倾甔，下觇飞瀑寻龙潭。
山亭坐领醪味醰[5]，俗子未免惊狂憨。
芒屩恃健醉[6]乘篮，晚归兴趁凉飔酣。

登岱徐树民明府招饮即席赋呈

〔清〕陈汝霖山阴

五十始登岱，才夸眼界豪。
非关天下小，余在立身高。
飞瀑喧晴雨，长松卷怒涛。

---

① 径，《泰山石刻大观》第二十卷原碑影拓作“经”。
② 毵毵：毛长貌。
③ 韩，《泰山石刻大观》第二十卷原碑影拓此字磨泐，录文作“年”。
④ 绮，《泰山石刻大观》第二十卷原碑影拓此字磨泐，录文作“纾”。
⑤ 山亭坐领醪味醰，此句原缺，据《泰山石刻大观》第二十卷原碑影拓补。
⑥ 醉，《泰山石刻大观》第二十卷原碑影拓磨泐，录文作“辞”。

盘崖跻绝顶，蜡屐不辞劳。

地主逢仙吏，归来更饮醇。
对君山气象，助我笔精神。
馔美经纶寓，途冲抚字真。
满身云湿句，天籁自清新。

次卯舸亭明府登岱原韵[1]

〔清〕屠履坦晋陵

造极双飞舄，何须柱杖登。
凌霄红近日，绕桧绿垂藤。
花笑迎仙吏，诗敲懒饭僧。
归来云满袖，知在最高层。

名山冠五岳，高处让君登。
马讶东吴练，崖蟠上古藤。
树喧风簸月，地险石围僧。
俯仰追秦汉，遗碑阅几层。

① 舸亭，原目录作“柯亭”。

登岱山

〔民国〕瀛南迂叟

天门携杖偶来游，倚树看云豁倦眸。
纵步还须登绝顶，好从高处一昂头。

游山虽老力犹胜，万仞云梯取次登。
行到崖头牢驻足，不须更上最高层。

题普照寺六朝松[①]

〔民国〕康有为

岱宗尚有六朝松，凌汉峰下青未了。
慎勿雷雨化龙去，折取一枝度群峭。
太山五大夫乃后补物，惟凌汉峰下普照寺六朝松至古，婆娑偃蹇，抚而留题。

游岱诗

〔民国〕林传甲

万里人来览岱宗，清秋微雨洗尘容。
举头只有青天近，绝顶曾无白云封。
旧疾消除能健步，孤怀独往著浮踪。

① 原正文标题为《康有为诗并跋》。

朝来晓日排云出，一棒晨钟报警钟。书于斗母宫下大石上。

泰山高依碧霞宫，北斗横天绝太空。
如此文章妙千古，大成至圣树宗风。书斗母宫大门壁上。

几家鸡犬似神仙，小隐名山信有缘。
君子泰然仁者寿，一瓯清水咏壶天。书壶天阁壁上。

千回万折上层峰，立马山头气象雄。
横绝太空舒啸傲，黄河如带水流东。书回马岭石坊。

天地交相泰，仁人静爱山。
风云开万里，和乐一身间。书玉皇顶东壁。

登泰山二首录《济南报》

佚名

马头剑倚白云寒，猎猎刚风拂玉鞍。
一线黄河一杯海，最高峰上几回看。

乱云西去月东来，泰岱千峰郁不开。
心似寥天空外鹤，只应俯首看蓬莱。

游桃源村题句

〔清〕范家祜

踏遍尘寰别有天，山居毕境是仙缘。
沿溪菉竹疏篱菊，满槛樱桃平渚莲。
水态云容看不尽，花香鸟语乐陶然。
主人清福真堪羡，愧我应官二十年。

桃源村归途口占绝句一首

〔清〕范家祜

等闲来傍水云居，几日东游兴有余。
回首芙蓉峰畔路，斜阳冉冉送归舆。

登泰山

〔明〕王儒

一步又一步，登山寻曲路。
行行重行行，至巅日已暮。
谁说泰山高，较我低七尺。
放怀小天地，长歌震岩石。
惊风乱林木，夜色眼山村。
始知层云上，晚景亦黄昏。
古寺荒凉甚，不闻鸡与犬。

惟见佛殿灯，时隐或时显。
老僧敲客门，报到天将曙。
快起复快起，起观日出处。
日观峰头望，一轮涌扶桑。
极目天尽处，天光接水光。
兴尽乃言还，仍循来时路。
归带满身云，一步又一步。

登岱

百尺生

烟云吐纳午阴浓，软笋平穿万壑松。
陡觉天风鸣谡谡，始知身在最高峰。

虹桥曲折随峰转，匹练横空滚滚来。
七十二家封禅处，磨崖石劫未成灰。

群仙隐隐鸣天乐，手把芙蓉会列真。
汉武秦皇齐俯首，登封总未出凡尘。

宣尼危坐敞云屏，下视齐州未了青。
我欲勉留鸿爪迹，愧无好句慰山灵。

望岳

〔民国〕赵尔巽

岩岩高拱压雄都，阖辟阴阳点缀无。
此是两间真气象，不容凡笔得追摹。

后跋云：此巽幼年望岳诗也，今叔美先生以望岳名亭，属为书额，恍触前尘，因并录于后，即祈两政。亭在公署西圃。

丙辰中秋访云在山庄归途得二十三韵

〔民国〕赵尔萃

早出东郭城，行行十余里。
未觉跻山岩，遂尔远城市。
樵径盘曲蛇，丛莽见惊雉。
草细纷如毛，石乱列如齿。
遥望有人家，修洁令人喜。
借问田间人，道是隐君子。
到门无人声，出山有流水。
主人亲款扉，不衫亦不履。
巨石高如屏，嶙峋屹以峙。
平石横如床，傲兀卧不起。
小院绝纤尘，虚堂陈棐几。
烹茗霏清言，笑谈亦经史。
感时愤填膺，辨奸发上指。
乃知神仙人，半多忠义士。

携手寻竹林，其阴倍清美。
俯首听清泉，其音中商徵。
寂处消尘心，静中悟妙理。
下视软红城，扰扰人如蚁。
志既异所趣，境实造自己。
山云怡我情，天风洗我耳。
坐久竟忘归，悠然已移晷。
遵路下层峦，馀情且未已。
回首望幽居，暮霭苍烟里。

辛亥七月二十六日自后石坞观日出

〔清〕汪荣宝[①]

涧响松声策梦醒，四更残月在疏棂。
栖迟渐欲忘人境，呼吸初疑接帝庭。
坐对岳云笼紫塞，共扶海日上青冥。
却思陵谷升沉后，谁向岩居问壁经。

① 汪荣宝（1878—1933），原作“衮父”。按“衮父”为汪之字，后文署为汪荣宝，今予划一。

宿泰山后石坞，衮父参议有作，倚壁和之

〔清〕李家驹

袖海襟河未了青，岱尊终古禀神灵。
纪功文字沈①荆莽，孕圣山川炳日星。
大地风云今变幻，中原文物几凋零。
此游不为林泉癖，磐石基安待勒铭。

辛亥七月二十三日李柳溪总裁由玉皇顶来此草宪，二十六日题壁

〔清〕汪荣宝

岳色河声万里赊，瞻岩今始遂栖霞。
愿书圣德三千牍，来访灵文七二家。
便向九关驱虎豹，会看大陆起龙蛇。
天风习习吹襟袂，仰睇青霄斗柄斜。

登岱杂咏四首②

〔清〕李家驹③

昔苦登华劳，今知登岱易。

① 沈，旧同“沉”。
② 原目录无“四首”二字。
③ 原目录作者作“李柳溪”，原文作“李家驹”，今予划一。

天门可阶升，飞行若平地。

众山齐俯首，罗拜似儿孙。
四顾穷目力，故让此山尊。

望岳不知高，登峰势乃豪。
便欲跨东海，凌风控六鳌。

日日山下晴，朝朝山上雨。
几时遍天下，顽石立无语。

读《馨园诗集》题句并序[①]

〔清〕王讷[②]

庚戌春，余与赵心如同年公车北上，旅居无事，自行箧中取一诗集示余，盖伊同邑沈子芗岩所作。沈子者，邑之名士，能文章，尤工诗，屡困场屋，遂淡名利，筑室泰山之麓，优游卒岁，此集沈子所以自托者也。噫！文章憎命，时数限人，遂以有用之身，投间置散，古今豪杰，如此埋没者多矣，独沈子云乎哉！并题绝句四则。

珠句随风下九天，君身应是大罗仙。
球[③]琅满目花前读，结得三生翰墨缘。

① 此篇原目录无，据正文补。
② 王讷（1880—1957），字墨仙、墨轩，安丘人，光绪二十九年（1903）癸卯科举人，次年考入山东师范学堂，年毕业。此篇及下面绝句四首，均显示成稿于清宣统二年（1910）。
③ 球，疑为“琳”之误。

茅屋萧疏短短篱，年来沦落欲何之？
惜君才笔如椽大，只写淋漓两卷诗。

岱宗深处结茅檐，风竹流泉独往还。
偶向花前成急就，冷香飞上薛涛笺。

驰驱壮志消沈尽，利网名网愿已违。
无数烟霞都阅尽，乱山古径撚髭归。
庚戌春古渠邱默轩王讷志于都下旅次。

题胡书巢太守《养云图》

〔清〕董元度

滉漾辟鸿蒙，氤氲弥太空。
崇朝膏雨遍，一气地天通。
冉冉周无外，萋萋蕴不穷。
荡胸连紫海，润物佐苍穹。
捧护重轮日，飞扬万里风。
培根蟠涧底，触石起封中。
晓色开仍合，晴光养倍充。
从龙原有素，岱岳视三公。

题系舟亭

〔民国〕赵尔萃

南山有成材，取以筑我室。
巨者资栋梁，细者任楣阈。
大厦恢穹窿，虚舟作形式。
非无乘风心，亦具涉川力。
动转无帆樯，左右困钉杙。
叹息长系维，无聊供憩息。

登岱六首

〔清〕张梅亭

浩荡天风吹我衣，濛濛云气拂须眉。
快心第一生平事，长啸天门独立时。

鸡声初唱陟青霄，第一峰头雪未消。
记取鳌睛初闪处，连天紫电海云烧。

十八盘高欲上天，前人踵接后人肩。
更愁直上天门处，危绝晴空一线悬。

孤峰高出白云中，绝顶山坳候不同。
雨已崇朝遍天下，天门初日自曈昽。

万古敖来气不驯，巍然岱侧起嶙峋。
只疑佛现庄严坐，天半飞来护法神。

千里来龙指顾间，群峰十万翠回环。
放怀已觉瀛寰小，一览何曾有众山。

徂徕松

〔清〕张梅亭

千尺霜风覆碧苔，閟宫硕曼此储才。
崇封不羡嬴秦号，曾被周朝雨露来。

五贤祠联语

〔民国〕赵正印

七二代封禅帝王，秦欤汉欤？遍看绿水青山，何处是列朝疆土？
五百年挺生名士[①]，先之后之，各有文章道德，常留得岱麓祠堂。

① 士，原作“世”，据民国刊本《新儒联语录》改。

题高里山森罗殿[①]

〔清〕毛澂蜀云

聿古来帝祀群神，亢父主死，梁父主生，岂独草仪逢汉代；
为天下人心一哭，德不能化，刑不能威，只可尚鬼学殷时。

题高里山戏台

〔清〕毛澂蜀云

热肠怜孝子忠臣，拍案冲冠，犹觉不平千古后；
冷眼看神奸巨猾，收场结局，何曾放过一人来。

挽徐寿轩

〔民国〕赵正印

终其身，受肮脏气，花冤枉钱，到头算账，公道在人，都说是顶天立地男子；
穷且老，不占便宜，专学吃亏，积厚流光，克昌厥后，遗留得忠孝廉让家风。

靳翼青在济垣开办戏园，赵心如赠联云：

创业又开始，搭[②]起台来就唱戏；
上场都是角，要说谁好有公评。

① 以下两联原目录无，原正文处二联标题统作“高里山森罗殿及戏台毛蜀云大令各题一联云”。
② 搭，原作“打”，据民国刊本《新儒联语录》改。

葛云庵挽孟子贞之太夫人

〔民国〕葛延瑛

承邹鲁一代宗风，断机勗学，生子只求官声好；
为晋唐两县活佛，饮水思源，贤郎定得母训多。

昔之孟母往矣，今之孟母复往矣，今昔殊时，依样断机留训；
唐以召父称焉，晋以召父又称焉，晋唐何福，令人饮水思源。

又挽王道尹铭珍

〔民国〕赵正印

千万家兵燹余生，伤心惨目，缓征以培元气，请赈以恤灾黎，值此劫运难回，全赖使君活我；

数十日循良政绩，异口同声，热血呕尽一腔，清风剩有两袖，胡为昊天不吊，顿教令尹登仙[1]。

代拟碧霞宫联语

〔民国〕赵正印

何处觅蓬莱，虔爇心香，即成福地；
重新开宫殿，愿施法力，迅扫劫灰。

① 仙，原作“山”，据原联改。

挽赵次山

〔民国〕赵正印

自愧修史未成，皮里阳秋留遗稿；
漫云衰年无补，天下大老是此翁。

《青草堂集》丰润赵国华著

登岱至南天门

〔清〕赵国华

何年天外矗高屏，阴阖阳开孕众灵。
万壑龙来松有势，九逵鸿去阵无形。
日斜海右诸峰紫，雾净江南一发青。
人世飞升只如此，不关鸾鹤下穹冥。

玉皇顶

〔清〕赵国华

青帝祠前动瞻仰，玉皇亭畔重咨嗟。
丹崖未许收秦字，翠辇曾经驻舜华。
望古遥思封禅岁，凌虚上叩太清家。
牙箱紫绢题应满，不见真人蔡少霞。

日观峰

〔清〕赵国华

日观峰高就上苍，凌寒策杖立茫茫。

悬知齐鲁犹中夜，已觉星辰让太阳。
天影尽时盘大漠，海门红处想扶桑。
人间晓烛还何限，曙色俄开万里长。

渡汶水

〔清〕赵国华

汶水河边秋草黄，满途行旅趁斜阳。
村娘市饼妆梳别，贾客登船渡值昂。
石白坏梁颓故址，岸红肥柿[1]熟新霜。
往时离乱传闻苦，过喜南来见岁穰。

宿岱庙因忆甄芳圃华山之游

〔清〕赵国华

兼日崎岖行，烟萝得所历。
向夕投清寮，慰如马就枥。
参差列古樾，石廊青四壁。
北轩秋尚早，岚翠暖然滴。
山城窕且深，息此足幽阒。
流萤荡疏竹，新月入高幂。
独寐结灵想，萧萧脱羁靮。
吾友者甄子，昨捧秦中檄。
曾宿华山巅，玲珑恣搜剔。
归来美相语，中情识全溺。

① 柿，原作“肺”，据清赵国华撰《青草堂集》(《清代诗文集汇编》第七三八册，第四七三页，影清同治刻本）卷九改。

迢迢玉泉院，莲花绽修菂。
我今席白云，山灵接良觌。
天半倚芙蓉，兹行亦其敌。

岱顶晓起

〔清〕赵国华

洞天光濛濛，披衣失庭户。
日出不可见，云出亦奇睹。
扶磴前相寻，几为滃湿阻。
呼吸毋太逼，扪拨转弗苦。
不觉万仞上，坦若履平土。
因念凌霄鹤，无怪浩然举。
神龙室白浪，宜能啸雷雨。
仙人驾虚空，楼台定何所。
登封徒茫茫，崇朝自今古。

寻灵岩寺遇雨

〔清〕赵国华

朝出泰安郭，暮抵灵岩原。
好山似贤主，延客开篱樊。
屏翠何窈窕，侧侧松云繁。
前溪忽杳霭，白雨来山村。
涧水砉然急，与人争路根。
山舆蹀四足，泥涉如跛鼋。
行行且复止，疏滴犹沾辕。
草店幸可幸，徒御猜黄昏。

断蝉起林薄，明霞红在门。
层岚晃新沐，对尔酬清尊。

登岱重宿东岳庙

〔清〕赵国华

我识云中路，仙亭碧落间。
依稀再来客，宛似远游还。
佛火[①]温前梦，风铃语夜山。
寒崖吾负汝，拚辍百年闲。

自岱顶还郡城与梅少岩[②]

〔清〕赵国华

灵风扇天表，送我步虚行。
万壑喧秋雨，千峰竞午晴。
松疏低见寺，云湿未离城。
使者吾同岁，重劳把臂迎。

和崇方伯登岱

〔清〕赵国华

关陇繁旌节，曾为万里行。
壮游富山水，豪气郁纵横。
拜命翘天阙，升禋逮鲁城。
玉皇祠宇近，鸾鹤快飞鸣。

---

① 火，原作“大”，据清赵国华撰《青草堂二集》(《清代诗文集汇编》第七三八册，第六一八页，影清光绪刻本)卷十一改。

② 原目录无“城”字。

礼擅三司贵，封兼五等崇。
花蒸银涧水，香挟玉炉风。
翠辇当年驻，丹霄此路通。
九州云气满，肤寸不言功。

雨花道院[①]

〔清〕赵国华

林榻栖幽云，梦惊晓来语。
簌簌落庭檐，鸟声碎如雨。

岱庙《戴太守东游十二图赞》选六[②]

〔清〕赵国华

神则有貌，岱则有庙。
广轩九筵，栝石维肖。
孰与知者，道元应劭。

① 标题后原有小字“戴太守东游十二图赞选七”，按《青草堂二集》(《清代诗文集汇编》第七三八册，第六二七页及六四一页）卷十六此诗非属“戴太守东游十二图赞”，据删。

② 按：“六”指《岱庙》至《灵岩》六首诗，其中前五首，原重录于《岱粹抄存》卷四清郭朴山《孙石两先生学术志行论》之后（标题为《泰山图赞十二首选五》），今仅保留此处。原目录及卷四处作者均误署为“戴东游”，据《青草堂二集》(《清代诗文集汇编》第七三八册，第六四一页）卷十六，作者当为赵国华。

王母池

〔清〕赵国华

濯濯灵旗，王母之池。
黄穆既往，匪今斯疑。
云冠羽衣，噫嗟吁嘻。

对松山

〔清〕赵国华

太山之胸，是称对松。
郁哉斯标，修哉斯容。
彼卉处妍，何以大冬。

岱顶

〔清〕赵国华

释醉就醒，无若岱顶。
瞥瞥飞鸟，下与云等。
天地一室，有螭在鼎。

后石屋

〔清〕赵国华

阳隆阴伏，谓后石屋。
种石者谁？繁笋成束。
削焉女墙，不可以足。

灵岩

〔清〕赵国华

陟岱而还，乃至灵岩。
有若谒孔，继之以颜。
望而去者，拾尘之谗。

《泽雅堂诗集》乌程施补华著

长清道中

〔清〕施补华

山云拂马飞，侵晓雨沾衣。
积翠林阴重，浮烟岱色微。
途长邀客共时与吴百一同年偕行，心定识凉归。
一晌车中卧，安知旅况非。

泰安道中

〔清〕施补华

十日平原纵酒还，轻车处处坐看山。
人家半住浮云里，驿路斜穿乱石间。
林际层城迷杳霭，雨余诸涧合潺湲。
明朝待浴沧溟日，岱顶千寻蹑屐攀。

登岱

〔清〕施补华

南涵吴楚北幽燕，齐鲁分明列几筵。
沧海一丸看日出，翠屏千仞与云连。
丹楹碧瓦新祠宇，玉检金泥古岁年。
此去已通霄汉路，遥遥天语若为传。

回马岭

〔清〕施补华

肩舆来不觉，回首路千盘。
林雨百泉响，山云六月寒。
阴崖迷竹柏，古殿肃衣冠。
没字碑犹在，当从绝顶看。

五大夫松

〔清〕施补华

传是秦时物，亭亭五树同。
垂阴群木上，迎客乱云中。

鹤返青霄月，涛翻翠壑风。
骊山烽火候①，无此郁葱葱。

碧霞元君祠

〔清〕施补华

云气蓬蓬出，从寻玉女祠。
灵风吹石壁，空翠落盆池。
环珮疑天际，馨香自古时。
还思西岳顶，露浥井莲滋。

秦皇勒石

〔清〕施补华

冒死刊功德，巍巍岱顶碑。
千秋开小篆，十字剩谀词。
石气连云秀，苔纹绣雨滋。
遗文存廿九，补刻亦瑰奇。廿九字为后人补刊。

侯家璋《守默斋集》

马上望泰岳

〔清〕侯家璋

马首青天一气横，岧峣万仞客心惊。

① 候，清施补华撰《泽雅堂诗集》(《清代诗文集汇编》第七三一册，第四二四页，影清同治十二年刻本）卷四作“后”。

中峰楼阁沧瀛日，下界河山鲁国城。
影射丹梯秋正早，光摇翠巘雨初晴。
千年事去禅台迹，梁父东来汉碣平。

泰安和壁间于小村韵

〔清〕侯家璋

千盘云拥放轮游，来到名山竟不留。
榻枕城头催暮鼓，峰移月影入新秋。
登临莫辨沧桑幻，去住重添岳麓愁。
鲁水齐云经历遍，徒劳车马向东州。拟登岱岳未果。

垫台道中

〔清〕侯家璋

鸡鸣早戒仆，行绕泰山麓。
一望白磷磷，满途怪石伏。
或顽顿如鼓，或锐利如镞。
嵯岈势纵横，动辄防倾覆。
有车不敢坐，徒步相追逐。
四壁障高天，溪云横古木。
山居成太古，茅茨结石屋。
阴崖护鬼神，绝巘断樵牧。
崎岖山阴道，幽回盘蛇谷。
设遇阮步兵，又作穷途哭。

渡汶河

〔清〕侯家璋

出山车缓缓，整辔马萧萧。
问渡穷沙岸，过河逐小桥。
流寒冰作骨，日上岭横霄。
孔道当齐鲁，何辞一苇遥。

新庄岭

〔清〕侯家璋

石骨山腰险，当途蹴马蹄。
斜流盘断涧，折坂度层梯。
草树峰巅尽，云烟谷口低。
岱宗尊莫比，人上岭头齐。

重度新庄岭

〔清〕侯家璋

排牙列镞万山开，一片白云地底来。
石上流泉清似玉，春风度岭客重回。

渡汶河乙巳

〔清〕侯家璋

渡口停舟楫，沙明两岸齐。
平桥浮一线，浅水涸千溪。
木叶当风转，山云出谷低。
河心清澈底，纵辔放轮蹄。

过新庄岭

〔清〕侯家璋

四山苍翠合，晓日一轮浮。
岭峻征途险，峰奇怪石稠。
人家低树杪，车马出云头。
缓缓鞭轻著，沿溪看碧流。

晓行新庄道中

〔清〕侯家璋

听得鸡声唱四更，催装唤仆屈行程。
一天月影随星阔，满地霜花比雪清。
水碧溪洄冰断续，途危马困石纵横。
车中簸荡柔无力，寒透衣裘著体轻。

和友人登岱

〔清〕李倜

南望吴阊北望燕，相逢鸡犬亦神仙。
疑离霄汉无多路，翻觉星辰不在天。
龙老千秋盘古木，练垂百丈泻寒泉。
何时得谢尘嚣去，日观峰头枕酒眠。

黄石琴先生《知止堂诗集》宁阳黄石琴著

登岱

〔清〕黄恩彤

万峰苍笏列，一径碧螺旋。
顿觉身如叶，刚风吹上天。

对松岩

〔清〕黄恩彤

万点寒松贴翠微，森森偃盖带霜威。
涛声似作春雷吼，惊起苍龙逐队飞。

五大夫松

〔清〕黄恩彤

谡谡清风鹤影孤，轻摇翠珮绾苍符。
阿房焦土金人化，此树犹称五大夫。

南天门三月十五日遇雪

〔清〕黄恩彤

蹑尽丹梯十八盘，春风吹雪下云端。
方知天上人难住，才到天门便觉寒。

玉皇顶[①]

〔清〕黄恩彤

呼吸真应帝座通，飘飘仙袂舞天风。

何当日观峰头立，一览苍[②]波万顷红。

梦登徂徕得句，醒而足成之

〔清〕黄恩彤

晚步徂徕巅，遥望吴[③]门道。

云山青茫茫，月海白浩浩梦中句。

长啸依[④]孤松，惊起危巢鸟。

言寻孔李俦，�溪掇瑶草。

《周公才旅行笔记》

宿泰山南天门茶肆

〔民国〕周公才

是夜观日心切，伏衣而卧，久不成寐，挑灯口占二绝以寄旅感。

轶荡天门寄此身，手攀咫尺即星辰。

茫茫下界迷云雾，谁识山头卧一人。

---

① 清黄恩彤撰《知止堂集》(《清代诗文集汇编》第六〇九册，第四六页；《山东文献集成》第四辑，第30册，第47页。影清光绪六年刻本）卷七标题后有小字："泰山最高处。"

② 苍，《知止堂集》卷七作"沧"。

③ 吴，清黄恩彤撰《知止堂续集》(《清代诗文集汇编》第六〇九册，第一二〇页；《山东文献集成》第四辑，第30册，第56页。影清光绪六年刻本）卷二作"鲁"。

④ 依，《知止堂续集》卷二作"倚"。

踏破云山路几重，不知我卧是何峰？
夜间自笑游山屐，五岳登临只岱宗。

岱顶观日出毕占绝二首以志其状

〔民国〕周公才

披衣观日泰山巅，曙色瞳瞳气万千。
海似黄金天似黛，苍凉捧出一轮圆。

半规吞吐如丹橘，片刻飘飏似赤球。
听到鸡声三报晓，旭轮始起照神州。

无字碑

〔民国〕周公才

清晨登岱巅，洗眼有云水。
齐鲁望青青，不披封禅史。
一柱抚擎天，非小天下视。
恍然最上乘，原不表文字。

曝经石

〔民国〕周公才

立倚没字碑，坐憩晒经石。
此石惟曝文，字迹半侵蚀。
造物忌传经，不许全贝叶。
历劫数百年，阙文吾犹及。

水帘崖

〔民国〕周公才

泠泠水帘崖，悬练千百尺。
时作笙簧音，洗耳心俱寂。
高山流水亭，呼之人欲出。
不是钟子期，琴声终恻恻。

黑龙潭

〔民国〕周公才

我爱西溪胜，冈[①]峦接翠微。
石亭藏谷古，瀑布挂山肥。
潭激疑龙吸，岩深任鸟飞。
清泉携一勺，点滴洁征衣。

题黄砚亭《游泰山图》

〔清〕董元度平原

遥从黄海云满处，来对齐州未了青。
七十二君藏玉检，遗踪剩欲问山灵。

我是云亭老稗官，栖迟一月岳云端。
何当把臂天门外，指点金轮出紫澜。

---

① 冈，《周公才旅行笔记》（商务出版社，1919年版，第100页）作“岗”。

泰山

〔清〕董元度

俯瞰齐烟九点分，凌空詄荡浩无垠。
海涛红拥扶桑日，岚气青含太古春。
天亦有言传汴宋，树犹膺爵笑嬴秦。
名山第一奇风月，曾许旬余作主人。

甲子八月登岱题一天门

〔清〕董元度

当年孔子登临处，我何人斯今亦来。
历尽沧桑多少劫，一回俯仰一徘徊。

卷八　选辑

《饭山堂诗集》

李清廉，字少白，新泰人。道光壬午举人，官禹城教职，著《饭山堂诗》八卷。

登岱

〔清〕李清濂

胸中有十二神州，到此方知是上头。
天地混茫融一气，古今上下几千秋。
山摩日月鸿蒙转，壑走松涛大海流。
如此好山难赏识，东来名士几人游？

少陵佳句走雷硠，太白当年赋几章。
以后有人登嶕峷，多将造化说荒唐。
一杯海色浮金橘，五月天门落玉霜。
放眼几回临绝顶，吴山鲁甸两茫茫。

莽莽天荒手横抉，浑浑地轴气全吞。
从前想像只虚境，斗觉尘埃无点痕。
碧落四垂包片壤，黄河一线画中原。
等闲欲奏群仙乐，万里开筵举大罇。

汉皇曾上几重天，玉检金泥思渺然。

深处追寻方觉静，实心领略不妨禅。
风回石屋如来佛，人坐松山已半仙。
携得嶅峰夸海内，此身何处不云烟。

泰安道中

〔清〕李清濂

旧过板桥肯问程，几回马上忆平生。
青山满眼曾相识，弱柳含愁昔送行。
院老荒苔双钥碧，村稀旅梦一灯明。
故园不禁东南望，钟打疏林听数声。

游普照寺赠明璿和尚

〔清〕李清濂

纡曲盘苔磴，参差露树梢。
双藤低碍日，枯木劲撑巢。
地凹环深翠，心清绝外交。
老僧高卧处，枕畔有云捎。

室静能驱暑，亭空好放山。
风生一茶后，人抵半生间。
禅锡随云住，僧雏趁鸟还。
西房堪对语，把酒乐开颜。

不必循僧律，逢人自点头。
诗清能入佛，日暮欲登楼。
古去今安在？天荒地亦浮。

人生皆拾得，招手与仙谋。

王母池闲坐

〔清〕李清濂

户界青山山界天，石梁流水亘阶前。
松阴欺日凉驱暑，佛榻留云梦引禅。
入世何妨随俗吏，此间真可学神仙。
西房茶从拟归去，戴著夕阳踏暮烟。

岁暮晚行泰山道中

〔清〕李清濂

古树延冥色，荒村驻马蹄。
钟声烟谷外，山色月明西。
身似惊寒雁，天迟报晓鸡。
计程犹信宿，远望一凄迷。

山阳道中望徂徕山怀竹溪六逸①

〔清〕李清濂

远看山已近，行行山还远。
山光非远人，半途人自返。
缅怀昔高人，缥缈隔层巘。
朝出钓海鳌，夕归煮麻饭。
醉饮竹轩清，高眠松榻稳。
箕踞白云间，何知冕与衮。

① 道中，原正文标题作“道上”；六逸，原正文标题作“六隐”。

岂无凌云志，胡为蠖蟠蜿。

日月如水流，谁复防石堰。

寄语石上人，林景返照晚。

望岱

〔清〕李清濂

望泰山，泰山高处不可攀。天门竖辟五千丈，一径劲斷苍冥间。龙蛇蜿蜒直北上，似与虎豹争九关。烂然赤日浮东海，渺渺黄河回九湾。平生登此胸常阔，襟上云霞生彩斑。如今道路行崎岖，仙心化作石头顽。叠嶂接层峦，中有玉女梳烟鬟。松花开落金粉色，丹霞流浆洗玉颜。

腊尽残雪齐河道上望泰山

〔清〕李清濂

来去祝阿路几千，一官肯使似匏悬。

天行平野山为界，雪滉夕阳树化烟。

遥见苍松标劲质，尽听白发换流年。

明春又作登峰想，身在天门日观边。

游徂徕礤石峪诗并序

〔清〕李清濂

癸卯夏五，予与礼堂、钧衡万氏兄弟，暨吾乡刘树堂，为徂徕礤石峪之游。山色如黛，溪声似琴，鸟语宜人，石花印履。横桥古木，根养龙蛇，夹岸苍藤，荫蓄风日。李太白遗踪何处？北登六逸之堂；吕纯阳法像犹存，东接三清之殿。台成一石，道骨升仙；丹想九还，元炉静火。转瞬已成往事，昂头仍是青山。我辈登临，是洞天之第几禅门？顷刻虽盘古亦何居。摩挲碑上姓名，昔枫宸而今阆苑；收拾眼前画稿，彼北苑而此云林。兴酣一日之佳，诗寄千年之想。谁与我者？后有人焉！

山抹晴岚第几重，入山十里少人踪。
芒[1]鞋误踏溪边鸟，石室才闻午后钟。
树接谷风来骤雨，桥横枯木学苍龙。
浓云穿去衣衫绿，初到昆仑第一峰。

峦为高郭树为墙，尘外萧然六逸堂。
窗临石瀑听秋早，发透松风过枕凉。
世味那知山菜美，茶烟轻扬野花香。
生平不辨棋枰道，夏日闲消一局长。

北望孤峰插翠烟，青莲到此总留连。
云驱泉水流幽地，风驾薜萝涅绿天。
海气涌来凭一石，仙人飞去是何年。
金丹偶作浮邱想，闲坐苍苔思渺然。

天光云影竹溪间，识得姓名拜此山。
今我喜看此山在，曾谁得见昔人还。
苔花字漫寻碑古，藤叶荫深采药闲。
道院归来随意憩，山门斜对夕阳关。

玉皇阁

〔清〕李清濂

峭壁云吞户，危栏树荡风。

---

① 芒，原作“茫”，据清李清濂《饭山堂诗集》（清光绪刊本）卷六改。

何人留胜迹？一阁倚长空。
大汶收群壑，晴岚点旧宫。
登临怀往哲，白日惜匆匆。

冒雨游王母池

〔清〕李清濂

缕缕纷纷脚下烟，山门开出几重天。
檐飞瀑布高千尺，窗纳峦头小一拳。
松径无人宜听雨，尘衫何日学逃禅。
如何薄暮拟归去，满路红灯照九莲。

明堂故址

〔清〕李清濂

苍凉殿宇满松楸，万国当年拜冕旒。
马迹尘深迷翠辇，葩云天近护神州。
濛濛石砌苔花雨，漠漠亭栏禾黍秋。
犹忆群山呼万岁，鼎湖翘首一弓留。

望岱和二南

〔清〕李清濂

盘空一线望迢遥，日倚孤松翠色饶。
东去诸峰驱海尽，高擎一笏向天朝。
天荒地老此山在，汉武秦皇几代消。
待我登临寻胜迹，增封图象尽难描。

望岱

〔清〕李清濂

三十六盘散晓暾，迢迢驿路望天门。
逢人共说此山好，神秀原推第一尊。

山漾层岚日又西，危楼崇观树中迷。
登峰便欲小天下，不似倪黄作画题。

李太史《梅楼诗存》太史讳簧，号鹿苹，古单父人

徂徕山怀太白先生

〔清〕李簧

白马落落登徂徕，松势倚天风磴回。
六逸五魂招不得，竹中酒器埋阴苔。
其一飞来东海表，旧迹记得长安道。
沉醉赴诏沉香亭，才器睥睨八斗小。
何以锦袍下采矶，江城潦倒乌[1]乱啼。
早知七宝空悬榻，小谢山青当已栖。
眦空一世世所妒，世路崎岖[2]不知处。
回头溟渤两蹄涔，万事都付此水去。
独有忧国泪不干，直北一空关塞寒。

---

① 乌，原作“鸟”，据清李簧撰《梅楼诗存》（《清代诗文集汇编》第四〇一册，第二九一页，影民国十年铅印本）卷六改。

② 岖，原作“嶇”，同“岖”。

千官趦趄朝元阁，谁把猪龙看等闲。

一夏再支依郭李，须臾黄沙清万里。

忘却斯人流夜郎，前此汾阳谁知己？

登岱放歌

〔清〕李簣

陵复为谷兮海又田，沧桑如环不计年。体艮立震质无缺，惟有岱宗历代肸蚃开。中天红门一线磴道迴，千转峰影听鹔鹴。振衣御天风，天梯不可测，茫茫四顾云中四岳倾欲侧。古来下界多网罗，俯瞰分野疑九罭。误落其中多岁年，破此谁有双飞翼？穿云入翠深翱翔，訇然石窦开秘藏。尼父何曾说封禅，秦时小儒误[1]且创。高瞻远瞩无怀氏，七十二主尤荒唐。金泥玉检迸史巫，功德自谄振古无。相如酒色不自戢，借此觊觎飞鼎湖。仰天长啸一搔首，日观峰北低北斗。我欲摘星辰，封姨忽决土囊口。我欲鞭蛰龙，雷公忽驱屏翳走风云。明昧非等闲，莫言青帝不肯少泻之人间。须臾绝顶入寥僻，呼吸四壁尽虚白。屐齿忽从空外来，见之知是晋安石。嗟自温舆逢白鸡，北风妖梦吹无迹。从此两千年，魂魄逝安适。肤寸指白云，古今亦何隔？建元之后颠乾坤，豺声蜂目横妖氛。东山一起苍生笑，缓辔乃出西州门。八公山震草木舞，五岳皆欲连阵云。又况是岳临东鄙，探海之窟必过此。我亦峰上客，久对沧溟月。公之海装未制时，岂便乘荷入溟渤。

忆徂徕山寄泰安诸故人二首

〔清〕李簣

六逸何时去不还，瀑飞空挂竹溪间。

前年骑马汶阳路，尚有松阴留故山。

① 误，《梅楼诗存》（《清代诗文集汇编》第四〇一册，第二九二页）卷六作“诬”。

远峰平远近峰巉，涧石参差绕桧杉。
安得山阴复修禊，依然风磴着春衫。

哀启赵次山讣[1]

〔民国〕赵天赐[2]

哀启者，先君体气素健，幼遭家恤，与世父、叔父攻苦力学，负米养亲。通籍以后，扬历中外，垂四十年。辛亥之变，解组归田。甲寅史馆肇开，当道敦聘监修史事。本年乡举重逢，而春月遘先伯兄之噩，邑邑不乐。夏历三月二十五日，入史馆久坐，猝中时疫。扶掖而归，延医服药，初颇奏效，久益缠绵。七月下旬，下遗加剧，昼夜十余次，亟进参桂，渐不下咽。八月初七日，午后自觉不支，急觅袁洁三先生至，以发刊《清史》相付托，重语之曰："《清史》未完，是吾忧也。幸勉成之。"环顾子姓，语不及他，自此不复言，进药亦却弗御。延至初八日丑刻，竟弃不孝而长逝矣！呜呼哀哉！抢地呼天，百身莫赎。只以继慈生母在堂，归葬大事未讫，不得不苟延残喘。昏瞀之语，语言无次，伏乞矜鉴。

① 原目录无此篇。
② 原无作者名，据文意当出赵尔巽之子天赐之手（又名世辉，字蔗初）。

摘录《卢星舫先生诗草》

早秋词四首[①]

〔清〕卢汉倬

风光又换一番新，坐看银河淡逾真。
料是寒衣将寄远，砧声昨夜响东邻。

声声归雁报新秋，一夜西风动客愁。
觅句闲来亭子坐，银汉斜生月半钩。

芦花两岸夹柴扉，晓起开门露未晞。
碧落几行新雁去，翻风欲趁早秋归。

昨夜西风送早凉，几株疏柳映池塘。
涓涓冷落催秋至，无数蝉声噪夕阳。

残菊四首[②]

〔清〕卢汉倬

空空色色着意深，名心偏是隐论心。
西风几阵宵来急，化作阶前满地金。

一夜风微冷未降，晓来犹自对银缸。
寒香欲歇秋容淡，瘦影堪怜上沙窗[③]。

① 原目录无“四首”二字，今为补。署为卢汉倬。卢汉倬，字星舫，号诗樵，清山东泰安人。
② 原目录无“四首”二字，今为补。
③ 沙窗，疑为“纱窗”之误。

犹忆重阳酣酒日，秋花簇簇满东篱。
云何脱尽繁华气？带露斜横只半枝。

黄叶纷纷满径遮，柴桑有客惜年华。
西风几日催秋晓，零落篱边隐逸花。

菊花诗二十首[①]

〔清〕卢汉倬

黄鹤翎

何日飞仙跨鹤还，犹留片羽在花间。
当秋欲效凌风舞，好向东篱见一般。

米金豹

望见南山采菊时，篱边隐雾色迷离。
完然变处真文蔚，寄语时人莫管窥。

藕环

看花次第总无休，莲社刚归又到秋。
想起佳人新雪就，篱边遗此大刀头。

丹山凤

瞥见蹊头五彩飞，仪廷凤羽认依稀。
和鸣应待朝阳未，独立丹山览德辉。

黄金塔

借得连朝晓露濡，黄花乱放似盘盂。
层层舍利生金色，幻出凌霄七级图。

① 原小字标为“二十首”，实则二十二首。

朝阳素

宵来宝露湿阑干，素质芬芳冒晓寒。

争似葵心能向日，枝头嫩粉秀珊珊。

玉狮子

秀菊丛丛似雪堆，吼风几日压栏开。

郭家纵有新花样，不及柴桑郡里栽。

紫荷粉黛

偏是名花傲晚秋，一丛红紫灿枝头。

输他带雨池荷重，粉黛参差翠欲流。

红梅挂雪

满身花影手频扶，吹动西风露湿襦。

为厌浓华颜太重，翻从雪后现清癯。

青面荷花

莲花自古称仙品，绿菊还擅隐逸名。

周子若逢彭泽令，疑分嘉种作双清。

古佛蒲团

闲从幽径笑评花，色色空空总不差。

一指头禅消受尽，来同老佛渡生涯。

雪夜红灯

风寒三径数枝横，入目浑疑雪点成。

为爱花光能四照，栏前栏外看分明。

临风舒锦

共说东篱锦绣丛，秋来遍展浅深红。

奚童又报前蹊好，花朵齐开昨夜风。

满堂富贵

清贫自古说陶家，谢却尘缘洗铅华。

讵意尚留花富贵，教人簪满旧乌纱。

银鸾尾

晚香开处淡幽斋，柔枝披拂致偏佳。

为忆众仙前日下，翔鸾舞尾落当阶。

金蕉叶

黄花满院秀妖娇，为近重阳色倍饶。

覆鹿蒙庄重入梦，窗前误认碧芭蕉。

碧桃红

矗矗红光绕几遭，缘蹊谁种武陵桃?

当初直悔陶元亮，误引渔人掉短篙。

出水芙蓉

一自芙蓉谢野塘，凡花不与比幽芳。

连朝争放东篱菊，为说嘉名是拒霜。

金如意

看到幽芳意转深，西风吹散数钩金。

花枝半拂平安竹，慰得秋来寂寞心。

大鹤毛

灵禽赋入鲍昭笔，仙客名留李助园。

何意深秋花蕊展？毵毵素羽向风翻。

白富贵

洗尽铅华见天真，写出紫桑隐逸身。

惊闻酒使来称道，陶令于今不赤贫。

朱紫贵

几枝浓艳映栏红，点染秋容晓露中。

莫云品格姚魏擅，多少名花拜下风。

癸酉岁值大凶感愤而作

〔清〕卢汉倬

寥落山村知己少，蓬门不耐向人开。
诗成几见高朋赏，酒酣厌闻俗客来。
蠢蠢痴痴两犬子，萧萧瑟瑟一茅斋。
穷愁镇日常危坐，眼见流莺去复来。

《云山香雪堂诗稿》冯清宇先生著

菟裘田宅

〔清〕冯清宇

门傍神泉枕柳河，里仁原野答农歌。
墙垣翠叠徂徕石，窗户青摇汶水波。
梁父馆边供[①]吟兴，云亭山影作行窝。
尤欣岱岳云生处，此地偏沾雨泽多。

菟裘泉注柳溪斜，可惜香山闻见差。
宅傍竹溪为院宇，居邻柳下接桑麻。
圣求忠义名千古，石氏流风户万家。
人杰地灵欣托处，吾乡古道最堪嘉。

① 供，清冯清宇撰《云山香雪斋诗文稿》（云山堂藏板，光绪庚寅本）作“共”。

次韵万茂才徂阳怀古乙丑[①]

〔清〕冯清宇

里仁原上噪寒鸦，甘露遗墟野草花。
柴汶潆洄穿岭路，柳溪屈曲带禾麻。
鹿森碑畔松千树，羊祜城边柳万家。
指点羽林封禅处，只今惟有乱峰斜。

又[②]

梁甫云亭相对横，凝眸怅望不胜情。
羊公河畔垂杨少，汉武宫前蔓草平。
一片荒烟迷柳下，四围云树拱柴城。
高风让国今何在？犹指菟裘羡美名。

又

浊水萦纡入汶流，龙乡城畔竹溪头。
姜潜宅里名千古，孙觐茔田土一邱。
柳树烟光和圣墓，枫林霜色放城秋。
何人续入忠良传？空慕前贤仰圣求。

咏泰山飞来石壬申[③]

〔清〕冯清宇

悬崖危石坠云根，适自何来带舞痕。
翔凤岭边双翅展，飞龙岩畔几鳞翻。
零陵燕自青空下，陈宝鸡从碧落骞。

① 乙丑，原无，据《云山香雪斋诗文稿》补。
② 又，原无，据《云山香雪斋诗文稿》补。下同。
③ 壬申，原无，据《云山香雪斋诗文稿》补。

定讶此峰通鹫岭，翻身直欲向天门。

水帘洞

〔清〕冯清宇

悬流洞口水渐渐，酷似虾须缀画檐。
天借泉绅为绣箔，岩排瀑布当珠帘。
蜃楼贝阙当窗暗，鲛室龙宫带雨寒。
自是冯夷新窟宅，玉钩纤月挂银蟾。

回马岭

〔清〕冯清宇

山从人面起峥嵘，蜷局徘徊马不行。
窄窄钩梯征辔返，低低云影傍头生。
轮蹄欲阻羊肠险，辇路惟通鸟道横。
莫比衡峰回雁去，天门龙跃指前程。

五大夫松

〔清〕冯清宇

大夫松映丈人峰，五品头衔属岱宗。
相伴岁寒添友谊，他年潇洒待侯封。
一株曾配先生柳，七树休讥处士松。
称木长宫原不愧，惜由秦代表勋庸。

登岱

〔清〕冯清宇

绝顶奇观惬胜游，飞升天外一昂头。

胸吞海水凌三岛[①]，脚踏云梯看九州。
日观危悬千丈壁，天门迴压万山秋。
凌云志愿平生足，今古乾坤一览收。

由天门登绝顶

〔清〕冯清宇

振衣千仞上岧峣，绝顶登临气势骄。
地拔三峰擎碧落，山通一窍入青霄。
悬岩欲压东溟水，放眼全收大海潮。
胸次但期小天下，云梯万丈总非遥。

岩岩气象压层峦，宇宙东边第一观。
头举顿惊霄汉近，眼高不碍海云宽。
山围泂壑三千里，天挂云梯十八盘。
历尽许多封禅主，依然太古色苍寒。

集句八首[②]

〔清〕冯清宇

徂徕山居

出岫云归倦鸟还王十朋《过彭泽》，柴门无事日常关朱庆余《归故园》。
凉风台上三峰月独孤及怀《洛中旧游》，秋景墙头数点山刘禹锡《崇德里新居》。
竹屿暝烟浮翠黛刘承之《西楼》，草亭终日对孱颜陆游《东园小饮》。
无多别业供王税李咸用《王处士山居》，老我菟裘月一闲方岳《次韵郑签判训》。

① 岛，《云山香雪斋诗文稿》作“鸟”。
② 以下八首诗属集句，原目录无收。“八首”二字原目录无，今为补。

菟裘东偏里仁原闲望

傍花随柳过前川程灏《春日偶成》[①]，风景依稀似去年赵嘏《江楼感旧》[②]。

积雨暗封青藓径徐铉和《郊居》，彩绳斜挂绿杨烟释洪德《秋千》[③]。

苍苍翠翠山遮寺明倭子《雨中往曹娥江》，碧碧黄黄麦际天杨廷秀《过杨村》。

却望泰山怀古道边贡《次韵献吉留别》，古碑无字草芊芊李群玉《黄陵庙》。

避兵徂徕

曾共山翁把酒卮李义山《九日》，姓名莫遣世人知苏轼《留别择老》。

山樽共醉徂徕石陈旅《竹溪六逸图》，不管人间是与非王世贞[④]《书忠义诗》。

途中望徂徕

几年流落在天涯王晋卿《啭春莺》，东去关山路转赊韦庄《出关》。

借问生涯在何许陆游《赠道人》，徂徕山下是吾家王希夷《题感应祠》。

竹溪晚兴

清宵明月满寒溪《竹溪六逸诗》，明月襟怀只自知钱翊《客舍寓怀》。

徂徕山头唤李白元遗山《游泰山》，天真烂漫是吾师苏东坡语。

竹溪六逸堂

翠满竹溪云满山王希夷《留题感应祠》，谪仙诗兴冷云间元遗山《华不注山》。

终身拟作卧云伴白居易《赠元郎中》，竹径松冈共往还方岳《独往》。

望乡关

日暮聊为梁父吟杜甫《蜀相》，望山空寄两乡心卢轮《下第出关》。

云开汶水孤帆远高适《送李寀少府》，不辨仙源何处寻王维《桃源行》[⑤]。

---

① 此句出处原无，今为补。

② 此句出处原无，今为补。

③ 此句出处原无，今据《石门文字禅》补。

④ 贞，原作“祯”，考此为王世贞《书忠义诗》之句，据改。

⑤ 此句出处原无，今为补。

望乡关[1]

逍遥楼上望乡关宋之问《登逍遥楼》，欲往从之梁父艰张衡《四愁》。

积水长天随远客皇甫冉《送李录事》，故乡空隔万重山李颀《春日思归》。

《李周甫先生诗草》泰安李文诰著

步韵二首

〔清〕李文诰

客来洗耳借涛声，石上流泉屋上鸣。

吟咏有心先我得，对墙仿佛见文旌。

不咏风声咏水声，洗心涤虑以诗鸣。

当年白战原无敌，犹向骚坛树一旌。

张俊卿原作：远听水声似风声，泉飞百道石齿鸣。此是曲流觞咏地，堪怜汉武未垂旌。

催菊

〔清〕李文诰

此时正是菊花天，奈何吐蕊故迟延。

虽云终有清香在，只怕游人见不鲜。

① 原标题为《又》。此诗之后，原书有“《鸿雪因缘图记》麟见亭河帅著”，只存此目录、作者，内容置于卷二。

除日自咏

〔清〕李文诰

年隔杖家亦几希，回忆平生素志违。

愧不追随蘧伯玉，能知四十九年非。

积雨

〔清〕李文诰

数日连阴雨甚凄，水流平地尽成溪。

天知世故多趋避，故使人人得踏泥。

进城[①]记事

〔清〕李文诰

车马纷纷任往来，东街西市半尘埃。

胸襟尚有清滋味，路遇山僧即问梅。

题扇步韵

〔清〕李文诰

摇动清风透我怀，尘氛俗虑尽推开。

一挥即作藩篱用，不许青绳[②]去复来。

府学崔厚庵先生原作：团团明月抱胸怀，百丈尘嚣一扫开。任尔青绳[③]挥复至，心清自有好风来。

① 城，原作“珹”，径改。

② 绳，疑为“蝇”之误。

③ 绳，疑为“蝇”之误。

秋宵

〔清〕李文诰

秋风冷雨耐斋居，墨舞笔歌意自舒。
更有一番清意味，虫声唧唧月明初。

梦红梅盛开卧覆盆土

〔清〕李文诰

红梅开一片，卧而不仰面。
独自傲冰霜，羞与群花见。

叠己巳秋韵[1]

〔清〕李文诰

贫家竟似富家居，本是无余却有余。
任意纳交松竹友，随心披览古今书。

有感

〔清〕李文诰

肃候光临二帝殿，请邀两次不曾见。
巍巍千仞泰山高，也许与人常对面。

患雨

〔清〕李文诰

逐日滂沱雨，云烟不断拖。

① 原目录漏此篇。

声疑来海水，势若倒天河。
寒舍完墙少，贫家漏屋多。
况兼冲决患，无聊写诗歌。

宿青帝宫

〔清〕李文诰

仙馆别无人，高居独有我。
能扪天上星，不乞人间火。
幽雅易安眠，奇寒难闪躲。
平明一览时，脚底白云裹。

盘道作

〔清〕李文诰

高跻步步力难支，每到盘头立片时。
幸我老年犹识字，遍从石上看题诗。

闵子墓

〔清〕李文诰

欲瞻闵子墓，远到历山隅。
深野门墙峻，荒庭径路无。
桧松千树古，荆棘一坟孤。
石棺为真假，怀疑问牧夫。

闵子生于鲁，何来葬在齐？
慕名心共切，核实意终迷。
陵墓巍然在，湖山尽觉低。

孝哉称万古，言不间东西。

野望

〔清〕李文诰

豆亩一片黄，秋老气苍苍。
青女欲寄信，先耀金天光。
想我老迈年，须发何来霜？
生机随时有，天地无尽藏。
秋仍多佳日，晚节亦文章。
黄花香淡远，红叶胜春芳。
不见韩魏公，大开昼锦堂。
衰年当益壮，笔墨无荒凉。

指南碑

〔清〕李文诰

堂堂正道垂千古，不假旁门与别户。
高碑丰峙号指南，无须罗镜定子午。
奈何世人多不知，好为新奇迷风雨。
佛氏遥自西方来，妄谈空空祸中土。
老氏缉经道所道，谬说以礼传东鲁。
况乃异端出纷纷，伪学左道乱鼓舞。
若非孔孟有真诠，谁向阳明循芳武。
礼门义路无偏陂，明伦反经为之主。
日月光华悬天心，千人万人目共睹。
北斗有柄指迷津，春夏秋冬分部伍。
为此碑者殊有心，可教万世破蒙瞽。

铁公祠

〔清〕李文诰

尸祝铁公几历年？庙堂高峻萃香烟。
昔为仗节誓师地，今是新秋览胜天。
三面明湖余翠柳，一渠活水簇红莲。
廊庑缭绕多生色，宛见英灵在目前。

泛湖

〔清〕李文诰

自水而之旱，舟行一里余。
天光烟树界，人影浪花虚。
苇薄窥飞鹭，荷欹悟跃鱼。
俄顷船到岸，把酒乐何如。

偶成二首

〔清〕李文诰

城市若乡村，居家甚混沌。
雨余苔补壁，风动竹敲门。
蝶醉迷花蕊，虫肥蚀菜根。
平心参物理，贫富不须论。

何事日匆忙？偷闲若不遑。
诗书期竟读，田亩怕终荒。
种菜培佳味，锄花酿远香。
况多酬酢处，排解睦同乡。

自咏

〔清〕李文诰

随时览物华，乐自在田家。
巧笑风前竹，浓妆雨后花。
墙头缠蔓豆，树杪系匏瓜。
况乃开书卷，精神得倍加。

步前韵

〔清〕李文诰

自喻清贫况，甘为野老家。
从生三径竹，常放四时花。
恶莠忙锄菜，开荒学种瓜。
自多生色处，万树绿交加。

近况

〔清〕李文诰

当年志不群，老大竟无闻。
着每输孤注，钱常没一文。
寄书艰记忆，古砚莫耕耘。
自此心清爽，难教利欲熏。

除夕

〔清〕李文诰

一病半年甚不轻，幸于除夕庆馀生。
曾听局外推年命，未到鸡鸣我尚惊。

夜卧偶成

〔清〕李文诰

过年七日整，犹畏春风冷。
剪烛裁诗新，对灯知夜永。
烟笼芸草香，月印梅花影。
抚枕不成眠，银河星耿耿。

联语附

〔清〕李文诰

楼阁翻新，却教山城为海市；乾坤焕彩，恍到月府步星桥。

九华百华，照成不夜；千影万影，占验丰年。

亿千万岁常来紫；七十二峰齐送青。

自注云：此迎春庙南厅对联。先有下联，邑侯何一年之久未曾对上，诸同人迄今终无对者。顷与赵君中阊谈及，言国家年数可对，忽得上联，足见物各有偶。

高里山二联

〔清〕李文诰

因果只两途，善者赏，非善者刑，到阴曹难通关节，惟有千秋公论，品评往事；

转轮分六道，仁则荣，不仁则辱，趁阳世有些工夫，可持一点真念，培养来生。

孝子飨亲，仁人飨帝，谄媚以祭非其鬼；
积诚为物，游魂为散，阴阳不测之谓神。

挽李老太太联语

〔清〕李文诰

初到春风，幸见孙对床肃拜；同歌朝露，慨有子以榇随行。

茹苦饮真，六十年堪留女史；嗣宗抚寡，千百世永溯母仪。

挽县尊杨公海珊五古

〔清〕李文诰

花葩覆花县，瞻之忽不见。
使我梁甫区，远近哭声遍。
推心忆从前，政教种种善。
两度雨随车，五年居无倦。
助贶士子欢，救荒谷价贱。
潜推挟纩恩，慈心运一片。
胡为值瓜期？天不假以便。
神气还太虚，人难复觌面。
旅次益凄怆，冬雪多白战。
吊祭络绎来，愚氓空泣奠。
谁辑贤良书？谁作循吏传？
惟有堕泪碑，千秋立鲁甸。

清明回家道上口占

〔明〕王嘉会

曲曲行来一径斜，东风摇曳道旁花。
停鞭遥指南山下，杨柳阴中是我家。

山村

〔明〕王嘉会

溪流曲曲抱山村，闲过小桥验水痕。
父老相逢话已晚，归来斜日映柴门。

秋夜独坐

〔明〕王嘉会

日暮孤斋寂，秋风动碧纱。
遥天时过雁，远树乱啼鸦。
四壁虫声切，疏窗月影斜。
频呼童不至，炊火自烹茶。

恭谒岱庙

〔清〕徐旭旦

千载名禋肃岱宗，闷宫穆穆俨仪容。
寅生万物开人极，震出群灵协帝共。
日静龙蛇飞汉柏，夜深风雨吼秦松。
欲寻前代燔柴事，尽付摩[①]崖丈碣封。

《贾友仙先生诗草》泰安贾鹤斋著

“云藏岫内终为雨，花插瓶内不算春。”予旧年所得句也，不成篇章，已多时矣。丁未立秋日，值予生辰，醉后忽动诗兴，因续成一律

〔清〕贾鹤斋

新秋报到值生辰，虚度年光近八旬。
有酒有诗多福寿，亦耕亦读小经纶。
云藏岫内终为雨，花插瓶中不算春。
醉后狂歌发狂志，也思去钓渭水滨。

① 摩，清邓汉仪辑《诗观三集（十三卷）》卷之十一徐旭旦《恭谒岱庙》（《四库禁毁书丛刊·集部》第3册，第252页，影清康熙慎墨堂刻本）作“磨”。

长夏午睡，梦中得句，云：“恨不移家邻敬甫，时曾作梦话漪轩。”醒而忆之，足成一律

〔清〕贾鹤斋

日日清闲涉小园，与谁谈笑共晨昏？
勤锄径草催慵仆，醉摘井桃戏幼孙。
恨不移家邻敬甫，时曾作梦话漪轩。
风过窗竹潇潇响，一时良朋来扣门。

山中设帐率弟子入馆二首

〔清〕贾鹤斋

远辞尘世避尘缘，一入山深何畅然。
弟子聪明皆有造，先生授受自无偏。
种松栽竹闲来趣，弄月吟风象外天。
人在花中香不觉，读书有福是神仙。

绿云深处一芽庐，师弟偕来伴读书。
事少服劳无仆隶，客稀谈笑有樵渔。
新开荒径勤锄草，也引清流学种蔬。
闲里作诗无定课，随时吟咏乐何如。

入山读书二首（之一）

〔清〕贾鹤斋

书帷近倚破绳床，几净窗明笔砚香。
拾得松枝煎紫笋，汲来溪水煮黄粱。
情酣酒饮两三斗，兴到帖临数十行。

功课随心无管束，挥毫灯下作文章。

斋居夏日二首（之一）

〔清〕贾鹤斋

空庭散步意从容，身健体康卸短筇。

小树花争老树艳，新芳翠比旧芳浓。

鸡多搔活桑阴土，蛛大缠枯瓦上松。

凨[①]景满园吟不了，火云突又起奇峰。

题白龙池

〔清〕贾鹤斋

悬崖百丈一龙湾，不作甘霖不出山。

雨遍崇朝仍息此，行云争似卧云间。

老农

〔清〕贾鹤斋

小小烟村十亩间，服田力穑日无闲。

及时耕耨催儿懒，任意奔驰叱犊顽。

锄荷频年风笠卷，镰磨终岁月钩弯。

圣人不及虽谦谢，手足胼胝鬓毛斑。

荷

〔清〕贾鹤斋

十里红莲万盖擎，淤泥污下托根生。

① 凨，古通“风”。

亭亭净直称君子，莫问出身清不清。

菊

〔清〕贾鹤斋

紫艳黄英朵朵斜，羞向富贵闹繁华。
托根幸生渊明宅，世共称为隐逸花。

松

〔清〕贾鹤斋

万壑无风涛自响，一亭有月影来迟。
科头箕踞谁与伴，白鹤闲眠最高枝。

竹

〔清〕贾鹤斋

潇洒出尘万千竿，绿云深处夏生寒。
此君留客邀共坐，月照瑶琴一曲弹。

樱桃

〔清〕贾鹤斋

熟遍紫樱麦芃芃，珠嵌万颗夕阳烘。
者般姿色谁得似？樊素口含一点红。

榴花

〔清〕贾鹤斋

榴花吐艳灿红妆，火齐明辉夜放光。
未见枝头多子裂，先随蒲艾过端阳。

雏鸡

〔清〕贾鹤斋

点点雏鸡卵翼成，黎黄黑白母偕行。
待当毛羽丰满候，雌伏雄飞自分明。

《乾一楼诗稿》摘抄泰安卢衍庆著

董烈妇王氏古风

〔民国〕卢衍庆

夷跖彭殇同一死，偷生因循真可耻。
嗟哉烈妇读何书，一掷不顾如脱屣。
忆昔结发为伉俪，白头本期齐终始。
三月归焉妇道成，新昏[1]情好方宴尔。
惊风卷地玉树折，琴瑟崩绝盆覆水。
矫首呼天天不闻，抚棺哭夫夫不起。
席床未暖腹无遗，惟有身殉毕永矢。
家人惶恐监试[2]严，勉以守节奉甘旨。
烈妇胸中肝肠摧，报答翁姑止于此。
彻夜忍恸勤女红，中门收涕送夫姊。
鸳鸯双翔各有偶，我亦地下寻予美。
但见力疾省母病，谁知旋返辞门里。

① 昏，“婚”的古字。
② 试，疑为“视”之误。

呜呼天下惟死难，烈妇蹈之甘如荠。
吾闻作善降百祥，何故抏抑等天鄙。
身虽灰尘名自扬，泰山鸿毛要由己。
一瞑那计身后名？只求无负心与理。
三纲厌薄久不谈，士夫何如此女子？
彩云高飞不可攀，卓绝龟蒙光彤史。

前题五古

〔民国〕卢衍庆

精卫填东海，女娲悲天缺。
不逢陵谷翻，碌碌同澌灭。
烈妇琅琊产，闺训粗识别。
自为董家妇，枣栗奉无亵。
琴瑟和且柔，室家亦怡悦。
向令寿齐眉，鸡鸣相磋切。
忻获内助良，中馈安鸠拙。
哀哉夺所天，三月遽永诀。
哭裂湘妃竹，泪洒杜鹃血。
孟姜谁家女？我顾让芳烈。
劝慰穷百方，生意早斩绝。
姑嫁母面辞，仰药不复说。
矢志一何坚，立身一何洁。
沈沈古井水，皎皎太白雪。
乃知造物情，颠倒奇其节。
骐骥走峻阪，不使出恒辙。
礼法与名教，岂为贤者设？

夷齐饿西山，三良殉穆穴。
生义不两全，何用泣幽咽？

咏四皓

〔民国〕卢衍庆

四皓归商山，澹然忘荣利。
抗心黄农上，托足箕颍次。
吕后强文成，藉以回君意。
卑辞厚币帛，一一事罗致。
须眉伟然殊，望见深嗟异。
遂使黄口雀，顿生凌云翅。
兵家贵伐谋，真得觇国义。
独怪冥冥鸿，弋篡亦何易。
不屑翊兴王，岂肯从储贰。
赤松与黄石，谁从窥隐秘？
颠倒一世人，视之若儿戏。

送子贞赴东洋留学二月十九日

〔民国〕卢衍庆

送汝之何许？云是古扶桑。
海天水漫漫，道路阻且长。
骊驹已在门，四顾心彷徨。
胡为此远行？教子求义方。
悬弧男儿志，不得守爷娘。
出门不相见，一里如重洋。
火车轮船通，奚翅门与墙。

无以我为念，我体犹康强。
发愤勤求学，足以慰高堂。
尤愿入人国，朝野观其详。
我国何以弱，彼国何道昌。
务求有用学，不徒在文章。
裨益于祖国，是乃邦家光。
临行戒汝言，熟记无或忘。
海国多琴鲤，月寄书数行。
学成速归来，拭目门闾望。

咏史王莽

〔民国〕卢衍庆

三王推至诚，五伯出于假。
假之又一变，行窃欺天下。
大窃窃国祚，小窃窃牛马。
窃国兼窃名，王莽作俑者。
魏武奸之雄，盗权移汉社。
虽欲学文王，未敢为典雅。
六朝逮五季，草草皆苟且。
乃知王莽奸，舜跖镕一冶。
丑恶极魍魉，涂饰犹丹赭。
自圣居不疑，意谓识者寡。
孰料穿窬情，肺肝尽倾泻。
唾骂与笔诛，徒供后人写。
嗟哉日新异，此术皆姑舍。

咏史董卓

〔民国〕卢衍庆

汉末患常侍，外援清君侧。
堤防一横决，洪洞不可塞。
董卓小竖子，劫主肆残贼。
血流河洛赤，尘涨天地黑。
九庙荡播迁，累世无宁息。
竖子不足道，大臣谁秉国？
寺人备洒扫，从古有此职。
除恶歼厥魁，卫士举手力。
奈何召豺虎，而为附羽翼。
羽翼既已成，谁能禁飞食？
为谋始不臧，遂致此终极。
羸豕履霜戒，概乎未闻识。
张皇欲安汉，适以济奸慝。
祸始即戎首，此论未为刻。

电话

〔民国〕卢衍庆

剧谈如洪钟，隔舍不相闻。
电话凭一线，十里五里颇能分。
世俗好奇炫淫巧，置竿设局争纷纭。
为术虽新异，用之等儿戏。
除却火车旁，所云果何事。
订谟秘密慎机缄，言语漏泄加封函。

义理疑团贵申驳，觌面磋商乃精确。
城中城外数里遥，无难促膝坐相要。
人人两股撑一腹，非如孙膑刖其足。
偃蹇不肯降茅屋，亦可折柬遣奴仆。
岂为简书与公牍，妓馆茶楼互征逐。
何事星火迫急速，向壁呼呵仗耳熟。
明明行尸并走肉，遽尔长号皋某复。
甚而饱食无所服，谑浪笑骂相亵渎。
有用金钱掷牝谷，只为浪人作双陆。
此声不祥甚于鹏，长沙有知当几哭！

次韵绍虞咏怀二首

〔民国〕卢衍庆

啸咏无古人，往来无热客。
高谈隘九州，翻觉天地仄。
无意求直寻，何劳更枉尺。
知心二三友，相与数晨夕。
摛藻春花红，洗眼秋水碧。
不窥荆棘丛，无缘动虺蜴。
只恐愿力薄，莫践先民迹。
日月双毂飞，光阴一梭掷。
大禹与士行，兢兢分寸惜。
良时不我假，俯仰成今昔。
何情饰边幅，随意著巾帻。
卓尔古松柏，四时不改易。

淄渑聚一盂，清浊谁能别？
及见流派分，朗如眉目列。
人知特迹耳，贵我求心悦。
割裂为文辞，陈编肆剽窃。
披榛采芸兰，终日不盈襭。
罅漏方百出，焉能补衮阙？
无如苍生何，不若且守拙。
圣智达大权，下士砥名节。
西子与无盐，妍媸在澡雪。
惟有西山夫，骨朽光不灭。
我朋行古道，餐霞饮高洁。
鸿鹄乘秋风，杳然不可洩。

论诗

〔民国〕卢衍庆

我虽不能诗，颇解诗中趣。
脱口本天籁，不关博引据。
性情在感发，景物由目遇。
莫知所以然，如有鬼神助。
成诵已在心，借书手如注。
无感与无见，敛手未可赋。
效颦强抚摩，邯郸失故步。
歌同白傅长，语惭老妪絮[1]。
满腔皆尘垢，何缘得妙悟？

① 絮，rú，《集韵》鱼部。有“絮缊、敞絮”义。

慎勿搜枯肠，请先涤俗虑。

闻从子被匪虏至宁汶之间舁未至家而亡

〔民国〕卢衍庆

悔不当年履阵行，天涯束手泪沾裳。
也闻勒赎三千镒，那信招魂十二郎？
梦梦彼苍尘蔽目，沉沉冤狱夏飞霜。
汝灵不灭为雄鬼，杀尽人间此虎狼！

戊午初度，自念年过半百，漫无可述，前太守冯公芸卿置酒相寿，弥复滋愧，聊长句为谢

〔民国〕卢衍庆

立功立德两沉沦，虚度光阴逾五旬。
北海高情欣置酒，南山借祝欲同春。
论年未及杖乡岁，归里真成致仕身。
独喜文翁犹矍铄，共跻仁寿慰斯民。

友人招饮大醉风雪夜归

〔民国〕卢衍庆

友人风雪喜相招，一饮能教百虑消。
浮盏椒花方潋滟，隔窗竹影已飘萧。
最难旧好他乡聚，况有新醅冻夜浇。
酩酊莫愁归去晚，画图诗思在溪桥。

书斋即事

〔民国〕卢衍庆

风雪归来带宿酲，瞢腾聊复对灯檠。
茶经七碗胸方亮，烛尽三条诗未成。
但欲园炉亲榾柮，不知压屋积瑶琼。
夜深烛拥黄绸卧，矲矮①书窗照眼明。

雪夜枕上偶成

〔民国〕卢衍庆

随风淅沥洒疏棂，火灭更残我独醒。
照壁却生虚室白，开门定失远山青。
奇兵只盼擒元济，禁体犹思继聚星。
忽忆从师少年事，雪深茅屋正谈经。

晨起赏雪

〔民国〕卢衍庆

阳回百五是清明，何处飞花已满城。
楼阁半遮筛未艾，乾坤一色画难成。
玲珑岂假天公翦，沾渥遥催野叟耕。
早扫欃枪归故里，岁时犹可望升平。

① 矲矮：矮貌。

枯树二首

〔民国〕卢衍庆

未入良工盼，空山独至今。
婆娑生意尽，阅历岁寒深。
幽叶曾来凤，枯枝自少禽。
不夭全所受，焉用徽黄金？

树亦枯如此，滔滔岁月侵。
半摧樵采手，虚抱栋梁心。
有干撑孤影，无人憩午阴。
兰成最萧瑟，徙倚一长吟。

宿雁二首①

〔民国〕卢衍庆

万里长征雁，飞飞日又斜。
霜高依浅渚，夜静傍圆沙。
远火红枫叶，荒江白苇花。
衡阳在何许？信宿即为家。

淡月芦花岸，寒天宿塞鸿。
踏残千陇麦，惊起半江枫。
烟水栖孤影，关山梦远空。
江南春信早，嘹唳下长风。

① 原正文标题无“二首”二字，据原目录补。

夜到渔家和张水部三首[①]

〔民国〕卢衍庆

渔家望不远，投宿向前村。
夜静船依岸，人来犬吠门。
笠蓑堆屋窄，汕罩隔篱喧。
破晓冲烟去，回头几点痕。

日暮到孤村，荒江水浸门。
老渔几家住，留客一灯昏。
渡闪归舵火，墙余挂网痕。
夜来菰饭饱，倚枕又朝暾。

渔家风景好，暝色入黄昏。
惯识江干路，来敲月下门。
三椽浮水面，一艇泊篱根。
欲问武陵事，瞢腾睡不言。

和朱竹生明湖泛舟值雨[②]

〔民国〕卢衍庆

十里荷花出水明，片云忽作打蓬声。
重蒸一洗人称快，胜似轻风放晚晴。

① 原正文标题无“三首”二字，据原目录补。
② 值雨，原目录作“遇雨”。

风飐荷盘露走珠，乘凉趁雨入明湖。
推蓬莫厌游人少，聒耳声歌一点无。

山光水色两模糊，遥望鹊华似画图。
三五个人舟一叶，居然坡老到西湖。

昔年曾作广陵游，秋月春花泛小舟。
借问明湖何所似？半山烟雨出红楼。

初夏有怀柯庭[①]

〔民国〕卢衍庆

稷门辞去岁将除，独送春风到夏初。
好景都从忙里过，故人翻觉别中疏。
漫漫云树徒劳望，蹙蹙缁尘靡所如。
遥想黔敖方博爱，闲花栽遍又培蔬。

绝句

〔民国〕卢衍庆

竹木无心生节叶，杯缘有影误蛇弓。
须臾吹得浮云散，秋水长天一色空。

① 庭，原目录作“亭”。

午日稚云邀游，游艺园，用东坡《除夜赠段屯田》韵，柬同游诸君

〔民国〕卢衍庆

客里过端阳，一年已强半。
力衰学何益？辄自废书叹。
未若城南去，逢场即游玩。
乐哉先农坛，地旷纷星散。
童冠七八人，携手为伙伴。
士女来填咽，复杂难月旦。
欲觅宽处饮，坐满无空案。
回环看诸戏，股酸心意乱。
徘徊草亭傍，汗流不得盥。
一枝暂借栖，莫嫌需次缓。
久觑见空席，急入如矢贯。
无赖犹争喧，何人肯怯懊。
绿芽泼雀舌，红炉炽兽炭。
日斜出园门，就近酌宾馆。
笋蕨冰雪凉，鱼脍春酒暖。
不觉陶然醉，归途星河粲。

再步前韵

〔民国〕卢衍庆

艺园信空旷，未占农坛半。
所演艺为何，观之令人叹。
秋千与冰鞋，疲精只戏玩。

六艺古所传，渺渺广陵散。
我欲行古道，踽凉无侣伴。
般游同太康，名目托公旦。
体育创新说，一翻千古案。
古人重游艺，要在能御乱。
礼以束筋骸，颙若孚于盥。
乐更畅心神，舞蹈纠淹缓。
射御虽粗才，范驰革期贯。
文武事兼资，书数非巽偄。
奈何扫地尽，名实相冰炭。
不惜吹豳场，改作歌妓馆。
洵讦洧外乐，邂逅桑间暖。
猛省看门颜，失笑白齿粲。

月夜有怀绍虞

〔民国〕卢衍庆

懒续方床梦，贪追小院凉。
望云开倦眼，对月索枯肠。
好古才偏薄，为师学益荒。
遥知孟东野，卷轴积琳琅。

绍虞来京以诗见寄次韵答和

〔民国〕卢衍庆

今岁来京华，作诗数十首。
皇天正炎赫，变故生腋肘。
风鹤日益急，流传道路口。

先事去逍遥，谁能效伋守？
乡村得信迟，尚未惊鸡狗。
家居四十日，昼睡甘木朽。
逖听朝廷间，砉然解结纽。
拔去眼前丁，芟尽苗之莠。
得失且莫论，是非今安有？
旋车过济南，交臂失吾友。
谁料燕市上，千里持杯酒。
不能可为病，不用非我疚。
万事鸿毛轻，与子酌大斗。
君诣信升堂，我尚牛马走。
淋漓尽今朝，良会恐难久。
回首春来路，依依诵杨柳。

和蕊含园中遣兴

〔民国〕卢衍庆

徂徕新甫两名山，闻有高人卧此间。
特辟荒园居市外，别营茅屋看云还。
嘉蔬难植畦长灌，蔓草无情于自删。
俯仰皆宽真乐事，俗流何处觅仙寰。

秋月二首[①]

〔民国〕卢衍庆

停琴屡伫月华生，疏雨微云看不成。

① 原正文标题无“二首”二字，据原目录补。

直待秋空吹卷尽，一轮皎皎照人明。

天高露白草虫鸣，晚向回廊曳杖行。
一样汇波亭上月，秋来便觉十分明。

重九前夕

〔民国〕卢衍庆

中秋弹指又重阳，直觉流年似电光。
寡过未能怜伯玉，无才可尽愧江郎。
芦花照水翻翻白，木叶摇风渐渐黄。
明日佛山开倦眼，登临四顾更茫茫。

和柯庭[①]剔蟹有感并次其韵

〔民国〕卢衍庆

食蟹蟹有匡，剔蟹蟹有爪。
器具藏于身，天教供人饱。
万物无不然，岂徒此煎炒。
执柯伐柯远，以人治人巧。
骏足自答[②]云，不待装宝铰。

明湖泛月

〔民国〕卢衍庆

晚向明湖放小船，少焉素月又行天。

---

① 庭，原目录作“亭”。
② 答，古通“蹑”，义为踏。

无风不用勤摇橹，好看清光上下圆。

香风隐隐送红莲，共坐明湖水里天。
长笛一声花月夜，是谁闲泛木兰船？

因人乞书自叹

〔民国〕卢衍庆

年老字犹嫩，手硬画偏软。
不知乞书人，戢戢动成卷。
谢曰吾未能，翻疑故偃蹇。
从请来不拒，努力加强勉。
破砚濡秃笔，灶煤磨苔藓。
眼昏手颤簸，数行辄哮喘。
散乱风吹花，屈斜壁走涎。
吊夫剡溪藤，灾此冰雪茧。
书讫便高阁，不忍复流眄。
或言渐奇崛，霜竹秋不剪。
岂无自知明，汗出空淟涊。

落叶二首

〔民国〕卢衍庆

荏苒三秋尽，萧条百卉腓。
夜深闻鹿过，日暮趁鸦飞。
沟水漂长往，枝头日见稀。
老僧云外去，归寺满行衣。

屋瓦霜华重，园林木叶飞。
飘摇随去水，淅沥送斜晖。
白草荒千里，青山透四围。
脱然应羡尔，羁绊未能归。

题傅绍虞兄思益轩图二十三韵赵宣堂画

〔民国〕卢衍庆

朔虚月上弦，地谦水流泽。
内震外柔巽，天人交相益。
我友名其轩，抗心希古籍。
可怜无四壁，萍梗长为客。
家贫文章富，日见卷帙积。
著作等身书，箪陋弗能厄。
赵子为之图，广居划然辟。
精舍三两楹，花木间水石。
世外新篁幽，阶前长松碧。
辋川竹里馆，轩豁呈咫尺。
借问谁居停？云是诗老宅。
子美延上座，韩苏各就席。
王孟高岑柳，日与数晨夕。
吾友为主人，把臂欣莫逆。
有时一至者，成纪李太白。
温李廊庑下，义山学杜，非后人所及，以《无题》诗有乖无邪之旨，故抑之。不得相仲伯。
牛鬼与蛇神，门外绝行迹。
所思愿力大，孳孳寸阴惜。

求益难速成，人十己千百。

直谅多闻友，千里浑不隔。

诣已登堂奥，犹虞规模窄。

豳风绘廷壁，敬胜铭剑戟。

目击道自存，披图永无斁。

附联语二

〔民国〕卢衍庆

戊辰夏，革命第十军在岱庙追悼北伐阵亡及济南殉难诸烈士，此二联系代某机关作也。

南北方争死命，华夷又起奇波，青草茫茫，伤彼伏尸之惨；

义旗既告成功，先烈不得同享，黄泉杳杳，妥我雄鬼之灵。

为中华雪耻，为匹妇复仇，观有勇知方，可谓得夫死所；

其魂气归天，其肝脑涂地，独义声壮节，翻觉荣于生还。

吊黄崖四首有序[①]

〔清〕汪宝树

黄崖案发，余因受有嫌疑，未敢明言，故以《无题》隐之。事越十余

① 此诗原又重录于《续编》卷七宋苏轼《遥祭石徂徕先生诗》后，今只保留此处。“四首”二字据《续编》补。《续编》标题后另有小字“以上录自退轩先生手抄《岱粹抄存后集》”，作者署为“佚名”。清汪宝树撰、汪昭纶辑《汪惠毅公文集（不分卷）》（《山东文献集成》第三辑，第37册，第37页，影山东省博物馆藏民国间汪氏辑稿本）该篇标题为《无题四首自序自注》，其注文形式为紧随各诗句之后。序文、正文、注文之文字个别处也有不同，不同处出校记。

年，南北人咸知其冤，始敢明言其事，并分注于下。①

午夜银缸迟梦慵，单衫无语怨东风。
多情不问谁家某一，何处可寻亡是公二？
衰草生春②翻恨白，残花著泪化魂红。
差池莺燕知多少？都在云山缥缈中。三

一：指③虞逊而言。逊字叔渊，行三，浙江人，宦裔也，死于是难。

二：指张积中言。张，扬州优贡，行七，为是山之主人，皆以先生呼之。

三：遭难后，官幕绅民、良家子女，死于崖下涧中，裸体赤身，以及被掳流落者，不可胜纪，刘曰东之妹其一也。

西山风露壮凄凉一，并入阳台梦女堂。
高渐悲歌筝柱促，河蛮呜咽笛声长。
画梁春燕辞新垒二，枯树寒鸦噪夕阳三。
百里零香飞片片四，黄尘满地各腥芳五。

一：山在予故里高淤村之西北，长清、肥城两县之界。

二：诸人避地于此，为时未久，所造园亭屋宇，尚多未成。

三：晋人某官赵公，家巨富，其少君年甫八九岁，与同人结诗社，有《咏秋柳》绝句云“望尽长堤与短堤”，其末句云“惟有寒鸦带月

① 《汪惠毅公文集》序文为：“吊黄崖也。当日因此受有嫌疑，不敢明言，故以《无题》隐之。今南省友人多知其冤，始敢明言其事，详见予年谱中。”

② 春，《汪惠毅公文集》作“愁”。

③ 《汪惠毅公文集》“指”前有“此”字。下同，不再一一出校。

栖”，当时人皆称之，亦与于是难。

四：地在余村西北百余里乱山中。

五：被难后，良家子女被官民掠卖者，处处皆是。

几家庭院几楼台，金谷平泉化作灰。

骇兽翻疑狐兔恶[一]，翔禽不解雁鸿哀[二]。

苍梧憔悴①空啼竹，庾岭荒寒莫怨梅[三]。

脉脉空江春讯渺[四]，雱风转送雨声来。

一：时捻匪窜扰运河之北②，距此颇近，俗人多谓其地之人勾结而来。

二：指东抚阎敬铭而言。阎字丹初，陕西朝邑人，官至尚书，谥文介。阎误听其巡捕官某诬报，遽而进兵。

三：前济南郡守吴载勋，牧渠张之表弟也，为此地寨主，请于阎抚说使来省，张不听，吴因此案发，遣黑龙江。

四：此指张与钱江、雷鹤皋之事。钱江字东堂，广东人，旧陕西巡抚，罢官家居。值英兵之难，聚众抗拒。英人请于广督，将钱系狱。时黄石琴恩彤③抚粤，钱遇赦归。值发逆④之变，南京失守，钱与张积中、雷鹤皋同办团防，结为兄弟。时有人荐张于朝，召见来京。钱与雷有隙，雷欲谋杀之。一日同饭时，传有悖逆谶语，钱尝口诵之，雷忽问钱曰：“君所诵，我又忘之，请再述。”钱述讫，雷手出一纸，乃钱之名片背面也，谓钱曰：“我记性太劣，请君书此。”钱果书而还之。雷既接片，纳袖中，即谓钱曰：“我视君怀叛意。”钱愤甚，跃然而起，

---

① 憔悴，《汪惠毅公文集》作“焦悴”。

② 北，《汪惠毅公文集》作“西”。

③ 《汪惠毅公文集》“黄石琴”作“吾师黄石琴夫子”，无“恩彤”二字。

④ 发逆，《汪惠毅公文集》作“长发”。

怒而问曰："汝以何为凭？"雷微笑掷筋几上，答曰："我与君戏，君何怒也？"言[①]未毕，雷之国士在其后，出刀猛斫之，盖雷所定计，掷筋为号也。钱之头坠[②]胸前，尚未落，乃转身以脚奋踢国士，殒命。雷即以钱谋逆疏奏。后张自京回，见雷，既得其详，遂辞去，之山东，避难此山。不久，雷亦兵败[③]。雷名以诚，时督辨[④]粮台，后升皖抚，亦未得善终[⑤]。

残照西风欲暮天，流萤万点逐星圆。
三湘蘅芷伤心远[一]，一路苔花惹恨绵[二]。
豪士扶风歌薤露[三]，佳人拾翠怯春烟[四]。
青山已断蘼芜迹，枉向空城泣杜鹃[五]。

一：时山上所建咏归台，采芷□药径，回廊曲折，皆南方形势。

二：张之亲家秦大令，其子稻生之岳也，其女亦死于是难。事后秦南旋过泰安，犹有人盘诘，几乎不免。

三：指董冠斗步璜、王运龙诸君，皆予同游者也。每与周南江、于松年诸君谈及，辄为下泪。

四：余因涉嫌疑事[⑥]，后数月未敢出门。

五：指朱良甫之五弟、六弟而言。朱昆仲[⑦]三人，皆长清[⑧]水铺诸

---

① 《汪惠毅公文集》"言"前有"时"字。

② 坠，《汪惠毅公文集》作"堕"。

③ 《汪惠毅公文集》"兵败"后有"遇难"二字。

④ 辨，《汪惠毅公文集》作"办（辦）"。二字通。

⑤ "后升皖抚，亦未得善终"，《汪惠毅公文集》此句为"后安徽巡抚遇难"。

⑥ 《汪惠毅公文集》"事"前有"此"字，则此句可断为："余因涉嫌疑，此事后数月未敢出门。"

⑦ 昆仲，《汪惠毅公文集》作"兄弟"。

⑧ 长清，《汪惠毅公文集》作"长清县"。

生，亦此山寨主。予游时，朱之两弟[①]与虞逊作陪，后虞死，朱氏兄弟皆无恙，不解何故。予欲见而问其详，终不可[②]得。

空城[③]：山之寨门，皆方石砌成，高楼铁扃，俨然重[④]镇，故云空城。

道经大云寺

〔明〕袁稽

晚入招提境，钟鸣鸟各栖。
大云对殿角，花雨落天墀。
问讯禅关寂，翻经夜月低。
山僧应笑客，晨起逐征衣。

招隐

〔清〕王度

白日忙如箭，青山冷笑人。
寄语同调客，莫负此生身。

① 两弟，《汪惠毅公文集》作“五弟、六弟”。
② 不可，《汪惠毅公文集》作“未能”。
③ 《汪惠毅公文集》“空城”前有“补注”二字。
④ 重，《汪惠毅公文集》作“名”。

哭石守道先生诗

〔宋〕刘槩[1]

路出莱芜欲有题，感今追古思犹昔[2]。
生前谤议风云起[3]，死后文章天地齐。
万种梦魂随我作，百般禽鸟为君啼。
孤坟一掩徂山下，汶水年年哭向西。

望岱

〔清〕李廷棨

未到先看别嶂森，中峰突兀见烟林。
路回石磴汉唐古，青染层巅松柏深。
霖雨崇朝望云气，宦游十载愧尘襟。
暂留邱壑胸中稿，待我归来着屐寻。

① 槩，原作“单”，据碑石原刻改。原碑今藏泰安市档案馆。按：此诗原于《续编》卷七民国樊增祥《斗姆宫待云楼联》之后重录，今仅保留此处，不同之处出校。重录作者标为“刘槩”，上下有小字“宋”“青州推官”。

② 昔，原《续编》卷七作“豫”。原碑此处字形漫漶，似为“迷”字。

③ 风云起，原《续编》卷七作“风霆击”。

登岱[①]

〔清〕李廷棨

邱壑胸中稿，南行句未删。
五年盟息壤，此日诣名山。
灵秀钟元气，登临俯大寰。
泉声兼树色，羡尔白云还。

贞烈诗

〔清〕赵中刚

为寿传崙之妻赵氏作，氏于夫卒后，以仰药殉节。

思穷力竭几经旬，生死相从誓此身。
地下迎来同穴暖，床前别去嫁衣新。
长留结发一腔血，愧煞全躯二姓臣。
镜里孤鸾何忍见，须臾不作未亡人。

节烈诗

〔清〕赵中刚[②]

为宋海清之妻冯氏作，氏于夫卒后，越二日，仰药殉节。

① 此诗原于《续编》卷七清刘伍宽《送董又询登泰山》之后重录，今只保留此处。重录处标题下有小字“纫香草堂诗集”。
② 原正文标题下未署作者，据目录补。下同。

贞魂何处柏苍苍，洒泪临风吊汶阳。
日落四围萤火碧，坟前明月夜如霜。

冰心寒彻玉晶莹，玉碎冰坚金石贞。
坟土三尺埋冰玉，人间万古亦峥嵘。

封发上疏生死偕，凝妻令女亦同侪。
相随地下应含笑，就义成仁易地皆。

人情变态极炎凉，一死一生堪断肠。
多少读书长乐老，须君鼎力振纲常。

劲草疾风何代无？当年碧血尚模糊。
而今屈指心焉数，巾帼须眉是丈夫。

髫年父训预栽培，根抵日星河岳来。
全受全归无复憾，太虚浩气永徘徊。

徂徕山下旧烟波，人事往来百代过。
惟有登临无限意，河边终古夕阳多。

鸦啼清晓复黄昏，松柏茑萝水上村。
父老千秋应报赛，长教士女古风存。

秋日有感

〔清〕赵中刚

一年一岁一消魂，世道茫茫不可论。
竹里花间任我赏，诗怀酒意乐无痕。
不是眼花那信老？为因儿少不嫌豚。
去日苦多来日少，每逢午后便开樽。

夜饮自嘲

〔清〕赵中刚

闭户消愁已五年，春灯独坐不成眠。
家庭度支惟予窘，世道凉薄暗自酸。
日课小孙千百字，闲看本草两三篇。
一番凄恻一番喜，萱茂高堂赖妻贤。

秋日感怀

〔清〕赵中刚

高堂亲老愧承欢，岁月如流去不还。
世上苦无长寿药，人间偏少回春丹。
欲全天伦须辞禄，怕丧良心不居官。
无事为荣休妄动，屏除俗物门常关。

冬夜偶成五律

〔清〕赵中刚

百岁何容易，夏王惜寸阴。
读书前日志，种树十年心。
家道风云变，君恩雨露深。
兴隆原有兆，对酒发狂吟。

见蠹役有感

〔清〕赵中刚

天良已丧尽，犹自觉其能。
有钱不为富，无儿方是穷。
须看前车覆，莫望后辕倾。
循环应不爽，操券有苍穹。

自嘲

〔清〕赵中刚

转瞬已过四十年，那堪回首问青天。
启口有谁戒圭玷，问心常自懔冰渊。
处事莫忘存忠厚，立品须求法圣贤。
漫道桑榆晚景至，老益壮兮穷益坚。

偶成

〔清〕赵中刚

茫茫愁思几经年，春灯暗暗不成眠。
故交已随贫贱薄，亲戚多避措大酸。
友从急处看心地，运际穷时见性天。
旅馆萧条谁是伴？清风明月到床前。

林放故里

〔清〕郭朴山

山城古木郁苍苍，父老争传姓字香。
不识残碑何处所，几回搔首问斜阳。

游石城寺

〔清〕郭朴山

几阵薰风上柳条，恰乘晴日好相邀。
只怜求友寻萧寺，更为探山过板桥。
作意莺啼偏恋客，迎人犬吠乍逢樵。
殿前银杏堪留饮，吩咐衲僧奉酒瓢。

钓台

〔清〕郭朴山

此境未闻严子来，缘何也名钓鱼台？
岩边浅浅深深树，池畔疏疏密密苔。
数鲤泳游青藻里，几人指点白云隈。
桃花流水仙源近，愿逐渔郎去不回。